질문으로 풀어내는 고전문학교육

고전문학교육을 위한 열여섯 가지 물음들

질문으로 풀어내는 고전문학교육

고전문학교육을 위한 열여섯 가지 물음들

초판 인쇄 2022년 8월 10일
초판 발행 2022년 8월 24일

지은이   김종철 교수 고전문학교육 연구실
펴낸이   박찬익
편집   이기남
책임편집   권효진
펴낸곳   ㈜**박이정**
주소   경기도 하남시 조정대로 45 미사센텀비즈 F749호
전화   031-792-1195
팩스   02-928-4683
홈페이지   www.pjbook.com
이메일   pijbook@naver.com
등록   2014년 8월 22일 제2020-000029호

ISBN   979-11-5848-815-4 93810

질문으로 풀어내는

고전문학교육

(주)박이정

이 책은 고전문학교육의 이론 및 실천을 고민하는 16명의 연구자들이 함께 쓴 책으로, 고전문학교육의 본질, 방법, 내용, 제재, 전망 등에 관한 16개의 질문으로 구성되어 있다. 고전문학교육이라는 화두를 공유하지만 학문적 지향과 취향은 서로 다른 연구자들이 고전문학교육에 관한 질문을 하나씩 던지고 그 질문에 스스로 답을 했다. 그러다 보니 각각의 질문과 답에는 저자들마다의 개성과 도전 정신이 고스란히 담겨 있다.

사실 이 책은 다른 저서들을 준비하는 과정에서 나온 중간 산출물이다. 대학원에서 동문수학한 우리 저자들은 꽤 오래 전부터 이미 고전서사교육, 고전시가교육, 작문교육에 관한 학술서를 함께 써 보자는 공감대를 형성하고 있었다. 하지만 이런저런 이유와 핑계로 시작을 못 하고 있었는데, 2020년 어느 여름날 김종철 선생님과 몇몇 동학이 만나 이야기를 나누던 중 자연스럽게 구체적인 계획이 잡혔다. 처음에는 애초의 안대로 고전서사교육, 고전시가교육, 작문교육 세 분야에서 별도의 학술서를 낼 계획이었으나, 집필 중 여러 난항을 겪으면서 계획이 수정되었다. 초고들이 나오기 시작하면서 저자들 간 국어교육에 대한 관점의 차이가 생각보다 크다는 것을 알게 되었고, 원고의 체제와 구조 등도 보다 세밀하게 조율해야만 했다. 그리고 무엇보다 기존의 교재나 작품론과 차별되는 명실상부한 교육론을 집필하려면 수업의 설계, 실행, 평가 등 교육의 실천적 국면을 구체적으로 기술할 수 있어야 하는데, 이를 위해서는 추가적인 연구와 자료가 절대적으로 필요한 상황이었다. 이에 저자들은 집필 중이던 세 권의 저서를 잠시 미뤄 두고 공통 관심사인 고전문학교육을 화두로 모두가 함께 참여할 수 있는 의미 있는 책을 먼저 내자고 의견을 모았다. 이 책은 이렇게 해서 나오게 되었다.

이 책은 고전문학교육의 설계와 실천의 국면에서 제기될 법한 질문을 던지고 그에 답하는 형식으로 구성되어 있는데, 책의 제목이 '질문으로 풀어내는 고전문학교육'인 것도 이와 무관하지 않다. 장과 절의 제목은 모두 질문 형식으로 설정되어 있고 본문의 내용은 해당 질문에 대한 답을 찾아 가는 과정과 그 성과들로 채워져 있다. 물론 이 책에서 제기한 질문들과 그 대답들이 고전문학교육의 산적한 과제들을 충분히 다루었다고 하기는 어려울 것이다. 다만 우리 저자들은 이 책이 고전문학교육의 학문적·실천적 여정에 작은 보탬이라도 될 수 있길 바랄 뿐이다.

책이 나오기까지 많은 분들께 은혜를 입었다. 도서 출판 박이정의 열성적인 도움이 아니었다면 이 책의 발간은 쉽지 않았을 것이다. 서울대학교 기초교육원의 이은지 선생님께서 직접 디자인하신 아름다운 표지는 미흡한 내용의 책에 품격을 불어넣어 주었다. 그리고 그 무엇보다도 우리 저자들이 부족하나마 이런 공동 학술서를 낼 수 있는 학문적 소양을 키우기까지는 김종철 선생님의 오랜 가르침이 있었다.

2022년 8월
저자 일동

| 차례 |

고전문학교육, 무엇으로 할까:
고전문학교육의 제재에 관한 탐색

고전문학교육, 어디에서 왔으며 어디로 갈까:
고전문학교육의 궤적과 현황, 그리고 전망

01

고전문학교육, 왜 할까:
고전문학교육의 본질에 관한 성찰

소설교육의 전통이란 무엇이고, 그것은 어떤 의미를 가지는가?

박은진

1. 왜 소설교육의 '전통'을 이야기하는가?

오늘날 우리 소설교육은 해방 이후 수립한 초등, 중등, 고등학교 수준으로 구분된 교육체계와 교육과정을 기반으로 성립한다. 따라서 엄밀히 말하자면, 미군정기 제안된 교수요목으로 부터 가장 최근에 공표된 교육과정에 이르기까지 언급되어온 교육과정과 교과서의 변천, 그에 따라 변화해온 소설교육의 양상이 바로 소설교육이 흘러온 과거(過去)이며 역사(歷史)이다.

그런데 이 글에서 살펴보고자 하는 것은 소설교육의 '역사'(歷史)가 아닌 소설교육의 '전통'(傳統, tradition)이다. 역사가 과거에 있었던 일련의 사건들 중에서 역사가가 의미 있다고 판단하는 기록의 집합이라면, 전통이라 함은 과거의 것이면서 집단의 공유물이라는 점에서는 역사의 개념과 공통적이지만 그것이 현재의 것과 어떠한 방식으로든 연결되는 것이어야 한다는 점에서 역사와는 구별된다.

일반적으로, 전통은 "과거가 현재에 물려 준 신념, 관습, 방법 등 오랜 역사를 통해서 형성된 한 집단의 문화를 현재 그 집단에 속한 사람과의 관련성 속에서 바라본 것"(이상섭, 1976)으로 정의된다. 특히 문학작품의 측면에서 볼 때 전통은 "오랜 기간 동안 거대한 수의 작품이 공유하고 있는 형식적, 양식적, 이데올로기적 속성으로 구성된 역사적 체계"(김윤식, 1976)를 의미한다. 또한 이러한 전통에 대한 논의가 기본적으로 과거와 현재의 연결을 통한 전통의 '발견', 혹은 전통의 '호출'을 이야기함으로써 궁극적으로는 그러한 전통을 공유하는 집단의 정체성을 확보하거나 강화하고자 하는 욕망의 소산과 관련되는 경우가 많다는 점 또한 잘 알려져 있다. 이러한 측면에서 전통을 "과거의 기억을 불러내어 민족의 정체성을 재확인하려는 욕망의 표현, 곧 현재의 필요에 따라 만들어진 상상된 문화의 총체"(진경환, 2010)라고 언급하기도 한다.

따라서 소설교육의 전통이라 하면, "주로 근대 교육과정기 이전의 시기, 즉, 근대 이전 조선시대나 애국계몽기의 소설교육과 연결되어 현대 소설교육에 까지 영향력을 행사하는 것으로서, 발견 혹은 구성된 어떠한 실체"를 언급하는 것이라 할 수 있을 것이다. 주목할 점은 일반적으로 국어교육사적 측면이나 소설교육사적 측면에서 소설교육의 역사, 즉 앞서 말한 근대 이후 교육과정기에 해당하는 소설교육의 역사에 대해 언급하는 경우는 많지만 소설교육의 전통을 언급하는 경우는 거의 찾아 볼 수 없다는 점이다.

실제로 지금까지 소설교육의 전통에 대해서 본격적으로 언급한 경우는 쉽게 드러나지 않는다. 이는 국문학 연구에서 전통에 대한 논의가 활발하게 이루어지고, 국어교육 전반에서 그 목표와 관련하여 전통의 문제가 지속적으로 제기되었으며, 한편으로 문학교육의 또 다른 분야인 시 교육 분야에서 시 교육의 전통에 대한 논의가 부분적으로나마 이루어진 것과는 구분되는 현상이다.

이러한 현상은 소설교육 전통 논의가 지닌 특수성을 보여주는 것이기도 하다. 소설교육의 영역에서는 국문학계의 경우와 같이 과거 고전소설과 현대소설을 연결지어 우리 소설의 자생적인 발달과정을 구성함으로써 식민지 이식사관에서 벗어난 독립적인 학문적 토대를 형성해야 할 필요성이 적극적으로 부각되지 않았다. 또한 기본적으로 소설 자체에 대한 관념이나 소설교육과 관련한 여러 요인들, 예를 들면 학습자의 성격이나 교육의 방식과 체계에 있어 근대 이전과 근대 이후가 급격한 차이를 안고 있는 점도 함께 생각해보아야 한다. 무엇보다, 근대 이후 소설교육의 전개가 전통적인 것, 기존에 있는 것을 존중하기보다는 지속적으로 기존의 것을 비판하고 새로운 전환의 국면을 모색하는 방식으로 이루어져오면서 소설교육의 전통과 관련한 언급이나 논의가 거의 이루어지 않은 것이 현재의 상황이라 할 수 있다.

이러한 상황에서 소설교육의 전통을 이야기하는 것은, 단순히 과거의 소설교육과 현재 소설교육의 어떠한 측면을 연결시키려는 시도와는 거리가 멀다. 이는 국문학 연구나 시 교육 연구에서 드러나듯이 전통 추구를 통한 민족적 정체성 강화의 필요성이나 단순한 소설교육사적 측면에서의 역사기술적 접근과도 다른 맥락에 서 있다.

지금까지 우리 소설교육 논의는 서구 이론의 수용을 통해 작품에 대한 새로운 해석을 추구하거나, 소설교육의 현상과 관련된 구성 요소들에 대한 논의를 통해 소설교육의 논의 대상 범주를 확장하는 방식으로 이루어져왔다. 이로 인해 우리는 우리 소설교육의 현상들을 충분히 잘 설명할 수 있는 토대를 마련하지 못했다. 서구 비평이론의 수용을 통해 우리 소설을 설명하고 해석하고자 했던, 근대 이후 학교 교육에만 주목하는 흐름 속에서 우리는 기존의 사회문화적 맥락에서 향유되면서 이어져 내려오는 우리의 소설교육과 관련한 여러 현상들을 설명할 수 있는 기반을 잃어버리고 말았다.

물론, 우리의 독자적인 소설 발생을 설명하고자 하는 측면에서, 이기(理氣) 철학의 원리에 기반하여 한국소설의 이론적 기반을 파악한 논의(조동일, 2004)가 있기는 하지만, 이는 소설에 대한 이론일 뿐 소설 텍스트를 가지고 학습자의 지적, 정서적 성장을 도모하는 소설교육의 현상을 설명하지는 못한다. 이러한 점에서 과거로부터 이어져 내려오는 소설교육의 현상과 관련한 여러 자료들, 소설교육의 전통과 관련하여 살펴볼 수 있는 요소들의 중요성이 부각된다. 오늘날 소설교육 논의에서 필요한 것은 소설교육과 관련한 현상을 성찰적이고 비판적으로 파악할 수 있는 틀이나 과거의 사례들이다. 오늘날 우리에게는 소설교육의 정체성 확보 차원에서 진행해온 흐름에서 벗어나 새로운 소설교육의 혁신에 대한 모색이 필요하고, 그러한 혁신을 위해서는 소설 텍스트를 중심으로 한 독자, 혹은 학습자와 사회문화적 맥락 속에서 드러나는 양상을 메타적 시각에서 검토할 수 있는 과거의 자료가 필요하기 때문이다.

서구 이론의 수용방식을 넘어서서 새로운 비판과 혁신의 방식으로 이후 소설교육이 나아가야 할 방향을 찾는 모색하고자 할 때, 과거 우리 소설교육의 전통에 관심을 기울여 볼 수 있는 것이다. 전통(傳統)을 전통(傳統)으로 존중하고 수용해야 한다는 당위적인 입장이나, 민족 정체성 확보 차원의 접근, 혹은 단순히 소설교육 연구의 측면에서 소설교육의 역사 기술이 필요하다는 입장을 넘어서서, 과거의 사례를 통한 기존 소설교육에의 성찰적 시각 확보와 새로운 방향 모색의 측면에서 소설교육의 전통에 관심을 가지고 접근해야 할 필요가 있다.

2. 소설교육의 전통에 어떻게 접근할 것인가?

소설교육의 전통을 살펴보고자 할 때, 접근 방식에 있어 문제가 되는 지점들이 있다. 기존에 소설교육의 전통에 대한 논의가 잘 드러나지 않으므로, 이미 확보된 전통 내용을 어떠한 방식으로 다룰 것인가의 논의보다는 전통의 '발견' 차원에서 접근해야 한다. 그런데 이러한 소설교육 전통의 발견 시도가 유의미하기 위해서는 과거의 논의에서부터 시작하여 전통의 양상을 나름대로 밝히는 식의 접근보다는, 역진적 구성의 방식으로 오늘날 현존하고 있는 소설교육의 현상과 관련하여 이것과 연결되는 것으로 추정되는 근대 이전의 전통을 규명하여 밝히고 이러한 과거의 양상을 통해 현재 소설교육에 시사점을 얻거나 소설교육의 현상을 성찰적으로 파악하는 방식으로 전통에 접근하는 것이 효과적일 것이다. 이를 위해서는 소설교육의 현상과 관련지을 수 있는 전통의 유형이나 양상을 미리 범주화하는 작업이 필요하다.

근대 이전에도 소설이 향유되었고, 가정의 차원이나 사회적 차원에서 소설이 읽고 창작되는 속에서 오늘날과는 다른 형태의 소설교육의 현상들이 있었지만, 이러한 우리의 전통적인 소설교육은 근대를 기점으로 많은 변화를 겪게 된다. 민주시민 양성을 목표로 하는 근대 공교육 체계가 성립하고, 소설이 문학교육의 주요한 장르로 다루어지게 되면서 근대 이후의 소설교육은 근대 이전의 비공식적 소설교육과는 다른 양상을 띠게 된다. 따라서 '전통'이라는 주제와 관련하여 언급할 수 있는 부분과 그렇지 않은 부분을 명확히 해야만 적절하게 그 양상을 파악할 수 있을 것이다. 이에 소설교육과 관련한 여러 현상 중에서 전통으로서 언급이 가능한 부분과 그렇지 않은 부분을 범주화해야 할 필요가 있다.

먼저 고려할 수 있는 것은 흔히 전통을 범박하게 구분할 때 활용되는 유형(有形)·무형(無形)의 구분에 따른 것으로서, '유형으로서의 전통'과 '무형물로서의 전통'의 구분이다. 소설교육과 관련된 유형물로서의 전통으로는 소설교육의 체제나 방식, 기본적인 틀과 같은 것을 언급할 수 있다. 그런데 잘 알려진 바와 같이 근대 이전에 소설은 공식적인 국가교육의 대상이 아니었다. 근대 이후 국가의 공식적인 교육의 한 부분으로서 학교 체제 아래 다수의 일반 대중을 대상으로 이루어지는 소설교육과 근대 이전의 소설교육과는 그 기본적인 제도나 틀의 측면에서 차이가 있는 것이 사실이다. 따라서 소설교육의 체제와 관련하여 실질적 형태로서 제도적 측면에 있어 일치하거나 연결되는 소설교육의 전통을 이야기하기는 어렵다.

그러나 근대 이전 조선시대에도 오늘과 같이 소설이 향유되었고, 그러한 소설이 향유되던 과정에서 소설이 가지는 영향력에 대한 논의가 이루어지기도 했으며, 학교 교육으로서의 소설교육이 아니더라도, 개인적 차원, 가(家)의 차원, 공동체적 차원의 소설읽기가 이루어졌다는 점을 주목할 필요가 있다. 사회를 이루는 기본 단위인 가(家)나 사회 공동체 차원에서 오늘날과는 다른 성격의 소설교육이 이루어졌고, 이러한 소설교육과 관련한 무형의 전통으로서 인식론적 측면에서의 전통 논의가 가능하다. 또한 소설의 향유가 오늘날까지 이어지고 소설교육에 있어서도 방법론으로서 활용되고 있는 측면이 있으므로 그 향유방식과 관련한 전통을 언급할 수 있다.

즉, 일종의 소설교육과 관련한 '인식론적 측면에서의 전통'(tradition as cognitive level)이나 소설의 향유방식과 관련하여 파악할 수 있는 '향유적 차원에서의 전통'(tradition as enjoyment level)에 대한 언급이 가능하다. '소설교육을 왜 해야하는 가', '소설교육이 왜 중요하고 필요한 가'에 대한 본질적인 측면과 관련하여 인식론적 측면에서의 접근이 가능하며, 소설이 오늘날에도 여러 집단들을 대상으로 향유되고 있고 그러한 향유를 기반으로 과거와 현재의 소설교육이 성립한다는 점에서 향유적 차원에서 지속적으로 이어지는 전통을 파악할 수 있을 것이다.

물론 '인식론적 측면의 전통'과 '향유적 측면의 전통'은 밀접하게 관련되어 있는 것일 가능성이 높다. 인식론적 측면이 실제 향유과정에서도 실체로서 드러나기도 하기 때문이다. 그럼에도 '인식론적 측면의 전통'과 '향유적 측면의 전통'의 범주에서만 각각 설명될 수 있는 전통의 요소들이 있으므로 오늘날 파악할 수 있는 소설교육 전통을 '인식론적 측면에서의 전통'과 '향유적 차원에서의 전통' 두 가지 차원으로 나눌 수 있고, 소설교육의 전통에 접근하고자 했을 때, 이 두 가지 차원 중 하나를 선택하여 살펴볼 수 있을 것이다.

3. 소설교육의 전통에는 어떤 것이 있을까?

근대 이전 과거에도 소설이 존재했고, 소설을 향유하던 사람들이 존재했으며 그들이 소설을 읽고 향유하는 과정에서 교육적 성격을 띤 일련의 행위들이 이루어졌다. 이러한 근대 이전의 소설교육에 해당하는 행위와 관련하여 오늘날까지도 이어지는 인식이나 향유의 양상을 소설교육의 전통이라 할 수 있을 것이다. 이 글에서는 특히 근대 이전의 소설과 관련한 다양한 '인식론적 전통'(tradition as cognitive level) 중에서도, 오늘날 소설교육의 가장 기본적인 인식론적 기반이자, 조선시대를 거쳐 애국계몽기, 해방 이후 교육과정기 전반에 걸쳐 지속적으로 드러나는 것으로서 "소설이 인간에게 영향을 주어 인간을 변화 시킨다"는 인식에 대해 살펴보고자 한다.

잘 알려진 바와 같이, '소설이 인간에게 영향을 미쳐 인간을 변화 시킨다'는 인식은 오늘날 소설교육을 지탱하는 가장 기본적인 인식 중의 하나이다. 문학개론이나 문학교육개론 시간에 흔히 듣는 말 중의 하나가 가치 있는 내용과 인식을 담은 소설이 인간을 변하게 한다는 언급이며, 서점가에서도 「내 인생을 바꾼 소설」, 「내 인생 최고의 소설」, 「가치 있는 소설 한 권이 인생을 바꾼다」 등의 책을 흔히 발견할 수 있다. 소설이 그것을 읽는 사람에게 영향을 미쳐 인간을 변화시킨다는 주장은 현재 우리의 인식 속에 남아 동시대를 살아가는 많은 사람들이 공유하는 인식 중의 하나이다. 이러한 인식적 측면에 기대어, 소설이 인간에게 미치는 영향을 정체성의 확립이나 상상력의 고양, 미적 체험을 통한 정서의 순화, 타자(他

흄)에 대한 이해, 윤리적 삶에 대한 감각 획득 등으로 구체화하고, 그것을 가능하게 하는 방법론과 실제 학습자를 대상으로 한 실험을 진행하는 것이 오늘날 소설교육 기획의 기본 전제라고 할 수 있다.

이처럼 오늘날 소설교육은 '소설이 인간에게 영향을 미쳐 인간을 변화시킨다'는 기본적인 인식에 기대어 소설이 학습자에게 미칠 수 있는 지적, 정서적 성장을 기획하고 있지만, 실제 소설이 사람에게 영향을 미치고 사람을 변하게 한다는 인식이 어디에서 비롯되었는가에 대해서는 논의된 바 없다. 이처럼 소설이 사람에게 영향을 미친다는 인식, 나아가 좋은 소설이 인간을 바람직한 방향으로 이끈다는 인식은 매우 단순하고 평이한 것 같지만 서구의 소설 이론에서는 쉽게 찾아볼 수 없는 접근이다.

서구에서 언어예술로서, 심오한 사상의 담지체로서, 가장 발달한 서사의 하나로서 소설을 보는 관점에서는, 칸트 식의 미학적 접근이나 이성과 감성이 결합된 독특한 미적 작용을 통해 미적 체험을 할 수 있다거나, 서사가 가지고 있는 경험 재현의 측면이나 치유적인 측면이 있어 소설이 인간에게 영향을 미친다고 이야기하지만, 좋은 소설이 인간을 좋은 사람으로 변하게 하며, 소설이 인간을 변화시키고 성장시키는 특정한 힘을 가지고 있다고 적극적으로 말하지는 않는다. 비평의 영역에 있어서도 서구에서 소설과 관련한 비평 논의의 주된 관심사는 소설이 형식적, 기술적 측면이나 내용적 측면에 있어 기존의 것과 다른 어떤 새로운 측면의 보여주는 가의 문제가 화두가 되지, 소설이 인간에게 특정한 영향을 미친다는 이야기를 심각하게 전개하고 있는 것 같지는 않다. 이러한 측면에서 본다면, 우리가 현재 가지고 있는 소설이 인간을 변화하게 한다는 인식, 소설이 인간에게 영향을 미치고 바람직한 내용을 담은 소설이 인간을 바람직한 방향으로 이끈다는 인식은 근대 이전부터 형성된 우리의 '인식론적 전통'에서 비롯한 것일 가능성이 높다.

실제로, '소설이 인간에게 영향을 미쳐 인간을 변화 시킨다'는 인식은 한국, 중국, 일본, 베트남 등 동양 유교사회에 해당하는 국가들을 중심으로 형성된 독특한 인식이다. '인간이 소설을 통해 변화할 수 있다'고 언급하지 않고 굳이 소설을 주체로 내세워 기술하는 이러한 담론 기술 방식이 과거로부터 지금까지 이어지는 이러한 인식을 드러내는 증거 중의 하나이다. 진술 자체의 타당성을 따져보자면, 소설이 아닌 인간을 주체로 하여 '인간이 때로 소설을 통해 영향을 받고 변화하기도 한다.'로 기술하는 것이 타당하다. 실제로 인간은 각자의 삶을 살아가면서 자신의 인생을 돌아보고 성찰하면서 때로 거기에서 깨달음을 얻고 스스로 변화하고 성장하면서 정체성을 형성하는 존재이기 때문이다. 인간이 실제 삶을 살아가면서 자신의 인식과 사고 작용, 성찰작용을 통해 스스로 변화하는 것이지 소설이 인간을 변화시킨다고 할 수는 없다. 인간이 삶을 살아가는 과정 중에서 하나의 매개이자 도구로서 소설이 때로 인간을 변화시킬 수 있다고는 말할 수 있을 것이다.

그럼에도 불구하고, 근대 이전 조선시대로 부터 오늘날에 이르는 많은 사람들은 소설을 명제 진술의 주체로 내세우면서 "소설이 인간에게 영향을 미치고, 소설이 인간을 변화시킨다."고 이야기한다. 더 나아가 그렇기 때문에 소설의 내용이 인간 정신을 올바른 방향으로 이끌 수 있는 것으로서 바람직한 내용을 담은 것이어야 한다고 주장하기도 한다. 이처럼 소설을 주체로 하여 기술하는 인식은 근대 이전 유교사회에서 글이나 서책이 갖는 특별한 의미와 함께 비록 경사서나 육경에 해당하는 경사서는 아니지만 경사서와 유사한 특정한 효용을 가지는 것으로서 소설에 특정한 의미를 부여했던 근대 이전의 전통적 인식에서 비롯한 것일 가능성이 높다.

과거 조선시대 사람들이 소설을 두루 향유했던 자료들을 통시적으로 두루 살펴보면, 단순한 영향론 차원에서 '소설이 인간에게 영향을 미칠 수 있다'는 수준에서 그 진술이 비교적 약하게 드러난 경우와 소설이 경사서와 같은 것으로서 백성을 교화시킬 수 있고 새로운 인간이 되게 할 수 있다는 정도로 보다 강력하게 드러난 경우들이 있다. 특히 이러한 언급들이 드러난 논의들에서 소설을 경사서에 '비유'하거나 경사서에 '견주는' 경우들을 많이 볼 수 있었는데, 이러한 언급들은 유교사회에서 성인의 감화력이 백성에게 자연스럽게 전염되는 감화의 원리와 같은 것을 소설이 인간에게 영향을 미치는 방식으로 이해하는 양상을 보인다는 점에서는 공통적이다.

근대 이전에 때로는 소박하게, 때로는 강력하게 드러나는 이러한 인식을 "소설이 인간에게 영향을 미쳐 인간을 감화시킨다."고 주장하는 '감화론(感化論)'에 해당하는 인식으로서 파악할 수 있다. 아래에서는 '감화론(感化論)'이 지니는 '인식론적 전통'으로서의 양상과 그것이 오늘날 소설교육에 주는 시사점을 살펴보고자 한다. 이러한 '감화론'에 주목한 접근을 통해 오늘날 소설교육 기획의 가장 기본적인 전제가 형성되어온 인식론적 흐름을 파악할 수 있으며, 소설이 인간을 감화하는 방식과 기제에 대한 구체적인 논의를 통해 오늘날의 소설교육의 현상들을 다시금 돌아볼 수 있을 것이다.

1) '감화론'(感化論)이라는 인식의 실체는 무엇인가?

조선시대 소설에 대해 언급한 여러 비평 자료들을 살펴보면, 소설이 인간에게 특정한 영향을 미친다는 언급을 한 경우를 많이 발견할 수 있다. 흔히 조선시대 소설에 대한 논의들의 대부분은 효용론에 속한다고 이야기하는 경우가 많지만, 그 효용론의 성격을 보다 자세히 살펴보면 그 중 상당수가 이것이 인간에게 영향을 미치고 감계(鑑誡)의 뜻이 있어 세교(世敎)에 도움이 되기 때문에, 즉 어떤 식으로든 소설이 인간에게 영향을 주기 때문에 필요가 있거나 혹은 금지해야 한다는 식의 언급이 드러난다. 비록 〈금오신화〉와 같이 초기 소설사에서 드러나는 전기소설과 관련한 향유 기록에는 소설이 인간에게 미치는 영향력에 대한 논의가 크게 드러나지 않지만, 17세기를 기점으로 소설 향유가 보다 본격화되면서 소설이 인간에게 영향을 미칠 수 있다는 주장들이 직접적으로 드러나기 시작한다.

이러한 인식은 갑자기 형성된 것이라기보다는, 소설 향유에 어떠한 방식으로든 의미를 부여하고자 하는 시도 속에서 점진적으로 드러났다. 〈전등신화〉, 〈삼국지〉, 〈수호전〉 등의 중국소설의 영향이 지속되는 아래 조선시대 소설이 생겨나 발전해나가는 과정에서, 소설이 가지는 여러 가지 가치와 생활에서의 활용 가능성에 대한 논의들이 이루어졌다는 점은 잘 알려져 있다. 예를 들면, 소설이 '경전의 내용은 아니지만 글자를 익히는 수단으로서 도(道)에 들어가는 전(前) 단계로서 의미를 가진다'든가, '여가를 활용하는데 도움이 된다'거나, '한가로움을 피하는 데 도움이 된다'는 식의 다양한 측면에서 적정한 필요를 충족시킬 수 있다는 입장이 전개되기 시작한 것이다.

이러한 언급은 비교적 조선시대 초기에 해당하는 언급으로서 소설이 가질 수 있는 효용을 낮은 수준에서 언급하고 있는 경우들이라 할 수 있다. 그런데 소소한 여가의 활용이나, 아무것도 안 하는 것보다는 뭔가를 하는 것이 의미가 있기 때문에 소설 읽기도 의미가 있다는 시각에서 나아가, 소설 읽기에 여러 가지 중요한 의미를 부여하는 흐름이 드러나는데, 이는 기존의 유교사회에서 인정하고 받아들이던 경전 읽기와 소설 읽기를 연결 지으면서 드러난다. 처음에는 새로 생겨난 것으로서 경전이 "아닌 것"으로 명확하게 분류되었던 소설이 경전과 유사한 점이 있음이 드러나면서 그러한 점에 주목하기 시작한 것이다.

인간이 새로운 것을 받아들일 때, 기존에 자신이 알고 있던 개념이나 대상에 대해 가지고 있던 기존 인식과의 관계 속에서 새로운 대상을 파악한다는 것은 심리학 연구의 결과로서 잘 알려져 있다. 즉, 소설이라는 글이 처음 생겨나서, 그것을 짓고, 읽고, 향유하는 활동이 드러나자, 유교 사회에서 서적을 향유하고 유통하던 기존의 방식과 소설 향유를 연결지어 생각하는 경향이 드러난 것이다. 이러한 입장에서, 소설과 당대에 바람직한 향유 대상으로서 인정되던 유교 경사서와의 유사점을 찾아 그것을 긍정하고자 하는 흐름이 직접적으로 드러나게 된다. 다음과 같은 발언들이 이러한 인식에서 비롯한 것들이라 할 수 있다.

> 산양 사람 구존재는 실로 박아한 선비로서 세상에서 대우를 받지 못해 물러나 거리낌 없이 말을 하였으니, 그 저술한 바가 많아 거의 수십편에 이른다. 한편 **이 책은 대개 전기(傳奇)에 근거하여 비록 괴이한 일을 말한 것이기는 하나 또한 문장을 능숙하게 다룬 것이다. 하물며 가히 권할 만한 선과 징계할 만한 악을 기록하였으니 그 어찌 버려둘 것인가? (중략) 요즘 문자를 암송하는 자들을 반드시 이 책을 이야기한다.** (전등신화구해발)

> 100년간 고사의 경우에는 참과 거짓이 서로 섞여 있으므로 다만 중고 이래의 일 가운데 두드러진 것을 뽑아서 소설을 만들어 한가로울 때에 보고자 한다. **말은 비록 속되지만 (내용은) 명교(名敎)에 도움됨이 없지 않을 것이다.** (송도기이 서)

> 일이 풍속을 경계할 수 있다면 아름답건 추하건 간에 기록할 수 있고, 말이 이치에 합당하다면 정밀하건 조잡하건 간에 가릴 것이 없다. **백정의 천한 기술이라도 취하여 양생의 법으로 삼을 수 있고, 무의 같은 하찮은 직업에서도 항심을 가진 것을 볼 수 있으니, 어찌 항간에 떠도는 비리한 말이라고 하여 느껴 깨닫게 하는 뜻을 다할 수 없겠는가?**
> (속어면순 발)

16세기 무렵 임기(?-1592)라는 사람이 《전등신화》를 주해한 책의 발문에서는 《전등신화》가 전기(傳奇)에 근거하여 괴이한 것을 말한 것이기는 하나 문장을 능숙하게 다루었다는 점과 함께 내용적 측면에서 '권할 만한 선과 징계할 만한 악'을 다루었다는 점을 언급하고 있다. 또한 그러한 점을 파악한 당시의 많은 사람들이 이 책을 주목했다는 점을 말하고 있는데, 이는《전등신화》와 같은 전기소설이 그 문장과 내용의 측면에서 유교 사회에서 수용이 가능한 것으로서 인식되기 시작한 지점을 잘 보여 준다. 또한 이덕형의 경우도《송도기이》라는 이야기집을 내면서 소설을 만들어 한가로울 때 보고자 한다고 밝히면서 그 표현적 측면, 즉 문장이나 말은 비록 속되지만 내용적 측면에서 있어서는 '명교(名敎)', 즉 유가의 가르침에 도움 됨이 있을 수 있다는 점을 직접적으로 언급하고 있다.

즉, 소설을 기술한 말이나 문장이라는 형식적 측면과 그것이 담고 있는 내용적 측면에서 경사서와 유사한 것으로 소설을 파악하고, 소설을 긍정하는 양상이 드러나는 것이다. 앞서 살펴본 소극적인 측면에서의 활용, '아무것도 안 하는 것보다는 낫다'는 주장을 하는 것에서 나아가 소설의 문장이 유교에서 통용되는 적절한 수준의 문장들이며, 그 내용에 있어서도 유교적 가르침을 담고 있다는 주장들이 드러난다.

여기에서 조금 더 나아간 인식이 그 말이 비리하고 속되든지 간에 그것이 담고 있는 내용이 풍속(風俗)을 경계할 수 있다면 가려서 없애는 것은 바람직하지 않다는 홍서봉의 발언이다. 홍서봉 역시 다양한 이야기들을 모아 엮은《속어면순》이라는 책의 발문에서 그 말, 즉 문장이 정밀하든지 조잡하든지 간에 이치에 맞고 바람직한 교훈과 내용을 담고 있으면 용납 될 수 있으므로, 소설과 같이 거리의 비리한 말이라도 가치가 있다는 점을 밝히고 있다. 이러한 인식은 근대 이전 유교사회에서 유교적 이념이 실현되는 사회의 구현에 도움이 되는 것과 관련하여 소설의 실질적인 효용을 추구하고자 했던 의식적 지향과도 관련되는 것이면서, 성인의 말씀을 다룬 경사서를 주요하게 여기면서도 일찍이 패관을 시켜 거리의 말을 채집함으로써 민심을 살피고 세상의 이치를 파악하고자 했던 유교 사회의 지향과도 관련이 있다.

이렇게 소설이 경전과 유사한 점이 있다는 측면에서 긍정되던 흐름에서 나아가 17세기 이후부터 본격적으로 소설의 내용이 의미 있는 내용을 다루고 있다는 주장을 넘어서서 소설에 담긴 의미가 인간에게 직접적으로 영향을 미친다는 인식에까지 이르게 된다. 우리가 주목하고자 하는 '감화론'의 언급이 이에 해당한다. 17세기 소설사의 전환기를 넘어서면서 소설 향유와 소설이 미치는 영향력에 대한 논의가 본격적으로 드러나고, 유교사회가 지향하던 내용을 적절한 방식으로 잘 풀어낸 소설, 직접적으로 성인의 말씀을 기록한 경사서에 버금갈 만큼 당시 사회가 지향하던 이념을 적절하게 표현한 소설이 등장하게 되었고, 이를 통해 소설이 인간을 권계하고 인간에게 영향을 미쳐 바람직하게 이끈다는 주장이 더욱 강화된 방식으로 드러나기 시작한다.

즉, 소설이 인간에게 미치는 영향을 유교 경전이 사람들에게 미치는 영향과 관련지어 생각하면서 마치 유교 성인의 말을 담은 책이 백성들을 교화하듯이 좋은 소설이 인간을 바람직한 방향으로 변화하게 한다는 주장이 드러난 것이다. 흔히 교화, 세교, 복선화음의 이치를 통한 풍속의 교화 등의 용어로 구현되는 이러한 인식은 점차 소설과 경사서의 유사점을 찾던 데에서 나아가, 소설을 경사서의 반열에 둠으로써 사서가 인간에게 미치는 영향력과 같은 방식의 감화적 영향력을 행사한다고 보는 관점으로 진전되었다.

일반적으로 '감화(感化)'는 '남의 마음을 감동시켜 착하게 만듦', '남의 영향을 받아 마음이 착하여짐'을 의미하는 것으로 다른 사람(주로 聖人)의 좋은 영향을 받아 생각이나 행동이 바람직하게 변하는 현상'을 지칭하는 용어이다. 이는 유교사회에서 전제하는 이상적인 사회의 구현 방식과도 연결된다.

유교의 사서삼경(四書三經) 중 하나인 〈맹자(孟子)〉에서 양혜왕이 맹자에게 치도(治道)의 도리를 묻자 이익(利)보다는 의(義)를 추구해야 한다고 했던 구절은 잘 알려져 있다. 맹자가 이(利)를 얻는 방법을 추구하기보다는 의(義)를 먼저 추구해야 한다는 공자의 말을 자신의 저서 맨 첫 장에 기록해 놓은 것은 이(利)를 추구하는 것은 원한이 많이 생기지만, 의(義)를 추구하는 것은 도덕적 가치관에 기반하여 구현되는 유교사회의 틀을 더욱 공고히 하여, 아름다운 덕이 군주에서 제후들로, 제후들에게서 여러 선비들과 일반 백성들로 전파되는 유교사회의 이념을 적극적으로 구현하는 길이라는 관점에서 비롯한 것이다. 이때 생활과 삶의 태도, 판단의 기준을 규정하는 '의(義)'를 추구하는 그러한 흐름이 여러 백성들에게 보편적인 원리로서 받아들여지게 하는 방법으로서 언급되는 것이 바로 올바른 이치를 전파하여 거기에 정신적으로 동화되어 행동의 변화로까지 이어지는 '감화'의 원리이다.

유교 사회가 궁극적으로 지향하는 것은 한 사람의 개인적인 인격적 완성과 학문적 성취, 사회적 성취에서 끝나는 것이 아니라, 그러한 성취를 다른 사람들에게 전파시켜 이상적인 유교 이념이 만천하에 구현된 사회를 이룸으로써 궁극적으로 왕도정치(王道政治)의 이상을 적극적으로 구현하는 것이다. 즉, 개인적 성장과 성취에 그치지 않고 그러한 결과를 사회 구성원들과 공유하고, 실천적 행위를 통해 전체 사회에 영향을 끼쳐 그와 같은 유교사회가 지향하는 인식이 현실 정치와 백성들의 현실적 삶의 맥락에서 실현되는 것을 지향한다.

이때 유교적 감화의 논리는 단지 정치의 영역뿐 아니라 가정을 비롯한 일상생활에까지 영향을 미치는 것으로서 가장 좋은 것은 성인이 실천하는 행동을 보고 그것에 자연스럽게 감화 받는 것이지만, 하, 은, 주 삼대(三代) 이후 성인(聖人)이 자취를 감춘 시대에는 성인의 말이나 행위를 담은 서적을 통해 직접적인 감화가 아닌 간접적인 감화가 이루어질 수 있다고 여겼다. 그런데 조선 후기로 가면서 인쇄술의 진전과 함께 다양한 서적들이 드러나고, 이러한 성인의 자취와 말을 담은 경사서와 같은 계열로 파악할 수 있는 대상의 범주가 시간이 지날수록 점차 그 범위가 넓어지게 된다. 이러한 변화는 감화라는 용어의 사용과 관련해서 다음과 같은 자료들을 통해 살펴볼 수 있다.

먼저, 일반적인 경사서에서 감화(感化)라는 용어가 사용되는 양상은 다음과 같다.

> 군자는 지나는 곳마다 **변화되고(化)** 마음을 두는 곳마다 신묘해진다. 위와 아래로 천지와 그 흐름을 같이하나니, 그 작용이 어찌 세상을 조금 도울 뿐이라 하겠는가. (맹자 진심장구상)

> 순 임금이 부모 섬기는 도리를 다하자, 아버지 고수도 기뻐하게 되었다. 고수가 기뻐하게 되자 천하가 **감화되었고(化)**, 고수가 기뻐하게 되자 천하의 부자간이 안정되었으니, 이를 두고 대효(大孝)라 하는 것이다. (맹자 이루상)

위의 두 구절은 《맹자》에 나오는 두 구절이다. 첫 번째 언급은 군자는 지나는 곳마다 사람을 감화시켜 천지와 그 흐름을 같이하며, 그를 통해 세상을 변화시킨다는 언급을 하고 있으며, 효와 관련한 실제 생활에 있어서도 순임금이 부모 섬기는 도리를 다하여 부모를 기쁘게 하자 천하가 감화되었다는 점을 언급하고 있다. 즉, '감화'란 유교에서 추구하는 이상적인 인물인 군자나 순임금과 같은 성인이 유교적 이념에 부합하는 아주 아름다운 행위로서 모범을 보이는 행동을 통해 다른 사람들에게 영향을 미치는 양상을 언급하는 용어로서 받아들여진다. 즉, 이러한 사서삼경(四書三經)에서의 감화는 주로 성인의 덕이 자연스럽게 다른 이에게 미쳐 그 사람을 유교적으로 바람직한 방향으로 이끄는 것을 의미한다.

화(化)라는 용어로 드러나는 이러한 감화에 대한 언급은 후기로 갈수록

'감화'라는 용어로 명확하게 드러나기 시작하는데, 실록에서 가장 먼저 직접적으로 언급되는 경우가 아래와 같이 태종 12년 정도의 일이다. 조선 시대에 이러한 용어가 활용된 양상을 좀 더 살펴보면, 가장 두드러진 경우가 다음과 같이 주로《조선왕조실록》에서 왕의 올바른 행동이 백성이나 주변사람에게 미치는 영향력을 언급하는 경우에 주로 드러난다.

> 여덟 가지 일의 병과 만기(萬機)의 정사가 하나도 그 도(道)를 얻지 못함이 없어서, 인심을 **감화(化)**시킬 수 있고, 천의(天意)를 감동시킬 수 있으며 화기(和氣)를 부를 수 있고, 재변(災變)을 없앨 수 있으며, 지극한 다스림[至治]을 일으킬 수 있고, 큰 복[景祚]을 연장할 수 있사오니, 엎드려 바라옵건대, 전하께서는 단연(斷然)히 행하시어 만세(萬世)를 대행(大幸)케 하소서 (조선왕조실록 태종 1년 신사)

> 신은 원컨대, 따로이 한 궁(宮)을 짓되 대궐에 가깝게 하여 매일 이른 아침이면 입전(入殿)하여 문안하게 하소서. 또 조계(朝啓)에도 참여하여 국정(國政)을 듣고, 서연(書筵)으로 환어(還御)하여 강(講)을 마치면, 가까이 좌우에 모시면서 **감화(感化)**를 지켜보면 자식 된 직분을 극진히 할 뿐만 아니라, 안일(安逸)에 흐르지 않을 것입니다. (조선왕조실록 태종 12년 임진)

위의 기록은 권근이 태종에게 치도(治道)의 도리를 다룬 6개의 조목을 임금에게 권고한 상소문의 일부분으로서 그러한 치도의 도를 시행할 경우, 여러 가지 일들이 도를 얻지 못함이 없고, 바르지 않은 것이 없어서 자연히 인심을 감화시킬 수 있다는 언급을 하고 있다. 이러한 언급은 경사서의 언급처럼 화(化)라는 용어로 언급되어 있는데, 조금 이후의 시기부터는 감화(感化)라는 용어가 본격적으로 등장하기 시작한다. 제시한 기록 중 아래의 기록은 세자의 우빈객이었던 이내(李來)라는 사람이 당시 세자였던 양녕대군이 기거하던 동궁이 너무 멀어 기강이 바로서지 않음을 적정하면서 세자의 기거처를 궁궐 가까운 곳으로 옮길 것을 주장하는 글이다. 이때 감화는 '임금의 행동이 좌우에 자연스럽게 미쳐서 변화를 일으키는 영향력' 정도의 의미로 쓰인다.

즉, 감화는 유교에서 말하는 성인의 덕, 임금의 덕이 자연스럽게 성인, 유교사회에서 하늘의 뜻을 받은 천자, 그 천자에게서 주권을 이양받은 조선의 왕의 행위가 가진 올바름과 그에 대한 가치관이 자연스럽게 백성에게 영향을 미치는 것을 의미한다. 그를 직접 대한 사람이나 그를 기리는 사람, 혹은 전혀 접점이 없는 일반 사람들에게까지 그 마음의 성스러운 기운이 전파되어 다른 사람에게 영향을 미치는 것을 의미하는 것이다. 주로 임금의 행위나 성인의 행위, 경사서가 인민을 대상으로 미치는 영향력과 관련하여 언급되던 감화에 대한 언급은 조선 후기로 갈수록 경사서가 아닌 책이 미치는 영향력을 언급하는 용어로 확장되어 활용되는 것을 알 수 있다.

> 천하의 가르침을 밝고 바르게 하는 데 인심을 감화(感和)시키지 않으면 무엇으로 그 가르침을 넓히겠는가. (중략) 정도의 감화(感和)는 진실로 사람의 말을 기다릴 것도 없이 저절로 천리의 크게 화함이 있으니, 이 도리를 주장해서 밝히는 사람이 하늘을 대신하여 말을 하고 사람에 따라 설법(說法)하면, 자신의 공을 삼지 않아도 자연 말을 드러낸 공이 있고, **감화(感化)**를 기약하지 않아도 자연 계도(啓導)되는 화(和)가 있어, 능히 큰 책임을 맡고 멀리까지 갈 수 있다. (추측록)

최한기가 1836년, 세상의 이치를 기(氣)의 측면에서 설명하고자 한 〈추측록〉에서는 〈추측록〉에서 언급한 도리가 천하의 가르침을 밝고 바르게 하여 인심을 감화시킬 수 있다고 언급하면서 이러한 도리를 주장하여 밝히는 사람은 굳이 감화(感化)를 기약하지 않아도 자연 뜻을 이끄는 것이 있다고 하고 있다. 〈추측록〉은 이기론 논의에 해당하는 책으로서 비록 경사서는 아니지만, 경사서와 비슷한 내용과 문장을 담고 있는 책이다. 이처럼 성인의 말이나 기존에 경사서에 해당하는 서적이 아닌 새로운 서적이 미치는 영향도 감화(感化)의 영향력을 가지는 것으로 언급되는데, 이러한 인식의 변화 과정에서 소설의 내용이 인간에게 영향을 준다는 감화론의 흐름 또한 드러난다. 잘 알려진 "문장은 도를 담는 그릇"이라는 말에서 파악할 수 있는 글과 문장에 대한 인식이 서책을 통한 간접적인 감화에 대한 인식으로 이어지고, 이러한 감화의 영향력을 끼치는 서책에 대한 인식의 범위가 확대되면서 소설을 감화의 영향력을 가진 것으로 보는 관점이 드러났다고 할 수 있다.

최한기의 기록이 19세기의 기록이므로, 앞에 제시한 기록들에 비해 상대적으로 후대의 것이기는 하지만 소설 향유가 본격화되던 17세기, 18세기에 이르러 이러한 인식론적 측면의 변화가 드러났음은 충분히 추정할 수 있는 부분이다. 이와 관련해서는 다음과 같은 18세기 실학자인 안정복 (1712-1791)의 글에서 드러나는 내용에서 이러한 글과 서책을 통한 감화와 관련한 인식을 더 분명히 살펴볼 수 있다.

> 글이란 옛 성현(聖賢)들의 정신과 심술(心術)의 운용이다. 옛 성현들이 영구히 살면서 가르침을 베풀 수 없었기 때문에 반드시 글을 지어서 후세에 남겨 후인들로 하여금 그 글 속의 말을 통하여 성현의 자취를 찾고 그 자취를 통하여 성현의 이치를 터득하게 하고자 한 것이니, 이 때문에 후세의 선비들이 한결같이 글을 읽어서 성현의 뜻을 추구하는 것이다. 그러나, 많이 읽지 않으면 그 의미를 알 수 없으며, 널리 보지 않으면 그 변화에 통달할 수 없다. (상헌수필)

안정복은 글이 성현의 정신과 마음의 운용이라고 하면서 그 글을 통해 성인의 뜻을 추구하고 배울 수 있으므로, 그것을 자주 읽고 널리 읽어야 의미를 알고 변화에 통달할 수 있다고 하고 있다. 경전의 글을 성인의 뜻과 마음에 도달할 수 있는 매개체로 파악하는 인식이 이러한 자료에서 드러난다.

주목할 점은 소설에 해당하는 저서들 중에서도 경사서의 반열에 오를 만하다고 여겨지는 것들이 드러나면서 경전이 지닌 것과 같은 감화의 영향력을 가진 것으로 적극적으로 언급된다는 점이다. 처음에 소설은 사서삼경의 경전에 해당하는 유교사회의 저작이 아니었지만, 소설이 점차 유교 사회에서 중요하게 다루는 가치들을 다루기 시작하면서 그것이 담고 있는 내용의 측면에서 중요한 의미를 가지는 것으로 언급되기 시작한다. 경사서가 가지는 감화의 영향력을 거의 동일한 수준에서 가지고 있는 것으로서, 감화의 주체로서 소설이 등장하는 것이다. 비록 교화(敎化)라는 용어가 더 자주 언급되고, 감화(感化)라는 용어를 직접적으로 언급하지 않는 경우도 많지만 소설과 관련한 영향으로서 상정하고 언급하고 있는 인식의 본질이 유교사회에서 경전이 가지는 감화의 작용과 관련된다는 것은 분명한 것으로 보인다.

이러한 감화론과 관련한 인식의 실체를 파악하기 위해, 조선시대에서 애국계몽기까지의 자료로서 소설이 인간에게 영향을 미쳐 사람을 변화시킨다는 입장에서의 감화론의 범주에서 다룰 수 있는 내용을 담고 있는 자료들을 모아 정리해 보았다. 이러한 자료들에서 파악할 수 있는 '감화론'의 양상을 보여 주는 부분에 해당하는 진술을 주체, 대상, 영향, 출처를 중심으로 정리한 결과는 아래와 같다.

표 1. 감화론(感化論)의 인식과 관련한 기술

순번	'감화론'의 인식과 관련된 기술의 양상
(A)	주체: 소설 〈오륜전전〉이 대상: 이 책을 보는 사람들에게 영향: 감격하고 우러르는 마음이 일어나서 밝은 가르침을 세우는데 도움이 없지는 않을 것이다. (낙서거사, 「오륜전전 서」)
(B)	① 주체: 소설 〈오륜전전〉 충주본이 　대상: 그것을 읽는 사람 　영향: -오랫동안 사모하는 정을 일으키고 선한 본심을 불러낸다. 　　　　-그 말이 비록 약간에 불과하나 교화를 돈독히 하고 풍속을 선하게 하는 방편이 또한 옛 군자의 서적에 버금가지이다. ② 주체: 소설 〈오륜전전〉 충주본이 　대상: 세상 사람들에게 　영향: 이 책에 마음을 두어 이 모범을 따르게 하여 보탬되는 바가 있게 할 것이다. (심수경, 「오륜전전 발문」)
(C)	주체: 소설 〈화영집〉이 대상: (독자에게), (사람들에게) 영향: 반드시 세상의 권계와 관련이 있을 것이며 사람의 의사를 감발함이 있어서 취할 바가 있을 것. (최립, 「화영집 발」)
(D)	주체: 소설 (〈송도기이〉에서 소설에 해당하는 것) 대상: (독자에게) 영향: 말은 비록 속되지만 명교(名敎)에 도움됨이 없지 않을 것 　　　(이덕형, 「송도기이 서」)
(E)	① 주체: 황탄함에 가까운 소설이라도 　대상: (독자에게) 　영향: 소설이 뛰어난 행동과 절개가 있으면 선비된 자로서 본받을 만한 것이 된다. ② 주체: 소설 〈남정기〉가 　대상: (독자에게) 　영향: 〈남정기〉는 문장도 취할 만하고 행위도 취할 만하다. 사씨는 백 가지 현숙한 덕을 겸한 여자 중 한 사람일 뿐이지만 백대의 규범이 될 수 있다. 훌륭한 명망은 드러내어 감계로 삼아야 하니, 후생을 감계하고 천추에 경계하게 된다. ③ 주체: 소설 〈남정기〉가 　대상: 후세에 첩을 두는 자/ 부인된 자/ 쫓겨난 부인/ 첩이 된 자/ 정치하는 자/ 정권을 쥔 자 　영향: 감계하여 살피는 데 조심하게 하고/감계하여 행동에 조심하게

하 고/감계하여 징계하는데 조심하고/ 감계하여 사납게 되지
않도록 조심 하게 하고/ 감계하여 부려쓰는 데 조심하게 하고/
감계하여 나아가는 데 조심하게 하고 ⇒ 유학(儒學)에 도움이
될 것. (미상, 「남정기 서」, 국립중앙도서관 본 《남정기》)

(F)	주체: 〈용재총화〉, 〈어면순〉과 같은 이야기 책이 대상: (독자를) 영향: 음탕함을 가르친다. 풍교에 보탬이 되지 않는다. 　　　(권응인, 《송계만록》하, 정가당본)
(G)	주체: 〈사씨남정기〉와 같은 소설고담이 대상: (독자에게) 영향: 사건들에 대해 논단하여 경계로 삼았으니, 권선징악의 도리에 또한 　　　조금이나마 도움이 될 것이다. (이양오, 「사씨남정기 후서」)
(H)	주체: 패관소설 대상: (독자에게) 영향: 당대의 사적을 기록하여 감발하고 징창하게 함. 　　　(이규경, 「경조여사 서」)
(I)	① 주체: 〈남정기〉가 　　대상: (독자에게) 　　영향: 감동을 준다. 유추하여 생각하면 일마다 사람을 가르치지 않음 　　　　이 없다. 　　　　세교를 돕는다. ② 주체: 〈남정기〉가 　　대상: 쫓겨난 신하와 총애를 잃은 부분 　　영향: 임금과 남편에 대해 천성과 인륜에 감발하게 한다는 점에서 　　　　〈초사〉와 같다. 사람의 착한 마음을 일깨우고 해이해진 마음 　　　　을 경계 하려는 것은 또한 〈시경〉에 비근하다. (김춘택, 『북헌 　　　　집』)
(J)	주체: 〈남정기〉가 대상: (독자에게) 영향: 불가(佛家)로 빗대어 말하였으나 그 가운데 초사 이소의 남긴 뜻을 　　　전한다. (이재, 『삼관기』)
(K)	① 주체: 한글 소설책 　　대상: (여성 독자에게) 　　영향: 이전 시대의 치란과 흥망의 자취를 대략이라도 알게 된다면 　　　　덕성 을 기르고 식견을 넓힐 수 있게 된다. ② 주체: 혼인, 부귀, 신선, 귀신 등에 관한 패설잡기 　　대상: (여성 독자에게)

	영향: (나쁜 영향을 미치므로) 일체 볼 만한 것이 못 된다. (민익수, 『여흥민씨가승기략』)
(L)	주체: 음란한 소설 대상: (독자에게) 영향: 자신도 모르게 음란한 생각이 들게 한다. (안정복, 『순암집』)
(M)	주체: 〈서유기〉와 같은 소설의 문장 사람은 고향을 떠나면 미천해지고, 사물은 있던 곳을 벗어나면 귀해진다.'라든가 '좋은 술은 사람의 얼굴을 붉게 하고, 황금은 선비의 마음을 음흉하게 한다'라든 가 '선을 행하는 사람은 뜰의 봄풀과 같아서 알게 모르게 자라나서 날이 갈수록 성장하고 악을 행하는 사람은 칼을 가는 돌과 같아서 알게 모르게 줄어들어 날이 갈수록 이지러진다.'와 같은 명담, 격언에 해당하는 문장 대상: (독자) 사람을 영향: 사람을 경계하고 감발하게 한다. (규장각 소장 《송천필담》)
(N)	주체: 세속에서 흔히 말하는 소설(연의류 소설) 대상: (독자에게) 영향: 음란함과 도둑질을 가르치고 인륜과 교화를 해치는 도구임. (이덕무, 「與朴在先齊家書」)
(O)	주체: 소설 〈서상기〉 대상: (독자에게) 영향: 패사 중에서의 경전의 역할을 한다. (유만주, 『흠영』)
(P)	① 주체: 소설 〈서유기〉 대상: (독자에게) 영향: 성(性)을 안정시킨다. ② 주체: 소설 〈서상기〉 대상: (독자에게) 영향: 정(情)을 안정시킨다. (유만주, 『흠영』)
(Q)	주체: 소설 〈서유기〉 대상: (독자에게) 영향: 모두 마음에 대한 이야기로서 《심경(心經)》의 외전과 같은 역할을 한다. (유만주, 『흠영』)
(R)	주체: 소설 〈교몽뢰〉의 "부귀는 본래 근본이 없어서 노력에 따라 얻어지니, 나태한 사람을 보면 얼굴에 굶주리고 빈한한 기색을 띠고 있다."는 문장 대상: (독자에게) 영향: 한유의 송부(送符)와 같은 역할을 한다. (유만주, 『흠영』)

(S)	주체: 소설 《방경각외전》의 핍진한 형용(표현) 대상: (독자에게) 영향: 문장의 작용이 뛰어나 자연히 고문(古文)과 같은 역할을 한다. (유만주, 『흠영』)
(T)	주체: 소설 〈육미당기〉가 대상: (독자에게/특히 부녀자와 아이들) 영향: 묘사가 뛰어나 무릇 슬픔과 기쁨의 얻고 잃음의 경계와 현명하고 어리석음과 착하고 악함의 분별은 때때로 사람으로 하여금 보고 느끼게 하는 점이 있었다. (서유영, 「육미당기 서서」)
(U)	① 주체: 소설 〈화셰계〉, 〈월하가인〉등 수삼종의 소설 대상: 독자제군 영향: 현재 있는 실제 사적을 기술하여 신기하게 여겨짐. ② 주체: 새로 나온〈화의 혈〉 대상: (독자에게) 영향: 허언은 한 글자로 기술하지 않고 문장은 별로지만 사실을 적확 하게 기술하여 그 사람을 보고 그 사정을 듣는 듯하여 선악간 족히 밝은 거울이 될 만하다. ③ 주체: 소설이라고 하는 것 대상: 애독하시는 부인과 신사 영향: 풍속을 교정하고 사회를 경성함. 재미와 좋은 영향을 줌. (이인직, 〈화의 혈〉 셔언, 말미)
(V)	주체: 국문으로 된 〈춘향전〉, 〈심청전〉, 〈홍길동전〉 등의 구소설 대상: 국민 영향: 음탕하고 처량하고 허황하여 풍속을 아름답게 하지 못하고, 전망 이 없고 정대한 기상도 없음. 우리나라 난봉남자와 음탕한 여자의 행위가 다 여기에서 비롯한 것 이니 그 영향이 크다. 몇 백만 청년을 음탕하고 처량하고 허황한 구멍에 쓰러붓는 역할을 함. (이해조, 〈자유종〉)

* 기술 내용 중 ( )안에 기술한 부분은 자료에서 직접적으로 언급되지 않았지만 문맥상
충분히 추정할 수 있는 부분으로서 연구자가 추정하여 기술한 내용이다. 또한 하나의
자료에 여러 차원의 영향에 대한 언급이 있는 경우는 ①, ② 등으로 구분하여 기술하였다.

이와 같이 정리한 결과를 두고 보면, 조선 초·중기에 해당하는 16세기
부터 애국계몽기까지 소설 감화론의 인식에 해당하는 인식론적 흐름이
지속적으로 드러난 것을 알 수 있다. (A)에서 (V)에 해당하는 대부분의
언급에서 소설이 인간과 사회에 특정한 영향을 미치고 그것이 인간과 사

회를 변하게 한다는 식의 언급이 드러난다. 소설의 위상이나 소설이 지닌 내용이나 표현, 그리고 영향력에 대해 언급하면서 소설이 인간에게 미치는 영향력이 유교 경전의 그것과 같은 것으로서 소설이 유교적으로 가치 있는 내용을 다루어 인간에게 영향을 미치고 인간을 교화시키고 변화시킨다는 입장이 지속되는 양상을 보인다. 다음과 같은 구절들을 특히 주목할 필요가 있다.

(B) 오랫동안 사모하는 정을 일으키고 선한 본심을 불러낸다. 교화를 돈독히 하고 풍속을 선하게 하는 방편이 또한 옛 군자의 서적에 버금가지이다.

(I) 임금과 남편에 대해 천성과 인륜에 감발하게 한다는 점에서 〈초사(楚辭)〉와 같다.
사람의 착한 마음을 일깨우고 해이해진 마음을 경계하려는 것은 또한 〈시경(詩經)〉에 비근하다.

(J) 불가(佛家)로 빗대어 말하였으나 그 가운데 《초사(楚辭)》 이소(離騷)의 남긴 뜻을 전한다.

(O) 패사 중에서의 경전(經傳)의 역할을 한다.

(Q) 모두 마음에 대한 이야기로서 《심경(心經)》의 외전(外傳)과 같은 역할을 한다.

(R) 한유의 송부(送符)와 같은 역할을 한다.

(S) 문장의 작용이 뛰어나 자연히 고문(古文)과 같은 역할을 한다.

위의 자료들에서 드러나듯이 소설을 옛 군자의 서적이나, 사서삼경(四書三經)의 하나로서 공자의 〈시경(詩經)〉에 비근한 것으로 보거나, 송나라 학자 진덕수가 《서경》《시경》《주역》《논어》 등 유교 경전과 송대 유학자 주희, 주돈이, 범준, 정이천 등의 글에서 마음의 본질과 운용 방법을 설명한 부분들을 선별·발췌하여 엮어 지은 《심경(心經)》과 유사한 역할을 하는 것으로 보거나, 경전과 같은 역할, 고문(古文)과 같은 역할을 한 것으로서 보는 관점이 드러난다. 또한 당대 대표적인 문학 작품으로서 추구하던

《초사(楚辭)》나 당송팔대가의 한 사람인 한유(韓愈)가 유가의 도(道)에 대해 쓴 송부(送符)와 유사한 것으로 소설을 인식하는 양상이 드러난다. 이는 당시 사람들이 소설이 인간에게 미치는 영향력을 유교 경전이 그것을 읽는 사람에게 미치는 영향력이나 유교 사회에서 추구해야 할 문학으로서 상정되던 작품이 미치는 영향력이나 작용과 유사한 것으로 인식했음을 보여주는 것이다.

또한 실상 여러 자료들에서 '감화'라는 용어가 직접적으로 드러난 경우는 빈번하게 드러나지 않지만, 제시한 언급들이 교화, 세교 등을 언급하면서 모두 소설이 그것을 읽는 독자나 인간에게 미치는 영향력을 언급하고 있고, 그러한 영향력의 확산을 통해 사회에도 영향력을 끼칠 수 있다고 말하고 있다. 이러한 영향력에 대한 언급들은 유교 사회에서 기존의 경사서가 가지고 있는 감화의 효과와 작용원리를 염두에 두고 기술한 것일 가능성이 높다. 다음과 같은 언급들을 소설의 감화적 영향력에 대하여 직접적으로 풀어서 기술한 것으로 볼 수 있다.

(A) 감격하고 우러르는 마음이 일어나서 밝은 가르침을 세우는데 도움이 없지는 않을 것.

(C) 반드시 세상의 권계와 관련이 있을 것이며 사람의 의사를 감발함이 있어서 취할 바가 있을 것

(D) 명교(名敎:유교의 가르침)에 도움 됨이 없지 않을 것

(E) 뛰어난 행동과 절개가 있으면 선비된 자로서 본받을 만한 것. 훌륭한 명망은 드러내어 감계로 삼아야 하니, 후생을 감계하고 천추에 경계하게 된다.
유학에 도움이 될 것.

(F) 사건들에 대해 논단하여 경계로 삼았으니, 권선징악(勸善懲惡)의 도리에 또한 조금이나마 도움이 될 것.

(H) 감발하고 징창하게 함.

(M) 사람을 경계하고 감발하게 한다.

(P) 성(性)과 정(精)을 안정시킨다.

(T) 사람으로 하여금 보고 느끼게 하는 점이 있었다.

(U) 선악 간 족히 밝은 거울이 될 만하다. 풍속을 교정하고 사회를 경성함.

이러한 언급들은 소설이 그것을 읽는 독자에게 영향을 미치기를 마치 성인의 감화력이 자연스럽게 마음을 움직여서 그를 따르게 하듯이 '감격하고 우러르는 마음이 일어나서 밝은 가르침을 세우는 데 도움을 주며', '사모하는 정을 일으키고 선한 본심을 불러일으키고', '의사를 감발하게 하고 교화를 돈독하게 하며 나아가서는 풍속을 선하게 한다'고 말한다. 특히 유교적 교화주의가 강조되던 16, 17세기를 중심으로 드러난 (A)에서 (E)에 해당하는 경우에는 소설이 경사서의 반열에 오를 만하다고 여기는 시각도 제기되어 유교적 감화를 추구하는 경사서와 소설을 유사한 위상에 두고 있는 것을 알 수 있다. 후기로 가면서 그 양상에 있어 변화가 드러나기는 하지만 이러한 인식이 조선시대 내내 지속된다는 점을 이러한 자료들을 통해 알 수 있다. 이는 근대 이전 유교 사회에서 소설의 '감화론'을 일종의 인식론적 전통으로서 파악할 수 있다는 점을 보여준다.

소설이 인간에게 어떠한 방식으로든 영향을 미친다는 주장은 잘 알려진 바와 같이 이른 시기 채수의《설공찬전》에 대한 논의부터 시작된다. 허탄한 소설의 내용이 백성을 혹세무민하게 만들어 나쁜 영향을 미칠 수 있다는 인식은 〈사씨남정기〉와 같이 유교사회가 추구하는 이념을 효과적으로 구현한 소설이 드러나면서 좋은 소설은 좋은 영향을 미칠 수 있다는 언급으로 나아간다. 이러한 사례들은 그것에 영향을 받는 사람들을 중심으로 살펴보면 일종의 영향론으로 파악할 수 있는데, 감화론은 이러한 영향론을 그것이 전제하는 감화의 작용원리에 근거하여 범주화한 것이라 할 수 있다.

이처럼 좋은 소설이 좋은 영향력을 미쳐 사람을 긍정적인 방향으로 변화시킨다는 언급의 한편에는 나쁜 소설이 인간을 나쁜 방향으로 이끈다는 언급 또한 지속된다. 다음과 같은 (G), (K), (L), (N), (V)와 같은 경우들이다. 이러한 언급들 또한 무작정 소설이 인간에게 부정적인 영향을 미친다고 소설 전체를 매도하는 것이 아니라 바람직한 소설이 아닌 바람직하지 못한 내용을 담은 소설이 나쁜 영향을 미친다고 상정하는 것이므로 감화론의 범주에서 함께 다룰 수 있다.

> (G) 음탕함을 가르친다. 풍교에 보탬이 되지 않는다.
> (K) (나쁜 영향을 미치므로) 일체 볼 만한 것이 못 된다.
> (L) 자신도 모르게 음란한 생각이 들게 한다.
> (N) 음란함과 도둑질을 가르치고 인륜과 교화를 해치는 도구이다.
> (V) 음탕하고 처량하고 허황하여 풍속을 아름답게 하지 못하고, 몇백만 청년을 음탕하고 처량하고 허황한 구멍에 쓰러붓는 역할을 한다.

이러한 소설의 영향력에 대한 인식의 흐름이 오늘날의 소설이 인간에게 영향을 미친다는 인식, 소설이 인간에 영향을 미쳐 인간을 변화시킬 수 있다고 생각하는 인식과 이어지고, 현재도 지속되고 있는 것을 알 수 있다. 실제로 소설과 관련한 필화 사건 논쟁에서 소설이 담는 내용이 인간을 타락시킨다거나 음란한 사회 기풍을 만들어 영향을 미친다는 인식이 드러나고, 이러한 논쟁의 과정에서 드러난 주장들을 중심으로 우리가 사회적으로 공유한 인식의 양상을 파악할 수 있다.

이와 같은 인식이 오늘날에도 이어지고 있음을 가장 단적으로 보여 주는 사건이 1990년대에 마광수의 소설 〈즐거운 사라〉와 관련하여 벌어진 논란이다. 이 소설과 관련한 논란의 핵심에는 나쁘고 음란한 소설이 사회의 도덕과 기강을 어지럽힌다는 인식이 있다. 그래서 나쁜 영향을 미치는 소설을 쓴 인물과 출판사에 죄를 물어야 한다는 것이 소송을 제기한 사람들의 입장이었는데, 좋은 소설이 인간을 바람직한 방향으로 변화시킨다기보다는 나쁜 소설이 나쁜 영향을 미친다는 것과 관련한 논의가 드러나는 양상을 파악할 수 있고, 이는 사회적 검열의 의도와도 관련이 있다. 바람직한 소설이 인간을 좋은 방향으로 이끈다고 말하기보다는 오히려 나쁜 소설이 가져오는 폐해와 관련한 내용이 관심의 대상이 되었던 것은 소설 독서를 통제함으로써 국민을 통제하고자 하는 의도와도 밀접하게 연관된다.

이처럼 오늘날에도 나쁜 소설이 인간의 정신에 영향을 미쳐 인간을 파괴하고 풍속을 어지럽힌다는 시각이 여전히 지배하고 있고 이러한 양상은 소설이 처음 드러나던 초기에 채수의 〈설공찬전〉이 마주했던 논란, 또는 질문과 거의 유사한 형태를 보이고 있다. 이러한 사회 영역에서 이루어진 논란이 나쁜 소설이 미치는 영향에 주목하고 있는 것과 달리, '소설교육'의 영역에서는 끊임없이 교육 제재로서 바람직한 좋은 소설이란 무엇이며 좋은 소설이 인간에게 어떠한 영향을 미치는가를 질문하고 대답하고자 했다는 점에서 차이가 있다.

문학교육과 소설교육에 대한 논의가 활발히 진행되면서 소설이 인간의 여러 가지 지적, 정의적 능력의 향상에 도움이 될 수 있다는 인식과 주장을 담은 연구들이 진행되었는데, 이러한 인식의 기저이자 기반이 된 것이 바로 감화론의 인식론적 전통이다. 소설교육 연구가 본격적으로 시작되던 시기부터 특별한 이론적 도입 없이도 어떠한 인지적, 정의적 목표를 중심으로 한 소설교육의 기획이 가능했던 것은 이러한 우리 사회가 공유하는 기본적인 인식에 기인하는 바가 크다. 조선시대 감화론의 인식론적 전통은 오늘날 소설교육이 특정한 목표와 방법을 가진 연구 분야로서 성장할 수 있게 한 인식론적 원동력이 되었다.

소설이 인간에게 미치는 힘과 소설이 인간에게 미치는 영향력에 주목하여 소설을 주체로 한 이러한 기술방식과 인식이 일종의 인식론적 전통으로서 이어져 내려오고 있다는 점, 감화론의 인식론적 전통의 실체를 살펴본 여러 자료들을 통해 알 수 있다.

2) 감화론(感化論)의 구도와 논리는 어떠한가?

감화론(感化論)의 인식론적 전통은 인식론적 측면에서만 드러나는 현상이 아니라 근대 이전의 소설 향유양상에서 드러나는 실체이기도 하다. 감화론 자체가 성인의 감화가 자연스럽게 퍼져 나가 인간과 사회를 변하게 한다는 인식을 의미하는 것이므로, 그 자체가 작용 양상에 기반한 인식을 중심으로 묶은 범주라고 할 수 있으나 이것이 그 소설 향유와 관련하여 직접적으로 드러난 실체적 면모를 좀 더 살펴볼 필요가 있다.

조선시대 소설 '감화론'이 상정하고 있는 가장 기본적인 구도는 텍스트가 그것을 읽는 독자에게 영향력을 미치는 구도이다. 초기에 '패설', '패관기설', '여항의 말', '소설'로서 특정한 장르 전반을 지칭하는 데서 나아가 소설 향유의 확산에 따라 감화론과 관련한 언급에서는 '소설이 인간에게 영향을 미친다'는 수준을 넘어서 '사씨남정기와 같은 특정한 소설이 그것을 읽는 사람으로 하여금 특정한 영향을 미친다'는 수준으로 그 기술의 양상이 상당히 구체화되어 있는 양상을 파악할 수 있다. 그런데 단순히 소설이 그것을 읽는 사람으로 하여금 영향을 미친다고 하고 있지만 이때 상정하는 수용의 구도가 오늘날 상정하는 책과 독자가 1:1로만 마주하는 개인적 독서의 구도와는 상당히 다른 것이라는 점을 주목해야 한다.

근대 이전 소설 향유가 많은 경우 집단의 낭독(朗讀)을 중심으로 이루어지거나 이야기판을 중심으로 많은 소설이 향유되었다는 것은 잘 알려져 있다. 근대 이전 사회 공동체의 기본 단위였던 가(家)의 차원에서 이루어지던 독서의 방식이 독자가 홀로 소설책을 읽는 경우도 있었지만, 많은 경우 아버지와 아들이 함께 책을 읽거나, 여성을 중심으로 한 소설 향유의 방식이 주로 사대부가의 여성을 중심으로 어린 여성과 남성 독자들이 함께 참여하던 형태였고, 가정 내부가 아닌 시정에서 이루어지던 소설 향유가 한 사람의 전기수를 중심으로 하여 다수의 일반 백성들이 참여하여 이루어졌던 것을 보면, 근대 이전 소설 감화론의 구도는 기본적으로 소설의 영향력이 다수(多數)로 이루어진 독서 공동체에 미치는 영향력을 상정하고 있었다고 할 수 있다. 이는 오늘날의 개인으로서의 독자가 텍스트를 묵독의 방식으로 홀로 향유하는 것과는 상당히 다른 방식이다.

이처럼 기본적으로 소설-개인 독자/소설-독서공동체 단위의 두 차원의 향유를 상정하고 있으면서도 단순히 소설책을 직면한 해당 독자들에만 영향을 미치는 것으로 설명하지 않고, 이러한 영향력이 사회 분위기인 풍속, 세교로 이어지는 것으로서 설정하고 있는 점 또한 주목해야 한다. 즉, 소설이 미치는 영향력의 구도 또한 유교사회에서 감화가 전파되어가는 구도와 같이 소설 ⇒ 소설을 직접 읽는 개인독자 ⇒ 독서 공동체 ⇒ 풍속(사회차원)으로 이어지는 점진적 구도를 상정하고 있는 것을 알 수 있다. 기본적으로 소설에서 소설을 직접 읽는 개인 독자로, 독서 공동체로, 더 나아가 사회적 측면의 풍속 교화와 세교로 나아가는 전반적인 구도를 상정하고 있다는 점이 근대 이전 감화론이 상정하고 있는 영향력의 구도에서 드러나는 특징이라 할 수 있겠다.

한편으로 이러한 감화론은 이야기를 좋아하는 인간의 본성에 기반한 자발적 수용을 전제한다. 유교에서 언급하는 감화론의 가장 두드러진 특징은 그것이 특정한 이념을 전파하고 그러한 이념을 통해 사람들을 깨우치고자 하는 의도적이고 인위적인 행위를 통해 구현되는 것이 아니라는 점이다. 성인(聖人)의 행동이나 말을 접한 사람이 그 덕의 밝고 깨끗함과 아름다운 덕에 취하여 자연스럽게 영향을 받고 그러한 성인(聖人)의 사상과 행위에 감명받아 동조함으로써 스스로 변화하는 것이 감화의 기본적인 작용방식이다. 이는 물론 대부분의 인간이 착하고, 선하고 아름다운 것을 좋아한다는 생각을 전제하여 기저에 깔고 있는 것이다.

이처럼 유교에서의 감화론이 선(善)과 덕(德)의 아름다움을 추구하는 인간의 본성에 기반한 자연스러운 영향력을 상정하고 있는 것처럼, 소설을 통한 감화 또한 의도적이고 강압적인 사상적 주입보다는 소설에 대한 자발적인 수용과 확산의 작용을 중심으로 이루어지는 과정을 상정하고 있다. 이때 소설의 자발적인 수용은 이야기를 좋아하는 인간의 본성에 기반하여 자연스럽게 이루어진다. 이야기를 좋아하고 그것을 지속적으로 향유하고자 하는 인간의 본성에 따라 자발적이고 적극적인 소설 수용이 이루어짐으로써 자연스럽게 소설을 통한 감화작용이 이루어지는 것을 상정하고 있는 것이다.

조선 초기 한문소설의 향유에만 국한되던 데에서 나아가 언문소설이 드러나기 시작하면서 소설 향유는 사대부가 부녀자들과 아동, 일반 백성들에게 빠른 속도로 확산되기 시작한다. 이렇게 소설향유가 확대된 이면에는 당시 경사서나 여사서류의 책 외에 언문으로 읽을거리가 많지 않았다는 점에도 기인하는 것이겠지만 소설의 이야기 자체가 가지고 있는 매력과 흥미가 큰 역할을 했다 할 수 있다. 특히 가내(家內)의 이야기나 처첩 갈등과 같은 여성의 이야기를 직접적으로 다룬 소설들이 드러나면서 여성들의 흥미를 보다 적극적으로 끌기 시작한다. 위에서 제시한 자료들은 주로 감화론에 대한 언급이 직접적으로 드러나는 자료들의 일부를 발췌한 것이므로, 소설의 이야기가 가진 이러한 재미와 흥미와 관련해서는 또 다른 사례들을 가져올 수밖에 없다. 다음과 같은 언급을 살펴볼 필요가 있다.

> 찬성공 형제께서 정경부인의 상중에 있을 때, 부윤공의 부인 이씨가 우연히 한글소설을 보았는데, 그 소리가 밖에까지 들렸다. 찬성공께서 언짢아 제수를 계단 아래에 세워 놓고 꾸짖으시기를 "부녀자가

무식한 것을 심하게 나무랄 필요는 없지만, 어찌 상중에 예(禮)에 맞지 않는 책을 소리내어 읽어서 평상시처럼 하십니까?"라고 하셨다. 부윤공께서 황공하여 죄를 청하고 부인을 본가(本家)로 돌려보내셨다. (식산집)

위 이야기는 이만부의 《식산집》에 드러난 이야기로 소설 읽기를 이유로 제수를 본가로 돌려보낸 일화를 언급하고 있다. 엄중한 예법 아래 진행되는 사대부가의 상중에도 한글 소설 읽기를 파할 수 없었던 사대부가 여성이 결국 쫓겨난 사례에 대한 기록으로서 가정의 규율을 어길 정도로 소설에 빠진 사대부 여인의 경우를 통해 당대 소설 읽기가 지닌 성격과 소설향유의 확산 정도를 잘 보여준다 할 수 있다. 다음과 같은 좀 더 후기의 사례들도 함께 언급되곤 한다.

내가 보건대, 근래에 부녀자들이 다투어 능사로 삼는 일은 오직 패설을 숭상하는 것뿐인데, 날이 갈수록 더 많아져서 천여 종에 이르렀다. 쾌가는 이것을 정사하여 사람들에게 빌려주고는 그 삯을 받아서 이익을 취하고, 부녀자들은 생각없이 비녀나 팔찌를 팔거나 혹은 빚을 내서라도 다투어 빌려가서 그것으로 하루종일 시간을 보낸다. 음식 만들고 바느질해야 하는 책임도 잊어버린 채 이렇게 하기 일쑤다. (여사서 서)

소설 읽기에 빠진 사대부 여인들이 당시 가(家)를 규율하던 행동 규범과 가사일의 의무를 무시하고 소설에 빠져 이를 향유하는 것을 경계한 언급으로서 이 역시도 소설 읽기에 빠진 당대 사람들의 양상을 잘 보여주는 자료이다. 이처럼 사대부가 여인들을 비롯한 당대 사람들이 소설 읽기에 빠져서 상황을 가리지 않고 활발히 향유하는 현상이 드러났는데, 이러한 자발적인 향유의 배경에는 이야기를 좋아하는 인간의 본능이 자리하고 있었다.

이때 이야기를 좋아하는 인간의 본능이란, 자신이 가지고 있는 관심사나 삶의 문제들에 대해 이야기하고자 하는 본능이면서, 일종의 서사로서 구성되는 이야기에 몰입하여 그것을 끝까지 향유하고자 하는 인간의 본능을 말한다. 물론, 조선시대에는 소설뿐만 아니라 다양한 형태의 이야기들이 지속적으로 향유되고 있었다. 민간 설화 차원의 이야기들이 향유되는 한편, 사대부가를 중심으로 형성된 이야기판을 중심으로 야담류에 해당하는 이야기들이 향유되고 그것이 야담집으로 집대성되어 이루어지기도 했다. 그러나 이러한 설화나 야담 차원의 이야기와는 달리, 소설은 그것만이 지닌 독특한 표현과 구성, 핍진한 묘사, 당대 사람들이 관심을 갖는 시대적 주제의 형상화를 통해 이야기를 좋아하는 인간의 본능을 보다 직접적으로 유도하는 방향으로 나아갔고 그것이 감화론의 원리가 작동하는 데 궁극적인 역할을 했다고 할 수 있다.

잘 알려진 바와 같이, 조선 후기 거리에서 소설을 읽어주던 낭독사들이 흥미로운 대목에서 이야기를 멈추어 독자가 이야기를 듣는 비용을 지불하게 하는 행위는 소설 향유가 기본적으로 이야기가 시작되면 중간에 멈추지 않고 결국 그 이야기를 계속 진행시켜 이야기의 결말을 보고 싶어 하는 본능과 관계된 것이라는 것을 보여 준다. 이와 같은 이야기를 좋아하는 인간의 본능과 관련한 현상에 대한 언급들은 소설 관련 자료들에서 여러 차례 드러난다. '한번 읽으면 손을 놓을 수 없다'거나 '소설을 읽느라 밤새는 줄 모른다'는 소설 필사기에 드러나는 언급들이 이에 해당할 것이다. 이덕무의 《청장관전서》에도 "소설은 한번 그것을 보면 헤어나지 못하는 경우가 못하다."와 같은 언급이 드러나는데, 관심 있는 주제에 대해 지속적으로 이야기하고자 하는 욕구와 이야기를 읽기 시작하면 그것을 중간에 중단하지 못하고 그것을 끝까지 지속해 나가게 하는, 이야기를 좋아하는 인간의 본능 아래에서 자발적인 소설 향유가 이루어졌다는 것을 알 수 있다.

이러한 이야기를 좋아하는 인간의 본능에 기반한 자발적인 향유는 때로 소설에 대한 과도한 몰입으로 이어지기도 했다. 저자거리에서 이야기를 듣던 사람이 듣던 이야기의 내용에 너무 몰입한 나머지 담배 썰던 칼로 낭독사를 찔러 죽였다는 실제 사건은 단순히 이야기의 전개를 따라가며 그것을 즐기는 차원을 넘어서서 소설의 작품 세계에 아주 깊숙이 몰입하여 실제 세계와 작품 세계가 구별이 되지 않을 정도로 온전히 참여하는 방식으로까지 향유가 이루어졌음을 보여 준다.

이 같은 강력한 몰입의 경우는 극단적인 경우이기는 하지만, 깊은 수준의 이야기의 지속과 몰입을 야기할 정도로 이야기를 좋아하는 인간의 본능이 존재하고 있었고, 이러한 지속적인 향유와 몰입을 중심으로 소설 내용이 독자에게 수용되도록 하는 자연스러운 감화의 작용을 상정하고 있었음을 알 수 있다. 살펴본 사례들을 통해, 근대 이전의 감화론과 연관되는 소설 향유의 방식이 오늘날 소설교육에서 이루어지는 것과 같이 강제적인 성격의 것이 아니라 당시 사람들이 관심을 가지고 있던 시대적 주제에 대해 이야기하고자 하고, 이야기를 끝까지 지속적으로 향유하고자 하며, 이야기에 몰입하는, 이야기를 좋아하는 인간의 본능에 기반하여 이야기를 향유하고 수용하게 함으로써 자연스럽게 이루어지는 것이었다는 점을 알 수 있다.

이와 더불어 감화론은 등장인물 행위와 말의 모방(模倣)을 통한 현실 삶에의 수용을 기본 논리로 한다. 소설을 통한 감화 작용의 보다 구체적인 방식은 근대 이전 사회에서 경사서를 비롯한 경전을 수용하는 방식과 밀접한 관련이 있다. 서적이 귀했던 조선시대 사회에서 주된 책 읽기의 방식은 동일한 책의 반복적 습득과 암송(暗誦), 암기(暗記)였다. 조선시대 활자 인쇄가 후기로 갈수록 발달하면서 다양한 서책들이 등장하고 중국으로부터도 많은 서적들이 수입되기도 했지만, 여전히 종이가 귀한 시대에 책은 귀한 것이었고, 사치품에 해당하는 것이었다. 따라서 오늘날과 같이 한번 읽고 끝내는 소비적인 읽기의 방식으로 소설 읽기가 이루어지는 것이 아니라, 같은 책을 외울 정도로 여러 번 반복해서 읽는 반복적인 읽기의 방식이 주된 서책 읽기의 방식이었다고 할 수 있다.

이러한 환경적인 요인과 함께 특히 경사서를 중심으로 한 기본적인 책 읽기의 방식이나 사대부가의 기본적인 소양을 익히는 방식이 반복적인 독서와 암기를 통한 가치와 이념의 체화였으므로, 소설 읽기 역시 이러한 반복적 읽기와 암기의 방식을 통해 향유되었다고 할 수 있다. 앞서 제시한 안정복의 〈상헌수필〉에서 다독(多讀)을 언급한 부분, 즉 성인의 말씀이 담긴 책을 여러 번 읽어야 함을 언급한 자료에서 알 수 있듯이 조선시대 사회에서 서책의 주된 향유방식은 여러 가지 책을 많이 읽는 것보다는 주요한 몇 가지 기본서들을 여러 번 읽어 완전히 자신의 몸과 마음에 수용하여 체화하는 것을 추구하였다.

조선 초기 문인인 백곡 김득신(1604~1684)이 스스로 평생에 걸친 자신의 독서이력을 기록한 「독수기」에는 그가 《사기》〈백이열전〉에 감명을 받아 〈백이열전〉을 1억 1만 3000번 읽었다는 기록이 있는데 이러한 기록의 사례 또한 당시 일반적으로 이루어지던 반복적 읽기를 통한 읽기 방식을 잘 보여 주는 것이기도 하다.

> 〈사기〉 백이전은 1억 1만 3000번 읽었고, '노자전', '분왕' '벽력금', '주책' '능허대기' '의금장' '보망장' 등은 2만번 읽었다. '제책', '귀신장', '목가신기', '제구양문', '중용서'는 1만 8000번, '송설존의서' '송수재서' '백리해장'은 1만 5000번 (중략) '용설'은 2만번, '제약어문'은 1만 4000번, 모두 36편이다. (백곡집)

그런데 경사서류의 책이 일화에서 드러나는 성인(聖人)의 말씀이나 행위, 역사적인 사적의 내용을 주로 다루고 있고, 이를 반복적으로 읽어 그러한 성인의 말씀이나 행위가 가지는 의미를 이해하고 그것을 자신의 것으로 수용하고 실제 삶에서 그것을 모방하는 방식으로 습득된 것과 같이, 소설의 경우도 여러 인물들의 삶을 이야기의 형식을 빌려 실제 삶과 같이 다루고 있어 기존의 경사서와 유사한 점이 있다. 심지어 소설이 가치 있는 인물의 행위나 말을 담고 있다는 인식이 형성되었으므로, 그것을 반복적으로 읽고 암송하는 과정에서 그러한 소설에 드러나는 인물들의 행동이나 말, 삶의 방식을 수용하여 모방하는 방식으로 수용되었다 할 수 있다.

이러한 암송을 통한 모방으로 소설을 수용했음을 보여 주는 자료가 위에 제시한 자료 중 김춘택의 『북헌집』의 자료인 (I)와 관련한 자료이다. 위에서 감화론의 양상을 파악한 자료에는 드러나지 않았으나 김춘택이 〈사씨남정기〉에 대해 다음과 같이 언급한 부분을 주목할 필요가 있다.

> (전략) 이와 같을 뿐 아니라 유추하여 의미를 생각하면 하는 일마다 사람들을 가르치지 않음이 없을 것이다. 쫓겨난 신하와 총애를 잃은 부인이 임금과 남편에 대해 천성과 인륜에 감발함이 있는 것이니, 곧 초사(楚辭)와 같다. 사람의 착한 마음을 일깨우고 해이해진 마음을 경계하려는 것은 또한 시경(詩經)에 비근하다. 이것을 어찌 다른 소설들과 같이 말할 수 있겠는가? 선생께서 한글로 지으신 것은 대개 여항의 부녀자들도 모두 암송하고 읽고 느끼게 하기 위해서일 것이니 별 뜻 없이 한 것이 아니다. (북헌집)

김춘택은 〈사씨남정기〉가 경사서와 비근한 위상을 갖고 있음을 언급하면서, 김만중이 한글로 〈사씨남정기〉를 지은 이유가 이와 같이 부녀자들도 모두 외워 '암송하고' 읽고 느끼게 하기 위해서라는 점을 밝히고 있다. 이때 '암송한다'는 점을 직접적으로 언급한 것은 이러한 〈사씨남정기〉와 같이 본받을 만한 모범적인 행위와 내용을 다룬 소설은 마치 경사서를 외우듯이 외우고 암기하여 수용하는 방식으로 습득해야 한다는 생각이 당대에 이미 형성되어 있었음을 보여 주는 것이다. 소설 또한 반복적인 독서와 암송을 통한 모방과 체화 방식의 습득으로 향유되는 것을 상정하고 있는 것이다.

이때 암송을 통한 습득의 대상으로서 구체적으로 언급되는 것이 소설에 드러난 인물의 행위나 말이다. 위에서 제시한 (A)~(V)에 이르는 감화론의 언급이 드러난 자료들의 대부분이 책이 다루고 있는 인물의 말이나 행위 혹은 특정한 사건의 내용이 (A), (C), (H), (T): '사람에게 어떠한 감정이나 생각을 일으키게 하여(감발시켜) 밝은 가르침을 세우게 하거나' (B): '그것을 읽는 사람으로 하여금 오랫동안 사모하는 정을 일으키고 선한 본심을 불러내게 하며', (C), (G), (M), (U), (R): '선을 보면 반드시 본받고, 악을 보면 반드시 징계하여 스스로 닦는 법도를 도탑게 하니 백대의 규범이 된다'고 언급한다. 이러한 소설 수용의 과정을 감화론의 작용과정이라 볼 수 있다. 특히 (B)와 같은 〈오륜전전〉의 경우는 소설이 다루고 있는 가치 있는 내용에 대해 감화의 원리에 따른 작용을 뚜렷하게 드러내보여 주는 것이라 할 수 있다.

이처럼 바람직하고 긍정적이고 경계가 되는 방향으로 받아들여지는 경우와는 달리 소설이 지닌 부정적인 영향력을 언급하기도 했다. 그 중에서도 성인의 말과 행위에 집중하듯 등장인물의 행위와 말을 중심으로 한 모방적 수용을 중심으로 하는 소설 감화론의 작용을 가장 잘 보여주는 (G), (K), (L), (M), (V) 등의 경우도 그 영향력의 기본 논리는 동일하게 드러난다. 소설의 내용이 남녀 간의 내용을 다룬 음란한 행위와 내용을 담고 있는데 이러한 음란한 행위와 내용을 자꾸 반복적으로 보다 보면 그것을 모방하여 자신도 모르게 음란한 사람이 된다는 것이다. 소설 등장인물의 말이나 행위를 반복적으로 수용하여 모방하고 자기화하는 방식의 수용이 소설을 통한 감화작용으로서 인식했던 논리이고 여러 소설의 내용 요소 중에서도 인물의 말과 행위에 집중했던 양상은 다음과 같은 보충자료를 통해 확실히 파악할 수 있다.

고서에 운ᄒ엿으되 착ᄒ 나무에 착ᄒ 열ᄆ 열고 악ᄒ 나무에 악ᄒ 열ᄆ 열닌다더니 쟝김양인을 지목ᄒ여 말ᄒ 것 갓도다. 독ᄌ시여 김희경과 강슈정의 튱효졀의와 여러 동렬의 화목ᄒ든 ᄒ젹을 열심 효칙ᄒᆯ지어다. (김희경전 후언)

복션화음녹은 부인네 효측할 만ᄒ기로 벗겨 측ᄒ고 유식ᄒ 부인들이 부ᄃᆡ부ᄃᆡ 눈으로 보고 귀로 드러 효측기을 ᄇᆞ라노라 며ᄂᆞ리 보이려ᄒ니 부ᄃᆡ부ᄃᆡ 보고 명심ᄒ여 승슌군ᄌᄒ고 효봉구고ᄒ고 슉흥야ᄆᆡᄒ여 슉녀되기을 원ᄒ하노라. (민듕젼덕ᄒᆡ록)

앞서 제시한 서발문 형식의 자료들이 감화의 작용과정과 양상을 보여 준다면, 위에서 제시한 필사기의 자료들은 이러한 감화의 핵심적인 지점으로 작용하는 부분이 인물의 행위와 말이라는 것을 보여 준다. 등장인물의 말과 행동에서 배움을 얻어 도덕적으로 훌륭한 인간이 되어야 한다는 언급이 드러나는 것이다. 대부분의 조선시대 소설의 필사기들은 책을 필사하게 된 연유나 경위 외에 많은 경우, '어떤 등장인물의 말과 행동은 본받을 만하고 어떤 등장인물의 것은 그렇지 않다.' '어떠한 인물을 본받아 그와 같은 인물이 되어야 한다'는 식의 언급을 보인다. 이러한 양상은 단지 〈사씨남정기〉와 같은 소설에만 국한된 것이 아니고, 영웅소설을 비롯한 세태소설류, 판소리계 소설과 관련한 언급들에서 두루 드러난다.

이처럼 소설이 인간에게 영향을 미쳐 인간을 변화하게 하는 작용은 독자 개인에게 한정되지 않고 자연스러운 감화의 방식으로 자연스럽게 퍼져나가는 방식으로 구현된다. 훌륭한 성인이나 착한 사람의 성품과 행동이 그것을 보는 사람으로 하여금 감동하게 하여 그것을 모방함으로써 확산된다는 측면에서 감화를 이야기하듯이, 소설 감화론의 경우에도 소설을 통해 획득한 깨달음이나 인물의 행위, 가치에 따른 개인의 행동 변화가 자연스럽게 사회적 차원으로 전염 확산되는 것을 상정하고 있다.

이러한 전염과 확산의 사례는 근대 이전 사회적 소통 매체로서 소설이 가지고 있던 역할과도 긴밀히 관련된다. 오늘날과 같이 매체가 발달하지 않았던 시기에 시대의 흐름에 따라 새롭게 드러나는 소설의 내용은 당대 사람들이 관심을 가졌던 화제의 내용을 다룬 것이었고, 그것이 담고 있는 가치와 이상은 소설 향유의 확산을 통해 공동체 차원의 공유된 지식으로 확산되어 나가게 된다.

이러한 매체로서의 역할과 개인-공동체-사회 차원으로 확산되어 나가는 소설의 영향력을 잘 보여주는 사례가 〈사씨남정기〉의 경우이다. 김춘택이 〈사씨남정기〉를 번역한 이유에 대해서는 여러 가지 설이 있지만 인현왕후가 폐서인 되었던 사건과 관련하여 백성의 민심을 얻어 왕의 마음을 돌리고자 했던 것과 무관하지는 않은 것으로 이야기하기도 한다. 동일한 소설을 함께 향유하는 주체들의 시대적 향유를 통해 개인과 독서공동체가 소설을 통해 받은 감화력을 전파하고 확산시켜 나가는 것을 기도하고 실제 실현한 경우가 이에 해당한다고 할 수 있다.

이처럼 조선시대에 드러난 소설에 대한 대다수의 언급에서 드러나는 인식은 소설이 개인에게 영향력을 미치고 개인을 바람직한 방향으로 변화하는 데 국한되지 않고, 이러한 소설이 풍속과 세교에 미치는 영향력을 언급하고 있다. 성인의 감화가 자연스럽게 전파되어 이상적인 유교사회가 형성되듯이 소설이 주는 감화가 자연스럽게 전파되어 사회 풍속을 교화하고 사회가 궁극적으로 지향하는 가치의 공유와 확산, 확립에 기여할 것이라고 생각한 것이다.

흔히 소설 감화론이라 하면 러시아 작가 톨스토이가 말한, 위대한 예술이 인간을 감화시킨다는 감화론을 언급하곤 한다. 그러나 우리의 소설교육 전통에 있어 이러한 감화론에 대한 인식론적 흐름이 지속적으로 드러나고 있는 양상을 파악할 수 있었다. 근대 이후 언어예술로서 소설을 보는 관점을 비롯한 다양한 서구 소설이론이 도입되고 다양한 가치를 존중

하는 다원주의 사회에 이르면서 좋은 소설이 무엇인가에 대한 답은 오히려 모호해졌다. 그러나 인간을 바람직한 방향으로 이끄는 것을 추구하는 소설교육이 지향하는 것은 좋은 소설이 인간을 좋은 방향으로 성장시키는 것이고, 그러한 측면에서 감화론의 인식에 기반한 오늘날 소설교육 연구와 실천은 지속되고 있다.

4. 소설교육의 전통이 주는 시사점은 무엇인가?

소설 감화론의 '인식론적 전통'은 여러 가지 측면에서 오늘날 소설교육에 시사점을 줄 수 있다. 1980년대부터 적극적으로 논의되기 시작한 소설교육 논의는 소설이 인간에게 영향을 미쳐 변화시킨다는 감화론의 인식론적 전통에 터하고 있는 바가 크다. 이러한 인식은 오늘날 소설교육 논의의 가장 기본 전제로서 의미를 가진다. 그런데 오늘날 소설교육이 소설을 통한 인간의 변화와 지적, 정의적 성장에 도달하는 데 있어 주목하는 것은 소설이 지닌 형식적 측면, 즉 언어예술로서 가지는 형식미나 장르적 특성과 같은 면들이 학습자에게 미치는 영향이다. 반면, 근대 이전에 드러난 감화론의 전통에서는 오히려 주제적이고 내용적인 측면에서 소설이 담고 있는 가치에 더 주목하고 있는 양상을 보인다. 내용적 측면에서 본다면, 오늘날 소설교육의 과제는 좋은 소설이란 무엇이고 그것을 통해 인간을 어떠한 방식으로 성장시킬 것인가에 대한 물음에 답하는 것이다.

이러한 측면에서 볼 때, 오늘날의 소설교육은 오히려 소설을 통해 바람직하고 올바른 가치는 무엇인가를 묻는 토론과 논의의 장(場)으로서 역할해야 할지 모른다. 좋은 소설의 생산이 궁극적으로 소설교육을 기반으로 형성된다고 했을 때 이러한 순환의 구도 속에서 인간에게 좋은 영향을 미치는 좋은 소설, 바람직한 소설이란 무엇인가의 문제가 제기되고, 다원주의 사회인 오늘날 학습자들은 소설 작품을 통해 좋은 소설이 무엇인가를 탐구하는 과정을 통해 오히려 바람직한 가치에 대한 지향과 태도를 기를 수 있을 것이다. 이러한 소설의 내용적 측면에 주목한 접근을 통해 오늘날 소설교육이 상정하는 형식적 측면과 내용적 측면에서의 균형을 도모하는 것이 필요하다.

이와 더불어, 소설의 무용성(無用性)과 소설교육의 무용성(無用性)이 언급되는 오늘날, 소설교육의 정당성을 뒷받침하는 강력한 근거를 이러한 소설교육의 인식론적 전통에서 찾을 수 있다. 소설의 감화론에 대한 인식론적 전통이 오늘날까지 이어져 내려올 수 있었던 것은 이러한 인식이 단순히 특정한 이념을 정당화하고자 하는 시도에서 비롯된 것이 아니라, 실제 향유 양상이자, 근대 이전 소설 향유의 과정에서 소설이 인간에 미치는 영향을 많은 사람들이 목격했던 바를 기반으로 형성된 인식이기 때문이다. 이는 과거 소설을 수용했던 수많은 감화론의 사례들을 통해 드러난 것이므로 소설교육이 필요한 근거, 가치 교육으로서 소설이 필요한 근거를 마련할 수 있다는 점에서 의미가 있다.

오늘날 우리가 시도하는 소설교육 논의는 감화론이 상정하는 소설을 통한 성장과 변화를 인간의 정신적인 능력과 관련한 실체로서 보다 구체화하는 작업에 다름 아니다. 이러한 소설을 통한 인간의 변화를 단순한 측면에서 기술하는 것이 아니라 보다 다양한 능력들로 구체화된 형태로 정의하고, 학습자에게 시도한 교육의 결과를 토대로 이러한 지적, 정서적 변화의 양상을 적절하고 객관적인 방식으로 포착하고 기술하는 것이 오늘날 소설교육의 과제이다. 특히 보다 객관적인 반응 정보와 분석 방식을 통해 소설교육에 있어서의 학습자 반응과 평가를 구체화할 수 있는 방안이 필요하다. 이러한 측면에서 감화론의 인식론적 전통은 소설교육 연구와 교육현장에서의 실천을 통해 보다 다양한 능력 차원과 관련된 학습자 양상에 대한 연구로 구체화되어야 한다.

한편으로, 근대 이전 소설 감화론의 작용 구도와 양상과 관련하여 살펴보았을 때, 오늘날 소설교육의 운용 원리와 관련해서도 시사점을 얻을 수 있다. 우리가 가지고 있는 전통적인 감화론의 인식에 기반한 근대 이전의 소설 교육은 오늘날 소설교육에서 언급하는 수준보다 훨씬 높은 영향력을 상정하면서도 그러한 감화작용이 강제적인 것이 아니라 독자의 자발적인 수용을 기반으로 이루어지는 것을 추구하고 실제로 그러한 양상을 보인다.

오늘날 소설교육은 궁극적으로 '문학의 생활화' 차원에서 학습자가 자발적으로 소설을 읽고 향유하는 태도적 측면을 지향하면서도, 학습자가 소설작품을 자발적으로 읽고 싶어 한다고 상정하지 않으며, 소설에 관심이 없는 독자에게 어떠한 방식으로든 소설을 읽힌다는 심리적 전제를 상정하고 있다. 독자들의 흥미를 끌기 위해 여러 매체 요소들을 제시하거나 복잡한 활동을 통해 어떻게든 작품 읽기의 결과를 학습자가 활용하고 또 자기화하기를 기획한다. 이는 이야기를 좋아하는 인간의 본능에 기반하여 자연스럽게 독서 공동체 차원에서 이루어지던 근대 이전의 소설교육과는 다른 양상이다.

이러한 현상과 관련해서는 교육의 영역에서 소설이 다루어지면서 드러나는 피로감이나 중압감의 문제와도 관련이 있겠지만, 무엇보다 오늘날 중등과 고등 차원에서 이루어지는 소설교육의 제재 제시 방식이 전혀 소설 텍스트 자체가 가진 이야기의 흥미를 느낄 수 없는 방식으로 이루어져 있다는 점을 언급할 필요가 있다. 오늘날 초, 중, 고등학교 교과서에서 기획하는 소설교육에서는 교과서에서 다루는 어떠한 소설도 작품 전체를 제시하지 않는다. 소설 텍스트를 좋아하고 읽고 싶어 하는, 이야기를 좋아하는 인간의 본능이 존재한다면 그러한 본능을 잘 이끌어 낼 수 있도록 문학 교과서가 구성되어야 할 터인데, 우리 국어교과서와 문학교과서는 텍스트의 절정이나 서사적 갈등이 잘 드러나는 일부분만을 제시함으로써 이야기의 서사 전개 자체가 가지는 매력이나 흥미를 전혀 느낄 수 없게 한다.

이야기를 좋아하여 소설을 자발적으로 읽고 반응하고 수용하게 하는 본능이 존재하고, 그것을 소설교육에 활용하는 것이 효과적이라면, 이러한 소설 텍스트가 유발하는 흥미와 재미를 잘 드러낼 수 있는 방향으로 기존의 목표 중심 교과서 체제를 벗어나 작품 전체가 수록된 작품집 형태의 문학 교과서 체제로 전환해야 할 필요가 있다. 국어교과서의 경우에도 기능과 관련한 내용을 다루는 부분과 문학과 관련한 내용을 다루는 부분의 체제를 달리하여 구성할 필요가 있다.

나아가 소설교육의 인식론적 전통은 공동체 단위의 독서에 대한 시사점을 준다. 소설교육의 전통적 측면에서 보았을 때, 소설에 대한 감화가 개인의 영역에만 머무르지 않고 개인에서 독서공동체, 가(家), 풍속, 세교의 차원으로 나아가서는 사회적 차원으로 확산되는 양상을 파악할 수 있었다. 이러한 점에서 볼 때, 오늘날 소설교육 또한 개인적 독서가 아닌 사회적 독서의 차원에서 학습자가 속한 공동체 단위에서 함께 공유하는 소설 읽기의 문화가 필요하다. 사회적 독서와 관련해서는 이른바 독서클럽(최인자, 2006)이나 그와 관련한 여러 논의들이 이루어진 바 있으나 개인적 독서를 넘어선 것으로서 가정 차원이나 사회적 차원에서 이루어지는 소설 읽기의 방향에 대해서는 아직 논의가 부족하다.

특히 텍스트 읽기 결과의 소통과 활용이 중요시 되는 오늘날 소설교육에 있어 다양한 활동과 매체활용을 통한 읽기 결과의 소통은 사회적 차원의 독서로 나아갈 수 있는 가능성을 보여 주는 것이기는 하지만, 그 실현 방안에 대한 구체적인 논의를 찾아보기 힘들다. 사회적 성격의 독서활동 교육을 구체화하는 방안에 대한 논의를 통해 오늘날 소설 읽기에 있어 개인적 읽기와 사회적 읽기의 균형을 도모하는 것이 필요하다. 소설교육의 인식론적 전통으로서의 감화론과 관련한 논의는 이러한 소설교육의 다양한 양상들에 있어서 균형적인 시각을 확보할 수 있게 한다는 점에서 의미가 있다.

5. 소설교육의 전통으로서 더 발굴할 수 있는 것에는 어떤 것이 있을까?

서양에서 소설은, '하늘의 별이 더 이상 가야할 길을 비추지 않는 시대에 새로운 길을 찾는' 문학이기도 했고, '민중이 참여하는 시민 사회의 다양한 목소리들과 자본주의 사회의 욕망과 이데올로기를 반영한 사회적 산물'이기도 했다. 유럽에서 비롯한 소설의 이론이 주로 소설이 지닌 이데올로기적 면모와 시민이 주체로 등장하는 새로운 사회에 시민이 향유하는 문학의 하나로서 그것이 지닌 사회적 측면이나 사상적 측면에 주목하여 언급되는 것과 달리, 주로 미국을 통해 언급되는 소설의 이론은 가장 발달한 서사 장르로서 소설을 보는 관점 아래에서 분석적 방식으로서 소설의 구성 요소나 시점, 기법의 문제에 주목하여 접근해 왔다. 오늘날 우리의 소설교육은 이러한 다양한 서구 이론들을 부분적으로 수용하여 교육내용을 설계하고 학습활동을 구안한 결과물이라 할 수 있다.

그러나 이처럼 서양에서 소설에 대해 갖는 관점에 더불어 한국을 비롯한 유교문화가 지배했던 동양권 사회를 중심으로 형성된 것으로서 '소설이 인간에게 영향을 미치고 인간을 변화시킨다'는 감화론의 인식 또한 우리 소설교육의 기저에 자리하고 있다. 이는 오늘날 우리 소설교육이 기획하는 다양한 학습자의 지적, 정서적 성장 논의의 인식론적 기반이다. 언어를 통해 인간의 삶을 그려내는 소설이 그것을 읽는 인간, 공동체, 사회에 영향을 미칠 수 있다는 인식, 나아가 소설이 그러한 인간과 사회를 변화시킨다는 감화론의 인식은 단지 언어가 가진 근본적인 힘에 대한 인식을 넘어서서 유교사회에서 글과 서적이 갖는 중요성, 근대 이전 반복과 암송 중심의 서적 수용방식, 유교사회에서 성현의 말과 함께 떠도는 거리의 말에 부여하는 의미 등과 밀접한 관계가 있다.

소설교육의 '인식론적 전통'과 관련해서는, 소설 읽기가 개인적인 행위가 아니라 사회적 행위라는 인식, 이야기 텍스트를 주로 교훈적인 도출의 방식으로서 수용하는 경향 등 기타 오늘날 소설교육의 현상 또는 전제와 관련하여 더 논의할 수 있는 다양한 측면들이 있다. 향유와 관련한 전통의 측면에 있어서도 근대 이전 인쇄술의 미비로 인해 드러난 오류로서 여겨졌던 이본(異本)의 향유가 '다시쓰기'라는 근대 이후 소설교육의 창작과 관련한 가장 핵심적인 방법론으로 등장하기도 하고, 소설 향유에 있어 기반이 되던 독서 공동체로서 가족의 단위가 무너지면서 드러난 현상 등과 관련하여 전통과 관련하여 더 살펴볼 만한 지점들이 있고, 이를 통해 여러 가지 시사점을 얻을 수 있을 것이다.

소설과 관련한 인식론적 측면에서의 전통에 대한 논의들과 함께, 이러한 소설교육의 향유 측면에서 드러나는 전통에 대한 논의가 보충된다면, 근대 이전과 이후 소설교육의 역사를 통시적 측면에서 연결 짓는 것이 될 뿐만 아니라, 전통 논의를 기반으로 오늘날 소설교육의 변화를 추구하는 측면에서도 의미를 가질 수 있을 것이다. 이러한 소설교육의 확장 차원에서 이루어지는 전통에 대한 논의는 단순히 과거에 머무르지 않고, 소설교육의 현상들을 다시 점검하고 그 지향점을 찾는 데 기여할 수 있다. 해방 이후 소설교육이 끊임없는 현실 부정의 방식을 통해 지속적으로 추구하고자 했던 소설교육의 혁신은, 오히려 이러한 과거 소설교육의 전통에 대한 긍정과 이해, 발견으로부터 새롭게 시작될 수 있다.*

---

* 이 글은 "박은진(2019), 「소설교육의 인식론적 전통으로서 감화론(感化論)에 대한 고찰」, 『국어교육연구』 44, 서울대학교 국어교육연구소"의 내용을 수정, 보완하여 기술한 것이다.

02

고전문학교육, 어떻게 할까:
고전문학교육의 방법에 대한 모색

대화하는 고전문학교육을 하면
어떤 성장이 일어날까?

서명희

1. 고전문학 교실에서 왜 대화해야 할까?

모든 교육은 학습자의 성장을 목표로 한다. 학습자의 성장을 다양하게 설명할 수 있겠지만 적어도 그것이 오직 지식의 양이 증가하는 것만으로 설명되지 않는다는 데는 많은 사람들이 동의할 것이다. 그렇기 때문에 학교교육에 대해 우리가 기대하는 것은 단지 데이터를 입력하듯 학습자에게 지식을 주입하는 효율성이 아니다. 우리가 교육에서 기대하는 바는 학습자의 내면에서 무언가 변화가 일어나는 일이다.

학습자의 내면에서 일련의 지적, 정서적인 변동이나 태도의 변화가 일어나려면 학습자가 배우는 상황에서 능동적인 작용 관계에 놓여야 한다. 나열된 지식을 입력하거나 다른 사람의 지적인 활동을 구경하는 것, 다른 사람이 하는 정서적 활동의 결과를 엿보는 것만으로 학습자의 인지와 정서가 활성화되기를 기대하기는 어렵다.

가르치려는 것이 문학 중에서도 고전문학이고 보면 애초에 이것이 학습자에게 자연스럽게 다가가서 공감이나 상상력을 발동하게 되리라 기대하기는 쉽지 않다. 고전문학은 학습자들이 경험하는 세계와 너무나 다른 구조와 기반을 가진 사회 속에서 생산되었다. 그러다보니 그 안에서 발견하게 되는 인간과 세계에 대한 인식이 낯설 뿐 아니라 인간들이 관계를 맺는 방식이나 어떤 상황에서 보이는 정서적 반응이 기이하기 짝이 없게 느껴지기도 한다. 사정이 이러하니 학습자들이 고전문학에 대해서 자발적으로 흥미를 느끼거나 의미를 추구하기가 쉽지만은 않다.

지금까지 이야기한 두 가지 문제, 즉 고전문학교육이 학습자의 변화와 성장을 이끌어내야 한다는 것과 학습자들이 작품에 거리감을 느껴 자연스럽게 공감하고 이해하기 어렵다는 것은 고전문학교육의 효과와 고전문학의 본질적 성격에서 기인하는 고전문학교육의 어려움에 관한 문제이다. 이 두 문제로 인해 학습자가 고전문학의 세계와 능동적으로 다가서고 만나고 관계를 맺기 위한 특별한 활동이 요청된다.

이런 이유로는 대화는 고전문학교육의 주요한 방법으로 강조될 만하다. 대화는 문학교육의 바람직한 교수학습 방법으로 제안되고 폭넓은 동의를 얻어 왔다. 이런 분위기는 문학 작품에 대한 다양한 감상을 인정하고 교육에서 학습자 중심성을 중시하는 패러다임과 연관되어 있다.

그렇다면 고전문학교실에서는 누가 대화하는가? 먼저 학습자와 교사가 대화한다. 그리고 이 대화는 궁극적으로 학습자와 고전문학 사이의 대화를 지향할 것이다. 작품은 언어로 이루어져 있고 의미를 드러낸다는 점에서 이 대화에 참여한다.

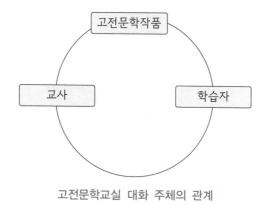

고전문학교실 대화 주체의 관계

학습자들이 현대의 지평에 서서, 중개자의 역할을 하는 교사를 사이에 두고 저쪽 너머에 멀리 놓인 고전문학과 소통을 시도하는 것이 대화가 이루어지는 교실이 보여주는 모습이다. 그렇지만 교사라고 해서 둘 사이의 통역 역할만을 하는 것은 아니다. 작품에 대해서 가지는 교사 자신만의 해석이나 정서적 반응도 있을 수 있고, 학습자와 맺는 특수한 관계도 작용하기 때문에 교사는 스스로 작품과 대화하기도 하고 학습자를 대상으로 대화하기도 한다. 그러므로 고전문학교실은 학습자와 고전문학작품으로 이어지는 일직선상에서 교사를 가운데 놓는 통역 모델이 아니라 삼자 대화의 관계를 상정하는 것이 적절하다.

그렇다면 이 삼자 간에 대화가 이루어진다는 것은 구체적으로 어떤 모습을 말하는가? 학습자가 수업 시간에 발언할 기회를 가진다고 해서 대화하고 있다고 말하기는 어렵다. 학습자가 잘 들었는지 확인하고 들은 것을 정확히 기억하고 있는지 알기 위해 대답을 요구하는 것은 대화라기보다는 반응을 확인하기 위한 문답이다. 학습자가 발화할 기회를 주는가 아닌가를 넘어서 수업에서 의미를 형성하고 탐색하는 과정이 대화의 본질을 구현하고 있어야 대화적 고전문학 수업을 하고 있다고 말할 수 있다.

그렇다면 고전문학교육 방법으로서 대화가 가지는 의미와 효용을 극대화하고 대화의 교육적 의의를 달성하기 위해서는 기존 논의에서 무엇이 조정되거나 더 부각되어야 하는가?

가장 기본적으로는 소통이 일방향적이지 않아야 하며, 의미가 한 방향으로 수렴하기를 기대하는 수업이 아니어야 대화의 본질을 구현하는 교육이 된다. 그래야만 학습자의 진정한 참여와 변화가 가능해진다. 이 점을 중심으로 고전문학교실에서 성장이 가능하게 하는 대화의 구체적 모습에 대해 논의하려고 한다.

2. 대화하는 고전문학교육은 어떤 성격을 가져야 할까?

문학교육 방법으로 대화를 제시하여 논의의 선편을 잡은 최미숙(2006)은 다음과 같은 교수학습의 방법을 제안하였다. 시를 이해하는 데 필요한 지식을 이해하는 과정을 거친 후 시를 낭송하고, 학습자들이 개인적으로 시를 읽으면서 내적 대화를 진행한다. 독자가 개인적으로 시를 읽고 해석하는 과정을 대화로 보는 관점이 흥미로운데, 시를 읽으면서 때로 공감하고 때로 고민하거나 갈등하기도 하며, 스스로 질문하고 대답도 하고, 이런 저런 관점과 견주어 보기도 하는 과정을 겪기 때문에 이것이 흡사 독자의 내면에서 소리 없이 이루어지는 대화와도 같다고 보는 것이다. 이후 독자와 독자, 즉 학습자들이 서로 대화하는 과정을 거치고, 전문가와 독자의 대화, 즉 교사와 학습자의 대화를 거쳐 시의 의미를 정리하는 단계로 나아간다.

대화의 장면만을 본다면 "학습자의 내적 대화 → 학습자와 학습자의 대화 → 교사와 학습자의 대화"로 정리할 수 있다. 이 논의를 통해 제시된 교수학습모형은 시를 가르치는 과정이 대화적으로 이루어질 때, 그 대화가 어떤 양상을 취할 수 있는지 분류적으로 보여주고, 그것들이 어떤 단계로 진행되어야 하는지를 명확하게 설명해 준다.

서사교육에 초점을 맞추어 '서사적 대화'를 중심으로 한 교수학습 모형을 제안한 선주원(2009)은 소설 내 인물 간 서사적 대화인 텍스트 내적 대화를 인식하는 학습자의 읽기에서 시작하여 학습자들과 교사들이 참여하는 텍스트 외적 대화로 확장되는 과정을 보여주었다. 대화 부분을 정리하면 "텍스트 내적 대화 인식하기 → 텍스트 외적 대화하기 → 내·외적 대화 통합하기 및 자기 점검하기"이다. 텍스트 내에서 이루어지는 대화와 텍스트 밖에서 독자들 간에 이루어지는 대화의 관계에 대한 설명이 좀 더 요구되기는 하지만, 서사 텍스트의 내적·외적 층위에서 이루어지는 타자와의 대화를 통해 궁극적으로 자신의 삶을 조망하게 하는 교육을 지향한다.

이런 논의들은 문학 교육에서 대화가 적용된 교수학습에서 대화가 어떤 양상들로 분석될 수 있는지 보여주고, 수업에 적용할 수 있는 모형으로 표현하였다. 두 모형은 공통적으로 학습자가 문학 작품을 대면하는 상황에서 시작하여 점차적으로 확대되는 대화적 관계를 반영하고 있다. 선주원의 모형은 맥락이 추가되면서 이해의 폭이 확대되는 과정을 중시했다. 최미숙의 모형은 대화 주체가 학습자 개인에서 동료간, 교사-학습자 간으로 변화되면서 대화의 폭이 확대되어 이해의 깊이를 확보해 가는 과정을 중시한다. 개인 내부의 대화보다는 학습자와 학습자의 대화가, 그보다는 교사와 학습자의 대화가 더 이질적인 목소리 간의 대화가 될 가능성이 크고, 교사가 대화에 참여하면서 이해의 정확성이나 깊이를 더 하게 된다고 보기 때문이다. 최미숙(2006:247)과 선주원(2009:189)는 모두 시각적으로 잘 정리된 교수학습모형을 제시하였다.

그런데 모형이 주는 시각적 효과는 자칫 중요한 사실을 간과하게 하거나 오해를 불러올 수 있다. 즉 교수학습에서 이루어지는 대화가 방향성을 가진다고 생각할 수 있다는 것이다. 실제 논자들은 열려 있는 대화에 대해 언급한다. 하지만 정리된 모형은 문학 교실의 대화가 위계화된 독자들 간의 대화를 질서 있게 거치면서 의미 있는 방향으로 수렴되어 갈 것을 기대하게 만든다. 학습자가 스스로 열심히 읽고 생각하고 학습자들끼리 자유롭게 대화하면서 생각을 펼쳐 본 후, 교사가 개입하는 대화를 통해 생각을 정리하고 의미를 확정해가는 모습을 상상하게 된다.

교수·학습 모형은 시간과 공간이 한정된 수업 상황을 염두에 둔 것이며 표준적으로 정식화할 수밖에 없다. 모든 수업은 하나의 예술 작품처럼 창조되며, 교수·학습 모형은 그 입체성을 충분히 담아내기 어렵다는 본질적인 한계를 가진다. 그러니 제안하고자 하는 것이 '대화'를 중심으로 한

문학교육이고, 그것이 위계화된 관계나 의미의 수렴을 의도하지 않는 것이 중요하다면 그 점을 강조해야 하고, 표나게 반영하려는 노력이 필요하다.

독자의 내면에서 이루어진 대화가 전문가의 안내와 조정을 거쳐 '정리' 또는 '통합'된 의미로 나아가는 과정이라면 진정한 의미에서 대화의 과정을 거쳤다고 하기엔 석연치 않은 점이 있다. 이런 과정, 즉 학습자가 기초적인 내적 대화의 결과를 다른 학습자들과 나누고 나서 전문가인 교사의 도움으로 이를 교정하거나 정교화하는 과정을 통해 학습자들은 오독이나 편향된 해석을 성찰하는 기회를 얻고 작품에 대한 좀 더 좋은 해석으로 나아가는 방향을 모색한다고 볼 수도 있다.

그런데 거칠게 해석하자면 이런 과정은 교사와 작품의 권위를 부각시키고 대화의 최종적 주도권을 교사에게 부여한다. 이것은 진정한 대화일까?

진짜 대화에는 어떤 조건들이 있어야 할까? 우선 먼저 생각할 수 있는 것은 대화에 참여하는 주체들이 서로 동등해야 한다는 것이겠다. 위계 관계 아래서는 서로 마음껏 자기 목소리를 내고 같은 무게로 의견을 나눌 수가 없으므로 소통이 일방향적일 수밖에 없다. 이런 것은 대화가 아니라 요구나 지시와 반응의 관계이다. 이정숙은 공동연구(2011:284-285)를 통해 '시작(Initiative) - 반응(Response) - 평가 / 피드백(Evaluation/ Feedback)'으로 전개되는 틀에 머무는 것은 일방향적이고 목표지향적인 활동이 되므로 '대화로 위장된 독백'이거나 '기술적 대화'에 불과하다고 하였다.

대화는 동등한 주체 사이에 이루어지는 것이라는 점이 중요한 본질이다. 바흐친(2006:440-441)은 '서로 동등한 권리와 동등한 의미를 지닌 의식들 간의 상호작용을 담는 특수한 형식'이 대화라고 했다. 이정숙 등이 수업의 대화적 관계가 갖는 특성으로 상호성, 역동성, 민감성, 상호주관성을 들고 학습자를 소통의 주체로 격상시켜야 한다고 주장한 것도 이러한 입장에서이다. 이재기(2011:43) 역시 대화주의적 담론 구성에서 목소리의 주체를 잊지 않는다는 점이 중요하다고 하였다. 참여하는 주체들이 동등한 자격을 가져야 한다는 조건을 대화의 '상호성'이라고 할 수 있다.

일반적으로 문학 교실에서 서로 다른 목소리를 가지고 참여하는 주체인 교사, 학습자, 그리고 문학 작품은 각기 서로 다른 세계를 배경으로 삼는 존재들로서 서로 이해하기 어렵고 낯선 존재이다. 이들은 각자 자기 세계의 지평 위에 서서 각자의 목소리를 내면서 소통해야 한다.

두 번째 조건은 명확하게 하나의 결론으로 수렴되는 결말을 보장할 수 없다는 점이다.[1] 위계 없이 서로 팽팽한 관계에서 발화하는 주체들 간의 대화라면, 그들의 생각이 하나로 모아지지 않고 끝내 서로 다른 방향을 향하는 채로 맞이하는 결말이 이상할 것이 없다. 동등한 타자들 사이에 이루어지는 대화는 누군가에 의해 혹은 어떤 권위에 의해 최종적인 결론이 내려지지 않는 것이 오히려 자연스럽다.

대화가 정해진 과정을 거쳐 명료하게 정리되고 종결되지 않는다는 것은 대화의 과정이 수렴적이지 않다는 것이고, 주체들 간의 발화와 청취가 순서를 바꾸어가며 반복된다는 것, 즉 순환적으로 진행된다는 것을 의미한다. 또 대화의 속성상 한 차례의 대화에서 얻을 수 있는 결론보다 중요한 것은 대화 이후 이어지는 각 주체들의 내적 과정일 수 있고, 해당 대화는 이후 다른 양상으로 지속될 수 있다는 점에서 순환적이기도 하다. 대화가 가져야 하는 이러한 조건을 '순환성'이라고 부를 수 있다.

대화는 순조롭게 이루어지지 않는다. 본질적으로 타자들 사이에서 이루어지는 것이 대화이다. 고전문학교육의 어려움은 고전문학 작품과 학습자 사이의 시공간적 거리에서 기인한다고 통상 지적되지만 사실 시공간적 거리는 고전문학 작품과 교사 사이, 고전문학 작품과 연구자 사이에

---

1 대화의 종결불가능성에 대한 논의로 바흐친(게리 솔 모슨·캐릴 에머슨, 2006), 이재기(2011), 남지현(2016: 28-29)을 참조.

도 존재한다. 뿐만 아니라 교사와 학습자는 사용하는 언어와 바라보는 세계가 근본적으로 다른 존재들이다(장상호, 2005:389-413). 이들 사이의 대화는 하나의 의미로 수렴되기 어렵다. 수업에서 이루어지는 대화가 진짜 대화라면 그것은 형식상 순환하며 내용상 끊임없이 변화하고 쉽게 종결되지 않는 것이어야 한다. 문학교육의 방법으로서의 대화는 순환성을 가지고 있어야 한다.

대화를 통해 자아는 타자의 눈으로 자기를 바라볼 수 있게 된다. 학습자는 대화를 통해 어떤 생각이나 관점을 공유하기도 하고 강조점을 달리 파악하거나 가치 판단을 달리 하기도 하는 가운데 자신의 입장을 변화시키거나 다듬어갈 수 있다. 자신의 입장을 고수하더라도 다른 사람의 의견이 대화 장면을 벗어난 이후에도 계속 머릿속에 남아 영향을 미칠 수도 있다. 남아 있는 기억이 이후에 펼쳐질 다른 대화의 장에서 그 사람의 생각을 이전과 다른 방향으로 이끌어갈 수 있을지 모른다. 이 정도의 영향력에 만족할 수밖에 없는 것이 대화의 당사자로 참여하는 한쪽 주체의 처지이다. 교사가 대화의 한쪽 주체로 교실 담화에 참여한다면 기존에 가지고 있던 그의 권위와 권리의 상당 부분을 내려놓아야 한다.

단번에 학습자의 생각이나 태도의 변화를 확인할 수 없다는 것이 대화가 순환성을 가진다는 말의 의미이다. 물론 어떤 학습자는 대화를 통해 상당히 효과적으로 단기간에 변화하는 모습을 보여줄 수도 있다. 그러나 그렇든 그렇지 않든 대화의 경험은 학습자 내부에 들어와 이후의 대화에 영향을 준다. 이것이 대화가 순환성을 가진다는 것의 더 중요한 의미이다.

학습자에게 일방적으로 주어진 작품에 대한 지식이나 작품의 의미에 대한 해설 등이 학습자의 인식과 정서, 태도의 변화를 가져올 수 없기 때문에 대화를 도입하고자 한다는 점을 기억하자. 학습이 한두 시간에, 한 학기에 마무리되는 것이 아니고 지속적인 과정이라는 점을 고려한다면 권위를 내려놓고 순환적 대화에 참여하는 것이 교사에게 그리 불리한 조건은 아니다.

이 두 가지 특성이 없다면, 즉 참여하는 주체들이 동등하지 않고 위계화되어 있어서 누군가는 다른 사람의 견해를 받아들이는 쪽이 되어야 한다면, 혹은 늘 하나로 수렴된 결론을 이끌어내는 것이 당연하게 기대된다면 진정한 대화라고 보기 어렵다. 의견의 수렴을 당연하게 기대한다는 것은 결국 누군가는 당연히 자신의 의견을 포기하기를 기대한다는 의미이기도 하기 때문에 이 둘은 서로 맞물려 있는 특성이다. 상호성과 순환성, 이 두 가지가 대화의 조건이다.

3. 대화하는 고전문학교육은 어떻게 진행될까?

1) 대화하는 고전문학교육의 사례

실제 대화를 통해 감상의 폭을 넓히고 시조를 깊이 있게 이해하는 것을 목표로 계획되고 실행되었던 고전시가 강의[2]에서 시조 한 편을 두고 이루어진 대화의 사례를 소개한다. 이 강의들에서 대체로 시가를 시대 순으로 다루었으므로 시조를 다룬 해당 수업은 학기의 중반 이후에 이루어졌다. 수업의 흐름을 다음과 같이 보일 수 있겠다.

---

2 2015년부터 2019년 사이 4년간 8학기에 걸쳐 간 서울소재 4개의 대학 국문과와 국어교육과에서 이루어진 강의로, 강의명은 '고전시가의 세계', '고전시가론', '고전시가강독', '고전시가교육론'이다. 2개의 학교에서 동일한 강의명으로 진행된 수업도 있다. 내용 전개와 학생들의 반응이 학교별로 유의미한 차이가 부각되기보다는 유사한 내용과 중복된 특징들이 더 많이 보였다. 수업 자체를 분석하는 데에 목적이 있는 것이 아니고 대화적 문학교육의 방법을 체계적으로 실현했거나 실험하고자 한 내용도 아니다. 학습자와 교사, 문학 작품 사이에 충분한 대화가 이루어지도록 노력했으나 최상의 모습을 실현하지는 못한 일반적인 예시이다.

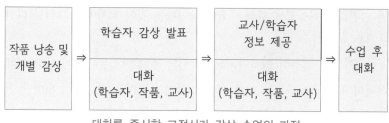

대화를 중시한 고전시가 감상 수업의 과정

학생들은 2학년 이상으로 국문학사와 같은 전공필수과목을 이수한 경우가 많았으므로 시조 장르에 대한 기초적인 이해를 가지고 있었다. 제시된 시조 작품은 다음과 같다.

> 秋江에 밤이 드니 물결이 ᄎ노ᄆᆡ라
> 낙시 드리치니 고기 아니 무노ᄆᆡ라
> 無心ᄒᆞᆫ ᄃᆞᆯ빗만 싯고 빈 ᄇᆡ 저어 오노라

월산대군의 시조다. 고전시가 교육에서 낭송은 중요한 단계이다. 고전시가는 본래 낭송 또는 가창의 맥락에서 창작된 것으로 묵독에서 느낄 수 없는 시조의 특질을 낭송 과정에서 체험할 수 있다. 낭송을 통해 시가의 언어와 형식적 특성을 느끼고 낯선 시어를 골라내 확인해 시가의 대략적인 의미를 확인하는 작업이 이루어진다.

이 시조는 학생들이 특별히 어려움을 겪을 만한 고난도의 어휘나 읽기 어려운 고어, 배경을 알아야 하는 용사(用事)가 쓰이지 않았으므로 낭송 후 자연스럽게 개별적인 감상이 가능하다. 학생들이 스스로 감상을 시도하고 자신의 감상 내용을 명료화하는 작업을 할 수 있도록 가벼운 질문을 던지는 것이 도움이 된다. 초, 중, 종장의 내용을 함께 확인하고 화자가 어떤 상황과 상태에 놓여 있다고 생각하는지, 화자의 정서는 어떠할지, 전반적으로 시조에서 느껴지는 분위기는 어떠한지, 화자가 표현하고자 하는 바는 무엇인지 등을 생각해 보게 할 수 있다.

이후 이어지는 과정은 대화적 성격을 충분히 살리기 위해 어떠한 형식이나 역할을 정하지 않고 자유롭게 이야기를 나누는 방식으로 전개하였다. 위의 그림에서 볼 수 있는 것처럼, 일단은 학생들의 개별 감상을 발표하면서 이야기를 시작한다. 발표하는 감상의 형식은 없다. 간단하게 느낌만 말할 수도 있고 감상하면서 생긴 질문을 말할 수도 있다. 물론 근거를 들어 작품을 나름대로 해석하는 것도 가능하다. 한 명이 발표하면 그와 관련해 할 말이 있는 사람들이 형식 없이 자유롭게 끼어들어 다양한 이야기를 할 수 있다.

앞 장에서 논의한 것처럼 대화적 분위기를 유지하기 위해서 교사의 발언에 지나친 권위가 실리지 않도록 하는 것이 필요하다. 이를 위해서 교사는 학생들의 반응이 어느 쪽으로 나오든 흥미롭게 집중하고, 그 반응을 잘 살려줄 수 있는 방식으로 다시 언급하면서 조금 더 확장해 준다. 그 후 전혀 다른 방향의 생각을 유도하는 질문을 던져 본다. 이렇게 하면 논의가 한 방향으로 쏠리지 않고 엉뚱한 이야기를 하는 학생들에 대한 부담도 줄어든다. 이미 학기 초부터 작품 감상 시간은 동일한 방식으로 운영해 왔으므로 학생들은 이미 자유롭게 이야기하는 데 재미를 좀 붙인 상태가 되었다.

이 시조에 대한 학생들의 감상은 매우 다양했다. 학생들의 반응을 칠판에 간략히 받아 적었던 내용을 정리해 보면 대략 다음과 같다.

쓸쓸한 느낌이 든다. 외로움이 느껴진다. 허탈감을 표현한 것 같다. 어둡다. 상실감, 적막감 화자가 많이 힘든 상황인 것 같다.	고요함이나 평화로움이 느껴진다. 한가롭다. 한가한 것 같다.

학습자의 월산대군 시조 첫 감상 내용

대화하는 고전문학교육을 하면 어떤 성장이 일어날까? 69

부정적인 느낌과 긍정적인 느낌이 고루 나오지만 흥미로운 것은 부정적인 느낌을 말한 학생들이 훨씬 구체적인 근거를 들어 자신의 의견을 개진하였다는 점이다. 긍정적인 느낌으로 감상한 학생들은 자신들의 감상이 고등학교 때의 시조 학습에 기인한 것일지도 모른다는 의구심을 가지고 있었기 때문일 것이다.

학생들은 고전시가를 보면 한가로움, 유유자적, 안빈낙도 등의 단어를 반사적으로 떠올리는 경향이 있다. 아무 관련이 없는 대목에서 연군이나 안빈낙도를 외치는 학생들이 심심치 않게 나온다. 자신들 스스로도 그런 점을 인지하고 있기 때문에 이러한 감상이 정말 작품에 대한 자신의 감상인지 확신이 없는 경우가 많다. 감상 대화가 이루어지는 초반에 학생들이 낯선 감상을 자신감 있게 개진하는 동료에게 더 크게 매력을 느끼고 경도되는 경향을 보이는 것은 이런 사정 때문으로 보인다.

인상적인 분석을 시도했던 한 학생은 다음과 같이 말했다.

> "상실감, 적막감...뭐 그런 느낌이 들어요. 화자가 많이 힘든 상황인데 기댈 곳이 없다고 할까? 초장, 중장, 종장에서 계속 부정적인 표현이 나오거든요. 물결이 차노매라, 고기 아니 무노매라, 빈 배 저어 오노라 이렇게. 배경도 밤이니까 어둡고 차갑고. 그런데다 고기는 안 잡혀서 빈 손으로 돌아오는 거죠.3"

이 학생의 감상은 각 장 후반에 초점을 둔 해석에 기반한다. '차다', '안 물다', '빈 배 저어오다'라는 부정적인 서술에 해석의 무게를 두었다. 각 장의 전반부인 '秋江에 밤이 드니', '낙시 드리치니', '無心흔 둘빗만 싯고'는 후반의 구체적인 상황이 벌어지는 조건으로 기능한다. 학생들의

---

3 H대학교 2016년 2학기 '고전시가강독' 시간 국어교육과 3학년 남학생의 발언. 해당 발언을 들으며 메모하고 수업 직후 정리하였다. 이후 인용되는 학습자 발언에 대한 기록도 유사한 과정을 거쳤다.

해석과 감상의 지평은 그들이 속한 시공간과 그에 결부된 사회 문화의 배경 안에 놓여 있다.

많은 학생들의 호응을 받았던 이 해석에 따라 매 장 후반부 해석의 근거가 되는 부분에 표시한 후, 그 외의 부분에서 주목할 만한 시어를 찾아보기로 했다. 먼저 낚시. 낚시에 대해 학습자들이 떠올리는 의미역은 역사적 깊이를 고려하기보다는 개인의 경험과 관련되어 있다. 낚시의 연관검색어가 무엇일까에 대해 이야기를 나누었을 때 학생들이 떠올린 것은 월척, 사진, 손맛, 매운탕, 회 등이었다. 고즈넉한 낚시의 취미를 가져 보지 않은 연령대의 특징이기도 할 것이다. 낚시에 대한 이런 관념은 고기가 물지 않는 낚시와 실패를 의미상 연관 짓게 한다. 관련된 의견이 쏟아졌다.

어느 정도 개별 감상의 양상이 다양하게 펼쳐진 시점이니 이 정도 대목에서 다음 단계로 넘어간다. 교사가 하나씩 정보나 지식이 될 만한 것들을 제공하면서 대화를 이어가는 단계이다. 물론 학생도 정보를 제시할 수 있다. 위의 학생이 가볍게 여긴 시조 각 장의 앞부분에는 낚시, 무심 등 문화적인 무게를 가진 시어들이 포진해 있다. 이 두 시어는 해당 시조와 관련해 연구자들이 가장 큰 관심을 기울여 온 핵심 시어이기도 하다(김승우, 2011; 안장리, 2013).

낚시는 오랜 전통을 가지고 있는 어부가 계열의 노래들로부터 이어진 문화적 상징을 띤 소재이다. 시가가 아니더라도 낚시와 관련해 전해지는 고대와 중세의 여러 고사들은 세상의 욕망을 뒤로 하고 자연 속에 묻히는 삶을 보여준다. 이야기나 시에 등장하는 옛사람들은 애초에 고기를 낚고자 하여 낚시를 드리우는 것이 아니다.

월산대군의 시조는 금강경을 읊은 게송을 번안한 작품이다(전재강, 2001:352-353; 나정순, 2012:133-134). 『금강경오가해』에 전하는 게송은 다음과 같다.

千尺絲綸直下垂　천 자 긴 낚시줄을 곧게 드리우니
一派纔動萬派隨　한 물결 일렁이자 만 물결이 따르네
夜靜水寒魚不食　밤 고요하고 물은 차가워 고기 물지 않으니
滿船空載月明歸　배 가득 허공만 싣고 달 밝은데 돌아오도다4

위 시의 영향은 불가에만 한정된 것이 아니어서, 문인 이규보 또한 이 시에 차운한 시 〈화정선자화상(華亭船子和尙)〉을 남겼다.

夜寒江冷得魚遲　밤 차고 강물 차가워 고기 더디 얻으니
棹却空船去若飛　빈 배에 돛대 있어 나는 듯 떠 가노라
千古淸光猶不滅　천고의 맑은 빛 줄지 않아
亦無明月載將歸　달빛조차 싣고 돌아올 게 없다

'낚시 드리치니 고기 아니 무노믜라'의 중장은 '고기 물지 않는다'는 게송의 내용을 그대로 옮겼다. 그러나 고기가 물지 않는 것은 사건이라고 할 수 없다. 애초에 고기가 물고 물지 않고는 중요하지 않았기 때문이다. 해당 낚시의 본질을 고려한다면 고기가 물지 않는 결과는 당연하며 예상된 의미의 짝이다.

이런 정보를 들은 학생들은 한편 끄덕이기도 하고, 의견을 수정하는 경우도 있다. 하지만 어떤 학생들은 이규보의 시를 들어 의견을 개진해 본다. 본래 어디서 왔든 자기가 재해석해서 창작하는 것인데 이규보의 시를 보면 '밤 차고 강물 차가워'라고 해서 춥고 어두운 배경을 제시하면서 시작하고 '달빛조차 싣고 돌아로 게 없다'고 했으니 너무나 쓸쓸하다는 것이다. 이런 연장선에서 시조를 보면 어떻겠냐고 한다.

게다가 무심(無心)은 표준국어대사전의 풀이에 따르면 '1)아무런 생각이나 감정 따위가 없다. 2)남의 일에 걱정하거나 관심을 두지 않다'이고, 이런 의미를 염두에 두고 시조의 종장을 감상한다면 화자의 실패에 대해

4　무비 역(2008), 『금강경오가해』(나정순, 2012: 134에서 재인용).

천지의 모든 존재가 무감하고 비정하다고 느끼면서 홀로 빈손으로 돌아온다고 생각할 수 있다. 학생들 상당수가 어둡고 쓸쓸한 분위기와 부정적 정서를 느꼈다는 감상에 지지를 표현하였다. 교사도 조금 적극적으로 참여해 본다.

월산대군의 시조는 게송의 후반 두 구를 풀어 옮겼다. 초장에 '추강에 밤이 드니 물결이 츳노민라'라고 하여 배경을 먼저 제시하였다. 본래 시에서 분명치 않았던 계절적 배경을 가을로 명시한 것은 밤이 되면서 서늘한 기운이 돌고 강물이 차가워지는 상황을 더욱 감각적으로 느낄 수 있게 한다. 학습자들은 이 배경이 어둡고 추워서 부정적인 심상을 떠올리게 하고 위축된 심리와 관련된다고 보았다. 하지만 추운 겨울이나 서늘한 가을에 낚시나 자연의 정취에 깊이 잠긴 화자들이 밤이 오는 것도 모르고 홀로 앉아 있는 장면은 시조에 흔히 등장하며, 이는 자신을 잊고 깊이 몰입한 상황을 표현한다.[5] 추운 가을밤의 강은 심리를 반영하는 배경이 아니라 몰아(沒我)의 전경인 셈이다.

정작 중요한 것은 마지막 구일 것이다. 월산대군은 '無心흔 둘빗만 싯고 빈 빈 저어 오노라'라고 옮겼다. 실은 것이 허공인가 달빛인가는 중요한 차이가 아니다. 다만 고기를 싣고 돌아오지 않는다는 점에서 배는 비었지만 허공 혹은 달빛으로 가득하다는 점에서 충만하게 돌아오고 있는 것이다. 일면 '달빛조차 싣고 돌아올 게 없다'고 한 이규보다 비우는 마음이 덜하다고 느낄 수도 있고 월산대군의 '무심한 달빛을 싣고' 돌아오는 모습이 더 평화롭고 충만해 보인다고 할 수도 있다.

나정순(2012:134-139)은 게송에 대한 득통의 설의를 인용하여 선사의 게송은 이미 충족되어 있어 더 이상 구할 것이 없으므로 얻은 것 없이 빈손

---

5 대표적인 작품을 소개한다. "뫼혀는 새가 긋고 들히는 갈 이 업다/ 외로온 비에 삿갓 쓴 저 늙은이/ 낙디에 재미가 깁도다 눈 기픈 줄 아는가(황희, 〈사시가〉)" "七曲은 어드미오 楓巖에 秋色 됴타/ 淸霜이 엷게 치니 絶壁이 錦繡ㅣ로다/ 寒巖에 혼자 안자셔 집을 잇고 잇노라(이이, 〈고산구곡가〉)"

으로 돌아가는 상태를 보여준다고 설명하였다. 이는 욕망을 절제하는 유가의 '무욕(無欲)'이나 노장적 의미의 '망기(忘己)'와도 다른 불가의 '무심(無心)'을 보여주는 것으로, 오히려 무엇이든 받아들일 수 있는 여래의 충일한 경지를 의미한다는 것이다.

이처럼 이 시조를 무심(無心)을 중심으로 고요하고 평화로운 분위기와 충만한 정서로 읽어내는 것은 각종 교재와 지도서에 수록된 교육담론의 주류적 내용이기도 하다. 어쩌면 작품은 당대에 영향을 주고받은 여러 다른 문학이나 저술들과의 관계 속에서 형성된 텍스트로서 위와 같은 목소리를 들려준다고도 할 수 있다.

어떤 학습자들은 이러한 내용을 받아들이면서 지적인 흥미를 느낀다. 이러한 해석에 동조하면서 처음에 긍정적 정서를 느꼈다고 발표했던 학습자들이 용기를 얻어 자기 의견을 좀 더 구체화하여 발언하기도 한다. 부정적인 정서를 경험했던 학생들 중에서도 이러한 해석을 수용하면서 확실히 배경지식을 가지고 보니 작품이 달리 느껴진다는 반응이 나오기도 한다.

> "확실히 낚시에 실패했다고 느끼는 건 우리 입장에서 그런 거 같다는 생각이 들어요. 애초에 고기를 낚아야 한다는 생각이 없었다고 한다면 종장에 좀 더 무게를 두어서 감상할 수 있을 것 같다는 생각이 듭니다."[6]

물론 이 시조에 대한 다른 감상에 대해 훨씬 풍부하게 이해하게 되었지만 그래도 여기서 느껴지는 쓸쓸함을 외면할 수 없다는 학생들도 제법 있다. 그런 학생들은 이 시조의 작자가 '대군'이라는 데에 주목하여 문제를 제기한다. 조선시대에 대군이라는 위치가 갖게 하는 어려움이 있었을 거라는 의견이 나온다. 이 정도 내용을 다루면 대개 시간이 부족해서 더

---

6 H대학교 2016년 2학기 '고전시가강독' 시간 국어교육과 여학생.

이야기를 하기는 어렵다. 이 내용을 다루었던 초기의 강의(2015년과 2016년의 강의)에서는 여기서 더 대화를 확장하지 못했다.

다만 강의의 결과 정리하게 된 의미가 일관되지 않는다는 점이 주목할 만한 점이다. 자신의 초기 감상을 바꾸지 않으면서 좀 더 상세화하거나 구체적인 근거를 덧붙여서 제시하는 학생들과 감상의 방향이 다소 바뀌었다고 이야기하는 학생들이 고루 보였고, 긍정적인 정서를 확인하는 감상 쪽이 더 많이 보였지만 부정적인 감상을 고수하는 학생들도 있는 상태에서 강의를 마무리하게 되었다.

감상이 다양했다고 해도 시험에서 작품의 의미를 서술해야 할 때는 당대적 의미와 관련해 고려해야 할 내용들을 잘 적어 낸다는 점이 수업의 결과로서 주목할 점이기도 하다. 자신의 감상과 별개로 학생들이 해당 시조에서 낚시나 무심의 의미를 이해하고 이를 해석에 중요하게 고려하게 되었다. 학습자들이 전문 독자들의 해석을 인정하고 고려하면서 공유되어 온 해석의 담론을 조리 있게 적어낼 수 있는 것, 동시에 다른 한편으로 자신의 독자적인 감상을 펼치고 쉽게 포기하지 않을 수 있는 것이 여러 작품을 대화적으로 감상하는 수업에서 지향하는 것이다.

대화의 순환성이 잘 구현되었다면 수업 후 대화가 어떤 방식으로든 이어지고 지속될 수 있다. 학습자들이 개인적으로 어떤 상황에서 이 작품을 떠올리며 자기 생각을 확장하거나 변화시켜 가는지 자세히 알 방법은 없다. 학기 중 이어지는 수업에서 다른 작품을 다룰 때 간혹 예전에 다루었던 작품에 대한 생각의 변화를 언급하며 의견을 개진하는 학생이 나오는 것으로 보아 그런 과정이 있으리라고 추정한다. 1년 후 다른 수업에서 만난 학생이 작년에 고집스레 개진했던 고전문학에 대한 생각을 극적으로 바꾸는 경우도 있었다.

교사도 수업 후 대화를 지속한다. 학생들이 제기한 대군으로서의 저자에 대해 좀 더 정리해 본다. 월산대군은 세조의 손자이자 의경세자(추존왕

덕종)의 맏아들이다. 왕위에 이르지 못하고 이른 나이에 죽은 의경세자 대신 세조의 뒤를 이은 사람은 세조의 둘째 아들 예종이다. 예종도 재위 13개월 만에 사망하니 그 뒤를 이어 즉위한 이는 의경세자의 둘째 아들인 성종이었다. 월산대군은 의경세자의 장자이고 결격사유도 없었으며 학문과 성품에 있어 매우 훌륭한 자질을 지니고 있었는데도 불구하고 한명회의 사위였던 동생이 왕위에 오르는 것을 지켜보아야 했던 인물이다. 그러나 조선왕조실록의 기록에 의하면 월산대군은 정치권력에 대한 의지나 욕망을 가졌던 사람으로 보이지는 않고 성종과의 우애가 각별한 인물이었다.[7]

그의 다른 작품도 찾아본다. 그가 남긴 시문들은 "맑고 심오하고 온자하여 부귀한 사람의 태가 없고 속세를 초월한 듯 깨끗하다."는 평가를 받았다(이종묵, 1998:291-292). 하지만 한편으로 그의 시에는 고독이 드러나거나 은미하게 자신의 뜻을 풍유하는 모습이 보이기도 한다.

> 文章秪是心神耗　문장은 그저 정신을 소진케 할 뿐이요
> 武藝終敎氣力傷　무예도 끝내 기력을 상하게 한다네
> 兩事一身無處用　두 가지 일이 한 몸에 쓸 데 없으니
> 不如携酒對紅粧　술 들고 미인과 함께함이 낫겠네

문장이나 무예는 사대부의 필수 교양이고 세상에 나아가 입신양명하고 사회적 책무를 다하기 위한 주요 소양이다. 그는 이 두 가지 일을 소중히 여겼으므로 정신을 소진하게 한다거나 기력을 상하게 한다는 것은 수사에 지나지 않는다. 이 두 가지 일에 전력을 다하지 않겠다고 노래하는 것은 다만 이 두 가지 일이 자신의 '몸에 쓸 데가 없기' 때문이다. 그가

---

7 조선왕조실록 성종실록에 월산대군 이정이 사망하기까지 192회에 걸쳐 언급된 내용을 보면 효심이 깊고 성종과 깊은 우애로 교류하며 시문으로 외교활동을 하는 등 맡은 바 소임을 다하는 일관된 모습을 볼 수 있다(한국고전번역원, 한국고전종합DB, 《성종실록》, http://asq.kr/BZ4tJwzcNWZHW).

방탕하거나 유흥에 몰입하지 않았다는 점을 감안한다면 술을 마시고 미인이나 대하는 삶을 살겠다는 것은 세상을 경영하는 데 뜻을 둘 수 없는 대군이 세상으로부터 고개를 돌리는 쓸쓸한 외면의 태도이다[8]. 마음에 남은 대화를 지속하다 월산대군의 이 작품에 이르렀다.

이제 학생들이 작품에서 쓸쓸하고 적막한, 외로운 정서를 느꼈던 것이 단지 지식이 부족했기 때문이기만 할까 하는 질문이 생긴다. 학생들의 목소리가 교사의 마음에 남아 질문을 제기하는, 대화가 지속되는 시간이다. 선자화상의 게송을 옮긴 작품이고 이미 풍부한 문화적 함의의 그물 내에 놓인 작품임에도 불구하고 어쨌든 시가 자체가 문면에 보여주는 것은 춥고 어두운 가운데 빈손으로 홀로 있는 모습이다. 그는 왜 이 작품을 선택해 번안했을까. 왜 초탈한 마음을 표현하고 싶었을까.

대화는 다음 해 학생들과 다시 이어진다. 다시 교실에서 의견이 쏟아진다.

> "그렇긴 하지만 작자가 대군이라는 게 마음에 걸려요. 월산대군이 누군지는 모르겠지만요. 조선시대 대군이면 엄청 숨죽이고 조심히 살아야 하는 사람들 아닌가요? 뭐 정치적으로도 그렇고 사회활동을 한다거나 하면서 사람들에게 주목받는 사람이 되면 안 되는. 그런 걸 생각하면 역시 좀 마음에 걸리는데요."[9]

교사가 월산대군이 어떤 사람인지 알려주자 학생들이 술렁이며 더 활발한 대화가 이루어지기 시작하였다.

월산대군의 시조는 당대 선승의 게송을 가져와서 시조의 장르적 특징과 표현의 묘를 잘 살려 번안하면서 '만선(滿船)'과 '공재(空載)'의 모순에 담긴 깊은 불교적 의미를 충실하게 살리고 이를 '무심(無心)'으로 갈무리하여 달빛 가득한 고요와 평화를 부각한 아름다운 작품이라고 일단 정리

---

8   이종묵(1998:273)은 이 시에 대해 '자신으로서는 문한(文翰)이나 무예를 모두 쓸 데 없기에 그저 술과 여자로 살아가겠다는 자조(自嘲)의 발언을 하고 있다.'고 해석하였다.
9   S대학교 2017년 2학기 '고전시가의세계' 시간 국어국문학과 여학생.

할 수 있다. 그러나 어쩌면 그의 마음에 갈등이나 쓸쓸함이 한편 없지 않았을 것이고 그런 마음이 은연중 이 게송에 마음을 머물게 했을지도 모른다. 하지만 이 시조에서 더 부각되는 것은 그 모든 것을 초월하여 담담하고 자유로운 마음인 듯하다.

작품의 의미를 이렇게 일단 정리한다 하더라도 한번 마음속에 들어온 질문, 월산대군의 쓸쓸한 마음에 대한 질문, 왜 이 시를 번안했나, 아니 그는 '담담해야만 하는' 사람이었지 않은가 하는 질문들은 없어지지 않고 작품을 읽는 마음에 깃들어 있다.

학생들의 감상 또한 하나로 모이거나 일목요연하게 정리되지 않았다. 여전히 자신의 처음 감상을 고수하는 학생도 있고 완전히 다른 느낌을 가지게 된 학생도 있다. 달라진 점은, 자신의 감상 내용을 어떻게 가지든 이 작품에서 읽어낼 수 있는 풍부한 의미와 정서에 대해 느끼고 고려할 수 있게 되었다는 것이고, 다양한 질문을 품은 상태에서 현재 자신에게 느껴지는 의미를 정리하게 되었다는 사실이다.

> "월산대군이 정치적 야망이 없었더라도 강제로 그런 처지에 있게 되었기 때문에 쓸쓸하고 무기력한 느낌이 들 수 있었을 것 같고, 그런 정서가 은연중에 이 시조에 반영된 것처럼 느껴지기도 합니다. 하지만 어쨌든 이 시조는 불교적인 작품에서 시작된 것이고 시조가 가지고 있는 특징이나 당시의 문화를 생각해 보면 평화로움이나 한가로움을 느낄 수 있다는 데 동의합니다."[10]

> "이 시조는 한가로움을 느끼게 한다고 배워서 그렇게 단순하게만 생각했었는데, 어쩌면 월산대군이 마음 속에 갖고 있던 일말의 허전함 같은 게 비치는 것 같다는 생각도 하게 되었습니다."[11]

> "이 짧은 시조에 대해서 이렇게 사람들 생각이 다 다르다는 게 정말

---

10 2017년 Y대학교 '고전시가교육론' 시간 국어교육과 여학생.
11 2017년 S대학교 '고전시가의 세계' 시간 국어국문학과 여학생.

신기했구요. 그게 제일 재미있었습니다. 저는 처음에 그냥 어둡고 쓸쓸한 시다, 그렇게만 생각했는데 선생님 말씀이나 학우들 이야기를 들어 보니까 낚시가 다른 의미가 있다는 것도 알게 되었구요. 그렇게 보니까 이 시가 평화롭게 보이기도 하는 것 같아요."[12]

결과적으로 학생들의 해석이나 감상 내용이 합의에 이르게 되었거나 정연하게 정리되지는 않았다. 오히려 수업 후 학습자들의 해석과 감상이 훨씬 복잡해졌다. 학생들은 결론을 내리는 과정에서 훨씬 풍부한 내용들을 고려했고 다른 감상의 가능성을 생각해 보게 되었다. 그리고 교사를 통해 들었던 당대의 문화나 장르 관습에 대한 지식을 적극적으로 활용하는 모습을 보여 주었다. 물론 이와 함께 의문을 품고 제기하는 데에도 적극적이 되었다고 할 수 있다. 이러한 모습은 이후 수업에도 영향을 미쳤을 것으로 판단한다.

학생들이 수업이 끝날 즈음 내리게 된 해석을 그 이후에도 계속 유지하게 될지는 알 수 없다. 교사 또한 일련의 수업을 거치면서 이 작품에 대한 느낌이 더 복잡해졌다. 학생들이 나름대로 하나의 결론을 얻어 의미를 정리했다고 하더라도 자신의 의견과 다른 해석에 의해 품게 된 의문은 마음에 사라지지 않고 남아 여전히 목소리를 낼 것이다. 이렇게 마음에 남아 있게 된 다른 목소리에 의해 대화는 종결되지 않고 지속될 것이며 이후에 어떤 계기를 만나면 작품에 대한 해석은 다른 국면을 맞이할 기회를 얻을 수 있을 것이다. 혹은 그러한 의문들이 이후 만나게 될 다른 작품에 대한 해석과 감상에 영향을 미칠 수도 있다. 물론 교사도 작품과 관련해 뿌려진 대화의 씨앗을 계속 키워나갈 수 있고, 어느 날 그로 인해 새로운 논문을 발표하게 될지도 모른다.

---

12 2017년 S대학교 '고전시가의 세계' 시간 국어국문학과 여학생.

2) 대화하는 고전문학교육의 모형

앞에서 대화를 위해 진행하는 수업의 과정을 정리해 보였다. 이 과정을 대화의 순환성이 잘 드러나도록 다시 정리해 보이면 다음과 같다.

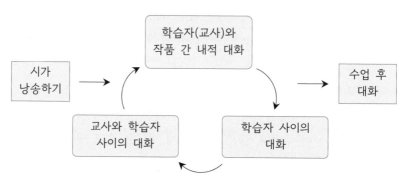

고전시가 감상 수업의 순환적 대화

위의 그림은 순환성을 갖는 대화를 강조한다. 학습자 사이의 대화나 학습자와 교사의 대화가 의미의 정리로 수렴되지 않으므로 학습자는 다시 작품을 조회하게 된다. 한정된 시공간에서 이루어지는 수업을 마치고 각자 돌아가면서, 혹은 그 후에 곰곰이 생각하면서 다시 자신의 의미를 정리하거나 혹은 변화하는 과정으로 나아가는 수업 후 대화가 진행된다.

교사의 참여가 학습자들의 대화를 위축시키지 않는다면 학습자 사이의 대화와 교사와 학습자 사이의 대화 간의 변별은 약하게 되고, 이 두 가지 대화는 수시로 섞여들면서 반복 순환될 수 있다. 이 과정을 몇 차례 경험하고 학습자가 단단해지면 교사가 좀 더 많은 정보를 제공해도 학습자는 자기 생각을 쉽게 포기하지 않으면서 유연하게 지식을 흡수할 수 있게 된다.

이 과정은 대화의 상호성을 전제한다. 동등한 주체들 간에 주고받는 것이라는 대화의 성격이 보장되어야 논의가 하나의 방향으로 견인되어 쉽게 수렴하지 않고 긴장성을 띠게 되기 때문이다. 모든 주체가 자기 목소리를 내는 진짜 대화는 순환적일 수밖에 없다. 물론 이때의 순환은 순서를 지키는 기계적인 순환이 아니다.

학습자는 작품과의 대화로부터 시작하여 다른 학습자와 대화하고, 교사와 대화하고, 다시 다른 학습자와, 그리고 작품과 대화한다. 학습자가 이러한 대화에 익숙해진다면 지속적으로 이러한 과정의 순환을 경험하면서 점차 다른 작품들을 추가해 나가게 될 것이다. 한 차시의 수업에서 학습자의 내면적 정리로 작품에 대한 감상과 해석은 일단락되겠지만, 학습자의 내면에 뿌려진 작품과 나눈 대화의 씨앗은 계속 자라나서 삶의 어느 국면에서나 혹은 다른 수업을 만나서 또 다른 방향으로 성장할 수 있다. 이 가능성을 고려하지 않는다면 때로 완고하게 자신의 어색한 감상을 고집하는 학습자들의 모습을 충분히 포용하면서 진짜 대화를 나누는 수업은 가능하지 않다.

4. 대화하는 고전문학교육을 통해 누가 어떻게 성장할까?

서로 다른 주체들 간의 대화가 '교육의 과정'이라고 할 수 있으려면 대화에 참여한 주체들에게 성장이 일어나야 한다. 성장이 일어나지 않는다면 그 대화를 교육이라고 부를 수 없다. 대화가 상호적이라면 변화 또한 상호적이어야 한다. 대화 이후 변화와 성장을 겪는 것이 학습자로 국한되는 것은 이상하다. 진정한 대화를 나눈다면 대화 주체들 각자가 성장하고 변화하는 것이 합당하다.

참여하는 해당 주체들이 저마다의 배경과 마음을 가진 타자들이라는 점을 인정하고, 그들이 동등하게 발언하고 교류한다는 점을 받아들이지 않으면 대화를 교육의 핵심적 방법으로 끌어들인다고 할 수 없다는 점을 고려해야 한다. 이런 전제 아래서 한쪽이 문학적 양분을 공급하고 다른 한쪽이 이를 받아들여 성장한다는 결과는 어색하다. 진짜 대화가 이루어지는 문학 교실이라면 대화에 참여하는 모든 주체의 성장이 이루어진다.

먼저 학습자의 성장이다. 교육은 학습자의 성장을 목표로 하며, 문학교실 또한 학습자가 문학적으로 성장하는 것을 우선적으로 추구한다. 학습자는 진술한 감상과 진지한 탐구의 과정을 통해 개별적 이해와 의미 생성의 과정을 경험하고 동료 간 대화를 통해 서로의 감상과 이해를 나누고 논의하면서 이해의 확장과 심화를 경험한다.

교사와의 대화로 확장되면서는 당대 문화나 장르, 작품이나 작가에 대한 지식을 함께 엮어 작품이 내는 목소리를 들을 수 있다는 것을 이해하게 된다. 작품, 동료, 교사와의 대화 속에서 자신의 관점과 방법을 다시 바라보는 성찰의 안목도 갖게 된다.

수업의 또 다른 주체인 교사도 성장한다. 교사는 자신의 입장에서 대화의 순환 과정을 경험한다. 수업 이전 교사는 교사-작품 간 대화를 통해 깊이 있고 정확한 이해를 확보하려고 노력한다. 수업을 통해 학습자의 목소리를 듣게 되면 교사는 때로 다른 각도에서 작품을 재경험하고 작품에 대한 확장된 이해를 가지는 독자로서의 성장을 경험할 수 있다.

학습자들의 질문과 해석을 통해 작품에 대해 새롭게 부여되는 현재적 의미에 대해 고민하게 되기도 한다. 실제로 우리 사회가 새롭게 인식하게 되는 가치나 새로 부각되는 문제 상황 등이 작품을 달리 조명하도록 이끄는 경우들이 있고, 이런 상황에서 기존의 해석에 매여 있는 교사보다 학습자들이 더 민감하게 새로운 시각을 도입한다.

교사는 학습자와의 대화를 통해 학습자의 수준과 상태를 파악하면서 학습자에 대한 이해를 확장하고 이들에게 다가가는 방법을 모색하며 교육자로서의 성장도 경험한다.

마지막 주체인 작품도 성장할까? 작품의 목소리는 항상 고정되어 있는 것이 아니다. 이것을 인정하지 않는다면 고전문학교육은 단지 작품이 창작되었던 당시에 품었던 고정된 의미-사실 이것을 알아내고 확정하는 것도 가능하지 않은 일이다-로 학습자들을 견인하는 작업이 된다. 고전문학 작품이 독자들 안에서 성장한다는 것은 그것이 독자들에게 풍부하고 현재적인 의미를 갖게 된다는 것을 의미한다. 작품에 부여되어 온 의미를 더 확장하거나 다양화하는 것, 깊이를 더하는 것이다. 이런 일은 전문가 집단의 영역이라고 흔히 생각한다. 하지만 바로 교실에서 그런 일들이 이루어져야 한다. 그래야 문학 작품이 모든 일상인과 교양인들의 품으로 돌아온다.

5. 나가며

대화는 시·공간적, 문화적 거리를 갖고 있는 문학작품에 대해 학습자의 능동성을 보장하면서 문학 작품이 속한 문화와 맥락에 다가가는 이해와 감상을 시도할 수 있는 교육의 방법이다. 대화의 본질은 상호성과 순환성에 있다. 대화에 참여하는 주체들이 동등한 권리와 의미를 가지는 상호적인 주체일 때 진정한 대화가 가능하다.

이런 주체들 간의 대화는 본질적으로 종결되지 않고 하나의 의미로 수렴되지 않으며 지속된다는 점에서 순환적 성격을 가진다. 이러한 대화의 본질을 구현하기 위해서는 주체들의 상호성을 전제한 순환적 교수·학습의 모형을 마련하고 실천할 필요가 있다.

학습자와 교사, 작품 모두가 상호 주체성을 가지고 대화하는 문학 수업에서 모든 주체는 성장을 경험할 수 있다. 학습자는 작품 이해 능력을 기를 수 있고 적극적이고 능동적인 감상의 태도와 작품에 대한 탐구의 태도를 가지게 되며, 문화적으로 폭과 깊이가 확장된 자아를 형성할 수 있다. 교사 또한 독자로서 새로운 의미를 획득하고 발견하는 경험을 할 수 있고 자신이 가르치는 학습자의 위치와 수준, 성격에 대해 더 깊이 이해하게 된다. 또한 문학 작품은 문학 교실에서 새롭게 의미화하고 더욱 풍부하고 현재적인 의미를 획득하면서 생명을 얻게 된다.

진정한 대화를 추구하는 문학 교육은 다양한 이해와 감상에 대한 진짜 믿음이 있어야 뿌리내릴 수 있다. 학습자들은 제각기 다른 관점에서 작품에 접근하고 작품을 관통해 의미를 생성할 수 있다. 학습자들은 작품의 어떤 부분이든 자신에게 다가오는 곳에 접속해서 그 안으로 들어갈 수 있다. 다른 사람들이 어느 부분에 주목하든 새로운 부분을 통로로 삼을 수 있다고 생각해야 한다.

물론 그렇다고 해서 모든 해석과 감상이 동등한 가치와 의미를 가진다고 할 수는 없을 것이다. 작품의 감상과 이해를 다음 그림처럼 시각화해 보면, 작품을 통과하는 수많은 방법이 가능하다는 것을 알 수 있다. 그러나 모든 통과의 방법이 동등한 가치를 가지는 것은 아니다. 어떤 감상은

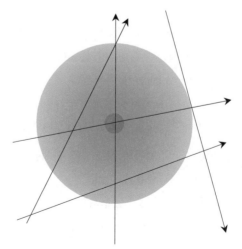

학습자들이 작품을 만나고 대화하는 다양한 양상

작품을 아주 깊숙이 통과하지만 어떤 감상은 작품을 아주 얕게 통과하기도 하고, 때로 작품을 스치기만 하는 경우도 있다. 작품이 보여주는 세계를 거의 통과하지 않는다면 어떤 대화도 일어나지 않는 읽기가 된다. 이런 읽기는 학습자를 성장시키기 어려울 것이다.

그러나 아주 얕거나 작품을 스치는 해석조차도 어떤 경우에는 새로운 창작의 동력으로 작동할 가능성이 있다고 인정해야 교실에서 여러 목소리를 들을 수 있다. 신뢰가 쌓이면 그렇게 스쳐간 해석은 작품과 진정으로 대화한 결과가 아니라는 걸 기죽이지 않고 말해줄 기회도 생긴다.

학습자들이 진지하게 수업 대화에 참여한다면 대화는 수업이 끝난 뒤에도 이어질 수 있고, 이 작품을 스쳐 지나갔던 학습자조차도 다음 작품을 만났을 때 더 나은 대화를 시도할 가능성을 기대할 수 있다. 그리고 학습자들이 진지하게 이후의 수업 대화에 참여하게 되는 것은 하나의 수업에서 진짜 대화를 경험하면서 자신의 성장을 체험했을 때 가능해진다.*

---

* 이 글은 "서명희(2021), 「문학교육 방법으로서 대화의 성격과 구조: 순환적 대화 수업 모형을 통한 시조교육」, 『고전문학과교육』 47, 한국고전문학교육학회"의 일부 내용을 수정·보완한 것이다.

질문 중심 고전 읽기 수업에서
학생들은 어떻게 성장할까?

장지혜

1. 국어 교실에서 질문 중심 수업의 의미는 무엇인가?

1997년 '학습자 중심 교육'을 표방한 제7차 교육과정이 고시된 이후 지난 20여 년간 학습자 중심 교육은 수업과 평가를 설계하는 데 있어 주요한 명제가 되어 왔다. 그러나 여전히 '학습자 중심 교육 = 활동 중심 교육'이라는 인식이 막연하게 공유되어 있거나, 처방적인 차원에서의 논의가 주로 이루어져 있을 뿐, 그것이 갖는 함의와 효과성에 대한 논의는 상대적으로 부족한 실정이다. 그런 점에서 "활동 중심의 수업은 성찰적 사고가 없는 즉각적인 실제이며, 비록, 재미와 흥미가 있다 하더라도 그러한 활동은 어디에서도 지적인 것을 이끌어낼 수는 없고, 학습의 중요한 아이디어와 적절한 증거에 초점을 분명하게 맞추는 것이 결여되어 있다." 는 위긴스와 맥타이(Wiggins and McTighe, 2005/2008: 35-36)의 지적은 여전히 유효하다. 일방적인 지식 전달식의 수업도 문제지만, 활동 중심의 수업 또한 학습자의 참여도나 흥미를 제고하는 데서 더 나아가 성찰적 사고와 진정한 이해를 추구하는 데 기여하는지에 대한 검증이 뒷받침되지 않는다면 지식 전달식의 수업에서 사실 한 걸음도 나아가지 못한 것에 다름 아니기 때문이다.

그렇다면 학습자의 '성찰적 사고'를 중심에 둔 학습자 중심 수업은 무엇에 기반을 두어야 할 것인가? 학습자 중심 교육이 구성주의에 터하고 있음을 감안할 때, 듀이(John Dewey)의 논의에 주목할 필요가 있다. 듀이에 의하면, 모든 성찰적 사고(reflective thought)의 근간에는 다음의 두 하위 과정이 포함되어 있다. 첫째, 성찰적 사고는 우리 마음에 어떤 당혹, 주저, 의심의 상태를 형성하는 어떤 문제에서 기원하며, 둘째, 성찰적 사고는 탐구 행위를 수반하는데 이는 제기된 문제 상황에서 의심, 당혹, 주저를 없애기 위하여 자료 및 증거를 탐색하여 새로운 지식(가정)에 도달하는 것이다(엄태동, 2001: 197). 이때의 문제는 해답을 필요로 하는 질문을 뜻하는 것으로, 달리 말하면 능동적이고 개별적인 학습자의 지식 구성을 유도하기 위해서 학습은 어떠한 문제를 제기하는 것에서부터 시작되어야 하며, 학습자의 질문과 그것을 해결하기 위한 탐구 과정이 곧 수업의 내용이자 목적이 되어야 할 것이다.

이에 본고는 교사 중심의 일방향적인 전통적 방식의 국어 수업에서 벗어나 〈춘향전〉이라는 고전(古典) 텍스트를 제재로 질문 중심의 수업 방식을 설계하고, 학습자가 중심이 되어 스스로 읽고, 질문하고, 소통하며, 쓰는 활동을 중심으로 한 국어 교실의 양상을 구체적으로 살펴보고자 하였다. 고전(古典)은 오랫동안(antique) 가치를 지녀온(classic) 텍스트로서, 인류 보편의 가치를 다루어 수준 높은 성취를 이룩했다는 점과 다양한 시공간적 맥락에서 의미의 재구성이 가능하다는 점에서, 풍부한 교육적 가치와 가능성을 담고 있으며, 학습자에게 다기한 차원의 질문거리를 던져줄 수 있는 제재이다. 특히 〈춘향전〉은 17세기 이래 오랜 세월에 걸쳐 지속적으로 독자들에게 새롭게 해석되며 수많은 이본을 남겼을 뿐만 아니라 그 작품성과 주제의식의 측면에서 고전이자 정전으로 인정받고 있다.[1] 그러나 전통적인 국어 수업의 경우 〈춘향전〉을 비롯한 고전 텍스트가 교과서에 일부만 발췌되어 실려 있는 경우가 많고, 이마저도 학습자

---

1 춘향전이 지닌 정전으로서의 성격에 대해서는 김종철(2005)을 참고했다.

스스로의 읽기가 아닌 교사의 전달을 통해 진행되는 경우가 대부분이다. 때문에 질문 중심 고전 읽기 수업을 통해 교사와 교과서 중심의 '온실 속' 수업에서 벗어나, 학습자가 고전 텍스트의 전문(全文)을 미리 읽고, 스스로 새로운 학습의 주제들을 구안하여, 실생활과 밀착된 실제적이고 맥락적인 국어 활동을 수행할 수 있을 것이라고 가정하였다.

이 연구는 질문 중심 고전 읽기 수업을 설계하고, 실제 학습이 이루어지는 양상과 학습자들이 구성하는 의미에 대해 질적으로 살펴 교육적 시사점을 밝히는 데 일차적 목적이 있으며, 궁극적으로는 이를 통해 학습자 중심 국어 수업의 본질을 구명하고 수업 설계의 토대를 마련하고자 한다.

2. 질문 중심 고전 읽기 수업의 본질은 어디에 있는가?

1) 학습자 중심의 질문

학습에 있어 '지득(知得)된 지식'이 아닌 '증득(證得)된 지식'[2]을 학습의 결과로 본다면, 학습 내용은 학습자의 삶과 연관성을 가져야만 한다. 이를 위해서는 기존의 문제를 해결하면서 합리적이고 비판적인 사고를 키우도록 하는 것도 중요하지만, 주체적으로 자신만의 질문을 구안하고 이를 해결하도록 할 때 이를 자기화할 수 있는 가능성이 커진다고 할 수 있을 것이다. '논어'나 '장자', 플라톤의 '국가', '메논' 같은 동서양의 고전에서도 문제를 제기하고 질문을 던지는 쪽은 주로 학생이었다는 점(전숙경, 2010: 179)과 베르트하이머(Wertheimer)의 "사고의 기능은 단순히 당면한 문제를 푸는 데 있는 것이 아니라 더 깊은 물음들을 찾아내고 직시하

---

2 증득된 지식은 학습자의 체험과 유리(遊離)되지 않고 마음으로부터 승인을 통해 획득되지만, 지득된 지식은 학습자의 선별과 승인에 의하지 않고 외부적인 보상, 압력, 강요에 의해 내면화된 지식을 말한다(장상호, 2000: 254).

며 파고드는 데 있다. 위대한 발견에서 종종 가장 중요한 것은 특정 물음을 찾아내는 일이다."(Arlin, 1990/2010: 335에서 재인용)라는 말을 상기할 때 교육에 있어 학습자가 주체적으로 제기하는 질문의 중요성은 재론의 여지가 없다.

그간 수업에 있어 질문에 대한 논의는 주로 교사의 질문, 또는 교재의 발문 등을 중심으로 이루어져 왔으며, 이러한 경향성은 국어 교육의 영역에서도 두드러진다(박정진·윤준채, 2004; 선주원, 2004; 박정진, 2006; 박수자, 2014, 송정윤, 2014). 이밖에 교육 전반에 걸쳐 질문의 교육적 의미를 밝힌 연구도 있는데(전숙경, 2010; 김명숙, 2015) 그 중 전숙경(2010)은 그간 교육에서 질문을 다룬 연구를 비판적으로 분석하고 질문은 교사, 또는 학생이라는 어느한쪽이 주체가 되어 이루어지는 것이 아니라 교사와 학생 간의 대화라는 구조 속에서 파악되어야 하며, '좋은 질문'만이 중요한 것이 아니라 계속적인 대화로 이어지게 만드는 것이 질문의 핵심이어야 함을 강조하였다.

국어 교육에서 학습자 질문 중심의 수업은 송지언(2014)에 제시된 바있다. 송지언은 해당 연구에서 독자는 반드시 스스로 경험해야 하며, 텍스트에 대한 해석이 곧 나 자신에 대한 해석이 되어야 한다는 로젠블렛의반응 중심 문학 이론을 토대로 학습자 스스로에게 유의미한 좋은 질문에도달하는 것을 목표로 삼아 학습자 중심 질문 생성(Student-Centered Questioning)에 기반을 둔 〈춘향전〉 감상 수업을 구안하고자 하였으며, 이는 본 연구에 많은 시사점을 주었다. 그러나 해당 연구에서는 교과서에 발췌되어 수록된 〈춘향전〉의 일부만을 대상으로 수업을 진행하였다는 한계가 있어, 본고에서는 학습자들이 〈춘향전〉 전편을 읽고 질문을 생성하도록 하여 〈춘향전〉의 맥락을 온전히 파악하고 복원하여 자신의 맥락과융합할 수 있도록 하였으며, 해당 과정에서의 의미 구성 양상을 질적으로들여다 보고자 하였다.

2) 비계로서의 교사 피드백 및 모둠활동

기존의 수업에서는 교사가 주로 '전달자'로서의 역할을 담당하였다면 질문 중심 고전 읽기 수업에서의 교사는 '기획자' 및 '조력자'로서의 역할을 담당한다. 교수·학습 내용을 구조화하고, 교실 안에서의 규칙을 정하고, 무엇보다 학습자가 자신의 질문에 대한 해답을 찾아가는 과정을 상호작용을 통해 지원한다는 점에서 일종의 '비계(scaffolding)'를 제공해줄 수 있어야 한다. 이는 비고츠키(Vygotsky)가 근접발달영역(ZPD, Zone of Proximal Development)이라는 개념을 통해 학습에서 강조했던 것이기도 하다. 즉, 학습자의 잠재적 발달 수준이 성인의 안내, 또는 더 능력 있는 또래들과의 협동을 통한 문제 해결에 의해 결정된다는 것이다(Vygotsky, 1978/2009: 134). 이를 위해서는 수업 시간 내에 지식을 전달하는 강의 시간이 줄어드는 대신, 수업 시간 내, 수업 시간 외에 학생과 소통하고, 학생의 질문과 그에 대한 응답에 적극적으로 반응하며 피드백을 제공해주는 촉진자로서의 교사의 역할이 부각될 수 있는 교수·학습 방안이 요구된다. 나아가 학습자로 하여금 한 단계 더 나아간 가치 있는 무언가를 생성할 수 있도록 하는 인지적·정서적 비계를 제공하여 교과서 교육이 환기하지 못하던 새로운 질문과 응답을 찾도록 하는 데 있어 교사의 역할이 절대적으로 중요하다고 할 것이다.

또한 비고츠키가 밝힌 것처럼 학습 상황에 있어서의 비계는 교사만 제공하는 것이 아니라, 동료 학습자 또한 서로에게 비계의 제공자가 될 수 있다는 점에 유의할 필요가 있다. 학습자 중심 교육이 동료 지원 학습과 문제 기반 학습을 포함(Bishop, 2013)한다는 점을 상기해 볼 때, 정답이 있는 질문에 대한 권위는 정답을 소유한 교사에게 있지만, 정답이 없는 열려 있는 자신의 질문에 대한 권위는 자신에게 있으며, 같은 질문을 소유한 동료 학습자와의 소통을 통해 학습자는 공통의 '화두'에 대한 새로운 인식, 혹은 총체적 인식을 추구할 수 있게 된다. 이른바 '공동 생성적 대화(Co-generative Dialogue)'를 통해 학급의 누구나 자신의 목소리를 낼 수 있으며, 그러한 대화가 가능하도록 하기 위해서 교사는 학습자 자신의 질문이 정답이 있는 문제가 아님을 강조하여야 하고, 학습자 저마다의 다성적 목소리가 고르게 제시될 수 있도록 소통을 촉진해야 한다. 무엇보다 그러한 소통이 소통에서 그치는 것이 아니라 성찰 및 자기이해로 이어질 수 있도록 하는 과정을 제공해야 한다.

3. 질문 중심 고전 읽기 수업을 어떻게 설계할 것인가?

앞서 밝힌 바와 같이 수업의 전반적인 진행은 학습자의 '질문'과 이에 대한 비계로서의 교사 피드백 및 동료 협의를 중심으로 전개할 필요가 있다. 이때의 질문은 학생들이 자신의 목소리를 냄으로써 지식을 자기화할 수 있도록 하기 위한 것으로서 기능할 수 있다. 또한 교사는 수업에 있어 지식 제공자이기보다는 학생들의 학습 안내자, 촉진자, 협력자로서 학생들 스스로가 보다 효율적으로 지식을 터득하고 재구성할 수 있는 발판을 마련할 수 있게 돕는 역할을 담당해야 할 것이다. 이러한 설계 원칙을 반영하여 개발된 프로그램은 다음과 같다.

매 차시 학습자들은 『춘향전』을 각각 다른 주제로 접근(작품 자체 → 상호텍스트 → 실세계 → 학습자 자신과의 연관)하게 된다. 이는 '이해는 항상 해석'이며, '이해는 이미 항상 적용된 것'(Gadamer, 1960/2012: 195)이라고 하며 가다머가 제시한 '이해 - 해석 - 적용'이라는 이해의 세 가지 양식에 근거한 것이다. 학습자들은 작품 자체에 대한 이해에서 시작해 작품을 이해하는 지평을 점차 확장하여 해석하고, 작품의 의미를 현재화하여 자기이해와 연관 짓는 일련의 단계를 거치게 된다.

각 차시 수업에서 학생들이 참여한 활동의 구성은 다음과 같다. 본격적인 해당 주제 수업이 전개되기 이전 차시에 10분 정도를 할애하여 학습자가 각 주제에 대한 자신만의 질문을 떠올리고 모둠별로 발표하면, 교사가 이에 대한 비계로서, 학습자의 질문과 관련된 수업 동영상과 읽기 자료를 온라인 커뮤니티에 게시하고, 학습자는 다음 해당 주제의 수업 시간에 이러한 자료와 자신의 경험을 바탕으로 자신의 질문에 대한 응답을 구안하며, 동료 학습자들과의 토의를 통해 자신의 응답을 정교화 하는 방식이다. 구체적인 수업 프로그램은 다음 표와 같다.

표 1. 질문 중심 고전 읽기 수업 프로그램

차시	수업 내용	수업 과정
0	- 비평적 에세이 쓰기(사전)	질문 생성 (개인) →
1	〈춘향전〉 깊이 읽기 - 〈춘향전〉 작품과 관련한 나의 질문	질문에 대한 응답 구안 (개인) →
2	〈춘향전〉 '상호텍스트' 관련 읽기 - 자신이 주목한 〈춘향전〉 상호텍스트와의 비교	
3	〈춘향전〉 '실세계' 관련 읽기 - 오늘날 〈춘향전〉이 지니는 의미	협의 및 응답 정교화 (모둠) →
4	〈춘향전〉 '나' 관련 읽기 - 〈춘향전〉이 나에게 던지는 질문	발표 및 응답 정교화 (학급)
5	- 비평적 에세이 쓰기	

즉, 수업 과정은 '자신만의 질문 생성 → (피드백으로서의) 교사의 수업 동영상 및 학습 자료 업로드 → (수업 동영상 및 학습 자료를 참고한 뒤 그 다음 시간) 자신만의 응답 구안 및 동료 학습자들과의 협의를 통해 자신의 응답 정교화'를 통해 전개되는 것이다. 또한 '나 관련 읽기' 차시에서는 '자신이 텍스트에 던지는' 질문이 아닌 '텍스트가 자신에게 던지는 질문'을 통해 자신에게 반성적 질문을 던지고, 이를 교실 학습자 전원이 발표하는 과정을 통해 작품을 통한 자기이해를 촉진할 필요가 있다. 이러한 과정은 '개

인 → 모둠 → 학급'으로 점차 소통의 범위를 확장해 가면서 계속적으로 사고를 갱신하고 보편성을 획득해 가는 과정이기도 하다. 그리고 마지막 으로는 이전 차시에 학습한 내용을 종합하여 한편의 '비평적 에세이'[3]를 작성함으로써 자기이해를 완성할 수 있다.

이하에서는 설계된 수업 프로그램을 실제 고등학교 2학년 학습자 130명을 대상으로 실시하고[4], 그 과정과 결과를 질적으로 살펴보고자 한다.

4. 질문 중심 고전 읽기 수업에서 학습자의 의미 구성 양상은 어떠한가?

1) 학습의 주제를 스스로 생성하기

작품에 대해 질문을 하고 그 질문을 공유하는 활동을 통해서 학생들은 작품에 접근하는 다양한 관점을 형성하고 학습의 주제를 스스로 만들어낼 수 있었다. 수업에서 학생들이 떠올린 질문을 유형화하면 다음과 같다.

표 2. 학습자 질문의 유형

① 내용과 관련해 이해가 안 되는 것

- 춘향이 이름의 뜻은 무엇일까?
- 몽룡이는 왜 한양으로 갔는가?

---

3 비평적 에세이(critical essay)는 대상에 대해 깊이 있게 사고한 바를 주관적 이해와 평가에 기초하여 근거와 함께 쓴 글(장지혜, 2013: 21)을 의미하는 것으로 대상에 대한 이해를 자기이해로 견인하는 적극적인 실천 과정이라고 할 수 있다.
4 대상 학습자는 남녀 학생을 모두 포함하고 있으며, 학생들의 국어 성적은 전국 인문계 고등학교 중에서 약간 낮은 수준이며, 조사 대상이 된 학습자들의 국어 성적은 하위권에서 상위권까지 골고루 분포되어 있고, 1학년 때 교과서에 수록된 김소희 창본 〈춘향가〉를 발췌본으로 학습하여 〈춘향전〉에 대한 배경지식을 보유하고 있다.

- 몽룡이는 며칠만에 돌아왔는가?
- 춘향이의 아버지는 어떻게 되었는가?

② 작품의 사회, 역사적 배경에 관한 것

- 실제 이 시대에 기생과 양반의 결혼이 빈번했을까?
- 엄마가 기생인데도 딸은 기생이 되지 않을 수 있나?
- 당시에는 정식 결혼 전에도 하룻밤을 보낼 수 있었는가?
- 양반이 일반인에게 수청을 요구하는 게 합법이었나?
- 이몽룡이 왜 월매에게 반말을 하는가?
- 기생은 페이를 얼마나 받았을까?

③ 장면과 행동의 원인이나 결과의 구체적 양상에 대해 스스로 추론하기 어려운 것

- 거의 1년을 같이 지내오면서 어떻게 애가 생기지 않았을까?
- 몽룡의 부모님이 춘향과의 백년가약을 반대한 이유는?
- 춘향이의 미모는 어느 정도였을까?
- 변사또를 말리는 사람은 없었는가?
- 몽룡이는 과거합격하는 데 왜 이렇게 오래 걸렸나?
- 춘향이는 고문 때 얼마나 아팠을까?

④ 인물에 대해 궁금하거나 판단하기 어려운 것

(춘향에 관한 질문)
- 춘향이는 옥에 들어가서 수청을 들지 않은 것에 대해 후회를 했을까?
- 왜 춘향이는 변사또의 수청을 거절하였을까?
- 춘향이가 사또의 수청을 거부하는 것이 타당한가?

(몽룡에 관한 질문)
- 몽룡은 춘향이를 정말 진심으로 사랑했을까?
- 이몽룡이 춘향이를 하루 늦게 구해주러 간 이유? 이도령은 왜 춘향이에게 편지를 하지 않았나?

(변사또에 관한 질문)
- 변사또는 춘향이를 옥에 가두고 때리기까지 해야했나?
- 과연 변사또는 못된 사람인가?

(월매에 관한 질문)
-춘향의 어머니는 춘향과 이도령의 결혼을 왜 흔쾌히 허락해 주었나?

⑤ 작품의 주제와 관련된 것

- 춘향이 끝까지 정조를 지켰어야 했는가?
- 만약 몽룡이가 천민이었어도 춘향이는 정절을 지켰을까?
- 춘향이는 몽룡이를 사랑했을까?
- 왜 춘향이는 모든 남자를 거절하면서 몽룡이는 받아들였는가?

⑥ 작품에 대해 바꾸어 상상한 것

- 만약 춘향이가 그네를 안 탔어도 둘은 이어졌을까?
- 춘향이와 이몽룡의 성별이 반대였다면?
- 서로 사랑한 이야기가 아닌 한쪽만 사랑하는 이야기라면?
- 이몽룡이 과거시험에 합격하지 못했다면 춘향이는 어떻게 됐을까?
- 춘향전의 시대적 배경이 조선시대가 아닌 지금이라면 어땠을까?
- 둘은 과연 죽을 때까지 서로만 사랑하며 살았을까?

학습자들의 질문은 작품의 꼼꼼한 독해를 통해 스스로 해결 가능한 유형(①)에서부터 작품의 사회적·역사적 배경에 관한 것, 인물의 행동이나 특성에 관한 것, 작품의 주제와 관련된 것 등이 있었다. 이런 질문들은 필요한 정보를 탐색하고 평가하여 지식으로 구성해야 답할 수 있는 것들로서, 질문 그 자체가 학습 주제라고 할 만하다.

예를 들어, 사회적·역사적 배경지식과 관련하여 학생들은 "어머니가 기생인데도 딸은 기생이 되지 않을 수 있나?", "춘향과 이몽룡이 정식 결혼 전에도 하룻밤을 보낼 수 있었는가?", "실제 이 시대에 기생과 양반의 결혼이 빈번했을까?"와 같은 질문을 떠올렸다. '그렇다/아니다' 차원의 단순한 사실적 정보만으로는 이 질문들을 해결할 수 없는데, 이 질문들을 통해 학생들은 이 작품의 서사 진행이 얼마나 설득력 있는지, 인물의 행동을 어느 정도로 개연성 있거나 문제적인 것으로 받아들일지 결정하려는 것이기 때문이다.

"춘향이의 미모는 어느 정도였을까?", "춘향이는 고문 때 얼마나 아팠을까?"와 같은 유형의 질문들은 작품에 관한 주변적인 궁금증들로, 작품을 이해하기 위해 작품의 빈칸들을 채워나가는 과정이라고 할 수 있다. "1년을 같이 지내오면서 어떻게 애가 생기지 않았을까?"같은 질문도 나왔는데, 이 경우 얼핏 보면 중요하지 않은 질문 같지만, 만약 춘향과 이도령 사이에 아이가 있었다면 서사 전개가 어떻게 달라졌을지, 왜 수많은 이본 중 둘 사이에 아기가 태어난 이본은 없는지, 흔히 '막장 드라마'라고 불리는 최근의 드라마에는 어째서 '출생의 비밀'이라는 모티프가 반복해서 나타나는지를 고려해 봤을 때 의미 있는 질문으로 기능할 수 있다.

학생들은 또 "몽룡은 춘향을 진심으로 사랑했는가?", "왜 춘향은 변 사또의 수청을 거절하였을까?"와 같이 인물의 행동이나 특성에 대한 질문을 떠올렸는데, 이 질문들은 인물의 행동의 동기와 행동의 결과가 어떤 주제를 형상화하는지 탐구할 기초를 형성한다. 혹은 "춘향과 몽룡의 사랑이 꼭 행위적인 사랑으로 묘사되어야 했을까?"와 같은 질문도 있었는데, 이 역시 작품의 표현 방식이 어떤 의도에서 결정되고 독자에게 어떤 영향을 미치며 주제를 어떻게 형상화하는지 탐구할 수 있게 해주는 질문이다.

춘향이 정절을 지킨 행위가 지니는 이유나 의미, 가치에 대한 질문 또한 다수 제기되었는데, 이는 작품의 주제와 밀접하게 관련된 것으로, 앞선 질문들을 모두 이해하고, 해석하고, 자신에게 적용하고, 분석하고, 비판하는 과정을 모두 종합하여 해결 가능한 것이다.

학생들이 이렇게 학습 주제가 될 질문을 구안한 것은 창의적 학습 활동이라고 할 수 있다. 이때 이러한 학습 주제를 구안할 수 있게 한 것은 작품 전문을 읽는 경험이라는 점이 주목할 만하다. 춘향과 몽룡이 사랑을 나누는 장면이나 춘향과 몽룡의 첫 만남뿐만 아니라 그들의 이별 등은 작품을 발췌하여 수록하는 교과서 지문에서는 확인하기 어려운 부분이다. 특히나 학생들이 전 해에 배운 교과서에는 김소희 창본 〈춘향가〉 중 춘향이 변 사또의 수청을 들기를 거부하며 곤장을 맞는 대목이 수록되어 있었으며, 그 앞뒤의 사건은 간략한 표 안에 '사실'로서 정리되어 제시되었다. 학생들은 작품 전문을 읽음으로써 인물의 행동의 전모를 비로소 알게 되고, 인물의 행동과 감정, 생각을 주어진 사실이 아니라 지식으로 새롭게 확인하고 구성할 과제로 파악하게 된 것이다.

뿐만 아니라 스스로 떠올리거나 발견한 문제들에 답하기 위해서 학생들은 자료나 교사의 발언, 모둠원들의 발언 등을 통해 정보를 얻고 확인하고 타당성과 신뢰성을 평가하여 나름대로의 결론을 내려야 했다. 학습 자료는 학생들이 스스로 떠올린 질문에 대해서 직접적인 답을 제시하지 않았다. 그러므로 이 활동은 학생들이 지식을 수용하는 대상이 아니라 구성할 대상으로 인식할 기회가 되었다. 같은 질문에 대해 두 모둠이 서로 다른 답을 한 경우에 그 점이 좀 더 분명히 드러났다. 예를 들어 한 학급에서는 서로 다른 두 모둠이 "몽룡이 한양에 가서 왜 춘향에게 연락을 안 했나?"라는 질문에 대해 서로 다른 결론을 제시하였다. 한 모둠은 '몸이 멀어지니 마음도 멀어져서 다른 기생과 놀았을 것이다.'고 추론하였고 다른 모둠은 '자기 혼자 이뤄낸 성과가 없어서 떳떳하지 못해 연락을 안 했다. 성과를 이룬 후 떳떳하게 연락하려고 했을 것이다.'고 추론하였다. 두 모둠의 추론이 상반된 내용이므로 발표를 듣는 학생들에게는 작품 안에서 어떤 근거를 찾아 어떻게 추론했는가, 인물의 성격과 행동을 어떤 방식으로 파악하여 내린 결론인가 생각할 기회가 될 수 있는 것이다. 그러나 실제로 서로 다른 답을 한 두 모둠은 작품 안에서 추론의 근거를 제시하는 데는 성공적이지 못했으며 다만 추측을 중심으로 답했을 뿐이었다는 점에서, 학습자들이 이러한 양상을 보인 이유와 이를 어떻게 활용하여 학생들의 사고를 북돋을 것인지에 대해서는 다음 장에서 논의하고자 한다.

2) 스스로 맥락을 만들어내기

'상호텍스트 관련 읽기' 수업에서 학생들은 〈춘향전〉을 바탕으로, 현대에 어울리는 새로운 작품을 만든다고 생각해 봅시다. 인기 있는(혹은 가치 있는) 작품을 만들기 위해 〈춘향전〉의 어떤 측면을 활용하고 싶은가요?'라는 질문을 해결하는 과정에서 〈춘향전〉과 거리가 멀어 보이는 텍스트를 포함하여 다양한 텍스트를 〈춘향전〉과 같은 맥락에 놓으려고 시도하는 모습을 보였다. 학생들이 〈춘향전〉과 관련시킬 수 있는 작품으로 먼저 떠올린 것은 대개 삼각의 연애 관계, 경제력 차이가 큰 남녀의 연애를 다룬 텔레비전 드라마들이었다. 그러나 참고자료 등을 참고하여 권력자의 횡포와 그에 맞서는 인물의 내용을 그린 영화 등을 상호텍스트로 관련시키려 논의한 경우도 있었다. 또한 자신이 최근에 본 영화나 드라마 등과 〈춘향전〉을 관련지을 고리를 찾으려고 하는 경우도 있었다. 이는 〈춘향전〉을 분석하고 〈춘향전〉이 지니는 특성에서 시작하여 다른 작품을 발견하는 것이 아니라, 반대로 학생 자신에게 가까운 텍스트로부터 시작하여 〈춘향전〉에 접근할 길을 찾는 노력이라 할 수 있다. 학생 자신이 좋아하는 텍스트로부터 시작하여 〈춘향전〉을 관련시키려는 시도는 스스로 맥락을 만들어내려는 노력을 보여주는 것이므로 의미가 있다. 애초에 〈춘향전〉의 특성을 중심에 놓지 않고 전혀 다른 텍스트로부터 접근을 시도하는 경우에, 항상 두 텍스트 간의 공통점이나 의미 있는 관련성을 찾으리라고 기대할 수는 없다. 그러나 일견 서로 이질적인 것으로 보일 수 있는 텍스트를 나란히 놓고 살펴보고자 하는 시도 그 자체는 학생이 스스로 새로운 것을 만들어내고자 하는 열의로 볼 수 있으며, 작품 해석의 실마리가 될 수 있다.

'실세계 관련 읽기' 수업에서 학생들은 '〈춘향전〉을 오늘날 꼭 읽어야 하는 사람이 있다면 누구인가요?'라는 질문을 해결하는 과정에서 다음과 같이 실제로 작품을 현실 세계의 문제들과 관련시키는 경험을 할 수 있었다.

학생1: 어, 비리를 저지르는 정치인. (교사: 왜?) 사또처럼요, 비리를 하면요 언젠가는 벌을 받게 돼요. (교사: 변사또의 캐릭터에서 영감을 받은 것 같애. 그럼 어떤 변화가 있을 것 같애?) 무서워서 비리를 안 저지를 것 같애요. (교사: 무서워서? 단순히 어사또가 무서워서?) 두려워서. 벌 받는 게. (교사: 추천해주는

게 결국 무서워해라라는 거야?) 네. 반성하라고. (교사: 자신
의 행동을 돌아보고 반성하는 기회를 제공해 줄 것 같다. 좋아
요. 5조!)

학생2: 저희는 어장관리하는 사람이요. 왜냐면요 그 춘향전에서 한
사람을 위해서 아픔도 겪고 사랑하는 모습이 되게 아름다웠
고요, 그걸 다른 사람들한테 보여주면 그 사람들이 자신의
행동에 어떤 부끄러움과 죄책감을 느끼고 한 사람만 사랑할
수 있을 것 같아요. (중략)

학생3: 현재 사랑하고 있는 사람. (학생들: 오~) 다른 상황의 사랑을
느껴보면서 곁에 있는 사람에 대한 소중함을 느끼죠. (교사:
그 다른 상황이라는 게 어떤 거지?) 둘이 춘향전처럼 서로
보지 못하고 떨어져 있는 상황. (교사: 멀리 있는 상황?) 멀리
있고 장애물 있고 막. (교사: 고난과 역경을 극복해 내는 사랑
을 보면서 옆에 있는 사람의?) 소중함을 느껴라.

학생4: 장애물 때문에 힘들어 하는 사람. (교사: 사랑의 장애물? 어떤
장애물?) 인생의 장애물. 그런 장애물들을 뛰어넘고 더 나은
삶을 살도록. (교사: 춘향전에 어떤 장애물들이 있었지?) 이몽
룡과 춘향이 서로 떨어지게 되면서 서로 보지 못하고 (교사:
그래서 지금 3조에서는 얘들아 사랑에서의 장애물이라는 걸
좀 더 범위를 확장시켰지 그치? 장애물을 만났을 때 좀 더
기다리고 견뎌내면 좋은 일이 생길 것이다,라는 주제로 좀 더
확장시켰네. 좋아)

〈춘향전〉이 현대의 어떤 독자들에게 의미 있는 작품이 될 수 있는지
묻는 것은 곧 현실의 문제를 확인하거나 해결하는 데 이 작품이 의미를
지니고 있는지 묻는 것이라고 할 수 있다. 학생들은 이에 대해 취업준비
생이나 외도를 저지르는 사람, 부모가 반대하는 연애를 하는 사람, 권력
을 갖고 비리를 저지르는 사람 등에게 이 작품이 의미가 있을 수 있다고
발표하였다. 이는 〈춘향전〉 속 사건의 시·공간적 배경이 현대와 거리가
있음에도 불구하고 학생들이 〈춘향전〉이 담고 있는 사랑의 문제, 신분적

질서의 문제와 차별의 문제, 권력의 문제가 현실 세계에도 존재하고 있음을 확인한 것이자, 현실과 동떨어져 보일 수 있는 고전 작품에 현실과의 연관성을 부여할 수 있는 학생들의 역량을 확인시켜주는 것이기도 하다.

뿐만 아니라 학생들은 작품을 맥락화하는 과정에서 문학 작품의 주제를 여러 가지로 이해할 수 있음을 경험하였다. 학생들은 스스로 〈춘향전〉이 다루는 현실 세계의 문제가 한 가지로 제한되지 않음을 확인하였으며 모둠별 토의와 발표를 통해 다른 학생들도 〈춘향전〉을 둘러싼 맥락을 다양하게 형성할 수 있음을 확인하였다. 이는 결국 고전 작품의 주제를 여러 층위와 방향에서 읽어낼 수 있음을 보여주는 것이다. 주제가 작품에 대한 지식으로 주어진 것이 아니라 학생들이 스스로 구성한 것이므로 주제가 하나로 고정되지 않는 불확실하고 모호한 상황을 학생들이 받아들이기 어렵지 않았다. 〈춘향전〉의 주제를 사랑에 대한 것과 부당한 권력에 대한 저항으로 이해하는 것을 두 극점으로 설정할 때, 학생들은 〈춘향전〉이 담고 있는 사랑의 문제조차도 정절을 지키는 문제, 원거리 연애, 쉽게 사랑에 빠지는 문제 등 다양한 문제로 생각하는 모습을 보였다. 모둠별 발표 자체가 하나의 정답을 찾기 위한 활동이 아니라 다른 모둠과 조금이라도 다르고 새로운 생각을 발견하기 위한 것이므로 한 작품의 주제와 현대적 의미에 대한 다양한 생각은 학생들에게 자연스럽고 수용 가능한 것이 될 수 있는 것이다.

3) 작품을 자기화하기

국어 교실 안에서 학습자들은 말하고, 듣고, 읽고, 쓰고, 보는 다양한 활동을 수행하지만, 그러한 모든 활동이 학습자의 성장과 자기이해에 기여하는 것은 아니다. 실제로 그저 활동을 위한 활동에서 그치는 경우가 많다. 이는 그러한 활동이 학습자 자신에게서 비롯된 것이 아니기 때문이다. 평소에는 자신에게 다리가 있음을 전혀 자각하며 지내지 못하다가 다리가 아프거나 제대로 작동하지 않는다는 문제를 발견했을 때에야 멈춰 서서 다리를 살펴보게 되듯, 질문을 발견하는 행위는 텍스트와 자신의 삶의 여러 국면을 멈춰 서서 살피게 만드는 중요한 기제가 된다(장지혜, 2013: 35). 질문 중심의 고전 읽기 교실에서 학습자들은 자신에게서 비롯된 다양한 질문을 펼쳐 보이고 이를 해결하기 위해 적극적으로 노력하고자 하는 태도를 보였다.[5]

　이때 텍스트를 향해 학습자에게서 제기된 물음은 다시 학습자에게로 회귀하여 자신에게 적용됨으로써 비로소 완성된다고 할 수 있다. 학생들은 "나는 문학을 어떻게 대해 왔는가?", "나는 권력자가 (변 사또가 춘향에게 했던 것처럼 무엇인가를) 요구해도 거절할 수 있을까?", "나는 춘향과 이몽룡 같은 사랑을 할 수 있을까?", "내가 이방이나 마을 사람이었다면 변 사또에게 저항할 수 있었을까?", "나는 (춘향처럼) 목숨을 걸고 지키고 싶은 것이 있는가?" 등을 '〈춘향전〉이 내게 던지는 질문'으로 고민하면서 고전 작품을 읽는 경험을 개인적으로 의미 있는 경험으로 만들었다. 나아가

---

5 · "변사또는 남원에 왜 간 거야?" / "아이유 수지가 거기 있으면 갈거야?" / "기생을 보려고 간 거야?" / "부임을 한 거잖아. 이 판본에서는 안 나왔는데 다른 판본에서는 관직 샀다는 얘기도 있었어." / "음서로 가든 뭘로 가든 개는 그냥 금수저야."(A반 모둠 토의 내용 일부 전사)
　· "춘향이 무슨 벌 받았어?" / "곤장" / "엉덩이 맞았다고? 뭘로?" / "엄청 큰 거 그거. 종아리가 아니고" / "아, 존나 아프겠다." / "근데 한 대 맞을 때마다 시 지어." "월매가 사또가 작업 걸 때 부추겼냐? 사또한테 가라고?"
　"춘향이는 왜 이몽룡만 받아줘?" / "잘생겨서?" / "몽룡이가 잘 생겼다는 얘기가 책에 나왔어?"
　"월매 돈 많나?" / "응. 책에 나와." / "그러면 춘향이가 방자보다 높겠네."(B반 모둠 토의 내용 일부 전사)
　· "변학도는 왜 그런 거야?" / "변학도? 음... 사람들한테 보여주기 위해... 오기 아닐까? 얘가 어디까지 하나? 쪽팔리고 짜증나지. 쪼끄만 게 거역하니까 자존심이 상해서? 기생 주제에 니가 뭔데. 자기보다 천한 신분이."
　"그 시대 정절은 무슨 의미였을까?" / "한 남자만 보는 거 아냐?" / "아니 그거 말고 가치" / "그 시대는 엄청 중요했잖아. 쪼끄만 칼(은장도) 들고 다녔잖아." / "목숨보다 중요했다? 근데 춘향이는 기생이잖아."(C반 모둠 토의 내용 일부 전사)

질문만 떠올린 것이 아니라 그 질문에 스스로 답을 하려고 노력하면서 자신이 어떤 사람이며 어떤 사람이 되고자 하는지 확인할 수 있었다. 이는 〈춘향전〉을 통해 자기를 이해하려는 노력이라는 점에서 의미 있다.

예를 들어 한 학생은 '그동안 뚜렷한 목표 없이 현실에 충실하게 살기 위해 노력했다.'고 자신을 진단했다. 춘향과 몽룡이 자신의 가치관에 따라서 결정하고 행동하는 모습에 비추어 자신은 어떻게 살아왔으며 어떻게 살아가야 하는지 생각하는 것을 볼 수 있었다. 또 다른 학생은 '나는 개인보다 사회를 중시하는 사람이며 가족을 아끼는 사람인 것 같다. 또 춘향전을 읽으며 사랑에 대한 나의 생각도 알게 되었다. 환상(?)에 빠져있는 듯 하면서도 사실적이어서 춘향처럼 맹목적인 사랑은 하지 못할 것 같다는 생각을 했다.'고 자신을 이해했다. 후에 이 학생이 쓴 비평적 에세이에서는 춘향이 당시의 신분 질서에 저항한 것이 학생 본인에게 어떤 의미가 있는지, '운동권' 사람들에 대한 자신의 양가적인 의견이 어떻게 형성되었으며 본인은 사실 어떤 사람인지 고민한 내용을 볼 수 있었다. 춘향의 사랑이 맹목적이었다고 이해한 대목은 논외로 하더라도, 문학 작품 속 사랑이 어떻게 환상적으로 비춰질 수 있는지, 그 사랑이 자신의 현실이라고 생각했을 때 자신이 내릴 결정을 스스로 얼마나 신뢰할 수 있을지 등에 대해 생각했음을 알 수 있다. 모든 학생들이 이런 정도의 자기 이해의 수준에 도달한 것은 아니었으나, 이들 경우는 학생이 자기 이해에 도달하는 데까지 스스로 맥락을 형성할 수 있음을 보여주었다.

마지막 수업에서 학생들은 지난 차시 동안 〈춘향전〉을 중심으로 생성한 질문과 답의 내용을 바탕으로 한 편의 비평적 에세이를 작성하였다. 첫 시간에 작성한 비평적 에세이는 1학년 때 교과서에 일부만 수록되어 있던 〈춘향전〉에 대한 학습 내용을 바탕으로 작성된 것인 반면, 마지막 차시에 작성한 비평적 에세이는 〈춘향전〉 전편을 읽고, 자신이 던진 질문을 바탕으로 〈춘향전〉에 대한 이해를 재구성한 내용을 바탕으로 작성된 것이기 때문에, 그 내용과 깊이 면에서 처음 작성했던 비평적 에세이와는 차이가 있었다. 학생들은 이를 비교하는 과정에서 자신의 생각의 변화 및 사고의 성장을 스스로 확인할 수 있었다. 예컨대, 첫 시간에 작성한 비평적 에세이에서 "사실 춘향이가 여러 번 튕기는 모습을 보고 약간은 별로였다. 춘향이처럼 튕기는 모습 때문에 남자들이 여자에게 고백을 하거나 뭐뭐 하자 하면 싫다고 말하는 것을 '내숭을 떤다'라는 뜻으로 받아들여"와 같이 춘향의 행위를 중심으로 표면적인 이해를 드러냈던 학생이 마지막에 작성한 비평적 에세이에서 "결과적으로 '춘향전'이란 책은 나에게 목표를 만들라는 느낌을 주었다. 무언가를 굳게 믿는다면 이것을 이루기 위해 나는 열심히 한다는 의지를 가질 수 있을 것 같았다. 또 그녀의 굳은 결심이 나에게도 큰 영감을 주었다."와 같이 〈춘향전〉의 내용을 정밀하게 이해하여 이를 자기이해로 이어가는 모습을 확인할 수 있었다.

실제 면담 과정에서도 학습자들이 해당 수업에 대해 가장 많은 의미를 부여한 것은 "나에 대해서 좀 더 이해할 수 있었"다는 점이었다.[6]

> 황: 금방 쉽게 사랑한다는 자체가 아직도 잘 이해가 안 가지만, 시대적 상황도 있고, 쓰다보니까 확실히 쓰고 마지막에 비평적 에세이 한 번 더 썼잖아요, 그 때 딱 느낀 게 내 가치관이 이랬구나, 내가 이제까지 생각한 게 이런 거구나 하는 게 느껴졌어요. 마지막에 쓸 때 재밌다 이렇게 생각했어요, 잘 쓸 수 있겠다 하고.

학습자들은 작품, 상호텍스트, 세계와의 연관성 속에서 자신이 던졌던 질문과 답을 자신의 구체적인 삶의 경험에 적용하면서 비로소 "내가 이제

---

6 "나에게 던지는 질문이 나랑 연관시켜서 할 수 있어서 좋았어요."(이)
"이때까지 한 것들이 하나하나 와서 맞춰가는 과정에서 나에 대해서 좀 더 이해할 수 있었고, 나와 연관도 시켜볼 수 있었고."(김)
"수업을 하다보니까 비평적인 것도 많이 알게 됐지만 저에 대해 생각한 게 많아서 그런 걸로 바뀐 것 같아요."(나)

까지 생각한 게 이런 거구나"를 깨달을 수 있었으며 여기에서 가치를 찾았다. 이는 다시 말해 국어 수업이란 텍스트와 자신의 지평이 어떤 구조로 관련을 맺고 있는가를 고민하고, 비로소 학습자 자신에게 의미하는 바를 결정하는 과정이어야 한다는 것을 의미한다.

> 연구자: 어떻게 생각하면은 질문을 전 차시에 하고 거기서 끝내지 않고 열어놨다가 다음 시간에 끝내고 또 다음 시간에 다른 질문을 또 만들고 이러니까 종결된 느낌이 안 들고 한 차시에 두 가지 일을 하는 셈이니까 그게 도움이 됐는지 방해가 됐는지 그런 것도 좀 궁금하구~ 어땠어?
>
> 황: 괜찮았던 것 같아요. 지난 시간에 했던 걸 금방 잊지 않고 일주일 동안 그 생각을 정리한 건 아니지만~ 일주일동안 잊고 있었지만 그래도 지난 시간에 쓴 거 보면서 다시 쓰면서 또~
>
> 연구자: 기억이 났어, 전 시간에 한 게?
>
> 황: 쓴 걸 보면은 어느 정도는 났죠.
>
> 연구자: 일주일 내내 거기에 대해서 천착한 건 아니어도?
>
> (중략)
>
> 현: 완벽하게는 아니지만 그, 중요한 것들은 기억이 났어요.
>
> 연구자: 만약에 이걸 이렇게 1주일에 한 시간씩 안 하고, 일주일에, 뭐, 문학시간이 3시간인데 3시간씩 2주 해서 몰아서 하면 더 잘 될까?
>
> 현: 수업 시간 외에서도 생각할 시간이 줄어들 것 같애요.
>
> 연구자: 음-. 그런 측면도 있겠다. 수업 시간 외에 생각을 좀 많이 한 편이야?
>
> 현: 아, 네, 할 일이 없으니까.

또한 해당 수업에서는 고등학교의 특성상 50분 수업을 1주일에 한 시간씩 6차시동안 나눠 진행하였는데, 50분 수업 중 '개인별 활동 - 모둠별 활동 - 학급별 활동'이 모두 이루어지고, 이어 다음 차시를 위한 사전

활동(질문 생성)까지 진행되어야 했기 때문에 한 시간 안에 완결하기에 어려움이 있었다. 그런데 관련 질문에서 학생들은 한 차시 내에 요구되는 시간보다, 한 차시와 그 다음 차시 간의 간격에 더 민감한 반응을 보였다. 이는 자신이 던진 질문에 대해 집으로 돌아가 동영상과 자료를 보며 스스로 천착하고 의미를 구성하는 활동의 필요성을 스스로 인식한 것으로 교실 내에서의 활동이 교실 바깥으로까지 이어질 수 있는 가능성을 제시한 것이라는 점에서 유의미하다.

5. 질문 중심 고전 읽기 수업에서 학습자는 어떠한 방법을 통해 의미를 구성하는가?

1) 동료 학습자와의 소통

일반적인 국어 교실에서는 교사가 자신이 알고 있는 것을 학습자에게 전해 줌으로써 학습자의 인지적 성장을 의도하지만, 질문 중심의 국어 교실에서는 학습자가 의미 구성의 주체로서 자리한다. 그러나 질문 중심의 교수·학습이라고 하더라도, 지식과 경험, 자신의 맥락을 융합할 수 있도록 하기 위한 비계를 제공해주어야 그것이 단순한 활동에 머물지 않고 이해로 나아갈 수 있는 학습자 중심 학습이 될 수 있다. 이와 관련하여 버레이터와 스카다말리아(Bereiter & Scardamaila, 1996; Jonassen, & Land, 2000/2012: 31에서 재인용)는 "구성주의적 환경은 학습자의 자기 규제를 촉진시키기 위한 사고와 행동에 스캐폴드를 제공한다."고 한 바 있다. 이때 '소통'이 한 단계 도약된 이해를 위한 일종의 비계로서 기능하게 된다.

연구자: 이 수업이나 친구들과 토의하는 게 좀 더 영향을 미친 게

있어? 좀 도움이 됐어?

김: 그래도 혼자 생각하는 것보다는 애들이랑 얘기를 하면은 더 많이 오히려 저의 생각이 더 발전하는 경우가 많으니까 그런 데서 ... 있었던 것 같아요.

연구자: 생각이 좀 정밀해진 느낌이 딱 들어. 처음에 글 쓴 것보다 마지막에 에세이 쓴 게.

김: 네, 그, 애들이 질문하면서 얘기하면서 한 게 제가 에세이 쓸 때도 그랬던 것 같고요.

　　학습자는 친구들과의 토의를 통해 자신의 "생각이 더 발전"하였다고 하였으며, "애들이 질문하면서 얘기하면서 한 게 제가 에세이 쓸 때도 그랬던 것 같"다고 하여 동료와 질문하고 토의하는 수업 중의 대화가 홀로 글을 쓸 때도 내면화되어 작용하였음을 언급하였다. 뿐만 아니라 "같은 질문이 유사한 친구들끼리 선생님이 조를 짜주셔서" 더 유의미한 토의가 이루어질 수 있다고 하였는데, 이는 다른 학습자와의 면담에서도 공통적으로 확인할 수 있었던 부분이었다.[7]

　　실제 수업을 참여 관찰했을 때에도, 앞선 1-3차시에서는 임의로 모둠을 구성하였는데, 몇몇 모둠의 경우, 학습자 한두 명이 주도적으로 의견을 이끌어 나가는 반면 나머지 학습자는 의견만 제시할 뿐 그러한 생각을 확장시켜 나가려는 의지를 보이지 않는 경우가 있었다. 반면, 학급 전원이 개인적으로 발표한 질문 중 유사한 질문을 발표한 학생들을 묶어 새로이 모둠을 구성한 4차시에서는 학습자 전원이 적극적으로 자신의 의견을 개진하며 저마다의 목소리를 내는 모습을 확인할 수 있었는데, 이는 자신

7　연구자: 토의 토론하는 건 어땠어, 수업시간에?
　김: 애들이랑 진지하게 몇 번 한 적 있어서 좋았던 것 같아요.
　연구자: 진지하게, 몇 번? 어떤 토의가 제일 기억에 남아?
　김: 그, 뭐였지, 마지막에 했던, 마지막에 했던 그게 뭐지?
　이: 질문?
　김: 어, 질문이요. 애들이랑 그 공통점을 찾아서 같이 맞는 애들끼리 얘기했잖아요? 마지막이 재미있었어요.

이 구성한 지식에 대한 일종의 "책임 의식"을 심어준 결과로 보인다. Gere는 이와 관련하여 자발적 집단(self-sponsored groups)과 교육적 의도에 의한 비자발적 집단(institutionally sponsored groups)에서 구성원 간의 힘의 관계가 다르다고 한 바 있다. 자발적 집단의 경우 "집단 구성원들은 서로의 글을 인정하면서 동시에 권위를 수용한다. 그들은 다른 사람에게 자신의 글에 대한 반응을 표현하고 제안을 할 권리를 부여한다. 그러나 비자발적 집단의 경우... 학교 쓰기 집단에서 교사와 학생 사이에 존재하는 불평등한 힘의 관계는 학생들의 의미 있는 대화에 참여를 방해... 동료와의 실질적인 대화에 참여하기보다는 교사의 기대에 따라 과제를 수행"한다는 것이다(Gere, 1987: 50). 따라서 학습자가 속해 있는 개개의 모둠이 '자발적 집단'이 되도록 하기 위해서, 또한 모둠별 토의 및 의미 구성 활동이 자신의 문제라고 느낄 수 있도록 하기 위해서 학습자의 관심을 고려하여 모둠을 편성한다면 학습자로 하여금 좀 더 자신의 목소리에 힘을 실어 주체적으로 의미를 구성할 수 있도록 도울 수 있을 것이다.

그러나 학습자들은 "혼자 생각하는 것보다는 애들이랑 얘기를 하면은 더 많이 오히려 저의 생각이 더 발전하는 경우가 많"다는 것을 인식은 하였지만, 경험의 부족으로 인해 소통을 통해 실제 새로운 지식을 생성해 내는 것은 어려워하였다.

> 학생5: 춘향의 성(姓)이 뭐냐?
> 학생6: (엄마가) 월매니까 월춘향?
> 학생5: 아빠가 없어서?[아버지가 없으니 어머니의 성을 따르는 것 아니냐는 뜻임]
> 학생7: 기생이면 아버지가 누군지 모르는 것 아냐?
> 학생8: 춘향이 성은 성이야.
> 학생5: 야, 성씨가 있냐?[처음에 질문 한 학습자는 춘향의 성씨가 성(成)이라는 것을 믿지 않음]

학생6: 없지.

학생9: 성유리 있잖아.

학생5: 그거 진짜 이름이야?

학생7: 야, 성ㅇㅇ 있네.[유명인은 아님. 친구인 듯 함]

학생8: [책을 펴서 보여주며] (몽룡이) 성이 같으면 결혼 못하니까 물어봤는데, 성이래.

제시한 모둠 토의의 경우, 학습자 한 명이 '춘향의 성이 무엇인가'를 알고 싶어했고, 나머지 학생들은 그에 대한 답을 알고 있다고 생각했기 때문에 다른 모둠원들이 책을 직접 펴서 보여주는 방식과 현실의 실례를 제시하는 방식을 통해서 적극적인 토의가 이루어질 수 있었다. 하지만 스스로 그 다음 단계의 지식을 구성하는 데까지는 나아가지 못했으며, 자신들의 질문이 작품 이해나 자신 이해에 어떻게 연관되는지 맥락을 구성하는 데까지는 이르지 못했다. '월매가 기생인데, 어떻게 춘향의 아버지를 알 수 있느냐?'는 질문에서 출발하자면, 작품 첫머리에 월매가 기생을 그만 두고 성 참판과 살다가 기자치성을 드려 춘향을 낳는 대목과 몽룡이 춘향을 찾아온 첫 밤에 월매가 춘향을 기른 내력을 말하면서 임시로 내려왔던 성 참판의 명을 어기지 못하고 수청을 들었는데 석 달 후 성 참판은 돌아가고 홀로 낳은 자식이 춘향이라고 하는 대목에서 답을 찾을 수 있다. 그런데 두 대목에는 서로 모순되는 점이 있고, 이는 춘향의 자아 정체성에도 영향을 미칠 수 있다. 즉, 월매가 어떤 식으로인가 속신해서 성 참판의 첩이 되었다면 춘향이 스스로를 양반의 딸이라고 생각하는 이유를 설명할 수 있다. 그러나 월매가 석 달 동안 성 참판의 수청을 들었을 뿐이라면 이는 춘향을 낳을 당시에 월매의 기생 신분에는 변함이 없었다는 뜻이고, 춘향의 신분은 분명히 기생이 되며, 변 사또 앞에서 춘향이 자신이 기생이 아니라 하지 않고 기생에게도 충렬이 있다는 논리로 대응하는 이유를 설명할 수 있게 된다. 설령 월매가 기생이었기 때문에 아버지를 알지 못한다 한들, (월매가 월씨는 아니었을지언정) 사생아가 어머니의 성을 따를 것인지, 기생인 월매에게 성이 있었을 것인지의 문제는 조선의 사회 제도를 현대의 사회 제도와 비교해볼 실마리가 될 수 있다. 애초에 앞부분에 기자치성 대목이 있는 것이 어떤 의식들이 이 이본의 형성에 영향을 미쳤는지 따져볼 단서이기도 하다.

이와 같이 작품에서 다양한 학습 내용을 구성해낼 수 있는 실마리가 될 수 있으나, 토의 내용이 지식의 맥락화나 구성에 이르지 못한 것은, 학습자들의 토의는 "토의가 아니라 발표"처럼 진행되는 경우가 많았고, "발표하고 자기들끼리 생각해서 너가 낫다, 얘가 낫다 이런 식이어서" 소통이라기보다는 의견 제시에 머무는 경우가 많았다는 데 기인한다. 그간의 국어교육이 이미 발견된 문제나 주어진 주제를 합리적으로 해결하는 능력에 초점을 두었다면, 이제는 각각의 정보들을 선별하고 조직하고 새로운 가치 있는 내용을 생성 해내는 것에 초점을 두어야 하며, 소통을 통해 여러 가지 맥락들을 융합하여 적절하고 가치 있는 지식을 생성해내는 능력을 기르는 데 초점을 두어야 할 것이다.

2) 교사와의 소통

질문 중심 수업에 있어 질문과 답의 주체는 학생이며, 교사는 이를 위한 교육적 도움을 제공할 수 있어야 한다. 이는 두 가지 방향에서 제공될 수 있는데, 첫 번째는 질문을 해결할 수 있는 실마리가 될 만한 자료를 제공하는 것과 두 번째는 질문을 더욱 심화할 수 있도록 도와주는 대화를 이끌어가는 것이 그것이다.

해당 수업에서 교사는 학습자가 질문을 생성하면, 이에 대한 피드백으로 인터넷 커뮤니티에 교사가 관련 자료를 제공하는 방식으로 첫 번째 비계를 제공하였다. 예컨대, "이몽룡은 왜 월매에게 반말을 할까?", "춘향이 과연 죄를 지은 것일까?"와 같은 학생의 질문에 대한 비계로 작품의 사회·역사적 배경을 이해할 수 있는 자료를 제공하거나[8], 춘향전을 맥락화하기 위한 질문에는 시, 영화, 통계자료, 신문 기사, 논문 등을 통해 자신의 질문을 중심으로 텍스트를 해석해 갈 수 있는 실마리를 제공하였다. 학생들은 수업 중간 중간 해당 자료를 들춰 보며, 스스로 자신의 질문과 토의에서 제기된 질문에 대해 응답하고자 노력하는 모습을 확인할 수 있었다.

두 번째 비계와 관련해 교사는 모둠 토의 활동 내내 교실을 돌면서 학습자들의 활동에 대한 개별적인 안내를 하고 해당 논의에 실마리를 제공하고자 하였다.

교사:　어느 정도 썼니? ○○야, 어떤 사람?
학생10: [친구 이름을 댐]
교사:　친구 이름이 아니라 그 친구를 포함해 어떤 특성을 공통적으로 지닌 사람에게 추천하고 싶은 것인지 생각해 봐야지? 너는? (중략)
학생11: 카사노바 같은 사람.
교사:　왜 한 사람만 깊게 사랑해야 되지? 그게 좋은 건가?
학생11: 모르겠어요.
교사:　모르겠다고 하지 말고.

"친구 이름이 아니라 그 친구를 포함해 어떤 특성을 공통적으로 지닌

8　예컨대, "이몽룡은 왜 월매에게 반말을 할까?" 질문과 관련해 다음과 같은 읽기 자료가 제공되었다.
　"이 도령은 이제 겨우 열여섯 살밖에 안 된다. 그런데 이미 예순이 넘은 춘향모를 보고 반말을 쓴다. 양반은 천민에 대해 언제나 이렇게 거만한 태도를 취할 수 있었다. 유교에서는 자기 부모와 같은 연배의 분에게는 자기 부모를 대하는 것과 같이 존경하고 복종해야 된다고 가르치고 있다. 그러나 그러한 윤리나 도덕은 역시 양반 계급 내부에서만 통용되는 것이었다. 양반 계급의 권외(圈外)에서는 그런 윤리는 지킬 필요가 없었다. 천민의 연장자에 대해서는 존경할 필요가 없었다. 이처럼 유교의 윤리는 계급성을 띠고 있었다. 이 도령이 월매에게 반말을 한 것도 이러한 이유에서였다."(장경학, 1995: 76-77)

사람에게 추천하고 싶은 것인지"와 같이 질문에 대한 답을 찾을 때의 유의사항에 대해 언급하기도 하고 "왜 한 사람만 깊게 사랑해야 되지? 그게 좋은 건가?"와 같이 학생이 찾은 답변에 대해 한 번 더 생각할 수 있도록 추가적인 질문을 제공하기도 하였다. 그러나 학급당 인원이 40-50명, 6개-8개 모둠으로 구성되어 있다 보니 교사가 개개인과, 혹은 각 모둠과 고르게 소통한다 하더라도, 개개인, 모둠에 머무를 수 있는 물리적 시간에는 한계가 있어, 꼬리에 꼬리를 물고 질문에 대해 깊이 있게 대화를 주고받기보다는 해야 할 활동이 무엇인지에 대한 구체화로 소통의 내용이 채워지는 경우가 많았다.

교사와의 소통은 일대일로 수행되기도 하지만, 일대다로 수행되기도 한다.

교사:　4조 발표해 볼까?

학생12:　시크릿 가든이고, 공통점은 쪽방에서 살던 가난한 길라임이 부잣집 김주원을 만나 결혼해서 부유한 생활을 한다는 점이 춘향이가 몽룡이를 만나 신분상승 한다는 점과 공통점인 것 같고, 자신의 의지가 뚜렷한 여주인공의 모습이 춘향전과 비슷합니다. 차이점은 몽룡이에게 의지하는 춘향이에 비해 길라임은 김주원의 도움을 받지 않으려고 하고 열정적으로 개척 정신을 보여주는 점과 영혼이 바뀌면서 서로에 대해 잘 알 수 있는 부분이 춘향전과 다릅니다.

교사:　자, 길라임은 뭔가 주원에게 기대기보다는 자기의 능력으로 살아가려고 하는 사람이었는데 춘향이는 많은 부분을 몽룡이에게 기댔다라는 차이점으로 지적했네요. 자, 이렇게 여자의 성격이 좀 다른 건 무엇의 영향일까? (학생들: 시대) 시대적인 변화가 많은 영향을 끼쳤겠지, 그치? 18세기 조선에서 여자에게 기대하는 덕목과 지금 우리가 여자에게 기대하는 덕목이 좀 다르니까요.

실제 〈춘향전〉에서 춘향이는 '몽룡이에게 의지'하는 수동적인 면모보다는 오히려 자신이 옳다고 믿는 가치를 주체적으로 실행해 나가고자 하는 적극적인 면모가 두드러지는 측면이 많다. 그러나 해당 장면에서 교사는 학생의 발표에서 이를 인식하고 협력적 소통을 진행시켜 나가기보다는 학습자의 발표를 정리해주는 수준에서 발언을 마무리했다. 질문 중심 수업에 있어 교사가 주도적인 역할을 담당하지 않는다고 해서 교사의 역할이 축소되는 것은 아니다. 오히려 기존 수업과 다르게 럭비공처럼 튀는 학습자들이 유의미한 사고를 이끌어 갈 수 있도록 돕기 위한, 학습자들이 저마다의 사고를 한계 짓지 않고 최대한 높고 깊게 의미를 구성할 수 있도록 돕기 위한 조력자로서의 교사의 역할은 오히려 증대된다고 할 수 있다. 학생들의 돌발적인 질문에 대처하거나, 깊이 있는 사고로 이어질 수 있는 단초를 제시하는 질문을 좀 더 심화하도록 하기 위해서 교사는 해당 작품에 대해 깊이 있는 이해를 하고 있을 필요가 있다. 이와 관련하여 면담에서 교사는 "저 자체가 춘향전에 대해서 엄청 깊이 있게 알고 있어야 되겠다는 생각"을 많이 했다고 언급하여 교사의 이해 정도가 학습자의 사고의 깊이에 큰 영향을 미칠 수 있음을 언급한 바 있다. 이러한 이해는 누군가의 일방적인 전달로 달성될 수 있는 것이 아니며, 교사 또한 스스로의 질문과 소통과 성찰을 통해 의미를 구성하는 경험을 할 필요가 있다.

3) 텍스트와의 소통

면담을 통해, 학습자 스스로 무언가를 새롭게 이해하도록 하는 데에는 "애들이랑 얘기"하는 것과 "선생님이 분석하시고 말씀"하는 것 외에 또다른 차원의 비계가 설정될 수 있음을 확인할 수 있었는데, 상호텍스트의 "알지 못했던 공통점들"을 통하는 것이다.

김: 그게 어 춘향전이랑 닮은 점이 있다는 걸 알았을 때 신기했어요.

연구자: 아, 새로운 깨달음이 있을 때 희열같은? (일동 웃음)

김: 이 영화에서 이런 게 춘향전에서 이런 것과 비슷하구나, 하는 게.

연구자: 그러면 여러 가지 주제를 가지고 했잖아. 방금 얘기 한 상호텍스트도 하고 나에게 던지는 질문, 현실 세계의 어떤 것과 비슷할까... 근데 했던 활동 중에 제일 재밌었던 활동을 꼽으라면 뭐가 있을까? 각자 다 다를 것 같은데. 요것 좀 해볼만 하다, 괜찮다 싶은 것.

여: 나에게 던지는 질문.... 저는 개인적으로 영화 했잖아요. 현실 세계 비슷한 거. 그런 건 좀 질질 끄는 느낌이 들어서 재미없었어요.

연구자: 질질 끄는 느낌 왜 들었을까?

여: 솔직히 너무 뻔한 느낌이고, 너무 알고 있는 느낌이고, 당연히 알고 있는 거고 한 시간에 다 할 수 있을 것 같은데도 차시 차시 나눠서 하니까 왜 이렇게 안 끝나지? 이런 느낌이었어요.

연구자: 유사한 활동이 반복된 느낌이었구나.

나: 저는 상호텍스트 그게 맘에 들었었는데. (일동 웃음) 그게 좀 그냥 흥미로웠던 것 같아요. 뭔가 전혀 다른 것 같아 보이는데 연관이 되니까 흥미유발도 되는 것 같고, 나에게 던지는 질문도 그것도 좋았었는데 그거 하면서 좀 많이 생각도 하게 되니까 그런 점이 좀 좋았던 것 같아요. 그리고 또 다른 거는 조를 선생님이 짜 주셨는데 마지막은 나에게 던지는 질문에서는 같은 질문이 유사한 친구들끼리 선생님이 조를 짜주셔서.

이: 저도 상호텍스트도 좋긴 좋았는데 제가 봤던 영화나 드라마가 많이 없어서 나에게 던지는 질문이 나랑 연관시켜서 할 수 있어서 좋았어요.

채: 그... 저희 조에서 질문 같은 거 할 때 애들이랑 얘기 할 때 양반이랑 천민의 결혼이 빈번했을까 그런 얘기 나왔었는데, 그런 거 할 때 좀 좋았던 것 같아요. 제가 생각하지 못했던 부분에서 친구가 생각하는 걸 듣고 이런 부분에서 또 알게 되고~

김: 저도 상호텍스트. 아까 그거. 알지 못했던 공통점들을 알았을 때.

모든 수업 활동 중 가장 좋았던 활동을 꼽으라는 질문에 대체로 학습자들은 '상호텍스트' 활동과 '나에게 던지는 질문' 활동 두 가지를 제시하였다. 한 가지 주목할 만한 사실은 학습자들이 그 활동들을 가치 있게 여긴 이유로 "알지 못했던", 혹은 "생각하지 못했던" 것들을 새로이 알게 되었다는 점을 언급하였다는 것이다. 단순히 활동의 흥미 측면이 아니라 자신이 새롭게 의미를 구성하였는가의 여부를 학습자들이 스스로 이해하고 수업의 가치를 나름대로 판단하고 있음을 확인할 수 있었다. "너무 알고 있는 느낌"이 반복된다는 생각이 들었던 수업은 "재미없었"다고 판단한 것 또한 같은 맥락에서 파악할 수 있다.

한편, 상호텍스트와의 소통의 경우 동료 학습자와의 소통과는 달리 자신의 배경 지식이나 질문과 유사한 내용의 자료보다는 "전혀 다른 것 같아 보이는" 텍스트를 의미 구성에 유의미한 것으로 판단하는 것을 볼 수 있었다. Jonassen의 '인지적(지식 구성) 도구' 개념을 통해 이러한 현상의 이유를 해명할 수 있는데, 이에 따르면, 학습자 중심 교수·학습에서 학습자가 부딪히는 문제의 복잡성은 학습자가 문제 해결 과정에 본격적으로 진입하기 이전에는 갖추고 있지 못한 기술들을 요구하며, 따라서 비계를 필요로 한다. 이때 특히 학습자(초보자)들에게 있어서 가장 결여되어 있는 부분이 바로 '경험'이기 때문에 그들에게 결여되어 있는 경험적인 요소들을 다양한 관련 사례를 통해 제시하여 학습을 돕는 것이 필요하다고 하였다. 사례기반 추론(case-based reasoning)이라든지, 문제와 관련된 다양한 시각을 통해 드러나는 문제의 복잡성을 보여주는 것이 바로 그것이다 (Jonassen & Land, 2010/2012: 125-128). 즉, 다양한 시각을 기반으로 한 상호텍스트와의 소통을 통해 학습자들은 '문제의 복잡성'을 인식하게 되고,

이를 비계 삼아 학습자들은 융합적 사고를 거쳐 자신만의 가치 있는 의미를 생산해낼 수 있게 되는 것이다.

6. 질문 중심 고전 읽기 수업에서 수업 주체들의 수업 관련 요인에 대한 인식은 어떠한가?

1) 고전에 대한 인식

"국어 교실에서 무엇을 가르치는가?"라는 질문에 대한 대답은 여러 가지일 것이나, 대체로 현 상황에서 국어 수업이란 "국어를 가르친다."와 "학생을 가르친다."라는 양 극단의 스펙트럼에서 진동하고 있는 것처럼 보인다. 전자의 경우, 교과서에 기재된 내용을 중심으로 교사를 거쳐 학습자에게 '전수하는'것에 초점을 둔다. 예컨대 〈동백꽃〉을 다루면서 '말하는 이와 시점의 특성'에 대해 수업하는 것, 〈진달래꽃〉을 '문학 전통의 계승' 측면에서 접근하는 것처럼 실체적인 지식의 전수에 목적이 있다. 반면, 후자의 경우 말하기·듣기, 읽기, 쓰기 등 학습자의 기능적 문식성의 신장에 목적이 있어, 학습자가 효과적으로 국어 능력을 사용하는 것에 초점을 두는 관점이다. 이 경우, 윤리성이나, 자기성찰, 혹은 자기이해의 측면은 상대적으로 비중이 낮아지는 측면이 있다. 수업 중의 활동으로 '자기 성찰적 글쓰기'와 같은 과제를 수행한다 하더라도 '자기'란 '타자와의 변증법적 순환을 통해서만 존재하는 인격'(Ricœur, 1990/2006: 482)을 뜻하는 것임을 감안한다면, 근거 없는 내면적 침잠이 되지 않기 위해서는 우선 세계를 성찰할 수 있어야 하며, 세계와 나와의 관계 속에서 자신의 존재를 발견할 수 있도록 해야 하지만 실제로 제재의 내용적 측면은 간과되고 있는 형편이다.

따라서 질문 중심 국어 교실이 '학습자 중심'의 '국어' 교실이 되기 위해서는 '무엇'을 가르칠 것인가에 대한 고민을 통해 제재를 선정하는 것이 필요하다. 이와 관련하여 고전으로 인정되는 〈춘향전〉을 중심으로 이루어진 질문 중심 수업에서 학습자들은 다음과 같은 반응을 보였다.

> 연구자: 음, 어땠어? 좀? 얘기를 좀 들어보고 싶어, 어땠는지.
> 김: 처음에는 이런 수업을 왜 하나 이런 생각이 좀 많이 들기는 했는데요, 일단 시험의 부담이 없어서 쉽게 할 수 있었고, 한 책으로 좀 더 되게 해본 적 없는 걸 깊숙하게 탐구해보는 그런 수업이어서 좀 흥미가 있었어요.
> 연구자: 이렇게, 처음 해보는 건데, 뭐가 제일 달랐던 걸까? 사실 뭐 조별 수업이나 토론 수업은 해보기는 해봤잖아, 초등학교 때도 중학교 때도?
> 현: 당연한 얘긴데 거기서 뭔가 찾아야 하는 게.
> 연구자: 우리가 보기엔 너무 당연한데?
> 현: 익숙해진....
> 연구자: 응-, 춘향전 텍스트 자체가 그런가?
> 현: 익숙해져서 당연하다고 느껴지는 것 같아요.
> 황: 수업은 되게 좋았어요. 그 덕분에 되게 생각보다 춘향전이 다 쉽다고 생각하고 있었는데 깊이 있게 볼 수 있었으니까 그 과정은 좋았는데 그게 제대로 인식된 건 아닌 것 같아요.

학습자들은 "익숙해져서 당연하다고 느껴지는" 고전에 대해 "깊숙하게 탐구해보는" 경험을 했다는 측면에 만족을 느끼고 있었다. 연구 참여자들은 1학년 때에도 교과서를 통해 〈춘향전〉을 학습한 경험이 있는데, 당시에는 해당 제재가 '갈등과 문학' 단원에 일부만 발췌되어 실려 있는 까닭에 작중 인물들의 갈등에만 초점을 맞춰 이해해야 한 반면9, 이번 수업의

---

9 "작년에는 이제 그냥 큰 사건으로 변사또가 왜 그래야 했을까 아니면 춘향이는 왜 절개를 지켰을까로 억지로 찬성 반대를 나눴어요. 사람이 많으면은 강제로 찢어서~ (일동 웃음) 제 의견은 절개를 지켜야 된다고 했는데 뜬금없이 왜 지켜야 되냐로 가가지고 말하는

경우 사랑, 인권, 정의 등 다양한 측면에 대해 생각하고, "제가 그냥 원하는 대로 말할" 기회를 갖고, 이에 대해 능동적으로 찾아보면서 "디테일한 부분을 더 자세히 알게 되"었다고 하였다. 교실에서 이것을 가능케 한 것은 제재 자체가 다양하게 논의될 수 있는 가치를 형상화한 것이기 때문이기도 하고, 텍스트의 일부분이 아닌 전체를 다루었기 때문이기도 하다. 이는 인위적으로 분절되고 세분화한 텍스트가 아니라, 총체로서의 텍스트를 통해 언어의 형식(form)이 아닌 의미(meaning)나 내용과 관련이 깊으면서도 학습자의 실제적인 언어능력에 도움이 되는 교육을 지향하는 학습자 중심의 총체적 언어교육(Whole language)의 전통(신헌재·이재승, 1997; 차윤경 외, 2014)과도 일치하는 것으로, 고전을 통해 인생과 삶, 세계의 문제를 텍스트를 통하여 총체적으로 다룰 수 있는 가능성을 드러낸 것으로 볼 수 있다.

그러나 고전의 익숙함과 당연함이 오히려 학습자 중심의 학습에 방해가 되는 경우도 있었다.

> 연구자: ○○이는 그러면 이렇게 수업을 하다가 '잠깐만 이거 책을 내가 안 읽어서 안 되겠는데, 읽어야 되겠는데', 이런 생각이 든 때는 혹시 있었어?
> 이: 대략적인 이야기는 아니까 크게 지장은 없었던 것 같애요.
> (중략)
> 연구자: 다른 친구들도 다 읽어 왔어? 여기 온 훌륭한 다섯 친구들 말고, 다른 친구들의 경우는 어때?
> 이: 많이 읽은 것 같지는 않았어요.
> 현: 이미 아는 내용이다 보니까 오히려 안 읽게 되고....
>
> 김: 춘향전이다 보니까 이미 알고 있는 게 조금 있으니까

것도 힘들고 그랬는데 여기서는 제가 그냥 원하는 대로 말할 수 있었으니까 더 좋았던 것 같아요.(황)"

고: 아마, 애들이 모르는, 차라리, 고전문학이라든가 그런 거였으면 읽었을 수도 있겠는데….

김: 근데, 그게 될라면 애들이 좀 높은 차원이라든지 좀, 조금, 생각을 하고 질문을 던지는 그런 게 필요한데 하다가 시간, 이게, 떠들다가 시간에 쫓기니까 약간 퀄리티가 낮은 질문이 나오면 퀄리티가 낮은 답변이 나오고, 또 수업 퀄리티도 낮아지게 되고 좀.

고: 아니 근데, 그게 안 되는 게 뭐냐면요 애들이 애초에 춘향전을 안 읽고 오기 때문에 거기에 대한 질문이 생길 리가 없고 질문이 없으니까 거기에 대한 답변을 달기도 그런 거예요. 예.

연구자: 응, 그래, 그게 참, 그게 문제였구나. 아예 모르는 작품을 했으면 좀 나을까?

고: 그런 것도 좋은데 저는 조금 차라리 아예 모르면서 이제 애들이 읽기 쉬운 예를 들면 시 같은 게 훨씬 낫지 않았을까 이런, 춘향전….

관찰 결과, 수업이 시작되기 전 〈춘향전〉 전편을 다 읽고 온 학생은 전체 학생의 4분의 1정도밖에 되지 않았다. 그 밖의 학생들의 경우, 〈춘향전〉에 대한 배경지식만을 가지고 수업에 임하거나 "애들이랑 얘기하다 모르는 거 있음 찾아보는" 정도 수준에서 〈춘향전〉을 부분적으로 읽는 것에 그치는 것을 확인할 수 있었다. "이미 아는 내용이다 보니까 오히려 안 읽게 되"는 현상이 빚어진 것이다. 질문 중심 고전 읽기 수업은 일차적으로 텍스트에 대한 '질문'에서부터 비롯되며, 이때의 질문은 텍스트에 대한 일종의 새로움을 경험할 때 비로소 시작될 수 있다. "원래 춘향이 아버지가 책에서 안 나오는지 알았거든요. 근데 찾아보니까 책에 나오더라고요.", "춘향이가 변 사또한테 당하는 그게 좀 자세하게 나와 있어서 좀 놀랐어요.", "이몽룡이 장모인 월매한테 왜 반말을 하지?"와 같이 그동안 당연하게 여겼던 텍스트를 문제시하고, 대상 텍스트와 물음과 응답을 주고받는 대화적 관계를 기반으로 하여 이해가 시작되고 전개되는 것이다. 리쾨르가 텍스트를 읽는 것은 텍스트 안에서 우리의 '선입견'을 재발견하는 순환이 되어서는 안 된다고 강조(P.Ricœur, 1990; 고정희, 2013: 153에서 재인용)한 것은 이해란 언제나 텍스트의 세계에 귀 기울임으로써 인식된 새로운 것이어야 함을 알려준다. 따라서 자신의 경험이나 판단만을 앞세워 텍스트의 내용을 재단하지 않도록 대상 텍스트에 기반을 두고 새로운 의미로 나아가도록 도울 필요가 있다.

2) 동료 학습자에 대한 인식

다양한 상호 텍스트와의 소통 및 동료 학습자와의 소통이 질문 중심 고전 읽기 수업에서는 필수적으로 요구된다. 그러나 동료 학습자와의 소통에 있어 학습자들은 소통을 통해 내용에 대한 의미를 구성하기 이전에, '소통 상황' 그 자체에 대한 의미를 먼저 구성하게 된다는 점에 주목할 필요가 있다.

김: 조를 나눌 때 어떻게 나눈 거였어요? 기준이?

고: 성적으로?

연구자: 약간, 이제, 안○○ 선생님께, 선생님들은 반 학생들을 아직 잘 모르니까, 주체적으로 할 수 있는 친구들을 먼저 심고, 이 친구들은 그런 친구들이었겠지? 골고루 분배하신 것 같애.

김: 근데 그렇게 한 것 자체가 이미 그러면은 한 명이 주도적으로 하는 거를 약간 의도하고 한 거 아닌가요? 근데 골고루 다 참여한다는 게 약간 그렇게 되면 불가능할 것 같은데.

연구자: 그러면은 만약 그렇게 안 하고 완전 임의로 했으면 더 잘 됐을까?

김: 그것도 아니긴 한데.

고: 제 생각엔요, 인제, 화학 시간에도 그땐 스마트 기기 한다고 하면서 조별로 나눴는데요, 그때도 저희 조는 그랬어요. 이제, 저희 조 구성원들 보면은, 이제, 어떻게든지 제가 이제, 가르쳐야 하는 그런 입장이 돼버려가지고, 이제, 저만 계속 말하고 애들은 듣기만 하고 그런 수업이 돼버렸거든요. 근데, 어, 솔직히 말씀드리면요, 저는 이런 수업이 아직까지는 고등학교에선 이루어지기는 좀 어렵다고 생각해요. 애들 역량이 그렇게 좋은 친구들이 많지가 않으니까, 조금, 그니까, 이런 친구들만 모아놓고 하면은, 예를 들어, 영재수업 같은 경우에는 이런 것들이 충분히 잘 될 수 있다고 생각하지만, 그렇지 않고 일반적인 수업 같은 경우에는, 이제, 이런 것들을 꺼려하기도 하고 어려워하기도 하고 그런 친구들이 되게 많았어요. 근데, 그렇긴 한데, 그런 것보다 저는 일단 정상, 아니 정상적인, 일반적인 수업에서 벗어나서 이런 활동을 한 것 자체가 애들한테 그래도 의미가 있다고 생각해요. 애들이 되게 글 쓸 때는 다들 자기가 생각을 나름 하고 쓰는 과정도 있었고요, 그래서, 조별 수업에 대해서는 조금 저는 회의적인 생각은 있는데 그래도 이런 활동들 같은 걸 조금 개별적으로 한다거나 그런 쪽, 그런 쪽으로 이제 수업을 잡는다면 굉장히 좋을 것 같아요.

면담에 참여한 학습자들은 모둠원에 대해 "저희 조 구성원들 보면은 … 제가 이제, 가르쳐야 하는 그런 입장"이라고 언급하거나, "평상시에 해온 애들 같은 경우는 잘 쓸 수도 있"지만, "역량이 그렇게 좋은 친구들이 많지가 않"다거나 "이런 것들을 꺼려하기도 하고 어려워하기도" 한다고 평가하는 등 모둠원에 대한 나름의 인식을 가지고 모둠별 토의와 소통 활동에 임했음을 토로하였다. 실제 수업 참여 관찰 중에도 상당수 학습자들은 평소 국어 성적이 높지 않거나 수업 태도가 좋지 않은 학습자의 발언에 웃음으로 반응한다거나, 토의 시간 내내 학습지에 아무 것도 쓰지 않다가 우수한 동료의 발언을 듣고 그 내용을 그대로 학습지에 써내려가는 등의 태도도 확인할 수 있었다.

질문 중심 고전 읽기 수업에서 학습자들이 성공적인 토의 활동에 실패하는 경우, 그 까닭은 그러한 수업 방식에 익숙하지 않은 까닭도 있겠지만, 무엇보다 공동생성적 대화를 통해 타자의 의견을 존중하고, 참여와 소통을 통해 의미의 발견을 경험하려하기보다는, 동료 학습자에 대한 판단을 통해 나름대로 소통에서의 역할을 재구조화하고 이에 따라 선별적으로 소통에 참여하려는 경향이 크기 때문인 것으로 보인다.

3) 교사–학습자 관계에 대한 인식

교사 중심의 일방향적 수업에서는 학습자가 발언할 기회가 주어지지 않으며, 이에 따라 학습자 개개인을 대면하거나 학습자의 다양성을 교사가 모두 헤아리기 어렵지만, 질문 중심 고전 읽기 수업에서는 교사가 주도적으로 수업을 이끌어갈 필요가 없기 때문에 한 시간 내내 학습자 개개인과 소통할 수 있다는 이점이 있다. 특히 본 연구의 경우 전적으로 학습자의 질문에 기반을 둔, 학습자 중심의 교실 모형을 의도하였기 때문에 교사와 학습자 간의 원활한 소통과 래포 형성이 가능할 것이라는 점은 의심의 여지 없는 전제였다. 그런데 실제의 면담 결과 흥미로운 내용을 발견할 수 있었다.

> 교사: 학생의 다양한 정체? 이걸 오히려 이 수업하면서 강의식 수업보다는 확실히 훨씬 학생들의 다양한 정체에 대해서 생각을 했던 것 같아요. 조를 구성할 때도 그렇고 그 다음에 학생들이 어떤 수준에 따라서 어떤 반응을 보일지에 대해서 신경이 곤두서있었던 것 같고... 그런 측면에서 보면 학생 개개인에 대해서 좀 신경을 확실히 많이 쓰게 돼요. 조별 활동하고 돌아다니면서요.

연구자: 선생님 입장에서는 아까 애들 정체성 같은 걸 좀 더 생각하게
       됐다고 하셨는데, 선생님 입장에서는 애들하고 좀 더 가까워
       진 것 같은 생각이 드세요?

교사: 네. 정서적인 걸 말씀하신 거예요?

연구자: 네. 정서적이든 인지적이든 강의식보다 이 수업을 했을 때
       아이들과의 거리감 같은 게 얼마나 있는지.

교사: 제일 단적인 건 제가 지금 여덟 반 다 들어가기 때문에 애들
       이름을 다 모르거든요. 근데 지금 1, 2, 5반 애들 이 수업하고
       나서 이름을 훨씬 많이 알게 됐어요.

연구자: 교사와 학생 관계 측면에서, 그런 건 어떤 것 같애? 친밀하다
       거나 더 지도를 많이 받은 느낌이 들어 아니면 오히려 선생님
       하고...

김: 대화를 한 적이 별로 없어요. (일동 공감)

황: 이렇게 하면 될 거다, 하고 바로 가버리시니까 오히려 더 소외
       받는 느낌. 그냥 너희 이렇게 해봐 하고 바로 가버리시니까.

나: 방치됐던 것 같아요.

 교사는 "학생들의 다양한 정체에 대해서 생각"할 수 있었으며, "학생
개개인에 대해서 좀 더 신경을 확실히 많이 쓰"게 되었다는 의견을 제시
한 반면, 학습자는 "오히려 더 소외받는 느낌"이라거나 "방치됐던 것 같"
다고 느꼈음을 토로한 것이다. 이는 일차적으로 학급당 인원이 과도하다
보니 교사가 개개인과, 혹은 각 모둠과 고르게 소통한다 하더라도, 개개
인, 모둠에 머무를 수 있는 물리적 시간에 한계가 있다는 어려움에 기인
한 것이지만, 6차시 수업을 모두 진행하고 난 이후에도 학생과 교사 간의
관계에 대해 학습자가 어떻게 생각하는지에 대해 교사가 인식하지 못하
고 있다는 점은 문제적이라 할 수 있다.

 교사와 학습자와의 관계는 수업의 성패를 좌우하는 주된 요인이 된다.
이때 중요한 것은 관계는 교사 혼자만의 노력으로 완결될 수 있는 것이

아니라는 점이다. 교사가 그렇게 설계하였고, 교사 자신은 그렇게 느끼고 있더라도 학습자는 그렇게 느끼지 않을 수 있다는 가능성을 염두에 두어야 한다. 하나의 수업에서 상호작용하고 있지만, 교사와 학생이 서로 다르게 느끼는 경우 '가르쳤으되, 배우지는 않은' 현상이 나타날 수 있게 된다.

4) 수업 설계에 대한 인식

질문 중심 고전 읽기 수업 모형을 적용함에 있어 우선적으로 해결해야 할 과제는 학습자와 교사가 낯선 교실 상황과 조우하여 그것에 익숙해지는 것이다. 실제적으로 학습자의 경우 "새롭고 신기하고 재밌는" "색다른 수업"이라고 평가하였지만, "이런 수업을 한 번도 안 해봐서 할 줄을 모르는 것 같아요."라고 익숙하지 않은 수업 방식에 대한 어려움을 토로하기도 하였고, "제 생각을 자유롭게 쓸 수 있으니까. 수업 자체를 즐겼던 것 같애요.", "우리끼리 진행해서 우리가 만들어 나가는 수업"이라고 평가하며 교실 안에서 자신 스스로 구성한 의미의 가치를 인정하면서도, "선생님의 통솔이 더 많이 필요"하며, "예시를 좀 보여주셨으면 좋았을 것 같아요."라면서 교사 중심의 수업을 원하는 상반된 모습을 보이기도 하였다. 이는 교사와의 면담에서도 마찬가지로 제시되는 내용이다.

> 교사: 근데 학생한테 자기주도적으로 하게 이끄는 점에 대해서는 물론 강의식 수업보다는 나은데 제가 스스로 그게 있었던 것 같아요. 그래도 뭔가 제 머릿속에 있는 답이 있고 뭔가 말하자면 얘가 딴데로 샌다 딴 소리 한다 싶으면 뭔가 이쪽으로 끌어와야 될 것 같은. 그래서 일단은 비계를 주려고 노력하지만 어떤 때는 제가 거의 답을 제시해주다시피 해주면서 끌어오는 적도 많았던 것 같아요. 그런 게 좀 아쉬운데 이게

습성이라 고치기 어려울 것 같아요.

(중략)

교사: 교사 입장에서는 토의가 제대로 됐어도 불안할 것 같거든요. 뭔가 진짜 산출되는 결과물이나 학생들이 이걸 알았다, 라고 본인 입으로 말하는 걸 보고 싶잖아요.

교사 또한 "학생들이 지식을 터득하고 스스로 재구성하는 측면에서는 많이 이 수업이 도움이 되"었다고 언급하며 학습자 중심 교실의 가치에 인식하고 있었지만, 한편으로는 "토의가 제대로 됐어도 불안할 것 같"으며, "제 머릿속에 있는 답"을 학생들에게 제시해 주어야 할 것 같은 우려가 든다고 언급하며, 질문 중심 수업을 진행하면서도 끊임없이 그것의 교육적 가능성에 대해 회의하고 있다는 점을 표현하였다.

교육적 가능성에 대한 의심은 수업 설계에만 그치는 것이 아니라, 스스로의 능력이나 자신의 학습 정체성의 측면에서도 드러난다.

여: 사실 애들이랑 그 얘기 되게 많이 했었어요. 차라리 문과 애들이랑 하지... 문과 애들보다 국어에 관심이 없는 우리 이과를 데리고 하는 건지, 그 얘기 되게 많이 했었어요.

김: 이과랑 문과 차이가 문과는 우리가 문과니까 국어를 좀 더 잘해야겠다, 이런 생각이 있고 이과는 약간 국어는 조금 못해도 다른 과학이나 수학을 좀 더 잘해야 되잖아요. 그런 생각 때문에.

연구자: 문과는 국어를 좀 더 잘해야 된다는 생각, 그게 토의 같은 걸 할 때 책임감이랑도 연관되는 건가?

김: 그럴 수도 있죠. 이과 애들은 어떤 뭔가 이과라는 느낌이 약간 문학을 열심히 한다는 느낌이 없잖아요. 그래서 애들이 좀 더 열심히 하기보다는 이 시간에 자는 게 나한테 더 도움이 되겠다, 그런 생각도 있었어요.

본 연구에서 연구 참여자로 이과 세 학급을 선정한 것은 수업 시수 측면에서 연구를 진행하기에 적합했던 것이 일차적인 이유이지만, 해당 학교 이과 학습자들이 문과 학습자보다 수업 태도에 있어서 조금 더 우수한 측면이 있어 수업에 좀 더 적극적으로 참여할 것이라는 암묵적 가정이 있었기 때문이었다. 그런데 실제로 학습자들은 자신들이 "문학을 열심히 한다는 느낌이 없"으며 "문과 애들보다 국어에 관심이 없는 우리 이과"라는 정체성을 가지고 있어, 이것이 수업 참여도나 학습의 결과에 영향을 미쳤음을 언급하였다.

이와 관련하여 교사 또한 "산발적으로 벌여놓고 수습을 다 못한 것 같은 느낌"이 있다거나 "제 스스로의 능력에 대한 의심"이 든다고 표현하며 그것이 다음에 이러한 수업을 다시 진행하는 것을 주저하게 만드는 가장 큰 원인임을 고백하였다.

수업 설계가 아무리 완벽하다고 하더라도 학습자는 '수업'에 대한 나름의 상을 가지고 기존의 수업과의 비교를 거쳐 자신이 이 수업에서 얻을 수 있는 것과 없는 것, 하고 싶은 것과 필요로 하는 것 사이의 괴리를 경험하게 된다. 여기에 자신의 능력과 학습 정체성에 대한 인식을 반영하여 자신이 할 수 있는 것과 그럴 수 없는 것을 가늠하며 자신의 수행을 조절해 나간다. 이때의 조절이 새로운 수업 상황에의 직면이 아닌 기존 수업 상황으로의 회귀로 이어진다면 학습자 중심 국어 교실은 여전히 '학습자'가 배제된 '국어 교실'로만 남아 있게 될 가능성이 있다.

7. 질문 중심 고전 읽기 수업에서 고려해야 할 사항은 무엇인가?

본고에서는 질문 중심 고전 읽기 수업에서 학습자들이 의미를 구성하는 양상과 방법에 대해 살피고 수업 관련 요인들에 대한 인식이 어떠한지를 질적인 연구를 통해 알아보고자 하였다. 학습자들은 해당 수업에서 주체적으로 질문을 발견하였으며, 동료 학습자와의 소통, 교사와의 소통, 다양한 텍스트들과의 소통을 통해 학습의 주제를 스스로 생성하고, 맥락을 만들어 내며, 작품을 자기화할 수 있었다. 특히 "수업 내용을 보고 거기에서 질문도 찾아가고 거기에서 답도 내리고 그러면서 내 가치관이 이랬구나, 내가 이제까지 생각한 게 이런 거구나 하는 게 느껴졌어요."라는 면담 내용에서와 같이, 스스로 질문을 던지고 이에 대해 답을 찾아가는 과정에서 문제에 대한 이해뿐만 아니라 자기이해에까지 이를 수 있었다는 점은 질문 중심 고전 읽기 수업이 지닌 유의미한 점이라고 할 수 있다.

'질문'은 국어 수업 뿐만 아니라 모든 학습자 중심 학습 환경의 핵심이기도 하다. 직접교수법(direct instruction)과 구별되는 학습자 중심 학습 환경의 근본적인 차이점은 해결하고자 하는 질문, 이슈, 사례, 문제가 학습을 이끈다는 점이다. 직접교수법에서는 이미 가르쳤던 개념과 원리들을 적용하거나 예로 들기 위한 목적으로 문제를 사용하는 반면, 학습자 중심 학습 환경에서는 학습자가 문제를 해결하기 위한 목적으로 특정 영역의 내용지식을 학습한다. 따라서 학습자가 흥미를 느낄 수 있고, 그들의 삶과 연관되며, 문제해결 과정에 참여하도록 자극할 수 있는 문제를 통해 해당 문제나 학습 목표에 대해 학습자가 주인 의식을 갖는 것이 중요하다 (Jonassen & Land, 2000/2012: 121-122). '해석이란 문자로 고정된 텍스트를 대화의 형태로 복원하는 것이며, 그 대화의 본래적 수행방식은 질문과 응답'(Gadamer, 1960/2012: 283)이고, '질문을 하는 것은 폭로하고 드러내고 열린 곳에 두는 것이다. 질문을 가진 사람만이 참된 이해를 가질 수 있다'(Gadamer, 1960/2012: 365)라는 가다머의 논의를 상기해볼 때, 질문을 중심으로 설계된 수업은 학습자의 '참된 이해'를 도모할 수 있게 된다.

본 연구를 바탕으로 할 때, 질문 중심 고전 읽기 수업을 설계할 때 고려되어야 할 사항은 다음과 같다. 첫째, 고전 작품에 대한 학습자의 내적인 호기심과 동기를 높일 필요가 있다. 이를 위해서는 인지적 충돌을 통해 최초의 인식과 신념을 조정하는 경험이 필요하며, 고전 작품에 대한 학습자의 선입견 및 고정관념을 극복하고 스스로 책을 찾아 읽도록 하는 수업 진행이 요구된다. 둘째, 학습자 간 소통의 구심점을 마련해 줄 수 있어야 한다. 이를 위해서는 모둠별 토의 및 의미 구성 활동이 자신의 문제라고 느낄 수 있도록 학습자의 관심을 고려하여 자발적으로 모둠을 편성하고, 모둠 학습자들 간의 원활한 소통을 위한 래포가 형성될 수 있도록 모둠 활동이 지속적이고 안정적으로 운영될 필요가 있다. 셋째, 학습자의 질문에 대한 비계를 제공하기 위해서는 작품에 대한 교사의 충분한 이해가 필수적이다. 이를 위해서는 제재가 될 수 있는 작품 이해를 위한 정기적인 세미나 형식의 교사 연수가 요구되며, 이 과정에서 교사 스스로 질문하고 소통하고 성찰하는 경험을 할 수 있어야 한다. 넷째, 학습자가 구성하는 의미에 대해 교사가 인식하고 있어야 한다. 학습자들은 교사의 기대와 달리 교실 안에서 학습 내용에 대한 의미만을 구성하는 것은 아니다. 교실의 구성원인 동료 학습자, 교사, 수업 제재, 수업 방식, 그리고 자신의 학습 정체성에 대해 나름대로 구성한 '의미'의 틀 속에서 학습내용에 대한 '의미'를 구축해 가게 마련인 것이다. 따라서 교사는 학생들이 수업 중 구성하는 수많은 의미들에 주의를 기울이고 이에 대해 피드백을 할 수 있어야 한다.

　본 연구는 막연히 질문 중심의 수업을 추구하면 학생들에게 도움이 될 것이라는 처방적 논의에서 더 나아가 질문 중심 고전 읽기 수업이 이루어지는 과정을 구체적·심층적으로 살피고, 교육적 의미와 가능성을 논구하였다는 의의가 있으며, 계속적인 실천을 통해 그 가능성을 축적해 나가야 할 것이다.*

---

* 이 글은 "장지혜·김신원·김종철(2017), 「질문에 기반한 고전 읽기 수업 사례 연구: 〈춘향전(春香傳)〉을 중심으로」, 『국어교육』 158, 한국어교육학회"의 내용을 수정·보완한 것이다.

고전소설 다시쓰기(rewriting)는 어떤 기능을 해 왔으며 교육적 효용은 무엇일까?

서보영

1. 국어교육에서 고전소설 다시쓰기란 무엇이며 왜 필요한가?

여기서는 고전소설의 생성과 변모를 '다시쓰기(rewriting)'라는 개념을 통해 살펴보고자 한다. 다시쓰기란 일반적으로 원작에 자신의 관점을 투사하여 새롭게 쓰는 행위를 의미한다. 다시쓰기의 대상은 설화, 고전문학, 현대문학, 번역문학, 역사기록에 이르기까지 다양하다. 독자가 수용하여 다시 쓰려고 마음먹은 텍스트를 원작(原作) 혹은 모본(母本), 이를 바탕으로 새롭게 쓴 텍스트를 생산물 혹은 이본(異本)이라 할 때 ①모본을 현대어 내지 쉬운 우리말로 옮겨 쓴 것, ②모본의 기본 이야기 골격을 유지하되 다른 이야기를 추가하거나 새로운 인물을 등장시키는 것, ③모본의 모티프나 인물, 사건에서 아이디어만 취하고 많은 부분 새로운 이야기로 탈바꿈시킨 것 등(오세정, 2014) 모본으로부터의 변화 정도에 따라 다양한 스펙트럼이 존재한다.

그 중에서도 고전소설 다시쓰기에 주목하는 이유는 ①말로 전승되는 구비문학과 비교할 때 쓰는 행위가 강조되는 기록전승물이라는 점, ②오랜 기간 거듭 다시 쓰이는 과정을 통해 다양한 작자의 해석이 반영되어 해석의 지평(horizon)으로 기능한다는 점, ③후대의 문학연구자들이 부여했던 고전(classic)이라는 상징적인 지위와 별개로 고전소설에 대한 대중적 수요가 다시쓰기를 통해 꾸준히 존재했다는 점, ④모본과 생산물의 상호 관련성이란 측면에서 고전소설을 대상으로 가장 활발하게 다시쓰기가 이루어지고 있다는 점 때문이다. 특히 고전소설 다시쓰기는 고전소설의 생성과 변화가 이름 없는 일반 독자들의 참여에 의해 이루어왔다는 점, 작품의 적극적 수용을 바탕으로 창작에까지 나아가는 일이 특수한 재능을 가진 사람들만이 일이 아님을 극명히 보여준다는 점(김종철, 2005)에서 국어교육과 밀접한 관련이 있다.

2. 다시쓰기를 통해 고전소설은 어떤 모습으로 변화되어 왔는가?

1) 모본과의 관계화 정도에 따라 모본에 충실한 이본(versions)

고전소설 다시쓰기는 고전소설의 향유 방식 및 이본의 생성과 큰 관련을 맺는다. 한문소설과 국문소설이 공존하는 일은 다른 나라 소설에서는 보기 어려운 현상이며 필사본과 인쇄본이 공존하는 것 또한 한국 소설만의 특징이다(조동일, 2001). 일반적으로 고전소설은 손으로 옮겨 적거나 인쇄본으로 간행되는 과정에서 많건 적건 간에 차이를 보이게 되는데 이를 이본(異本)이라고 한다. 이본이 발생하는 원인은 이본을 만든 사람인 생산자의 측면에서 보면 의도적으로 변화시킨 것과 무의도적으로 변화시킨 것으로 나눌 수 있다(최운식, 2006). 특히 의도적인 본문 변화의 경우 수용자와 생산자의 문학적 소양과 의식에 따라 발생되는 것으로 고전소설 다시쓰기의 출발점이라 할 수 있다. 이본의 생성은 판본에 따라 차이를 보이므로 다음에서는 직접 손으로 옮겨 적은 필사(筆寫), 나무판(木板)에 글자를 새겨서 간행하는 방각(坊刻), 근대 시기 민간의 상업 출판사에서 서양식 납활자로 인쇄하여 판매하였던 활자본으로 나누어 살펴보기로 한다.

① 필사에 의한 이본

초기 고전소설 이본은 인쇄술이 발달하지 못했던 18세기, 일일이 베껴 옮겨 쓰는 과정에서 발생하였다. 고전소설 필사본에서는 불가피하게 이본이 발생하며 필사본의 향유가 근대 이후에도 지속되었다는 점에 비추어볼 때 볼 때 필사로 인한 다시쓰기는 고전소설 다시쓰기에서 매우 큰비중을 차지한다. 필사로 인한 다시쓰기를 단순한 베껴 쓰기로 간주하기에는 매우 다양한 변모 양상을 보이며 양적으로 많은 부분을 차지한다.

필사에 대한 후기나 필사자의 이름을 통해 여성들이 〈춘향전〉을 즐겨 향유하였음을 확인할 수 있으며 이들 여성 향유층은 단행본으로 만들어진 필사본 고전소설을 손으로 다시 쓰면서 자신들의 욕망을 대리 충족하였다. 필사본 고전소설의 다시쓰기는 농한기에 주로 이루어졌으며 대체로 한 달 정도의 시간이 소요되었다(김재웅, 2011). 필사는 완전히 새로운 이야기보다는 대체로 유사한 이야기에서 부분의 변화가 두드러진다. 그래서 〈춘향전〉 필사본에서 다른 이본에는 없고 특정 이본에만 찾을 수있는 부분이나 장면에 주목할 경우 필사본을 창작한 사람의 창작의식이나 사유를 살펴볼 수 있다(차충환, 2011).

부분의 변화는 미미한 것으로 작품 전체에는 영향을 미치지 않을 것같다는 예상과 달리 〈춘향전〉 이본 가운데 높은 문학적 가치를 인정받는 〈남원고사〉, 〈신학균 소장 56장본 춘향전〉은 필사본 다시쓰기에 의해 탄생한 이본들이다. 김종철(1999)에서는 필사본 다시쓰기의 가치와 관련하여 독자들의 흥미, 자기화의 객관적 표현, 그들의 움직임이 집단의 움직임과 관련이 있고 역사의 흐름으로 이어지고 있다는 점에 주목한 바 있다. 유사한 맥락에서 서유경(2002)에서는 필사본 다시쓰기의 창조적 성격과 다시쓰기의 자발성에 관심을 갖고 이본을 통한 문학 향유의 역사와 방식을 공감적 자기화의 과정으로 명명하였다.

② 방각에 의한 이본

19세기 등장한 방각본은 전문적인 출판인들에 의해 생산된다. 그런 이유로 대중성을 기본 성격으로 했던 방각본의 경우 독자의 구미에 맞추어 이야기를 첨가하거나 시대에 따라 이야기를 약간씩 바꿔 쓰는 등의 다시쓰기가 이루어진다. 방각본은 책을 팔아서 이익을 얻는 방식으로 영업을 했기에 책의 제작 비용과 팔리는 권수가 이익의 규모를 결정했다. 이런 까닭에 방각본은 대부분 필사본으로 존재했던 기존 고전소설의 줄거리를 축약하여 제작된 경우가 많았던 것으로 추정된다. 한 작품의 줄거리를 줄이는 방법은 여러 가지가 있을 수 있다. 그 가운데 가장 흔한 방법이 특정 부분을 생략하거나 축약 또는 요약하는 방법일 것이다. 그렇지만 편집자는 단순히 줄거리를 기계적으로 줄이기만 하는 것이 아니라, 그 나름의 관점에 입각하여 경우에 따라서는 일부 줄거리를 새로운 내용으로 대체하거나 특정한 내용을 추가하였다(임성래, 2003).

〈완판 29장본 춘향전〉이나 〈완판 26장본 춘향전〉은 방각에 의한 다시쓰기의 결과물이다. 서두 부분의 남원부사의 제수 과정, 승경처를 둘러싼 이도령과 방자의 문답이 빠져있으며, 방자의 사또 승진 소식 전달, 이별 문제로 춘향과 갈등하는 장면, 이도령이 동헌에 들어가 치행 지시를 받는 것 등에서 사설의 생략이나 축약을 확인할 수 있다. 그러나 이별 장면에서 이도령의 슬픔을 강조하는 부분에 이르면 특정한 정황을 강조하기 위해 확장되는 면모도 찾아볼 수 있다. 한편 〈완판 29장본 춘향전〉과 〈완판 26장본 춘향전〉 양자를 비교하여 보아도 인물 형상, 체제, 사설, 구체적인 삽화, 서술 순서 등에서 선명한 차이를 드러내기에 각각은 하나의 작품으로 독자성을 갖는다(김종철, 1996).

19세기와 20세기 초에 걸쳐 〈별춘향전〉이란 제목의 〈춘향전〉이 2종, 〈열녀춘향수절가〉 제목으로 전주에서 2종, 안성에서는 1종, 서울에서는 모두 5종의 〈춘향전〉이 출판되는 등(김종철, 2005) 방각에 의한 다시쓰기는 〈춘향전〉의 활발한 향유가 이루어지는 데 크게 기여하였다. 더불어 현재 민족의 고전이자 교육의 정전이란 평가를 받으며 국어 교과서에서 다루어지는 〈완판84장본 열녀춘향수절가〉 역시 방각에 의한 다시쓰기의 결과이다.

③ 활자에 의한 이본

1910년대 활자본 고전소설이 간행되면서 〈춘향전〉은 여러 출판사에서 수십 종이 나왔다. 전국적인 판매망을 갖춘 이들 출판사에 의해 전국적으로 보급되었지만 내용상으로 특별히 괄목할 만한 〈춘향전〉을 찾기가 힘들고 다만 책의 체제에서 전과는 다른 방식을 보여 주었다. 이해조가 산정한 〈옥중화〉가 엄청난 인기를 끌게 되면서 〈옥중화〉의 서두 부분만 바꾸고 나머지는 그대로 출판된 이본들이 활자본 다시쓰기의 많은 부분을 차지한다.

출판업자들은 신소설의 출판으로 이미 소설의 독자를 확보해 놓았지만 새로운 신소설이 계속 창작되지 못하자 고전소설을 다시 써서 출간하기 시작한다. 이때 가장 많은 관심을 받았던 작품이 바로 〈춘향전〉인데 총 97회 출간되었다. 활자본 다시쓰기는 그 범위가 주로 형식, 체제 면에 머물 뿐 내용상으로는 당시의 시대적 변화를 거의 반영하지 못하였다. 새로운 현실에 대응하여 새로운 내용을 담은 작품을 창작하지 못하고 부분적인 고쳐 쓰기를 통해 고전소설을 읽을거리로 제공하고 있다는 점에서 활자본 다시쓰기는 부정적인 의미를 지닌다(김경미, 1987). 물론 이러한 견해에는 현실적 관심을 작품 내에서 직접 드러내는 것이 불가능했던 시대적인 여건이 고려되어야 할 것이다.

활자본 〈춘향전〉 중 가장 큰 인기를 구가했던 〈옥중화〉의 작가 이해조는 고전소설에 대해 부정적인 생각을 가지고 있었기에 이해조의 고전소설 다시쓰기는 이해조 개인의 관점이나 생각이 투영되기 보다는 당대 〈춘향전〉의 모습에서 크게 벗어나지 않았을 것이다. 활자본 〈춘향전〉은 적지 않은 횟수로 출판되었지만 새로운 시도나 노력이 부재하였고 그러한 까닭으로 높이 평가할 만한 〈춘향전〉 이본을 찾아볼 수 없다. 그럼에도 불구하고 독자들은 새롭지 않은 〈춘향전〉에 여전한 흥미를 느꼈다는 점이 활자본 고전소설 다시쓰기의 특징이라 한다면 이는 문학적·문학사적으로 의미 있는 양상이라 평가할 수는 없다. 그러나 활자본 다시쓰기에서 주목할 점은 고전소설의 다시쓰기가 단지 저자나 출판인과 같은 주요 생산자들의 새로움에 대한 지향만으로 이루어지지 않는다는 것이다. 고전소설 다시쓰기는 직접 창작을 하지는 않지만 〈춘향전〉을 향유하는 독자에 의해서도 유지되고 이루어질 수 있다. 고전소설에 대한 활력이 떨어지고 필사본 다시쓰기가 이루어지지 않는 상황에서 고전소설 다시쓰기가 유지될 수 있었던 것은 여전히 〈춘향전〉에 관심을 갖는 소극적 독자들의 존재 덕분이라 할 수 있다.

2) 저자의 독자성이나 정체성이 중시되는 개작본(modification)

　　신소설의 등장 이후에도 고전소설은 널리 향유되지만 독자나 출판인들에 의한 다시쓰기 결과물을 확인하는 것은 쉽지 않다. 그런 이유로 근대 이후 다시쓰기의 양상은 이름 있는 개인을 내세우는 작업들이 주를 이룬다. 누구의 〈춘향전〉이며 어느 출판사의 〈춘향전〉과 같이 작가적 명성이나 출판사의 규모가 중시된다. 〈춘향전〉의 이본 중 하나가 아니라 개별 이본의 개성이 강조되게 된다. 전과 다른 새로운 작품임을 특별히 드러낸 신작(新作) 고전소설에서부터 기존 작품과의 차이를 두기 위해 '일설(一

說' 혹은 '외설(外設)'과 같은 표제를 내세우는 현상들이 나타났다. 한편으로 문학연구자들에 의해 개별 이본의 가치를 평가하는 일이 이루어진다.

① 고전소설과 신소설의 상호 교섭을 통한 신작 고전소설

1910년부터 시작된 활자본 고전소설의 대거 등장은 근대 초기 고전소설의 활자매체를 통한 대중출판물로의 변화라는 점에서 주목할 수 있다. 근대 자본주의적인 출판 방식으로의 변화는 필연적으로 고전소설의 내외적 변화를 이끌었는데 그중에서도 당대 독자들의 기대와 인기에 부합할 만한 작품을 발굴하여 다시 쓴 점에 주목할 수 있다. 〈옥중화〉의 인기에 힘입어 〈증수춘향전〉, 〈신역별춘향전〉, 〈광한루〉와 같이 제목을 달리하는 이본들이 출간되었다. 〈약산동대〉, 〈미인도〉와 같이 〈춘향전〉의 인기에 편승한 신작 고전소설로의 다시쓰기 역시 이루어진다. 독자의 요구와 흥미에 민감하게 반응하며, 신소설 및 번안소설 등과 교섭하고 경쟁하는 혼종적 상호 텍스트를 신작 고전소설로의 다시쓰기의 특징으로 꼽을 수 있다.

신작 고전소설 〈미인도〉는 〈옥중화〉의 인기에 힘입어 〈춘향전〉을 다시 쓴 작품이지만 기녀를 주인공으로 하지 않는다는 점에서 〈춘향전〉과는 다른 양상을 보인 작품이다. 〈춘향전〉뿐만 아니라 애정소설 〈홍백화전〉의 모티프를 활용하였으며 사족 신분의 여인을 주인공으로 설정하여 〈춘향전〉의 신분 문제로부터 거리를 두고 있다. 〈미인도〉는 〈춘향전〉의 대중적 인기를 기반으로 반봉건의 주제를 실현하고자 했던 작품으로 평가할 수 있다. 물론 그 시도나 형상화의 정도가 성공적이라 평가할 수는 없지만 새것으로의 변화가 기존에 이룩한 자기 기반을 바탕으로 이루어짐을 보여주는 증거가 된다(서보영, 2013).

② 근대 작가들의 고전소설 다시쓰기

한시와 한문으로 된 〈춘향전〉을 포함하여 문인 작가들에 의한 〈춘향전〉으로는 유진한의 〈가사춘향이백구〉(1754), 목태림의 〈춘향신설〉(1804), 윤달선의 〈광한루악부〉(1852), 수산의 〈광한루기〉, 만화의 〈이익부전〉 등이 존재하였다. 근대 이후에는 여규형의 〈춘향전〉(극장 공연 대본, 1908년 추정), 이능화의 〈춘몽연〉(1929)을 찾아볼 수 있다. 〈춘향가〉 및 〈춘향전〉의 문인과의 만남은 근대 작가와의 만남으로 이어졌는데 대표적인 사례는 이해조가 명창 박기홍의 〈춘향가〉를 매일신보에 〈옥중화〉(1912)란 제목으로 연재한 것이다. 〈옥중화〉는 곧장 단행본으로 출판되어 20세기 초반 활자본으로 출판된 고전소설 중 가장 인기 있는 작품이 되었다.

근대 작가들에 의한 고전소설 다시쓰기로는 이광수의 〈일설 춘향전〉(1925-26), 최인훈의 〈춘향뎐〉(1967), 이주홍의 〈탈선 춘향전〉(1976), 임철우의 〈옥중가〉(1991), 김주영의 〈외설 춘향전〉(1994), 김연수의 〈남원고사에 관한 세 개의 이야기와 한 개의 주석〉(2005), 용현중의 〈백설 춘향전〉(2014), 유치진의 희곡 〈춘향전〉(1936), 김용옥의 시나리오 〈새춘향뎐〉(1989) 등을 들 수 있다(권순긍·옥종석, 2018). 개별 작품에 대해 일일이 평가할 수 없지만 이광수의 〈일설 춘향전〉은 신문 연재소설이라는 점을 고려할 때 독자 확보에 급급했던 미숙한 작품이며, 안수길의 〈이런 춘향〉은 6·25 전쟁으로 인한 상처를 중층구조로 구체화하였지만 〈춘향전〉의 인물을 한 명도 등장시키지 않은 특이한 작품이라 할 수 있다.

근대 작가들의 고전소설 다시쓰기에서 가장 두드러진 특징은 모본을 상정할 수 없다는 점이다. 즉, 특정 모본을 다시 쓰는 작업이 아니라 전대의 여러 이본들을 참고하여 혹은 자신이 알고 있는 춘향 이야기를 바탕으로 작가로서의 개성을 드러내는 데 다시쓰기의 중점이 놓였다. 다음으로 근대 작가들의 고전소설 다시쓰기는 〈춘향전〉에 대한 정보를 알고 있는 독자들을 고려하여 이루어졌다. 마지막으로 근대 작가들에게 〈춘향전〉

다시쓰기는 선행 판본을 수용하려는 욕망보다는 차별화에 대한 지향이 두드러진다. 그런 이유로 모본이 있다고 해도 직접 밝히지 않을뿐더러 모본과는 '다른 무엇'을 이야기하고자 하는 공통점이 드러난다.

③ 교육을 위한 고전소설 다시쓰기

고전소설이 근대에 새로 등장한 신생장르인 동화로 다시 쓰이게 된 것은 방정환이 1922년 7월 번안 동화집을 출간하면서부터이며 고전소설 작품들이 여기에 포함되게 되면서부터이다(권순긍, 2006). 1924년 조선총독부에서 〈조선동화집〉이란 이름으로 최초의 전래동화집을 발간하였지만 여기에 〈춘향전〉은 포함되지 않는다.

고전소설 〈춘향전〉이 학교 교육의 제재로 선정되어 검인정 교과서와 국정 교과서에 수록되기 시작한 것은 해방 후 정부 수립 이후의 일이다. 검인정 교과서인 이병기의 〈중등국어(6)〉(1949)와 국정 교과서인 〈고등국어〉(1953)에 발췌 수록된 것을 시작으로 〈춘향전〉은 1945년 민족 해방 이후의 국어 교육에서 비로소 정전의 위치를 차지하게 된다. 이러한 배경에는 조윤제, 김태준, 김사엽, 이가원, 구자균 등의 연구자들이 〈춘향전〉의 문장을 교정하고 주석을 더하는 교주 작업을 진행했기 때문이다(김종철, 2005). 한 예로 조윤제의 교주본은 1939년 1월 31일 박문서관에서 간행되었다. 모본으로 〈완판 84장본 열녀춘향수절가〉를 선택하였으며 현대어로 옮기면서 한자를 넣었고 주석을 붙여 간행하였다. 조윤제의 〈완판 84장본 열녀춘향수절가〉 교주본의 간행은 단순히 전래의 이야기책이 아니라, 전문 학자가 주석을 붙여야 읽을 수 있는 고전소설이라는 인상을 주었으며 이후 〈춘향전〉 연구에 지대한 영향을 미치게 된다(이윤석, 2009).

1990년대 이후 아동 독서물로 출간된 〈춘향전〉은 대략 10여 종 가량이며(권혁래, 2003) 2000년 이후 국내에서 발행된, 어린이 및 청소년 대상의 독서물은 모두 23종으로 매해 꾸준히 다시 쓰이고 있다(김영욱, 2009). 그

중에서도 조현설의 〈사랑사랑, 내 사랑아〉(2002, 나라말)와 신동흔의 〈춘향전〉(2004, 한겨레아이들), 황혜진의 〈춘향전〉(2007, 계림)은 문학연구자들에 의한 다시쓰기란 점에서 주목을 끈다. 원전의 맛을 그대로 살리면서도 독자들이 쉽게 읽을 수 있는 것을 목표로 하는 다시쓰기는 2000년대 이후 문학연구자들이 그 역할을 맡고 있으며 대체로 〈완판 84장본 열녀춘향수절가〉를 모본으로 하고 있다. 송성욱의 〈춘향전〉(2004, 민음사)은 대학생 및 일반인들을 위한 다시쓰기로 원작을 정확하고 객관적이면서도 지나치게 딱딱하지 않고자 하였다. 〈완판 84장본 열녀춘향수절가〉와 〈경판 30장본 춘향전〉 각각을 모본으로 하였다. 문학연구자들에 의한 다시쓰기는 이본에 대한 가치 평가를 전제한다는 점, 독자의 이본 선택에 미치는 영향력이 크다는 점에서 중요하게 다루어야 할 부분이다.

3) 매체나 양식에 따라 변모되어 모본과 직접인 비교가 어려운 변용물(adaptation)

춘향 이야기는 시가를 수용하면서 판소리 〈춘향가〉로 전환되었고 판소리 〈춘향가〉는 다시 새로운 문화 형태인 극과 결합하면서 창극 〈춘향전〉으로 탈바꿈하였다(정병헌, 2003). 장르나 양식에 따른 〈춘향전〉의 변화는 근대 이후에도 지속되면서 명맥을 이어오고 있으며 문학수용환경의 변화에 따른 고전소설의 다시쓰기는 여전히 진행 중인 현상이라 할 수 있다.

거시적인 관점에서 볼 때 영상서사 역시 문학서사의 일부이므로 고전소설 이본 연구의 관점에서 접근해야 한다는 조현설(2004)의 주장이 보여주듯이 다양한 대중문화로 등장하는 변용물 역시 고전소설 다시쓰기의 일환으로 바라보는 관점의 전환이 요구된다. 그 결과 매체로의 다시쓰기는 이야기와 콘텐츠, 스토리텔링 등의 문화산업의 관점으로 접근되고 있다.

고전소설의 영화화는 1920년부터 시작되었으며 한국 영화사의 인상적인 장면마다 고전소설 〈춘향전〉의 영화로의 다시쓰기가 이루어졌다. 권순긍(2019)에서는 변개(modification)와 개작(adaptation)을 비슷한 개념으로 보고 그 범주를 주동적 인물과 중심 사건의 존재 여부로 판단하고 있다. 더불어 고전소설의 이야기가 하나의 원천이 되어 영화, TV드라마, 애니메이션과 같은 영상이나 만화, 게임, 캐릭터, 공연물 등으로 다양하게 확대되어 나타난 것을 고전소설의 문화콘텐츠로 보고 있다.

사정이 이렇고 보면 고전소설 다시쓰기는 어느 한 개인의 단순한 쓰기 작업에서 확대되어 하나의 문화적·창조적·집단적 행위가 되었다. 고전소설 다시쓰기의 방점이 고전소설에만 있는 것이 아니라 다시쓰기에도 놓이게 된 것이다. 그런 이유로 고전소설이 다시 쓰인 변천의 역사와 양상 그 자체를 구체적으로 되짚어봄으로써 고전소설 문화콘텐츠의 가능성 역시 논의되어야 할 것이다.

① 고전소설을 영화로 다시쓰기

20C에 이르러 〈춘향전〉은 창극, 발레, 마당극을 비롯한 다양한 형식으로 다시 쓰였으며 영화 역시 춘향 이야기를 구현해 온 단골 매체이다. 1922년에서 2010년까지 〈춘향전〉은 24차례에 걸쳐 영화화되었다. 최초의 민간 제작 영화, 최초의 발성 영화, 최초의 컬러 시네마스코프 영화, 최초의 깐느 영화제 본선 진출 등 한국 영화사의 새로운 지평과도 〈춘향전〉은 밀접한 관련을 맺고 있다.

그 중에서도 임권택의 영화 〈춘향뎐〉은 영화로의 고전소설 다시쓰기에서 주목할 만한 작품이다. 이 영화는 '판소리 영화'라는 신조어를 창출하며 판소리 〈춘향가〉의 영화화에 성공하였고 영화와 판소리를 넘나드는 실험적인 작업이라는 평가를 받았다(황혜진, 2004). 특히 이 영화는 춘향가의 전승이라는 다시쓰기의 의도를 전면에 내세우고 있으며 감독 스스로가 판소리 〈춘향가〉에 대한 관심이 영화 제작의 시발점이 되었다고 밝히기도 하였다. 임권택은 판소리 〈춘향가〉를 통해 느꼈던 강렬한 예술적 체험이 무엇보다 소중한 가치라 여겼고 이것이 새로운 〈춘향전〉을 생산하는 기제가 되었다. 구체적으로 영화 〈춘향뎐〉은 모본인 조상현 〈춘향가〉에서 창의 대목을 선택하고 배제함으로써 영화의 서사적 틀을 마련하였다. 그런 까닭으로 이 영화는 춘향 이야기의 큰 틀을 벗어나지 않을 수 있었다. 다음으로 영화 〈춘향뎐〉은 세부적인 전개에서 전대의 여러 〈춘향전〉들을 개별적인 삽화 단위로 수용하여 조합한다. 그 결과 영화 〈춘향뎐〉은 전대 〈춘향전〉과 유사하면서도 세부적인 차이를 드러내는 독자적인 작품이 될 수 있었다(서보영, 2017).

영화로의 고전소설 다시쓰기는 이야기를 구현하는 매체가 달라진다는 점에서 기존의 다시쓰기 생산물들과 다른 특징을 보이게 된다. 영화 〈춘향뎐〉은 시청각을 기반으로 하기에 판소리 사설을 최대한 활용하고 무대와 관객, 양자의 소통 구조를 극대화함으로써 판소리의 흥과 멋을 전할 수 있었다. 또한 〈춘향가〉 혹은 〈춘향전〉에서 늘 숨은 존재였던 독자의 존재를 현시함으로써 그들이 〈춘향전〉을 즐겨 향유하게 되는 과정을 보여주었다. 마지막으로 모본의 시공간적 혹은 사회적 배경으로 존재하던 제재들을 구체화하여 나타냄으로써 각 사건의 서사적 의미를 강화할 수 있었다.

② 고전소설을 웹툰으로 다시쓰기

영화로의 고전소설 다시쓰기가 오랜 역사를 두고 진행되어 온 것과 달리 웹툰으로의 변모는 2010년 주호민의 〈신과 함께〉 이후 급증하였다. 〈춘향전〉을 모본으로 하는 웹툰은 〈야귀록〉(2016-2018)과 광한루 로맨스(2016-)정도를 찾아볼 수 있다. 또한 웹툰에서는 고전소설을 원작으로 다시쓰기를 한다고 해도 원작과 직접적으로 비교 가능한 경우는 없으며 수용자에 의해 변용된 새로운 이야기라 할 수 있다(이명현, 2018).

그럼에도 불구하고 웹툰으로 다시 쓰인 고전소설 역시 여전히 향유되는 현재형의 이야기로 이는 정전으로서의 고전소설이 갖는 위상만큼이나 고려될 필요가 있다. 과거로부터 전해 오는 공동의 자산으로서의 고전소설이라는 실체와 별개로 고전소설 변용물의 향유는 지속되는 현상이며 고전소설의 다양한 향유가 고전소설의 가치나 역사성을 폄하하거나 훼손시키는 것은 아니기 때문이다. 이러한 관점에서 볼 때 원작을 계승한 작품으로 웹툰 〈그녀의 심청〉을 예로 들고자 한다.

웹툰 〈그녀의 심청〉은 고전소설 〈심청전〉의 장승상 부인 대목을 수용하였다. 〈심청전〉에서 장승상 부인 대목은 모두 다섯 개의 사건으로 이루어지는데 〈그녀의 심청〉은 심청의 투신 이전의 세 가지 사건을 수용하되 심청과 장승상 부인의 서사를 상호 교차하여 줄거리를 구성하고 주변 인물들의 이야기를 부가하였다. 장승상 부인은 〈심청전〉이 확대되어 오는 과정에서 새로이 첨가된 인물이다. 장승상 부인의 형상은 장자에서 장자 '부인'으로 변화하고 다시 '장승상' 부인으로 변화한다. 〈그녀의 심청〉에서는 열(烈)'이라는 가치를 숭앙하고 관습과 기존 체제에 순응하는 여성으로 변모된다. 다음으로 웹툰의 말칸을 대화 말칸, 해설 말칸, 판소리 말칸으로 구분하여 판소리의 문체를 재현하고 판소리 판의 효과를 창출하고 있다. 마지막으로 〈그녀의 심청〉은 〈심청전〉 외에도 고전소설 〈방한림전〉, 〈숙향전〉, 〈사씨남정기〉, 〈춘향전〉과 가사 〈덴동어미화전가〉에서 인물과 소재를 취하여 변용하였다(서보영, 2021).

3. 고전소설 다시쓰기의 주체: 저자적 독자들
– 현대에도 고전소설을 향유하는 독자는 누구인가?

이상에서 고전소설의 생성과 변모를 다시쓰기를 통해 살펴보았다. 그렇다면 이처럼 고전소설을 적극적으로 수용하고 새로운 이본을 창안하는 주체는 누구인가? 고전소설 다시쓰기의 작가는 고전소설을 읽는 독자인 동시에 그 글을 바탕으로 이본을 창안하는 작가이다. 흔히 이본 생산자, 적극적 독자로 규정되어 온 이들은 수적으로 많지 않지만 고전을 전승하는 주체가 된다는 점에서 큰 위상을 차지한다. 명확하고 분명한 실체로 존재하는 텍스트와 달리 이들의 존재는 별다른 논의 없이 당연시 되어 왔다. 특히 고전소설이 사회의 주요한 의사소통의 기제로 작용했던 전근대와 달리 근대 이후 고전소설의 향유는 활력을 잃고 많은 부분 학교 교육에 의해 주도되고 있는 상황에서 고전소설의 향유 주체에 대한 관심은 더욱 필요하다.

문예 비평 이론의 하나인 수용 미학이나 독자 반응 비평을 필두로 독자의 개념을 정의하고 작품과 독자의 상호 관계성을 밝히려는 논의는 지속되어 왔다. 그 중에서도 작독자(wrider/reter), 독작가(wreader), 생비자(prosumer)는 글을 쓰는 사람과 읽는 사람의 구분이 뚜렷하지 않은 쌍방향적 글쓰기를 의미하는 대표적인 용어이다. 그러나 이는 매체 시대의 문학 생산, 특히 하이퍼텍스트 문학과 관련하여 등장한 것으로 변화된 문학 환경에 따른 독자의 역할 변모에 초점이 놓여 있다는 점에서 제한적이다. 이를 고려할 때 소설 해석에서 독자의 위상을 강조하고 읽기 과정에서 독자의 위치에 주목한 라비노위츠(P. J. Rabinowitz)의 논의가 눈길을 끈다. 그는 볼프강 이저의 내포독자나 웨인 부스의 내포작가와 같은 기존의 견해를 수용하면서도 이와 변별되는 개념으로 저자적 독자를 제시한다.

라비노위츠는 문학의 해석이 이루어지는 교실에서 독자에게 권위를 부여하기 위해 기호학적 구성체로서의 독자를 넘어 해석의 주체가 되는 실제 독자가 취할 수 있는 다양한 역할들 중 하나로 저자적 독자를 이야기한다. 저자적 독자란 저자가 쓴 글을 읽을 것으로 예상되는 독자로 저자가 기대하는 가상의 구성물이며 실제 독자가 저자적 독자가 된다는 것은 저자가 제기한 소통에 참여하는 것이다. 물론 실제 독자는 저자적 독자의 역할을 거부할 수 있다. 또한 저자적 독자가 된다는 것이 저자의 해석에 동의한다는 의미는 아니며 독자의 개별성에 따라 다른 해석의 가능성은 열려 있다. 그런 까닭으로 저자적 독자로서의 해석은 저자의 권위 혹은 저자의 위치에 도전하는 것이 된다. 저자적 독자는 "나에게 이것의 의미는 무엇인가"가 아니라 "독자를 위해 쓴 이 글에서 이것이 독자에게 의미하는 바는 무엇이며 그것에 대해 나는 어떻게 느끼는가?"라고 질문해야 한다.

수용과 생산의 과정이 하나로 이루어지는 고전소설 다시쓰기에서 저자적 독자는 유용하게 적용될 수 있는 개념이다. 고전소설 다시쓰기는 독자와 그들의 문화적 자산에 대한 고려가 선행되는 행위이다. 다시쓰기의 저자는 독특한 글쓰기 과정을 거치게 된다. 그들은 쓰기 이전에 고전소설의 실제 독자이자 집합적인 수용자를 대변하며 그들이 다시쓰기를 시작하는 시점에서 그들은 독자가 되기 때문이다. 그들은 과거 텍스트가 제안하는 가치와 정서에 대해 개인적인 가치관과 현대적인 관점을 바탕으로 재평가하고 선행작에 대해 저항하거나 존경을 표한다. 그들에게는 모본에 대한 이해와 더불어 현대 독자와의 호흡이나 흥미, 관심을 이끌어내야 한다는 이중의 의무가 부가된다. 그들은 저자와 독자를 오가며 자신의 쓰기 행위에 대한 지향과 정체성을 형성하게 된다.

실제로 다시쓰기의 과정은 읽고 그리고 쓰는 시간적인 순서에 의해 이루어지기보다 읽으며 쓰는, 혹은 쓰며 다시 읽는 동시적인 과정에 가깝다. 또한 고전소설 다시쓰기의 주체는 개인적이고 개별적인 과정이라기보다 당대 수용자의 대표자로서 그가 살고 있는 시대를 기반으로 이루어진다. 그러므로 다시쓰기 주체의 정체성은 단순하지 않으며 그는 저자이자 독자이며 그 역할은 의식적이든 무의식적이든 수시로 교차되는 과정을 경험한다. 그런 까닭으로 그들은 모본의 독자이면서 이본의 저자일 때도 끊임없이 독자를 고려해야 한다는 점에서 저자적 독자와 맞닿아 있다.

고전소설 다시쓰기에서 저자적 독자의 개념은 두 가지 측면에서 의미를 찾을 수 있다. 첫째, 고전소설 다시쓰기에서 저자적 독자의 개념은 생산과 수용에 공통적으로 적용될 수 있는 존재를 상정함으로써 읽고 쓰는 '나'의 정체성을 공고히 하는데 도움을 줄 수 있다. 다시쓰기는 '읽고 쓴다'는 선후적 과정이 아니라 '쓰기 위해 읽는다', '읽었다면 반드시 쓴다'로 설명하는 것이 적확하다. 따라서 이런 점에서 본다면 학습자는 '저자 되기', '독자 되기', 혹은 '독서의 결과 저자가 되는 과정'이 아니라 '저자가 되려고 독자의 역할을 수행'하는 것이다. 또한 고전소설의 다시쓰기는 온전히 새로운 이야기를 하는 창작과도 구별된다. 다시쓰기 텍스트의 생산에서는 작가의 창조적 우월성 대신에 작가와 독자의 교류를 통한 창조성의 발현이 중시된다. 기존의 것을 바꾸는 것이 기존에 없던 것을 구상하는 것보다 용이할 것 같지만 이는 본질이나 성격의 차이일 뿐 기존에 있던 고전소설을 자신의 관점이 드러나도록 생산하는 일 역시 단순한 작업이 아니다.

저자적 독자의 설정은 저자도 저자 이전의 독자였다는 사실을 환기함으로써 학습자에게 저자라는 존재가 권위로 대변되는 위대한 것이 아니라 독자에서 시작하는 것임을 깨닫게 할 수 있다. 고전소설 다시쓰기에서 저자적 독자는 원하는 것을 이야기하는 사람이 아닌 청자(독자)의 욕망에 맞춰 이야기를 생산하고 소통하는 사람, 다수의 사람들이 듣고 싶어 하는 이야기가 무엇인가를 고민하는 사람이다. 고전소설 다시쓰기에서 저자적 독자의 소통은 언제나 현재의 독자를 향한 것이고 저자적 독자인 학습자가 이야기를 나누는 대상은 나와 같은 〈춘향전〉을 향유하는 사람이 된다. 고전소설을 다시 쓴다는 것은 새로운 무언가를 창조하는 일이 아니라 익히 알고 있던 인물에게 감정을 이입하고 익히 알고 있던 이야기에 몰입하여 또 다른 저자적 독자와 이야기하는 것이다. 학습자가 지향해야 할 것은 일방적으로 자기 해석을 전하는 것이 아니라 현재 내가 서 있는 자리를 기반으로 고전소설의 의미를 생산하고 함께 이야기를 나누는 것이다. 이런 점에서 저자적 독자에 대한 학습자의 인식은 '독자라면 저자가 되어야 하는' 더불어 '이미 존재하지만 새로운 이야기의 발견'이라는 고전소설 다시쓰기의 특수성을 해결하는 데 도움이 된다.

둘째 고전소설 다시쓰기에서 저자적 독자의 개념 설정은 고전소설을 다시 쓰는 일의 가치와 의미를 반추함으로써 고전 콘텐츠의 수준을 향상시킬 수 있다. 고전소설의 다시쓰기는 단순히 하나의 고전소설을 읽고 새로운 고전소설을 쓰는 작업이 아니다. 또한 단순히 고전소설의 독자가 되어 이야기를 전달했다고 해서 그 활동의 가치를 인정받는 것도 아니다. 모본으로서의 고전소설은 그보다 선행된 고전소설들과의 관련성 속에서 생성되었고 학습자가 다시쓰기를 할 때도 이는 예외일 수 없다. 이는 고전소설의 향유가 개인의 독서라기보다 공동체에 의해 많은 부분 주도되었으며 〈춘향전〉의 이야기가 개별 작품과 춘향전 군이라는 춘향 서사의 영향 관계 속에서 이루어지기 때문이다. 고전소설의 다시쓰기는 개인적인 내가 아니라 현대에도 고전을 사유하는 역사적인 나이며 〈춘향전〉의 향유와 전승에 동참하는 문화적 행위가 된다. 고전소설 〈춘향전〉의 향유 역사에 저자적 독자의 기호와 관점, 사회문화적 평가를 투사하는 것이다.

다시쓰기에서 저자적 독자의 모본 수용은 모본의 저자가 생각했을 독자가 되어 모본의 저자가 자신의 독자들과 나누고 싶어 했던 주제에 동참하고 자신의 답을 마련하는 것이다. 고전소설 다시쓰기에서 모본의 저자적 독자가 된다는 것은 고전소설의 역사성에 대한 믿음이며 고전소설이 향유된 역사에 대한 동참 행위가 된다. 이러한 점에서 고전소설 다시쓰기에서 저자적 독자의 존재는 고전소설과 독자가 맺어야 할 관계를 선명하게 드러내 줄 수 있고 다시쓰기 행위의 의미를 성찰할 수 있게 한다. 이러한 관계성에 대한 성찰은 얕은 재미로 손쉽게 콘텐츠를 제작하고 그것에 동참하는 행위의 문제점이 무엇인지 학습자 스스로 깨닫게 할 수 있다. 확장된다면 고전콘텐츠를 바라보는 학습자의 관점에도 영향을 줄 수 있을 것이다.

4. 국어교육에서 고전소설 다시쓰기의 효용은 무엇이며 어떻게 다시 쓰게 할 것인가?

1) 다시쓰기를 통한 선본의 탐색과 선정

고전소설 다시쓰기가 이루어지기 위해 모본이 필수적이라는 점을 생각해 볼 때 고전소설 다시쓰기는 선본을 찾기 위해 이본의 가치를 평가하는 일에서 시작된다. 권혁래(2010)는 120종의 이본이 있는 춘향전의 경우 완판본과 경판본 혹은 필사본 중 어느 것을 모본으로 취하는가는 다시 쓰는 사람의 선호도에 따라 좌지우지된다고 하였다. 또한 경판 몇 장본이고 완판 몇 장본인지 또는 세책본인지 구활자본인지를 따져 보고 선정해야 하는 까다로움이 고전소설 다시쓰기를 시작하기도 전에 다시 쓰는 작업을 괴롭게 하는 요소로 꼽고 있다. 더욱이 이본을 찾아 독자들에게 알리는 일은 중·고등학교 학교 교육 및 수능 출제 제재의 선정과 직결된다는 점에서 국어교육적 영향력을 고려해야 한다.

현재 〈춘향전〉의 경우 한국의 대표적인 고전(古典: classic)이자 한국의 국어 교육, 특히 문학 교육의 대표적인 정전(正典)이다. 그러나 〈춘향전〉은 처음부터 '고전'이었던 것은 아니고 근대에 들어와서 '고전'이 되었으며, '정전'의 위치는 1945년 민족 해방 이후의 국어 교육에서 비로소 차지하게 되었다. 말하자면 〈춘향전〉을 고전 또는 정전으로 인식하고 평가하는 기본 관점은 '근대(近代)'라고 할 수 있다(김종철, 2005). 〈춘향전〉의 수많은 이본 중 〈완판 84장본 열녀춘향수절가〉가 대표적인 선본으로 간주되어 1차 국어과 교과서에 수록되고 4차 국어과 교육과정까지 유지된 것의 발단은 문학 연구자들이 교육용 작품 선정을 위해 다시쓰기의 모본으로 선택했기 때문이다. 이는 다시쓰기를 위한 모본의 선정이 국어교육에서 얼마나 중요한 작업인지를 보여 준다.

　5차 교육과정 교과서에 수록된 〈춘향전〉은 〈완판 84장본 열녀춘향수절가〉가 아닌 국립국악원의 국악전집에 있는 창본으로 대체되었고 7차 교육과정 교과서에서는 영화·마당놀이·창극 등을 삽화로 넣는다거나 김영랑의 〈춘향〉, 서정주의 〈춘향유문〉이나 〈추천사〉 등이 학습활동에 수록되었다. 2007개정 교과서에서는 김소희 창본, 성우향 창본, 박동진 창본과 같은 판소리 창본이 선택되기도 하였으며 2009개정 교과서에서는 조현설의 〈사랑사랑, 내 사랑아〉(2002, 나라말)와 같은 아동 독서물이나 송성욱의 〈춘향전〉(2004, 민음사) 등의 문학 연구자들에 의해 다시 쓰여진 〈춘향전〉이 실렸다(이지영, 2016).

　〈춘향전〉은 〈완판 84장본 열녀춘향수절가〉 하나의 이본으로 이루어진 작품이 아니며 〈완판 84장본 열녀춘향수절가〉 역시 이전의 모본들을 부단히 다시쓰기 하며 만들어진 결과물임을 상기할 필요가 있다. 〈춘향전〉은 필사본, 목판본, 활자본, 신소설, 신작 고전소설, 근대소설, 창극, 영화 등 수많은 형태로 다시 쓰여 온 작품이며 17세기에서 21세기까지 양반 문인과 전문 작가, 출판인, 이론가, 문학 연구가, 이름을 밝히지 않은 수많은 독자들에 의해 지속적으로 다시 쓰였고 오늘날에도 교육의 현장에서 학습자들에 의해 혹은 전문 직업인 등 다양한 사람들에 의해 다시 기획되고 탄생되어 교과서나 여타의 독서물을 통해 수용되고 있다.

다시쓰기는 고전소설의 선본(善本)을 찾으려는 국어교육의 역할과 맞닿아 있다. 훌륭한 이본을 선정하고 변화된 시대와 현대의 독자를 고려하여 다시 쓰는 일은 고전소설에 지속적으로 의미를 부여하는 일이 될 것이다. 이는 작품에 대한 전문적인 지식과 가치판단이 요구되는 일이며 고전으로서 고전소설을 보존하는 하나의 방식이다.

2) 창작 교육의 실천으로서 고전소설 다시쓰기

국어교육에서 제7차 국어과 교육과정의 문학 영역 내용 중 작품의 창조적 재구성이라는 항목이 포함되면서 다시쓰기가 가시화된다. 7차 국어과 교육과정에 처음 등장한 이 개념은 이후 2007년 개정 국어과 교육과정에 그대로 계승되었다가 2009년 개정 국어과 교육과정에서는 사라지고 작품의 창작으로 통합되었다. 2015 개정 국어과 교육과정에는 문학의 수용과 생산의 영역에서 내용 요소의 하나로 작품의 재구성과 창작을 명시하고 있다. 창의적 비판적 재구성에 이어 작품의 재구성으로 확대되었으며 그 기능으로 모방, 개작, 변용을 제시하고 있다. 등장 및 재등장의 과정에서 알 수 있듯이 재구성이란 항목은 문학의 창작 원리에 대한 이해와 순수 창작을 매개하는 중간항으로 도입되었으며 읽기와 쓰기를 아우르는 활동으로 이해할 수 있다. 이는 학습자를 문학 소비자에서 잠재적 생산자로 간주하는 관점의 전환이자 작품의 생산뿐 아니라 의미의 생산도 긍정하는 것이다. 작품의 재구성은 시, 현대소설, 고전소설, 설화, 영화 등 다양한 양식과 장르에 걸쳐 이루어지고 있으며 교과서마다 상이한 개념 규정과 활동을 제시하고 있어 주목할 필요가 있다. 2015 개정 문학 교과서를 중심으로 대체적인 경향을 살펴보면 다음과 같다.

김동환 외(2018), 『문학』, 천재교과서.

김창원 외(2018), 『문학』, 동아출판.

류수열 외(2018), 『문학』, 금성출판사.

방민호 외(2018), 『문학』. 미래엔.

이숭원 외,(2018) 『문학』, 좋은책신사고.

정재찬 외(2018), 『문학』, 지학사.

정호웅 외(2018), 『문학』, 천재교육.

조정래 외(2018), 『문학』, 해냄에듀.

최원식 외(2018), 『문학』, 창비.

한철우 외(2018), 『문학』, 비상교육.

류수열 외(2018)에서는 해석을 통해 바꾸어 보는 활동(93쪽), 이숭원 외(2018)에서는 단순 모방이나 바꾸는 것은 아닌 생산 활동(100-101쪽), 정재찬 외(2018)에서는 자기만의 관점과 방법으로 새롭게 만들어 내는 과정(120쪽), 조정래 외(2018)에서는 문학 작품의 내용, 형식, 맥락, 매체 등을 바꾸어 보는 활동(96쪽) 등으로 달리 정의하고 있다. 특히, 정재찬 외(2018)에서는 유기적 결합체를 강조하고 있다는 점, 조정래 외(2018)에서는 작품의 비판적·창의적 재구성 항목과 작품 재구성을 다양한 방법으로 나누어 설명을 하고 있다는 점이 특징적이다. 이처럼 작품 재구성에 대한 정의가 다른 까닭으로 제시하고 있는 장르나 활동 역시 차이를 보인다. 여기에서는 교육 내용으로서 작품 재구성의 교과서 구현 양상을 살펴보고자 하는 것이 아니므로 고전소설을 대상으로 하고 있는 이숭원 외(2018)와 정재찬 외(2018)에 국한하여 구체적으로 살펴보았다.

먼저, 이숭원 외(2018)는 〈유충렬전〉 중 충렬과 장 부인이 정한담과 최일귀의 음모에서 벗어나는 장면을 제시하고 (1) 자신의 관점에서 감상을 이야기해 볼 것 (2) 충렬 모자가 위기를 벗어나는 과정을 창의적으로 재구성해 볼 것을 제시하고 있다. 정재찬 외(2018)에서는 〈허생전〉 재구성을 활동으로 제시하였다. 또한 〈허생전〉을 창의적으로 재구성한 작품으로

〈허생의 처〉를 제시하고 두 작품을 비교하여 읽은 후 (1) 조건에 맞추어 드라마 대본으로 재구성할 것을 제시하고 있다. 이를 확장하여 (2) 〈학생전〉의 창작을 모둠별로 제안하였다.

창작 교육으로서 고전소설 다시쓰기는 그 목표를 잠재적 문학 생산자에 둔다. 또한 학생 창작과도 차이를 두는 지점은 창작이 이루어지는 기초적인 과정에서의 다양한 작용들까지도 관심을 두는 것이라 할 수 있다. 그런 의미에서 삽화 단위의 다시쓰기는 작품 재구성의 구체적인 방법이 될 수 있다. 고전소설의 서사는 익숙한 이야기이므로 모본이 갖는 유기성에 기대어 인물, 사건, 배경을 변경하는 방식보다 삽화(episode)나 장면별로 다시쓰기를 실시할 필요가 있다. 삽화는 작품의 유기적 구조 안에서 존립하는 것이므로 학습자들은 유기성 안에서 하나의 삽화를 구성할 수 있게 된다. 이를 위해서는 하나의 삽화가 갖는 다양한 의미와 기능들을 읽기 차원에서 다양하게 탐색할 필요가 있다.

관련하여 학습 활동을 구성해 보면 다음과 같다.

다음은 서로 다른 〈춘향전〉의 한 부분이다. 이도령의 눈에 비친 춘향의 집을 묘사하고 있다. 다음의 질문에 답해 보자.

> (가) 춘향의 집에 도착하니 세 칸 초가집의 경치가 좋다. 여러 층의 화단 위에 모란, 작약, 영산홍이 점을 찍은 듯 흩어지게 피었다. 바다 같은 연못을 파서 주춧돌을 받쳐 네 귀퉁이를 만들었는데 커다란 접시만한 금붕어가 시시때때 물결을 따라 출렁, 풍덩 놀고 있다. 뜰아래 두루미가 두 날개를 쩍 벌리고 뚜루루 끼룩 징검징검 흐늘거리고 들어간다. 〈장자백 창본〉
>
> (나) 대문, 가운데 문을 다 지나 뒤뜰로 들어간다. 오래된 별당에 등불을 밝혔는데 버들가지 늘어져서 불빛을 가린 모양이 구슬로 만든 발이 갈고리에 걸린 듯하다. 오른쪽의 벽오동에는 맑은 이슬이 뚝뚝 떨어져 학의 꿈을 깨우는 듯하다. 왼쪽에 서 있는 소나무에는 맑은 바람이 건듯 불어 늙은 용이 감겨 있는 듯하다. 창문 앞에 심은 온갖 화초는 속잎이 빼어나고, 연못 속의 구슬 어린 연꽃은 물 밖에 겨우 떠서

맑은 이슬을 받치고 있다. 커다란 접시만한 금붕어는 용이 되려는 듯 물결쳐서 출렁이며 첨벙, 굼실거리며 놀 때마다 조롱하고 새로 나는 연잎은 받을 듯이 벌어진다. 높이 솟은 세 봉우리 돌산과 같은 돌들이 층층이 쌓였는데 계단 아래 두루미는 사람을 보고 놀라 두 날개를 쩍 벌리고 긴 다리로 징검징검 끼룩 뚜르르 소리하며 계수나무 아래 삽살개도 짓는다. 그 중에 반갑구나, 못 가운에 오리 두 마리는 손님 오신다고 둥덩실 떠서 기다리는 모양이다. 〈완판 84장본 열녀춘향수절가〉

(다)

〈○○의 춘향전〉

° (가)에 나타난 춘향의 집과 (나)에 나타난 춘향의 집을 각각 떠올려 보자.

° 동일한 장면을 묘사하고 있지만 (가)와 (나)는 어떤 차이가 있는지 이야기해 보자.

° (가)와 (나)를 참고하여 춘향의 집은 어떤 모습일지 (다)에 써 보자.

창작 교육의 내용과 방법으로서 고전소설 다시쓰기는 온전한 하나의 완성된 작품을 완성하기 위한 디딤돌이 아니라 학습자가 흔히 알고 있는, 혹은 익숙한 텍스트를 자세히 들여다보고 탐색하며 분해함으로써 이야기 쓰기에 대한 용이함을 알고 흥미를 갖게 하는 일이어야 한다. 그런 이유로 텍스트의 특정 부분에 대해 모본은 왜 이렇게 쓰인 것인가? 에서부터 시작하여 학습자 자신의 이본은 어떻게 다시 쓰일 수 있는가를 고민하는 것으로 나아가야 한다. 그리고 이러한 학습자의 행위는 반드시 한편의 완결된 작품의 가시적인 생산으로 이어질 필요는 없다. 모든 독자는 어떤 문학작품을 감상할 때 자신의 생각과 판단을 갖게 된다. 하나의 텍스트에 대해 독자가 갖고 있는 생각을 우리는 일차적으로 재구성이 일어났다고 할 수 있다. 그러나 이러한 과정을 거친 모든 독자가 생산물을 생산하는 것은 아니며 그들 중 다시쓰기에 임하는 독자들을 저자적 독자라 할 수 있을 것이다.

3) 문화적 동참 행위로서의 고전소설 다시쓰기

고전소설은 고립된 물적 대상으로만 머무는 것이 아니라 끊임없이 당대 문화를 받아들여 스스로를 새롭게 구축하는 변화와 생성의 과정을 통해 작품의 가치를 이월해 왔으며 게임, 드라마, 영화, 광고, 만화, 축제 등으로 변용되어 왔다. 이러한 〈춘향전〉의 전승사에 비추어 보면 독자를 둘러싼 문화적 환경은 시대에 따라 변화하지만 원 텍스트와의 영향 관계 속에서 새로운 텍스트로 변모되고 사회적 합의에 의해 문화적 위상을 획득하게 될 때 그것은 다시 독자의 텍스트 수용과 생산에 영향을 미치는 문화적 맥락이 된다. 따라서 모본을 통해 검증된 〈춘향전〉의 가치를 학습자의 문화적 향유 방식을 통해 수용하고 생산하는 방식의 고전소설 다시쓰기는 공동체의 문화 발전에 동참하는 능동적인 행위가 된다.

학습자들이 춘향 서사를 접하게 되는 것은 단지 학교에서의 교육만이 아니며 오히려 휴식이나 여가 혹은 취미 활동을 통한 것일 가능성이 높다. 어린 시절 부모로부터 들은 동화 〈춘향전〉이라거나 대중문화의 코드로 완전히 바뀐 드라마 〈쾌걸 춘향〉이나 〈향단전〉, 특정 우유 광고에 등장한 춘향이거나 남원 춘향제를 통해 춘향 서사를 접한 것일 수도 있다. 현대의 학습자들에게 춘향 서사는 하나의 문화로 자리하고 있다는 점을 인정한다면 학습자들이 머릿속에 떠올리는 〈춘향전〉에 대한 생각들은 실로 다양하며 학습자에게 〈춘향전〉은 전통의 산물이기에 앞서 익숙한 대중 서사이며 과거 문화의 산물인 동시에 자신이 속한 사회와 문화를 반영한다. 그들에게 〈춘향전〉은 보전의 대상이 아니라 단순한 흥미와 유희의 대상일 수도 있다.

고전소설의 본질적 가치와 특징을 제대로 담아내지 못하고 소재 차원에서 차용한 것이라 해도 방향성과 지향을 갖고 있다면 이는 문화적 관점에서 넓게 수용될 필요가 있다. 고전소설의 고전성이란 그것의 당대의 문화를 수용하며 지속적으로 변모되어 왔다는 점에서도 찾을 수 있으며 진정한 고전의 가치는 보존이나 전승이 아니라 문화적 재맥락화를 통해 가능한 것이기 때문이다.

관련하여 학습 활동을 구성해 보면 다음과 같다.

다음은 〈춘향전〉의 삽화별 줄거리와 해제이다.

* 〈춘향전〉의 삽화별 줄거리: 이도령이 나들이를 가다. 이도령이 춘향을 보고 반하다. 이도령이 춘향 보기를 청하다. 이도령과 춘향이 처음으로 만나다. 집으로 돌아온 이도령이 책을 읽다. 이도령이 춘향집을 방문하다. 이도령과 춘향이 결혼을 약속하다. 이도령과 춘향이 첫날밤을 보내다. 이도령과 춘향이 이별하다. 춘향이 이도령을 그리워하다. 신관이 부임하다. 신관이 기생점고를 하다. 신관이 춘향을 부르다. 신관이 수청을 요구하다. 춘향이 매를 맞다. 사람들이 춘향을 보살피다. 춘향이 옥에 갇히다. 춘향이 꿈해몽을 하다. 이도령이 과거에 급제하다. 어사가 남원으로 오다. 어사가 춘향의 편지를 받다. 어사가 춘향집을 찾다. 어사와 춘향이 옥중에서 재회하다. 어사가 신관의 생일잔치에 참석하다 어사가 출도하다. 어사와 춘향이 동헌에서 재회하다.

고전소설은 당대 독자의 시대와 환경, 매체에 따라 매우 다양한 경로를 통해 수용되고 생산되어 왔습니다. 조선 시대 사람들이 판소리를 통해 연행 문학으로 〈춘향가〉를 향유했다면 개화기 사람들은 구활자본 소설을 통해 〈춘향전〉을 읽었습니다. 이해조가 쓴 신소설 〈옥중화〉를 읽기도 하였습니다.

이후 〈춘향전〉은 여러 차례 영화화되었는데 1960년대에는 영화 〈춘향전〉이 당대 최고의 인기를 끌었답니다. 오늘날 우리는 〈쾌걸 춘향〉이나 〈향단전〉과 같은 드라마나 〈방자전〉과 같은 영화, 〈광한루 로맨스〉와 같은 웹툰은 물론 전라도 남원에서도 춘향과 몽룡을 만납니다. 한편 〈춘향전〉이 존재하고 소통되는 모습만 변화한 것은 아닙니다. 춘향이나 몽룡, 변사또에 대한 평가, 방자나 향단의 역할 변화, 주제에 대한 다양한 견해 등 〈춘향전〉은 오늘날에도 우리의 해석을 기다리고 있는 현재진행형의 작품입니다.

- 〈춘향전〉을 찾아 읽고 삽화별로 나누어 봅시다.
  - 자신이 읽은 〈춘향전〉에 탈락하거나 추가된 삽화가 있는지 확인해 봅시다.
- 다음의 질문들을 생각해 봅시다.
  - 오늘을 살아가는 한국인에게 고전 〈춘향전〉이 갖는 가치는 무엇인지 생각해 봅시다.
  - 고전소설 〈춘향전〉이 끊임없이 재생산되는 이유는 무엇인지, 오늘날 〈춘향전〉은 어떤 모습으로 존재하고 있는지 논의해 봅시다.
  - 오늘날 현대인이 〈춘향전〉을 향유하는 방식이 어떻게 달라졌는지 자신의 경험에 비추어 말해 봅시다.
- 자신이 이해한 방식에 따라 매체를 선택하여 〈나만의 춘향전〉을 만들어 봅시다.

한 작가가 창작한 작품을 유통 구조를 통해 구입하여 향유하기만 하는 것이 아니라 동시대의 의식·정서·표현 공동체로서 작품을 만들어가는 주체적 일원임을 학습자가 깨닫게 하는 일, 또한 그러한 창조 행위가 궁극적으로 고전에서 또 하나의 고전으로 이어지는 가치의 능선을 따라가는 일임을 학습자게 깨닫게 하는 일(김종철, 2005)이야말로 국어교육에서 반드시 이루어져야 할 일이다.*

---

* 이 글은 "서보영(2019), 「고전소설 다시쓰기의 전통과 국어교육적 의미-<춘향전>을 중심으로」, 『국어교육연구』 44, 서울대학교 국어교육연구소"와 "서보영(2021), 「고전소설 다시쓰기에서 저자적 독자의 양상과 국어교육적 의미-유튜브의 <열녀춘향수절가> 관련 콘텐츠를 중심으로」, 『문학교육학』 73, 한국문학교육학회"의 일부 내용을 수정·보완하여 기술한 것이다.

03

고전문학교육, 무엇을 할까:
고전문학교육의
언어적 경험에 관한 탐구

고전산문으로 학생들의 의사소통 능력을 길러 주려면 어떻게 해야 할까?

김서윤

1. 고전산문 교육은 학습자의 의사소통 능력을 기르는 데 도움이 되는가?

문학 교육은 학습자에게 다양한 표현을 접할 기회를 주며 학습자 스스로 개성적인 언어를 만들어 사용할 수 있도록 이끈다. 문학 작품에서 발견한 참신한 비유와 상징, 섬세한 문체와 구성은 학습자의 일상 언어생활에 적용될 때 새로운 가치를 지니게 된다. 문학 교육을 받은 학습자라면 일상의 언어활동에서도 표현의 특징과 효과에 유의하며 창의적으로 의사소통할 수 있으리라고 기대하는 이유이다.

고전산문 교육도 예외가 아니다. 오랜 세월 전승되어 온 민족문화의 유산을 계승하는 것, 작품의 예술적 성취를 확인하는 것만으로는 고전산문 교육의 필요성을 주장하기 어려운 시대가 되었다. 고전산문을 배우는 경험이 학습자의 언어 능력 신장에 어떤 도움을 줄 수 있을지를 구체적으로 고민하지 않을 수 없다. 고전산문은 형식과 문체가 정형화되어 있어 창의적인 의사소통 능력을 기르기에는 적합하지 않다는 의문, 낯선 문화적 배경을 이해하는 데 상당한 시간과 노력이 소요되어 학습자에게 부담이 된다는 비판에 대해서도 답을 제시해야 할 것이다.

이 장에서는 먼저 선행 연구를 검토하여 학습자의 언어 소통 능력을 기르는 데 기여할 수 있는 고전산문 교육의 방안들을 살펴본 뒤, 앞으로 새롭게 주목해야 할 지점을 탐색해 보고 구체적인 교육 내용과 방법을 제시하고자 한다.

2. 고전산문을 활용한 의사소통 교육은 그간 어떻게 이루어져 왔는가?

고전산문 교육이 언어 소통 능력을 기르는 데 어떻게 기여할 수 있을지에 대해서는 선행 연구를 통해 일정한 성과가 축적되어 왔다. 교술산문을 활용한 작문 교육 방안은 '고전표현론'이라는 주제로 연구되어 왔고, 소설 등 서사물을 활용한 작문 및 화법 교육 방안은 주로 판소리계 소설의 이본 파생 현상과 구어적 표현 원리를 대상으로 연구가 진행되었다. 각각의 내용을 살펴보면 다음과 같다.

1) 고전표현론

'고전표현론'은 전통 사회에서 통용되었던 작문 양식에서 내용 생성과 조직 및 표현의 원리를 추출하여 작문 지식으로 체계화하고, 나아가 과거와 현재의 작문 규범을 비교하여 성찰하는 가운데 작문에 대한 문화적 이해의 지평을 확장하고자 하는 고전산문 교육의 관점이다. 한문 교술산문의 관습화된 양식은 학습자에게 작문의 구체적 모델을 제시해 줄 수 있으며(김대행, 1992), 과거의 작문 양식을 변용하는 과정에서 학습자의 창의력도 신장될 수 있다(이영호, 2014). 예컨대 설(說)은 대상의 특징을 필자 자신과의 관계 속에서 이해하여 새로운 의미를 이끌어내는 성찰적 사고와 글쓰기 모델을 제시해 줄 수 있으며(김대행, 1995), 행장(行狀)을 통해서는 일상의 장면을 객관적으로 기록하는 가운데 그로부터 공적 의미를 도출하여 인물의 삶에 의미를 부여하는 전통 글쓰기의 '문화 척도'를 이해하고 계승하게 하는 것이다(김종철, 2000).

이외에도 산수기(山水記)에서 여행 체험을 공유하며 여행자들 간의 소통을 추구했던 기록 문화에 주목하여 기행문 쓰기 교육을 기획한 연구(주재우, 2020), 자호설(自號說)과 자화상찬(自畵像讚) 등에서 자기 자신을 대상으로 한 전통 글쓰기의 의미와 교육적 시사점을 도출한 연구가 이루어지기도 하였다(김성룡, 2010). 넓게 보면 모두 고전표현론의 범주 안에서 축적된 연구 성과들로, 일상에서 관습적으로 행해진 작문 양식 속에서 문화적 의미를 발견하고 계승하게 한다는 공통점이 있다. 문화론적 시각을 바탕으로 글쓰기의 의미를 해석하고 평가하므로, 고전산문의 '정형성'은 그 자체가 가치 있는 교육 내용이 된다. 현대소설이나 수필과는 달리 작가의 개성을 부각하기보다는 당대의 보편적 문화를 구현해 낸다는 점에서, 고전산문은 학습자에게 작문의 의미와 가치를 심층적으로 성찰하게 하며 이를 실현할 수 있는 구체적 양식을 익힐 수 있게 해 준다.

2) 고전소설 이본 파생 원리를 적용한 창작 교육

고전표현론은 관습적 양식이 갖춰져 있는 교술산문을 주로 다루므로, 전승 과정에서 변이가 활발히 이루어지는 서사 장르까지 포괄하기는 어렵다. 특히 고전소설은 하나의 작품이 다양한 이본의 형태로 존재하는데, 이러한 자발적이고도 왕성한 서사 생성은 그 자체가 작문 교육에서 주목해야 할 현상이다. 이야기를 자기 식으로 바꿔서 재창조해 내는 동력과 원리를 밝혀냄으로써 서사 창작 교육을 설계할 수 있기 때문이다. 이는 곧 고전소설 교육을 통해 이야기를 만들고 타인과 소통할 수 있는 언어 표현 능력 신장을 도모할 수 있음을 뜻한다.

선행 연구에서는 고전소설의 이본 파생 원리를 '모방', '변개', '패러디', '번안', '창안'으로 나누어 살핌으로써 창작 교육의 단계적 방안을 제시한 바 있다(김종철, 1999). 원작을 비판적으로 독해하며 보다 흥미롭고 설득력 있는 이본을 만들어 나갔던 사례들을 창작 교육의 제재로 삼을 수 있다는 것이다. 특정 대목을 모방하여 그 세목을 확장하거나 대체하는 '모방'에서 출발하여, 특정 대목의 인물 형상이나 서사 전개를 바꾸어 이야기의 합리성을 높이는 '변개', 본래의 서술시각을 해체하는 '패러디', 원작의 배경이나 인물을 바꾸는 '번안', 기존 이야기의 서사 세계를 새로운 차원으로 확장하는 '창안'까지 학습자의 자발적 활동을 이끌어내는 방법이다.

이본 생성을 '공감적 자기화'의 산물로 이해하여 구체적 방법을 배울 수도 있다. 독자는 자신의 경험과 이념, 심미적 취향에 근거하여 원작을 변용함으로써 새로운 이본을 창출할 수 있다. 직접적 논평을 덧붙이거나, 인물의 형상을 변모시키거나, 서사 단락과 서술을 조정하는 것이 구체적 방법이 된다. 이때 〈심청전〉과 같이 다채로운 이본들이 존재하는 판소리계 소설을 공감적 자기화의 실례로 참조할 수 있다(서유경, 2002).

환상성이 강하면서도 서술이 축약되어 있어 독자가 적극적으로 빈틈을 메워 넣어야 하는 〈수삽석남〉과 같은 작품을 창작교육의 제재로 삼아 학습자들의 작품 재구성 사례를 살핀 연구 또한 넓게 보면 이본 생성을 통한 창작교육론에 속한다. 고전소설 가운데 원전이 상실되어 축약된 형태로만 전승되는 작품들이 창작 교육에 활용될 수 있음을 보여준 연구라 하겠다(황혜진, 2008).

〈수삽석남〉 등의 예외가 있기는 하지만, 대체로 이본 파생을 통한 창작교육론은 판소리계 소설을 대상으로 한다. 판소리계 소설은 폭넓은 대중성을 기반으로 풍부한 이본을 보유하고 있으므로 다양한 이본 파생의 원리를 실증적으로 고찰하기에 적합하기 때문이다.

3) 구어 매체의 특성 이해를 지향하는 화법 교육

고전표현론이나 고전소설 이본 파생에 관한 논의는 고전산문을 작문 교육의 제재로 활용하고자 하는 관점이므로 구어로 이루어지는 일상 의사 소통의 영역까지 포괄하는 데에는 한계가 있다. 이를 보완하기 위해서는 고전소설 속 인물이나 서술자의 말하기 방식에 주목하는 화법 교육적 접근이 필요하다. 고전소설은 낭독의 형태로 향유되었으므로 구어적 성격이 강하다. 서술자가 등장인물을 가리킬 때 대명사보다는 고정된 지칭어를 사용하고 사건을 순차적으로 진행하여 청중의 이해를 돕는 점, 시각보다는 청각에 의존하므로 작중 상황이 종결되어도 이를 문장 종결로 시각화 하지 않는 점 등이 그 예이다(배수찬, 2001). 이러한 서술 특징에 주목하여 고전소설을 읽는다면, 이는 곧 구어 매체에 대한 이해를 넓히는 계기가 된다. 같은 내용이라도 매체에 따라 서술 방식과 내용이 변한다는 것을 알게 된다면, 구어적 성격이 강한 현대 전자 매체의 특징을 탐색하여 비판적으로 수용하게 하는 데에도 고전소설 교육이 도움이 될 수 있다.

고전소설의 구어적 특성은 등장인물 간의 대화 방식을 통해 좀 더 구체적으로 살펴볼 수 있다. 구어 의사소통 특유의 직접적 대결 구도가 인물 간의 대화 장면에서 생생히 구현되는 것인데(Ong, W. J., 1982), 이는 구연 현장의 영향을 강하게 받는 판소리와 판소리계 소설에서 두드러지게 나타난다. 판소리계 소설에서 등장인물들의 말은 작가의 통제를 벗어나 상황 논리에 따라 스스로 증폭되는 경향을 띠는바, 다채로운 '말'의 속성을 배울 수 있는 교재로서 활용 가치가 높다(이지호, 1999). 〈춘향가〉의 십장가 대목에서 청각 표현의 묘미를 살린 언어유희가 춘향과 변학도의 신분 위계를 무너뜨려 둘의 대결 구도를 강화하는 것, 춘향과 방자가 주고받는 대화 속의 음성상징어가 서로 지지 않으려 하는 두 인물의 대결 심리를 부각해 주는 것 등이 그러한 예이다(박삼서, 1999).

춘힝이는 제절노 셔름 졔위 마지면셔 우난듸 일편단심 구든 마음
일부종사 쓰시오니 일기 형별 치옵신들 일연이 다 못가셔 일각인들
변하릿가 잇쩌 남원부 할양이며 남여노소 업시 묘와 구경할 제 좌우의
할양더리 모지구나 모지구나 우리 골 원임이 모지구나 져련 형별리
웨 잇시며 져련 미질리 웨 잇슬가 집장사령 놈 눈 익켜 두워라 삼문
밧 나오면 급살을 주리라 보고 듯난 사람이야 뉘가 안이 낙누하랴
　두쳐 낫 싹 부치니 이부졀을 아옵난듸 불경이부 이 늬 마음 이
미 맛고 영 죽어도 이도령은 못 잇것소.
　셰쳐 나셜 싹 부친이 삼종지예 지즁한 법 삼강오륜 알어쓴이 삼치
형문 졍비을 갈지라도 삼쳔동 우리 낭군 이도령은 못잇것소.
　네쳐 나셜 싹 부치니 사티부 사쏘임은 사면 공사 살피잔코 우력
공스 심을 쓰니 십팔방 남원 빅셩 원망하믈 모르시요. 사지를 갈은듸
도 사싱동거 우리 늉군 사싱간의 못 잇것소.
　다섯 낫치 싹 부치니 오륜윤기 끈치잔코 부부유별 오힝으로 미진
연분 오륜리 씨져닌들 오미불망 우리 낭군 온젼이 싱각나네. 오동추
야 발근 달은 임게신 듸 보련만은 오늘이늬 편지 올가 늬일이늬 기별
올가 무죄한 이 늬 몸이 악수할 일 업쓰온이 오경 자수 마옵소셔.
이고이고 늬신셰야.
〈열녀춘향수절가〉(완판 84장본)

　"여보게 춘향이. 딱헌 일이 있어 왔네."
　"무슨 일이란 말이냐?"
　"사또 자제 도련님이 광한루 구경 나오셨다가 자네 추천하는 것을
보고 불러오라 허시기에 하릴없이 건너왔으니 어서 바삐 같이 가세."
　"공부하시는 책방 도련님이 나를 어찌 알고 부르신단 말이냐? 네가
도련님 턱밑에 앉아 춘향이니 난향이니 종조리 새 열씨 까듯 조랑조랑
까 바쳤지?"
　"허 제 행실 그른 줄 모르고 나보고 일러바쳤다고."
　"내가 행실 그른 게 무엇이란 말이냐?"
　"그럼 내가 네 행실 그른 내력을 이를테니 들어봐라."
　"(중중모리) 네 그른 내력을 들어를 보아라. 네 그른 내력을 들어보
아. 계집 아해 행실로서 여봐라 추천을 헐 양이면 네 집 후원에다

그네를 매고 남이 알까 모를까 헌데서 은근히 뛰는 것이 옳지, 광한루 머지않고 또한 이곳을 논지하면 녹음은 우거지고 방초는 푸르러 앞냇 버들은 초록장(草綠帳) 두르고 뒷냇 버들은 청포장(靑布帳) 둘러 한 가지는 찢어지고 또 한 가지 펑퍼져 광풍이 불면 흔들 우줄우줄 춤을 출제 외씨 같은 네 발 맵씨는 백운간의 해뜩 홍상(紅裳) 자락은 펄렁 도련님이 보시고 너를 불렀지 내가 무슨 말을 하였단 말이냐? 잔말 말고 건너가자."

〈춘향가〉(김소희 창본)

〈춘향가〉과 〈춘향전〉의 위와 같은 대목을 배우며 학습자는 언어유희나 음성상징어가 구어 논쟁의 주된 전략임을 이해하고, '십장가'를 오늘날의 언어유희 표현으로 바꾸어 보는 등 자신이 즐겨 사용하는 구어 표현의 효과를 점검하는 활동도 해 볼 수 있다(류수열, 2001).

또한 판소리 창자가 청중의 흥취를 높이기 위해 구사하는 비유기적(非有機的) 묘사 방식을 이해하는 것도 학습자의 구어 표현력 신장을 돕는다. 판소리 창자는 인물이나 풍경을 묘사할 때 서로 연관성 없는 소재들을 장황하게 나열하곤 하는데, 이는 대상의 특별함을 강조함으로써 청중의 흥을 고조하기 위한 전략이라 할 수 있다. 예컨대 아래 대목과 같다.

사도 자제 도령님이 연광이 이팔인듸 얼골은 반악이요 풍채난 두목 지라 이청련의 문장이요 왕우군의 필법이라 〈춘향가〉(신재효 창본)

춘향의 설부화용 남방의 유명키로 장강의 색과 이두의 문필과 태사 의 화순심과 이비의 정열행을 흉중에 품어 있고 금천하지절색이요 만고여중에 군자오니 〈춘향가〉(조상현 창본)

춘향의 고흔 틔도 염용하고 안난 거동 자셔이 살펴보니 빅셕 창파 새빗 뒤에 목욕하고 안진 제비 사람을 보고 놀닉난 듯 별노 당장한 일 업시 천연한 국식이라 옥안을 상듸하니 여운간지명월이요 단순을 반기한이 약슈즁지연화로다 신선을 늬 몰나도 영주의 노던 션여 남원

의 적거하니 월궁의 모던 션여 벗 하나을 일러구나 네 얼골 네 틔도는
셰상 인물 아니로다 〈열녀춘향수절가〉(완판 84장본)

　인물의 외모, 재능, 인품을 중국 역대의 유명 인물들에 빗대거나 '운간
지명월(雲間之明月)', '수중지연화(水中之蓮花)' 등 관용적 어구들로 서술한
위와 같은 묘사로는 이도령과 춘향의 생김새와 행동거지를 구체적으로
상상하기 어렵다. 고소설의 인물 묘사는 대개 이처럼 인물의 전체적 면모
를 추상적·관용적으로 서술하는 경향을 띤다(박갑수, 1998). 그러나 판소리
공연 현장의 청중은 익히 들어온 고사 속 인물들을 자기 나름대로 상상하
거나 또는 각자가 직접 만나 본 훌륭한 인물들의 예를 떠올리며 이도령과
춘향의 모습을 자유롭게 창조하는 즐거움을 느꼈을 것인바, 청중의 몰입
을 이끌어내기 위해서는 위와 같이 독자에게 해석 권한을 넘겨주는 묘사
가 효과적이라고 볼 수 있다(이성영, 1999). 이를 참조하여 학습자들도 자신
들 사이에서 유명한 인물들에 빗대어 이도령과 춘향의 뛰어난 외모를 함
축적으로 묘사해 보게 한다면 구어 의사소통 상황에 효과적인 묘사 전략
을 자연스럽게 습득할 수 있을 것이다.

　〈토끼전〉도 작품 속에 나타난 말하기 문화를 중심으로 수용해 볼 수
있다. 어족회의 대목은 수궁 신하들이 서로 자기 이익을 추구하고 위험을
회피하려 하는 '경쟁적 말하기'를 보여주며, 아이처럼 서로 다투기만 하는
신하들을 '내어 쫓으라'고 나무라는 용왕의 발언은 인간 세상의 유사한
세태를 우의적으로 비판하고자 하는 서술자의 '풍자적 말하기'에 해당한
다. 청어 등 수궁 신하들이 인간 세상의 먹거리가 된 모습을 상상하여
웃음을 유도하는 재담은 청중의 흥을 고취하기 위한 '놀이적 말하기'라
할 수 있다. 〈토끼전〉은 다양한 말하기 양상을 관찰하고 평가할 수 있는
교재인 것이다(서유경, 2004).

청어 너 좀 가 보아라 청어의 두 쌤이 밝기지며 시렵신 말 고만두오 관목으로 역거 단 게 곳곳마다 우리네오 먹다 남으면 오사리 관목이라 고 쇼부랑 죽엄은 죽엄 즁에 박싁이오니 나가기 실소(...)
대뎨학 문어가 드러오며 신이 외람히 벼슬이 문형에 잇스와 일호 효츙흔 것이 업스오니 인간에 나아가 신의 여덜 발로 토기의 압발 묵고 뒤발 묵거 듸령ㅎ오리다 락지 드러오며 신도 발이 여닯이오니 토씨 잡아오오리다 쏠둑이 그 겻헤 잇다가 신도 발이 여닯이오 왕왈 너의들 시긔에 성공 못홀 터이니 발 여닯 가진 신하ᄂᆞᆫ 늬여 쑈치라
〈수궁가〉(심정순 창본)

이때 경쟁과 풍자의 말하기는 앞서 살펴보았던 구어 특유의 대결 구도 와도 연관되며, 놀이적 말하기 역시 청중의 몰입을 이끌어내기 위한 구어 전략에 포함된다고 볼 수 있을 것이다. 표면적 층위에서 보면 〈토끼전〉은 오늘날 사용되지 않는 낯선 어휘와 관용 표현들로 인해 낯설고 어렵게 느껴질 수 있지만, 그 이면에서 작동하는 인물이나 서술자의 말하기 원리 는 오늘날의 구어 의사소통에도 통용되는 보편성을 띤다.

또한 '놀이적 말하기'는 한국 언어문화의 특질인 '웃음으로 눈물 닦기' 의 산물로도 볼 수 있다. 판소리의 등장인물들은 상호간 강렬한 대결 구 도를 형성하지만, 해학적인 웃음으로 대결이 순식간에 풀리기도 한다. 고 난을 극복하고 삶을 이어가고자 하는 민중의 의지가 투영된 결과, 인물들 간의 대결은 심각하게 전개되다가도 곧잘 해학적 분위기로 전환되곤 한 다(김대행, 2005). 〈흥부전〉에서 서술자가 놀부에게 쫓겨난 흥부의 처지를 연민하다가도 갑자기 흥부의 가난을 기괴하게 묘사하여 웃음을 유발하는 대목 등이 그러한 예이다.

흥부는 집도 업시 집을 지으려고 집 지목을 늬려가량이면 만첩 청산 드러가셔 소부동 듸부동을 와드렁퉁탕 버혀다가 안방 듸쳥 힝 낭 몸치 늬외분합 물님퇴의 살미살창 가로다지 입 구ᄌᆞ로 지은 거시 아니라 이놈은 집 지목을 늬려ᄒᆞ고 슈슈밧 틈으로 드러가셔 슈슈듸

한 믓슬 뷔여다가 안방 되청 힝낭 몸쳐 두루 지퍼 말집을 쫙 짓고 도라보니 슈슈되 반 믓시 그져 남앗고나 방 안이 널던지 마던지 양뒤 드러누어 기지게 켜면 발은 마당으로 가고 되골이는 뒷겻트로 밍즈 오리 되문ᄒ고 엉덩이는 울트리 밧그로 나가니 동니 스름이 출입ᄒ 다가 이 엉덩이 불너드리소 ᄒ는 소리 흥뷔 듯고 쌈작 놀ᄂ 되셩통곡 우는 소리 (…) 가난ᄒ 듕 우엔 즈식은 풀ᄆ다 나하셔 한 셜흔ᄂ믄 되니 닙힐 길이 젼혀 업셔 ᄒ 방안의 모라 너코 멍셕으로 쓰이고 되강 이만 ᄂ여 노흐니 ᄒ 년셕이 뽕이 마려오면 믓 년셕이 시비로 쓰라간 다 〈흥부젼〉(경판 25장본)

위의 대목에서 청중이 웃음을 터뜨렸다면 그것은 '인간다운 삶이 불가능한 현실에 대한 자학적 웃음'에 가까울 것이나, 동시에 이러한 자조와 우울을 쾌활하게 떨쳐 버리고자 하는 '웃음으로 눈물 닦기'의 심리도 개입되었다고 볼 수 있다(정충권, 2020). 웃음의 화법 이면에 자리하고 있는 향유층의 사고방식에 주목한다면, 판소리계 소설은 한국 언어문화의 심층을 탐구하는 교재로도 쓰일 수 있는 것이다.

이상에서 살펴보았듯이, 고전산문과 화법 교육의 연계는 판소리계 소설을 중심으로 구어 의사소통의 특징과 문화적 배경을 탐구하는 방향으로 이루어져 왔다. 이는 판소리나 판소리계 소설이 현장 연행의 효과를 높이기 위해 서술 확장을 지향하므로 구어 표현이 다채롭고 풍부한 까닭이다(이성영, 1999).

그러나 앞으로는 판소리계 소설 외의 다양한 고전소설 장르를 대상으로 인물과 서술자의 말하기 방식을 탐색해 볼 필요가 있다. 판소리계 소설이 아닌 고전소설에서 화법 교육적 요소를 추출해 낸 선행 연구로는 〈조씨삼대록〉 등장인물의 설득 화법이 다각적 상황 분석에 근거하여 세심하고 정교하게 조직됨을 분석한 연구(김현주, 2015), 〈옥루몽〉의 등장인물들이 상호 관계에 따라 대화 내용을 조율하며 대화를 통한 인격적 관계 형성을 지향함을 분석한 연구(김지혜, 2016)가 있으나 후속 연구 성과가 충분히 축적되지 못하였다. 앞으로는 좀 더 다양한 고전소설 장르를 대상으로 등장인물들 상호간 대화 방식 및 서술자의 말하기 방식을 분석하고 그 문화적 의미를 탐구해 보아야 할 것이다. 특히 판소리계 소설과는 주제 의식과 문체가 다르면서도, 그 이상으로 장편의 분량 속에 풍부한 서술을 담고 있는 가문소설을 화법 교육의 제재로서 주목할 만하다.

3. 고전산문을 활용한 의사소통 교육의 새로운 방향: 가문소설에 구현된 전통 사회의 의사소통 문화에서 무엇을 배울 것인가?

가문소설은 판소리계 소설과는 달리 상층 사대부 가문의 독자들을 주된 향유층으로 하여 유통되었다. 따라서 등장인물들 또한 판소리계 소설과는 다른 의사소통 문화를 보여줄 것으로 기대된다. 대결과 경쟁, 풍자보다는 구성원들 간의 화합을 지향하는 언어문화를 발견할 수 있을 것으로 예상할 수 있으며, 계층 간 대립이 부각되는 판소리계 소설에 비해 같은 계층 내 인물들이 공유하는 예법과 규범이 우선시될 것이라 예측해 볼 수 있다. 또한 청중의 몰입과 흥취를 높여야 하는 판소리계 소설과는 달리 소규모 독자들끼리 즐기는 독서물로서의 성격이 강한 만큼, 인물 묘사 또한 좀 더 유기적인 구성 방식을 취하지 않을까 생각되기도 한다.

이러한 관점에서 가문소설 〈유씨삼대록〉을 눈여겨 보자. 〈유씨삼대록〉은 가문소설이 통속화되기 전인 18세기 초반 이전에 창작되어 유교 언어 문화의 전범을 구현하였다는 평가를 받는 작품이다(한길연, 2010). 이외에도 〈성현공숙렬기〉, 〈소현성록〉 등 비슷한 시기에 읽혔던 가문소설 작품들을 함께 참조하여 논의를 진행하고자 한다.

1) 인물의 말하기

〈유씨삼대록〉에서 인물 간 대화는 상당히 긴 호흡으로 전개된다. 결론만 말하기보다는 그러한 결론에 도달하게 된 과정을 상세히 밝혀 상대와 충실히 소통하고자 하는 대화 방식이 작품 곳곳에서 발견된다. 예컨대 다음과 같다.

> 공지 대경황홀ᄒ여 가는 ᄃᆞ를 ᄇᆞ라고 냥안을 쏘아 정혼을 일허시니 부인이 그 거동을 보고 ᄀᆞ장 미안이 넉여 날호여 글오ᄃᆞ 네 날을 네게 엇던 사람이라 ᄒᆞᄂᆞ다 공지 황공 ᄃᆡ왈 모친은 쇼ᄌᆞ의 ᄌᆞ뫼시니 엇디 이런 말ᄊᆞᆷ을 ᄒᆞ시ᄂᆞ니잇가 부인 왈 i) 내 비록 너를 나치 아냐시나 이 곳 션비 동녈이오 네 부친의 쇼년 결발이니 네 엇디 흔갓 졔모로 알니오 피ᄎᆞ 다 친싱 ᄀᆞᆺ거늘 ii) 엇디흔 고로 녜모를 출히미 업서 규듕 쳐녀를 방ᄌᆞ히 슉시ᄒᆞ여 비례를 됴곰도 삼가미 업ᄉᆞ니 이 엇던 도리뇨 뎨 나의 ᄃᆞᆯ녜니 형미지의 잇ᄂᆞᆫᄃᆡ라 공경ᄒᆞ고 셜만히 보디 말나

주요 등장인물인 장혜앵이 의붓아들 유현과 대화하는 대목이다. 유현이 자신의 친정 조카에게 관심을 보이자 장혜앵은 유현을 밑줄 친 부분과 같이 타이른다. 그중 앞부분인 i)은 유현의 행위가 그와 오랜 세월 친모자나 다름 없는 관계를 맺어온 장혜앵 자신의 개인적 기대에 어긋난다는 지적이며, 뒷부분인 ii)는 '규중 처녀에 대한 비례'를 삼가라는 보편적 예법 규범에 근거한 질책이다. 뒷부분은 누구나 언급할 수 있는 내용인 반면, 앞부분은 화자와 청자의 긴밀한 관계를 부각하는 내용이라는 차이가 있다. 청자를 질책하되 화자와 청자 간의 긴밀한 관계, 그러한 관계 속에서 청자에 대해 화자가 견지하고 있는 각별한 기대를 함께 언급함으로써 청자와의 유대를 확인하고자 하는 대화 전략임을 알 수 있다. 효율성만 따진다면 ii)만으로도 질책의 목적을 달성할 수 있으나, 장혜앵은 굳이 유현의 친모 진양공주와 자신의 관계를 언급하며 청자와 자신의 유대를

확인하는 i)과 같은 말을 하였다. 이는 유현의 행위가 보편적 규범에 어긋날 뿐 아니라 자신과의 유대 관계에도 거스르는 행위임을 알려주려 한 것으로 볼 수 있다. 다음의 경우도 유사하다.

> i) 향쟈의 군지 이챵으로 더브러 구든 밍약이 쳥산과 댱하의 잇더니 일됴의 대인의 구튝ᄒ시믈 닙어 피ᄎ 인연이 그처시나 실노 냥녀의 무죄ᄒ미 극ᄒ고 이녜 비록 쳔챵이나 사ᄅᆷ의게 허신ᄒ미 업시 군ᄌ의게 도라와 군을 위ᄒ여 죽기로 졀을 딕히고 타성을 좃디 아니ᄒ니 군ᄌ를 위ᄒᆫ 녈뷔어늘 당초ᄂᆞᆫ 비록 엄명을 두려 좃디 못ᄒ나 연쇼ᄋᆞ네 쳔신만고ᄒ여 니로매 ii) 대인이 임의 용샤ᄒ셔 가ᄂᆡ 두시고 존당이 후딕ᄒ라 경계ᄒ시거늘 홀노 군이 닝낙ᄒ시니 인정의 박ᄒ미 심ᄒ디라 쳥컨딕 군ᄌᄂᆞᆫ 규ᄂᆡ의 원언이 업고 가ᄂᆡ 화평키를 힘ᄡᅥ샤 존당 경계를 져ᄇᆞ리디 마르소셔

유씨 가문 3세대의 주요 인물인 유우성은 기생인 찬향과 월섬이 옛 정인인 자신을 찾아오자 냉대하는데, 이에 유우성의 아내인 이명혜가 위와 같이 남편을 타이른다. 이명혜는 먼저 i)에서 두 여인이 '열부'임을 주장하는데, 이는 유우성의 태도가 여성의 열행을 후대해야 하는 유교 규범에 어긋남을 지적한 것이다. 이어서 ii)에서는 집안 어른들이 두 여인을 이미 받아들였음을 언급하며 유우성도 응당 '존당의 가르침'을 따라야 한다고 하였다. 앞부분의 '열녀에 대한 합당한 대우'와는 별개로, 어쨌든 집안 어른들의 결정은 따라야 한다는 논리이다. 보편적 사회 규범을 내세우는 동시에, 자신과 청자가 속한 가문 내부의 화합과 결속도 강조하는 말하기 방식이다. 화자는 보편적 근거를 들어 청자의 행위를 비판하면서도, 궁극적으로는 양자가 함께 소속된 공동체의 유대를 증진하자는 제안을 함으로써 청자와의 심리적 거리를 가깝게 조율한다. 〈유씨삼대록〉 곳곳에서 이러한 대화 방식을 찾아볼 수 있다.

i) 금일 딜ᄋ의 죄상이 히연ᄒ나 이 블과 쇼년 남ᄋ의 규듕 쇼쇼ᄒᆫ 실톄 오뉴샹 대죄 아니어늘 슉슉의 댱칙ᄒᆞ시미 ᄉ싱을 도라보디 아니샤 도로혀 ᄉ린의 나타나 부즈의 됴용ᄒᆫ 듕도를 어그ᄅᆽ츠시고 딜ᄋ로 ᄒᆞ여곰 혈육이 낭쟈ᄒᆞ여 완젼ᄒᆫ 사름이 되디 못ᄒᆞ게 ᄒᆞ시니 ii) 도라 싱각건디 션대인과 부인이 셰형 ᄉ랑ᄒᆞ시던 ᄯᆺ이 아닌가 ᄒᆞᆸᄂᆞ니 슉슉은 원컨디 식노ᄒᆞ샤 일이 만젼ᄒᆞᆷ을 취ᄒᆞ쇼셔

유우성이 아들 유세형을 심하게 체벌하자 형수인 조 부인이 이를 만류하는 말이다. i)은 유세형에 대한 유우성의 처벌이 객관적으로 볼 때 지나치다는 내용이며, ii)는 유우성의 처사가 유세형을 아끼던 조부 유연의 뜻에 어긋난다는 내용이다. 객관적 관점에서 상대의 잘못을 지적하는 동시에, 자신과 상대가 함께 모셨던 조부의 뜻을 상기시킴으로써 둘 사이의 유대 관계를 부각하는 화법이라 할 수 있다.

〈성현공숙렬기〉나 〈엄씨효문청행록〉에서도 비슷한 말하기 방식을 발견할 수 있다.

i) 고인이 운ᄒ되 허물을 보기 젼은 일ᄏ라 비기지 말나 ᄒᆞ여ᄂᆞ니 ii) 녀쉬 오문의 닙승ᄒᆫ 후 부도를 보지 못ᄒᆞ고 ᄌ위를 셩효로 셤기오며 쇼졔 등을 은혜로 거ᄂᆞ리ᄉ 일호 이쳬ᄒᆞ미 업거늘 형장이 엇지 실언ᄒᆞ시미 여ᄎᆞᄒᆞ니잇고 〈성현공숙렬기〉

i) 윤쉬 무삼 죄 잇ᄂᆞ니잇고 셜ᄉ 유죄ᄒᆞ시나 디인과 계뷔 계시니 상의ᄒᆞ샤 디죈즉 유ᄉ의 븟치고 쇼죈즉 광명졍디히 츌거ᄒᆞ미 올습거늘 ᄌ위 엇지 참아 ᄌ부를 죄의 경즁은 의논치 아니시고 상한쳔뉴의 며ᄂᆞ리 치ᄂᆞ 픠도를 힝ᄒᆞ시ᄂᆞ니잇고 ii) 쇼지 ᄌ위 실덕ᄒᆞ시미 여러 슌의 장챗 쥬쳥ᄒᆞᄂ 간언을 듯지 아니ᄒᆞ시니 이는 히이 효위 쳔박ᄒᆞ와 우흐로 ᄌ위를 감동치 못ᄒᆞᆸ고 아리로 동긔를 화우치 못ᄒᆞ여 형장의 효우와 뉸슈의 인현ᄒᆞ시믈 그릇 너기시미 이의 밋츠시믄 젼혀 쇼지 셰상의 잇ᄂᆞ 연괸가 ᄒᆞᆸᄂᆞ니 ᄌ위 맛참니 허물을 곳치지 아니실진디 블초지 찰하리 합연ᄒᆞ여 셰ᄉ를 모로미 원이로쇼이다. 〈엄씨효문청행록〉

위의 인용문은 〈성현공숙렬기〉의 한 대목으로, 임한주가 아내인 여 부인을 비난하자 아우 임한규가 형을 만류하며 한 말이다. ⅰ)이 보편적 근거인 고인의 가르침에 근거하여 상대를 설득하는 말이라면, ⅱ)는 가족 구성원들이 전반적으로 형수와 원만한 관계를 맺고 있으니 형 또한 이에 동조해 줄 것을 요청하는 말이다. 형수를 박대하는 형의 태도가 가족 구성원 간의 유대 관계에 위배됨을 언급한 것이다.

그 아래 인용문은 〈엄씨효문청행록〉에서 엄영이 모친인 최 부인에게 건넨 말로, 최 부인이 의붓아들 엄창과 그 아내 윤씨를 핍박하는 것이 잘못되었음을 간언하는 내용이다. ⅰ)은 상대의 행위가 사리에 맞지 않음을 객관적으로 지적하는 내용이며, ⅱ)는 상대와 친근한 모자 관계이면서도 잘못을 바로잡아 주지 못하는 자신의 심적 고통을 고백하며 상대의 공감을 이끌어내는 내용이다. 보편 규범과 관계 규범을 균형 있게 고려하며 대화에 임하는 소통 방식이 공통적으로 확인된다.

이처럼 가문소설에서 인물 간의 대화는 보편적 사회 규범과 가문 내 유대 관계를 동시에 고려하여 전개된다. 가문 구성원 중 누군가가 보편적 규범에 어긋나는 행위를 할 경우, 다른 구성원이 이를 일깨워 주되 상호 간의 돈독한 유대 관계에 호소하는 화법을 구사함으로써 설득의 효과도 높이고 화자와 청자의 심리적 거리도 가깝게 유지된다.

이러한 가문소설 등장인물들의 말하기 방식은 현대의 학습자들에게도 친밀한 관계를 맺고 있는 타인과 공적 화제로 대화할 때 참조할 만한 지침을 제공한다. 판소리계 소설의 인물 간 대화 장면이 대결을 극대화하여 웃음으로 해소하는 화법 문화를 보여준다면, 가문소설의 대화 장면들은 화자와 청자가 공유하는 보편적 규범과 상호 유대 관계를 고려하여 갈등을 원만히 극복해 나가는 말하기 방식을 제시한다. 두 가지 말하기 방식의 가치는 상황에 따라 달리 판단할 수 있다. 갈등을 끝까지 밀고 나가야 하는 상황에서는 판소리계 소설에서와 같이 충돌과 대결을 강화하는 말하기가 필요할 수 있고, 장기적인 관계 유지와 공존이 긴요한 상황에서는 가문소설과 같이 화합을 지향하는 말하기가 더 적절하다고 볼 수도 있다. 고전산문 교육은 학습자가 두 가지 말하기 방식을 모두 접하고 배울 수 있도록 설계되어야 하며, 판소리계 소설과 가문소설의 대화 장면들을 고르게 제재로 다루어야 할 것이다.

2) 서술자의 말하기

〈유씨삼대록〉에서 서술자는 인물의 외양을 통해 내면을 암시하는 방식으로 각 인물의 특징을 드러낸다. 특히 여성 인물을 형상화하는 데 상당히 공을 들여, 외모에서 알 수 있는 인물의 기질과 성품을 다음과 같이 자세히 서술한다.

> 신뷔 아리ᄯᅡ은 틱도ᄂᆞᆫ 삼식 도홰 이슬을 먹음어 됴양의 썰친 듯 한가ᄒᆞᆫ 긔질은 니홰 쳥엽의 ᄲᅡ인 듯 풍영ᄒᆞᆫ 안식은 녹파 부용이 향긔ᄅᆞᆯ 먹음어 남풍의 부치ᄂᆞᆫ 듯 뉴요 봉익과 셩안 화험의 쥬슌호치 견조아 비홀 곳이 업스니 만좌 홍샹이 다 탈식ᄒᆞᄂᆞᆫ디라 션싱 형뎨와 됴니 냥부인이 만심 환희ᄒᆞ나 구고ᄅᆞᆯ 츄모ᄒᆞ여 각각 셩안의 쥬뤼 교류ᄒᆞ니 (...)

> 이ᄲᅢ 부매 이 ᄀᆞᄐᆞᆫ 영화ᄅᆞᆯ ᄯᅴ여 공쥬로 더브러 본궁의 도라와 득좌ᄒᆞ니 녜ᄅᆞᆯ ᄆᆞᆺ고 칠보션을 기우리니 잠간 눈을 드러보니 묽은 광치 쏫치 쇠잔ᄒᆞ고 둘이 무광ᄒᆞ니 눙쟈봉골이오 닌풍난질이라 엄슉ᄒᆞᆫ 긔도와 쇄챡ᄒᆞᆫ 풍치 녀듕 군왕이오 셩신듕 일월이라 좌우의 수플 ᄀᆞᆺᄒᆞᆫ 홍장이 다 탈식ᄒᆞ여 방블ᄒᆞ 니도 업스ᄃᆡ 한님 부인 소시 월모화틱 샹하치 아니나 놉흔 긔샹은 일븐 밋디 못ᄒᆞ미 이시니 구괴 그 ᄌᆞ식의 긔이ᄒᆞ믈 깃거ᄒᆞ미 아니나 그 팔치 미우의 셩덕이 어릭여시믈 보고 공경ᄒᆞ고 희ᄒᆡᆼ호여 (...)

위의 인용문은 유씨 가문 종손인 유세기의 아내 소씨의 혼례 날 모습을 묘사한 대목이며, 아래 인용문은 유세기의 아우 유세형이 자신의 아내인 진양공주를 처음으로 자세히 보고 감탄하는 대목이다. 두 인물 모두 외모가 뛰어나다는 점이 강조되나 강조하는 지점은 서로 다르다. 소씨는 아침 이슬을 머금은 복숭아꽃, 푸른 잎에 싸인 배꽃, 물결 위에 핀 연꽃에 비유되어 생기 넘치면서도 우아한 모습으로 그려져 '한가한 기질'과 '풍영함'이 부각된다. 반면 진양공주는 해와 달의 밝은 광채에 빗대어 성스럽고 엄숙한 기상을 강조하였다. 각 인물의 생김새를 사실적으로 기술하기보다는, 전체적인 인상과 분위기를 통해 내적 기질과 성품을 드러내는 묘사이다.

판소리계 소설의 인물 묘사가 풍채, 필체, 예법 등 다방면에 걸쳐 인물의 특징을 장황히 나열하는 비유기적 경향을 띤다면, 가문소설은 인물의 외모나 행동거지에서 핵심적 특징을 포착하여 내적 기질과 품성을 추론하는 방식을 취한다. 사실적 표현보다는 비유와 전고를 활용하여 추상적 묘사를 구사하는 점은 판소리계 소설과 같지만, 이를 통해 단순히 인물을 이상화하는 것이 아니라 외면과 내면이 합일된 아름다움을 찾아보고자 하는 미의식을 나타낸다는 점이 가문소설의 특질이라 할 수 있다(김문희, 2016: 129). 이러한 미의식은 '현상은 본질의 발현'이라고 보는 유교적 체용론의 산물로 볼 수 있는바(손동국, 2011), 통상 가문소설의 인물 묘사는 외면을 먼저 기술한 뒤 이를 통해 알 수 있는 내면의 특질을 서술하는 순서로 전개된다(장시광, 2006).

이러한 인물 묘사의 담화 구성 방식은 가문소설의 수용 환경과도 관련이 있을 듯하다. 가문의 구성원들은 소설을 매개로 대화하며 인물의 외모를 통해 선악을 알아보는 식견을 나누고 주변의 실제 사례에 적용해 보기도 하였을 것이다. 전체적인 인상과 분위기를 통해 인물의 성격을 파악하는 방법이 소설 독서를 통해 공유되기도 하였을 것이다. 말하자면 가문소설의 독자들은 가문에 새롭게 편입되는 구성원의 됨됨이를 꿰뚫어보는 안목을 기르는 데 관심이 있었을 것이고, 이러한 독자들의 관심이 가문소설의 묘사 장면들에 반영되었으리라고 볼 수 있다.

문제는 외면과 내면이 일치하지 않아 보이는 경우이다. 악인이 아름다운 외모를 지니고 있거나 선인이 외모가 투박한 경우, 겉모습에 미혹되지 않고 내면의 품성을 정확히 포착하기 어렵다. 성숙한 안목을 지닌 소수만이 인물의 외모를 섬세하게 관찰하여 내면의 기질을 정확히 파악할 수 있는 것이다.

> 이째 양부인 댱녀 월영이 당셩ᄒ야 십삼의 니르니 골격이 쇄락ᄒ고 안광이 윤틱ᄒ야 창히예 명쥬 소ᄉ며 낙일이 약목의 걸닌 듯 거울 ᄀᆞᆺ튼 눈찌와 원산 ᄀᆞᆺ튼 아미와 유한졍뎡ᄒᆫ 긔질이 츄샹 ᄀᆞᆺ튀 화려 샹활ᄒ여 직녀 가인의 긔샹이 만터라 아ᄋ 교영으로 더브러 일방의 쳐ᄒ야 녀공을 다ᄉ린 여사의 글을 닐그니 직죄 신속ᄒ고 필법이 졍묘ᄒ야 샤두운의 ᄂᆞ리디 아니ᄒ고 인물이 견고ᄒ디 희희를 됴히 너기고 교영은 온아 경발ᄒ야 벽틱 츈우를 씌임 ᄀᆞᆺ튀 인물이 잔졸ᄒᆫ 듯ᄒ나 기실은 너모 활발ᄒ기 극ᄒ야 쳥ᄒ기의 갓갑고 셩졍이 브드러워 집심이 업스니 부인이 미양 낫비 너겨 탄식고 닐오디 댱녀ᄂᆞᆫ 밧그로 화려ᄒ나 기심은 빙샹 ᄀᆞᆺ고 외모ᄂᆞᆫ 유슌 활발ᄒ나 그 속은 돌 ᄀᆞᆺ튀니 비록 셜봉 ᄀᆞᆺ튼 잠기로 져희나 그 뎡심은 고티디 아닐 아히어니와 교영은 밧그로 닝담하고 쏫이 된 듯ᄒ나 그 ᄆᆞ음은 븟치ᄂᆞ 거뫼졸 ᄀᆞᆺ튀니 내 근심ᄒᆞᄂᆞᆫ 배 소양 이문의 쳥덕을 이 ᄋᆞ히 쎠러ᄇᆞ릴가 두려ᄒ노라 〈소현셩록〉

> 신낭이 눈을 드러 보니 킈ᄂᆞᆫ 우러러 뵈고 거믄 낫치 두로 얽어 밋티고 과셕 ᄀᆞᆺ흔 코의 낫치 어롱져 흉악히 얽고 씽긔엿ᄂᆞᆫ디라 그 가온디 일빵 안광이 시별이 흐르ᄂᆞᆫ 듯하고 눈섭이 버들 ᄀᆞᆺ고 휜출ᄒᆫ 긔운이 텬뎡을 둘너시디 〈조씨삼대록〉

〈소현성록〉에서는 어머니 양 부인만이 두 딸 월영과 교영의 외모와 성격 차이를 정확히 파악하며, 〈조씨삼대록〉에서는 남편인 조몽현이 아내 장씨의 눈과 눈썹을 섬세히 관찰하여 내면의 지혜와 덕성을 알아본다. 그리하여 가문소설에서는 같은 인물이라도 초점화자가 누구인지에 따라 묘사의 깊이가 달라지게 된다. 이는 특히 혼례식 장면에서 잘 드러나는바, 하객들이 모두 신부의 미모를 찬탄하는 가운데서도 시부모만은 신부의 외모를 관찰하는 데 그치지 않고 외모에 함축된 성격적 특징을 읽어내곤 한다.

> 신뷔 폐빅ᄒᆞᄂᆞᆫ 녜를 뭇고 좌의 나아가니 좌듕이 다 칭찬ᄒᆞ고 하례ᄒᆞ디 승상이 부인으로 일졈 희ᄉᆡᆨ이 업고 도로혀 근심ᄒᆞᄂᆞᆫ 빗치 잇ᄂᆞᆫ디라 운슈션싱이 무러 왈 신부의 지미 운치 ᄀᆞ장 희한ᄒᆞ나 현데와 현수의 불예ᄒᆞᆷ믄 아니 셰형을 미안ᄒᆞ미냐 승샹 왈 쇼데ᄂᆞᆫ 사ᄅᆞᆷ의 ᄉᆡᆨ을 보디 아냐 덕을 취ᄒᆞᄂᆞ이다 (...) 명됴의 신뷔 아춤 문안을 일우매 한님 부인 소시와 모든 딜부 딜녀 등이 다 모다시니 치의 홍샹과 화안 옥틱 찬난ᄒᆞ여 옥난이 묘요ᄒᆞ니 승샹 형뎨와 됴 빅 냥 부인이니 부인으로 좌를 일워 쇼년의 문안을 바드매 긔둥 특챨ᄒᆞᆫ 쟈ᄂᆞᆫ 소시라 슈려 쇄락ᄒᆞᆫ 긔질과 유한 졍뎡ᄒᆞᆫ 덕ᄒᆡᆼ이 능히 집을 진뎡ᄒᆞ고 복을 구젼ᄒᆞ여 ᄒᆞᆫ갓 미려ᄒᆞᆫ ᄉᆡᆨᄐᆡ만 일ᄏᆞᆯ 배 아니라 ᄉᆞ위 구괴 두굿기고 아ᄅᆞᆷ다이 넉이더니 한님이 모든 아을 닛그러 드러와 ᄎᆞ례로 좌를 일우매 온후ᄒᆞᆫ 긔질이 츈양이 ᄃᆞᄉᆞᄒᆞ여 군싱 초목으로 다 싱긔를 부쳐 내ᄂᆞᆫ 듯ᄒᆞ니 션싱과 승샹이 이듕ᄒᆞ미 비길 곳이 업서 그 온화ᄒᆞᆫ 안ᄉᆡᆨ과 단엄ᄒᆞᆫ 녜모를 보면 반가오믈 머금고 쳐연이 눈믈을 ᄂᆞ리오니 이ᄂᆞᆫ 그 부친 달므믈 인ᄒᆞ미라 (...) 조초 부마를 보니 쥰상ᄒᆞᆫ 긔질과 화려ᄒᆞᆫ 풍치 일셰 호걸이로ᄃᆡ 군ᄌᆞ 도덕은 형일 밋디 못ᄒᆞ고 댱시 쏘ᄒᆞᆫ 용뫼 졀셰ᄒᆞ나 미우의 살긔 졍졍ᄒᆞ고 안치의 독ᄒᆞᆫ 빗치 은은ᄒᆞ니 ᄆᆞᄎᆞᆷᄂᆡ 소시의 완젼ᄒᆞᆫ 화긔를 ᄇᆞ라디 못ᄒᆞᆯ디라 부뫼 다 깃거 아냐 댱시를 나아오라 ᄒᆞ여 (...) (2:21-23) 〈유씨삼대록〉

유세형과 장혜앵의 혼례를 축하하러 온 사람들은 모두 신부의 미모를 찬탄하지만 유우성 부부는 장씨를 경계한다. 이들 부부는 혼례식에 모인 자녀들과 조카들을 둘러보며 각각의 기질을 하나하나 예리하게 관찰하고 평가한다. 가문소설에서는 이처럼 가문 내 권위가 높은 인물들을 초점화자로 내세워 인물의 외모와 품성을 아우르는 묘사를 함으로써 이들의 혜안과 경륜을 강조하곤 한다. 묘사란 단순히 대상의 특징을 사실적으로 전달하는 것이 아니며, 묘사 주체의 경험과 지식을 통해 대상을 해석하여 독자에게 가치 있는 정보를 제공하는 문화적 소통 행위임을 알 수 있는 대목이다.

국어과 교육과정에서는 묘사에 관한 내용을 듣기·말하기, 읽기, 쓰기, 문학 등 다양한 영역에서 다루어 왔으나, 여러 영역에 산재된 교육 내용이 서로 유기적으로 통합되지는 못하였다(이인화·주세형, 2014). 문학 작품의 묘사 장면을 감상하며 습득한 묘사의 원리가 실제 말하기나 글쓰기 활동에 구체적 지식으로 적용되지 못하였고, 그 결과 묘사는 전문 작가들만이 잘 할 수 있는 것이라는 편견이 생기기도 하였다.

그러나 묘사는 필자 개인의 능력이기 이전에 사물을 인식하고 정보를 공유하는 삶의 방식이기도 하다. 가문소설은 인물 간 만남과 대화 장면에서 자연스럽게 이루어지는 묘사를 포착해 냄으로써 묘사가 세계를 인식하고 소통하는 수단임을 알게 해 준다. 기존의 가문 공동체에 새로운 인물이 등장하였을 때, 새 인물의 외양을 관찰하여 인물의 내면적 기질에 관한 더 가치 있는 정보를 도출하고 그러한 추론의 과정을 보여주는 가문소설의 인물 묘사 장면은 가문의 안정과 화합을 중시하였던 당대 독자들의 가치관을 일정하게 반영한 문화적 산물로 볼 수 있다.

가문소설의 묘사 방식이 가문의 번영을 추구하였던 향유층의 문화를 반영한다면, 현대의 학습자들도 각자의 문화적 맥락에 따라 대상을 묘사하는 관점이 다를 것이다. 같은 대상에 대해서도 우선 관심을 갖는 부분이 서로 다르게 마련이고, 관심 지점에서 이끌어낸 정보의 양과 질에도 차이가 있게 마련이다. 이러한 묘사의 문화적 특성을 논의하고 체험해 보기 위한 첫 단계로서 가문소설의 묘사 대목들은 의미 있는 제재로 활용될 수 있다.

4. 고전소설을 활용한 의사소통 교육을 어떻게 할 것인가?

앞에서 살펴보았듯이 가문소설은 인물 간 대화와 서술자의 인물 묘사 두 측면에서 가문 구성원들 간 소통과 유대 강화를 지향한다는 특징이 있다. 극단적인 대결보다는 공통의 가치관에 근거한 화합을 추구하며, 연장자의 혜안을 배우고 이에 따르고자 하는 것이 가문소설의 언어문화이다. 고전소설 교육은 이러한 가문소설의 언어문화를 비중 있게 다룸으로써 학습자들이 오늘날의 언어문화를 성찰하며 그 문제점을 개선할 수 있는 방안을 탐색하도록 도와야 할 것이다.

먼저, 가문소설 인물들 간의 대화 방식은 협력적 갈등 해결 대화의 모델로 활용될 수 있다. 오늘날의 갈등 해결 방식은 대개 회피와 경쟁의 두 극단에 치우쳐 있다. 개인주의적 사고가 확산됨에 따라, 의견이 충돌하는 상황에서도 서로 간섭하지 않고 갈등 자체를 회피하는 풍조가 확산되고 있다. 질책이나 조언을 위계적인 화법으로 여겨 금기시하는 것이 현대 언어문화의 추세라 할 수 있을 것이다. 그러면서도 개인 간 이해 충돌을 피할 수 없는 상황에서는 각자의 입장을 관철시켜 승부를 내고자 하는 경쟁 구도로 대화가 전개되기도 한다. 회피와 경쟁은 모두 갈등 상황의 근본적 해결에는 한계가 있는 대화 방식들이다.

반면 가문소설 인물들 간의 대화 방식은 갈등 당사자들이 공유하는 보편적 가치 규범과 상호 유대 관계를 상기하여 양자가 모두 동의할 수 있는 문제 해결 방안을 찾는 협력적 대화 모델을 보여준다. 협력적 대화는 시간과 노력이 필요하지만 장기적 관점에서 공동체의 화합을 도모하기에 적합하다. 공동의 가치 규범을 확인함으로써 문제 해결의 근본적 해법을 찾을 수 있고, 개인 간 유대 관계에 기대어 대화 참여자들 간의 심리적 거리를 좁힐 수 있기 때문이다. 가문소설의 대화 장면들을 통해 이러한 협력적 갈등 해결의 원리를 이해하고, 협력적 대화 방식이 경쟁적 대화나 회피적 대화와 다른 점을 파악하게 하는 것이 가문소설 교육의 교수·학습 내용이 될 수 있는 것이다.

이를테면, 가문소설의 갈등 대화 장면 가운데 한 대목을 빈칸으로 제시하고 학습자에게 채워 보게 하는 활동을 해 볼 수 있다. 학습자들은 이미 익숙한 회피나 경쟁의 방식으로 대화를 채워 넣을 가능성이 높다. 이후 소설 본문의 내용을 소개하고 각자 작성한 답과 비교해 보면서 '경쟁', '회피', '협력' 방식의 차이를 구체적으로 이해하게 한다. 각 대화 방식의 장단점에 대해서도 토론을 통해 의견을 나누어 보고, 현대의 언어문화에서 협력의 방식이 잘 채택되지 않는 이유에 대해 비판적으로 성찰해 보게 한다.

빈칸을 채우는 활동은 학습자 자신의 언어문화를 대상화하여 분석해 보게 하기 위함이다. 반응 중심 교수·학습 모형을 적용해 보면 '텍스트와 독자의 거래'를 활성화하는 단계에 해당한다. 이 단계에서 가문소설의 대화 텍스트는 평소 갈등 상황에 대응하는 학습자의 습관화된 반응을 이끌어내는 역할을 한다.

학습자가 채운 빈칸의 내용을 가문소설 원문의 내용과 비교하는 활동은 과거와 현재의 언어문화의 차이를 인식하게 하는 활동이다. 이 활동은 과거의 갈등 화법은 현재와 달랐다는 점을 알고, '나'의 습관화된 반응을 상대적 시각에서 성찰해 보게 하는 데 목적이 있다. 갈등 대화 화법에 대한 '나'의 반응과 과거 가문소설 독자들의 반응을 비교해 볼 수 있다는 점에서, 반응 중심 교수·학습 모형 중 '독자와 독자의 거래'를 활성화하는 단계로 볼 수 있다.

마지막 활동은 가문소설에서 추출해 낸 협력적 대화 방식을 일상의 대화 상황에 적용해 보게 하는 활동이다. 이 활동은 가문소설에서 습득한 협력적 대화 방식을 활용하여 학습자의 실제 언어생활 문제를 해결해 보게 하기 위한 것이다. 가문소설의 대화 텍스트와 학습자의 실생활 대화 텍스트를 접목한다는 점에서, '텍스트와 텍스트의 거래' 활성화 단계에 해당하는 활동이다. 학습자는 일상 대화뿐 아니라 TV 드라마나 영화 등의 대화 장면을 다시 써 보는 활동도 해 볼 수 있다.

〈유씨삼대록〉의 한 장면을 제재로 하여 위의 단계별 학습 활동을 구안해 보면 다음과 같다.

다음은 〈유씨삼대록〉의 한 대목이다. 대화 맥락에 맞게 빈칸에 들어갈 인물의 말을 써 보자.

> * 앞부분의 줄거리: 유우성은 아들 유세형이 자신의 아내인 진양공주에게 무례하고 폭력적으로 행동한 것을 꾸짖으며 하인들을 시켜 매를 때리고 있다. 유우성의 형수인 조 부인은 유세형이 걱정되어 유우성과 대화를 시도한다.

이때 마침 운수선생 형제는 다 선산에 나갔고 부중에 있는 사람은 젊은 사람들뿐이었으니 누가 감히 승상의 노기를 풀겠는가? 한림이 머리를 조아리고 애걸했으나 끝내 부친인 승상이 듣지 않으시는 것을 보고 빨리 내당에 들어가 조 부인에게 고하였다.

"둘째 아우의 죄가 진실로 가볍지 않으나 아버님의 처치가 너무 엄격하시어 도리어 사생이 염려됩니다. 마침 아버님 형제분들께서 나가 계시고 저희들은 감히 간하지 못하니 아버님의 화를 풀 길이 없습니다. 원컨대 어머님께서 서헌에 친히 가시어 둘째 아우를 구해 주십시오."

부인이 이 말을 듣고 놀라서 말하였다.

"아주버님의 성품이 어려서부터 엄중하시니 내 말을 들으실지 모르겠구나. 그러나 어찌 한 번 서헌에 가는 것을 아끼겠느냐?"

그리고는 한림과 함께 서헌으로 나와 합문 안에 서서 시녀로 하여금 승상에게 자신이 나왔음을 고하였다. 승상은 한창 노기가 충천하여 부마를 당 아래에서 끝장내고자 하다가 조 부인이 이르렀다는 말을 듣고 놀라고 의아하여 빨리 일어나 합문 안에 들어가 공경하여 여쭈었다.

"형수님께서 어떤 이유로 이곳에 이르셨습니까?"

조 부인이 옷깃을 여미고 평온하게 대답하였다.

승상이 이 말을 듣고 슬퍼하면서 깨닫는 바가 있어 두 손을 가지런히 맞잡고 두 번 절하며 말하였다.

> "제가 불초하여 자식을 어질게 가르치지 못하였기에 이 아이의 무례함이 사람이 차마 행할 바가 아니었습니다. 잠시 격분을 참지 못하여 과도한 형벌에 이르렀으나 형수님의 밝은 가르침을 들으니 감격함을 이기지 못하겠습니다. 삼가 가르침을 받들겠습니다."

◦ 빈칸에 쓴 내용을 친구들에게 소개하고 그렇게 쓴 이유를 설명해 보자.

◦ 〈유씨삼대록〉 원문을 찾아, 나와 친구들이 쓴 빈칸의 내용과 비교하고 장단점을 분석해 보자.

◦ 내가 최근 겪고 있는 갈등 상황에 〈유씨삼대록〉의 말하기 방식을 적용하여 대응해 보고 그 결과를 발표해 보자.

다음으로, 가문소설의 인물 묘사 장면은 소통 맥락을 고려하여 독자의 관점을 반영하는 묘사하기의 모델로 활용할 수 있다. 현대의 작문 교육에서는 묘사를 주관적 묘사와 객관적 묘사로 나누어 각각 개성과 정확성을 요건으로 제시하는 반면, 가문소설의 묘사 장면들은 개성이나 정확성이 다소 떨어지더라도 독자의 관심사를 중심으로 대상의 특징을 서술한다. 혼인 관계를 통해 새롭게 편입되는 구성원의 관찰하여 묘사하는 장면들을 보면, 구체적인 생김새보다는 전반적인 분위기를 통해 감지되는 내면의 기질과 덕성을 추론하는 데 초점이 맞춰져 있다. 다양한 구성원들과 함께 가문의 일원으로 생활해야 하는 독자가 실생활에서 필요로 하는 지인지감을 길러 줄 수 있도록 묘사 내용을 구성한 것이다.

묘사의 내용과 방식이 이처럼 소통 맥락을 고려하여 조정되는 것임을 이해하기 위해서는, 먼저 가문소설의 묘사 대목들을 읽고 그 특징을 파악하는 활동부터 시작할 필요가 있다. 인물의 외모를 사실적으로 서술하지 않고 전반적인 분위기를 통해 내면의 성격을 암시하는 방식으로 묘사가 이루어지는 이유를 가문소설의 향유 맥락과 연관지어 탐구해 보는 것이다. 이를 통해, 묘사란 단지 그림 그리듯 대상의 특징을 감각적으로 구체화하는 언어활동만이 아니라는 점을 이해하고 묘사의 소통적 성격에 대해 탐색해 보게 할 수 있다.

예컨대, 가문소설의 인물 묘사 장면 중 하나를 읽고 인물의 모습을 상상해 보는 활동을 해 볼 수 있다. 묘사를 통해 부각되는 인물의 내적 기질과 성품을 파악한 뒤 학습자 자신의 방식으로 표현해 보게 한다면 가문소설의 인물 묘사 대목들을 한층 실감나게 수용하게 하며 그 특징을 파악할수 있을 것이다. 이는 가문소설의 묘사 장면들에 대해 독자의 구체적인반응을 이끌어낸다는 점에서 '텍스트와 독자의 거래' 활성화 단계에 해당하는 활동이다.

현대의 학습자들은 사실적 묘사에 익숙하므로, 대상 인물의 성품이나기질이 유사하더라도 묘사의 내용은 가문소설의 그것과는 달리 감각적이고 구체적일 가능성이 높다. 이를 가문소설의 묘사 장면과 비교해 봄으로써, 겉모습을 감각적으로 재현하면서 정확성을 확보하고 여기에 필자의개성을 더하는 것이 현대 묘사 문화의 특징임을 인식할 수 있다. 반면가문소설의 서술자는 인물의 외면을 감각적·구체적으로 묘사하기보다는이를 통해 인물의 내면을 드러내는 데 중점을 두며, 외형을 통해 내면을가늠하는 묘사 주체의 안목을 강조한다는 점을 이해하게 한다. 이는 현재와 학습자와 과거의 가문소설 독자들 간의 묘사 방식의 차이를 드러낸다는 점에서 '독자와 독자의 거래'를 활성화하는 단계의 활동이다.

마지막으로 가문소설의 묘사 문화를 활용하여 학습자 주변의 인물을새롭게 묘사해 보는 활동을 해 본다. 가문소설의 묘사는 같은 대상에서도더 깊은 의미를 찾아내는 주체의 안목을 강조한다는 특징이 있음을 참조하여, 학습자들 또한 묘사 주체의 경험과 지식을 충실히 반영한 묘사 텍스트를 작성하고 친구들과 공유해 보는 것이다. 학습자들은 각자 잘 알고있는 분야의 인물을 묘사하면서 필자 자신의 경험과 지식이 반영되도록 묘사 내용을 구성한다. 이러한 활동을 통해, 묘사를 잘 하기 위해서는 독자의 필요를 채워줄 수 있는 필자의 지식과 경험이 중요하다는 점을 이해하고 묘사를 평가하는 안목을 넓힐 수 있다. 이러한 활동은 현재 독자가 작성하는 묘사 텍스트와 가문소설의 묘사 텍스트를 간 접점을 모색한다는 점에서 '텍스트와 텍스트의 거래' 활성화 단계에 해당한다.

역시 〈유씨삼대록〉의 한 장면을 제재로 위의 단계별 학습 활동을 구성해 보면 다음과 같다.

다음은 〈유씨삼대록〉의 한 대목이다.

* 앞부분의 줄거리: 유세형이 진양공주와 혼인한 뒤에도 본래 정혼자였던 장혜앵을 잊지 못하고 그리워하자 진양공주는 황제를 설득하여 장혜앵이 유세형의 둘째 부인이 되도록 주선한다. 유세형과 장혜앵의 혼례식 다음 날 장혜앵은 유씨 가문의 친척들이 모두 모인 가운데 시부모인 유우성과 이명혜에게 인사하는데, 유우성과 이명혜는 집안의 젊은이들을 하나하나 눈여겨보며 그들의 덕성을 가늠해 본다.

다음날 아침에 신부가 문안을 드렸다. 한림부인 소씨(유세형의 형 유세기의 아내)와 여러 조카며느리와 조카딸이 다 모였으니 채색 옷과 붉은 치마를 입은 꽃 같은 얼굴과 옥 같은 태도가 찬란하여 옥 난간이 밝게 빛났다. 승상 형제와 조 백 두 부인이 이 부인과 더불어 좌석을 이루어 젊은이들의 문안을 받는데, 그 가운데 특출한 자는 소씨였다. 수려하고 맑은 기질과 한가롭고 정정한 덕행이 능히 집을 진정케 할 만하고 복을 두루 갖추었으니 단지 아름다운 색태만 일컬을 바가 아니므로 네 분 시부모가 대견해하고 아름답게 여겼다. 또한 한림(유세형의 형 유세기)이 모든 아우를 이끌고 들어와 차례로 좌석을 이루니 온후한 기질은 마치 따뜻한 봄볕이 무리지은 초목들에 생기를 불어넣은 듯하므로 선생과 승상이 애중함이 비길 곳이 없었다. 그러나 한림의 온화한 안색과 단정한 모습을 보면 반가운 마음에 슬피 눈물을 흘렸으니 이는 한림이 선생과 승상의 부친을 닮았기 때문이었다. (...) 뒤이어 부마(유세형)를 보니 준수한 기질과 화려한 풍채는 일세의 호걸이었으나 군자로서의 도덕은 형에게 미치지 못하였다. 장씨 또한 용모가 뛰어나나 이마에 살기가 등등하고 눈빛에 독한 빛이 은은하니 마침내 소씨의 완벽할 정도로 온화한 기운을 따르지 못하였다. 부모가 다 기뻐하지 않으면서 (...)

- 위 장면에서 묘사되고 있는 소씨와 한림(유세기), 장씨와 부마(유세형)의 모습을 상상하여 자신의 말로 묘사해 보자.

- 자신의 묘사를 〈유씨삼대록〉의 묘사와 비교해 보고, 차이가 발생한 원인을 추론해 보자.
  - 가문소설 독자들이 인물을 인식하고 평가할 때 중시한 부분에 유의하여 답해 보자.

- 가문소설의 묘사 방식을 참조하여, 내가 잘 알고 있는 대상을 묘사해 보고 그 내용을 친구들에게 소개해 보자.
  - 외형적 특징을 통해 대상의 속성이 드러날 수 있게 묘사해 보자.
  - 같은 대상이라도 묘사 주체에 따라 묘사 내용이 달라지는 이유를 생각해 보자.

이제까지 살펴보았듯이 가문소설의 인물 간 대화 장면과 인물 묘사 장면은 현대 학습자들이 갈등 상황에 대응하는 대화 방법을 배우고 소통의 맥락을 고려하여 대상을 묘사하는 능력을 기르는 데 실질적인 지침을 제공해 줄 수 있다. 아울러 학습자는 가문소설의 언어문화를 현재의 것과 비교하는 가운데 현대 언어문화의 특징과 한계를 비판적으로 성찰하는 문화적 안목 또한 기를 수 있다. 낯설고 어렵다는 이유로 가문소설을 교재에서 배제하기보다는, 도리어 그러한 문화적 이질성을 통해 학습자의 언어생활을 풍요롭게 만들고 언어문화에 대한 성찰 능력을 높이는 방향으로 고전산문 교육은 전개되어야 할 것이다.*

---

* 이 글은 "김서윤(2019), 「〈유씨삼대록〉의 질책 화행과 일상 대화 교육」, 『고전문학과 교육』 41, 한국고전문학교육학회"의 내용을 수정·보완한 것이다.

고전소설의 갈등 해결 방식을
어떻게 읽어낼 수 있을까?

이상일

1. 들어가며: 소설에서 갈등이란?

소설은 갈등의 문학이다. 서사 양식의 본질이 '자아와 세계의 대결'에 있다거나 소설을 '갈등 관계의 서술 양식(조남현, 1990: 11)'이라 정의하는 데서도 알 수 있듯이, 갈등은 소설이 지닌 핵심적 자질이라 할 수 있다. 따라서 갈등의 전개와 해결 과정을 파악하고 그 의미를 이해하는 것은 소설 읽기의 기본이 된다. 그러나 셀 수 없이 많은 소설들에는 저마다의 독특한 사건과 갈등이 있고, 이들을 모두 읽어서 경험하는 것은 현실적으로 불가능한 일이다. 그렇다면 소설 속의 갈등 해결 방식을 유형화하여 효과적으로 이해할 수 있는 방법은 없을까? 이 물음에 대한 해답의 일단을 탐색하는 것이 이 글의 목표이다.

'갈등(葛藤, conflict)'은 칡[葛]과 등나무[藤]가 얽혀 있는 상태를 의미하는 한자어 '葛藤', 그리고 '서로 맞서다, 서로 부딪히다'라는 뜻을 가진 라틴어 'confligere'를 어원으로 한다. 어원의 의미에서도 알 수 있듯이, 갈등은 개인이나 집단이 지닌 목표, 이념, 정서 등이 대립하고 충돌하는 현상을 총칭하는 개념으로, '반목, 망설임, 분노, 번민, 충돌, 혼란, 불화, 다툼' 등 인간이 겪을 수 있는 거의 모든 심리적·사회적 부조화 상태를 포괄하는 의미로 쓰인다. 소설에서는 주로 인물을 매개로 하여 갈등이 표출되는데, 한 인물이 자신을 둘러싼 세계와 사회적·이념적·정서적으로 대립하여 부조화를 이루는 상태를 갈등이라 부른다.

소설의 갈등은 매우 다양하게 분류된다. '서술 양상'에 따라 '드러난 갈등/ 잠재된 갈등, 표층 갈등/ 심층(중심) 갈등, 매개적 갈등/ 지배적 갈등, 인물의 내부 갈등/ 외부 갈등, 해결(해소)된 갈등/ 미해결(미해소)된 갈등' 등으로 나뉘고, 갈등의 원인이나 대립 요소의 본질에 따라 '심리 갈등, 성격 갈등, 애정 갈등, 운명 갈등, 이념 갈등, 개인과 사회의 갈등, 인간과 환경의 갈등' 등으로 나뉘기도 한다(최시한, 2010: 98-101). 학교 문학교육에서는 주로 소설의 갈등을 인물의 내부 갈등과 외부 갈등, 즉 내적 갈등과 외적 갈등으로 구분하여 다루어 왔다. 내적 갈등은 인물의 내면에서 생기는 갈등으로 작중 상황 속에서 갈등 주체가 겪는 심리적 부조화와 불균형을 가리키며, 외적 갈등은 갈등 주체인 인물 외부로 표출되는 갈등으로서 인물과 작중 세계 간의 표면화된 대립과 충돌을 의미한다. 내적 갈등과 외적 갈등은 서술 형식의 층위에서는 쉽게 구별되지만, 갈등의 근본적 원인이 인물과 작중 세계 간의 불균형과 부조화라는 점에서 이 둘은 본질적으로 다르지 않다.

'자아와 세계의 대결'을 형상화하는 소설 장르에서, 자아를 '작중 인물'로 세계를 '작중 세계'로 한정하면,[1] 갈등은 작중 인물이 작중 세계 속에서 겪는 문제 상황을 헤쳐 나가는 과정에서 생기는 필연적인 산물이다. 이때 갈등 주체인 인물에게 갈등을 유발하는 요인은 매우 다양하다. 갈등의 요인이 다른 작중 인물일 수도 있고, 작중 세계의 제도, 체제, 이념, 가치

---

1 자아와 세계의 관계에 주목한 장르론에서, 자아는 작품내적 자아만으로 존재하지 않고 세계 역시 작품내적 세계만으로 존재하지 않는다. 작품내적 자아와 함께 작품외적 자아가 존재하고 작품내적 세계와 함께 작품외적 세계가 존재한다. 작품외적 자아는 작품을 창작하거나 즐기는 우리이고, 작품 외적 세계는 우리가 실제로 살아가는 현실 세계를 의미한다(조동일, 1977: 91). 고전소설의 갈등 해결 양상에 주목하는 이 글에서는 자아와 세계를 작품내적인 범위로 한정하여, 자아는 갈등 상황에 놓인 인물로, 세계는 그 인물을 둘러싼 작중 세계로 한정하여 논의하고자 한다.

등의 사회적 환경일 수도 있으며, 개인의 힘으로는 어쩔 수 없는 자연의 섭리나 운명일 수도 있다.

소설의 갈등은 독자의 해석 과정을 거쳐 더욱 복잡하고 다층적인 의미를 지니게 된다. 예컨대 〈춘향전〉의 십장가 대목에서 드러나는 표면적 갈등은 춘향에게 수청을 강요하는 변학도와 수청을 거부하는 춘향 간의 외적 갈등이다. 하지만 이 갈등은 천민인 춘향과 양반인 변학도 간의 계층 갈등으로 해석될 수도 있고, 기생 신분인 춘향이 중세의 신분제 사회 속에서 겪어야 하는 이념적·시대적 질곡으로도 이해할 수 있다. 이처럼 표면적으로 간단하고 단순해 보이는 갈등이라 할지라도 독자의 해석과 수용 과정에서 그 의미 범주가 얼마든지 확장될 수 있다.

2. 소설의 갈등 해결 방식을 어떻게 유형화할 수 있을까?

소설 속 갈등이 행복한 결말이든 비극적 결말이든 어떤 방향으로 해소되기 위해서는 갈등 상황의 변화가 필요하다. 갈등 주체인 인물과 작중 세계 간의 대결적 관계가 어떤 식으로든 바뀌어야 한다는 것이다. 이때 '자아와 세계의 대결'이라 규정되는 서사문학 갈래의 두 요소인 '자아'와 '세계'에 주목할 때, 소설 속 갈등이 해결되는 양상을 크게 세 가지로 유형화해 볼 수 있다.

첫째, 작중 세계가 변화함으로써 갈등이 해결되는 양상이다. 고전소설에서는 이러한 양상이 주로 갈등 주체인 인물이 작중 세계의 제약이나 불합리를 바로잡는 것으로 나타난다. 주인공이 자신의 의지와 노력으로 작중 세계의 불합리성을 개선함으로써 갈등 상황을 벗어난다거나, 초월적인 힘의 작용으로 작중 세계의 질서가 재편되면서 갈등 상황이 해소되는 것이다. 둘째, 인물과 작중 세계 간의 관계 변화를 통해 갈등이 해결되는 양상이다. 인물이 처한 작중 세계의 상황에 변함이 없고 인물의 내면적인 변화나 성장이 두드러지지 않는다 하더라도, 인물과 세계 간의 역학 관계가 달라지거나 세계 내 인물의 위상이 변함으로써 갈등이 해결될 수 있다. 셋째, 갈등 주체의 내적 변화를 통해 갈등이 해결되는 것이다. 이는 인물이 자신을 둘러싸고 있는 세계에 대한 인식을 달리함으로써 심리적으로 갈등 상황을 초월하는 것이다. 작중 세계의 질서나 인물이 처한 세계 내 위상과 조건에는 변함이 없지만, 갈등 주체인 인물이 본질적으로 변화하거나 정신적으로 깨달음을 얻으면서 갈등 상황을 벗어나게 되는 것이다.

물론 이 세 가지의 갈등 해결 양상은 상호배타적이지 않으며, 많은 작품에서 두 가지 이상의 갈등 해결 방식이 공존한다. 예를 들어 영웅소설의 주인공은 자신이 처한 문제 상황들을 뛰어난 의지와 능력으로 타개하기도 하고, 때로는 초월적 섭리나 우연적 계기에 의해 세계의 상황이 바뀌면서 갈등 상황을 벗어나기도 한다. 그리고 이 과정에서 인물의 세계 내 위상도 달라지게 된다. 고전소설에서 이 세 가지의 갈등 해결 방식이 어떻게 나타나는지 좀더 구체적으로 살펴보자.

3. 고전소설 속 갈등은 어떤 방식으로 해결되는가?

1) 세계의 변화: 선악 갈등을 중심으로

작중 세계와의 관계 속에서 갈등을 겪고 있는 인물에게 그가 속한 세계는 대개 불합리하고 조화롭지 못한 공간이다. 그래서 갈등 주체인 인물은 자신 앞에 놓여 있는 세계의 불합리와 모순에 맞서 싸우거나 갈등의 원인이 되는 문제 상황을 개선하기 위해 노력한다.

고전소설에서 세계의 불합리성이 선명하게 드러나는 대표적인 갈등 유

형으로 선악 갈등이 있다. 선악 갈등이 드러나는 작품에서는 대개 주인공
은 선하고 정의로운 인물로, 주인공과 대립하는 반동인물은 악하고 교활
한 인물로 설정된다. 고전소설의 악인형 인물들은 주인공의 생존을 위협
할 뿐만 아니라 가문이나 국가 등의 공동체에도 해가 되는 존재들이다.
그래서 주인공은 이들 악인을 교화하거나 제거함으로써 자신의 안위를
확보하고 공동체의 질서를 회복시키고자 한다.

고전소설의 선악 갈등은 대개 '권선징악'과 '복선화음'의 결말 구조를
보이는데, 이러한 결말 구조는 오랫동안 고전소설의 일반적 특징으로 거
론되기도 했다. 본래 선과 악은 시대나 사회에 따라 달라지는 상대적인
개념으로 실제 현실에서는 이 둘이 복잡하게 얽혀서 공존하지만, 고전소
설에서는 비교적 선악의 구별이 뚜렷하고 양자의 공존이 거의 용인되지
않는다. 악인이 득세하는 세계는 무질서와 혼돈의 공간이고 이러한 무질
서와 혼돈은 단지 한 개인의 삶과 생존에 대한 위협을 넘어 공동체에 대한
심각한 위협이기 때문에, 악인은 반드시 제거되거나 교화되어야 할 대상
이다. 따라서 악이 징치되어 선이 발현됨으로써 정의가 실현되고 이것이
세계의 화평한 질서 회복으로 간주되면서 갈등이 해소되는 것이다. 좀더
구체적인 선악 갈등의 양상을 〈사씨남정기〉, 〈흥부전〉을 통해 살펴보자.

〈사씨남정기〉의 두 인물 사정옥과 교채란은 각각 선과 악을 표상하는
인물로 볼 수 있다. 비록 작품 속에서 사씨와 교씨가 특정한 쟁점을 놓고
표면적으로 대립하는 장면은 거의 없지만, 가문의 존속과 번영이라는 이
념에 충실한 사씨와 집안의 정실이 되겠다는 개인적 욕망을 추구하는 교
씨가 각각 선과 악으로 표상되면서 인물 간 갈등 구도를 이룬다.[2] 교씨의

---

2 사씨와 교씨가 한 공간에서 특정한 쟁점을 두고 대립하는 장면이 없는 이유는 두 인물
   간 갈등이 통상적인 처첩 간 쟁총과는 성격이 다르기 때문이다. 교씨가 추구하는 것이
   정실의 자리라면 사씨는 그것을 넘어 선대로부터 쌓은 가문의 덕망을 유지해 나가기를
   추구하고 있다는 점에서 두 여성의 지향점은 애초에 그 층위가 다른 것이다(김종철, 2000:
   206).

악행은 사씨에 대한 참소, 동청과의 사통, 친아들 독살, 사씨 축출 음모, 남편인 유연수에 대한 모함과 살해 기도에 이르기까지 가족과 가문을 파괴하는 방향으로 서사가 진행되면서 점점 더 대담하고 사악하게 전개된다. '교씨의 일방적인 가해와 사씨의 일방적인 피해(김진영, 1999: 75)'로 전개되는 두 인물 간 갈등은, 사씨가 가문의 정실 자리로 무사히 귀환하고 교씨에게 그 악행에 대한 응당한 징벌을 받음으로써 해소된다.

> 교녀가 머리를 조아리며 말했다.
> "그것들이 첩의 죄이긴 합니다. 하지만 장주를 죽인 것은 납매가 한 짓입니다. 그리고 옥가락지를 훔쳐내 냉진에게 준 것도, 장사 가는 길에 도적을 보내 해치려 한 것도 모두 동청이 한 짓입니다."
> 이어 사씨를 향해 애결하며 말했다.
> "첩이 비록 부인을 저버렸지만, 바라건대 부인께서는 끝없는 자비심을 베풀어 제 남은 목숨을 구해 주십시오."
> 사씨가 대답했다.
> "네 나를 해치려 한 것은 잊을 수 있다. 하지만 조종과 상공께 죄를 지은 것은 나 역시 구하기 어렵다."
> 교씨가 슬피 울부짖기를 그치지 않았다. 상서가 큰 소리로 하인을 불러 교씨를 결박하고 가슴을 갈라 염통을 꺼내라고 명령했다.
> 사씨가 말했다.
> "교녀의 죄가 매우 큽니다만 일찍이 부인으로 상공을 모셨습니다. 따라서 이름이나 지위가 가볍지 않으니 죽이더라도 신체만은 보전케 하십시오."
> - 〈사씨남정기〉(류준경 역, 2014: 155-156)

인용된 부분은 교씨의 죽음이 확정되는 결말부로, 낙양에서 창기로 전락해 있던 교채란이 유씨 집안으로 잡혀 와 처벌을 받는 장면이다. 교씨는 일부 죄목에 대해 변명하며 목숨만은 살려달라고 애걸한다. 이에 대응하는 사정옥의 반응과 태도가 주목을 끈다. 사씨는 교씨가 자신에게 저지른 개인적인 패악은 잊을 수 있다면서도 가문과 가장에게 지은 죄에 대해서는 가차 없이 판정한다. 일면 교씨를 용서할 뜻이 있는 듯하지만 실제로는 교씨의 죄에 합당한 처분이 죽음뿐이라는 점을 확실하게 못 박고 있다. 이는 개인적으로는 교씨에게 관용적인 태도를 취하면서도 공적으로는 엄정한 징벌을 통해 악인을 제거하고 가문의 질서를 회복하려는 의지를 보이고 있는 것이라 하겠다. 〈사씨남정기〉의 결말이 유연수의 해배(解配)와 사정옥의 가문 복귀에 그치지 않고 교채란을 단죄하는 것으로 귀결되는 것은, 교채란이라는 악인이 제거되어야 흐트러진 세계의 질서가 회복되고 갈등이 근본적으로 해소되기 때문이라 볼 수 있다.[3]

판소리계 소설 〈흥부전〉 또한 흥부와 놀부의 선악 갈등을 중심으로 읽을 수 있는 작품이다. 〈흥부전〉의 선악 갈등 해결은 여타의 고전소설들과는 사뭇 다른 해결 양상을 보인다. 선인 흥부가 악인 놀부를 직접 제압하고 응징하는 방식이 아니라 두 인물의 유사한 행위가 그 심성에 따라 상반된 결과를 낳게 되는 양상을 띠고 있다. 특히 놀부에 대한 응징은 집단적이며 낭만적인 특성을 지닌다. 놀부의 탐욕과 불의에 대한 응징은 박속에서 나오는 승려, 상제, 무당, 등짐꾼, 초라니, 양반, 왈짜, 소경 등에 의해 재산이 몰수되는 방식으로 이루어진다. 놀부는 계속 재물을 빼앗기면서도 끝끝내 재물욕을 버리지 못하다가 결국 빈털터리가 되고 만다. 그리고 놀부에 대한 응징은 재산의 몰수로만 끝나지 않고 육체적 징벌로까지 이어지는데, 여러 사람들이 차례로 등장하면서 놀부의 재물을 빼앗고 매를 때리는 집단적 응징의 방식으로 이루어진다. 하지만 많은 〈흥부전〉 이본에서는 놀부에 대한 응징의 끝에 놀부의 뉘우침과 함께 그에 대

---

3 〈사씨남정기〉에서 사씨의 귀환과 교씨의 죽음으로 귀결되는 갈등 해결 방식이 처첩 갈등이 내포하고 있는 사회구조적 모순을 근본적으로 해결하지 못한다는 점이 한계로 지적될 수 있다. 〈사씨남정기〉의 갈등 해결 방식은 사회구조의 근본적 개혁을 통한 해결이라기보다 교씨라는 악인형 인물에게 모든 갈등의 책임을 전가함으로써 가부장제적 이념에 기반한 권선징악의 논리로 공동체의 질서를 유지하는 방식을 택하고 있다.

한 용서를 마련해 두고 있다. 이를 통해 〈흥부전〉의 궁극적 지향이 악인 놀부에 대한 '불가역적 처단과 배제'보다 '용서를 통한 포용과 상생'에 있음을 알 수 있다. 이 점에서 〈흥부전〉의 갈등 해결 방식은 다분히 민중적 낭만성을 띤다.

그러나 놀부에 대한 징벌은 그의 악한 심보에 대한 감정적 복수로는 통쾌하지만, 애초에 흥부를 갈등 상황으로 몰아넣은 '가난'과 같은 사회구조적 모순 상황을 개선하지 못한다는 한계가 있다. 〈흥부전〉의 표면적인 갈등은 형제 간 선악 갈등이지만, 그 심층에는 조선 후기 사회 변화 속에서 부의 분배 시스템이 무너져 생긴 빈부 갈등이 있다. 이러한 빈부 갈등이야말로 〈흥부전〉이 심각하게 문제 삼고 있는 사회구조적 갈등이라 할 수 있다. 그러나 어진 흥부는 부자가 되고 못된 놀부는 빈털터리가 된다는 낭만적인 동화식 결말로는 가난이라는 작중 세계의 구조적 모순을 해결하기엔 역부족이다.

이상에서 본 바와 같이, 〈사씨남정기〉와 〈흥부전〉에서는 세계의 불합리한 요소가 제거되거나 세계의 구조적 모순이 개선됨으로써 갈등이 해결되는 양상을 보인다. 자아와 세계가 대결하는 갈등 상황에서 세계의 부조리한 질서를 야기하는 요소나 인물이 변화함으로써 갈등 상황이 해소되는 것이다.

2) 자아와 세계의 관계 재편: 갈등 주체의 위상 변화

고전소설에서 갈등이 해결되는 또 다른 양상은 갈등 주체인 인물이 세계 속에서 자신의 존재 가치와 위상을 높이는 것이다. 인물이 작중 세계의 속박과 시련에 맞서 문제 상황을 극복하고 마침내 세계 속에서 자신의 존재 가치와 위상을 높임으로써 갈등이 해소되는 양상이다. 〈춘향전〉, 〈심청전〉, 〈홍길동전〉을 통해 살펴보자.

〈춘향전〉에서 가장 두드러진 갈등은 춘향과 변학도 간의 외적 갈등이다.4 이도령에 대한 사랑과 절의가 변학도에 의해 손상될 위험에 처하자, 춘향은 온몸으로 저항한다. 그리고 이 과정에서 두 인물 간 갈등도 점점 심화된다. 춘향과 변학도 두 인물의 신분을 고려하면, 변학도는 신분과 권력의 우위를 앞세운 사회적 억압을 상징하는 인물이고, 춘향은 그러한 억압에 굴하지 않고 자신의 사랑과 신념을 지키려는 의지적 인물이다. 부귀영화를 보장하겠다는 변학도의 회유에도 아랑곳하지 않고, 살점이 떨어져 나가는 매질에도 흔들리지 않으며, 오매불망 기다리던 정인 이도령이 거지 행색으로 나타난 절망적인 상황에서도 춘향의 사랑과 신념은 꺾이지 않는다. 자신의 모든 것을 걸고 세계의 불합리와 횡포에 맞선 춘향은 결국 이도령과의 완전한 결연을 이루어내고 천민 신분에서도 벗어나게 된다.

〈춘향전〉의 갈등 해결은 주인공 춘향의 세계 내 위상이 높아짐으로써 갈등 상황이 소거되는 방식으로 이루어진다. 춘향이 목숨을 건 저항을 통해 작중 세계 속에서 자신의 가치과 신념을 인정받고 자신의 사회적 위상을 높임으로써 자아와 세계의 불합리한 관계를 재편해 낸 것이다. 물론 춘향이 세계의 압제와 모순을 극복하고 개인적 행복을 쟁취해 내긴 하였으나, 이는 애초에 그녀를 갈등 상황으로 밀어 넣었던 세계의 구조적 질서와 불합리까지 근본적으로 개선한 것은 아니다.

〈심청전〉 또한 인물과 세계의 관계 변화를 통한 갈등 해결 양상을 보여

---

4 〈춘향전〉에 다양한 갈등이 있고 작품의 주요 갈등을 파악하는 초점과 층위에 따라 그 해결 방식에 대한 해석이 달라진다. 〈춘향전〉의 중심 갈등을 '춘향과 변학도 간의 갈등', '이도령과 변학도 간의 갈등'으로 보면, 이 갈등은 반동인물 변학도가 제거되는 것으로 해결된다. 그런데 〈춘향전〉의 중심 갈등을 춘향이 목숨을 걸고 지켜내려 하는 가치와 규범으로서의 '이념적 신분'과 그것을 인정하지 않으려는 '세계의 인식' 간의 내적 갈등으로 파악하면, 이 갈등은 춘향의 신분 정체성이 완전하게 작중 세계의 인정을 받는 것으로 해소된다. 그리고 이 경우 이도령 또한 변학도와 마찬가지로 춘향의 신분정체성을 인정하지 않는 반동인물로 볼 수 있다. 춘향의 신분정체성과 이도령의 성격에 대한 상세한 논의는 이상일(2011) 참고.

준다. 〈심청전〉은 여타의 고전소설들과 달리 서사 전개 과정에서 인물 간 갈등이 드러나지 않는 작품이다. 대부분의 고전소설은 일련의 사건들을 중심으로 주동인물과 반동인물 간의 대립과 갈등이 심화, 증폭되면서 이야기가 전개되는 데 비해, 〈심청전〉은 '인물의 구성이 비교적 단조롭고, 악인이 따로 존재하지 않으며, 인물들 간의 갈등이 작품의 핵심적 요소가 아니어서(정하영, 1993: 511)' 적지 않은 인물이 등장함에도 불구하고 외적 갈등이 표면화되지 않는다. 〈심청전〉의 갈등은 심청의 효, 절대적 빈곤, 심봉사의 개안 욕망이 혼재되어 나타나는 '자아와 세계의 갈등'이라 할 수 있는데, 심청 부녀가 가난을 탈피하고, 심청이 왕후가 되고, 심봉사가 눈을 뜨는 것은 심청 부녀의 세계 내 존재 조건과 위상이 변화하는 것이다.

〈홍길동전〉 또한 자아와 세계의 관계 재설정을 통한 갈등 해결 양상을 보여 주는 작품으로 볼 수 있다. 〈홍길동전〉에는 주인공 길동이 자신의 삶을 속박하는 세계의 구조적 모순을 해결하기 위해 노력하는 과정이 잘 나타나 있다. 길동은 활빈당을 조직하여 탐관오리와 국가 체제를 농락하고 백성을 구휼하는 것으로써 세계를 변화시키려 한다. 그러나 끝내 근본적인 변화를 이루지 못하고 국외로 진출하여 자신의 이상을 실현하게 된다. 이처럼 홍길동은 갈등을 유발하는 세계의 질서를 변화시키는 데에는 실패하고 새로운 이상 세계인 율도국으로 진출하여 조선에서보다 훨씬 높은 지위와 위상을 확보함으로써 모든 갈등 상황을 벗어나게 된다. 이와 같은 〈홍길동전〉의 갈등 해결 양상은, 자아와 세계의 관계 재설정을 통한 갈등 해결 양상 중 가장 급진적인 형태라 할 수 있다.[5]

---

5   대부분의 〈홍길동전〉 이본에서 율도국은 홍길동이 주체적으로 창조하고 건설한 공간이 아니라 본래부터 평화롭고 이상적인 공간으로 설정되어 있다는 점을 고려할 때, 〈홍길동전〉에서 문제삼고 있는 사회구조적 갈등이 '율도국'을 통해 해결되었다고 보기 어려운 측면도 있다. 그리고 실제로, 홍길동이 출가하여 활빈당 활동을 하는 전반부 서사와 해외에 진출하여 율도국 왕이 되는 후반부 서사 간의 구조적 부정합성·불통일성 문제와 율도국의 해석의 문제는 〈홍길동전〉 연구사의 중요한 쟁점 중 하나였다. 일찍부터 〈홍길동전〉

인물과 세계의 관계 구도를 재설정하는 갈등 해결 방식은 일정 부분 인물의 성장이나 세계의 변화를 동반하게 된다. 인물과 세계의 대립과 충돌을 야기하는 인물의 성격이나 세계의 속성이 부분적으로라도 변화해야만 갈등이 해소될 여지가 생기기 때문이다. 이 점에서 앞서 논의한 '세계의 변화'를 통한 갈등 해결 양상과 '자아와 세계의 관계 변화'를 통한 갈등 해결 양상은 상호배타적으로 명확하게 구분된다기보다 변화의 무게 중심이 어느 쪽에 쏠려 있는가에 따라 구별된다고 하겠다.

3) 자아의 내적 변화

한 인간이 세상을 바꾸는 일은 결코 쉬운 일이 아니다. 우리가 살아가면서 겪는 대부분의 현실 문제들은 영웅소설의 주인공이 적을 물리치듯 그리 호쾌하게 해결되지 않는다. 오히려 투쟁하고 저항하고 노력할수록 우리를 둘러싼 세계의 굴레와 속박은 더 심해지는 경우가 많다. 갈등 주체에게 세계의 불합리와 부조리를 개선할 여지가 전혀 없어졌을 때, 세계 내에서 자신의 위상과 존재 가치를 높이는 것이 완전히 불가능해졌을 때, 점점 더 조여오는 갈등 상황에서 어떻게 벗어날 수 있을까? 그것은 바로 갈등 주체 스스로가 변하는 것이다.

고전소설에서 자아의 변화를 통한 갈등의 해소는 인물이 세상을 버리거나 삶과 세계에 대한 깨달음을 얻는 양상으로 진행된다. 전자의 경우, 갈등 주체가 세계와의 대결에서 패배하거나 세계의 비극성에 매몰되면서

의 조선 출국 후의 후반부 서사를 이야기 구성의 긴밀성을 해치는 불필요한 부분이라고 평가하는 비판도 있었고, 작가의식 반영이나 주인공의 욕망 실현 측면에서 긍정적인 의미를 부여하는 연구들도 있었다. 이와 같이 해석이 분분했던 이유는 "〈홍길동전〉의 서사 구성 단계들이 홍길동의 욕구 실현이라는 일대기적 질서 속에서는 정연히 통합되면서도, 그 각각이 반영하는 이념 지향이라는 측면에서는 총체적인 문제 제기 형태로 구체화되지 않았기 때문이며, 애초에 반중세적 이념을 반영한 제재들을 가부장제적 질서 및 중세적 질서의 틀 안에서 그려냈기 때문(박일용, 2003: 168)"이다.

작중 서사가 우울하고 비극적인 결말로 치닫기도 한다. 후자의 경우에는 자아가 자신의 삶이나 세계의 본질에 대한 깨달음을 얻어 궁극적으로 세계의 질서를 초월해 버리는 결말로 귀결된다. 〈이생규장전〉과 〈구운몽〉을 통해 확인해 보자.

〈이생규장전〉은 이생과 최랑의 만남과 이별의 서사를 통해 애정 주체가 겪어야 하는 세계의 섭리와 인간의 한계를 보여 준다. 이생이 부친의 반대를 이겨내고 얻어낸 최랑과의 결연은 홍건적의 난으로 인한 최랑의 죽음으로 회생 불가능한 상태가 되어 버린다. 〈이생규장전〉에서는 이러한 상황이 인귀교환(人鬼交驩)과 같은 환상적 수법으로 일시 해소된다.

> "낭군의 수명은 아직 남았으나, 저는 이미 저승의 명부에 이름이 실려 있으니 오래 머물러 있을 수가 없습니다. 만약 굳이 인간 세상을 그리워해서 미련을 가진다면, 명부의 법에 위반됩니다. 그렇게 되면 죄가 저에게만 미치는 것이 아니라 낭군님께까지 그 허물이 미칠 것입니다. 다만 저의 유골이 아직 그 곳에 흩어져 있으니, 만약 은혜를 베풀어 주시겠다면 유골을 거두어 비바람이나 맞지 않게 해 주십시오."
> 두 사람은 서로 바라보며 눈물을 흘렸다. 여인이 말했다.
> "낭군님 부디 안녕히 계십시오."
> 말을 마치자 여인의 몸은 점점 사라져서 마침내 종적을 감추었다. 서생은 아내가 말한 대로 그녀의 해골을 거두어 부모님의 무덤 곁에 장사를 지내 주었다.
> 그 후 서생은 아내를 지극히 생각한 나머지 병이 나서 두서너 달 만에 또한 세상을 떠났다. - 〈이생규장전〉(이재호 역, 1994: 55-56)

난리가 끝난 후 돌아온 아내 최랑은 이미 이승 사람이 아니었다. 이생 또한 그 사실을 알고 있었지만 눈앞에 나타난 아내가 반가운 나머지 아내와의 행복한 생활을 이어가기로 한다. 그러나 '삶과 죽음'은 인간이 극복할 수 없는 불가항력적인 섭리이기에, 이들의 행복한 재회는 처음부터 그 끝이 예정되어 있었다. 이생에게 주어진 유일한 선택지는 아내와의 영원한 이별이었고 그런 그에게 남는 것은 절망과 고독뿐이었다. 결국 아내가 떠난 후 얼마 지나지 않아 이생도 병을 얻어 죽게 된다.

이생과 최랑 두 인물의 사랑과 행복을 끊어놓은 것은 죽음이라는 냉혹한 자연의 법칙이다. 난리로 아내를 잃은 이생의 슬픔은 그녀의 비현실적 귀환으로 일시 해소지만, 삶과 죽음이라는 자연의 질서 앞에서 인간은 나약한 존재일 수밖에 없었다. 결국 이생은 아내의 죽음이라는 세계의 비정한 섭리를 이겨내지 못하고 그 역시 죽음으로써 고통스런 세계를 벗어나게 된다.

그렇다면 인간이 삶의 여로에서 겪을 수밖에 없는 고통과 번민과 갈등을 근본적으로 해결하는 방법은 없는 것일까? 그 문학적 해법의 일단을 〈구운몽〉에서 볼 수 있다.

대부분의 인간은 세계와의 관계 속에서 발생하는 갈등을 해소하기 위해 세계를 변화시키려 하거나 세계 속에서 자신의 존재 가치와 위상을 높이기 위해 노력한다. 그러나 세상을 변화시키는 일이나 세계와의 관계를 개선하는 일은 쉽지도 않을 뿐더러 근본적인 해결책이 되지 못하는 경우가 많다. 갈등 상황에 놓인 인간은 항상 고뇌하고 번민하며 이를 해결하기 위해 노력하지만, 세계 또한 계속 진화하면서 끊임없이 불합리하고 부조리한 삶의 조건을 강요하기 때문이다. 선악, 정오, 빈부, 희로애락 등이 복잡하게 얽혀 있는 인간 세계에서 갈등은 삶의 영원한 동반자일 수밖에 없다.

세계의 불합리를 전복시키거나 세계와 우호적인 관계를 맺는 방식으로 갈등을 해결하는 것이 어렵다면, 그리고 〈이생규장전〉의 이생처럼 세상을 버리는 것으로써 갈등 상황을 벗어나는 방법이 마음에 들지 않는다면, 마지막 남은 방법은 세계에 대한 자아의 근본적인 인식과 태도를 바꾸는, 이른바 '깨달음 얻기'의 방식이다. 주지하다시피 〈구운몽〉에서는 공(空) 사상에 기반한 인생무상의 깨달음을 얻어 세계의 질서를 초극하는 방식으로 모든 갈등을 해소한다. 희로애락과 세속적 욕망에 집착하는 한 고뇌와 번민의 늪에서 벗어날 수 없음을 깨달은 양소유는 '팔선녀와의 애정'이나 '부귀공명'과 같이 '보고 듣고 느끼고 바라는' 모든 것에 대한 집착에서 벗어나는 순간 단번에 모든 갈등 상황으로부터 자유로워지게 된다.

세계에 대한 갈등 주체의 인식 변화를 통해 갈등을 해결하는 '깨달음 얻기'의 방식은 이솝 우화의 〈여우와 신포도〉 이야기에서 볼 수 있는 여우의 '정신 승리'나 '가치 폄하'와도 일면 상통한다. 다만, '정신 승리'나 '가치 폄하'의 경우 갈등 요인이나 상황에 대한 갈등 주체의 회피와 합리화에 가까워 세계에 대한 자아의 패배를 의미하는 반면, '깨달음 얻기'의 방식은 자아의 내적 성장을 통해 세계의 모순과 불합리를 극복하는 자아의 승리라는 점에서, 이 둘은 본질적인 차이가 있다.

4. 나가며

이 글은 서사문학이 '자아와 세계의 대결'을 장르의 본질로 삼는다는 점에 주목하여, 고전소설에서 갈등이 해결되는 방식을 '세계의 변화, 자아와 세계의 관계 변화, 자아의 변화'로 나누어 살펴보았다.

갈등은 소설을 포함한 서사문학의 핵심 자질이므로 기존의 소설교육에서도 매우 중요한 교육 내용으로 다루어져 왔다. 그러나 기존 소설교육에서는 갈등 교육이 갈등의 발생, 전개, 심화, 해결 과정에 주목한 서사구조 파악하기에만 한정되어 온 측면이 없지 않다. 소설의 서사 전개를 '발단-결말-위기-절정-결말'로 천편일률화하여 파악하는 것이 그 대표적인 예라 할 수 있다. 물론 갈등의 전개와 해결 과정을 따라 서사구조를 파악하는 일이 소설 읽기의 기본이긴 하지만, 소설의 갈등은 서사구조의 파악만으로는 온전히 이해할 수 없다. 학습자가 소설 속 갈등의 전개와 해결

과정을 경험하는 데에서 그치지 않고 삶 속에서 자신과 세계의 관계를 조망하고 성찰하여 새로운 가치를 탐구해 내는 데까지 나아가야 인간의 삶과 세계를 아우르는 갈등 교육이 제대로 이루어졌다고 할 수 있을 것이다. '자아', '세계', '자아와 세계의 관계'를 갈등 해결을 위한 변화의 기제로 파악한 이 글의 논의 역시 또 다른 도식화의 우려가 없지 않을 것이나, 갈등을 통해 인간과 세계의 관계를 진지하게 사유해 보는 소설 교육의 내용을 구안하는 데 약간의 도움은 줄 수 있으리라 기대한다.*

---

* 이 글은 "이상일(2021), 「고전소설의 갈등 해결 방식과 국어교육적 의의」, 『국어교육연구』 75, 국어교육학회(since1969)"의 일부 내용을 수정·보완한 것이다.

고전산문 글쓰기는 작문교육에 어떤 역할을 할 수 있을까?

이영호

글쓰기가 인간의 삶이나 학교 교육에서 지닌 중요성에 대해서는 많은 언급들이 있어 왔고, 사회적으로도 폭넓은 지지를 받고 있다. 글쓰기가 의사소통의 매개체 역할을 하고, 사고 발달을 이끄는 도구가 되며, 직업 능력을 구성하는 요소가 된다는 지적들은 이와 관련된 대표적인 사례에 해당한다. 이를 반영하듯 우리는 초·중등 국어과 교육과정 내내 쓰기 능력 향상을 강조하고, 대학에서도 글쓰기는 교양 기초교육으로서 확고한 위상을 차지하고 있다.

학교 교육에서 작문교육이 지니는 비중에도 불구하고 실제로 작문교육이 잘 수행되고 있으며 학생들의 쓰기 능력 향상에 효과적으로 기여하고 있는지에 대해서는 비판적 인식이 적지 않다. 쓰기 행위 자체가 복합적인 사고와 표현 능력을 바탕으로 하기 때문에 학생들의 쓰기 발달을 원활하게 이끌어내는 것이 쉽지 않은 측면이 있다. 그러나 이러한 목표를 달성하기 위해서는 현재의 작문교육을 성찰하고 이를 보완하려는 노력이 지속적으로 이루어져야 한다.

이 글에서는 현재의 작문교육이 기반으로 삼고 있는 인지주의 작문이론의 주요 논의를 살펴보고, 그 문제점을 파악해보고자 한다. 이러한 문제점을 개선하는 방안을 모색하기 위해 현재의 경향과 대비되는 고전산문 글쓰기의 특성을 대문장가로 평가받는 연암 박지원의 글을 통해 살펴볼 것이다. 이를 토대로 고전산문 글쓰기가 현재 작문교육의 문제점을 보완하기 위해 어떠한 역할을 할 수 있을지 그 방향성을 제시하고자 한다.

1. 작문교육의 주된 이론적 관점은 무엇이라 할 수 있는가?

작문이론은 작문 행위에 관여하는 필자, 텍스트, 독자, 맥락의 구성 요소 가운데 어느 것에 초점을 맞추어 접근하느냐에 따라 인지주의, 형식주의, 대화주의, 사회구성주의의 관점으로 나뉜다. 이 가운데 쓰기 중 발생하는 필자의 인지적 문제 처리 과정에 주목하여 그 해결을 돕는 인지주의 작문이론이 현재 작문교육에서 주도적 위상을 차지하고 있다. 작문교육의 장면에서 필자는 곧 쓰기를 수행해야 하는 학생으로 대체되며, 학생 스스로 의미를 구성할 때 진정한 학습이 가능하다는 구성주의 교육관을 수용한다면 이러한 현상은 일견 자연스러워 보인다.

> (1) 주제, 목적, 독자를 고려하여 쓰기 과정을 계획하고, 점검하고 조정한다.
> [9국03-01] 쓰기는 주제, 목적, 독자, 매체 등을 고려한 문제 해결 과정임을 이해하고 글을 쓴다.

제시된 인용문은 '2009 국어과 교육과정'과 '2015 국어과 교육과정' 중학교 작문 영역의 첫 번째 성취기준에 해당한다. 여기에서는 쓰기가 인지적인 문제해결 과정임을 강조하면서 필자가 쓰기 과정을 계획하고 조정해야 한다는 점을 부각하고 있다. 이는 중등학교 작문교육이 인지주의적 접근에 바탕을 두고 이루어져야 한다는 선언적인 의미를 담고 있는 것으로 이해된다. 이러한 관점에 기반하여 많은 쓰기 교재가 제작되고 필자의 인지적 문제해결을 지원하는 과정중심 접근법이 작문 교수학습의 패러다임으로 자리잡고 있다.

인지주의 작문이론은 어떻게 작문교육의 지배적 담론으로 자리잡았으며, 현재 어떠한 경향을 나타내고 있을까?

잘 알려져 있는 것처럼 1960년대 이전 작문교육의 주된 흐름은 형식주의 작문이론이었다. 그런데 1960년대에 발달한 인지심리학의 연구 성과로 인해 형식주의 작문이론에 대한 비판적 인식이 형성되기 시작했고, 쓰기 능력의 발달을 위해서는 새로운 접근이 필요하다는 생각이 강화되었다. 1970년대 초반 Emig(1971)은 사고구술을 활용한 실험 연구를 통해 이러한 경향을 대변하였다. 이 연구에 의하면 교사들은 작문 과정을 단순화시켜 형식적으로 가르치고, 효과에 대한 검증 없이 학생들의 글에 나타난 잘못을 지적하는 신경증적 지도에 몰입하는 경향이 있는 것으로 나타났다. 그 결과 미국 고등학교의 작문 지도는 추상적 수준에 머물러 평균적인 학생들의 쓰기 능력 향상에 도움을 주지 못하는 것으로 드러났는데, Emig은 이를 교사 중심의 작문 지도가 지닌 문제점으로 인식하였다.

Emig의 논의 뒤에 인지주의 작문이론과 관련된 연구가 활발하게 이어졌다. 인지주의 작문이론 연구는 다양하게 전개되고 있지만 그 흐름은 크게 세 가지 방향에서 살펴볼 수 있다. 첫째는 초기 연구에서 주목한 쓰기 모형 정립과 관련된 논의가 있다. 둘째는 쓰기 과정 중에 나타나는 인지 행위의 양상을 관찰하고 그 특성을 목록화하거나 범주화한 시도가 있다. 셋째는 필자의 쓰기 성향과 인지 행위를 관련시키고 이를 쓰기 결과와 연계해 해석한 논의가 있다. 아래에서는 이러한 구분을 바탕으로 하여 관련된 주요 논의를 살펴보도록 하겠다.

쓰기 모형 정립과 관련된 가장 주목할 만한 논의는 1980년대 들어 Flower와 Hayes(1980a: 10-20)에 의해 제안되었다. 이들은 2년여 동안의 프로토콜 분석을 통해 쓰기 모형을 제시하였는데, 이는 과제 환경, 필자의 장기 기억, 쓰기 과정의 세 가지 요소로 구성되었다. 쓰기 과정은 계획하기, 번역하기, 검토하기의 세 단계로 나누어졌는데, 필자가 자신의 쓰기를 점검하는 조정하기 과정도 명시되었다. Flower와 Hayes(1980b: 31-50)는 글쓰기 과정에서 필자가 직면하게 되는 제약으로 지식에 대한 요구, 텍스트의 언어적 관습, 수사적 문제의 세 가지를 들고 이들을 다루는 데 있어서 계획하기의 중요성을 강조하였다. 특히 그동안의 쓰기 교육이 쓸 내용과 연관된 계획하기에 치중해 왔다면 효과적인 쓰기를 위해서는 수사적 상황에 대한 고려가 더 강조될 필요가 있다고 주장하였다.

Flower와 Hayes의 뒤를 이어서 Bereiter와 Scardamalia(1987: 3-30)는 작문 과정에 대한 모형을 점진적으로 발전시켜 필자들이 쓰기를 하는 동안 무엇을 하고, 왜 서로 다른 방식으로 쓰는가에 대한 이해에 중요한 기여를 하였다. 이들은 쓰기 과정을 지식 나열하기(knowledge telling)와 지식 변형하기(knowledge transforming)의 두 가지 모형으로 구분하여 제시하였다. 지식 나열 모형은 필자가 과제를 표상한 후 자신이 지닌 내용 지식과 담화 지식의 요소를 검색하여 적절한 경우 이를 활용하는 단순 나열식의 쓰기 과정을 보여주는 데 비해 지식 변형 모형은 필자가 문제 분석및 목표 설정을 한 후, 내용 문제 공간과 수사적 문제 공간 사이에서 반성적 사고를 통해 상황에 맞는 새로운 지식을 생성하는 과정을 보여준다. 이는 대체적으로 미숙한 필자와 능숙한 필자의 쓰기 과정을 설명하는 것으로 이해할 수 있다.

Hayes(1996)는 기존의 인지적 쓰기 과정 모형이 지니고 있던 한계를 보완하여 다층적 요인을 반영한 새로운 쓰기 모형을 제안하였다. 그는 쓰기 수행에서 필자 개인이 갖는 국면을 인지, 정서, 기억으로 구분하고, 이 외에 사회적 환경과 물리적 환경으로 구성된 과제 환경을 제시하여 쓰기 현상에 대한 더 나은 설명력을 제공하고자 하였다. 개인의 측면에서는 기존 유형에서 간과한 신념 및 태도와 같은 정의적 요인과 관련된 공간을 확보하고, 사회적 환경으로 협력자를 물리적 환경으로 쓰기 도구를 제시하여 변화된 쓰기 이론과 환경 요소를 포함하였다. 이는 이전보다 확장된 쓰기 맥락의 중요성을 반영한 결과라 할 수 있다.

Galbraith(1999)는 기존의 문제해결 모형이 텍스트 생성을 계획된 내용을 번역하는 작업으로 인식하고 번역에서는 내용을 생성하지 않는 것으로 간주한 사항을 비판하면서 텍스트 생산 중에 피드백 역할을 강조한 지식-구성 모델을 제안하였다. 지식-구성 모델에서는 아이디어가 명시적으로 저장되고 인출되는 것이 아니라 네트워크 형태를 띠고 있는 것으로 가정하고 새로운 텍스트 내용이 산출되면 이것이 필자의 성향과 결부되어 관련 부분을 활성화하여 또 다른 내용을 생성하는 것으로 설명하고 있다. 즉 지식-구성 모델은 쓰기 행위 자체의 발견적 성격을 강조하는 입장을 나타내고 있다.

쓰기 모형은 쓰기 과정 중에 필자의 인지 내에서 발생하는 의미구성 과정 및 영향 요인을 제시함으로써 쓰기 행위에 대한 이해를 향상시켰다. 이를 통해 쓰기는 설명할 수 없는 무엇이 아니라 체계적으로 이해 가능하고 또 교육적으로 접근할 수 있는 대상으로 인식되기 시작했다. 이처럼 쓰기 과정에 작용하는 요소와 관련된 기제가 어느 정도 밝혀짐에 따라 이후 논의에서는 쓰기와 관련된 인지 행위의 특성과 그 영향력을 분석하려는 시도가 활발해졌다.

Eklundh & Kollberg(2003)는 컴퓨터 기반의 키스트로크 분석 방법을 활용하여 필자들이 다양한 담화 유형에서 어떻게 수정 활동을 수행하는가에 대한 연구를 수행하였다. 여기에서는 필자가 쓰기 과정에서 수행하는 삽입, 삭제, 휴지와 관련된 활동들을 발생 위치에 나타냄으로써 작성된 텍스트에 대한 다양한 정보를 수집할 수 있었다. 이에 의하면 필자들은 수정 행위의 과반 이상을 문장 내 단위에서 실행하고, 수정 활동은 새로운 내용 단위 생성, 일관성, 응집성, 구조화 활동 등의 8가지 범주

양상을 보이는 것으로 나타났다. 이는 소수의 대학생 집단을 대상으로 한 연구이기는 하지만 과학적 분석 방법을 통해 수정하기와 관련된 필자의 인지 행위를 규명하는 성과를 나타내고 있다.

Rijlaarsdam & Bergh(2006)에서는 프로토콜 분석 방법을 활용하여 쓰기 과정에서 나타나는 인지 활동과 텍스트 질 사이의 상관관계를 연구하였다. 이에 의하면 Flower&Hayes의 모형에서 도출한 11가지 인지 활동의 빈도가 글의 질적 수준의 76%를 설명하며 인지 활동 단위들은 특정 조합을 형성한 형태로 나타나는데 글의 질에 미치는 영향력은 쓰기 과정의 진행에 따라 다른 것으로 드러났다. 예를 들어 '다시 읽기+내용생성 활동'은 쓰기 과정의 초반부에는 비효율적이지만 후반부에는 글의 질에 강한 영향을 미친다는 것이다. 이는 쓰기 모형에 나타난 다양한 인지 활동들이 텍스트 생산에 어떻게 영향을 미치는지를 밝혔다는 점에서 의의가 있다.

Mark Torrance & David Galbraith(2006)는 글쓰기를 동시에 발생하는 많은 요구와 제약을 처리하는 행위로 보고 이 과정에서 필자는 인지적인 과부하 상태에 놓인다고 설명하였다. 필자가 지닌 단기 기억의 용량은 사람마다 다르며 글쓰기를 효과적으로 수행하기 위해서는 동시적인 인지 처리 과정상의 요구를 최소화할 필요가 있다고 보았다. 이를 위해서는 하위 수준의 인지처리 요소를 자동화하거나 기억에 저장된 정보를 구조화하여 쉽게 인출되도록 하는 것이 중요하다고 주장하였다.

이처럼 인지주의에서는 쓰기 모형에 기반하여 필자의 쓰기 과정에 나타나는 인지행위의 특성과 쓰기를 원활히 수행하기 위해 필요한 원칙들을 규명하기 위해 노력하였다. 이러한 경향이 일반론적인 성격을 띠고 있다면 필자가 지닌 성향에 따라 인지 행위의 효과가 어떠한 차이를 나타내는지를 연구하는 흐름도 나타났다.

Tillema 외(2011)에서는 자기보고 설문조사를 통해 필자를 계획가와 수정가의 두 부류로 나누고 쓰기 과제를 수행하는 양상들을 사고구술 등을 활용해 수집하여 그 특성을 분석하였다. 여기에서는 계획하기, 생성하기, 수정하기 등의 6가지 활동을 중심으로 시간대별로 나타난 데이터들을 분석하였는데 이에 의하면 계획가는 글을 쓰기 전에 대부분의 계획을 세우는 데 비해 수정가들은 텍스트를 생산한 후 과제 수행 후반부에 내용 계획에 대해 생각하는 경향이 있다고 한다. 이는 필자의 성향에 따라 인지 행위의 특성이 다르게 나타난다는 사실을 제시하고 있다.

Baaijen외(2014)에서는 필자의 쓰기 신념의 차이가 글쓰기에 어떠한 영향을 미치는지를 실험연구를 통해 제시하였다. 여기에서는 필자의 쓰기 신념을 정확한 정보 전달을 우선하는 전달적 신념과 개인적인 생각에 비중을 두는 교류적 신념으로 구분하고, 개요짜기의 유형을 달리하여 두 요소가 쓰기 질이나 이해 발달에 어떠한 영향을 미치는지를 분석하였다. 이에 의하면 높은 교류적 신념의 필자는 개요를 짜지 않는 조건에서 높은 질의 텍스트를 생산하는 데 비해 낮은 교류적 신념의 필자는 개요를 짜는 조건에서 질 높은 텍스트를 생산하는 것으로 나타났다. 이는 필자의 성향에 따라 특정 쓰기 전략의 효과가 다르게 나타나는 것을 방증하는 것으로 해석할 수 있다.

인지주의 작문이론은 쓰기 행위에 대한 과학적인 연구 방법과 데이터에 기반한 설명 제시 등을 통해 쓰기 연구의 학문적 위상을 정립하는 데 큰 기여를 해왔다. 이는 쓰기 교육에 있어서 과정중심 접근법을 강화하는 계기가 되었고, 학습자가 쓰기 수행에 있어서 어려움을 겪을 때 필요한 기능과 전략을 가르친다는 교육의 초점을 설정하도록 만들었다. 이러한 측면은 인지주의 작문이론이 작문 교육에 기여한 가장 큰 요소에 해당한다.

이러한 긍정적 측면에도 불구하고 인지주의 작문이론과 그에 기반한 교육적 접근들이 지니는 한계 또한 드러나고 있다. 앞서 살펴본 인지주의 작문이론의 흐름에 잘 나타나듯이 초기의 연구가 전체적인 차원에서 쓰기 행위를 조망하는 경향을 띠었다면 시간이 갈수록 인지주의적 접근은 특정 인지행위를 분리하여 다루는 경향을 나타내고 있다. 이는 연구의 과학성을 담보하는 효과를 지닐 수 있겠지만 쓰기 행위를 총체적으로 인식하는 데에는 방해가 될 수 있다. 이는 쓰기 교육에서도 마찬가지여서 전체 쓰기 과정에서 분리된 특정 기능과 전략의 교수가 학생들의 쓰기 능력을 향상시킨다는 점이 명확하게 입증되었다고 보기도 힘들다(Applebee, 2000: 101-103).

또한 쓰기는 인지주의에서 강조하는 것처럼 정보적 관점의 문제해결로만 설명하기 힘든 측면을 지니고 있다. 쓰기는 현실적 효용성 외에도 글을 쓰게 되는 동기와 같은 필자 내면의 요소나 글을 써야 하는 가치와 같은 철학적 인식 등이 중요하게 작용하기도 한다. 이는 쓰기 과정을 잘게 자르고 파편화 된 요소에 대해 기계적으로 접근하는 방식으로는 해결하기 힘든 과제에 해당한다. 학생들이 쓰기의 가치를 인식하고 내면의 소리에 귀 기울이며 자발적인 쓰기 문화를 형성하도록 만들기 위해서는 보다 총체적인 차원에서의 접근이 필요해 보인다.

2. 고전산문 글쓰기는 어떤 특성을 지니고 있는가?

인지주의 작문이론과 그에 기반한 작문교육적 접근이 나타내는 문제점을 극복하기 위한 방안으로 이 글에서는 고전산문 글쓰기의 적극적 활용을 주장하고자 한다. 고전산문은 문자 그대로 받아들이면 시가 작품을 제외한 산문 형식을 띤 가치 있는 옛글들을 총칭하는 말이라 할 수 있다. 따라서 여기에는 사대부에 의해 산출되었던 한문학 양식의 글, 국문으로 쓰인 실기문과 편지글, 허구적 이야기에 해당하는 소설 등 다양한 텍스트가 포함될 수 있다. 그런데 소설과 같은 허구에 바탕을 둔 이야기 장르는 이 글에서 다루는 글쓰기 양상과 관련이 적으므로 고전산문 글쓰기는 이를 제외한 현실에 바탕을 둔 사실적 성격의 글들을 지칭한다.

전통 사회의 문해 환경을 고려하면 고전산문 글쓰기에서 핵심적인 위상을 차지하는 것은 사대부를 중심으로 활발하게 산출되었던 한문산문 양식의 글들이라 할 수 있다. 한문산문은 당대 지식층의 표현 수단으로서 일상적 필요, 학문적 목적, 표현적 욕구 등 다양한 목적을 띤 채 활발하게 생산되었으며, 개인 문집 형태로 수많은 자료가 축적되어 있다. 우리는 이를 통해 당대 문인들이 산출한 많은 글들과 글쓰기에 대한 철학적 인식을 접할 수 있다. 여기에서는 조선후기 대표적인 문장가로 평가받는 연암 박지원의 글들을 통해 고전산문 글쓰기의 특성을 살펴보고자 한다.

연암 박지원(1737-1805)은 조선 후기를 대표하는 문장가이자 실학파 지식인으로 평가받는 인물로 그의 대표작인 〈열하일기〉는 임금인 정조가 그 문체의 영향력을 문제 삼았을 정도로 당대 사회에 큰 반향을 일으키기도 했다. 연암의 각종 글들은 〈연암집〉에 수록되어 있는데, 여기에는 책의 서문이나 인물의 전기, 상소문, 애제문(哀祭文), 편지글 등 총 237편의 산문이 수록되어 있다(박지원 지음/신호열·김명호 옮김, 2005: 10). 특히 지인들이 저술한 책에 써 준 서문이나 주고받은 편지글 가운데에는 연암이 글쓰기와 관련해 자신의 생각을 밝힌 내용들이 많이 포함되어 있다.

연암의 글쓰기와 관련된 연구는 일일이 나열하기 힘들 정도로 그 성과가 축적되어 있으며, 그가 남긴 개별 글에 대한 평론적인 성격의 글들도 많이 출판되어 있다. 이 가운데 쓰기 수행을 염두에 둔 연구에서는 글쓰기의 본질, 기본 방침, 과정, 맥락과 전략을 틀로 하여 연암의 글들을 분석하였고(박수밀, 2013), 글과 관련된 생성과 소통 구조를 중심으로 한 연구에서는 '현실-작자', '작자-표현', '작자-구성', '작자-작품-독자'를 틀로 하여 연암의 글쓰기 관련 메타적 인식을 담은 평문들을 분석하였다(황혜진,

2015). 이 글에서는 글쓰기를 둘러싼 의사소통의 핵심 요소인 현실, 글, 필자를 축으로 하여 연암의 글들을 대상 인식, 표현 관점, 쓰기 태도의 측면에서 살펴보고자 한다.

글쓰기는 글의 제재가 되는 대상에 대한 관찰과 인식에서 시작되며, 이는 내용생성을 위한 기본 바탕이 된다. 글로 쓸 내용이 없다는 푸념은 대상에서 글로 표현할 내용을 추출하는 데 어려움을 겪는다는 의미를 내포하고 있다. 그렇다면 연암은 글쓰기를 위한 대상 인식에 대해 어떠한 생각을 제시하고 있을까?

> 그러므로 늙은 신하가 어린 임금에게 고할 때의 심정과 버림받은 아들과 홀로된 여인의 사모하는 마음을 알지 못하는 자와는 함께 소리[聲]를 논할 수 없으며, 글에 시적인 구상(構想)이 없으면《시경》국풍(國風)의 빛깔[色]을 알 수 없는 것이다. 사람이 이별을 겪지 못하고 그림에 고원한 의취(意趣)가 없다면 글의 정(情)과 경(境)을 함께 논할 수 없다. 벌레의 촉수나 꽃술에 별 관심을 두지 않는다면 문장의 핵심이 전혀 없을 것이요, 기물(器物)의 형상을 음미하지 못한다면 이런 사람은 글자를 한 자도 모르는 사람이라 말해도 될 것이다. (『국역 연암집 2』: 145)

인용문은 〈종북소선 자서(鍾北小選 自序)〉에 나오는 내용 중 일부분으로 여기에서 연암은 글과 관련된 성(聲), 색(色), 정(情), 경(境)에 대해 논하다가 대상에 대해 세밀한 관심을 두지 않는 사람은 글을 전혀 쓰지 못하는 것과 같다는 주장을 제기하고 있다. 이는 글이란 필자가 대상을 관찰하고 의미를 부여하는 데에서 성립된다는 인식을 나타내는 것으로 연암의 글 곳곳에서 강조되는 부분이기도 하다. 예를 들어 연암은 까마귀의 깃털이 상황에 따라 자줏빛이 되기도 하고 비췻빛이 되기도 하는 현상을 언급하면서 고정관념에 사로잡힌 사람에게는 그것이 검은색으로만 보인다는 비판을 한다(박지원 지음/신호열·김명호 옮김, 2004: 155). 그렇다면 까마귀의 빛을 제대로 인식하기 위해서는 어떻게 해야 할까?

　　자네는 물건 찾는 사람을 보지 못했는가? 앞을 바라보면 뒤를 놓
치고, 왼편을 돌아보면 바른편을 빠뜨리게 되지. 왜냐하면 방 한가운
데 앉아 있어 제 몸과 물건이 서로 가리고, 제 눈과 공간이 너무 가까
운 때문일세. 차라리 제 몸을 방밖에 두고 들창에 구멍을 내고 엿보는
것이 나으니, 그렇게 하면 오로지 한 쪽 눈만으로도 온 방 물건을
다 취해 볼 수 있네. (『국역 연암집 1』: 334)

　인용문은 〈소완정기(素玩亭記)〉에 나오는 내용 중 일부분으로 여기에서
연암은 깨달음의 방법을 묻는 제자 이서구에게 방 안에 있는 물건을 찾기
위해서는 방밖으로 나와 들창으로 안을 살펴야 한다는 대답을 내놓는다.
이는 대상을 제대로 인식하기 위해서는 아집에서 벗어나 마음을 비우고
사심 없이 보는 자세가 중요하다는 의미를 내포하고 있다. 즉 '나'라는
좁은 틀에서 벗어나 '대상'을 있는 그대로 바라볼 때 글의 의미가 새롭게
생성될 수 있다는 것이다.

　　이곳의 벽돌 가마를 보니, 벽돌을 쌓고 석회로 봉하여 애초에 말리
고 굳히는 비용이 들지 않고, 또 마음대로 높고 크게 할 수 있어서
그 꼴이 마치 큰 인경을 엎어 놓은 것 같다. 가마 위는 못처럼 움푹
패게 하여 물을 몇 섬이라도 부을 수 있고, 옆구리에 연기 구멍 네댓을
내어서 불길이 잘 타오르게 되었으며, 그 속에 벽돌을 놓되 서로 기대
어서 불꽃이 잘 통하도록 되어 있다. …… 불기운이 그리로 치오르면
그것이 각기 불목이 되어, 그 수없이 많은 불목이 불꽃을 빨아들이므
로 불기운이 언제나 세어서, 비록 저 하찮은 수수깡이나 기장대를
때도 고루 굽히고 잘 익는다. 그러므로 터지거나 뒤틀어지거나 할 걱
정은 별로 없다. …… 혹은 말하기를 "수수깡이 3백 줌이면 한 가마를
구울 수 있는데, 벽돌 8천 개가 나온다." 한다. 수수깡의 길이가 길
반이고, 굵기가 엄지손가락만큼씩 되니, 한 줌이라야 겨우 너덧 개에
지나지 않는다. 그런즉, 수수깡을 때면 불과 천 개 남짓 들여서 거의

만 개의 벽돌을 얻을 수 있는 것이다. (『국역 열하일기』: 70-71)

　제시된 글은 연암이 지은 〈열하일기〉에 나오는 내용으로 여기에서 연암은 조선과 대비되는 청나라의 가마 제도가 가진 효율성을 서술하고 있다. 이 글에서 연암은 청나라의 가마가 열 전달이 효율적이어서 얼마 되지 않는 수수깡만으로도 흠 없는 엄청난 양의 벽돌을 생산할 수 있다는 점을 자세하게 보여준다. 이처럼 연암이 청나라의 가마 제도에 대한 효율성을 서술할 수 있었던 것은 사심 없는 접근 태도를 가지고 세밀한 관찰을 할 수 있어서 가능했다. 즉 연암은 반청 감정에 사로잡힌 당대 사대부의 통념에서 벗어나 대상을 직시함으로써 벌레의 촉수나 꽃술에 해당하는 청나라의 가마를 세밀하게 관찰하여 새로운 의미를 생성하고 있다.

　대상을 인식한 후에는 생성된 내용을 글로 표현해야 하는데 연암은 이와 관련해 어떠한 생각을 드러내고 있을까?

　　문장을 어떻게 지어야 할 것인가? 논자(論者)들은 반드시 '법고(法古)'해야 한다고 한다. 그래서 마침내 세상에는 옛것을 흉내내고 본뜨면서도 그것을 부끄러워하지 않는 자가 생기게 되었다. …… 그렇다면 '창신(刱新)'함이 옳지 않겠는가. 그래서 마침내 세상에는 괴벽하고 허황되게 문장을 지으면서도 두려워할 줄 모르는 자가 생기게 되었다. …… 아! 소위 '법고'한다는 사람은 옛 자취에만 얽매이는 것이 병통이고, '창신'한다는 사람은 상도(常道)에서 벗어나는 게 걱정거리이다. 진실로 '법고'하면서도 변통할 줄 알고 '창신'하면서도 능히 전아하다면, 요즈음의 글이 바로 옛글인 것이다. (『국역 연암집 1』: 6-8)

　인용문은 〈초정집서(楚亭集序)〉에 나오는 내용 중 일부분으로 여기에서 연암은 글 짓는 방법에 대한 질문을 던지고 그에 대한 대답으로 '법고창신'이라는 말을 제시하고 있다. 이는 옛글로 대변되는 지배적 기준과 지금 글에 해당하는 표현 욕구와의 관계 설정 문제를 부각한 것이라 할 수 있다. 여기에서 연암은 지배적 기준을 따를 때 생기는 문제점과 표현 욕구만을 쫓을 때 생기는 문제점을 지적하면서 이를 해결하는 방안으로 '법고창신'을 내세우고 있다. '법고창신'은 이 둘을 변증법적으로 통합하는 방식으로 변통과 전아에 의해 실현된다는 것이다.

> 아, 제가 글을 지은 지가 겨우 몇 해밖에 되지 않았으나 남들의 노여움을 산 적이 많았습니다. 한 마디라도 조금 새롭다던가 한 글자라도 기이한 것이 나오면 그때마다 사람들은 '옛글에도 이런 것이 있었느냐?'고 묻습니다. ...... 너는 아직 나이가 어리니, 남들에게 노여움을 받으면 공경한 태도로 '널리 배우지 못하여 옛글을 상고해 보지 못하였습니다.'라고 사과하거라. 그래도 힐문이 그치지 않고 노여움이 풀리지 않거든, 조심스러운 태도로 '은고(殷誥)와 주아(周雅)는 하(夏)·은(殷)·주(周) 삼대(三代) 당시에 유행하던 문장이요, 승상(丞相) 이사(李斯)와 우군(右軍) 왕희지(王羲之)의 글씨는 진(秦)나라와 진(晉)나라에서 유행하던 속필(俗筆)이었습니다.'라고 대답하거라. (『국역 연암집 2』: 170)

인용문은 〈녹천관집서(綠天館集序)〉에 나오는 내용 중 일부분으로 여기에서 연암은 옛글을 따르지 않는다는 비판을 받고 고민하는 제자의 물음에 옛글도 당대에는 속문이었다는 가르침을 주고 있다. 이는 연암의 글 곳곳에 나타나는 주장으로 필자가 따라야 할 것은 겉으로 나타난 형식이 아니라 실제와 관련된 정신이라는 의미를 내포하고 있다. 이러한 주장은 법고창신에서 창신을 강조하는 것으로 읽힐 개연성이 있지만 당대의 문풍이 법고에 치중하고 있는 현실을 고려하면 이에 대한 비판에서 나오는 반작용으로 보아야 할 것이다. 실제 연암은 상황 맥락에 따라 적절히 변통하거나 전아함을 취하여 자신의 글을 산출하는 모습을 보여주고 있다.

아아, 이 소자 나이 열여섯에 선생의 가문에 사위로 들어와서 지금 26년이 되었습니다. 제가 비록 어리석고 우매하여 선생의 도를 잘 배우지는 못했지만, 그래도 좋아하는 사람에게 아부하여 선생을 부끄럽게 하는 지경에 이르지는 않았다고 스스로 생각합니다. 이제 선생이 멀리 떠나시는 날에 한 마디 말로써 무궁한 슬픔을 표현하지 않을 수 있겠습니까. 아아/ 선비로서 일생 마치는 걸/ 세상 사람들은 수치로 알지만/ 이를 비천하다 여기는 저들이/ 어찌 선비를 알 수 있으랴/ 이른바 선비란 건/ 상지하고 득기하나니/ 유하(柳下)의 절개와 유신(有莘)의 자득도/ 이와 같은데 불과한 것/ 이로써 보자하면/ 선비로 일생 마치기도/ 역시 어렵다 하리/ 아아/ 선생은 살아서나 죽어서나/ 선비 본분 안 어겼네/ 예순이라 네 해 동안/ 글을 진정 잘 읽으시어/ 오랫동안 쌓인 빛이/ 온아(溫雅)하게 드러났지(『국역 연암집 1』: 463-465)

살아 있는 석치(石癡)라면 함께 모여서 곡을 할 수도 있고, 함께 모여서 조문할 수도 있고, 함께 모여서 욕을 할 수도 있고, 함께 모여서 웃을 수도 있고, 여러 섬의 술을 마실 수도 있어 서로 벌거벗은 몸으로 치고받고 하면서 꼭지가 돌도록 크게 취하여 너니 내니도 잊어버리다가, 마구 토하고 머리가 짜개지며 위가 뒤집어지고 어찔어찔하여 거의 죽게 되어서야 그만둘 터인데, 지금 석치는 참말로 죽었구나! ...... 석치가 참말로 죽었으니 귓바퀴가 이미 뭉그러지고 눈망울이 이미 썩어서, 정말 듣지도 보지도 못할 것이며, 술을 따라서 땅에 부으니 참으로 마시지도 취하지도 못할 것이다. 그리고 평소에 석치와 서로 어울리던 술꾼들도 참말로 뒤도 돌아보지 않고 자리를 파하고 떠날 것이며, 진실로 장차 뒤도 돌아보지 않고 파하고 가서는 자기네들끼리 서로 모여 크게 한잔 할 것이다. (『국역 연암집 2』: 357-358)

제시된 글은 죽은 이를 추모하는 내용을 담은 제문으로 첫 번째는 장인이자 스승이었던 이양천의 죽음을 다룬 「제영목당이공문(祭榮木堂李公文)」이고, 두 번째는 둘도 없는 벗이었던 석치 정철조의 죽음을 다룬 「제정석치문(祭鄭石癡文)」이다. 첫 번째 글에서 연암은 격식을 갖춘 문체와 망인이 지닌 덕망에 대한 칭송을 통해 화자가 느끼는 추모의 정을 전아하게 드러내고 있다. 두 번째 글에서 연암은 일반적인 제문에서 흔히 나타나는 망자에 대한 칭송이나 '슬프다'는 언급조차 없이 오히려 표면적으로는 해학적 요소가 두드러지게 나타나는 양상을 보여준다. 「제정석치문」에 나타난 이러한 방식은 벗의 죽음으로 인해 필자가 받은 충격과 이를 받아들이기 힘든 심정을 효과적으로 드러내고 있다(이영호, 2006). 이처럼 연암은 상황 맥락을 고려하여 지배적이고 관습적인 기준을 위주로 하거나 자신의 심정을 진실하게 드러내기 위해 새로운 방식을 창안하여 글을 쓰는 모습을 보이고 있다. 이처럼 법고와 창신의 적절한 운용은 연암의 글쓰기를 더욱 두드러지게 만드는 요소라 할 수 있겠다.

마지막으로 연암은 글을 쓸 때 필자가 어떤 태도를 지녀야 한다고 생각했을까?

> 우사단(雩祀壇) 아래 도저동(桃渚洞)에 푸른 기와로 이은 사당이 있고, 그 안에 얼굴이 붉고 수염을 길게 드리운 이가 모셔져 있으니 영락없는 관운장(關雲長)이다. 학질(瘧疾)을 앓는 남녀들을 그 좌상(座牀) 밑에 들여보내면 정신이 놀라고 넋이 나가 추위에 떠는 증세가 달아나고 만다. 하지만 어린아이들은 아무런 무서움 없이 그 위엄스런 소상(塑像)에게 무례한 짓을 하는데 ...... 관운장의 가상(假像)에다 아무리 옷을 입히고 관을 씌워 놓아도 진솔(眞率)한 어린아이를 속일 수는 없는 것이다. (『국역 연암집 2』: 165-166)

인용문은 〈영처고서(嬰處稿序)〉에 나오는 내용 중 일부분으로 여기에서 연암은 필자가 갖추어야 할 태도로 어린아이의 마음을 제시하고 있다. 인용된 부분에 잘 나타난 것처럼 무시무시하게 생긴 관운장의 가상을 보고 성인들은 정신이 혼미해지지만 어린아이는 거리낌 없이 자신이 하고 싶은 대로 행동한다. 이는 옛글의 권위에 주눅들지 않고 필자가 생각하고 느끼는 바를 솔직하게 서술하는 것이 글쓰기의 올바른 태도라는 의미를 비유적으로 나타내고 있다. 진실한 쓰기에 대한 강조는 세상의 평가에 대해 초연한 태도를 가질 것을 강조하는 언급과 연결된다.

글이란 뜻을 그려내는 데 그칠 따름이다. 저와 같이 글제를 앞에 두고 붓을 쥐고서 갑자기 옛말을 생각하거나, 억지로 경서(經書)의 뜻을 찾아내어 일부러 근엄한 척하고 글자마다 정중하게 하는 것은, 비유하자면 화공(畫工)을 불러서 초상을 그리게 할 적에 용모를 가다듬고 그 앞에 나서는 것과 같다. …… 이로써 보자면 글이 잘되고 못되고는 내게 달려 있고 비방과 칭찬은 남에게 달려있는 것이니, 비유하자면 귀가 울리고, 코를 고는 것과 같다. …… 남의 귀 울리려는 소리를 들으려 말고 나의 코 고는 소리를 깨닫는다면 거의 작자의 뜻에 가까울 것이다. (『국역 연암집 1』: 294-296)

인용문은 〈공작관문고자서(孔雀館文稿自序)〉에 나오는 내용 중 일부분으로 여기에서 연암은 글이란 자신의 뜻을 펼치는 것이 본질이고, 그에 대한 평가에 연연하지 않는 것이 필자가 갖추어야 할 올바른 태도임을 설파하고 있다. 즉 귀 울림과 코골이에 대한 비유에 잘 드러나듯이 글의 성패는 타인의 평가가 아니라 필자 스스로 성찰하는 자세에서 나온다는 것이 연암의 생각에 해당한다. 이는 독자의 반응에 연연하지 말고 자신의 뜻을 온전히 펼치는데 전력을 다해야 한다는 의미로 독자에 대한 고려를 중시하는 오늘날의 작문관과는 차이가 있다.

중국에 다녀온 이후 그 견문한 사실 가운데 자못 기록할 만한 것이 있어서 연암골에 왕래할 때 늘 붓과 벼루를 가지고 다니며 행장(行裝) 속에 든 초고를 꺼내 생각나는 대로 적어나갔다. 늙어 한가해지면 심심풀이 삼아 읽을까 해서였다. …… 처음에는 심히 놀라고 후회하며 가슴을 치며 한탄했지만, 나중에는 어쩔 도리 없어 그냥 내버려둘 수밖에 없었다. 하지만 책을 구경한 적도 없으면서 남들을 따라 이 책을 헐뜯고 비방하는 자들이야 난들 어떡하겠느냐? (『나의 아버지 박지원』: 50)

인용문은 연암의 아들인 박종채가 지은 〈과정록(過庭錄)〉에 나오는 내용으로 여기에서 연암은 〈열하일기〉를 창작한 배경과 세상의 비방에 대한 자신의 생각을 밝히고 있다. 이에 따르면 연암은 말년에 심심풀이로 읽기 위해 〈열하일기〉를 지었지만 의도치 않게 원고가 유출되어 세상의 비난에 직면하게 되었는데 이에 크게 개의치 않는 모습을 보이고 있다. 연암의 언급을 곧이곧대로 받아들이기는 힘든 부분이 있지만 연암이 〈열하일기〉를 저술한 것이 당대 독자들의 긍정적 반응을 기대한 것이 아님은 분명하다. 오히려 연암은 예상되는 독자들의 반응과 상관없이 자신이 말하고자 하는 바를 제대로 전달하는 데 전력을 다하였다. 이는 세상에 아부하거나 세간의 평가에 연연해하지 않으면서 자신의 뜻을 굳건히 펼쳐내는 필자로서의 연암의 자세를 잘 드러내고 있다.

지금까지 조선후기 최고의 문장가로 평가받는 연암 박지원의 작문관을 대상 인식, 표현 관점, 쓰기 태도의 측면으로 나누어 살펴보고, 이를 잘 드러내는 실제 사례들을 검토해 보았다. 이제까지의 논의에서 잘 드러난 것처럼 연암은 쓰기 행위에 대한 날카로운 인식과 함께 이를 실천한 글들을 왕성하게 창작하는 모습을 보여주었다. 이는 글쓰기와 관련된 이론과 실천, 인식과 실제를 통합적으로 보여주는 성과를 거두고 있으며, 이러한 경향은 연암뿐만 아니라 고전산문 글쓰기에서 많은 문장가들이 나타낸 모습이기도 하다. 고전산문 글쓰기가 보여주는 이러한 특성은 갈수록 분리되고 파편화되어 실제 글쓰기 수행의 전모와 멀어지고 있는 현대의 작문연구 및 작문교육의 경향과 대조되는 부분에 해당한다.

3. 고전산문 글쓰기는 작문교육에 어떤 역할을 할 수 있는가?

그동안 고전산문 글쓰기의 교육적 적용과 관련해서는 고전산문 텍스트가 지닌 관습적 양식의 가치에 주목한 논의가 있었다. 여기에서는 오늘날의 표현 교육이 학습자의 개성적 발달을 중시한 나머지 한 사회가 공유한 양식으로서의 글쓰기 교육을 배제한 경향이 있다고 비판하면서 중세의 규범적 글쓰기가 학습자들에게 표현의 기본형으로서의 역할을 수행할 수 있다는 관점을 취하고 있다(김대행, 1995; 김종철, 2000). 이는 쓰기에서 모범이 되는 텍스트에 대한 학습을 중시하고, 한 사회가 발전시킨 관습적 글쓰기 양식의 가치에 주목해야 한다는 점을 강조하였다.

고전산문 텍스트와 양식의 전범성에 주목한 논의는 그것대로 의의를 지니지만 고전산문 글쓰기의 교육적 가치는 이를 벗어나 좀 더 확대될 필요가 있다. 이 글에서는 그 주요한 방향을 쓰기에 대한 철학적인 성찰과 이를 통한 필자의 주체적 태도 형성에서 찾고자 한다. 이는 쓰기 과정을 구분하고, 부분적인 전략과 기능 학습을 통해 쓰기 능력 발달을 추구하는 현대적 작문교육의 접근에서는 발견하기 힘든 측면에 해당한다.

[9국03-10] 쓰기 윤리를 지키며 글을 쓰는 태도를 지닌다.
[10국03-05] 글이 독자와 사회에 끼치는 영향을 고려하여 책임감
있게 글을 쓰는 태도를 지닌다.

인용된 부분은 2015 국어과 교육과정 중학교와 고등학교 쓰기 영역 중 쓰기 태도와 관련된 성취기준에 해당한다. 쓰기 교육에서는 쓰기를 수행하기 위한 지식과 기능을 가르치는 것이 필요하지만 그에 못지않게 학생들이 쓰기의 가치를 인식하고 이를 생활화하도록 만드는 태도 형성도 중요하다. 그런데 중등학교 쓰기 영역 교육과정 성취기준을 보면 이에 대한 배려가 부족하고 관련 성취기준 또한 윤리적 측면을 강조하는 경향을 나타내고 있다. 고전산문 글쓰기는 이런 지점에서 벗어나 학생들에게 쓰기의 가치를 인식시키고 필자로서의 올바른 정체성을 형성하는 데 기여할 수 있다.

그렇다면 고전산문 글쓰기는 어떤 측면에서 이러한 기여를 할 수 있을까?

우선 고전산문 글쓰기에서는 쓰기의 본질에 대한 메타적 인식과 논쟁이 활발하게 이루어졌다. 전통사회에서는 글쓰기를 단순한 의사소통 수단으로 여기기보다 세상과 현실에 대한 성찰을 담아내고 스스로 깨달음을 얻는 매개체로 인식하는 경향이 강했다. 이러한 경향은 글쓰기의 본질과 관련된 필자들의 인식을 형성하고 이와 관련된 논쟁을 촉발시켰다. 고전산문 글쓰기에서 이루어진 이러한 논쟁은 학생들로 하여금 쓰기의 가치와 역할에 대한 자신의 인식을 형성하는 데 도움을 줄 수 있다. 익히 알려진 것처럼 고전산문 글쓰기에서는 고문을 위주로 하는 보수적 문장관만 존재하는 것이 아니라 기왕의 격식을 부정하고 작자의 개성 발현을 중시하는 소품문의 발달과 같은 새로운 현상도 나타났으며, 이들 사이의 긴장 관계를 통해 참다운 글쓰기의 면모를 탐색하려는 시도도 활발히 이루어졌다. 글쓰기의 본질을 인식하는 관점과 그 역할을 둘러싼 논쟁에 대한 이해는 학생들로 하여금 자신의 글쓰기를 비판적으로 성찰하도록 유도할 수 있다.

또한 글쓰기와 관련된 고전산문 필자들의 언급은 학생들에게 글쓰기 방법과 태도를 가르치는 효과적인 지침이 될 수 있다. 고전산문 필자들은 자신의 작문관을 피력함에 있어 특정 청자를 의식한 교육적 의도를 드러낸 경우가 많았으며, 이러한 언급들은 효과적인 비유를 활용해 청자가 이해하기 쉽도록 배려한 경우가 흔하다. 앞서 살펴본 연암의 사례에 잘 드러나듯이 고전산문 필자들의 글은 글쓰기의 본질과 방법에 대한 체계적인 인식의 집적물이자 후배 문인들에게 조언한 교육적 의도의 산물이기도 하다. 이런 측면에서 고전산문 글쓰기에 나타난 작문 관련 언급들은 교육의 장면에서 효과적으로 적용가능한 정합성을 지니고 있다. 학생들에게 글을 쓰는 효과적인 방법과 올바른 태도를 가르치기 위해서 연암을 위시한 고전산문 필자들의 글쓰기와 관련된 주요한 언급들을 적극적으로 수용하려는 노력이 필요하다.

마지막으로 고전산문 글쓰기에서는 필자의 작문관을 실현한 다양한 실제 글들을 쉽게 접할 수 있다. 전통사회에서 문인들은 평생 글쓰기에 대해 성찰하고 꾸준하게 실제 글로 표현하였으며, 그 결과물들은 개인 문집의 형태로 편찬된 경우가 일반적이다. 이는 쓰기와 관련된 이론과 실제, 인식과 실천이 통합적으로 존재하는 형태로 학생들은 이를 실체적으로 체감할 수 있다. 가령 학생들이 연암이 강조한 필자가 갖추어야 할 진솔한 태도의 의미를 이해하고 이를 실제 글에서 확인할 수 있다면 자신의 글쓰기에서 이를 실천하도록 가르칠 수 있을 것이다.

이러한 논의를 바탕으로 하면 고전산문 글쓰기의 교육적 적용과 관련해 아래와 같은 교육과정 성취기준의 도입이 가능하다.

> 전통사회의 쓰기 문화에 대해 이해하고, 오늘날의 경우와 비교해 성찰할 수 있다.
> 선인들의 쓰기에 대한 인식을 이해하고, 이를 고려하여 필자로서의 정체성을 형성한다.

현대의 미디어 환경이 영상 매체를 중심으로 재편성되면서 학생들은 글쓰기에서 점점 멀어지고 글을 써야 하는 이유와 가치에 대해 무관심해지고 있다. 이런 상황 속에서 인지주의 패러다임 위주의 기능과 전략을 중심으로 한 작문교육적 접근이 가지는 한계는 명확해 보인다. 이와 관련해 그동안의 글쓰기 교육이 글쓰기 교육의 내용으로 어떤 것을 가르쳐야 하는가를 중심으로 논의되었다면 앞으로는 글쓰기의 가치 그 자체를 가르치는 범주가 강화되어야 한다는 지적은 주목할 만하다(박인기, 2014: 12). 즉 필자가 글쓰기의 가치를 명확히 인식하고 자기주도성을 발휘할 수 있는 준비가 되지 않으면 기능과 전략의 교수 효과도 요원한 일일 수밖에 없다.

고전산문 글쓰기에는 쓰기의 본질과 가치와 관련된 수많은 성찰적 언급들과 이러한 관점을 견지하며 삶 속에서 써 내려간 다양한 글들이 존재하고 있다. 학생들은 고전산문 필자들이 교육적 의도를 가지고 적절한 비유를 활용해 피력한 작문관을 이해하고 실제 글들을 접함으로써 필자로서의 정체성과 주도성을 형성하는 데 도움을 받을 수 있다. 인지주의 이론에서 강조하는 기능과 전략의 활용도 쓰기와 관련한 필자의 주체적 태도가 정립될 때 비로소 그 효과를 발휘할 수 있게 된다. 이런 측면에서 쓰기의 본질에 대한 인식, 글 쓰는 방법에 대한 지침, 이를 실현한 실제 글들로 구성된 고전산문 글쓰기의 총체성은 글쓰기 과정의 과도한 분화와 쓰기 주체의 고립이 심화되는 오늘날의 작문 교육에 기여하는 바가 클 것이라 생각한다.

상소문을 쓰기 수업에서
어떻게 활용할 수 있을까?

김태경

1. 왜 상소문을 쓰기 교육에서 활용해야 하는가?

고전산문의 글쓰기는 한문으로 표기되어 있고 오늘날의 사회적 맥락과는 다른 쓰기 상황에서 작성된 것이라 실제 교실 현장에서 가르치기가 쉽지 않다. 하지만 옛것에서 오늘날 우리에게 필요한 것을 찾는 것도 교육자에게 주어진 과제이다. 따라서 고전산문의 글쓰기를 오늘날 국어교육에서 다룰 때에는 우리 전통의 문화적 가치를 가르친다는 관점뿐만 아니라 현재 우리 사회의 방향성 속에서 다루어야 할 것이다. 자유와 평등의 원리를 바탕으로 한 민주주의를 정치 체제의 기본으로 삼고 있는 지금의 사회에서 국어교육이 지향해야 할 바는 언어생활에서의 민주주의를 달성할 수 있게 시민으로서의 역량을 기르는 것일 것이다. 민주주의 사회의 주체적인 시민을 길러내는 교육은 정보를 능동적으로 탐색하고, 이를 바탕으로 자신의 관점을 다른 사람과 토론을 통해 수정 보완해 나갈 수 있으며, 행동으로 옮기는 것을 그 교육 내용으로 삼아야 한다(Heater, 1990: 336-338). 이에 대해 국어교육에서는 '표현의 자유'에 주목한 김종철(2004)의 연구를 참고할 수 있다. 김종철(2004:2-3)에 따르면 '표현의 자유'는 개인의 표현 능력에서 출발하고, 공동체 전체의 자유로운 의사소통 과정을 통해 구현되는데, 국어교육은 개인의 표현 능력을 길러주어야 한다. 이는 기초적인 말하기와 듣기, 쓰기와 읽기 능력을 바탕으로 하며, 언어 공동체의 주요한 의제 또는 관심 있는 분야의 의제에 참여하거나 가치 있는 정보의 소통에 참여할 수 있는 능력까지를 포함한다. 국어교육의 하위 분야인 쓰기 교육도 언어 공동체에 참여하여 의사소통을 하기 위한 능력을 기르기 위한 교육이 되어야 할 것이다.

민주주의 사회의 시민으로서 실제 언어 공동체에 참여해 원활한 의사소통을 하기 위해서는 공적 장르(public genres) 쓰기 교육이 필요하다. 사(私)와 구분되는 공(公)이 포괄하는 영역이 넓은 만큼 공적 장르는 다양한 장르를 아우른다. 이 가운데 쓰기 교육에서 가르칠 적절한 장르를 발견하고 교육 내용으로 구성할 필요가 있다. 고전산문의 글쓰기 중에서는 중세의 대표적인 공적 장르인 상소문이 공론을 표방하며 정치에 참여하는 방식으로, 오늘날 공적 장르 쓰기 교육에 활용될 수 있는 고전산문이라고 할 수 있다.

2. 상소문을 쓰기 수업에서 어떻게 활용할 것인가?

기존 연구에서는 오늘날과는 다른 고전산문의 표현론적 특징, 논증 방식 등에 주목하고 있다. 상소문의 경우는 주로 논증 방식에 초점을 둔 연구들이 주를 이루고 있다. 실제로 상소문은 엄격한 신분의 구분에 바탕을 두고 있는 사회에서 신분의 가장 꼭대기에 있는 왕에게 자신의 주장을 펼치는 글이다. 절대자인 왕을 상대로 하는 글인 만큼, 위험 부담도 크기 때문에 상대의 심기를 거스르지 않으면서도 자신의 주장을 설득시키기 위해 설득의 모든 요소가 절실하고 효과적으로 구사될 필요가 있는 글쓰기였다(김대행, 1992: 15). 상소문이 현재에 그대로 통용될 수는 없지만 설득의 원리적 측면에서 현재의 설득적 글쓰기 교육에 많은 도움을 줄 수 있다는 것이다(이영호, 2016: 66).

본고에서는 접근 방식을 달리해 현대의 공적 장르와 상소문 장르를 학습자가 비교·분석할 수 있는 내용 요소를 상소문에서 확인하고 이를 쓰기 교육에 활용하고자 한다. 이를 가리켜 상소문을 활용한 장르 인식(genre awareness) 교육이라고 할 수 있다. 장르 인식 교육은 장르에 대해 명시적으로 가르치는 것이 효과가 있는지 의문을 제기한 프리드만(Freedman, 1993)과 장르가 역사적, 상황적 맥락에서 지속적으로 변화해 왔다는 밀러(Miller, 1994)의 논의에서 촉발된 북미수사학 연구에 기대고 있다. 북미수사학 연구에서는 장르가 처한 맥락을 떠나서 장르를 명시적으로 가르칠 수 있다는 것에 반대하고, 맥락을 유지한 상태의 장르를 교육할 수 있는 방안을 찾고자 했다(이윤빈, 2015: 111-112). 그 모색 과정에서 등장한 것이 장르에 대한 메타적인 이해를 가리키는 '장르 인식(genre awareness)'이다 (Devitt, 2004; Lingard & Haber, 2002; Beaufort, 2007; Clark & Hernandez, 2011). 장르 인식을 통해 하나의 쓰기 맥락이 다른 쓰기 맥락으로 쓰기 능력의 전이(transfer)가 가능하다고 본 클라크와 헤르난데즈(Clark & Hernandez, 2011)는 장르 인식 방식의 장르 쓰기 교육이 다른 맥락에서 새로운 장르를 마주쳤을 때 효과적인 대응을 할 수 있게 하기 때문에 일종의 문지방 개념(threshold concept)의 역할을 수행한다고 본다(Clark & Hernandez, 2011: 66-67).

그렇다면 상소문과 같이 학습자에게 낯선 장르가 학습자의 장르 인식을 위한 텍스트로 적합할까? 바스티안(Bastian, 2010)은 학습자에게 친숙한 장르가 장르 인식에 적합하지 않을 수 있다고 본다. 실제 장르 인식을 활용한 쓰기 교육에서 학습자는 친숙한 장르를 대단히 중요한 것으로 생각하는 '장르 효과(genre effect)'의 영향을 받아 해당 장르를 비판적으로 분석하기보다는 그대로 수용한다는 것이다. 그 결과 유사한 수사적 상황의 차이점을 구별해 내지 못하고, 구체적인 수사적 상황을 일반화하는 등 장르를 메타적으로 바라보기 어렵게 한다. 그래서 처음에는 학습자가 그들 문화나 시대와는 다른 장르에 대한 분석을 통해 훈련한 다음 친숙한 장르를 분석하는 방식이 유용함을 주장한다. 학습자에게 낯선 장르는 '장르 효과'의 영향에서 비교적 자유로우며, 학습자의 호기심을 자극하여 장르에 대한 탐구를 할 수 있도록 유도할 수 있다는 것이다.

장르 인식 교육은 장르가 가지는 유동성 속에서 그 특징을 학습자가 발견하도록 하는 것인데, 이에 대한 통찰력을 보여주는 것이 북미수사학파의 관점에서 장르를 연구한 프리드만(Freadman, 1994, 2012)이다. 프리드만은 테니스 게임에 장르를 비유하여, 장르가 최소한 대화적인 관계인 두 개의 텍스트로 구성되어 있다고 보았다. 테니스에서 샷(shots)이 공을 주고받는 것처럼[1], 장르를 이루는 두 텍스트는 질문과 답처럼 서로 다른 특성을 가진다. 이때 텍스트가 하나라도 실제로는 과거, 현재 또는 미래에 있거나 허구적이거나 이상적인 다른 상대와 게임을 한다(Freadman, 1994: 48).

또한, 프리드만은 장르의 교육(the pedagogy of genre)은 장르를 분석하는 업테이크(uptake)[2]라고 주장한다. 그녀는 텔레비전의 정치 인터뷰에 대한

---

1 프리드만은 의미의 교환(exchanging meanings)을 샷(shots)의 교환에, 기호의 교환 (exchanging signs)을 공(balls)의 교환에 비유했다(Freadman, 1994: 43).

2 텍스트를 만들어 나가면서(게임 동작) 장르 간 협상을 도모하고 장르 전략(특정 경기 규칙)을 적용하는 능력을 프리드만은 업테이크 개념으로 설명한다. 발화 행위 이론 (speech act theory)에서 업테이크란 전통적으로 특정 조건하에서 발화자가 청자에게 언어를 매개로 영향을 주어 일으키는 언표 내적 행동을 가리킨다. '여긴 덥군'이라는 발화는, 청자가 그 말을 듣고 창문을 여는 등의 행동을 하여 공간을 시원하게 만들도록 시키려는 의도를 담고 있다. 프리드만은 자신의 저작에서 이러한 업테이크 개념을 장르 이론에 접목시킨다(Bawarshi & Reiff, 2010, 정희모 외 2015: 139-140). 업테이크는 게임을 하면서 사용하는 전술적인(tactical) 수준과 일치한다. 발화 행위(sppech act)(요구(requests), 명령(commands), 초대(invitations) 등)에 해당하는 것이 적절한 업테이크(들)을 결정한다. 게임하면서 중단기 목표가 세워지면 그에 따른 전략적인(strategic) 수준에 따라 전술들이 계획된다. 하지만 실제 게임을 하는 과정에서 전략과 전술의 관계에 대한 논의가 이루어지지는 않는다. 다만, 특정한 텍스트들의 상세한 서술만이 남는다 (Freadman, 1994: 46).

사례 연구를 통해 이를 설명한다. 정치 인터뷰는 협력적인 장르로 각각의 참여자들이 어떤 의제에 대해 논의해 나가는데, 이런 특성상 논쟁적이며 한쪽이 이기면 다른 한쪽이 신뢰를 잃거나 영향력이 줄어들 가능성이 있다. 장르를 사회적 행위로 이해하기 위해서는 실제적인 구성 요소 (pragmatic component)가 무엇인지 파악해야 한다는 밀러(Miller)의 관점에 따라 프리드만은 단지 어떤 장르의 예시로 정치 인터뷰라는 담론적 사건 (discursive event)을 제시하는 것이 아니라 사회적 행위의 구체적 사건의 수준에서 이를 분석한다. 그녀에 따르면 실제적 구성 요소는 되풀이되는 상황(recurrent situation) 속에서, 형식적인 특징(formal feature)을 찾는 것이 아니라, 선행하는 사건에 대한 반응(responsive)으로, 담론적 사건에 관여하는 집단(grouping)과 그 행위(action)에 따른 효과(effect)이다. 즉, 장르는 특정한 수사적 맥락에서 발견되는 전형성을 가리키는 것이 아니라 맥락과 텍스트의 결합(nexus) 그 자체이다(Freadman, 2012: 553-558)[3]. 프리드만의 논의를 따르면 우리가 장르를 이해할 때 수행해야 하는 건 다음과 같은 질문에 답하는 것이다.

1) 선행하는 사건은 무엇인가?
2) 담론적 사건에 관여하는 집단은 누구이며, 어떤 행위를 주고받는가?
3) 행위에 따른 효과는 무엇인가?

쓰기 교육에서 위의 질문에 답을 하면서 장르를 이해하는 활동을 할 때, 상소문에 대한 장르 인식은 교육 상황에 맞게 부분적으로 활용될 수

---

3 프리드만은 일반적으로 장르 이론에서 맥락을 담론적 사건의 되풀이되는 발화 상황 (speech situation)과 역사적 현재의 특정한 때(historical occasion)로 분류하는데, 전자가 후자에 영향을 미치기 때문에 그러한 분류가 어렵다고 본다. 또한, 데리다(Derrida)가 주장했듯이 같은 것(same)이 다른 때에 반복되면 그것은 이전의 것과 같은 것이 아닌 것처럼, 맥락과 텍스트를 구분하는 것도 불가하다고 보았다(Freadman, 2012: 557).

있다. 이 연구에서는 두 번째 질문인 '담론적 사건에 관여하는 집단은 누구이며, 어떤 행위를 주고받는가?'에서 신하의 상소문과 이에 대한 임금의 답변이 활용될 수 있음을 보이고자 한다.

3. 쓰기 수업에서 활용할 상소문 장르 인식의 구체적 내용은 무엇인가?

이 연구에서 분석할 대상은 17세기 초 '한문 사대가'의 한 사람으로 꼽히는 택당(澤堂) 이식(李植, 1584-1647)이 대사간으로 있을 당시 인조(仁祖, 1595-1649)에게 올린 차자(箚子)와 인조의 비답(批答)이다. 차자는 신하가 군왕에게 정무를 아뢰는 공문(公文)의 일종으로 아래에서 위로 향하는 상행문서로 표(表)와 장(狀)과 비슷한 종류이며, 간단한 서식(書式)으로 쓴 상소문에 해당한다(陳必祥, 1995: 297-309). 비답은 상소문에 대한 왕의 결재와 관련 있는 문서로, 왕이 발신자이고, 공문서이고, 위에서 아래를 향하는 하행문서이다. 또한 조서, 교서 등이 왕의 뜻을 일방적으로 전달한다면, 비답은 상소문에 대한 대응으로써 쌍방향적 성격을 가지고 있다(심재권, 2008: 69-71).

이식의 상소문은 붕당의 대립을 없애고자 인조가 단행한 인사를 문제 삼으며 인조의 방식이 잘못되었음을 지적하고 있다. 『인조실록』 1629년 10월 9일에 차자와 상소문에 대한 인조의 비답이 나란히 실려 있다. 이는 요청과 답변 형식의 대화적 맥락이 드러나 있다는 점에서 장르 인식의 대상으로 적합하다. 또한, 서로 다른 생각을 가지고 대립하는 집단의 갈등을 해결하는 방식에 대해 생각할 점을 제시해 준다는 점에서 오늘날 국어교육이 추구해야 할 가치에도 부합한다고 볼 수 있다.

상소의 맥락 이해를 위해 먼저 선행하는 사건은 무엇인지에 대해 답을 하고 이어서 담론적 사건에 관여하는 집단은 누구이며, 어떤 행위를 주고 받는지에 대해 답하는 방식으로 이식의 상소문과 비답에 대한 장르 인식을 수행하겠다.

1) 선행하는 사건은 무엇인가?

이식의 상소문에 선행 사건이 무엇인지 담겨 있다. 상소하기 전 나만갑(羅萬甲), 장유(張維), 박정(朴炡), 유백증(兪伯曾) 등에 대한 인조의 인사가 있었다. 시기적으로는 김류(金瑬) 등의 탄핵을 받은 나만갑이 유배를 명받았고, 나만갑을 변호한 장유는 나주 목사로 좌천되었고, 이후 박정이 남원 부사로, 유백증이 가평군수로 각각 좌천되었다. 장유, 박정, 유백증은 모두 나만갑과 같은 당으로 지목되었다.[4] 이 가운데 장유, 박정, 유백증의 인사가 어떻게 이루어졌는지는 상소문에서 확인할 수 있다.

> 장유(張維)로 말하면 총재(冢宰)의 관직을 역임하고 현재 문형(文衡)의 지위에 있으니, 대신(大臣)의 다음 자리요 귀신(貴臣) 중에서도 첫째가는 신분입니다. 따라서 그에게 비록 잘못이 있다고 하더라도 예(禮)를 갖추어 물러가게 하는 것이 본디 마땅한 일이라 하겠습니다. 그런데 저 나주 목사(羅州牧使)로 말하면 4품의 관원이 제수받는 자리로 ...(중략)... 박정(朴炡)과 유백증(兪伯曾)의 경우만 해도 그렇습니다. 오래도록 하읍(下邑)에 엄체(淹滯)되어 있다가 가까스로 시종(侍從) 자리로 복귀하자마자 또 수령으로 교차(交差)시키도록 하였는데, 다른 적임자가 어찌 없기에 이번에 차례로 특별히 제수하셨단 말입니까. ...(중략)... 신 등이 나름대로 성상의 속뜻을 헤아려 보건대, 특별히 이 두 사람을 도외시하시게 된 것은 어쩌면 전일에

---

4 『인조실록』 21권, 인조 7년 7월 11일 갑오, 7월 12일 을미, 7월 21일 갑진, 9월 10일 신묘, 10월 3일 갑인 참고.

일어난 분당(分黨)의 설이 그 계기를 제공한 것이 아닐까 하는 생각이
들기도 합니다.5

이식은 선행하는 사건을 서술하면서 해당 사건에 대해 비판적인 시각
을 함께 드러내고 있다 장유의 경우는 문형(文衡, 정이품 대제학)에서 4품의
관원이 제수받는 나주 목사로 갈 것을 명 받았고, 박정과 유백증은 오랫
동안 작은 고을에 있다가 중앙 정치에 복귀하고 얼마 안 되어 다시 지방
수령으로 보냈다는 것을 확인할 수 있다. 이들이 좌천된 이유도 글에서
확인할 수 있다. 박정과 유백증의 분당의 설과 도입부에 언급한 붕당에
대한 인조의 말을 통해서 붕당을 형성했다는 죄목으로 이러한 인사가 이
루어졌음을 짐작해 볼 수 있다.6

2) 담론적 사건에 관여하는 집단은 누구이며, 어떤 행위를 주고 받는가?

상소문과 비답으로 이루어져 있는 이 담론적 사건에 관여하는 집단은
좁게 보면 이식과 인조이고, 넓게 보면 당파에 대한 인식의 차이를 가지
고 있는 신하들과 인조라고 볼 수 있다. 상소문을 텍스트 구조의 측면에
서 정리해 보면 다음과 같다.

구분	중심 내용
도입	잘 알지 못하는 부분이 있으나 지금의 관리 임명에 문제가 있어 언관(言官)으로서 이에 대해 보완할 점을 전달하고자 함.
전개	(1) 문제 제기

---

5 『택당집』, 택당선생 별집 제4권, 기사년 구월에 사간원에서 올린 차자, 한국고전종합DB.
"張維官經冢宰 方主文柄 大臣之次 貴臣之首也 雖有所失 當退之以禮 羅州 是四品
官得除之地....... 朴炡 兪伯曾等 久淹下邑 甫還侍從 守令交差 豈無他人 今者次第特
除....... 臣等竊惟 聖意特外此二人者 豈不以前日分黨之說".
6 『택당집』, 위의 글, "伏惟聖明勿以朋比之說 視之朝廷".

붕당을 형성하지 말라는 뜻에 따라 수령을 뽑을 때도 곁에 모시던 신하를 교대로 지방관으로 임명한 일은 훌륭하나 균형 감각을 잃어 처벌하기 위한 목적으로 지방관으로 보내는 것은 잘못된 것임.
(2) 문제가 되는 사례와 이에 대한 평가
　〈사례①〉문형(文衡)의 지위에 있던 정유를 4품의 관원이 제수받는 나주 목사로 보낸 것.
　- 비록 잘못이 있더라도 예(禮)를 갖추지 못한 모욕적인 처사임.
　- 옛날 당·송(唐宋) 시대에 좌천시켰던 예에서 하급 관원으로 보낸 경우도 있지만 원외(員外)의 직임을 주고 녹봉을 받게 하여 배려함.
　〈사례②〉박정과 유백증의 경우는 지방의 작은 고을에 머물다가 막 임금 곁에서 모시는 신하가 되었는데, 다시 수령으로 발령을 낸 것.
　- 임금이 노여워하고 견책하려는 마음에서 비롯된 것임.
　- 두 사람을 밖으로 보낸 것은 지난날 당파를 나눈다는 설이 그 계기가 되었을 것 같은데, 이는 실제와는 거리가 있음.
　- 나만갑에게 외직을 맡겨 제어해 보려고 대신(大臣)들이 논의한 것도 붕당의 형성과는 다름.
　- 이러한 인사는 죄에 대한 과도한 처벌이고, 대신들을 불안하게 만들어 사태의 진정과 화합 도모에 적합하지 않음.
　〈사례①, ②에 대한 마무리〉
　- 해당 인사에 대해 충분히 논의되었고 대단히 억울한 일은 아니니 그들을 비호(庇護)함으로써 임금의 의심을 사고 싶지는 않으니 이번 일이 더는 확대되지 않기를 바람.
(3) 붕당을 없애고자 하는 임금의 방법이 가지는 문제점
　- 당나라 문종의 말("하북 땅의 도적 없애기가 쉽지, 조정의 붕당 없애기는 어렵다.")을 인용하여 붕당을 없애기 어려움을 지적함.
　- 붕당을 없애기 어려운 점은 예로부터 인재 얻기 어려움과 관련이 있는데, 붕당으로 지목당한 자들 대다수가 바로 인재들임. 임금이나 정승은 이들을 분열하지 않고 화합할 수 있도록 해주면 됨.
　- 세상의 글을 자기처럼 똑같이 만들려는 왕안석(王安石)의 폐단을 비난한 소식(蘇軾)을 인용. 붕당이란 이름에만 집착해 모두 제거하려고 하면 조정에 인재는 남지 않고 아첨하고 재주 없는 무리만 남을 것임.
　- 우이(牛李)의 시비(是非)나 원우(元祐)의 삼당(三黨) 등의 예에서 보듯이 당파의 시비를 가리는 일은 매우 어려움. 당파를 모두 제거했더라면 이덕유(李德裕)의 정술(政術)이나 정이천(程

	伊川)의 정학(正學)도 배척되고 버려져 세도(世道)의 측면에서도 좋지 않음.
마무리	(1) 붕당이 문제가 되는 근본 원인 전랑(銓郎)의 권한이 막중해 국정의 정사가 그 아래로 옮겨지면서 신진(新進) 기예(氣銳)의 인물들 사이에서 불화의 원인을 제공함. (2) 해결 방안 임금과 조정의 중추적인 신하들이 인재들에 대해 충분히 의논하여 관직에 임명하면 붕당에 대해 우려하는 바가 해결될 것임.

필자는 낮추고 독자를 높이기

신 등은 모두 용렬하고 나약한 데다 원래 선악을 분별하는 데에도
어둡기 때문에, 비록 청현직(淸顯職)에 몸을 담고 있기는 하면서도
소경이나 귀머거리와 같은 점이 있었습니다. 그래서 시의(時議)가 어
떻게 돌아가는지, 이미 결정된 사안이 과연 옳은지 그른지 등에 대해
서 실제로 알 수가 없었기 때문에, 감히 의견을 강변(强辯)하며 개진
할 수가 없었습니다.7

도입 부분에서 이식은 자신이 공론의 실정과 이미 결정된 사안의 옳고
그름조차 잘 모른다고 밝히면서 독자에게 자신의 부족함을 먼저 말하고
있다. 상소를 하는 이가 사리 분별도 잘하지 못하는 이로 자신을 칭한다
는 것은 독자의 입장에서 필자를 신뢰할 만한 사람으로 볼 수 없게 만드
는 것처럼 보인다. 이러한 방식의 글쓰기가 주는 효과가 무엇인지 생각하
게 된다. 이식이 이렇게 도입을 쓴 이유는 필자와 독자의 관계에서 비롯
된다. 필자가 문제 제기하는 대상이 임금의 결정이고, 상소의 내용은 전
적으로 독자인 임금이 이를 수용하는지 거부하는지에 달려 있기 때문이
다. 이러한 비대칭적 권력관계로 인하여 설득하는 글임에도 불구하고 필
자는 자신을 낮추어서 독자를 돋보이도록 하는 데에 집중하고 있다. 독자

---

7 『택당집』, 위의 글, "俱以庸懦 素昧臧否 雖忝淸顯 有同聾瞽 其於時議之情變 已事之
是非 實所未知 不敢强爲之說".

를 높여서 신뢰를 얻고 자신이 문제 삼고 있는 내용에 임금이 수용적 태도를 보이도록 하는 전략을 구사하고 있는 것이다. 이러한 전략은 상소의 목적이 드러나는 문제 제기 부분에서도 계속된다.

> 성상께서 사당(私黨)을 결성하지 말라는 뜻을 조정에 보이면서 백성들의 일에 관심을 두고 수령을 뽑을 때 신중하게 가려서 시종신들까지도 차례로 외방(外方)에 보내도록 하신 그 일이야말로 청명한 조정의 아름다운 일이라고 하겠습니다.8

상소를 한 주된 이유로 임금이 붕당을 형성했다는 명목으로 중앙의 관료를 지방으로 내쫓는 것을 들고 있음에도 불구하고, 임금의 본래 의도는 청명하고 아름답다고 하며 임금을 높이고 있다. 그리고 다만 문제가 되는 것은 "균형(均衡) 감각을 잃은 나머지 진정 마음속으로 적임자라고 생각해서 임명하지 않고 그저 처벌하기 위한 목적으로 외방으로 쫓아 보내는 것"9으로 한정하고 있다. 임금의 행위가 근본적으로는 옳으나 부분적으로 문제가 있을 뿐이라는 것이다. 필자가 상소를 한 목적을 고려하면 문제에 대한 비판을 필자가 스스로 일부 부정하고 있는 형국이다. 하지만 이 역시도 독자를 높이는 것이 궁극적으로 상소의 목적을 달성하는 데에 도움이 될 것이라는 필자의 판단이라면 이해할 수 있는 부분이다.

개별적인 사례 해결에서 한발 물러나서 근본적인 문제 해결에 집중하기

상소문은 정이품에 해당하는 대제학 정유를 품계가 낮은 나주 목사로 강등한 사례와 박정과 유백증이 지방의 관리로 있다가 중앙 정치에 복귀한 지 얼마 되지 않아 다시 지방으로 발령을 보낸 두 사례의 세 명에 대한

---

8 『택당집』, 위의 글, "聖明勿以朋比之說 視之朝廷 軫念民事 愼揀守令 兼用侍從交差 此固淸朝美事也".
9 『택당집』, 위의 글, "若秤衡失當 寄任非誠 以譴罰行遣".

인사를 문제 삼고 있다. 첫째로 들고 있는 정유의 사례는 과거 당·송의 예를 들어 문제점을 지적하고 있다. 당·송의 경우 좌천을 시키더라도 체면을 크게 손상시키지 않으려는 배려에서 실제 업무를 수행하지 않으면서 녹봉을 받게 했는데, 정유는 그러한 배려가 전혀 없어 예를 갖추지 못한 경우로, 전례가 없는 일이라고 지적하고 있다.[10] 둘째 사례에서는 박정과 유백증에 대한 임금의 부당한 인사를 직접적으로 비판하고 있다. 둘은 붕당의 형성과는 관련이 없는데도 임금이 "노여워하고 견책하려는 마음으로"[11] 독단적으로 그들을 좌천시킨 것은 공론(士論)이 막히는 결과를 초래한다고 강하게 비판하고 있다. 첫째 사례에서 둘째 사례로 가면서 비판의 논조가 높아지고 본래 이식이 비판하고자 했던 임금의 인사에 대한 본질적 문제를 지적하고 있다.

이렇게 두 사례의 문제점을 지적했으면 이를 바로잡을 방안을 제시했어야 하는데 필자는 그렇게 하는 대신 이미 조정에서 강력하게 쟁집(爭執)하였고, 임금도 스스로 해당 문제를 다시 살피게 되었을 것이며, 박정 등이 나가게 된 것이 대단히 억울한 일도 아니기 때문에 더 이상 이러한 인사가 이루어지지 않길 바라는 선에서 인사에 대한 문제는 마무리하고 있다.[12] 필자가 잘못된 인사를 바로잡지 않고 물러난 것은 이미 충분히 논의된 사항이니 임금에게 더 따져 물어본들 실익이 없다고 판단했을 것이다.

이후 필자는 무조건 붕당을 없애고자 하는 임금의 방법이 불가능하다는 것에 집중하고 있다. 이를 위해 붕당을 없애는 것이 어렵다고 한 당나라 문종의 권위에 기대고, 예로부터 붕당으로 지목된 자들 대다수가 인재

---

10 『택당집』, 위의 글, "若昔唐宋貶官 雖下至於司馬司戶 然而不簽書公事 受員外置祿 則是於尊貴體面 無大傷損 ……… 今維之貶官 謂之前所未有 非過言也".

11 『택당집』, 위의 글, "聖意不無譴怒".

12 『택당집』, 위의 글, "雖然 萬甲 張維之行 朝廷旣已力爭 聖仁自當徐察 炡等之出 非大端枉屈 則臣等又安敢保惜庇護 以滋聖明之疑耶 獨有區區私慮過計 願爲聖明畢之".

들이었다는 귀납적 사례를 들고, 왕안석의 폐단을 비난한 소식의 사례에서 붕당을 없애기가 어렵다고 유추하고 있고, 당나라와 송나라 때 당파의 시비를 가리는 것이 어려웠음을 역사적 사례를 통해 보여주고 있다.[13] 이렇게 다양한 논증을 활용하고 있는 것만 보아도 필자가 붕당을 없애는 것이 불가능하다는 것을 설득하는 데에 많은 공을 들이고 있다는 점을 확인할 수 있다. 앞서 문제 삼은 인사가 반복되지 않으려면 결국 붕당을 없애고자 하는 임금을 설득해야 하는 것이 근본적인 문제 해결이라고 판단한 것이다.

마무리 부분에서 필자는 과도한 인사권을 쥐고 있는 이조 전랑의 권한이 붕당이 문제가 되는 근본 원인이며, 임금이 인재의 좋고 나쁨과 장단점을 신하들과 논의하면 임금이 가진 우려가 없어질 것이라고[14] 제안하면서 논의를 마치고 있다. 궁극적으로 임금의 독단이 아닌 공론에 따른 문제 해결이 필요함을 주장하고 있다.

담화의 불균형이 두드러지는 인조의 비답

이식의 상소에 대한 인조의 비답은 아래와 같다.

> 올린 차자는 잘 보았다. 너희들이 당파를 없애는 것은 당 문종(唐文宗)도 어렵게 여긴 것이라 하였거늘, 나는 문종보다 훨씬 혼미하고 용렬한데도 없애려고 하니 오활하다고 할 만하다. 그러나 당파를 세우고 그 당만을 옹호하는 무리를 축출하지 않는다면 반드시 국가가 멸망된 뒤라야 그만둘 것이므로 그렇게 하지 않을 수 없으니 너희들은

---

13 『택당집』, 위의 글, "唐文宗謂去河北賊易 去朝廷朋黨難…… 自古士大夫 被朋黨之名者 多是聰明材力爲衆所推之類也…… 昔蘇軾 譏王氏同俗之弊 比之於瘠地之黃茅白葦 去黨之難 亦何以異此…… 若牛李之是非 元祐之三黨 非但當年不能平 後世亦不能定".

14 『택당집』, 위의 글, "銓郞柄重 國政下移 新進氣銳 易生瑕釁 此實百年流弊 反正以後猶未盡祛者也 惟明主與廟堂心膂之臣 講論一代賢才姸媸短長 無所遁隱 然後培植而裁取之 品藻序列 任之勿疑".

상소문을 쓰기 수업에서 어떻게 활용할 수 있을까? 235

허물삼지 말라. 그리고 차자 끝에 전달한 말은 유념하겠다.15

당파를 없애려고 하는 것의 문제점을 지적한 것 중 당의 문종 사례를 든 것을 두고 자신과 비교하며 자신을 그보다 부족하다고 인정하고 있다. 그럼에도 불구하고 특정 당파만 옹호하는 무리들을 축출하지 않는 것은 국가의 멸망과 연결될 수 있으니 문제 삼지 말라고 하고 있으며, 다른 내용에 대한 언급은 없다. 자신의 인사는 국가 멸망을 초래할 수 있는 인물들을 좌천시키는 것이니 이는 논의할 바가 아니라는 것이다. 다만, 차자 끝에 전달한 말, 즉 중신들과 의논해서 인사를 결정해 달라는 말만 유념하겠다고 했다. 공론을 따르지 않았다는 비판을 의식한 것이다.

비답이 상소문에 대한 결재이기 때문에 간략하게 서술되기는 하지만, 이식이 다양한 논증을 통해 붕당을 없애고자 하는 인조를 설득하려는 것에 비해 부분적으로만 자신의 부족함을 인정하고 뜻을 굽히고 있지 않다. 이렇게 담화를 주고받는 과정의 불균형은 권력의 불균형에서 비롯된다. 임금이 공론을 따라야 한다는 전제는 공유하지만, 기본적으로 권력의 추가 임금에게 기울어진 상황에서 인조는 공론에 대해 선택적으로 대응하고 있다.

4. 상소문을 오늘날 쓰기 수업과 어떻게 연결할 것인가?

상소문을 오늘날 쓰기 교육과 연결하기 위해서는 앞서 언급한 바스티안이 제안한 것과 같이 과거의 글쓰기에 대한 분석이 오늘날 장르의 인식

---

15 『인조실록』 21권 인조 7년 10월 9일 경신, "省箚具悉爾等之意去黨 唐 文所難 予之昏庸 甚於文宗 而欲去之 可謂迂矣 雖然樹黨護黨之類 不爲斥黜 則必底滅亡而後已 故不得不爾 爾等勿以爲咎 且箚末所陳 當留念焉".

활동에 도움이 되는 방안이 제시되어야 한다. 이에 대한 하나의 구체적 교육 방법으로 청원 장르 인식에 상소문에 대한 장르 인식 내용을 활용할 수 있다. 청원(請願, petition)은 라틴어 'petitio'에서 유래되었고, 그 뜻은 요구, 제청, 요청, 간청, 요망 등을 뜻하며 그 자체로서 누구에게 무엇을 요청한다는 개념이다. 현재 청원권은 헌법 제26조에 규정되어 있는 기본권으로[16], 헌법이 보장하는 청원권은 국가기관에 국민이 자신의 원하는 바를 전달하는 권리이다(김성배, 2017: 181-183). 즉, 청원은 상소문이 임금에게 요청하는 것과 유사하게 국민이 국가기관에 자신이 원하는 바를 요청하는 글이라고 정의할 수 있다. 구체적으로는 2017년 8월부터 2022년 5월까지 운영된 청와대 국민청원 게시판(이하 '국민청원 게시판')의 청원에서 상소문을 활용한 청원 장르 인식 교육을 제안한다.[17]

국민청원 게시판에는 다양한 사안에 대한 청원이 올라왔다. 30일 내 20만 명 이상의 국민들이 추천한 '청원'에 대해서는 정부 및 청와대 관계자가 답변을 하는 방식이었다. 답변된 청원은 293건이다. 국민청원 게시판에 대한 사람들의 주목과 언론의 관심은 아주 높았다. 청원을 통해 관련 주제에 대한 사회적 관심이 높아지고, 정부의 정책 방향에도 영향을 끼친다는 점에서 청원을 작성하고 해당 내용을 추천하는 행위는 정치 참여의 일종[18]으로 공적 장르의 특성이 잘 드러나 공적 장르 쓰기 교육에서도 주목해야 할 교육 대상이다.

---

16 "제26조 ①모든 국민은 법률이 정하는 바에 의하여 국가기관에 문서로 청원할 권리를 가진다. ②국가는 청원에 대하여 심사할 의무를 진다."

17 청와대 국민청원 게시판(http://www1.president.go.kr/petitions)은 2022년 5월 9일 폐쇄되었다. 기존 청원과 답변을 보려면 행정안전부 대통령 기록관(https://www.pa.go.kr)에서 확인할 수 있다.

18 정치 참여에 대한 정의는 다양한 정치 행위와 관여 등에 따라 다르게 해석할 수 있다. 정치 참여의 범위를 "정부 공직자의 선출 또는 정부의 행동에 영향을 미치기 위해 일반 유권자들이 선택하는 합법적인 행동"으로 좁게 해석하거나, "정부의 정책에 영향을 미치기 위한 일반 시민들의 행동"으로 넓게 정의하기도 한다(이재철, 2017: 64).

국민청원 게시판에서 담론적 사건에 관여하는 집단은 청원자와 이를 추천한 사람들과 이에 답변하는 정부 및 청와대 관계자 등인데, 청원하는 글과 답변의 양상이 상소문과 사뭇 다르다. 국민청원 게시판의 청원하는 글은 모범적인 글이라고 보기는 어렵다. 많은 사람들의 추천을 받은 글일지라도 청원의 형식을 제대로 갖추지 않은 경우도 많다. 청원하는 글에 대한 사람들의 장르 인식 수준이 낮다는 것을 보여준다. 하지만 답변은 다르다. 청원 게시판의 답변은 굉장히 친절하다. 이때 친절하게 답한다는 것은 청원하는 글이 제대로 설명하고 있지 않은 청원 내용까지 상세히 설명해 주어서 청원 내용이 무엇을 빠뜨리고 있는지를 확인할 수 있다는 점이다. 예를 들어, "조두순 출소 반대"(4호)는 청원 내용이 "제발 조두순 재심다시해서 무기징역으로 해야됩니다!!!"가 전부이다. 청원은 조두순이 출소를 앞두고 있다는 선행 사건에 대한 반응만 담고 있어서 선행 사건이 무엇인지는 답변을 통해서야 명확히 알 수 있다. 답변에 따르면, 2008년 조두순이 "어린 여자아이를 상대로한 잔혹한 성폭력"을 저지른 사건에서 "12년 징역형을 선고받았는데" "2020년 12월 출소를 앞두고 있는" 시점에 올라온 청원이다.[19] 이식의 상소와 인조의 비답 길이와 완전히 반대라고 할 수 있다.

문제 해결을 요구하는 방식도 다르다. 이식이 자신을 낮추고 상대의 권위를 훼손하지 않으면서 문제가 되는 개별적인 사례에 대한 해결보다는 근본적인 해결을 위해 전략적으로 글을 쓴 것과 달리, 국민청원 게시판의 청원은 이러한 구분을 따지지 않고 청원이 해결하고자 하는 문제 자체에만 집중하고 있다. 최다 동의 청원이었던 n번방 관련 청원을 살펴보자. 20만 명 이상의 동의를 얻은 청원만 6개인 n번방 관련 청원은 범죄

---

19 "정형식 판사 삼성 판결에 대한 특검 요구"(8호), "고 장자연 씨 사건 진상 규명"(20호), "티비 조선의 종편 허가 취소 청원"(35호), "故장자연씨의 수사 기간 연장 및 재수사를 청원합니다."(86호) 등도 선행 사건에 대한 구체적인 설명이 없다.

자들에 대한 제대로 된 처벌을 강조하고 있다. 5개의 청원은 아예 제목에
서부터 강력한 청원을 요구하고 있다.[20]

처벌의 필요성을 뒷받침하는 근거도 피해자가 입은 피해의 심각성에
근거하고 있지 과거 역사의 사례와 같이 직접적인 관련이 없는 근거들을
활용하고 있지 않다. "우리의 방관과 무관심 속에서 피해자들은 끔찍한
고통과 눈물의 나날을 보내고 있"고(139호), "평생 씻을수없는 아픔과 슬
픔 괴로움을 견디면서 살아가야 하는 피해자의 마음을 헤아리신다면"(145
호), "파렴치한 인간들이 불쌍한 아동.청소년들을 속여" 성적 학대를 한
것에 분노(143호)하면서, 텔레그램에서 이루어지는 성착취 문제를 본격적
으로 다룬 최초 보도기사, 기획기사 링크 등을 활용(139호)하고 있다.

이러한 담론의 교환 양상은 이식의 상소문과 인조의 비답과 대조되는
지점으로, 장르 인식을 위한 질문 가운데 특히 "담론적 사건에 관여하는
집단은 누구이며, 어떤 행위를 주고받는가"를 중심으로 장르 인식 교육의
내용을 구성할 수 있다. 청원은 민주주의 사회의 정치 참여의 방법이고,
상소문은 봉건제 사회의 정치 참여의 방법으로, 상소문의 필자는 비답의
필자보다 훨씬 정교한 글쓰기가 요구된다. 하지만 청원은 다르다. 청원보
다 청원에 대한 답변이 더 정교한 경우도 있다. 즉, 담론적 사건에 관여하

---

[20]

주제	청원 세부 정보	비고
n번방	· 청원139호-2020.01.02-성 착취 사건인 'n번방 사건'의 근본적인 해결을 위한 국제 공조 수사를 청원합니다. · 청원143호-2020.03.10.-텔레그램 아동·청소년 성노예 사건 철저한 수사 및 처벌 촉구합니다!! · 청원144호-2020.03.20-N번방 대화 참여자들도 명단을 공개하고 처벌해주십시오 · 청원145호-2020.03.20.-가해자 n번방박사, n번방회원 모두 처벌해주세요 · 청원146호-2020.03.20-텔레그램 n번방 가입자 전원의 신상공개를 원합니다 · 청원147호-2020.03.18.-텔레그램 n번방 용의자 신상공개 및 포토라인 세워주세요	*자료 분류 [청원 번호 (답변된 청원 순서)-청원 시작 날짜 -청원 제목]

는 집단의 성격과 그 관계가 필자의 쓰기에 큰 영향을 미치고 있는 것이다. 학습자는 상소문과 국민청원 게시판의 청원에서 담론적 사건에 관여하는 집단이 주고받는 글쓰기가 어떻게 달라지는지 비교를 통해 국민청원 게시판의 청원에 대한 장르에 대한 통찰력을 기를 수 있을 것이다.*

---

* 이 글은 "김태경(2019), 「장르 인식을 활용한 공적 장르 쓰기 교육의 방법 - 청와대 청원 게시판 청원과 답변을 중심으로 -」, 『작문연구』 41, 한국작문학회"의 내용을 수정 ·보완한 것이다.

설화를 한국어 교육에서 어떻게 활용할 수 있을까?

김혜진

1. 한국어 교육에서 설화의 위상은 어떠한가?

설화는 근대 한국어 교육 초기부터 현재까지 한국 문화에 대한 소개 또는 정보 제공, 말하기·듣기·읽기·쓰기 등의 제재로써 활용되고 있다. 중국, 일본 등 동아시아뿐만 아니라 독일, 프랑스 등 서구권 학습자를 대상으로 체계적인 교육이 시작된 19세기 후반에 출간된 한국어 교재에 다양한 설화가 수록되어 있음을 볼 때 한국어 교육에서 설화를 교육적 제재로 활용한 역사는 오래되었음을 알 수 있다. 설화는 한국어 교육의 초기에는 주로 한국 사회와 문화에 대한 정보 차원이나 독해력 향상을 위한 읽기의 제재로 활용되다가 점차 말하기·듣기·읽기·쓰기의 언어 기능 영역의 교수·학습 자료로 활용 영역이 확장되어 한국어 교재에 수록되어 있다. 나아가 2000년대에 들어서는 문화 교육과 문학 교육의 중요한 연구 자료 및 교육 제재의 역할을 담당하고 있으며 최근에는 다문화 교육의 소재로까지 그 활용 범위가 확장되고 있다.

한국어 교육은 외국어 교육 또는 제2 언어 교육의 성격이 강하기 때문에 어휘·문법·말하기·듣기·읽기·쓰기 등의 의사소통 중심의 언어 기능 영역을 중심으로 교수·학습이 운용되고 있으며, 상대적으로 문화 교육이나 문학 교육의 역할은 한정되어 다양한 소재나 문학 작품들을 교육 현장에 활용하지 못하고 있다. 그러나 설화는 주제와 소재의 세계 보편성과 특수성, 언어 구조와 형식의 단순성, 이야기 구조의 보편성으로 인해 문화 교육의 제재로서 유용하게 다루어지고 있으며 문학 교육으로의 확장성도 지니고 있기 때문에 한국어 교육의 의미 있고 실제적인 교수·학습 자료로서의 가치를 지니고 있다.

2. 한국어 교육에서 설화 교육의 목표와 의의는 무엇인가?

한국어 교육에서 설화 교육의 목표는 문화 능력·상호 문화적 능력·문화적 문식력·언어문화 능력·문학 능력·다문화 능력·의사소통 능력의 향상 등 다양한 방면으로 설정되고 있는데 본고에서는 설화 교육의 목표와 의의를 다음의 세 가지 측면에서 살펴보고자 한다.

첫째, 설화는 한국인의 사고, 행위, 산물 등을 이해할 수 있는 실제적인 문화 자료로서 한국어 학습자의 문화 능력(cultural competence), 상호 문화적 능력(intercultural competence), 문화적 문식력(cultural literacy) 등 문화 관련 능력을 향상할 수 있다. 문화 능력은 목표 언어권 사람들의 가치와 행위 양식을 자국의 문화와 비교해 판단하고 평가할 수 있는 능력(김혜진, 2009:18)이며, 상호 문화적 능력은 다른 나라, 다른 문화와 효과적으로 소통할 수 있는 능력으로 목표 언어, 목표 문화 구성원들의 가치, 신념, 태도, 정서 등과 밀접한 관련을 맺는다(김종철·김혜진, 2015:80-81). 문화적 문식력은 문화 능력과 상호 문화적 능력을 기반으로 목표 문화와 관련된 공유된 지식의 이해와 가치 체계의 해석을 기반으로 문화를 생산할 수 있는 능력을 말한다(김혜진, 2017:37). 문화 능력, 상호 문화적 능력, 문화적 문식력 모두 학습자의 자문화에 대한 배경지식, 목표 문화에 대한 지식의 습득과 이해를 바탕으로 하며 상황 맥락 또는 담화 맥락에 적합한 의사소통 능력을 구사하는 데 핵심 능력으로 요구되고 있는 고급의 소통 능력이다.

설화는 보편성과 특수성을 두루 갖춘 이야기로서 세계적으로 공통적인 이야기 구조와 내용, 주제와 더불어 한국만의 특수한 정신문화와 행위 양식 등을 반영하고 있으므로 문화 능력과 상호 문화 능력 향상에 기여하며 국가 간 비교 문화 및 비교 문학의 교수·학습 제재로서의 가치가 있다. 또한 한국인의 사상, 가치관, 관습, 제도 등 다양한 문화 요소들을 반영하면서 오랜 시간 한국인과 함께해 온 문화유산으로서 이야기의 소재와 주제, 유형이 다양하며 학습자들이 창의력과 상상력을 동원하여 작품의 변용 또는 새로운 창작을 가능하게 하는데 이는 문화적 문식력을 제고한다.

둘째, 설화에 내재된 문화 어휘·관용구·속담 등을 통해 한국의 언어문화를 이해할 수 있다. 언어문화는 언어 속의 문화, 언어에 반영된 문화, 언어 자체에 내재된 삶의 방식(김대행, 2003:161)으로 정의되며 속담, 관용 표현, 시간 표현, 대우법, 인사법, 호칭어, 친족어 등 한국어의 표현 및 표현 관습 등을 포괄한다. 언어문화를 언어 속의 문화로 볼 것인지 문화 속의 언어로 볼 것인지에 따라 언어문화의 정의와 범위가 다소 달라질 수 있지만 언어가 문화이고 문화가 언어라는 본질은 불변한다. 설화의 언어는 짧고 간결하지만 한국의 다양한 문화를 포괄하고 있는데 구체적으로 살펴보면 한국의 개별적 문화 산물을 지칭하는 어휘와 한국인의 가치와 행위를 나타내는 문화 어휘, 속담, 관용 표현 등을 실제적 담화 상황에서 구현하고 있다. 따라서 한국인의 가치관, 사고, 행위, 제도를 생생한 구어로 전달하고 있는 설화는 한국어 학습자의 언어문화 능력 신장에 이바지한다.

셋째, 설화는 말하기·듣기·읽기·쓰기의 언어 기능 영역 즉 협의적 관점에서의 의사소통 능력 향상을 도모하는 데 활용도가 높은 교수·학습 자료이다. 의사소통 향상을 목표로 하는 한국어 교재의 대부분은 해당 단원의 주제 관련 어휘, 문법, 대화, 읽기 텍스트, 과제 등으로 구성되어 있는데 기능 중심적이고 맥락이 고정되어 있어 정형화된 의사소통 연습 활동에 그치는 경우가 많다. 반면 설화는 소재와 주제가 다양한 작품이 매우 많아서 학습 목표와 학습자의 흥미에 따라 제시할 수 있으며 구전 문학이라는 설화의 본질적 특성을 살려서 화자만의 개성을 살린 말하기, 다양한 화자의 목소리를 통한 듣기, 소재별·유형별·주제별·국가별 작품 읽기, 작품의 변용이나 이야기 새로 창작하기, 각색하기 등의 쓰기 등의 교수·학습 활동을 제시할 수 있다. 실제 현재 한국어 교육 현장에서 설화 는 문화 교육이나 문학 교육을 목표로 교수·학습되기보다는 말하기·듣 기·읽기·쓰기의 자료로써 활용되고 있다.

3. 한국어 교육에 활용 가능한 설화는 무엇인가?

설화의 제재 수는 구전되어 온 역사만큼 방대하고 한국어 교육에 활용 가능한 설화 또한 주제별·소재별·교육 목표별 등으로 분류해서 교수·학 습 현장에 다양하게 적용할 수 있다. 근현대 한국어 교육의 교재에 수록 된 설화를 살펴보고 한국어 교육에 활용 가능한 설화를 선정해 보고자 한다.

1) 근대 한국어 교재에는 어떤 설화들이 수록되어 있을까?

근대 초기의 한국어 교재인 리델(Ridel)의 『조선어 문법(朝鮮語文法, Grammaire Coréenne)』, 에카르트(Eckardt)의 『조선어교제문전부주해(朝鮮語交際文典附 註解, Schlüssel zur Koreanischen Konversations-Grammatik)』, 로트(Roth)의 『한국 어문법(Grammatik der Koreanischen Sprache)』에 다수의 설화가 수록되어 있 다. 이 교재들은 서양인이 저술한 근대 한국어 교육의 대표적 교재로서

한국어 어휘와 문법은 물론 다양한 문장 연습과 설화, 소설, 설명문 등 다양한 읽기 제재가 제시되어 있다. 구체적으로 살펴보면 리델의 『조선어문법』은 프랑스어로 기술된 최초의 국어 문전으로 이전에 로스(Ross) 등의 서양인들이 한국어 교재를 집필할 때 방언으로 집필했던 것과 다르게 당시 서울말을 바탕으로 하였으며, 열 편의 설화는 교재의 뒷부분에 모아서 한국어-프랑스어의 대역 형태로 제시하였다.[1] 이 교재에 수록된 설화의 주제와 내용은 인간 생활에서 보편적으로 일어날 수 있는 실제적인 이야기, 흥미 있는 이야기이며, 주로 지혜, 효(孝), 열(烈), 탐욕에 대한 경계 등을 다루고 있다.

에카르트의 『조선어교제문전부주해』는 『조선어교제문전(朝鮮語交際文典, Koreanische Konversations-Grammatik)』의 별책 부록으로 한국 사회에서 구전되던 다양한 이야기를 수록하고 있다. 『조선어교제문전부주해』는 지금까지 널리 전해지는 〈견우와 직녀〉를 비롯하여 20편의 다양한 설화를 수록하면서 교재의 서언을 통해 설화의 수록 목적, 수집과정, 대상 학습자를 밝히고, 설화를 독해 연습의 좋은 제재로 명시하고 있다. 특히 정밀한 이야기 제재를 채집하기 위해 전국을 돌아다닌 점을 강조하였다(Eckardt, 1923, 김민수·하동호·고영근 편, 1977: 203-204).[2] 에카르트는 설화는 독

---

1 교재의 목차에는 총 17편의 단편 서사물이 표기되어 있으나 실제의 교재 속에는 10편의 설화만 붙어 대역과 함께 수록되어 있다. 7편의 누락된 이야기의 제목은 다음과 같다. 〈강아지(Fils de chien)〉, 〈나귀 새끼가 된 당나귀의 알(Un oeuf d'âne ou un lapin devenu anon)〉, 〈거울의 뛰어난 능력(Prodigieux effects d'un miroir)〉, 〈세 가지 소원(Les trois souhaits)〉, 「구색을 갖추지 못한 결혼식(Un mariage mal assorti)」, 〈타락한 부자(Un galeux fortuné)〉, 〈산골 이야기(Episode d'un montagnard)〉

2 "東西國을 亘ᄒ야 語學自習研究에 必要ᄒ 것은 更論ᄒ 것도 無ᄒ지라. (...) 著者 精密ᄒ 材料를 蒐集ᄒ기 爲ᄒ야 十三個霜星霜을 苦心ᄒ며 朝鮮 十三道를 通ᄒ야 坊々谷々을 踐踏ᄒ며 研究에 研究를 加ᄒ 結果 四十五 課로 分ᄒ 文法, 語學, 比類, 練習, 會話等을 一切 網羅ᄒ야 細密ᄒ 飜譯을 加ᄒ 쑨 안이라 더욱 文典의 發音을 따라 羅馬字로 細密히 並解ᄒ엿슴으로 獨逸人士나 朝鮮人士로 語學을 研究ᄒ에 最適當ᄒ으로 信ᄒ는바라. (...) 本書는 二編에 分ᄒ야 前編에는 文法, 練習, 後編에는 解獨對譯으로 ᄒ야 學者로 ᄒ여곰 習讀의 便宜를 圖ᄒ이라."

해 연습뿐만 아니라 어휘 습득이나 회화 능력 향상에 기여할 수 있다고 보았으며, 줄거리의 축약이나 변형 없이 민간에서 구술되고 있는 실제의 이야기 내용과 구술 형태 그대로 제시하였다. 이는 현재 통용되고 있는 대부분의 한국어 교재에서 설화를 전래동화 형태 또는 줄거리만 간단하게 요약해서 제시하고 있는 것과 비교해 주목할 만하다.

로트의 『한국어문법』은 매 과마다 다양한 산문을 제시하고 있는데 〈단군신화〉, 〈인색한 부자 이야기〉, 〈의좋은 형제〉, 〈효자〉가 수록되어 있으며, 이 중 〈단군신화〉, 〈의좋은 형제〉, 〈효자〉 이야기는 현재 한국어 교육에서도 다루고 있는 설화로서 세계 보편성과 범용성을 두루 갖춘 제재이다. 예를 들면 〈단군신화〉는 각 민족 또는 국가가 가지고 있는 건국에 관한 이야기이고, 〈의좋은 형제〉와 〈효자〉는 우애와 효 등 인간 윤리에 대해 다루고 있어서 학습자 변인이 다양한 한국어 학습자들에게 낯설거나 거부감을 일으키지 않고 공감할 수 있는 작품들이다. 이는 『조선어문법』과 『조선어교제문전부주해』에 수록된 설화 들은 당시 구전되던 민중들의 이야기를 채록하여 적은 것으로 오늘날의 한국인과 한국어 학습자에게는 낯선 이야기들이 대부분인 것과 변별된다.

표 1. 근대 한국어 교재에 수록된 설화

교재명	활용 영역	설화 제재	내용
朝鮮語文法		코에 관한 이야기 (Histoire d'un nez)	나라에 빛을 져 옥에 갇힌 이방이 지혜로써 자신의 목숨을 구하고 아들이 아비를 구하기 위해 돈을 아끼지 않은 이야기
		세 가지 대단한 정성 (Trois de sollicitude royale)	가난한 집안의 아들, 며느리가 어머님을 모시기 위해 애쓰는 것을 보고 정종 대왕이 감동하여 그 집안의 효자를 과거 급제시킨 이야기

두 가지 대단한 정성 (Un autre trait de sollicitude royale)	두 진사가 각각 정혼한 처자와 조강지처를 잊지 못해 재혼을 하지 않고 혼자 사는 이야기
장난꾸러기의 내기 (Un pari décidé par le lutin)	여러 한량들 중 한 명이 도깨비가 나오는 집에서 하룻밤 자기로 내기를 했는데 그 도깨비에게 홀려 결국은 친구들에게 놀림 당한 이야기
신선에 대한 잘못된 편집증 (Une monomanie spiritiste confondue)	제주 한라산의 신선을 보고 싶어 하는 서울 양반이 제주의 목사가 되어 정사는 돌보지 않고 신선을 보고 싶다는 타령만을 하자 아전들이 짜고 제주 목사를 골탕 먹인 이야기
양반 사칭하기 (Nobless usurpeé)	백정이 가난한 양반의 세계(世系)와 족보를 훔쳐서 다른 동네로 이사 가서 양반 행세하는 것을 양반과 그의 아들이 혼내려 했으나 도리어 곤욕을 당하는 바람에 그냥 눈 감아 주고 재물을 얻어 쓰는 이야기
아이의 지혜 덕분에 죽음을 면한 양반 (Un maître d'esclaves délivré de la mort par la sagacité d'un enfant)	한 시골 양반이 종이 도망하여 양반 행세를 하는 것을 꾸짖으러 갔다가 도리어 죽음을 당하게 되었으나 재치 있는 편지를 쓰고 그것을 알아본 원님의 아들이 구해 준 이야기
닭은 누구의 것인가? (A qui la poule)	한 수령의 지혜로운 판단으로 닭의 주인을 알아낸 이야기
무명은 누구의 것인가? (A qui la pièce de toile)	도적이 선량한 사람의 무명을 자기 것이라고 우기다가 벌 받은 이야기
벼락 부자에 대한 이야기 (Histoire d'un parvenu)	양반이 되고 싶어 하는 부자 이야기
잉무새와 오리 니야기	말 잘하는 앵무새를 팔지 않으려는 사람에게 어떤 사람이 자신의 오리는 생각을 잘한다고 속여 웃돈을 받고 앵무새와 바꾼 이야기

도적을 속인 진담	장에 가서 물건을 팔고 돌아오던 하인이 도적을 만났으나 기지로써 도적을 물리친 이야기
나는 노루	젊은이 둘이 노루가 '난다', '뛴다' 하며 싸우는데 제 삼자인 관원이 두 사람의 말이 모두 맞다고 한 이야기
병 곳친 니야기	복학을 앓는 아이를 아예 죽여서 병을 앓는 일을 멈춘 이야기
세 병신 니야기	머리가 헐은 사람, 콧물 흘리는 사람, 안질 난 사람 셋이 떡 내기를 하였으나 모두 각자의 기지로써 손해 보지 않은 이야기
ᄋ희들의 쇼원	선조 때의 한 판서가 사위를 보기 위해 아이들을 시험하는데 한 영리한 아이가 판서의 쓸데없는 질문에 무안을 준 이야기
아모것도 모르는 션비(一, 二)	세상 물정에 어둡고 고지식한 선비를 지아비로 두었지만 책망하지 않고 공경하는 열녀 이야기
우슴 거리	주인은 말꼬리를 지키라는 말(言)을 말(馬)을 지키라는 뜻으로 했는데 마부는 그것을 곧이곧대로 듣고 말의 꼬리를 잘라 보관해서 주인에게 욕먹은 이야기
거즛 이인	이인(異人) 사위를 얻고자 노력하다가 오히려 옴이나 옮은 사위를 본 장인 이야기
정신이 업는 ᄋ희	배씨 성을 가진 이의 아들이 바보인데 아버지 대신 문상을 갔다가 제 성씨조차 제대로 말하지 못해 겪는 이야기
셔울 구경 (一, 二, 三, 四)	강원도 산골에 사는 한 생원이 서울 구경을 하면서 겪은 여러 에피소드를 엮은 이야기
제주 친 계칙	고려의 최영 장군이 이인의 도움을 받아 제주를 얻은 이야기
한라산 신션 니야기	제주 한라산의 신선을 보고 싶어 하는 서울 양반이 제주의 목사가 되어 정사는 돌보지 않고 신선을 보고 싶다는 타령만을 하자 아전들이 짜고 제주 목사를 골탕 먹인 이야기

		왕몽(一, 二, 三)	고아가 된 명가의 자손이 꿈의 현시를 받아 왕이 되고 또 그 왕후를 얻는 이야기
		님군이 피란홈이라	임진왜란 때 선조가 금강산에 있는 '장안사'라는 절로 피난을 가서 그 절이 유명해졌고 왕이 잠시 머리를 깎고 중이 될 생각을 하게 한 고개(단발령)의 유래에 관한 이야기
		견우 직녀성 니야기	일 년에 한 번, 칠월 칠석에 까마귀와 까치가 다리를 놓아 주면 만나는 견우와 직녀의 이야기
		지혜로온 의원	머리에 꿩 꽁지를 꽂고 물을 마시다가 물에 비친 그 그림자를 뱀으로 잘못 여겨 자신이 뱀을 먹었다는 생각에 마음의 병이 든 환자에게 다시 똑같이 그 일을 행하게 함으로써 병을 고쳐 준 의원의 이야기
		농민이 벼슬흔 니야기 (一, 二, 三)	아내에게 벼슬 못한다고 무시당한 농민이 상경하였는데 민정을 살피러 나온 왕의 마음에 들어 고향의 군수로서 금의환향하게 된 이야기
		늡의 셤미 맞초기가 어려움 (一, 二)	세 명의 재상을 모시던 한 사람이 비웃을 대접받았는데 그 먹는 방법에 따라 각 재상에게로부터 책망을 듣게 되니 나중에는 아예 먹지 않고 밖으로 비웃을 던졌다. 그 후 여러 대감들이 의논하여 그를 안동 군수를 하게 해 주었다는 이야기
		도적이 기과홈 (一, 二)	남의 것이라면 배추 한 포기도 취하지 않으려는 청빈한 선비에게 감화된 도둑의 이야기
한국어문법	연습읽기	단군신화	고조선의 건국 이야기
		인색한 부자 이야기	너무 인색한 부자를 놀린 머슴 이야기
		의좋은 형제	사이 좋은 형제가 서로를 배려해서 볏섬을 서로 주고받은 이야기
		효자 (1)·(2)·(3)	모친의 병환을 낫게 하기 위해 부부가 자신의 아이를 삶아 드렸는데 하늘이 효심에 감동하여 산삼을 내린 이야기

2) 현대 한국어 교재에는 어떤 설화들이 수록되어 있을까?

한국어 교재는 대학 기관에서 출판한 교재, 정부 산하 기관에서 출판한 교재, 민간 기업에서 출판한 교재로 나눌 수 있는데 본고에서는 대학 기관에서 출판한 교재에 수록된 설화들을 중심으로 살펴보기로 한다. 단 대학 기관에서 출판한 교재 중 학문 목적의 한국어 교재는 교재의 수가 많지 않고, 특정 목적을 가지고 집필되었으므로 본 논의에서는 제외한다.

대학 기관에서 출판한 교재는 의사소통 능력 향상을 목표로 하여 대학 부설의 한국어학당에 재학하고 있는 한국어 학습자를 대상으로 어휘·문법·말하기·듣기·읽기·쓰기의 여섯 영역에 초점을 맞추고 있으며 교재에 따라 문화 영역을 첨가하고 있다. 설화는 어휘와 문법을 제외한 말하기·듣기·읽기·쓰기·문화 영역에 초·중·고급에 상관없이 고루 선정되어 활용되고 있다.

표 2. 현대 한국어 교재에 수록된 설화

교재명	한국어 등급	활용 영역	설화 제재	비고
경희 한국어	5	듣기	소가 된 게으름뱅이, 사람으로 둔갑한 쥐, 장화 신은 고양이, 아기 돼지 삼형제, 신데렐라, 콩쥐팥쥐, 원숭이와 게의 싸움, 팥죽 할머니와 호랑이	
	6	읽기	은혜 갚은 까치	〈문학〉에 제시
서강 한국어	2B	읽고 말하기	콩쥐팥쥐	
	3B	듣고 말하기	금도끼 은도끼	
	4A	듣고 말하기	선녀와 나무꾼	
		읽고 말하기	단군신화	
	5B	읽기	청개구리, 해님 달님	
서울대 한국어	3B	읽고 말하기	거울	희곡 형태로 제시
	4B	읽고 말하기	호랑이와 곶감	

		듣고 말하기	호랑이와 나그네, 토끼와 거북이	
		읽고 쓰기	단군신화	
	5A	읽기	견우와 직녀	
성균 한국어	5	어휘	은혜 갚은 호랑이	
		듣기	해님 달님, 팥죽할멈과 호랑이 은혜 갚은 호랑이, 호랑이와 곶감, 호랑이 형님, 호랑이가 된 효자, 금강산 호랑이	
		말하기	원숭이와 게의 싸움, 모모타로, 황금알을 낳는 거위, 여우와 거위	일본과 독일의 해외 설화만 제시
		읽기	팥죽할멈과 호랑이	읽기 지문 및 희곡 형태로 제시
이화 한국어	1-2	문학 맛보기	소금이 나오는 맷돌, 호랑이와 곶감, 청개구리	
	2-1		토끼와 거북이, 우산 장수와 짚신 장수	

경희대의 〈경희 한국어〉에는 한국어 고급 학습자의 교재인 5급과 6급 교재에 〈소가 된 게으름뱅이〉, 〈사람으로 둔갑한 쥐〉, 〈콩쥐팥쥐〉, 〈팥죽할머니와 호랑이〉, 〈은혜 갚은 까치〉 등 다섯 편의 한국 설화와 〈장화 신은 고양이〉, 〈아기 돼지 삼형제〉, 〈신데렐라〉 등 세 편의 외국 설화가 골고루 수록되어 있으며 주로 듣기의 자료로써 제시되고 있다. 일반적으로 설화는 초·중급 학습자에게 제공되는데 〈경희 한국어〉는 고급 학습자를 대상으로 하는 교재에 설화를 집중적으로 싣고 있다.

서강대의 〈서강 한국어〉는 한국어 능력 초·중·고급의 모든 학습자를 대상으로 설화를 읽기·듣기·말하기의 학습 자료로 제시하고 있으며 〈콩쥐팥쥐〉, 〈금도끼 은도끼〉, 〈선녀와 나무꾼〉, 〈단군신화〉, 〈청개구리〉, 〈해님 달님〉 등 한국인들에게 널리 알려진 설화들을 수록하고 있다.

서울대의 〈서울대 한국어〉는 중·고급 학습자들에게 〈거울〉, 〈호랑이와 곶감〉,〈호랑이와 나그네〉,〈토끼와 거북이〉,〈단군신화〉,〈견우와 직녀〉를 제시하고, 말하기·듣기·읽기·쓰기 등 네 가지 언어 기능 영역 전반에 걸쳐 설화를 활용하고 있다. 설화를 쓰기에 활용한 예는 많지 않은데 서울대 교재는〈단군신화〉를 쓰기에 활용하고,〈거울〉을 희곡의 형태로 장르 변용을 해서 제시하였는데 이는 설화의 교수·학습 내용과 방법의 확장성을 보여주는 사례로 주목할 만하다.

성균관대의〈성균 한국어〉는 고급 학습자를 대상으로〈해님 달님〉,〈팥죽할멈과 호랑이〉,〈은혜 갚은 호랑이〉,〈호랑이와 곶감〉,〈호랑이 형님〉,〈호랑이가 된 효자〉,〈금강산 호랑이〉 등 호랑이와 관련된 설화를 듣기 활동에서 집중적으로 다루고 있다. 설화에서 호랑이는 선하기도 하고 악하기도 하고 때로는 어리석은 모습을 보이기도 하는데 이처럼 호랑이의 다양한 모습을 보여 줌으로써 한국인은 호랑이를 어떻게 생각하고 있는지 알려주고 있다. 이밖에〈원숭이와 게의 싸움〉,〈모모타로〉의 일본 설화,〈황금알을 낳는 거위〉,〈여우와 거위〉의 독일 설화를 소개하고 있다.

이화여대의〈이화 한국어〉는〈소금이 나오는 맷돌〉,〈호랑이와 곶감〉,〈청개구리〉,〈토끼와 거북이〉,〈우산 장수와 짚신 장수〉 등의 설화를 매 단원의 끝에 '문학 맛보기'란에 제시하면서 내용의 이해를 돕고 있다.〈이화 한국어〉는 초급 학습자를 대상으로 설화를 소개하고 있으며, 명시적으로 설화를 문학 장르로 분류해서 학습자들에게 제시한 것이 다른 교재와의 차별점이다.

살펴본 바와 같이 대학 기관에서 출판한 한국어 교재에는 설화가 다수 수록되어 있으며 설화의 소재와 주제 및 활용 영역이 다양하고 대상 학습자도 초·중·고급 전반에 걸쳐 있다. 이처럼 설화는 한국어 학습자에게 언어 교육 및 문화 교육에 활용도가 높은 제재로써 주목받고 있다.

4. 설화에서 추출 가능한 교육 내용은 무엇인가?

1) 설화 교육 내용

설화는 한국인의 삶과 함께해 온 집단 전승의 구비 문학으로 한국인의 가치, 사상, 제도, 관습, 풍속 등 관념·행위·산물 문화에 걸쳐 다양한 언어 및 문화 요소를 반영하고 있기 때문에 교육 목표에 따라 교육 내용을 선정하여 교수·학습에 적용할 수 있다. 교육 내용은 주제별·소재별·내용별·언어 기능별·문화 요소별 등 교육 목표의 성취 기준에 따라 구분하여 제시할 수 있으며, 본격적인 문학 교육으로서 모티프 추출, 서사 구조, 인물 간의 갈등, 담화 구조의 특징 등을 교육 내용화할 수 있다. 그러나 한국어 교육 현장을 고려해 볼 때 현실적으로 설화 문학 교육은 학부나 대학원의 한국어 교육 전공 학습자들에게 가능하므로 본고에서는 현재 한국어 교육에서 비교적 활용도가 높은 몇 편의 설화를 선정하고 대학 부속의 한국어 교육 기관 또는 학부 교양 수업을 듣는 한국어 학습자들을 위한 교육 내용을 제시해 보고자 한다.

표 3. 설화 교육 내용의 예

설화 제재	교육 목표	교육 내용
〈선녀와 나무꾼〉	문화 능력 상호 문화적 능력 문화적 문식력의 향상	• 관념 문화: 효(孝), 열(烈), 자애, 보은 의식, 도교 사상, 천상 지향, 선행 존중, 행복, 소망 • 행위 문화: 승천, 결혼, 장례, 대가족, 가족 문화 • 산물 문화: 나무꾼, 날개옷, 연못, 노루, 수탉, 천마 • 유사한 다른 국가 작품과의 비교(예: 곡녀전설), 〈우의전설〉, 〈백조소녀〉, 〈허리 투매드〉 등)
	언어문화 능력의 신장	• 관념 문화 어휘: 효, 열, 자애, 옥황상제 • 행위 문화 어휘: 승천, 결혼, 혼인, 장례 • 산물 문화 어휘: 두레박, 호박죽, 팥죽, 날개옷, 천마, 수탉

	의사소통 능력의 향상	•말하기: 선녀, 나무꾼, 노모의 입장에서 말하기 •듣기: 중요한 사건 이해하기 •읽기: 다양한 유형의 〈선녀와 나무꾼〉 읽기 •쓰기: 이야기의 결말 새로 쓰기, 패러디 •금기 표현: ~하지 마라
〈견우와 직녀〉	문화 능력 상호 문화적 능력 문화적 문식력의 향상	•관념 문화: 사랑, 이별 •행위 문화: 베 짜기, 소 기르기 •산물 문화: 베, 소, 은하수, 까마귀, 까치, 목동, 오작교 •유사한 다른 국가 작품 찾기
	언어문화 능력의 신장	•관념 문화 어휘: 사랑, 이별, 천제 •행위 문화 어휘: 베 짜기, 목우(牧牛), 목동(牧童) •산물 문화 어휘: 칠석, 칠석우, 베, 소, 은하수, 까마귀, 까치, 목동, 오작교
	의사소통 능력의 향상	•말하기: 속담과 관용 표현 익히기(예: 천생연분, 첫눈에 반하다, 짚신도 짝이 있다, 눈에 콩깍지가 끼다) •듣기: 사랑의 다양성 이해하기 •읽기: 칠월칠석의 유래 이해하기 •쓰기: 사랑에 대한 단상 쓰기
〈콩쥐 팥쥐〉	문화 능력 상호 문화적 능력 문화적 문식력의 향상	•관념 문화: 선(善), 악(惡), 혈연관계 •행위 문화: 잔치, 밭매기, 물긷기, 벼 찧기 •산물 문화: 콩, 팥, 호미, 밭, 항아리, 벼, 두꺼비, 구슬, 아궁이 •유사한 다른 국가 작품과의 비교(예: 〈신데렐라〉, 〈싸라기 언니와 겨동생〉, 〈떰깜〉, 〈고메와 아와〉 등)
	언어문화 능력의 신장	•관념 문화 어휘: 권선징악, 혈연관계 •행위 문화 어휘: 잔치, 밭매기, 물긷기, 벼 찧기 •산물 문화 어휘: 콩, 팥, 호미, 밭, 항아리, 벼, 두꺼비, 구슬, 아궁이
	의사소통 능력의 향상	•말하기: 등장물(콩쥐, 팥쥐, 계모)의 성격에 대해 이야기하기 •듣기: 보조 등장인물(두꺼비, 참새)의 도움 이해하기 •읽기: 사건의 순서를 고려하여 읽기 •쓰기: 인물의 성격 분석하기

	문화 능력 상호 문화적 능력 문화적 문식력의 향상	•관념 문화: 홍익인간, 재세이화, 인본주의 •행위 문화: 제사, 굿, 농사 •산물 문화: 백두산, 신단수, 평양, 아사달, 동굴, 곰, 호랑이, 쑥, 마늘 •다른 나라의 건국 신화 조사해서 발표하기
〈단군신화〉	언어문화 능력의 신장	•관념 문화 어휘: 환인, 환웅, 단군, 웅녀, 풍신, 우신, 운신 •행위 문화 어휘: 제사, 굿, 농사, 하강 •산물 문화 어휘: 백두산, 신단수, 평양, 아사달, 백일, 동굴, 곰, 호랑이, 쑥, 마늘, 조선, 단군왕검
	의사소통 능력의 향상	•말하기: 고조선의 기원에 대해 이야기하기 •듣기: 등장인물(환인, 환웅, 단군, 웅녀) 간의 관계 이해하기 •읽기: 〈동명왕 신화〉, 〈박혁거세 신화〉, 〈석탈해 신화〉, 〈김수로왕 신화〉 등 다양한 건국 신화 읽기 •쓰기: 단군왕검에게 편지 쓰기

2) 〈선녀와 나무꾼〉 설화의 교육 내용 예시

〈선녀와 나무꾼〉은 전 세계에 걸쳐 광범위하게 분포되어 있으며 한국의 전 지역에 구전되고 있는 세계 보편성과 특수성을 모두 갖춘 설화이다. 〈선녀와 나무꾼〉은 백조처녀(白鳥處女) 설화로서 한국에는 1927년 〈금강산초부취우의천녀설(金剛山樵夫娶羽衣天女設)〉, 〈선녀와 나무꾼〉, 〈웅계전설(雄鷄傳說)〉 등의 제목으로 소개되었고(배원룡, 1991: 16-17), '선녀 승천형', '나무꾼 승천형', 나무꾼 천상 시련 극복형, 나무꾼 지상 회귀형, 나무꾼 시신 승천형, 나무꾼과 선녀 동반 하강형 등 여러 유형으로 전승되고 있다. 한국에 전승되는 〈선녀와 나무꾼〉은 선녀가 나무꾼을 떠나 하늘로 올라가는 결말을 지닌 세계 보편적인 서사에서 벗어나 다양한 이본들을 생성하였는데, 이 가운데 나무꾼이 수탉이 되어 '수탉 유래형'이라고도 불리는 '나무꾼 지상 회귀형'은 선녀와 나무꾼의 이별에 노모가 관련되는 한국만의 특수한 서사와 문화가 반영되어 있다. '나무꾼 지상 회귀형'은 나무꾼이 자신을 버리고 아이들과 천상으로 승천한 선녀를 찾아가 우여곡절을 겪고 잘 지내다가 홀로 두고 온 노모를 그리워하여 지상에 내려왔다가 금기를 어겨 수탉이 된 비극적 결말을 가진 이야기이다.

〈선녀와 나무꾼〉은 교육 목표에 따라 다양한 교수·학습 내용의 추출이 가능한데 상호 문화적 능력의 향상에 초점을 둘 경우, 한국인의 가치와 행위, 산물 등 즉 관념 문화·행위 문화·산물 문화 등 문화 요소 전반에 대해 논의해 볼 수 있다. 예를 들면 노모에 대한 나무꾼의 효(孝)와 노모의 나무꾼에 대한 자애, 선녀와 나무꾼의 아이들에 대한 사랑, 동물 보은을 통한 선행의 존중 등은 가치 문화적 측면에서 다룰 수 있고, 선녀와 나무꾼의 혼인, 노모의 봉양, 선녀와 노모의 고부 관계, 금기는 행위 및 제도적 측면에서 살펴볼 수 있으며 노루, 두레박, 호박죽, 수탉 등의 소재는 산물 문화와 관련 지어 학습자들에게 제시해 줄 수 있다. 좀 더 구체적으로 〈선녀와 나무꾼〉의 가족 문화에 대해 살펴보면 다음과 같은 교육 내용을 추출해 볼 수 있다. 〈선녀와 나무꾼〉에는 선녀, 나무꾼, 노모 등이 주요 등장인물로 설정되어 있으며 이들은 한 가족을 이룬다. 나무꾼과 노모, 선녀와 아이들의 모자 관계, 선녀와 나무꾼의 부부 관계, 선녀와 노모의 고부 관계 등 한 가족의 다양한 관계를 볼 수 있다. 또한 〈선녀와 나무꾼〉은 가족의 이야기이지만 동질적이거나 수직적 관계보다는 수평적 관계가 이야기의 중심을 이룬다(김대숙, 2004:339).

첫째, 나무꾼과 노모, 선녀와 아이들의 모자 관계를 통해 '효, 열, 자애, 모성애' 등의 가치를 교육 내용으로 선정할 수 있다. 나무꾼은 장가들기 전부터 노모와 함께 살았으며 선녀와 결혼한 이후에도 노모를 모시고 살았다. 나무꾼은 자신의 생애 전반을 노모와 함께 지냈고 어머니에 대한 효심이 깊었기 때문에 하늘에서 선녀와 아이들과 재회해서 행복하게 지내면서도 홀로 두고 온 어머니를 걱정하여 지상에 내려온다. 나무꾼과 재회한 노모는 반가운 마음에 호박죽을 나무꾼에게 건네는데 어머니가 정성스럽게 끓여 주신 음식을 거절하지 못하고 선녀의 금기를 어기게 된다. 따뜻한 죽 한 그릇을 먹이려는 노모의 마음을 이해하고 기꺼이 받아들이는 나무꾼의 어머니에 대한 효심을 엿볼 수 있는 대목이다. 선녀의 금기를 어기고 호박죽을 먹는 나무꾼의 모습은 아내와 자식보다 부모를 먼저 생각하고 섬기는 자연스러운 효행의 실천이다. 나무꾼은 호박죽을 천마의 등에 쏟는 예기치 않은 사건으로 인해 다시는 하늘에 있는 선녀와 아이들과 재회할 수 없는 비극을 겪게 되지만 이와 별개로 나무꾼이 노모를 대하는 태도는 한국 사회에서 '효'라는 가치가 얼마나 중요시되었는지를 보여 주는 예가 된다.

한편 '나무꾼 시신 승천형'의 경우에는 나무꾼이 지상에서 홀로 죽자 선녀는 아들을 하강시켜 나무꾼의 시신을 수습하여 천상에서 장사 지내 주는 데 이는 아내로서 남편에게 도리를 다한 열(烈)의 가치를 실현한 것이라고 할 수 있다.

어머니로서의 노모와 선녀의 모습을 살펴보면 어떠한 환경 또는 경우에 처하더라도 자식을 우선시하고 배려하는 자애와 모성애를 느낄 수 있다. 노모는 자신을 두고 떠난 나무꾼이 하늘에서 내려왔을 때 나무꾼을 원망하지 않고 반가운 마음으로 맞이한다. 노모는 나무꾼이 곧 떠나야 할 것을 직감하고 즉 지상에서 보낼 시간이 별로 많지 않다는 것을 알고 호박죽을 끓여서 준다. 호박죽은 소박하지만 아들에게 가장 필요하다고 여긴 음식이었고 가난한 살림살이에서 아들을 위해 준비할 수 있는 노모의 마음을 표현한 최선의 매개체이다. 노모와 나무꾼의 모자 관계에서 존중된 효와 자애의 가치는 한국 정신문화의 근간이라고 할 수 있다. 하늘로 떠나면서 아이들만은 데리고 갔던 선녀의 행동은 모성애의 또 다른 표현이다. 선녀는 남편인 나무꾼은 떠날지라도 자신으로부터 아이들을 분리시키지 않으려는 의지와 행동을 보이는데 이처럼 한국에서 전승되는

〈선녀와 나무꾼〉은 어떤 경우에도 선녀가 아이들을 두고 혼자 하늘로 떠나는 경우는 없다. 부모와 자식 간의 관계는 인류 보편적인 것이지만 한국에서는 좀 더 깊은 유대감이 형성되어 있음을 알 수 있다.

둘째, 선녀와 나무꾼의 부부 관계를 통해 '결혼, 애정, 금기' 등의 제도와 관습, 행위를 교육 내용으로 선정할 수 있다. 선녀와 나무꾼의 부부 관계를 살펴보면 선녀와 나무꾼의 혼인은 나무꾼이 선녀의 날개옷을 숨기고 선녀가 하늘로 귀환하는 것을 막아서 이루어진 것이기 때문에 비록 선녀에 대한 나무꾼의 마음이 간절했다고 해도 정당성을 인정받기 어렵다. 나무꾼은 선녀의 의지와 상관없이 선녀의 날개옷을 숨기는 정당하지 못한 방법으로 자신의 소원을 성취한 것이고, 선녀의 입장에서는 나무꾼과의 결혼은 오갈 데 없는 낯선 곳에서 살아남기 위해 어쩔 수 없이 받아들여야 하는 선택이었기 때문이다. 나무꾼과 혼인하여 아이를 낳고 키우며 짧지 않은 시간 동안 부부 생활을 영위하였지만 나무꾼이 날개옷을 보여 주자마자 나무꾼이 없는 시간을 틈타 아이들만 데리고 바로 하늘로 떠난 선녀의 행동은 남편인 나무꾼에게 소속감을 느끼기보다는 늘 자신의 본향인 하늘을 그리워했음을 반영한다. 나무꾼은 아내에 대한 애정이 있음에도 불구하고 부부 관계를 지속하기 위한 배려나 신중함은 보이지 않는데(김정애, 2012:248) 이 또한 선녀가 미련 없이 하늘로 떠나는 데 작용했을 것이다.

반면 선녀와 아이들이 떠난 후에 노루의 도움으로 하늘에 올라간 나무꾼을 선녀는 용서하여 받아들이고, 하늘나라 생활에 적응할 수 있도록 협조한다. '나무꾼 천상 시련 극복형'에서는 선녀의 남편으로 옥황상제에게 인정받기 위한 나무꾼의 과제 해결 과정이 보이는데 이때 선녀는 우부현녀(愚夫賢女)의 모습을 보이며 나무꾼의 지원자가 된다. 하늘에서 겪는 나무꾼의 시련은 지상에서의 혼인을 천상에서도 인정받는 과정으로 선녀와 나무꾼은 만남과 이별을 거듭하면서 부부애를 돈독히 하게 된다. 선녀는 나무꾼이 홀로 두고 온 노모를 그리워하는 모습을 보며 자신이 지상에서 하늘나라와 가족들을 그리워했던 일을 떠올리며 나무꾼의 마음에 공감하고, 나무꾼에게 노모를 만나고 오되 절대 땅에 발을 디디지 말라는 금기를 준다. 선녀가 나무꾼에게 요구한 금기는 단순히 나무꾼이 천상으로 돌아오지 못할 것을 걱정해서 나무꾼의 행위를 제약하는 것이 아닌 나무꾼과 천상에서 행복하게 살고자 하는 소망의 표현, 나무꾼에 대한 선녀의 애정으로도 볼 수 있다.

셋째, 선녀와 노모의 고부 관계를 통해 시집살이 등의 관습과 제도를 교육 내용으로 선정할 수 있다. 〈선녀와 나무꾼〉 설화에서 선녀와 노모와의 관계는 명시적이고 구체적으로 잘 드러나 있지 않지만 선녀의 행동을 통해서 유추해 볼 수 있다. 나무꾼이 선녀를 집에 데리고 왔을 때 노모는 별다른 거부감을 보이지 않으며 함께 생활한다. 가난한 아들이 천상의 여인을 아내로 맞이한 것은 노모의 입장에서는 반가움을 넘어 평생의 걱정을 더는 일이었을 것이다. 그러나 선녀의 입장에서는 어느 날 갑자기 원하지 않은 남성과 어쩔 수 없이 결혼해서 집안일과 시어른 봉양, 자녀 양육이라는 부담스러운 일을 한꺼번에 떠맡게 되었다. 선녀는 나무꾼과 결혼 생활을 하면서 자신이 살던 천상을 그리워하며 돌아가고 싶었기 때문에 날개옷을 얻자 바로 하늘로 올라간 것이다. 남편을 내버려 둔 채 떠난 것은 시집살이에서 벗어나고 싶었던 여성들의 마음을 대변한다(전주희, 2019:133). 고부 관계의 갈등, 시집살이는 비단 한국에서만 있는 일이 아니며 자신이 성장했던 친정을 떠나 낯선 세계 즉 남편, 시부모, 시댁 식구들과 만나 새롭게 가족을 꾸리는 여성들이 겪는 삶의 문제로 보편적인 공감을 일으킬 수 있다.

한편, 한 가정의 남편과 아들의 역할을 동시에 수행하는 남성들에게 어머니와 아내 사이에서의 처세는 예나 지금이나 곤혹스러운 일이다. 고부 관계에 잘못 개입하면 어머니와 아내 양쪽 모두에게 상처를 주거나 갈등 해결에 도움은커녕 갈등을 격화시키거나 문제가 생기는 경우가 발생한다. 〈선녀와 나무꾼〉에서 나무꾼의 처지는 천상에 있는 아내와 자식을 선택하든 지상에 있는 노모를 선택하든 어느 한쪽은 포기해야 하는 상황이 벌어지고 이는 가족 구성원 모두에게 만족스럽지 못한 결과를 초래한다. 나무꾼이 하늘에 다시 올라가지 못하고 수탉이 될 수밖에 없었던 것은 자신의 가정을 생각하는 마음과 노모를 봉양해야 한다는 자식의 도리가 충돌했을 때 노모를 선택한 결과인데 이는 한국 문화 속에서 한국 남성의 딜레마를 단적으로 보여 주는 사례라고 할 수 있다. 즉, 효 또는 부모 봉양에 대한 가치가 매우 중시되는 한국 문화에 나타나는 모자 사이의 특별한 유대 관계는 고부 관계 및 시집살이에 영향을 미친다는 것을 이해할 필요가 있다.

5. 설화 교수·학습 방법은 무엇인가?

설화 교육 목표에 따라 교수·학습 방법을 설계하고 구조화할 수 있는데 본고에서는 상호 문화적 능력 향상을 위한 〈선녀와 나무꾼〉 교육을 예로 제시해 보고자 한다. 상호 문화적 능력은 태도(attitude), 지식(knowledge), 해석 기술(skills of interpreting), 발견과 상호 작용 기술(skills of discovery and interaction), 비판적 문화 인식(critical cultural awareness)(Byram, 1997:57-64)을 구성 요소로 한다. 태도는 호기심과 열린 마음으로 다른 문화를 기꺼이 받아들일 수 있는 자세이며 지식은 다른 문화권 사람들의 산물과 배경지식을 아는 것을 말한다. 해석 기술은 목표 문화권을 해석할 수 있는 능력이며 발견과 상호 작용 기술은 목표 문화의 지식과 문화적 실체를 이해하여 실제 의사소통의 상황에서 자신이 습득한 지식을 적용할 수 있는 능력이다. 비판적 문화 인식은 분명한 기준과 관점을 가지고 자신의 문화와 다른 문화를 평가할 수 있는 능력을 말한다. 이를 기반으로 〈선녀와 나무꾼〉의 교수·학습 방법을 제시한다.

첫째, 교사는 〈선녀와 나무꾼〉의 텍스트를 강독하거나 줄거리를 이야기해 주고 학습자 자국에 유사한 작품이 있는지 질문한다. 작품의 내용이해를 위해서 전체 텍스트를 학습자들과 함께 읽고 학습자들이 의문을 품거나 이해하지 못하는 부분에 초점을 맞추어 지도한다. 예를 들어 나무꾼이 선녀의 날개옷을 숨겨서 결혼한 일을 범죄로 규정하고 혐오하는 경우가 있는데 심한 왜곡과 부정은 지양하고 비판적 관점 또는 수용적 관점에서도 볼 필요가 있음을 설명하며 학습자가 균형적 관점을 가질 수 있도록 한다.

둘째, 교사는 〈선녀와 나무꾼〉에 반영된 한국의 다양한 문화 요소들을 설명하고 이해하도록 한다. 나무꾼의 효심, 노모와 선녀의 자식에 대한 사랑, 노루의 보은 등 한국인의 기저에 자리 잡은 정신문화, 선녀와 나무꾼의 결혼, 가족 문화, 선녀의 승천 등 제도와 행위 문화, 날개옷, 수탉, 천마 등의 산물 문화 등에 대해 이해할 수 있는 시간을 갖는다.

셋째, 학습자는 〈선녀와 나무꾼〉의 등장인물의 가치, 성격, 행동과 다양한 산물 문화가 나타내는 한국 문화의 특징에 대해 분석해 본다. 선녀, 노모, 나무꾼, 노루 등은 각각 특징적인 가치와 성격을 지니고 있으며 이들의 행동으로 드러난다. 학습자들은 인물 분석을 통해 목표 문화인 한국 문화의 가치를 이해하고 가치 판단할 수 있다. 또한 나무꾼, 날개옷, 수탉, 천마 등의 함축적 의미에 대해 알아본다.

넷째, 학습자는 〈선녀와 나무꾼〉에서 학습한 한국인의 가치, 행위, 제도, 관습, 산물 등에 대한 이해를 일상생활, 실제의 의사소통 상황 맥락에서 적절히 활용한다. 〈선녀와 나무꾼〉에서 보여 주는 가치와 행위, 제도 등은 이야기 속에만 존재하는 것이 아니라 현대에도 유의미하게 전승되고 있다. 예를 들어 '효'는 한국인에게 여전히 중요한 가치이자 윤리이며 모자간, 부부간, 고부간의 가족 관계는 예나 지금이나 비슷한 갈등과 해결 양상을 보인다. 학습자는 설화가 단순히 허구적이고 피상적인 이야기가 아니라 지금 현재 우리들 삶의 이야기라는 것을 인식하고, 설화에서 얻은 지혜를 실제 삶에 적용해 볼 수 있다.

　다섯째, 학습자는 〈선녀와 나무꾼〉과 유사한 자국의 설화와 한국의 〈선녀와 나무꾼〉을 비교하여 문화 간의 유사점과 차이점에 대해 분석하고 각 문화의 장단점 또는 특성에 대해 평가해 본다. 〈선녀와 나무꾼〉은 서양의 〈백조 소녀〉, 중국의 〈곡녀전설〉, 일본의 〈우의전설〉, 몽골의 〈허리 투매드〉와 〈허리어대 메르갱〉 등 세계 광포형 설화로 많은 나라에 전해지고 있다. 〈선녀와 나무꾼〉과 유사한 학습자 국가의 설화를 찾아보게 한 후에 작품 간의 비교 분석 및 평가를 하여 상호 문화적 능력을 도모한다.

〈선녀와 나무꾼〉

　옛날에 노모와 함께 사는 가난한 나무꾼이 있었다. 하루는 산에서 나무를 하고 있는데 사냥꾼에게 쫓기는 노루 한 마리가 나타나서 나무꾼에게 도와달라고 애원하였다. 나무꾼은 노루를 숲 뒤에 숨기고 사냥꾼을 멀리 보냈다. 노루는 나무꾼에게 소원을 물었는데 나무꾼은 예쁜 아내를 얻고 싶다고 하였다. 나무꾼의 대답을 듣고 노루는 선녀들이 목욕하는 깊은 산속의 연못을 알려주면서 선녀 몰래 선녀의 날개옷을 숨기라고 하였다. 그리고 선녀가 아이 셋을 낳을 때까지는 절대로 선녀에게 날개옷을 돌려주지 말라고 하였다.

　나무꾼은 노루가 알려준 연못으로 가서 가르쳐 준 대로 선녀의 날개옷을 숨겼다. 목욕을 마친 선녀들이 날개옷을 입고 하늘로 날아가기 시작했는데 한 선녀만이 울면서 연못에서 나오지 못했다. 나무꾼은 선녀를 위로하고 선녀와 결혼하여 함께 살게 되었다. 아이 둘을 낳고 살던 즈음에 나무꾼은 노루가 말해 준 금기를 잊고 숨겨 놓았던 날개옷을 선녀에게 꺼내 주었다. 선녀는 날개옷을 보자마자 나무꾼은 남겨 둔 채, 두 아이만을 품에 안고 하늘로 날아갔다. 선녀와 아이들이 떠난 후 울고 있는 나무꾼에게 노루가 다시 나타났다. 노루는 정월 초하루마다 하늘에서 내려오는 두레박을 타면 하늘로 올라갈

수 있다고 알려주었다. 노루 덕분에 나무꾼은 하늘에서 선녀와 아이들을 다시 만나서 행복하게 지냈다.

행복한 시간을 보내다가 나무꾼은 고향에 두고 온 노모를 그리워하고 걱정 하였다. 나무꾼은 선녀에게 어머니를 한번만 보고 오고 싶다고 했지만 선녀는 안 된다고 했다. 그러나 실망하는 나무꾼을 보고 선녀는 결국 천마를 준비해 주면서 어머니를 뵙고 오라고 했다. 다만 발로 땅을 밟으면 하늘로 영원히 못 돌아오니까 조심하라고 당부하였다. 나무꾼은 천마를 타고 노모를 만나러 땅으로 내려갔다.

매일 나무꾼을 기다리던 노모는 하늘에서 내려온 나무꾼을 보고 반가워하며 호박죽을 나무꾼에게 주었다. 나무꾼은 천마 위에서 뜨거운 호박죽을 먹으려 고 하다가 천마의 등에 쏟았고, 뜨거움을 참지 못한 천마는 나무꾼을 떨어뜨린 후 하늘로 날아갔다. 나무꾼은 땅에 남아 노모와 살 수밖에 없는 처지가 되었 다. 나무꾼은 매일 지붕 위에 올라가서 하늘을 보며 선녀와 아이들을 그리워하 면서 울었고, 죽어서 수탉이 되었다.

〈학습 활동〉

1. 〈선녀와 나무꾼〉에서 가장 인상 깊은 부분은 어디입니까? 이유는 무엇입니 까? 〈선녀와 나무꾼〉을 읽고 느끼거나 생각한 점을 짧게 이야기해 봅시다.
2. 날개옷, 수탉, 천마가 의미하는 바가 무엇인지 생각해 보고 이야기해 봅시다.
3. 선녀, 나무꾼, 노모 중 가장 공감이 되는 사람은 누구입니까? 한 사람을 선택한 후 그 이유를 이야기해 봅시다.
4. 나무꾼은 선녀의 말을 어기고 어머니가 준 호박죽을 먹다가 영원히 선녀와 헤어지게 되었습니다. 나무꾼은 왜 이런 선택을 했을까요? 여러분이라면 어떤 선택을 하겠습니까? 이유를 이야기해 봅시다.
5. 여러분 나라에도 〈선녀와 나무꾼〉과 유사한 작품이 있습니까? 한국의 〈선 녀와 나무꾼〉과 어떻게 다른지 이야기해 봅시다.

04

고전문학교육, 무엇으로 할까:
고전문학교육의 제재에 관한 탐색

고전시가 제재는
반드시 원전이어야 할까?

조하연

1. 제재로서의 고전시가가 문제적인 이유

오늘날의 많은 학생들은 당연하게도, 고어와 한자어로 점철된 고전시가 작품을 감상하는 일을 매우 어려워한다. 교사로서는, 고전시가 제재들에 대한 거부감마저 가지고 있는 학생들과 함께 교육과정이 제시하는 성취기준에 성공적으로 도달하는 의미 있는 수업을 만들어가는 일이 어려울 수밖에 없다. 그러나 여전히 교과서 속 고전시가 작품들은 고전시가 작품의 원전, 또는 원전의 고어 표기 일부를 현대식으로 바꾼 정도의 모습으로 등장할 때가 많다.

작품의 갈래나 작품이 제재로서 배치된 학교급에 따라 고어 표기의 정도가 다르기는 하지만, 고전시가 제재는 대체로 학년이 올라갈수록 원전 그대로의 모습에 가까워져서 고등학교 공통 국어 단계에 이르면 원전의 표기를 그대로 따르는 경우가 대부분이다. 작품에 대한 최소한의 이해와 감상을 교육의 시발점으로 하는 문학교육에서, 고전시가의 제재가 학습자들이 혼자서 읽기에 무리한 모습으로 등장하고 있는 것이다.

물론 고전문학 작품이거나 현대문학 작품이거나를 막론하고 문학 작품을 국정이나 검정 교과서의 제재로 사용하는 경우 가장 확실하고 권위 있는 원전을 사용하는 것은 마땅히 그래야 하는 일이기도 하다. 비단 교육의 제재로서 사용되는 경우가 아니라 하더라도, 문학 작품을 감상할 때 원전의 표현과 표기를 최대한 살린 작품을 만나는 것은 오히려 권장할 만한 일이다. 그러나 원전 그대로의 표현과 표기를 최대한 살린 고전시가 제재가 학습자나 교사들에게는 그리 반갑기만 한 일이 아니고, 또한 기대하는 목표에 도달하는 데 반드시 효과적이지 않을 수도 있다면 진지하게 생각해 볼 만한 문제가 된다.

현재 쓰이지 않는 표현이나 표기들이 가득한 고전시가 작품들은 외국어로 된 작품만큼이나 부담을 주고, 이에 따라 학생들이 작품에 대한 기초적인 해독조차 혼자서는 하기 어려울 때가 많다. 원문만이 지니는 여러 교육적 가치를 부정할 수 없으나, 그 정도가 지나친 수준에 이르게 될 때, 고전문학을 다루는 교실은 그동안 수없이 지적된 '메마른 고증학과 지식주의의 압도'를 벗어날 길이 없게 된다. 이런 이유로 '원문에 대해 한결 유연한 관점'을 모색할 때가 된 것으로 보인다(이나향, 2016: 2).

이처럼 교과서에 수록되는 문학 제재들 가운데 고전시가 작품을 어떤 방식으로 수록해야 하는 것이 적절할까라는 문제는 최근에 새삼스럽게 부각된 문제는 아니다. 문제의 범위를 조금 넓혀 보자면, 훈고와 주석으로 가득한 고전문학 교실에 대한 오랜 반성 속에는 현재의 학습자들로서는 읽기조차 어렵게 표기된 고전문학 텍스트에 대한 고민이 당연히 포함되기 때문이다.1 이미 오래전부터의 고민거리일 수밖에 없음에도 여전히 교과서 속 고전시가의 모습이 별로 달라지지 않고 있다면 우선 그 까닭을 자세히 살펴 적절한 대안을 모색해야 할 것이다. 이 글은 현대의 학습자들이 고전시가 제재들을 부담스럽게 여길 수밖에 없게 만들었던 주요 원인 중 하나인 수록 방식2과 이에 대한 암묵적인 합의, 작품의 수록 방식에 따른 학습자들의 어려움을 개선하는 방안 등에 대해 논의해 보고자 한다.

---

1 고전시가의 표기 방식에 대한 관심과 논의가 포괄적인 수준에서는 지속적으로 이루어졌다고 할 수 있으나 이를 전면적으로 논한 것을 찾기는 쉽지 않다. 기존의 연구 중에서 이 문제를 전면적으로 논한 것은 박노춘(1974), 박인희(2003)이다.
2 이 글에서 말하는 고전시가 제재의 수록 방식이란 고전시가 작품을 교과서에 수록할 때, 원전의 표현과 표기를 그대로 따르는 정도를 말한다.

2. 고전시가 제재 수록 방식의 현황

문학 작품이 교과서에 수록될 때, 그 작품은 교과서의 제재가 된다. 그러나 항상 작품 전체 원래 모습 그대로가 교과서에 수록되지는 않는다. 교과서는 교육과정을 구현하기 위해 관련된 언어 자료와 활동을 제시하는데, 문학 작품 역시 교육과정과 관련된 언어 자료로서 제시될 수 있고, 이때 그 작품은 당연히 학습자들이 학습해야 할 내용이 된다(최미숙 외, 2008: 59). 따라서 어떤 성취기준에 적합한 언어 자료로서 특정한 문학 작품을 선택하고 교과서의 지면에 올리는 과정에는 매우 다양한 조건들이 고려될 수밖에 없다. 그중에서 학습자가 그 제재를 이해할 수 있는 수준인가 하는 것도 당연히 중요한 요소가 되어야 한다.

저마다 다른 모습을 띠고 있는 문학 작품들은, 이렇게 학습자의 수준을 비롯해 다양한 조건을 고려해 개발되어야 하는 교과서의 속성으로 인해 작품의 원전이 그대로 수록되기 어려운 상황에 놓이게 될 때가 종종 있다. 현행 교육과정에서는 국어, 도덕, 역사, 경제 등 네 과목에 대해서 교과서의 집필 기준을 따로 두고 있는데, 그 내용 중 중학교와 고등학교의 문학 영역의 제재 선정 기준의 하위 항목에 〈작품 수록 방법〉에 대한 규정이 있다. 문학 작품의 수록 방식에 대한 가장 공식적인 규정을 여기에서 확인할 수 있다.

> 작품 수록 시 원문 또는 원문에 충실한 번역물을 수록하는 것을 원칙으로 하되, 교과서 분량이나 교수·학습 활동의 효율성 등을 고려하여 부득이한 경우에는 중략 등의 방식으로 발췌하거나 현대어로 수정 또는 요약할 수 있으며, 학습자의 지적 수준을 넘어서는 단어나 구절에 대해서는 주석을 달 수 있다(교육부, 2015: 19; 교육부, 2015: 26).

위의 규정은 작품 수록의 원칙이 원문 또는 원문에 충실한 번역물을 수록하는 데 있다고 명시하면서도, 여러 '부득이한 경우'에 한해 가능한 방안도 제시하고 있다. 교과서의 집필 기준에서 제시하는 '부득이한 경우'에는 매우 다양한 상황이 포함된다. 작품의 분량이 너무 길어 교과서에 모두 수록할 수 없어 중략이나 발췌가 필요한 경우도 있고, 시대에 따라 달라지는 표기 방식 때문에 표기의 일부, 또는 전체를 현대어로 수정해야 할 때도 있다. 성취기준을 구현하는 데 매우 좋은 자질을 지닌 문학 작품이라 하더라도 학습자가 직접 해독하기 어려운 표현을 포함하고 있어 주석을 통해 학습자의 이해를 도와야 할 때도 있다.

경우의 수가 매우 다양할 것이나, 대체로 요약이나 발췌 등의 변용은 주로 교과서 전체 분량 대비 해당 작품이 수록될 수 있는 지면의 한계와 관련될 것이고, 수정이나 주석은 구체적인 표현이나 표기의 문제, 또는 문화적인 요소들과 관련되기 쉽다. 갈래에 따라 나누어 보자면, 요약과 발췌는 운문 작품보다는 산문 작품에 대해 필요할 때가 많고, 수정이나 주석 등의 작업은 현대문학 작품보다는 고전문학 작품에 대해 이루어질 때가 많으리라 예상할 수 있다. 단순하게 비교할 수는 없으나 변용이나 보완 작업의 정도를 보자면 현대문학 작품에 비해 고전문학 작품을 수록하는 데 더 많은 어려움이 있으리라는 것도 충분히 짐작 가능하다.

그러나 실제 교과서를 살펴보면 상황이 이렇게 단순하지만은 않다. 같은 고전문학 작품이라 하더라도 국문문학과 한문학의 사정이 다르고, 산문과 운문 영역의 사정이 상당히 다르다는 점이 확인되기 때문이다. 고전문학의 영역을 논의의 편의상 국문과 한문, 산문과 운문 등의 기준으로 국문산문, 국문시가, 한문산문, 한시 등으로 나누어 볼 수 있는데, 이들 각각의 영역에서 원문이 그대로 유지되는 정도에는 상당한 차이가 있다.

당연하겠지만, 한문학 작품들은 산문이거나 운문이거나에 상관없이 작품의 원문이 아닌 번역문이 활용된다. 한문 교과서가 아닌 한 교과서에 한문학 작품들을 번역해 수록한다고 해서 이의를 제기하는 사람은 없을 것이다. 그런데 같은 한문학 작품들이라 하더라도 한시의 경우는 한문으로 된 원문을 앞에 제시하고, 번역된 시를 뒤에 제시하는 것이 보통이다. 이는 단지 한시가 산문에 비해 길이가 짧아 지면의 여유가 있기 때문이 아니다. 한문으로 된 작품을 직접 해석하기를 바란다기보다는 제시된 원문 그대로의 한시 작품을 통해 한시가 지닌 시로서의 특성을 확인하는 것이 그 작품을 이해하는 과정에서 매우 유의미하기 때문이다. 예컨대 교과서에 단골로 수록되어 온 정지상의 〈송인〉의 경우 7언절구라는 형식을 보여주기 위해서는 원문을 병기할 수밖에 없다.

국문 문학 작품이 활용되는 경우 산문과 운문 영역에서 보이는 차이가 한문학의 경우보다 좀 더 크다고 할 수 있는데, 이에 대해서는 좀 더 심각하게 고민을 하게 된다. 실제 교과서에 작품들이 수록된 모습을 볼 때, 국문 산문은 원문을 변용하는 폭이 상당히 넓고 다양한 것에 비해 국문 시가의 변용은 상대적으로 제한적인 수준으로 나타난다. 이렇게 국문산문과 국문시가 작품의 수록 방식에서 차이가 나타나는 데에는 다양한 요인이 개입될 것이나, 근본적으로는 두 갈래가 각자 가지고 있는 고유한 특성과 연결되는 것으로 보인다.

먼저 산문 쪽의 사정으로는 작품의 감상에서 서사적인 전개나 내용이 큰 비중을 차지하고, 다양한 이본으로 인해 원전의 확정이 쉽지 않다는 점을 언급할 수 있다. 국문 산문 작품 중에서 자주 선택되는 고전소설 작품들은 다양한 이본이 존재하는 경우가 많아 시가 작품들에 비해 상대적으로 원전을 특정하기가 쉽지 않을 때가 많다고 한다. 물론 교과서에 수록되는 국문산문 작품들의 경우 연구의 자료로 널리 활용되는 저본이나 정본이 없는 것은 아니나 이들 원전을 그대로 보여줌으로써 기대하는 효과가 바로 앞에서 언급했던 한시의 경우처럼 명확하지 않다. 따라서 국문 산문의 경우 상대적으로 원전을 필요에 맞게 변용할 수 있는 여지가 조금 넓어질 수 있고, 또한 정전급의 작품들에 대해서는 수많은 현대어역

출간물들이 있어 전체적으로 번역의 수준이 높아져 있기도 하다.

상대적으로 시가는 산문에 비해 원문을 변용할 여지가 그리 넓지 않다. 앞에서 언급했던 한시와 마찬가지로 형식 그 자체가 중요한 의미를 생성하는 시가의 특성상 원문에 변용을 가하는 일 자체가 매우 부담스러울 수밖에 없기 때문이다. 뒤에 자세히 논하겠지만, 고전시가의 경우 작품의 감상에서 특정한 표현들이 빚어내는 작품 고유의 분위기나 율격적 효과 등을 무시할 수 없고 현대어로 옮기는 과정에서 이러한 표현들이 원래의 효과를 잃는 것은 매우 곤란한 일이다. 문학 작품인 만큼 산문 작품들 역시 작품 고유의 개성적 표현을 함부로 변용해서는 안 될 것이나 적어도 교과서에 수록된 모습으로 보자면, 산문을 제재로 활용하는 경우 시가에 대해서보다는 훨씬 더 유연한 태도를 보인다고 말할 수 있다. 결과적으로 현재 국어과 교과서들에서 고전시가 작품들은 다른 갈래의 작품들에 비해 원전의 표현이나 표기를 그대로 활용하는 정도가 매우 높아 고등학교 수준에 이르게 되면 거의 원전을 그대로 싣고, 교과서에 따라서 현대어역을 원전의 우측이나 하단에 배치하는 경우가 있다.

이제까지 살펴본 것처럼 같은 국문 고전문학 작품이라 하더라도 산문과 시가 쪽의 상황이 서로 같지 않고, 같은 시가 영역이라 하더라도 동일한 원칙이 적용되는 것으로 보이지는 않는다. 이러한 상황을 압축적으로 보여주는 것이 바로 5차 교육과정기『고등학교 국어(하)』의 5단원 〈노래와 삶〉이다. 이 단원은 고전시가의 범주에 들 수 있는 다양한 갈래가 망라되어 있는데 그 표기의 방식이 제재마다 달라 매우 흥미롭다. 소단원명과 수록된 제재의 앞 부분 일부만을 보이면 다음과 같다(교육부, 1990: 73-106).

> (1) 제 망매가祭亡妹歌
> 　　생사生死 길은
> 　　예 있으매 머뭇거리고,

나는 간다는 말도
못다 이르고 어찌 갑니까. (이하 번역 부분 생략)

生死路隱　　　　此矣有阿米次肹伊遣
吾隱去內如辭叱都　毛如云遣去內尼叱古 (이하 원문 생략)

(2) '청산별곡靑山別曲'에서
살어리 살어리랏다.
청산靑山애 살어리랏다.
멀위랑 ᄃ래랑 먹고
청산靑山애 살어리랏다.
얄리얄리 얄랑셩 얄라리 얄라

(3) '용비어천가龍飛御天歌'에서
海東해동 六龍육룡이 ᄂᆞᄅᆞ샤 일마다 天福천복이시니.
古聖고셩이 同符동부ᄒᆞ시니.
海東六龍飛 莫非天所扶 古聖同符

(4) 관동별곡關東別曲
江강湖호애 病병이 깁퍼 竹듁林님의 누엇더니, 關관東동 八팔百
빅 里니에 方방面면을 맛디시니, 어와 聖셩恩은이야 가디록 罔망
極극ᄒᆞ다. 延연秋츄門문 드리ᄃᆞ라 慶경會회 南남門문 ᄇᆞ라보며,
下하直직고 믈너나니 玉옥節졀이 알픠 셧다.

(5) 유산가遊山歌
화란춘성花爛春城하고 만화방창萬化方暢이라. 때 좋다 벗님네야
산천 경개를 구경을 가세.
죽장망혜 단표자竹杖芒鞋單瓢子로 천리강산 들어를 가니, 만산
홍록滿山紅綠들은 일년일도一年一度 다시 피어 춘색을 자랑노라
색색이 붉었는데, 창송취죽蒼松翠竹은 창창울울蒼蒼鬱鬱한데,
기화요초난만중琪花瑤草爛漫中에 꽃 속에 잠든 나비 자취 없이
날아난다.

(6) '춘향가春香歌'에서

각 읍 수령 모아들 제, 인물 좋은 순창淳昌 군수郡守, 임실任實
현감縣監, 운봉雲峯 영장營將, 자리로사 옥과玉果 현감縣監, 부채
치레 남평南平 현령縣令, 울고 나니 곡성谷城 원님, 운수 좋다
강진康津 원님, 사면으로 들어올 제, 청천에 구름 뫼듯, 백운
중에 신선 뫼듯, 일산日傘이 팟종 되야, 행차 딸린 하인들, 통인
通引, 수배隨陪 급창及唱, 와와 리로 어헤라 단미로구나.

소단원 제목에서 알 수 있듯이 (2), (3), (6)의 제재는 작품의 길이로
인해 중략, 발췌 등이 이루어졌고, 다른 작품들은 모두 전문이 수록되었
다. (4)의 〈관동별곡〉은 길이가 짧은 것이 아님에도 전문이 수록되었는데
전문의 수록 여부를 가르는 기준이 오로지 작품의 길이에 따른 것이 아님
을 말해준다.

대단원 제목은 이들 제재들이 모두 한국인의 삶을 보여주는 '노래', 즉
시가로서 선택되었음을 말해주는데, 고어의 표기 방식이나 한자음의 병
기 방식들이 모두 다른 모습을 보이고 있다. 〈유산가〉와 〈춘향가〉는 모두
구비문학으로서 지금까지 전승된다는 점을 고려하여 현대어의 표기 방식
을 따르고 있다. 그러나 〈청산별곡〉, 〈용비어천가〉, 〈관동별곡〉 등의 작
품은 원전의 한글 병기 표기 그대로를 시각적으로 바로 확인할 수 있도록
배려하고 있다. 향가인 〈제망매가〉의 경우는 다소 예외적인데, 향찰 표기
를 해독문보다 아래에 배치하고 있고, 해독문 역시 고대국어로 해독한
것을 다시 현대어로 옮긴 것을 원문으로 제시하였다.

이렇듯 90년대까지의 교과서에서 고전시가 작품은 원전의 표기 방식
을 최대한 그대로 전달하는 것을 매우 중요하게 생각했던 것으로 보이는
데, 이러한 모습은 마지막 국정교과서인 7차 교육과정의 국어교과서까지
약간의 차이를 두고 이어지고 있다.

다음 (1), (2)는 7차 교육과정기 『고등학교 국어(상)』의 6단원 '노래의

아름다움'에 소단원으로 수록된 〈청산별곡〉과 〈어부사시사〉이다(교육인적자원부, 2002: 232-236). 자료 (3)은 〈어부사시사〉의 교과서 수록 방식이 원전의 모습을 얼마나 그대로 반영하고 있는가를 비교할 수 있도록 『고산유고』의 해당 부분을 제시한 것이다.

(1) 살어리 살어리랏다 청산(靑山)애 살어리랏다.
   멀위랑 ᄃᆞ래랑 먹고 청산(靑山)애 살어리랏다.
   얄리얄리 얄랑셩 얄라리 얄라

(2) 우ᄂᆞᆫ 거시 벅구기가 프른 거시 버들숩가
   이어라 이어라
   漁어村촌 두어 집이 닛 소긔 나락들락
   至지匊국恩총 至지匊국恩총 於어思ᄉ臥와
   말가ᄒᆞᆫ 기픈 속희 온갇 고기 뛰노ᄂᆞ다

(3)

주지하다시피 국어교과서가 국정을 벗어나 검정의 시대로 들어서며 교과서의 모습에도 크고 작은 변화가 나타나고 있지만, 적어도 고전시가의 영역에서는 원전 그대로의 표기를 충실히 반영하려는 노력이 지속되고 있다.[3] 비록 국정교과서 시절처럼 고어 표기는 물론 국문과 한문의 병기 방식까지도 그대로 옮기는 경우는 많지 않지만, 2015년 개정 교육과정기의 교과서들에서까지, 최소한 고등학교에서라면 고전시가를 '고어 표기가 살아 있는 원전'의 형태로 배워야 한다는 정도의 암묵적 동의가 유지되는 것으로 보인다.

3. 오래된, 암묵적 기준과 그 근거들

현재로서는 제재로서의 고전시가 작품이 어떤 모습으로 제시되어야 하는가의 문제에 대해 교과서 집필 기준 이상으로 명확한 지침이나 답을 찾기는 어렵다. 또한 같은 고전문학 제재라도 고전산문 작품과 고전시가 작품의 수록 방식에 차이가 있다는 사실이 학술적으로 크게 주목받는 일도 별로 없다. 본격적인 논의의 대상이 되기에는 교과서 수록 제재의 형태라는 문제거리가 그리 심각하게 보이지 않을 수 있고, 작품의 원전을 특정한 목적에 따라 인위적으로 바꾸는 일 자체가 문학을 대하는 기본적인 태도와 충돌하기 때문에 더더욱 활발한 논의의 대상이 되기가 어려웠으리라 짐작되기도 한다.

고전시가 작품을 어떤 방식으로 교과서에 수록할 것인가에 대한 고민은 이미 교과서를 만들기 시작할 때부터 자연스럽게 논의될 수밖에 없는 문제였겠으나, 그 자체로 본격적인 논의의 대상이 되지는 못했기 때문에 오랫동안 이 문제에 대한 해답은 경험과 직관의 수준에 머물러 있었던 것으로 보인다. 그 결과가 앞 장에서 살펴본 것과 같은, 적어도 고등학교

---

3 원래의 표기를 그대로 유지하려는 노력은 작품이 본 제재로 사용될 경우에 국한된 것으로 보인다. 해당 교과서에 수록된 총 10편의 고전시가 작품들의 표기 방식을 분석한 연구를 참고하면 본 제재가 아닌 보충학습이나 심화학습 등의 학습활동에 활용된 작품들에서는 고어 표기의 일관성이 나타나지 않는다(박인희, 2003: 57-58).

수준에 이르러서는 '고어 표기가 살아 있는 원전'으로 고전시가를 감상해야 한다는 정도로 요약된다.

그렇다면 이러한 암묵적 기준은 어떻게 형성되었을까? 이제 비교적 오래전의 글을 통해 그 암묵적 기준과 그러한 기준이 통용되어 온 근거를 검토해 보기로 하자. 다음은 2차 교육과정기 교과서를 대상으로 하여 당시 고전교육의 문제를 검토한 글의 일부이다(김형규, 1965: 2-3).

(1) 현재 교과서에 배치되어 있는 교재의 배열 관계는 적당하다고 본다. 즉 국민학교 끝에 가서 고전에 대해 현대식 문장으로 소개해 준 것이나, 고시조 몇 수를 현대식 철자법으로 고쳐 보여준 것, 그리고 중학교 끝에 가서 고전 교재를 현대식 철자로 고쳐 놓은 것, 그리고 고등학교에 가서 고전 교육이 본격적으로 시작되어 1·2학년에선 고전을 현대식으로 고쳐 놓았으나, 3학년에 가서 原典을 그대로 실린 것은 적당한 방법이라고 생각된다.

(2) 그러나 그 내용에 있어 부적당한 것도 적지 않다고 생각된다.

(3) 고전 교재는 해설문으로 고친 것과 현대식 철자법으로 고친 것과 그리고 原典을 그대로 실리는 세 가지 방법을 적당히 채택했다고 보지마는, (2)의 현대식 철자법으로 고치는 데 있어서는 여러 가지로 연구 검토해야 할 점이 많다고 생각된다.

(4) 歌辭文學 즉 關東別曲·思美人曲·太平寺·賞春曲들을 散文學의 표기와 같은 방법을 쓴 것은 잘못이라 생각된다. 韻文인 以上 三·四調 律格을 살리도록 해야 될 것이다.

(5) 국민 학교와 중학교의 고전 교육은 다만 우리 고전 가운데서 쉽고, 본질적인 것의 일부 모습을 보이기 위한 것이기에 예외가 되겠지만 고등학교서부터 시작되는 고전교육이 과연 어떤 원리 원칙 아래 이루어지고 있는지 알 수 없다. 다만, 고 3에 가서 운문과 산문으로 나눈 것을 알 수 있으나, 그 밖에는 모두가 혼합된 상태에 놓여 있다. 고전은 역사적 존재다. (중략) 고전은 국문학사·국어사와 표리 일체가 되어 교육하여야 할 것이다. 그런 점에서 이번 새로 제정된 교육과정에 있어선 고전교재를 따로

제정하여 국어·국문학의 변천 사실과 합해서 지도하게 한 것은 올바른 일이라고 생각한다.

이 글은 궁극적으로는 고전교육의 지향을 논하고 있으나, 그 과정에서 제재로서 고전 문학 작품을 어떻게 수록할 것인가의 문제도 함께 논하고 있어 고전시가의 제재화에 대한 당시의 인식을 확인할 수 있는 자료가 된다. 그런데 그 내용이 오늘날 우리가 이 문제에 대해 일반적으로 가지고 있는 생각과 크게 다르지 않은 것으로 보여 놀랍기도 하다. 고전시가의 표기 문제와 관련하여 위의 글에서 확인할 수 있는 내용을 정리해 보면 다음과 같다.

첫째, 고전 제재 표기의 학교급별 차별화에 대한 긍정적인 인식이다. (1)을 통해 교과서 수록 고전 문학 작품 제재들이 학교급에 따라 서로 다른 방식으로 표기되어 있고, 그렇게 하는 것이 교육의 장에서 자연스럽다는 생각이 이미 이 시기부터 어느 정도 공유되고 있다는 점을 알 수 있다. 서로 다른 방식이란 (3)에서 제시하고 있는 것처럼, '원전'을 그대로 수록한 것과 현대식으로 풀어준 것으로 나눌 수 있는데, 현대식으로 풀어준 것도 세부적으로는 현대의 표현, 표기에 맞춰 크게 고친 것과 철자법 정도를 현대의 규정에 맞게 바꿔 준 것으로 나눌 수 있다.

이같이 학교급에 따라 제재를 학습자들의 수준에 맞춰 변용하는 것은 이미 앞에서 언급했던 교과서 집필의 원칙에 비추어 보면 매우 자연스러운 일이다. 현재의 집필 기준에서는 제재의 선정이 교육과정, 학습자의 요구, 사회적 요구에 따라 이루어져야 한다고 제시하면서 학습자의 요구로 다음의 세 가지를 제시하고 있다(교육부, 2015: 8).

나. 학습자의 요구
① 학습자의 수준: 언어·인지·정서 발달 수준에 적절하고 학습자의 관심과 흥미 등 심리적·문화적 욕구와 경험에 부합하는 제재를

선정한다.

② 지식과 경험의 확장: 사회적·문화적·심리적 지식과 경험의 확장이 가능한 제재를 선정한다.

③ 언어문화 창조: 미래의 언어문화 창조에 기여하는 능력을 기르는 데 도움이 되는 자료나 제재를 선정한다.

만일 초등학교나 중학교의 학생들에게 원전을 그대로 제시한다면 그 제재가 학습자의 관심과 흥미를 유발하거나 학습자가 스스로의 지식과 경험을 능동적으로 확장하는 데 기여할 가능성이 매우 낮을 것이다. 현대의 학습자들에게 익숙하지 않은 표기와 형태로 제시되는 고전문학 텍스트들은 그 텍스트에 대한 서지적 이해나 언어의 해독 등으로 인해 학습자들에게 과도한 부담을 줄 수밖에 없고, 따라서 작품에 대한 심미적 반응이나 평가 등이 자연스럽게 이루어지기 어렵기 때문이다.[4]

이런 점에서 표기 방식의 선택은 곧 학습자 중심의 교육의 전개와 학습목표의 효과적 달성을 위해 매우 중요한 문제가 아닐 수 없고, 이와 관련하여 국어교과서에서는 일찍부터 지금까지 학교급에 따라 고전을 현대어 풀어주거나 표현 또는 표기의 일부만 현대식으로 바꿔주거나, 원전을 그대로 제시하는 등의 세 가지 방식을 병행해왔던 것이다(박인희, 2003: 64).

둘째, 고전시가 제재의 특수성에 대한 인식이다. (3)에서는 고전시가 작품을 현대식 철자법으로 고친다고 할 때, 고전산문 작품에 비해 "연구 검토해야 할 점"이 많은 제재라고 보고 있는데, 그 이유로 제시된 것이 (4)에서 언급된 율격의 문제이다. 주지하다시피 율격은 시가를 시가답게

---

4   김흥규는 '문학 작품의 수용에 관여하는 지적, 정서적 활동의 층위'를 (1) 텍스트에 관한 書誌的 이해, 판단 (2) 텍스트 언어의 해독 (3) 장르적 관습, 정치, 특성의 이해 (4) 작품과 관련된 사회적·문화적 요인, 환경 및 작자에 관한 이해 (5) 작품에 대한 느낌, 심미적 반응의 형성 (6) 작품 해석 (7) 작품에 대한 소감, 평가 등의 7가지로 정리하고, 고전문학은 현대문학과 달리 (1)~(4)의 과정 모두에 걸쳐 현대의 독자들과 격절되어 있다는 점을 지적하였다. 그리고 이로부터 '전통적 고전문학 교육의 지루한 訓詁學과 메마른 고증주의'의 원인을 설명하였다(김흥규, 1992: 44-45).

하는 가장 기본적인 요소이기에 국문학 연구 초기부터 활발한 연구와 논쟁이 진행되었던 부분이다. 앞의 인용한 글에서 언급된 '3·4조의 율격'이라는 표현도 음수율보다는 음보율로써 한국 시가의 기본 율격을 설명하는 것이 대세인 현재로서는 잘 사용되지 않고 있다.

율격에 대한 논쟁을 차치하더라도, 고전시가 제재를 율격이 드러나도록 수록한다는 일은 상당히 여러 가지 요소들과 연결된, 매우 어려운 작업이다. 주지하다시피 대부분의 고전시가 작품들은 띄어쓰기 없이 작품 전체가 한 덩어리처럼 기록되어 있어 시각적으로 율격이 드러나도록 하기 위해서는 원래의 기록을 인위적으로 조정해야 한다.

위에서 언급한 대로 〈관동별곡〉, 〈사미인곡〉 등의 가사 작품들을 3, 4조의 율격이 드러나도록 표기하려면 이에 따라 원래의 모습에는 없는 행의 구분을 해주어야 하고, 띄어쓰기 역시 현대어의 띄어쓰기 규칙이 아닌 해당 작품의 율격의 단위에 따라야 할 수도 있다. 시조나 가사를 포함하여 한국 고전시가의 율격에 대한 논의가 여전히 진행형이라는 점, 율격을 드러낼 수 있는 띄어쓰기, 율격을 파괴하지 않는 현대식 표기나 번역 등이 함께 고려되어야 한다는 고전시가의 특성은 섣불리 원전을 건드리지 못하게 하는 중요한 요인이 된다.

셋째, 고전이 문학적 가치뿐 아니라 국어사적 가치를 가지고 있는 자료로서 고어 표기 자체가 매우 중요한 의미를 지니고 있다는 생각을 확인할 수 있다. 이런 면에서 고전 교육은 학교급이 올라갈수록, (5)에서 언급하고 있는 것처럼 국문학사와 국어사를 서로 연결하여 이루어져야 한다는 것인데, 이는 당시 교육과정의 다소 특별한 사정도 어느 정도 고려해 이해할 필요가 있다. 2차 교육과정에서는 이전 교육과정과 달리 고등학교 국어를 I과 II로 나누고, 국어 II는 다시 '고전 과정'과 '한문 과정'으로 구별하였는데, 이중 '고전 과정'의 의의와 목표로 제시된 내용은 다음과 같다.

(1) 의의와 목표

기본적이고 출전이 확실한 고전 문학을 독해 감상시켜, 국어와 국문학의 변천 및 현대언어와 문학과의 관련성을 알림으로써, 민족 문화 발전의 기틀을 마련하도록 한다.

1) 고전을 읽고, 선인들의 인생관, 세계관, 자연관 및 그 시대의 풍습, 사회 제도 등을 알도록 한다.
2) 고전과 문자 언어의 시대적 특징을 살펴, 국어와 국문학의 변천의 개요를 알도록 한다.
3) 고전을 내용적으로 검토하여, 사상, 정치, 신앙, 기지, 해학 등에 대하여 알 수 있도록 한다.
4) 국문학이나 국어학의 간단한 연대표를 작성하여 이를 정리할 수 있도록 한다.
5) 기초적인 고어 문법과 현대 문법을 비교할 수 있도록 한다.
6) 한문학이 우리 문학계에 끼친 영향을 살펴 알 수 있도록 한다.
7) 현대 문학에 계승된 고전 문학의 전통을 연구하여 파악하도록 한다.
8) 유교, 불교, 실학 등의 사상이 우리 고대 문학에 끼친 영향을 알도록 한다.

국어 II의 '고전 과정'의 '고전'이 곧 '고전 문학'을 의미하는 것은 맞지만, 2)와 5)를 통해 알 수 있듯이 국어의 변천, 기초적인 고어 문법에 대한 이해 등을 학습할 수 있는 자료라는 의미도 갖는다. 특히 문법적인 측면에서 고전시가는 고전산문에 비해 상대적으로 더욱 유용한 가치를 지니기도 한다. 그리고 비교적 일찍부터 고전시가의 이러한 장점이 다음과 같이 강조되기도 하였다.

정서법도 紊亂하고, 이렇다 할 원본도 별로 없는 고소설류는 현대 철자법으로 고쳐도 무방하지만, 시조 작품부터는 그런대로 어느 정도 표준이 될 만한 전본이 있으니까, 그것대로의 고철자법으로 표기하였으면 좋겠다. 왜냐하면, 중학교 고전 교재로 이미 나온 고시조 교재가

현대 철자법으로 되어 있는데, 현대 철자법으로의 것은 일단 그것으로
끝내고, 고일에 나오는 고시조 교재부터는 고철자법으로 해서, 고이·
고삼 교재로 나오는 원전대로 표기된 교재에로 연락 짓는 것이 효과적
이기 때문이다다(박노춘, 1974: 144).

위의 글에서 소개하고 있는 것처럼 고소설의 경우 정서법의 기준으로
볼 때 표기 자체가 매우 '문란'하다고까지 할 수 있는 수준인 데 비해, 고전
시가의 경우는 국어학적으로 볼 때 '어느 정도 표준이 될 만한 전본'이
확보되어 있는 상태이기 때문에 원전의 가치가 더욱 높다.

이로써 학교급, 즉 학습자의 수준에 따라 원전의 변용 가능성을 일찍부
터 인정하고 있었음에도 불구하고 교과서의 제재로서 고전시가가 고전산
문에 비해 원문 중심적인 경직된 모습을 보였던 이유가 분명해진다. 고전
시가 제재들이 이제까지 다른 갈래에 비해 원전에 충실한 모습을 보였던
것은 모든 문학 제재에 적용되는 원전을 존중해야 한다는 당위에 더해,
형식 그 자체가 의미를 지닌 시가의 속성, 그리고 국어학적 가치 등이
영향을 미친 것이다.

4. 어떻게 할 것인가?

앞에서의 논의를 통해 원전의 모습 그 자체까지도 감상의 대상이 되어
야 하는 고전시가의 속성과 대부분의 현대 학습자들에게는 감상의 대상
이 될 수 없는 고전시가 원전의 표기와 표현이 서로 충돌하고 있는 상황
을 확인하였다. 오랜 시간 동안 원전 중심의 표기를 고수하고 있는 암묵
적인 관행의 근거도 충분히 동의할 만한 일이지만, 현대의 학습자들에게
원전의 표기로 제시되는 고전시가 작품이 막막할 수밖에 없다는 것도 부

인할 수 없는 사실이다. 그렇다면 앞으로도 고전시가 작품은 이제까지와 마찬가지로 원전의 표기를 충실히 따르는 방식을 그대로 고수하는 것이 당연한 일일까?

물론 제재로서의 고전시가 작품은 교육과정 상의 목표를 구현하는 데 활용된 것이라는 점에서 기본적으로는 다음과 같이 원전의 표기를 무조건 고수할 필요가 없다는 관점이 이미 많은 공감을 얻고 있으리라 생각한다.

> 언어적 측면의 문제로 인해 학생들이 작품의 의미를 파악하는 데 어려움이 있고, 학습 목표 달성에도 문제가 있다면 원전의 표기를 고수해야 한다는 생각은 바뀔 필요가 있다. 원전의 표기를 고수하지 않아도 작품 자체의 가치를 존중할 수 있고, 작품의 의미를 전달할 수 있으며, 학습 목표까지 달성할 수 있는 방법이 있다면 그런 방법을 선택하는 것이 현명할 것이다(박인희, 2003: 63).

위와 같은 관점에 따라 원전의 사용 여부보다 학습 목표를 우위에 두고, 학습 목표에 따라 원전의 사용 여부를 결정한다면 원전으로 인해 발생하는 문제도 자연히 해소되리라 볼 수도 있다. 그러나 문학 작품이 제재로서 선택되는 한, 어떠한 목표와 결합된다 하더라도 학습자의 감상이 전제되지 않는 교육 활동이 이루어질 수 없다는 점을 고려한다면 위와 같은 명쾌한 논리가 쉽게 현실화되기 어렵다는 것도 짐작할 수 있다. 실제 교과서의 학습 활동 부분을 보아도 문학 작품이 제재가 되는 경우 성취기준과 관련된 학습활동 이전에 작품에 대한 이해, 또는 감상을 묻는 활동이 제시되는 것이 일반적인데, 그 이유가 바로 목표 활동을 위해 학습자의 감상이 전제가 된다는 데 있다.

따라서 위와 같은 관점에 따라 원전에 대해서는 좀 더 유연한 입장을 취하는 것이 당연하다 하더라도, 그것이 문제의 본질적인 해결이 될 수는 없다. 원전 읽기의 어려움을 극복할 수 있는 방안과 원전의 표기를 고수하지 않으면서도 작품의 가치를 훼손하지 않을 수 있는 근본적인 방안을 모색해야 하는 것이다.

그렇다면 그 방안은 어디로부터 찾을 수 있을까? 우선 다음과 같은 두 가지 방향에서 생각해 보는 것이 가능하다. 하나는 이러한 어려움을 극복할 수 있는 교육 내용의 개발이고, 다른 하나는 원전을 대체할만한 수준의 현대어역을 생산하는 일이다.

먼저 고전시가의 원전 해석 그 자체를 학습자에 의해 능동적으로 이루어지는 교수학습 내용으로 전환하는 방식을 검토해 보기로 하자. 사실 이러한 방식의 고전시가의 원전 해석에 대해서는 이미 많은 시도가 이루어지기도 하였다. 이는 학습자들이 일방적으로 제공되는 훈고와 주석을 수동적으로 익히게 하는 대신, 고전시가와 현대 학습자와의 거리를 인정하고, 고전시가 원전을 학습자 스스로 현대어로 옮겨보는 활동을 교육내용으로 구성함으로써 원전의 가치를 존중하면서도 학습자가 고전시가 작품을 스스로 '수용'하는 것을 유도하는 것이다. 우리말로 된 우리의 문학이면서도 오늘날의 학생들에게 낯설 수밖에 없는 고전 원문에 대하여 현대의 학습자들이 자신의 언어로 이해하고 재구성해내는 활동으로서 제안된 '학습자 번역'이 대표적인 사례가 된다(이나향, 2013: 214).

이제 우리는 현대 한국인들에게 한국의 고전시가가 시대적, 문화적 차이로 인해 '번역이 필요한' 대상이 되어 버렸다는 것을 부정하기 어려운 상황에 놓여 있다(염은열, 2020: 29). 오히려 그것을 교육 내용으로 활용함으로써 고전시가의 향유를 이끌어낼 수 있다면 고전시가의 교육이 소기의 목적을 달성하는 데 크게 기여하게 될 것이다.

그러나 원전의 수용을 교육 내용으로 개발하는 것과 함께 근본적으로는 앞에서 언급한 두 번째의 방향, 즉 고전시가의 수준 높은 현대어역이 좀 더 많이 생산되는 것이 필요하다. 물론 아무리 훌륭한 현대어역이라 할지라도 원전의 가치를 온전히 대체하기는 어려울 것이다. 그러나 우리가 원전의 형태로 고전시가 작품을 제시하려고 했던 이유는 반드시 원전으로 감상해야만 감상이 제대로 이루어지기 때문은 아니었다는 점을 생각해 볼 필요가 있다. 다음의 글에 나타난 솔직한 고백처럼 원전을 수록하는 것이 중요하다고 생각했던 이유는 그것을 보여주는 것 자체의 가치를 높게 생각한 측면이 있다.

> 비록 현대어로 옮겨 전재한다손 치더라도 반드시 原典을 함께 제시해 주어야 한다. 원전 그대로가 학습 목표도 아니요, 또 그것을 가르칠 필요는 없을 것이다. 대부분의 학생들에게는 구경거리에 불과할지 모른다. 그러나 단순한 구경거리에 그치지는 않는다고 생각한다. 잠재적 교육과정에서 얻는 바가 있다. 옛것에 대한 호기심을 지나 때로는 선인들의 문학 작품에 대한 흠모와 문화 유산에 대한 긍지로 이어질 수 있기 때문이다. 또한 지적 욕구가 강한 학생들은 오히려 원전에 더 많은 관심을 가지고 들여다 볼 수 있다는 이점이 있다. 원전을 제시하는 방안은 影印을 이용하거나, 활자화하여 현대어 대역본과 나란히 등재하는 방안 등이 있다. 특히, 고등학교는 완성교육 과정임을 배려하여 원전에 가까운 형태를 최대한 제시하여 줄 필요가 있다 (박성종, 1998: 65).

위의 글에서처럼 원전을 제공하는 것이 "대부분의 학생들에게는 구경거리에 불과"할 수도 있다는 것을 이미 오래전부터 모르고 있던 것은 아니다. 그럼에도 불구하고 원전을 제시했던 것은 그것으로 인해 기대할 수 있는 다양한 긍정적인 효과들이 있었기 때문이다. 만일 이런 '효과'들에만 초점을 둔다면, 원전을 과거에 비해 획기적으로 생생하게 보여줄 수 있는 기술과 아카이브를 통해 애초의 의도를 충분히 달성할 수 있는 시대에 도달해 있다고 판단할 수 있다. 이런 점에서 이제 우리는 현대의 학습자들이, 오늘날 자신들이 서 있는 문화적 환경의 수준에서 고전시가 작품들의 감상에 좀 더 집중할 수 있도록 움직이는 것도 좋을 것 같다. 고전시가 현대어역의 활용을 더욱 긍정적으로 고려해야 할 사정이 여기에 있다.

하지만, 고전산문이나 한문학에 비해 고전시가 작품들의 현대어역은 상대적으로 그리 활발히 이루어지지 않고 있다는 점에 또 하나의 난관이 있다. 고전산문을 현대어로 옮기는 것이 쉽다는 말은 전혀 아니지만, 고전시가 작품을 현대어로 옮길 때에는 고려해야 할 요소들이 지극히 많은 것도 사실이다. 당연하게도 고전시가의 현대어역은 작품에 대한 정확하고, 심층적인 해석에 기반해야 한다. 모든 문학 작품에 대한 해석이 그렇겠지만, 고전시가의 경우 좀 더 특별하게 고려되어야 하는 요소들이 많다. 고전시가의 경우 활용된 전고로 인해 해석이 매우 중층적으로 이루어지는 경우가 흔히 발생한다. 여기에 율격까지 고려한 현대어역을, 매우 제한된 인원이 참여하는 교과서의 집필에서 문제없이 제시한다는 것은 매우 어려운 일이다. 교과서의 고전시가 갈래들이 오랜 시간 동안 다른 갈래에 비해 원전 교육을 강조하는 듯한 모습을 보였던 데에는 그만큼 고전시가의 현대어역의 어려움에서 기인한 것도 많다.[5]

하지만 고전시가 영역에서도 한글박물관의 『청구영언 주해본』의 출간처럼 이전에 비해 훨씬 적극적인 수준의 현대어역이 등장하기도 한다는 점, 그리고 이 과정에서 고전시가의 현대어 표기에 대한 전에 비해 상세한 기준들이 논의되고 있다는 점 등을 고려하면 앞으로의 변화도 기대해 볼 수 있으리라 생각한다. 한글박물관의 『청구영언 주해본』은 기존의 주해서들이 전문가와 일반인 모두의 측면에서 긍정적인 평가를 받지 못하는 경우가 많았던 것에 대한 다음과 같은 성찰을 바탕으로 일반적인 주해서들과 다른 길을 택하고 있다.

---

5 최근 한국고전시가의 외국어 번역이 활발하게 이루어지고 있는데, 이때 겪게 되는 어려움도 현대어역과 본질적으로 공통점이 많다. 염은열(2020)에서는 시조를 번역하는 데서 겪는 어려움을 '텍스트-문화적 차원의 어려움', '미학적 차원의 어려움'으로 나누어 설명하고 있는데, 이는 앞의 3절에서 언급했던 고전시가의 현대어역에서 겪는 문제들과 상통한다.

이미 나온 고시조 주해서들은 몇 가지 문제를 안고 있었다. 시형(詩形)에 중점을 둔 경우 의미가 명료하게 풀이되지 않은 구절이 적지 않았다. 반대로 의미 풀이에 중점을 둔 경우 율격이 무너져 고시조 본래의 맛이 사라진 경우가 허다했다. 이러한 이유로 기존의 주해서들은 전공자나 일반 독자 모두에게 외면 받는 상황이다(권순회 외, 2017: 3).

위와 같은 문제 인식에 따라 이 주해서는 작품의 시형과 정취를 살리고, 정확한 의미를 전달하기 위한 방법으로 다음과 같은 두 가지 형태의 주해를 제공하고 있다(권순회 외, 2017: 7).

> 1형: 원문의 의미부는 그대로 유지하고 어미나 조사, 음운 변동만
>   현대국어의 표기 문법에 맞게 옮긴 형태
> 2형: 1형을 바탕으로 상세하게 의미까지 풀이한 형태

1형과 2형으로 구분하여 주해를 마련하고, 작품의 원문 이미지와 기타 어휘 풀이를 포함하여 하나의 작품을 다음과 같은 형태로 배치하여 소개하고 있다. 가장 왼쪽에는 원본의 이미지를, 그리고 그 오른쪽으로 원전과 1형, 2형의 현대어역을 차례로 제시하고 있다. 원전의 어휘 풀이는 가장 오른쪽에 배치해 두었다.

01

오늘이 오늘이쇼셔 每日에 오늘이쇼셔
뎜그디도 새디도 마르시고
새라난 미양 쟝식에 오늘이쇼셔

오늘이 오늘이소서 매일에 오늘이소서
점글지도 새지도 마시고
새라난 매양 장식에 오늘이소서

오늘이 오늘이소서 매일에 오늘이소서
저물지도 새지도 마시고
새려면 늘 언제나 오늘이소서

· 오늘이쇼셔 : 오늘이십시오
· 뎜그디도 : 저물지도
· 새디도 : 새지도
· 새라난 : 새려면
· 미양 쟝식 : 매양(每樣) 장식(長息). 언제나 늘.

정확한 의미 풀이에 좀 더 중점을 둔 2형은 1형을 기반으로 한 것이므로, 1형은 2형의 원전으로서의 성격도 갖는다. 현실적으로 전문 연구가가 아닌 이상 원전의 모습을 그대로 확인하기가 쉽지 않다는 점을 고려한다면, 1형은 현대의 원전으로서의 위상도 지니게 될 것이다. 따라서 원전을 1형으로 옮기는 과정에는 적지 않은 노력과 협업이 필요할 수밖에 없다. 이 주해서의 역자들이 협업의 과정에서 1형에 대해 적용한 세부 기준은 다음과 같다(권순회 외, 2017: 7-9).

- 한자어는 한글 독음으로 바꾸어 적는다.
- 지금은 사용하지 않는 옛말의 경우 그대로 살려서 적는다.
- 어원적으로 같은 말이 형태만 다른 경우 현대어로 바꾸어 적는다.
- 어원적으로 같은 말이지만 현대어로 바뀌는 과정에서 음절이 추가되거나 탈락되는 이상의 변동이 있는 경우에는 옛말을 그대로 적는다.
- 어원적으로 같은 말이 음운이 추가되거나 탈락되는 정도의 변동이 있는 경우에는 현대어로 바꾸어 적는다.
- 조사나 어미의 경우 옛말이기는 하나 지금도 예스러운 표현으로 사용하는 사례가 있는 말은 그대로 살려서 적는다.
- 현재 사용하지 않는 조사나 어미는 가장 가까운 현대어로 바꾸어 적는다.
- 감탄사는 현대국어에 동일한 감탄사가 있는 경우만 현대어 표기로 바꾸어 적고 그 나머지의 경우는 원래 표기 그대로 적는다.
- 중세국어와 현대국어의 문법적 차이에 의해 표기가 다른 경우는 현대국어의 문법을 적용한다.
- 연철 표기는 현대식 분철 표기로 바꾸어 적는다.

위의 기준들은 일차적으로는 『청구영언』의 주해 작업에 한해 적용된 것이기는 하지만, 시조를 포함한 고전시가 작품들을 실제로 현대어로 옮길 때 만날 수 있는 다양한 쟁점들에 대한 구체적인 기준을 제시하고 있다는 점에서 매우 큰 의의가 있다. 이 세부 기준들을 출발로 하여 장차 더욱 폭넓은 논의가 이루어진다면 적어도 교과서에 수록되는 고전시가 작품들의 현대어역과 표기에 대한 기준도 마련될 수 있으리라 기대된다.

5. 결 론

교과서의 제재로서 고전시가 작품이 반드시 원전이어야 할까라는 질문으로 이 글을 시작했다. 그리고 이에 대한 대답은 이미 글의 시작에서 제시했었다. 제재란 특정한 목적과 상황을 고려하여 선택된 것이므로 반드시 원전의 모습을 고수해야 하는 것도 아니고, 이제까지 국어교육 역사에서 원전만이 교과서의 제재로 사용되지도 않았다. 그리고 이미 이에 대한 암묵적인 동의들도 확인할 수 있었다.

그러나 문제는 이렇게 학습자의 수준을 고려한 원문 변용을 용인해 두었으면서도, 유독 고전시가 작품을 제재화하는 경우 다른 갈래에 비해 유독 원전 중심의 경직된 태도를 보여왔다는 점이었다. 그 이유를 따라가 보면, 무엇보다 고전시가 작품의 경우 형식 그 자체까지 감상의 대상이 될 수 있다는 시가 고유의 특성이 있다는 점, 그리고 무시할 수 없는 국어 사적 가치를 만나게 된다.

고전시가 작품들이 이와 같은 특성과 가치를 가지고 있는 것은 충분히 존중해야 할 일이지만, 그렇다고 해서 원전에 대한 거리감으로 인한 교수 학습의 어려움을 계속 방치하는 것이 정당화되지는 않을 것이다. 원전에 대한 수용 자체를 좀 더 적극적으로 교육 내용으로 개발하고, 근본적으로는 원전의 가치를 충실히 반영한 현대어역을 적극적으로 개발함으로써 현대의 학습자가 고전시가를 좀 더 가깝게 만날 수 있는 길을 여는 일이 더욱 활발하게 이루어질 때가 된 것으로 보인다.

〈홍길동전〉은 인간의 정신적 성장을
어떻게 보여주나?

김효정

1. 〈홍길동전〉은 과연 조선 시대를 읽는 사회소설인가?

〈홍길동전〉에 관한 연구는 많이 이루어져, 개별 작품으로서의 연구는 어느 정도 축적되었다고 보인다. 그러나 많은 연구에도 불구하고 〈홍길동전〉의 주제나 구성의 통일성 여부에 대해서는 좀처럼 합의에 이르지 못하고 있다. 그런데 과연 〈홍길동전〉의 수용자들도 〈홍길동전〉에서 통일된 의미를 구성하는 데 실패하고 마느냐하는 의문을 제기할 수 있다. 문학을 작가의 전유물로 파악하지 않고 소설을 수용자의 관점에서 파악한다면 〈홍길동전〉으로부터 작가가 드러내고자 했던 의도, 혹은 텍스트에 내재된 진리를 찾아내려는 시도 자체가 비판의 대상이 된다.

따라서 본고는 〈홍길동전〉에 대한 기존의 연구가 작자나 작품을 배태한 시대적 배경과 관련된 논의에만 편중되어 왔음을 반성하고, 수용자들이 〈홍길동전〉을 수용할 때 느끼는 심미적 작용으로부터 문제의식을 시작하고자 한다. 이를 위해 심층심리학적 방법론을 빌어 〈홍길동전〉이 길동의 인격성장을 그리고 있음을 확인하고자 한다. 과연 이와 같은 가설이 맞다면 인격성장이라는 보편적인 구조로 인해 독자는 〈홍길동전〉을 통해 자신의 경험을 매개하고, 그로부터 다양한 내용과 의미를 환기할 수 있을 것이다. 또 이 과정에서 독자는 〈홍길동전〉으로부터 통일된 의미를 창출

해낼 수 있을 것이다.1

그런데 이러한 심미적 작용은 인간이 성장과정에서 보편적으로 경험하는 허구의 형식과 연관을 맺고 있는 것으로 보인다. 마르트 로베르는 소설은 심리학과 문학의 중간 지점에 실제로 존재하는 기본적인 허구의 형식에 기원을 두고 있다고 하였다.2 그 형식이란 어린이에게는 의식적이고, 어른에게는 무의식적인 것으로 매우 한결같은 내용을 가지고 있는, 그러나 다만 글자로 씌어지지 않은 하나의 텍스트인데, 프로이트는 이를 '가족소설'이라고 하였다. 그에 따르면 어린이는 완벽하리라고 믿었던 부모에 대한 첫 번째 실망을 극복하기 위해서 심각한 위기의 순간에 이를 만들어낸다고 한다. 그리고 로베르는 이것이 바로 장르로서의 소설의 기원이 되는, 인간의 보편적인 허구 형식이라고 보았다.

이러한 로베르의 견해는 문학치료학을 선구한 정운채의 '자기서사' 개념과도 맥락이 닿는다.3 그런데 〈홍길동전〉에는 정운채가 제시한 네 가지 기초서사 영역 가운데 자녀서사가 두드러지게 나타난다. 자녀서사는 나머지 남녀서사, 부부서사, 부모서사에도 지대한 영향을 끼친다. 최초로 맺은 인간관계가 한 인간의 전 생애의 인간관계에 영향을 끼친다는 것은 심리학적 지식을 동원하지 않아도 상식적으로 알 수 있는 사실이다.4 따

---

1 예술 작품이란 진리의 현형 양식이 아니라 경험의 매개이며, 이 경험은 독자가 할 수 있는 것이기 때문에 예술 작품은 수용자의 심미적 경험을 통해서 그 내용과 의미가 활성화된다는 수용미학의 관점은 문학에 있어서의 독자의 위상을 환기해 주었으며, 동시에 소통으로서의 문학에 대한 인식을 열어주었다(차봉희 편저, 1991).

2 그는 프로이트의 『신경증 환자의 가족소설』에서 말하는 '가족소설'에서 이를 찾아내었는데, 가족소설은 '외디푸스 콤플렉스'가 그러한 것처럼 인간의 성장의 전형적인 위기를 해결하기 위하여 상상력이 거기에 호소하게 되는 하나의 심리적 대응 방법이다. 프로이트는 가족소설을 만들어내는 현상은 병리학적인 것이 아니며, 완전히 보편적인 신경증으로서 유아 생활의 정상적이고 보편적인 경험이라고 하였다. 다만 그것을 계속 믿고 거기에 힘을 기울이는 어른에게만은 그것이 병적이라는 것이다(마르트 로베르, 김치수·이윤옥 역, 2001: 39-41).

3 정운채(2006b; 2006c)에서는 각자의 삶을 구조화하고 운영하는 서사를 자기서사라고 하였으며, 모든 서사의 본질과 핵심이 인간관계에 있으며 자기서사와 작품서사가 연관을 맺는다고 보고 네 영역의 기초서사 영역을 제시하였다.

라서 본고에서는 이것이 〈홍길동전〉을 읽는 현재의 독자에게도 지속적인 심미적 작용을 불러일으키는 공감의 요소라고 보았다. 따라서 이러한 자녀서사를 구체화한다면 〈홍길동전〉에 문학교육적으로나 문학치료적으로 접근할 수 있는 새로운 길이 열리리라 생각한다.

이를 위해 본고는 먼저 〈홍길동전〉의 자녀서사 양상을 로베르의 가족소설의 개념을 통해 해석하고자 한다. 그리고 기존의 연구들에서 논란이 되었던 길동의 활빈당 활동과 율도국 건설의 의미를 자녀서사 영역에서 위기에 대처하는 길동의 행위라는 관점에서 재해석하고자 한다. 이를 위해 구체적으로는 융의 분석심리학적 방법을 도입하고자 한다. 융의 분석심리학을 도입하는 이유는 로베르가 기반하고 있는 프로이트의 이론이 가지는 한계 때문이다. 프로이트의 정신분석학은 심층심리학의 시초이긴 하지만 정신분석학적 작품 해석은 다음의 두 가지 문제를 가진다. 첫째 정신분석학적 접근은 모든 상징을 성애(性愛)적 기호로 환원한다. 둘째 정신분석학적 접근은 작가에 의한 작품의 창조 과정과 작품의 해석을 혼동하여 작가의 개인적 심리를 탐구하면 그를 통해 작품을 설명할 수 있다는 오류를 범한다. 따라서 본고는 개인의 무의식을 성애적 기호로만 보지 않고 다양한 집단의식으로 구성된다는 융의 분석심리학을 통해 이러한 문제를 보완하고자 한다. 이를 통해 〈홍길동전〉에 드러나는 길동의 욕망이 개인뿐 아니라 집단의 욕망도 투사된 것이라는 관점을 견지할 수 있을 것이다.

이러한 관점을 통해 〈홍길동전〉에 나타나는 길동의 개인적 욕망 추구는 〈홍길동전〉이 소설로서의 한계점을 드러내는 것이 아니라, 인간의 내면에 보편적으로 존재하는 기원적 허구의 형식으로부터 출발한 소설임을

---

4 존 볼비의 애착이론에 따르면 아무리 생물학적인 욕구가 충족된다 하더라도 어머니나 아버지와의 애착관계가 잘 성립되지 않으면, 그 아이는 자라서도 대인관계에 문제가 생기고 반사회적으로 자라나게 된다고 한다(마리오 마론, 이민희 역, 2005).

밝히고자 한다. 이것이 밝혀진다면 〈홍길동전〉은 인간이라면 누구나 가지고 있는 자기서사, 그 가운데 가장 기원적이라 할 수 있는 자녀서사와 만나 수용자의 부정적인 자기서사를 수정하고 보완하는 데에 일정한 역할을 할 수 있을 것이다. 그렇다면 〈홍길동전〉의 작품서사를 통해 홍길동의 성장 심리가 수용자의 심리와 어떻게 얽히고 대화할 수 있을지 그 가능성과 방법을 모색할 수도 있을 것이다.

2. 〈홍길동전〉의 자녀서사 양상

본 장에서는 〈홍길동전〉의 자녀서사 양상을 구체적으로 살피기 위해 경판 24장본[翰南本]을 분석 대상으로 삼았다. 현전 〈홍길동전〉의 이본 가운데 어느 것이 원 텍스트에 가까운지에 대해서는 쉽게 결론을 내리기는 힘든 상황이다.[5] 그러므로 작자와 창작연대를 밝히기 어려운 영웅소설의 작품구조를 분석하여 그 시대적 성격을 규명한 조동일의 논의에 따라[6] 분석 대상 이본을 결정했다. 경판 24장본은 다른 이본보다 더욱 치열한 자아와 세계의 대결에 관심을 둔다. 이를 문학치료적 용어로 바꾸어 표현하자면 홍길동이라는 자녀가 부모와의 부정적인 관계를 개선하고 갈등을 극복하는 과정이 더욱 날카롭고 치열하게 형상화되어 있다고 하겠다. 여기서는 아버지, 어머니, 그리고 형과의 관계를 순서로 〈홍길동전〉의 자녀서사 양상을 살펴보도록 한다. 형의 존재는 부모의 애정을 두고 경쟁하는

---

5 〈홍길동전〉의 원본에 가까운 최선본(最善本)에 대한 추정은 논자마다 엇갈리고 있다. 정규복은 최선본으로 경판본인 한남본을, 송성욱은 야동교본을, 이윤석은 김동욱 89장본을 들었다(정규복, 1970; 정규복, 1971; 송성욱, 1988; 이윤석, 1997).

6 조동일의 연구는 정규복의 이본 연구를 바탕으로 이루어진 연구이지만, 〈홍길동전〉뿐 아니라 다른 영웅소설의 구조를 분석하여 한남본을 제외한 〈홍길동전〉의 다른 이본들은 후대의 영웅소설과 유사한 성격을 유지하고 있음을 밝혔으므로 한남본이 최선본이라는 애초의 가정을 논증하고 있다(조동일b, 2004).

관계에 있으므로 논의에 포함시킨다.

길동은 아버지가 있으면서도 아버지라 부를 수 없었다. 이는 길동에게 있어 홍판서가 생물학적으로는 아버지일 수는 있어도, 감정적으로는 아버지가 아니었다는 것을 의미한다. 어느 날 길동은, 만물 가운데 가장 귀한 것은 사람인데 오직 자신에게는 귀함이 없어 "그 부친을 부친이라 못ᄒ옵고 그 형을 형이라 못ᄒ오니 엇지 사름이라 ᄒ오리잇가" 하고 그 부친에게 서러움을 고한다. 그러나 홍판서는 그 뜻을 위로하면 길동의 마음이 방자해질까 봐 길동을 엄하게 책한다. 게다가 홍판서의 애첩인 곡산모 초란은 길동을 죽일 계략을 짜기까지 한다. 그런데 주목할 만한 부분은 초란이 길동을 죽이려는 계획을 홍판서가 예측할 수 있었다는 사실이다. 초란은 길동에게 왕이 될 기상이 있다는 관상녀의 말을 이용해 길동을 없애고자 하는 마음을 홍판서에 내보이나 홍판서는 "이 일은 늬 쟝즁의 이시니, 너는 번거이 구지 말나"라고 한다. 그러자 초란은 미리 부인과 인형의 허락을 받고 특재에게 길동을 도모할 것을 명령한다. 이는 홍판서가 길동의 위험에 대해 방관한 것이다.

그렇다면 〈홍길동전〉에서 초란은 아버지의 아들 살해라는 금기가 유교 사회에 줄 수 있는 충격을 완화하기 위해 설정된 인물임을 알 수 있다.[7] 또한 길동은 가출 후 마치 가정 내에서 그러했던 것처럼 임금에게도 한(恨) 어린 호소를 하는데 그것은 또다시 받아들여지지 않고, 임금은 병판 제수를 미끼로 도부수를 매복시켜 길동을 죽이려 한다. 이는 앞서 가정 내에서 초란으로 매개되었던 아버지의 아들 살해 시도를 사회적으로 확장시켜 반복하는 것이다.

이렇듯 〈홍길동전〉에서는 부자간의 갈등이 가장 핵심적이고도 날카로

---

7 박일용은 현전 〈홍길동전〉의 이본을 대조하여 곡산모 초란이 길동을 살해하려는 계교를 짜는 대목을 분석하였다. 이를 통해, 세부적인 부분은 조금씩 다르지만 홍판서가 홍길동을 제거하려는 것과는 별 차이가 없다고 밝혔다(박일용, 2003a: 19).

운 문제의 핵심을 차지한다. 그런데 그 갈등의 시초는 사실 길동의 어머니인 '춘섬'의 낮은 신분에 있었다. 홍판서는 춘섬이 길동을 낳았을 때 "긔골이 비범ᄒ여 진짓 영웅호걸의 긔상이라" 기뻐하면서도 "부인의게 나지 못ᄒᄅᆯ 한"하였다. 즉 길동을 아들로 인정할 수 없었던 것은 길동의 능력 부족이 아닌, 길동이 천한 춘섬의 소생이어서이다. 이처럼 길동은 엄밀히는 어머니의 신분 때문에 문제를 겪게 되는데도 불구하고, 아버지를 대극으로 하여 길동과 어머니는 같은 편에 선다. 얼자인 길동에게 홍판서는 보통의 아버지보다는 훨씬 더 권위적인 아버지인데 반해, 비첩에 불과한 어머니는 자신을 보호해줄 힘이 없는 지극히 가련한 존재이기 때문이다.

이에 비해 적형(嫡兄)인 인형은 길동을 대극으로 하여 아버지와 같은 편에 선다. 인형은 임금의 명을 받아 활빈당의 우두머리가 된 길동을 잡기 위해 노력한다. 다음은 인형이 길동을 잡기 위해 붙인 방(榜)의 내용이다.

> "사름이 셰상의 나믜 오륜이 읏듬이오, 오륜이 이시믜 인의녜지 분명ᄒ거늘, 이를 아지 못ᄒ고 군부의 명을 거역ᄒ여 불츙불효 되면, 엇지 셰상의 용납ᄒ리오. 우리 아오 길동은 이런 일을 알 거시니 스스로 형을 ᄎᄌ와 사로줍히라. 우리 부친이 널노 말미암아 병닙골슈ᄒ시고, 셩샹이 크게 근심ᄒ시니, 네 죄악이 관영ᄒ지라. 이러므로 나를 특별이 도빅을 졔슈ᄒ샤 너를 줍아 드리라 ᄒ시니, 만일 줍지 못ᄒ면 우리 홍문의 누딕 쳥덕이 일죠의 멸ᄒ리니, 엇지 슬푸지 아니리오. ᄇ라ᄂᆞ니 아오 길동은 일를 싱각ᄒ여 일즉 자현ᄒ면 너의 죄도 덜닐 거시오 일문을 보죤ᄒ리니, 아지 못게라."

위와 같이 인형은 효와 가문의 유지를 명분으로 길동에게 자현할 것을 요구한다. 임금은 인형을 경상감사에 제수하기 전에 홍판서를 의금부에 하옥시킨 바 있기 때문에 인형으로서는 길동을 잡아 없애는 것이 효였다. 또한 인형은 가정 내에서 초란이 길동을 죽이려는 계교도 허락하였는데

이 역시 아버지와 가문을 위한 것이라는 명분을 세웠다. 이렇게 보면 인형과 길동은 아버지로부터의 인정을 받기 위한 경쟁자요, 서로의 존재가 용납될 수 없는 사이이다. 따라서 길동은 조선 땅을 떠나와서까지 죽은 아버지를 운구하여 자신의 땅에 묻어 제사를 받들고, 자신의 적통성을 증명하고자 한 것이다.

지금까지 길동과 아버지-어머니-형, 각각의 관계를 통해 길동의 가정 내에서의 갈등의 양상을 살펴보았다. 이제 이를 마르트 로베르가 이야기한 '가족소설'에 적용해 보고자 한다. 가족소설은 업둥이(enfant trouvè)와 사생아(batard) 두 단계로 드러난다. 업둥이형은 자신의 부모가 절대적인 능력의 소유자가 아니라 보잘것없는 평민이라는 것을 알고, 자신의 진짜 부모는 왕족으로서 언젠가는 자기의 신분을 회복할 수 있다고 이야기를 꾸미는 형태를 말한다. 한편 사생아형은 어머니는 자신의 진짜 어머니지만 아버지는 부인하는 형태이다. 평민의 어머니와 높은 신분을 가진 가상의 아버지를 상정하는 것이다. 이와 관련하여 로베르는 작가들은 모두 업둥이와 사생아, 다시 말하면 낭만주의적 작가들과 사실주의적 작가들이라는 두 범주로 분류할 수 있다고 하였다. 낭만주의적 작가는 외디푸스 이전의 잃어버린 낙원으로 돌아가기를 원하며 부모 양쪽을 모두 부정하는 업둥이이다. 반면에 사실주의적인 작가는 외디푸스의 투쟁과 현실을 수락하며 아버지를 부정하고 어머니를 인정하여 아버지와 맞서 싸우는 사생아이다.

로베르에 따르면 사생아는 실제로는 존재하는 아버지를 자신의 이야기 속에서 죽이고 가족 구성에서 제외한다. 즉 사생아는 '출세하기'로 결심함으로써 그의 아버지를 대신하고, 베끼고 그의 아버지보다 더 멀리 가기 위하여 끊임없이 자기 아버지를 죽인다. 이렇게 자신을 사생아로 변모시키는 허구는 실제 부모에 대한 실망과 그로부터 생겨난 위기를 극복하고 자신의 발전을 위한 도움이 된다.

"그의 호적상의 약점이 필연적으로 소설의 가장 큰 강점이 되는데, 사실 그가 자기의 야망에 따라 허구적 왕국을 자기 것으로 만들고 자기 운명의 절대적인 주인으로서 이성적인 외양을 가지고 그 왕국을 다스리기 위해 그가 기댈 수 있는 유일한 점이다." (마르트 로베르, 2001: 54)

이 점을 〈홍길동전〉의 해석에 적용해본다면 〈홍길동전〉의 작가[8]는 사생아형에 속한다고 할 수 있다. 그렇지만 〈홍길동전〉은 원래의 사생아형 가족소설과는 다른 모습을 보여준다. 길동은 본래적인 사생아가 아니라 얼자이기 때문에 아버지를 아버지라고 부를 수 없는, 조선의 신분질서가 낳은 사회적인 사생아이다. 앞서 사생아는 출세하기로 결심하고 아버지를 모방하고 아버지를 넘어서기 위해 노력한다고 했는데, 길동 역시 이와 동일하다. 길동은 아버지와 마찬가지의 지위에 오르기 위해 임금에게 병조판서 제수를 요구하고, 아버지보다 더 나아가기 위해 율도국의 왕이 된다. 그러나 그가 조선이 아닌 율도국의 왕이 될 수밖에 없었던 이유는 〈홍길동전〉이 창작, 향유되는 현실에서는 그럴듯한 허구에 대한 욕망보다는 그 욕망을 억압하는 실제의 조선의 지배 체제가 더 큰 위력을 발휘했기 때문이다.

조선의 지배 이념과 체제가 가지는 현실의 위력은 사생아형의 소설에 기원을 둔 〈홍길동전〉에 또 다른 변모를 가져오기도 했다. 일반적인 사생아형 가족소설에서는 어머니가 간통을 통해 아이를 갖는다. 그러나 유교 사회에서 여성이 간통을 통해 아이를 가졌다면 그 아이 역시 존재의 의의를 부정당하기 때문에, 길동의 어머니는 주인의 성적욕구 충족에 희생될

---

8 현전하는 〈홍길동전〉은 허균이 지었다는 원래의 텍스트와는 어느 정도 거리가 있을 것이다. 또한 〈홍길동전〉은 하층 수용자의 통속적인 욕구를 반영하여 거시구조에서는 현실세계에 대한 문제제기적 세계관을 반영해내면서도 그것을 낭만적인 홍길동 개인의 일대기적 질서를 통해 형상화하는 중층적 서술시각을 보인다는 박일용(2003b)의 논의를 통해 보아도 본고에서 말하는 〈홍길동전〉의 작가는 하나의 개인이 아니라 집단으로서의 생산층에 가깝다.

수밖에 없는 시비로 그려진다.

한편 〈홍길동전〉에서는 아들이 아버지를 죽이는 형태가 아닌, 아버지가 아들을 죽이려 하는 형태로 외디푸스 콤플렉스가 드러난다. 분석심리학자인 이부영은 한국의 민담이나 전설에서 극복하기 어려운 모성적 권력 또는 부권의 지배력을 지적한 일이 있다. 즉 대다수의 한국의 민담이나 전설에서 주인공은 모성적 권력이나 부권의 지배력에 대해 직접 대결하지 않고 하늘의 힘, 즉 무의식의 힘에 의지하여 이를 극복하는 것이다 (이부영, 2002: 245-266). 그렇다면 아들의 부친 살해 모티프가 부친의 아들 살해 모티프로 변화하는 이유는 뿌리 깊은 유교 전통에 기인한다는 것을 알 수 있다. 따라서 길동도 자신의 세계를 아버지의 세계가 확장된 조선 사회에서 이루지 못하고 율도국과 같은 환상적 공간으로의 도약하게 되는 것이다. 이렇듯 〈홍길동전〉은 로베르가 말한 사생아형 소설이 당대의 향유 사정에 맞게 변모된 형태로 나타난다.

이상을 요약해보면, 〈홍길동전〉에는 권위적인 아버지로부터의 인정, 무력하고 가련한 어머니에 대한 동정, 아버지의 인정을 두고 싸우는 형과의 경쟁심이 자녀서사의 양상으로 드러났다. 이를 로베르의 가족소설의 유형에 적용해보면, 〈홍길동전〉은 당대인이 내면에 있는 부모와의 갈등을 심리적으로 극복하기 위해 만들어낸 무의식의 허구 형식이라고도 볼 수 있다. 이때 부모로부터의 애정을 두고 경쟁해야 하는 형제자매의 존재는 위기의식을 더욱 심화시키는데, 〈홍길동전〉에는 당대 현실이 반영되어 이러한 존재가 적형(嫡兄)으로 나타난다. 또한 〈홍길동전〉은 유교 전통이라는 억압으로 인해 왕국의 건설이라는 사생아형 소설의 결말이 지연되는 구조적 변모를 겪고 있음도 확인하였다.

3. 길동의 위기 대처에 대한 분석심리학적 해석

1) 길동의 페르조나

페르조나(Persona)라는 말은 고대 그리스의 가면극에서 쓰는 탈에서 따온 말로, 융은 이 용어를 자아가 외부세계와 관계를 맺고 이에 적응해가는 가운데 형성되는 행동양식을 지칭하는 데 사용하였다. 그런데 페르조나는 그 사람 고유의 자아가 아니라 자아 속에 있는 '남들의 눈에 비친 나'이기 때문에 페르조나와 자신을 구분하려는 의식이 필요하다. 그러나 페르조나의 형성은 인격의 발전과정에서 없어서는 안 될 과정이며, 특히 청소년기에는 더욱 그러하다.

이러한 페르조나의 긍정적인 역할에도 불구하고 사회적 의무로 대변되는 페르조나를 자기의 유일한 사명이며 삶의 목표라고 생각하고 살 때, 즉 자아를 페르조나와 완전히 동일시할 때에는 문제가 생긴다. 자아의식과의 관계단절로 인해 살아남지 못한 무의식이 내용들이 세력을 강화시켜 의식의 구조를 산산조각 낼 수 있기 때문이다(이부영, 2002:44-47). 그렇다면 먼저 길동이 획득하고자 했던 페르조나는 무엇인지 살펴보자.

앞 장에서 홍길동의 위기는 자녀서사 영역에서의 위기에서 비롯된 것이며, 〈홍길동전〉은 어린이의 심리적 보상물인 가족소설 가운데 사생아형에 속한다고 하였다. 사생아는 아버지를 모방하면서도 아버지를 뛰어넘고자 하는 욕망을 가지므로, 〈홍길동전〉에서의 아버지는 길동에게 있어서 페르조나의 형성과 밀접한 관련을 맺는다.

> (가) "디쟝뷔 셰샹의 나미, 공밍을 본밧지 못ᄒ면, 찰아리 병법을
> 외와 대쟝닌을 요하의 빗기츠고 동졍셔벌ᄒᆞ여, 국가의 디공을
> 셰우고 일홈을 만디의 빗ᄂᆞ미 쟝부의 쾌ᄉ라. 나ᄂᆞᆫ 엇지ᄒᆞ여
> 일신이 젹막ᄒᆞ고, 부형이 이시되 호부호형을 못ᄒ니 심쟝이 터질

지라, 엇지 통한치 아니리오"

(나) "대개 하늘이 만물을 너시며 오직 <u>사룸</u>이 귀ᄒ오나 쇼인의게
니르러ᄂ 귀ᄒ오미 업스오니 엇지 사룸이라 ᄒ오리잇가 (......)
쇼인이 평싱 셜운 바ᄂ 대감 졍긔로 당당ᄒ온 남ᄌ 되여스오미
부싱모휵지은이 깁습거늘 그 부친을 부친이라 못ᄒ옵고 그 형
을 형이라 못ᄒ오니 엇지 사룸이라 ᄒ오리잇가"

부형을 부형이라 부르지 못한다는 것은 부형으로부터 아들이나 아우로
인정받지 못한다는 것을 의미한다. 이는 사실 아버지로부터 버림받은 것
이나 마찬가지의 상실감을 줄 것이다. 즉 길동은 사회적인 사생아가 되는
것이다. 그런데 버림받음의 고통은 주로 페르조나의 상실과 관계한다. 만
약 아들이나 아우가 되고자 하는 페르조나가 없었다면, 부형이라고 부르
지 못하는 되는 사태는 문제될 것이 없을 것이다.

이부영(2002:107)은 "페르조나의 상실을 괴로워한다면 그는 아직도 페
르조나를 그리워하고 있음에 틀림없고 어떻게든 상실한 페르조나, 다른
말로 체면을 회복하려고 안간힘을 쓰고 있는 것이다."라고 하였다. 이는
길동에게도 적용된다. (가)에서 길동은 자신이 남에게 '대장부'로 인식되
기를 원한다. '대장부'는 유교에서 말하는 인간이 추구해야 하는 최고의
경지이다. 그러나 대장부가 되기 위한 시도조차 금지되어 있기에 길동은
좌절한다. (나)에서도 길동은 자신이 인간으로서의 대접받아야 하며, 아
들로서의 도리를 해야 한다고 생각한다. 여기서의 '사룸', '남ᄌ'는 모두
유교적 인간형을 의미한다. 즉 길동은 유교적인 이념이 형성한 외적 인격
을 받아들임으로서 자신의 인격을 형성하고자 하는 것이다. 작품에서는
이러한 생각과 말을 하는 길동의 나이를 "십셰"가 넘었다고 서술하고 있
다. 이는 청소년기에 해당하는데, 앞서도 언급했듯 청소년기의 페르조나
의 형성은 개인의 인격발전에 있어서 아주 중요하다.

"페르조나는 배우고 몸에 익히고 실천할 수 있어야 할 것이다. 그것은 젊은이가 외부세계라는 인간집단 속으로 자기의 삶을 확장하는 징검다리가 되기 때문이다. 페르조나가 없으면 무정부주의자나 반사회적 성격의 소유자처럼 된다." (이부영, 2002: 47)

인용문은 길동의 가출 후의 행동 양식에 대한 그럴듯한 해석을 제공하는 듯하다. 길동은 유교적 이념이 형성한 페르조나를 획득할 수 없게 되자,[9] 도적이라는 반사회적 페르조나를 획득한다. 그런데 분명 도둑질은 반사회적인 행위임에도 불구하고, 동서양을 막론하고 도적에 대한 이야기는 영웅담과 유사하게 인기가 있으며 여전히 도둑질에 성공하는 도적의 이야기가 국내외를 막론하고 드라마나 영화로 끊임없이 재생산된다.[10] 이러한 사실을 상기하면 과연 길동은 반사회적 성격의 소유자인지 의문을 갖게 된다.

그도 그럴 것이 〈홍길동전〉을 읽으면서 독자들이 가장 통쾌하게 느끼는 부분은 길동이 분신을 만들어 팔도를 횡행하며 탐관오리의 재물을 훔쳐낼 때이겠기 때문이다. 그렇다면 길동을 반사회적 성격의 소유자라고 손가락질 하는 수용자는 흔치 않을 것이다. 이처럼 시대나 사회를 초월하여 인간은 서사에 등장하는 도적, 특히 의적에 대해 어느 정도 관용적인 태도를 취하고 있는데, 이것이 보편적인 공감의 요소가 된다면 의적이라는 사회적 페르조나에 대해서 보다 심층적으로 살펴볼 필요가 있겠다.

노우치 료조(도둑연구회, 2003:20-23)는 제우스로부터 인간에게 불을 훔쳐다준 프로메테우스의 도둑질의 문화적 의미를 두 가지 차원에서 분석했

---

9 홍판서는 길동이 가출하기 직전에 호부호형을 허하지만 이것은 사회적으로 용인된 것이 아닌, 둘만의 은밀한 약속에 불과하다. 마찬가지로 조선의 임금은 길동에게 병조판서를 제수하지만 이 역시 길동을 인정해서가 아니라 길동을 잡기 위한 미끼에 불과하므로, 길동이 자신의 페르조나를 획득했다고 보기 어렵다.
10 허구적 양식에서뿐 아니라, 신창원 같은 인물을 현대판 의적으로 영웅시하는 대중의 시선에서도 특정한 도둑질에 대한 관용이 존재함을 확인할 수 있다.

다. 첫째, 불은 문명을 상징하므로, 불을 훔친다는 것은 문화를 창조하는 것과 일맥상통한다는 것이다. 이렇게 본다면 문명의 최초 단계는 모방이며, 훔친다는 것은 모방한다는 것이다.[11] 둘째, 프로메테우스가 신의 질서를 흐트러뜨렸다는 점에서 프로메테우스는 문화인류학에서 말하는 '트릭스터(trickster)'이다. 홍길동의 도둑질을 프로메테우스의 도둑질에 비견해 본다면, 먼저 길동은 도덕과 관습을 무시하고 사회 질서를 어지럽히는 트릭스터로서의 면모를 가지고 있다.

또한 길동은 조선 사회의 유교 문화 자체의 모순과 실패 및 이루지 못한 이상을 동시에 반영하는 일종의 희생양이자 문화영웅으로서의 트릭스터의 면모를 가지고 있다. 즉 조선 사회는 유교적 이념에 따른 인간의 이상을 설정해놓고, 이러한 이상에 다다를 수 있는 조건을 신분으로 규정하는 모순을 가지고 있었다. 따라서 능력이 출중함에도 불구하고 자신의 뜻을 펼칠 수 없는 사람들의 이루지 못한 이상은 '의적 홍길동'이라는 모티프로 형상화되었고, 의적에 대한 민중의 선망과 관용은 홍길동을 문화영웅으로서 받아들이는 결과를 낳게 된 것이다.

그런데 길동은 이렇게 아버지 세계의 질서를 넘어서고자 하면서도 "각읍 슈령이 불의로 직물이 이시면 탈취ᄒ고, 혹 지빈무의ᄒ 지 이시면 구졔ᄒ며 빅셩을 침범치 아니ᄒ고, 나라의 쇽ᄒ 직물은 츄호도 범치 아니"한다는 명분을 내세운다. 이는 활빈당 활동이 민본주의라는 기존의 문화로부터 완전한 단절을 이루지 못하고, 유교 문화를 여전히 모방하고 있음을 보여준다. 길동이 세운 율도국이 "산무도적ᄒ고 도불습유"하는 이상적 봉건국가라는 점 역시도 길동이 조선의 질서와 문화를 모방했음을 증명한다. 따라서 길동이 새로이 획득한 페르조나인 의적은 단순히

---

11 개화기 이래로 우리는 서양문물을 받아들이고 모방해왔으며, 심지어는 판권도 지불하지 않은 서적들의 해적판을 만들어 서양의 이론을 훔치기도 하였다. 이러한 모방의 역사는 우리나라만의 일이 아니라, 일본, 한국을 거쳐 지금은 중국을 위시한 동아시아의 여러 국가들이 취하고 있는 문화 수입의 현상이다.

반사회적 성향이라고 규정할 수 없으며, 도리어 주류가 아닌 방식으로 자신들의 문화와 문명을 만들어가고자 했던 조선 사회에서 소외된 존재로 받아들여야 할 것이다.

이상의 논의를 요약하자면, 앞서 2장에서 〈홍길동전〉의 자녀서사 양상을 살피고, 이 양상이 사생아형 소설의 유형과 맞아떨어짐을 살폈다. 그런데 사생아는 자신의 운명의 주인공이 되는 데 있어 '호적상의 약점'이 중요한 역할을 한다고 하였다. 마찬가지로 길동은 얼자이기 때문에 당대 사회가 제시한 페르조나를 획득할 수 없었고, 그러한 시도는 번번히 실패하였다. 그 대신 길동은 의적이라는 사회적 페르조나를 획득하여 아버지의 질서와는 다른 새로운 문명을 만들 가능성을 모방이라는 형식을 통해 발견하였다. 이러한 길동의 대안적 페르조나는 〈홍길동전〉의 수용자의 흥미를 충족시키는 동시에, 조선 사회의 모순에 희생된 민중들의 소망과 이상을 투영하는 대상이 되기도 하였다.

2) 홍길동의 신화적 능력의 성격

길동은 유교적 페르조나의 상실로 인해 아버지와의 갈등에 봉착하게 되었으며, 이에 대한 반작용으로 활빈당 활동을 하게 되었음을 확인하였다. 그리고 독자는 길동이 선택한 의적이라는 사회적 페르조나에 대해 흥미를 느낀다고 하였다. 그런데 독자로 하여금 길동의 활빈당 활동을 더욱 흥미롭게 느끼도록 하는 요소는 바로 길동의 신화적인 능력이다. 길동은 얼자라는 남루한 신분과는 걸맞지 않는 영웅적인 능력을 가졌다. 이러한 초라한 외적 현현과 탁월한 능력자라는 내적 본질의 불일치[12]는 무엇을 의미하는지 길동의 능력이 발휘되는 대목을 통해 살펴보자.

---

12 신화의 주인공이나 후대 영웅소설의 주인공의 능력과는 구별되는 홍길동의 신화적 능력의 특성은 조동일(2004a: 245-261) 참고.

(다) "길동이 급히 몸을 감초고 진언을 념ᄒ니, 홀연 일진음풍이 니러
    나며 집은 간듸 업고 첩첩ᄒᆫ 산즁의 풍경이 거록ᄒᆫ지라. <u>특진
    대경ᄒ여 길동의 조화 신긔ᄒ믈 알고</u>"

(라) "포쟝이 싱각ᄒ되, 늬가 이거시 ᄭ숨인가 상신가 엇지ᄒ여 이리
    왓시며, 길동의 죠화ᄅᆯ 신긔히 넉여 니러 가고져 ᄒ더니, 홀연
    ᄉ지ᄅᆯ 요동치 못ᄒᆫ지라"

(다)와 (라)에는 공간의 성격을 변화시키는 길동의 도술에 대한 특재와
포도대장 이흡의 경이감이 각각 나타나 있다. (다)는 일상적 공간이 환상
적 공간으로, (라)는 환상적 공간이 다시 일상적 공간으로 화하는 장면인
데, 이는 꿈의 성격과 상통하는 면을 갖는다. 꿈에서 우리는 공간의 제약
을 받지 않으며, 환상적 공간으로 도약하였다가 꿈을 깨면 일상적 공간으
로 돌아오게 된다. 그런데 이처럼 꿈의 성격과 유사한 길동의 신화적 능
력은 유교적 페르조나의 상실에 대한 보상으로 작동한다.[13]

즉 길동은 호부호형을 원했지만 길동에게 돌아온 것은 아버지의 살해
위협이었으며, 길동은 이에 대한 반작용으로 아들을 죽이려는 아버지의
역할을 대신하고 있는 특재를 도술로서 처치한다. 마찬가지로 임금이 포
도대장을 시켜 길동을 잡으려 하자, 길동은 스스로 임금이 되어 임금의
존재를 부정하고 그를 조롱하는 도술로서 대응한다. 길동이 획득하기를
원하는 페르조나가 상실될 때마다, 길동은 도술이라는 신화적 능력을 통
해 그 상실감을 보상하고 있는 것이다. 이러한 길동의 신화적 능력은 소
망이 충족된 율도국에서는 더 이상 필요하지 않았다는 점에서도 그의 신

---

13 꿈의 분석을 중시한 프로이트는 꿈의 소망충족의 기능을 역설하였고, 창조적인 작가들과
   꿈꾸는 자들을 동일시하고 또 문학 창조와 낮에 꾸는 꿈을 동일시하는 주장을 하기도
   하였다. 프로이트는 후자의 주장을 논증하기 위해 위기에 처할 때마다 어떻게든 고난을
   뚫고 나오는 영웅의 서사를 소망충족의 예로 들었다. 꿈의 소망 충족 기능은 프로이트,
   임홍빈·홍혜경 역(2004: 111-328), 문학 창조와 꿈의 관련성은 프로이트, 정장진 역
   (2004) 참고.

화적 능력이 유교적 페르조나 상실에 대한 보상으로서 기능하고 있다는 점을 확인할 수 있다.[14]

그렇다면 이제 단순히 페르조나의 상실에 대한 보상 차원을 넘어 자신의 의식과 무의식을 통합하여 자기의 고유한 모습을 찾아가는 과정, 즉 자기실현[15]의 과정에서 길동이 발휘하는 신화적 능력의 의미를 살펴보자.

> "길동이 부모를 니별ㅎ고 문을 나믹 일신이 표박ㅎ여 정쳐 업시 힝ㅎ더니, 흔 곳의 다다르니 경기 절승흔지라 인가를 츠즈 졈졈 드러가니 큰 바회 밋히 셕문이 닷쳐거늘 가마니 그 문을 열고 드러가니, 평원광야의 슈빅 호 인기 즐비ㅎ고 여러 사롬이 모다 잔치하며 즐기니, 이곳은 도적의 굴혈이라 문득 길동을 보고 그 위인이 녹녹지 아니믈 반겨 문왈, 그듸는 엇던 사롬이완듸 이곳의 츠즈왓느뇨 이곳은 영웅이 모도여시나 아직 괴슈를 졍치 못ㅎ여시니, 그듸 만일 용녁이 이셔 춤녀코져 홀진듸 져 돌을 드러보라 (중략) 쟝뷔 엇지 져만흔 돌 들기를 근심ㅎ리오 ㅎ고 그 돌을 드러 슈십 보를 힝ㅎ다가 더지니 그 돌 무긔 쳔근이라"

길동이 집을 나와 찾아 들어간 곳은 일상적 공간과는 다른 곳이다. 이곳은 단순히 도적의 소굴이라 하기 어려운, 신화적 원형을 간직하고 있는 공간이다. 도적의 소굴은 문을 통해 바깥 세계와는 분리되어 있고, 문을 통해 들어간 세상에는 평원광야에 수백 호의 인가가 있었다는 점으로 보아 바깥 세계와는 다른 질서의 세계임을 알 수 있다. 이 세계의 성격을 파악하기 위해 주목할 부분은 홍길동이 큰 바위 밑에 석문을 열고 도적의

---

14 이에 대해서는 4장에서 상세히 논의될 것이다.
15 융에 의하면 자아(Ich, ego)는 의식의 중심이며, 자기(Selbst, self)는 이러한 자아를 포함하여 자아가 의식하지 못하는 무의식까지 아우른 전체 정신이다. 융에 따르면 자기실현(Selbstwerdung)은 자신의 모든 정신을 남김없이 발휘하고 통합하는 것으로, 자신의 전체정신을 실현하는 것이다(이부영, 2002: 29-97 참고).

굴혈에 들어갔다는 점이다. 분석심리학적으로 보면 길동이 도적의 굴혈에 들어갔다는 점은 영웅이 진정한 영웅으로 거듭나는 과정을 겪게 되는 것으로 볼 수 있다.

융에 의하면 하나의 상징적 내용으로 나타나는 버림받은 '어린이 원형'은 자립하여 성인이 되고자 하는 사람이다. 그런데 자신의 근원으로부터 분리되지 않고는 성인이 될 수 없다. 따라서 버림받음은 부수적인 현상이 아니라 반드시 필요한 조건이다(융, 2002:258). 이때 원형으로서의 '어린이'는 파괴적인 모성 원형으로 형상화되는 무의식에 의해 집어삼켜질 위기에 놓인다. 그러나 그 위기를 극복한 새로운 탄생은 '어린이'로 하여금 성인이 되게끔 하며 보다 수준 높은 자기실현을 가능하게 한다. 즉 영웅은 태어나자마자 영웅이 아니라, 반드시 재탄생을 통해서만 영웅이 된다.[16]

그런데 탄생-죽음-탄생으로 이어지는 영웅의 삶은 두 어머니를 상정한다. 이 이중(二重)의 어머니 가운데 한 어머니는 실재하는 어머니이고 또 다른 어머니는 상징적인 어머니이다. 우리가 보다 주목해야하는 경우는 상징적인 어머니인데, 이는 신적이고 초자연적인 모습으로 나타나기도 하고, 때로는 동물의 형상으로, 때로는 계모나 시어머니와 같은 주변 인물에 투사된 형태로 나타나기도 한다(융, 2006b: 256-257). 이 상징적 어머니는 영웅의 재탄생과 밀접한 관련을 맺는다. 왜냐하면 영웅이 다시 태어나기 위해서는 죽어야 하는데, 신화에서의 죽음은 자신의 근원인 자궁으로 회귀하는 형태를 띠게 된다.

융(2006a: 117)은 "잃어버린 세계에 대한 그리움은 계속되며, 힘겨운 적응의 행위가 요구될 때면 항상 옛 유아 시절로 돌아가고, 퇴보하고 싶은 유혹에 빠지며 그럼으로써 근친상간의 상징성이 생기게 된다."고 하였다. 이 역시 프로이트가 이야기한 가족소설의 형식과 유사하다 그러나 프로

---

16 이는 실제 어린이가 가족소설이라는 허구의 형식을 만들어내는 심리적 기제와도 비슷하다.

이트와는 달리 융은 이때 근친상간의 욕구는 성교를 목적으로 하는 것이 아니라 다시 아이가 되려는, 즉 부모의 보호막으로 되돌아가서 어머니로부터 다시 태어나기 위해 어머니로 돌아가려는 욕구라고 하였다. 이는 재탄생을 위해 자궁 안으로 들어가는 것이 죽음과 같다는 원시적 사고에 기초하고 있는 것이다.

이러한 융의 관점을 통해 길동이 들어간 굴혈을 다시 생각해보자. 큰 돌이나 바위는 모성 원형상으로 자주 등장하며, 신격화된 인물이 태어나는 생명력을 상징한다.17 그러므로 동굴의 문이 큰 바위 아래 있었다는 것은 이 공간이 모성적 공간임을 암시한다. 길동이 문을 열고 들어간 동굴 역시 모성적인 상징인데, 석문을 열고 동굴로 들어갔다는 것은 재탄생을 위해 어머니의 자궁 속으로 들어가는 것과 유사하다.18 길동은 이곳에서 영웅적 능력을 시험받고, 새로운 정신으로 탄생하기 위한 통과의례를 겪는데 이는 바로 천 근 무게의 돌을 들어 올리는 것이다. 방금 언급한 바와 같이 돌은 생명을 낳는 모성의 능력을 상징한다.19 따라서 길동이 동굴 속에서 이러한 돌을 들어 올린다는 것은 근친상간적인 유비로서 기능한다. 이러한 길동이 신화적 능력은 길동이 버림받음의 고통을 극복하고 자기실현을 이루려는 무의식적인 요소가 여러 가지 원형들, 즉 어린이 원형, 영웅 원형, 모성 원형으로 형상화된 것이다.

---

17 강철중은 그 예로 해부루 왕이 큰 돌 아래에서 금와왕을 얻었다는 탄생설화와 더불어 경주 북천명 동천리의 경주이씨 강천지(降天地)에 있는 표암(瓢岩), 애기 낳기를 기원하는 애기바위에 관한 전설 등을 들었다(강철중, 2007: 87).

18 융은 숲으로 동굴로 해안가로 사라지거나 숨기는 것, 그리고 버드나무에 둘러싸이는 것은 곧 죽음과 재탄생을 의미한다고 하였다(융, 2006a: 130) 한편 강철중(2007: 88) 역시 단군신화에서 웅녀가 여성이 되기 위해 인내한 공간이 동굴임을 지적했다.

19 우리의 민속 신앙에서도 큰 돌과 바위는 토지의 풍요, 사람과 동물의 다산과 번식, 기후의 순조로움, 국가의 전승과 평화를 보장하는 신으로 신성시되었다. 또한 신성시되는 큰 돌과 바위는 남근, 여근의 성기형(性器形), 교구형(交媾形), 말 모양, 거북 모양 등인데, 이는 모두 성행위를 암시함으로써 번식과 다산의 생명력을 상징한다(한국문화상징사전 편찬위원회, 1992: 222-223).

이렇듯 어머니와의 근친상간의 모티프는 죽음을 극복하고 삶을 새롭게 할 목적으로 이루어지는 것이므로, 이제 길동은 이전과는 다른 모습으로 태어나야 한다. 흔히 영웅신화에서 죽음을 의미하는 근친상간적 결합 이후에는 왕위를 물려받고 새로운 집단의 지배자인 왕으로 부상하는 경우가 많다. 왕은 모든 신화의 결말이자 인간 삶에서 실현해야 하는 인간성의 이상에 해당한다(이유경, 2004: 261-264). 그리고 왕은 왕비와 결합하는데 이 대극적인 한 쌍 자체가 선험적인 표상으로, 내적으로 자기분열적 상태에 있던 이중적 정신구조를 하나로 통합하기 위해 선취된 것이다. 그러나 〈홍길동전〉에서는 근친상간적 결합이 왕의 교체나 신성혼(神聖婚)으로 이어지지 못한다. 길동은 왕이 아닌 다만 '활빈당'의 괴수가 되었을 뿐이다.

> "네 포도딕쟝 니흡인다 우리등이 지부왕 명을 바다 너를 줍으러 왓다 ᄒ고 쳘삭으로 목을 올가 풍우갓치 모라가니 포쟝이 혼불부쳬 ᄒ여 아모른 쥴 모ᄅᆞᆫ지라 ᄒᆞᆫ 곳의 다다라 소릭 지르며 쉴녀 안치거늘 포쟝이 졍신을 가다듬어 치미러 보니 궁궐이 광대ᄒᆞᆫ딕 무슈ᄒᆞᆫ 황건녁시 좌우의 나열ᄒ고 젼샹의 일위 군왕이 좌탑의 안즈 여셩왈 (중략) 나ᄂᆞᆫ 활빈당 힝슈 홍길동이라 그딕 나를 잡으려 ᄒᄆᆞ 그 용녁과 쓧을 알고져 ᄒ여 쟉일의 닉 쳥포쇼년으로 그딕를 인도ᄒ여 이곳의 와 나의 위엄을 뵈게 ᄒᄆᆞ라"

인용문은 길동을 잡으려는 포도대장 이흡을 길동이 도술을 통해 궁궐의 환영을 만들어 스스로 왕의 위엄을 흉내 내면서 조롱하는 대목이다. 이것은 길동이 상징적인 죽음을 통해 새로운 정신으로 재탄생되지 못한 것을 의미한다. 왕이 교체된다는 것은 낡은 상징이나 가치를 대체할 만한 새로운 영향력을 의미하는 것인데, 홍길동은 기존의 질서는 교체하지 못하고 도술이라는 자신의 환상적 질서 속에서만 왕 노릇을 한다. 이는 길동의 의식과 무의식의 분열이 드러나는 부분으로서, 새로운 정신으로 탄생하기 위해 조선 사회의 지배 이념에 저항하고자 하는 길동의 의식과 여전히 조선의 체제 내에서 인정받고 싶은 길동의 페르조나에 대한 무의식적 동일시가 분열을 일으키고 있는 것이다.

이상의 내용을 요약하자면 길동은 유교적 페르조나를 상실하자, 의적이라는 새로운 사회적 페르조나를 획득하였다. 또한 유교적 페르조나의 상실감을 신화적 능력을 통해 보상받고, 나아가서는 이러한 신화적 능력을 발휘하여 아버지의 질서와는 다른 새로운 정신의 탄생을 시도하는 통과의례를 거친다. 그러나 길동은 이 과정을 통해서도 여전히 유교적 페르조나에 대한 무의식적 동일시에서 벗어나지 못한다. 따라서 이러한 무의식적 내용들을 의식으로 통합하여 자기실현에 이르기 위해서 길동은 또 다른 통과의례를 겪게 된다.

4. 자기실현으로서의 율도국의 의미

활빈당 활동을 통해서도 자기실현에 이르지 못한 홍길동은 결국 조선을 떠나 율도국에서 자기실현을 이루게 된다. 자기실현에 이르는 과정은 반드시 선조적인 것은 아니지만 첫째, 페르조나와의 무의식적 동일시에서 벗어나, 둘째, 자신의 무의식 안에 있는 열등한 인격을 의식하고, 마지막으로는 자신의 아니마를 의식하는 것이라고 한다.[20] 〈홍길동전〉 텍스트에서는 이러한 인물의 내면과 무의식은 찾아보기 힘들기 때문에, 의식이 어떠한 방법과 단계를 거쳐 무의식을 통합하고 길동이 자기실현에 이르

---

20 아니마는 범박하게 설명하자면 남성이 가지는 무의식적인 여성적 요소인데, 원래는 심혼을 일컬으며 매우 경이롭고 불멸의 것을 의미했다. 융은 이 아니마가 여성성을 가진다는 것을 밝히고 남성은 이를 주로 이성에게 투사한다고 하였다(융, C.G., 한국융연구원 C.G. 융 저작 번역위원회 역, 2002: 135-140). 자기실현의 과정은 이부영(2002: 120-150)을 참고.

렀는지 구체적으로 분석하기는 어렵다. 다만 율도국에서 이르러서야 홍길동은 신성혼을 이루고 왕이 되었다는 사실에서 그의 자기실현을 확인할 수 있을 뿐이다. 신성혼을 이루기 위해서는 반드시 자신 안에 있는 열등한 인격을 의식하고 이로부터의 분리가 전제되어야 하는데, 그 과정이 바로 '울동'이라는 괴물을 처치하는 것이다. 길동은 조선을 하직하고 남경 땅 제도라는 섬에서 농업과 군사 양성에 힘쓰고 있었는데, 어느 날 약초를 캐러 간 산에서 울동이라는 괴물을 없애게 된다. 그리고 나서 울동에게 납치되었었던 백룡의 딸, 조철의 딸과 결혼하게 된다. 이때 납치되어 있던 두 여성은 억압되어 있던 길동의 아니마를 의미한다. 이를 가족소설의 틀에서 분석하자면, 사생아의 리비도는 낮은 신분의 가련한 어머니로 향해있게 되는데 이 여성들과의 결합을 통해 길동의 리비도는 이성적 사랑으로 방향을 바꾸게 된다고 볼 수 있다.

따라서 길동의 모습에 대한 서술도 달라진다. 길동은 울동 처치 후에 소년의 모습을 벗고 성인이 된다. 울동을 처치하기 전까지는 길동은 언제나 소년으로 형상화되었는데, 조선을 떠나 있던 홍길동이 마지막으로 조선의 임금에게 나타나 하직을 하는 부분에서도 서술자는 홍길동을 '쇼년'이라고 지칭하고 있으며 조선 임금의 눈에 비친 홍길동의 모습 역시 '션동'이라고 서술된다. 그러나 울동 처치 이후 홍길동은 성장한 것으로 형상화된다.

> (마) 길동이 요괴을 쇼쳥ᄒ고, 두 녀주을 각각 제 부모을 ᄎᄌ 쥬니,
>   그 부뫼 듸희ᄒ여 즉일의 홍싱 마ᄌ 스회을 삼으니
>
> (바) 산녁을 맛치미 한가지로 길동의 쳐쇼로 도라오니 츈낭이 길동의
>   쟝신ᄒ믈 칭찬ᄒ더라

길동이 괴물을 처치하고 괴물에게 잡혀 왔던 두 여인의 부모를 찾아주

는데, 이때의 서술자는 길동을 '홍생'이라고 지칭하고 있다. 이를 마지막으로 서술자는 길동을 더 이상 소년이나 홍생으로 지칭하지 않는다. 이 결혼에 이어 길동은 돌아가신 몸소 부친의 산역을 하게 되는데, (바)에서는 이 과정을 지켜 본 길동의 어머니가 길동의 장성함을 칭찬하는 것을 볼 수 있다. 이는 정신적 장성과 신체적 장성을 동시에 함의하는 것으로 보인다. 즉 울동의 처치라는 통과의례를 통해 결혼에 이른 길동은 정신적 성숙을 이루게 된 것이다. 이는 길동의 앞서의 통과의례, 즉 굴혈에서 돌을 들어 올리는 행위와 비교해 보면 그 의의가 더욱 뚜렷하다. 굴혈에서도 여성을 만나 결혼하는 것으로 서사가 진행될 가능성도 충분히 있었음에도 불구하고 어머니로 향하는 길동의 리비도의 방향을 바꿔줄 여성이 등장하지 않는다. 그것은 길동의 유교적 페르조나에 대한 무의식적 동일시가 해소되지 않은 상태였기 때문일 것이다.

한편 길동의 정신적 성숙은 길동의 신화적 능력이 더 이상 그려지지 않는다는 점에서도 확인할 수 있다. 활빈당 활동을 할 때의 홍길동은 도술을 통해 공중을 날아 다녔다. 길동이 공중을 날아다니는 것으로 그려진 첫 대목은 형인 홍인형에게 스스로 나타나 잡히는 부분인데, 길동은 공중에서 내려와 홍인형에게 스스로 잡히었다가 쇠사슬을 끊고 다시 공중으로 날아갔다. 또한 궁궐에 들어와 병조판서를 제수한 후에도 "몸을 공중의 소소와 구름의 쓰이여" 갔으며, 이 이후에 조선을 떠나 자신이 살 만한 곳을 찾으러 다닐 때에도 "몸을 소소와 남경으로 향"하였다. 마지막으로 조선 임금에게 하직할 때에도 공중에서 내려와 임금을 만난 뒤 다시 "공중의 올나 표연히" 날아갔다. 그러나 울동을 처치한 후에는 길동이 공중을 날아다니는 경우는 찾아볼 수 없다. 다음 인용문을 보면 길동이 더 이상 날아다니지 못함을 알 수 있다.

"닉 부모을 텬상 성신으로 안부을 짐작ᄒ더니 건상을 봇즉 부친병

셰 위즁ᄒ신지라 닉 몸이 원쳐의 잇셔 밋지 못ᄒᆞᆯ가 ᄒᆞ노라 ᄒᆞ니 졔인
이 비감ᄒᆞ여 ᄒᆞ더라 잇흔날 길동이 월봉산의 드러ᄀᆞ 일장 딕지을
엇고 산녁을 시작ᄒᆞ되 셕물를 국능과 갓치 허고 일텩 딕션을 쥰비ᄒᆞ
여 됴션국 셔강 강변으로 딕후ᄒᆞ라 ᄒᆞ고 즉시 살발위승ᄒᆞ여 일엽쇼션
을 투고 됴션으로 향ᄒᆞ니라"

울동을 처치하고 난 뒤, 어느 날 길동은 천문을 보고 부친의 병세가
위중함을 알게 된다. 두 여성과의 결합 전에는 남경과 조선을 자유로이
날아다니던 길동이, 결혼 후에는 자신의 몸이 멀리 있어서 부친에게 미치
지 못할까 걱정하고 마침내는 배를 만들어 조선으로 향한다. 이를 보면,
그가 더 이상 공중을 날아다니지 못함을 알 수 있다. 이로써 그가 상실한
페르조나에 대한 보상으로써 사용하던 도술이 더 이상 필요가 없어졌음
을 알 수 있다. 또한 길동의 결혼 모티프 직후에 아버지의 죽음이 뒤이어
나오는 것 역시도 어머니를 향하는 리비도, 즉 근친상간을 금지하는 부성
의 계율이 불필요해졌음을 나타낸다. 이제 비로소 길동은 새로운 정신으
로 탄생한 것이다.

그러면 이제 새로이 탄생한 정신의 성격을 살펴보도록 하자. 울동 처치
후에는 길동 아버지의 묘역이 그려지고 그 이후에는 율도국 정벌이 이어
진다. 결국 길동은 율도국의 왕, 즉 새로운 창업자가 된다. 그런데 사건이
벌어진 순서로 보았을 때 〈홍길동전〉은 길동 자신이 창업자라는 영광보
다는 자신이 아버지의 아들이라는 정통성을 이었다는 사실을 더욱 중요
시 하는 것으로 보인다. 길동은 아버지의 석물(石物)을 국릉과 같이 하라
고 명령하고 있는데, 여기서도 그가 전통이 주는 정당성을 중시하고, 인
형으로부터 장자로서의 권리와 임무를 빼앗아 왔음을 알 수 있다. 그런데
이는 여전히 길동이 유교적 페르조나에 대한 무의식적 동일시에서 벗어
나지 못함을 보여주는 것은 아니다. 이는 도리어 길동이 유교적 질서를
인식하지만 그것에 사로잡히지 않고 그간의 허위적 부자관계를 깨뜨리고

진정한 부자관계를 맺게 되었음을 보여준다.

이는 조선 사회에서의 '효'의 이념과 율도국에서의 '효' 가운데 어느 것이 유교가 지향하는 '효'의 본래적 모습에 가까운가를 파악하면 확인할 수 있다. 앞서 길동을 잡기 위해 길동의 적형인 인형은 '효'라는 명분을 도구적으로 사용했다는 점을 언급하였다. 그런데 이는 인형으로서는 어쩔 수 없는 것이었는데, 왜냐하면 실제로 홍씨 일문은 왕에 의해 멸족의 위협을 받았기 때문이다. 즉 조선의 임금은 국가 차원의 문제를 스스로 해결하지 않고, 부자간의 심리적 관계를 이용하여 홍씨 일문으로 하여금 사회적 문제에 대한 개별적 책임을 지게 한 것이다. 이로 인해 형제인 길동과 인형의 대립은 더욱 심화되고, '효'라는 가치는 임금의 권력에 복무하는 수단적 가치로 전락하고 만다.

이렇게 인형의 효는 이와 같은 수단적 가치에 머물고 말지만, 길동은 이러한 수단적 효를 거부하고 진정한 효를 위해 새로운 관계맺음을 시도한다. 일단 길동은 임금의 획책에 대해 형식상으로는 굴복하여 자현하지만, 이것은 근본적으로 아버지와의 관계를 개선하여 진정한 '효'를 발휘한 것은 아니다. 조선사회에서의 길동의 '효'는 단지 아버지와 아들의 갈등과 대립이 외부의 위력에 대항하여 일시적으로 봉합된 것에 불과하다. 그리고 길동은 잡혔다가 다시 탈출함으로써 이러한 허위적 부자관계에 대한 거부를 뚜렷이 한다. 마침내 율도국에 이르러 자신 안에 있는 열등감을 상징하는 울동을 처치한 후에라야, 길동은 조선 사회에서는 아들로 인정되지 못한 얼자의 모습에서 벗어나 온전한 아들의 모습으로 이전의 허위적이고 형식적인 부자관계를 청산하고 진정한 부자관계를 맺을 수 있었으며, 이것이 부친의 산역으로 드러난 것이다.

그런데 〈홍길동전〉은 아버지의 산역과 율도국 정벌에서 끝이 나지 않고 홍길동이 죽음에 이를 때까지 서술되어 있다. 이것은 〈홍길동전〉이 전(傳) 양식의 영향을 받았기 때문이라고 볼 수도 있지만, 율도국에서의 이루어지는 성인으로서의 길동의 삶이 길동의 인격 성장을 다루는 작품의 전체 구조에서 가장 중요한 역할을 가지고 있기 때문이라고 보는 편이 더욱 생산적일 것이다. 홍길동의 결혼과 부친의 산역 이후의 율도국 정벌은 홍길동의 인격적 변화를 보여주는 중요한 역할을 한다. 융은 「어린이 원형의 심리학에 대하여」에서 '의식'의 태도에 따른 인격의 변화를 크게 세 단계의 신화적 심상의 형태로 제시했다.

> "'어린이' 원형의 최초 형태는 대개 전적으로 무의식적이다. 이 경우 환자의 개인적인 유아성과의 동일시가 있다. 그런 다음 (치료의 영향으로) 점차로 '어린이'를 분리시키고 객관화시킨다. 즉 이전 단계와의 동일시를 해소한다. 이 작업은 환상 형성을 강화하면서 (때로는 기술적인 지지를 받아) 진행되는데 이때 고태적 즉 신화적 특징들이 점점 더 가시화된다. 그 다음의 변화 과정은 영웅신화의 과정과 일치한다. (중략) 이러한 동일시는 매우 완강하게 지속되므로 심적 균형을 위해서는 우려할 만하다. 동일시의 해소에 성공하면 영웅의 상은 의식이 인간의 크기로 환원되면서 점차 자기의 상징에 이르기까지 분화된다." (융, 2002: 272)

길동 역시 이와 같은 인격의 변화를 겪고 있음을 확인할 수 있다. 사회적인 사생아였던 길동이 신화적 능력을 발휘하는 영웅으로 화하여 결국에는 율도국의 왕이 되지만, 결국 길동은 팽창된 영웅의 모습에서 벗어나 '인간'의 모습으로 회귀한다. 율도국에 이르러서야 그는 공중에서 내려와 현실에 정착하게 되는데 그 모습이 바로 율도국에서의 그의 삶으로 형상화된다. 그리하여 율도국에서의 그의 삶은 온통 '땅'의 상징과 관련되어 있다. 그가 울동을 처치하고 결혼을 한 뒤에 벌어진 인생의 중요한 사건은 아버지의 '산역'이라 하였는데, 이때 아버지의 죽음 자체보다는 산역이 더 부각된다. 길동은 아버지의 병세가 위중함을 느끼고 제일 먼저 묘터를 구한다. 그리고 아버지의 시신을 운구하여 매장한다.

그 다음에 그에게 벌어진 사건이 바로 율도국의 정벌이다. 홍길동이 율도국을 눈여겨 본 이유는 율도국이 기름진 땅이었기 때문이다. 그리고 길동 역시 율도국을 다스리다 죽음을 맞이하고 그 땅으로 돌아간다. 이렇게 '땅'에 관한 풍부한 상징은 다시 긍정적인 모성상과 연결된다. 율도국은 모든 창조물에게 생명을 주고 또 그것이 결국 돌아갈 곳인 대지로서 드러난다. 이곳에서 길동은 마침내 심적 균형을 찾고 아들과 딸을 낳고 땅에 뿌리를 박은 채 일상적 삶을 영위한다.

융이 언급했듯이 우리의 삶에는 영웅과의 동일시를 벗어난 삶의 단계가 있다. 영웅신화는 죽음과 재생이라는 주제를 통해 인간이 사회적 존재로 입문하는 통과의례를 보여준다. 그러나 그 이후의 사회적 존재로서의 삶, 그 의식의 변환은 다루지 않는다. 이유경은 이 문제를 다음과 같이 지적하였다.

> "실제로 개별의식은 무조건 크기를 확장하는 것이 아니라 거의 모든 종교가 가르치고 있듯이, 어느 시기에 이르면 정신의 근원지로의 회귀하거나 귀환해야 하는 것이다. 정신의 귀환이나 회귀는 어느 정도 개별의식성의 분화가 이루어져야 하므로, '의식'과 '무의식'의 대극적 상황이 두드러지는 인생의 후반기에 주어지는 과제가 된다." (이유경, 2004: 241-242)

사회적 존재로 영웅이 거듭나는 내용은 신화에서는 그려지지 않지만, 영웅신화의 전통을 이은 영웅소설에는 인생의 후반기에 주어지는 의식과 무의식을 통합이라는 과제의 해결이 그려진다. 〈홍길동전〉에서는 이것이 바로 율도국 정벌 이후에 그려져 있다. 정운채는 기초서사의 네 영역을 제시하면서 이 가운데 하나의 영역으로부터 출발해서 그 인간관계가 위기를 맞이할 무렵 다른 영역들로 넘어갔다가 다시 처음에 출발했던 영역으로 되돌아가서 인간관계를 회복하는 것이 서사의 대체적 흐름이라고 하였다(정운채, 2006b). 이러한 관점에서 보았을 때, 길동의 활빈당 활동에 비해 주목되지 않았던 율도국에서의 길동의 활동은 다시 조명될 필요가 있다.

길동은 자녀서사 영역의 인간관계의 위기를 맞게 되어 결국에는 조선을 떠나오게 된다. 새로운 곳에서 길동은 그간 자신을 사로잡았던 페르조나에 대한 집착을 버리고, 아버지의 세계로부터 독립하여 자신의 아니마를 찾아 부부를 이룬다. 이로서 자녀서사의 영역에서 부부서사의 영역으로의 이동이 이루어진다. 그후 율도국을 정벌하고 자녀를 낳아 기르면서 부모서사 영역으로의 확대가 이루어지고 이를 통해 길동은 자기실현을 달성한다. 이렇게 본다면 〈홍길동전〉의 서사는 자녀서사 영역의 위기와 갈등을 주되게 그리고는 있지만, 그 문제가 부부서사의 영역을 거치면서 회복되고 부모서사의 영역을 거치면서 완전히 해결되고 있음을 알 수 있다.

이러한 관점에서는 길동이 종국에는 봉건적 지배질서를 가지는 율도국의 왕이 되었다는 점에서 〈홍길동전〉의 한계를 지적하는 해석은 힘을 잃게 된다. 페르조나의 동일시에서 해방되는 것은 페르조나를 거부하는 것이 아니라, 자신의 페르조나를 의식하고 그에 사로잡히지 않아야 한다는 것을 의미한다. 즉 건강한 자녀서사는 부모와 자신을 무조건 동일시하거나 무조건 부모를 배격하는 것이 아니라, 건강한 모방을 통해 자녀의 역할을 소화하는 것이요, 자족적인 자녀서사의 성격을 버리고 사회적 자녀서사로의 변모를 겪는 것이다. 따라서 길동이 대장부로서 입신양명하는 페르조나에 대한 집착을 버렸을 때, 길동은 진정한 아버지의 아들로서 산역과 삼년상을 지내고 건강한 자녀서사를 되찾을 수 있었으며 페르조나와의 동일시에서 해방되어 자기실현을 할 수 있었다고 하겠다.

5. 〈홍길동전〉을 나의 서사로 읽는 방법

지금까지 〈홍길동전〉의 주된 서사를 자녀서사로 보고, 〈홍길동전〉 자녀서사 양상은 사생아형 가족소설의 개념에 의거해 분석하였다. 한편 홍길동의 심리 전개에 대해서는 아버지의 세계에서 독립하여 자기 세계를 정립하는 아들의 자기실현의 구조를 통해 분석하였다. 이를 통해 홍길동이 아버지의 세계가 가지는 세계의 모순에 저항하여 아버지와 갈등을 일으키나, 자신 역시 아버지의 세계가 만들어놓은 페르조나에 대한 집착을 버리지 못하여 길동의 자기실현이 지연되었음을 확인하였다. 그러나 길동은 마침내 영웅이 되기 위한 입사과정, 즉 재탄생의 과정을 성공적으로 반복함으로써 홍길동은 자신의 질서를 정립하고 아버지의 세계와 화해하게 된다.

이상 〈홍길동전〉의 자녀서사와 홍길동의 성장 심리를 분석하는 작업을 통해, 〈홍길동전〉의 작가는 인간의 성장 과정에서 보편적으로 경험하는 허구적 형식을 빌어 자신의 문제상황을 '길동'의 처지로 창조하고 그 해결을 시도했음을 확인하였다. 그리고 이러한 문제는 길동이라는 인물로 구체화되면서 문학이라는 소원성취의 기능을 가진 형상화를 통해, 즉 길동의 신화적 능력이나 이상적인 공간인 율도국이라는 환상적 형상화를 통해 자기실현이라는 해결에 이르게 되었음을 살펴보았다.

그런데 이를 수용자의 심리와는 어떻게 연결시킬 것인가의 문제가 아직 남아있다. 문학 작품은 자기실현의 과정을 여러 가지 원형상과 문학적 형상화를 통해 드러내므로, 독자가 자신의 자기실현은 어떻게 이룰 것인가 하는 해답은 주지 않는다. 따라서 수용자는 문학 텍스트를 읽으면서 문학이 주는 풍부한 상징과 문학적 경험을 자신의 경험에 매개하여 구체화하여야 한다. 그리고 이 구체화의 방법을 밝히는 것이 문학교육, 그리고 문학치료의 목표가 되어야 할 것이다.

융에 의하면 자기실현의 구체적 방법은 분석을 통한 무의식의 의식화라고 한다. 그 작업은 주로 꿈의 의미를 깨닫고 꿈의 상징으로 제시된 무의식의 내용을 의식으로 동화시킴으로써 의식의 확대를 시도하는 것이다. 그러나 '홍길동'과 같은 문학 속의 인물은 실존하는 인물이 아니며, 우리의 자아를 비춰볼 수 있도록 형상화한 거울과 같은 존재일 뿐이다. 따라서 우리는 홍길동의 선택과 행동의 의미를 우리의 꿈을 분석하듯 분석해 보고, 우리의 부정적 자기서사를 변화시킬 수 있는 작품서사를 발견해야 할 것이다.

이때 정운채가 서사의 특성으로 지적한 다기성(多岐性)은 구체적인 방법론을 마련해 줄 수 있을 것이다(정운채, 2006a). 서사의 다기성이란 서사는 선택의 갈림길에서 다양한 경우의 수를 만들어낸다는 서사의 속성을 가리킨다. 길동이 가출한 이후의 가출 일기를 독자가 스스로 구성해본다든가, 조선을 떠난 후의 길동의 활동을 새롭게 구성해보는 적극적인 수용을 통해서 독자가 〈홍길동전〉의 자녀서사와 대화할 수 있는 자기서사는 어떤 것인지 진단해보고, 이를 바탕으로 자신의 자녀서사를 수정하고 보완하여 새로운 자기서사를 창조할 수도 있을 것이다. 이를 위한 문학교육이나 문학치료의 적용 단계와 단계별 활동의 구체화는 실증적 작업이 요청되는 바이며, 이는 문학교육이나 문학치료의 방법론을 탄탄히 하고자 하는 노력과 열정으로 결실을 맺기를 기대한다.*

---

* 이 글은 "김효정(2008), 「자기실현의 관점에서 본 〈홍길동전〉의 자기서사」, 『문학치료연구』 9, 한국문학치료학회"의 일부 내용을 수정·보완한 것이다.

〈사씨남정기〉에서 어떻게 정서를 읽을까?

서유경

1. 고전소설을 왜 읽어야 할까

국어교육에서 고전 문학 작품이 지닌 자료로서의 가치는 매우 다양하다. 고전 문학 작품은 국어사용의 실례를 보여주는 자료일 수도 있고, 당대의 사회 문화 현실을 바라보는 거울일 수도 있으며, 현재의 삶을 성찰할 수 있는 계기일 수도 있고, 학습자의 비판적인 사고를 신장할 수 있는 언어 자료일 수도 있다. 지금까지의 고전문학교육 연구에서는 이러한 고전문학 작품이 지닌 가치를 찾아내고, 교육의 자료로 활용할 수 있는 방법을 탐색해 왔다고 할 수 있다.

그렇지만 국어교육의 목표[1]가 어떤 문학 작품을 수용하고 생산하는 능력을 향상하는 것뿐만 아니라 창의적 문화 활동과 올바른 태도를 기르는 것까지 상정하고 있다는 점에서 본다면 상대적으로 정의적 측면에 대한 논의가 소략했다는 반성을 하게 된다. 문학교육이 지향하는 궁극적인 목

---

1 2015 개정 국어과 교육과정에 제시된 목표는 다음과 같다.
   국어로 이루어지는 이해·표현 활동 및 문법과 문학의 본질을 이해하고, 의사소통이 이루어지는 맥락의 다양한 요소를 고려하여 품위 있고 개성 있는 국어를 사용하며, 국어문화를 향유하면서 국어의 발전과 국어문화 창조에 이바지하는 능력과 태도를 기른다.
   가. 다양한 유형의 담화, 글, 작품을 정확하고 비판적으로 이해하고 효과적이고 창의적으로 표현하며 소통하는 데 필요한 기능을 익힌다.
   나. 듣기·말하기, 읽기, 쓰기 활동 및 문법 탐구와 문학 향유에 도움이 되는 기본 지식을 갖춘다.
   다. 국어의 가치와 국어 능력의 중요성을 인식하고 주체적으로 국어생활을 하는 태도를 기른다.

표 중의 하나가 전인적이고 온전한 인격체를 형성하도록 하는 데에 있다면, 문학의 본질에 대한 지식이나 고전문학 작품을 통해 알아야 할 것을 알도록 하는 데에서 나아가 작품 읽기를 즐기고 그 과정에서 학습자가 올바른 정서를 갖도록 할 수 있어야 할 것이다.

고전소설 읽기의 이유와 가치를 따진다면 무엇보다 가장 먼저 감동과 즐거움에서 찾을 수 있을 것이다. 그리고 소설 읽기에서 얻을 수 있는 감동과 즐거움은 독자가 소설을 읽는 과정에서 느끼고 깨닫는 정서에서 비롯된다고 할 수 있다. 고전소설이 존재해 온 방식 자체가 그 증거이다. 누구든 살아가면서 순간순간 슬픔과 기쁨과 분노와 원망을 느낀다. 그런데 일상적 삶에서의 이러한 감정은 소설 읽기의 과정에서 정서로 순화되거나 즐거움으로 변화되며 보편적 삶의 정서로 깨달을 수 있는 것이다.

2. 왜 〈사씨남정기〉인가

〈사씨남정기〉는 그간 숱한 연구를 통해 우리 고전 소설 교육의 전범이 될 수 있으며, 어떠한 의미를 주는지[2]가 밝혀졌다. 기존의 연구사에서는 〈사씨남정기〉를 김만중이 왜 지었으며, 어떠한 맥락에서 읽을 수 있고, 얼마나 많이 읽혔는지가[3] 다루어졌다. 그래서 〈사씨남정기〉를 두고 목적론[4]에 대한 시비가 있었고, 가정소설이나 가문소설의 시작에 대한 논의나 당대 사회 현실에 대한 연구[5]가 있었으며, 인물 형상에 대한 심도 깊은

---

2 김종철(2000)은 소설이 지니는 교육적 의미를 〈사씨남정기〉의 경우를 통해 논의하였으며, 이상일(2008)은 〈사씨남정기〉의 주제를 중심으로 교육의 내용과 의의를 다루었다.
3 이금희(1999: 39-63) 등의 이본 연구를 통해 〈사씨남정기〉의 풍부한 이본이 소개된 바 있다.
4 주로 김만중의 창작 동기를 역사, 사회적으로 분석한 연구들에서 이와 관련한 논의들을 볼 수 있다. 이원수(2009: 203-231)에서 그간의 논의와 관점이 정리되기도 하였다.
5 이는 〈사씨남정기〉가 지니는 사회 현실적 내용을 소설사적 의미와 관련하여 고구한 논의

논의들6이 이루어진 바 있다. 또한 갈등이나 서사 구조 등을 중심으로 하여 주제론적 접근(이원수, 1982; 김석회, 1989; 신재홍, 2001 등)이 시도되기도 하고, 불교나 사상적 측면에서 다루어지기도 하여 논의들이 더욱 다양화되고 있는 상황이다. 〈사씨남정기〉를 둘러싼 이런 맥락은 국어교육에서 중요한 작품으로 다루어질 수 있는 다양하고 복합적인 가능성을 말해 주는 방증이라고도 할 수 있을 것이다.

〈사씨남정기〉 향유의 역사가 보여주는 실상을 볼 때 드러나는 것은 〈사씨남정기〉가 다수의 독자층을 지닌 대중적 작품이라는 것이다.7 〈사씨남정기〉가 지닌 이러한 대중성은 〈사씨남정기〉 읽기에서 발견할 수 있는 삶의 문제 때문이라 할 수 있다. 지금 이 순간에도 만들어지고 있는 안방 극장 소위 드라마에서 발견할 수 있는 삶의 문제들이 이미 〈사씨남정기〉에 들어 있다. 어떤 여성이 가정을 꾸릴 때의 문제, 가장이 갖추어야 할 소양의 문제, 갈등 관계에 있는 사람의 모함에 대응하는 문제 등 사람이 살아가면서 한번쯤은 겪을 법한 일들이 우리 고전 〈사씨남정기〉에 담겨 있는 것이다. 이는 〈사씨남정기〉가 담고 있는 삶의 문제가 지닌 대중성이자 보편성을 말해 준다.8 그리고 바로 여기에 〈사씨남정기〉 읽기에서 정서를 발견하고 반응하며 조절하는 교육의 가능성과 필요성이 있다.

문학교육의 지향점이 학습자가 문학 작품을 알고, 분석하고, 이해하는 데에서 나아가 자발적이고도 주체적으로 향유하는 것에 있다면 정서 중심의 작품 읽기가 그 한 가지 방법이 될 수 있을 것이다. 이 글에서는

들이다(이승복, 1995; 이성권, 1997; 정출헌, 2000; 송성욱, 2002; 조혜란, 2003 등).

6 이러한 연구로 김현양(1997), 박일용(1998), 조현우(2006), 정병헌(2009) 등을 들 수 있다.

7 양승민(1996)에서는 〈사씨남정기〉가 주는 재미가 극적 상황에 있음을 밝히기도 했다.

8 지금까지 남아 있는 서(序)나 필사기를 통해 〈사씨남정기〉가 지닌 대중성과 보편성을 짐작할 수 있다. 그리고 최근 발견된 〈속사씨남정기〉를 통해 〈사씨남정기〉가 얼마나 인기 있는 소설이었으며, 〈사씨남정기〉의 독자가 어떠한 정서, 표현 욕구를 지녔는지를 추측해 볼 수 있다.

이러한 맥락에서 〈사씨남정기〉를 자료로 하여[9] 고전소설 교육에서 다룰 내용으로서의 정서가 무엇인지, 학습자가 어떻게 정서를 파악하고, 반응하도록 교수·학습할 것인가를 탐색해 보고자 한다.

3. 정서란 무엇인가

정서를 중심으로 한 고전소설 읽기와 교육을 논의하기 위해서 우선적으로 점검해야 할 것이 정서가 무엇인지 하는 본질의 문제와 고전소설에서 정서를 어떻게 파악할 수 있겠는가, 그리고 어떻게 정서 읽기를 가르칠 것인가이다. 여기서는 고전소설, 정서, 읽기 혹은 문학교육 간의 상관성을 짚어봄으로써 정서 중심의 고전소설 읽기를 위한 관점을 정리해 보고자 한다.

이제까지 정서는 매우 다양한 학문 분야에서 연구되어 왔다. 그래서 언어학적 접근인지 심리학적 접근인지, 생리학적 접근인지에 따라 정서를 다르게 보기도 하고, 동일한 심리학적 접근이라도 어떤 철학적 기반에서 출발했는지에 따라 다르게 설명하기도 한다. 그런데 이러한 관점의 차이에도 불구하고 "정서는 어떤 특정한 자극적 상황에서 신체적, 생리적 변화, 인지적 평가, 그리고 행동적 성향으로 복합된 내재적 상태이다."라고 종합적으로 정의해 볼 수 있다(김상호, 1989; 김경희, 1995). 그리고 정서는 감정과 달리 대상에 대한 평가를 수반한다(신득렬, 1990)고도 바꿔 말할 수 있다. 다시 말해 정서는 어떤 대상이 주는 자극에 대한 반응으로서 인지적 평가를 거쳐 어떤 인지적, 행동적 결과를 보이는 것이다. 용어 차원에서 감정과 정서의 개념을 비교하자면, 20세기 초까지는 서로 동일한 것으

---

9 이 글에서는 영창서관본 〈사씨남정기〉를 주 자료로 하고, 필요에 따라 영풍서관본과 한문본 등의 다른 이본 자료를 함께 참조하도록 하겠다.

로 혼동되어 쓰였지만 현재에 이르러서는 정서가 여러 가지 감정들을 포괄하는 상위 개념으로 사용되고 있다(김경희, 1995).

이러한 정서의 개념은 정서가 본질적으로 모순되는 충동의 갈등을 가지고 있다는 것(김대행, 1995)이나 정서가 지식이나 이해와 같은 인지적 측면과 관련되어 있다는 점을 종합적으로 말해준다. 그래서 정서는 어떤 대상에서 비롯된 감정적 변화를 긍정적인 방향으로 유지하고자 하는 속성을 지닌다. 여기서 감정적 변화는 일종의 정서적 불균형 상태라고 할 수 있으며, 긍정적 방향은 정서적 평형을 의미한다고 할 수 있다.[10]

4. 정서는 어떻게 소통되는가

그렇다면 고전소설 읽기에서 정서를 갖는 주체는 누구이며 무엇에 대한 것인가? 고전소설 내에 등장하는 인물의 것인가, 서술자의 것인가, 아니면 그 작품을 읽은 당대 독자의 것인가, 그것도 아니면 지금 고전소설을 읽고 있는 우리인가?[11] 이에 대한 설명을 위해서는 정서가 문학 작품 향유 과정에서 '소통'된다는 점에 주목할 필요가 있다. 하나의 고전소설 작품은 내적 소통 구조를 가지고 있는 동시에 읽기 과정에서 작품 외적 소통 체계를 가진다. 작품 내적으로 이루어지고 있는 정서의 소통은 하나의 작품 속에 구조적으로 완결된 것이며, 작품 외적 소통 체계는 완결된 내적 소통 구조가 독자에게 사회적 맥락과 서술자 혹은 독자와 함께 소통되는 구조라 할 수 있다.

---

10 아리스토텔레스가 말하는 카타르시스나 동양의 전통 사상에서 지향하는 성정 순화가 바로 이러한 정서의 평형 상태, 순수하고 조화로운 상태로의 변화를 의미한다고 할 수 있겠다.

11 이에 대해 김대행(1995: 24)은 작품의 정서가 작품 속의 주체인 작중 화자라고 언급한 바 있다.

작품 내적으로 소통되는 정서는 우선 등장인물을 중심으로 형성된다. 작중 인물은 특정한 상황 속에서 사건을 이끌어 가기도 하고 경험하기도 하는 주체이다. 그리고 이러한 사건과 작중 인물의 정서를 서술자가 간접적으로 암시하기도 하고 직접적으로 언술하기도 한다. 그렇다면 작품 내적 구조에서 존재하는 정서는 인물을 중심으로 읽어낼 수 있을 것이다. 한편 작품 외적으로 소통되는 정서는 독자를 중심으로 형성된다. 독자는 작품을 읽으면서 작중 인물이 겪는 사건이나 정서를 표출하는 언술, 서술자의 언술을 통해 정서를 갖게 되는 것이다.[12]

고전소설이 작가, 독자, 사회 문화적 맥락 속에서 소통되는 텍스트이고 정서가 소통될 수 있다는 것은 한편으로 고전소설이 표현하고 있는 정서가 있다는 의미이기도 하다. 그래서 고전소설의 교수·학습 과정에서 정서를 다룰 수 있기 위해서는 작품이 표현하고 있는 정서 혹은 작품 내적으로 소통되고 있는 정서가 규명되어야 한다. 그리고 교육의 상황이라면 독자로서의 학습자가 가질 '바람직한' 정서에 대한 것까지 다룰 수 있어야 한다. 왜냐하면 정서는 그 자체로서는 올바른 지각뿐만 아니라 그릇된 지각도 포함하기 때문이고, 정서가 일종의 평가라는 점에서 윤리적 판단을 근거로 하기 때문이다(신득렬, 1990). 그래서 정서 교육에 대한 논의들은 대부분 올바른 윤리적 인식과 바람직한 정서 함양을 위한 조정으로 귀결된다.

이러한 점에서 〈사씨남정기〉는 정서 형성과 반응, 교육을 위해 활용해 볼 만한 작품이다. 〈사씨남정기〉라는 작품 내에 여러 가지 다차원적이고 복합적인 정서가 만들어지고 소통되고 있으며, 당대 독자와의 소통 과정에서 어떤 정서적 반응이 있었는지를 단편적으로나마 확인할 수 있고, 현대 독자의 입장에서 정서적 소통을 할 수 있기 때문이다. 〈사씨남정기〉

---

12 본 연구자는 정서 소통의 측면에서 〈심청전〉을 중심으로 하여 '공감적 자기화'라는 문학 교육의 관점을 시도해 본 바 있다(서유경, 2002).

읽기 과정에서 정서 측면에서 볼 때 흥미로운 점은 어떤 인물을 중심으로 하여 보는가에 따라 다른 감정적 변화를 보이는 정서를 말할 수 있는 것이다. 이는 〈사씨남정기〉 내에서 사씨 입장인가, 교씨 입장인가, 유연수 입장인가에 따라 정서가 대조적, 대칭적으로 만들어지고 있고, 독자 입장에서 서로 다른 정서를 말할 수 있는 것이다.[13]

어떤 고전소설 작품을 두고 소통되고 있는 정서가 무엇인지를 규정하고자 한다면 논란이 있을 수밖에 없다. 정서 이론에서 말하는 기쁨이나 슬픔, 분노나 공포, 원망이나 놀람 등의 정서를 아무리 유형화하여 적용하려 해도, 고전소설 작품 전체를 두고 하나 혹은 몇 가지의 정서로 설명할 수는 없는 것이다. 왜냐하면 읽기 과정에서 작품이나 독자의 정서는 변화하며 다층적으로 형성될 수 있기 때문이다. 그래서 고전소설 작품을 두고 어떤 종류의 정서가 소통되는지를 규명하기보다는 그 작품 내에서 정서가 어떻게 만들어지고, 서사 전개에 따라 어떤 흐름을 가지며, 촉발된 정서가 어떻게 균형 잡히고 조화로운 상태로 변화하는지에 주목해야 한다.

정서의 종류를 유형화하자면 매우 다양하고 많을 수 있지만, 다른 한편으로 모든 종류의 정서는 길항 관계로서 반대항을 지니는 것으로 이원화해 볼 수 있다. 쾌와 불쾌, 긴장과 이완, 긍정과 부정, 지속과 변화, 균형과 불균형 등의 관계로 정서를 볼 수 있는 것이다. 이는 정서가 작품 내적으로는 인물 간의 관계 속에서, 혹은 인물과 사건의 관계 속에서, 서술자와 인물의 거리에서 소통되고, 작품 외적으로는 독자와 인물의 거리-유대감과 같은-나 독자와 문화의 관계 속에서 소통되기 때문이다. 문학 작품이 만들어내고 있는 특정한 정서는 이미 당대의 문화적 기반을 바탕으로 하

---

13 이는 그간의 연구에서 〈사씨남정기〉를 선악 대립의 구조에서 파악하거나 선이나 악의 규정에 대해 다른 해석을 내리거나, 악인에 대해 긍정적 시각을 갖는 논의 등 다양한 해석이 이루어졌음에서도 확인할 수 있다.

고 있으며, 그래서 시대적 문화적 거리를 가진 독자가 읽는 정서는 작품이 표현하고 있는 정서와 반드시 일치할 수는 없는 것이다(최지현, 1997). 결국 고전소설 교육에서 정서 읽기는 고전소설을 중심으로 이루어지는 각기 다른 소통 층위, 즉 작품 내적 소통, 작품과 당대 독자 간의 소통, 작품과 현대 독자 간의 소통-에서 파악되고 경험되어야 할 정서를 갖도록 하는 것이 목표라 할 수 있을 것이다. 이러한 관점에서 우선적으로 작품 내·외적으로 정서가 어떻게 표현되고 있는지를 구조화해 보고, 〈사씨남정기〉 읽기와 교육에서 정서가 어떻게 다루어져야 할지를 논의해 보고자 한다.

5. 〈사씨남정기〉에서 정서는 어떻게 표현되는가

1) 서술자의 정서 표현 언술

〈사씨남정기〉에서 정서를 형성하는 방식은 서술자의 직접적인 정서 관련 서술과 상황을 나타내는 간접화된 서술, 그리고 등장인물의 말이나 행위 등에서 찾을 수 있다. 서술자의 목소리는 〈사씨남정기〉의 처음에서부터 마지막까지 정서의 흐름을 이끌어가고 있다. 그래서 서술자의 목소리는 인물이 겪는 사건이나 상황에 대해 직접적으로 정서를 표현하기도 하고 배경이나 상황과 관련하여 간접적으로 진술하기도 한다. 등장인물의 말은 서술자가 표현하고자 하는 정서가 간접화되어 나타나는 또 하나의 방식으로 볼 수 있다.

이렇게 〈사씨남정기〉에서 나타나는 정서 표현의 언술은 서술자가 대상과의 거리를 조절하면서 나타나는 특성을 지닌다. 서술자의 목소리는 때로는 정서 형성이나 표현을 직설적으로 드러나기도 하고, 마치 어떤 사건을 전달해 주는 관찰자의 시선처럼 암묵적으로 존재하기도 한다. 이는 서술자가 서술 대상과 지니는 거리의 조절에 따라 달라지는 것이라 할 수 있다. 인물의 말을 통한 정서 표현은 서술자가 인물을 빌었다는 점에서 간접화된 것이라 할 수 있지만, 어떤 정서를 지닌 주체의 목소리로 표현된 것이라는 점에서는 더욱 생생하면서도 객관적 사실처럼 느끼게 하는 효과를 낳는다.

(가) 가셕다샹담의왈범을그리매쎼를그리기어렵고ᄉ름을ᄉ괴미기심을알기어렵다ᄒ니교씨교언영ᄉᆡ으로말숨이겸손ᄒ니ᄉ부인이교녀에안과밧기ᄂᆡ도ᄒ믈엇지알니오예ᄉ인물노알고경계ᄒ는말이한갓음난ᄒ노ᄅᆡ로쟝부를고혹ᄒ게훌가녑려ᄒ미아니라교씨를쳥도로도라가고져ᄒ야신심쇼발노ᄒ미오조금도싀투지아니어늘교녜문득한을품고공교ᄒ말을지어참언이여ᄎᄒ여ᄂᆡ화를비져ᄂᆡ니교녀의요악ᄒ미여ᄎᄒ더라(영창서관, 17면)

(나) 속담에 호랑이를 그리나 쎼ᄂᆞ 그리지못ᄒᆞ고 사름의 얼골은보나 ᄆᆞ음은보지못ᄒᆞ다ᄒᆞ니 교녀ㅣ 밧그로 얼골을 공근이ᄒᆞ고 말을 유슌이ᄒᆞ니 샤부인이 그간악홈을 아지못ᄒᆞ고 다만 음란ᄒᆞᆫ곡됴로 군ᄌᆞ를 비례에 인도홀가 넘녀ᄒᆞ여 경계ᄒᆞ엿시니 실노 ᄉᆞ랑ᄒᆞᄂᆞ뜻이어늘 일노써 간악ᄒᆞᆫ 참소를 지어 한림을 격동ᄒᆞ니 이로말미암어 보건ᄃᆡ 인가의 젹쳡지간에 엇지 삼가지아니ᄒᆞ며 경계치아니리요 한림이 교녀의 간계를 모로나 쏘ᄒᆞᆫ 부인을 의심치 아니ᄒᆞ니 교녀ㅣ 엇지 참소ᄒᆞ리오(영풍서관, 23면)

(다) 한님이크게우려ᄒᆞ고교시ᄂᆞ 울기를마지아니ᄒᆞ더라한님의죵명이졈졈감ᄒᆞ미의혹이만단ᄒᆞ여신심을졍치못ᄒᆞ니ᄎᆞ호셕ᄌᆞ라ᄉᆞ부인의셩덕이고인을부러워홀ᄇᆡ아니어늘교시ᄀᆞᆺ흔요인이드러와가즁을어ᄌᆞ리고한ᄆᆡᄒᆞᆫ비ᄌᆞ누명을일우혀가문을먹이욕니엇지가셕지아니랴(영창서관, 19면)

(라) 졔인이보니ᄉᆞ례ᄒᆞ노라힘써시부인을셤기며고인을엇지말나졔노등이쳬읍비별ᄒᆞ니ᄎᆞ일일식이쳠담ᄒᆞ고비풍이습습ᄒᆞ니문견지막불참연ᄒᆞ고한님이쏘ᄒᆞᆫ심ᄉᆡ불평ᄒᆞ야울울불락ᄒᆞ더라(영창

서관, 33면)

(마) 허다비복이 샤씨를싸라가 길에셔 통곡하직ᄒ니 부인왈 너의가 먼리와셔 나를 보내니 감ᄉᄒ도다 시부인을 잘셤기고 녯사름을 혹 싱각ᄒ라 이웃사름들의 구경ᄒᄂ이 길에 메이고 거리에 가득ᄒ여 눈물아니흐르ᄂ니 업셔왈 십년전에 류한림이 샤부인을 마져갈제에 이길노가ᄂ듸 위의부셩ᄒ더니 이졔져러듯ᄒ니 곡절은 모로거니와 드르미 샤부인이 어질고 루쇼ᄉ씌셔 ᄉ랑ᄒ고 한림이 례로 듸졉ᄒ다ᄒ더니 부부간일은 밋을슈업도다 인간에 ᄯ을 츌가ᄒ기 엇지두렵지아니ᄒ리오 ᄒ더라 이날 일쇠이 무광ᄒ고 비풍이ᄉ긔ᄒ더라(영풍서관, 46면)

(가)와 (나)는 교씨가 거문고 사건 이후로 사씨를 참소하는 장면 이후에 나타나는 서술이고, (다)는 교씨가 장주의 병을 빌어 사씨를 모함한 사건에 대한 서술이며, (라)와 (마)는 사씨가 쫓겨나는 장면에 대한 서술이다. (가)에서 서술자는 '가셕다', '여ᄎᄒ더라'와 같이 슬픔과 요악함에 대한 분노를 직접적으로 서술하고 있다. (가)를 (나)와 비교해 보면, 동일한 내용의 서술인데도 (나)에서는 국문 표현으로 바꾸어 풀어 쓰면서, 정서를 환기하는 서술 뒤에 서술자의 경계와 교훈을 덧붙이고 있다.[14] 그러면서 한림의 심리와 교녀의 상황을 서술한다. (다)에서도 '셕지라'나 '가셕지아니랴'와 같이 애석함과 안타까움을 표현하는 서술을 직접적이고도 단정적으로 서술하고 있음을 볼 수 있다. 그런데 교씨의 요악한 행위에 대한 서술에서는 '~더라'와 같이 실제 있었던 일을 객관적으로 전달하는 듯한 서술 방식[15]을 보인다.

---

14 영풍서관본의 주요 특징 중의 하나는 서술자의 논평이 표현되는 부분이 행간을 바꾸거나 인용문처럼 들여쓰기를 한다는 것이다. 이는 논평을 강조하기 위한 방식으로 보인다.

15 이지영(2007: 277-281)은 〈사씨남정기〉에 사용된 '-더라'와 '니라'에 대해, '-더라'는 서술자가 관찰자나 전달자로서 서술할 때 사용되는 경향이 있으며, 전지적 시점을 취할 때는 '-이라'나 '-니라'를 사용하고 있다고 하였다. 서술자가 서사상황을 옆에서 바라본 사람으로서 혹은 등장인물의 눈을 통해 장면을 서술하면서 '더라'를 사용하고, 이는 전지적 시점이 아니라 거리를 유지하면서 생생하게 전달하고자 한 의도라는 것이다.

이러한 서술 특성은 사씨 퇴출 장면과 같이 사씨에게 있어서 극도로 비극적인 사건에서는 더욱 강하고 직접적으로 나타난다. (라)에서 보듯이, '일식이츰담', '비풍이습습', '막불참연'으로 장면을 표현하고, (마)에서는 사씨의 말을 넣어 장면을 더욱 구체화 하면서, '눈물아니흐르ᄂ니업셔'라고 하여 슬프고 애통한 정서를 주변 인물들이 공감한 것으로 확대하고 있다. 이렇게 인물의 말과 주변 사람들의 공감으로 정서를 한층 강조하여 표현하는 방식은 다음 장면에서 더욱 두드러진다.

부인이희허탄왈고인이운익을당ᄒ 지하나둘이아니로ᄃᆡ ᄌ연구ᄒ
야주ᄂ사ᄅᆞᆷ이잇셔몸을보젼ᄒ 얏거니와이졔나의일은그러치아냐연연
약질이우흐로하늘에올으지못ᄒ 고아릭로싸에드지못ᄒ 니엇지하리오
맛당히ᄒ 번죽어고인으로더부러ᄭᅩᆺ다은일홈을낫타나게ᄒ 시미니이쏘
ᄒ 우연ᄒ 일이아니라······언파에믈을향ᄒ 야ᄲᅱ여들녀ᄒ 니유모등이붓
들고체읍왈소비등이쳔신만고ᄒ 야부인을뫼셔이의이르러ᄉ 셩을ᄒ 가
지로ᄒ 지라원부인은한가지로이슈ᄒ 야다하의뫼시기를원ᄒ ᄂ이다부
인왈불가ᄒ 다나ᄂ죄인이니죽으미맛당ᄒ 거니와여등은무슴죄로나를
ᄯᅡ르리오······남글ᄭᅡ고크게쓰되모년모월모일에ᄉ 시졍옥은구가의츌
븨되여이의일으러진퇴무로ᄒ ᄆᆡ익슈ᄒ 노라쓰기를맛고통곡ᄒ 니유모등
이좌우로붓드러우니인월이무광ᄒ 고초목금쉬위ᄒ 야슬허ᄒ ᄂ 듯ᄒ 더
라······아모리혜아리나의탁ᄒ 홀 곳이업고날이밝앗스니장찻어ᄃᆡ로가리
오아모리싱각ᄒ 야도강수의몸을감초니만ᄌᆞ지못ᄒ 니유모ᄂ 말류치
말나ᄒ 고몸을니러강즙에ᄲᅱ여들려ᄒ 니유모등이망극ᄒ 야소져를붓들
고통곡ᄒ 더니ᄉ 시종일죵야를힐난ᄒ ᄆᆡ긔운이시진ᄒ 지라(영창서관,
42-43면)

이 부분은 사씨가 남쪽으로 피하는 중에 고난을 당하였을 때 슬픔이 극도로 북받쳐 통곡하다 죽음을 결심하는 장면이다. 이 장면에서 사씨는 죽겠다고 단언하거나 죽으려고 물에 뛰어 들려는 시도를 다섯 번이나 한다. 이러한 죽음 선언이나 강에 뛰어 드는 행동은 사씨의 절망적 슬픔

이 극대화되었음을 말해 주며, 이때 주변 인물인 유모 등은 함께 통곡하며 공감을 표현한다. 그리고 사씨나 유모 등이 함께 통곡할 때 달도 빛을 잃고 초목금수도 슬퍼하는 듯하다는 서술로 다시 한 번 정서를 확대한다.16

이렇게 〈사씨남정기〉에서는 서술자의 서술 대상에 대해 거리를 조절하는 방식으로 직접적으로 정서를 서술하기도 하고 간접화, 객관화하여 표현하기도 한다. 그리고 인물이 하는 말이나 행동을 서술하는 과정에서 특정한 정서를 나타내어 작품 내적으로는 인물 간의 소통 과정으로, 다른 한편으로는 작품 외부에 있는 독자를 향해 던지는 언술로 소통을 시도한다. 〈사씨남정기〉 읽기 과정에서 공감을 느끼고 어떤 정서를 갖게 되는 데에는 이러한 정서 형성에 관계하는 언술이 중요한 역할을 하는 것이다.

2) 상황적 정서 환기

〈사씨남정기〉에서 또 다른 방식의 정서 표현은 고사와 관련된 지명을 들어 그곳에 얽힌 사연과 사씨가 처한 상황을 동일시하게 하는 것이다. 이는 〈사씨남정기〉뿐만 아니라 〈심청가〉와 같은 후대의 소설에서 악양루, 소상강, 아황, 여영 등을 들어 비통하고 슬픈 정서를 환기하는 장치로 활용되고 있다.

> 동청과교녀ㅅ씨를잡지못ㅎ믈이달다ㅎ더라ㅊ셜부인이비에올나
> 남으로향ㅎ니만경창파에파도흉용ㅎ야물결이ㅎ늘에다흔듯ㅎ고셔
> 로왕릭ㅎ는상고션이시벽달찬바름에닷감는쇼릭는슈심을돕고강호
> 에왕릭ㅎ는쇼릭와잔납의바름소릭는슬푼ㅅ룸의넉슬살오니ㅅ씨즈
> 긔신셰를싱각ㅎ고규즁녀즈로몸에더러온누명을실고츌거지경을만나

---

16 이러한 방식의 정서 표현과 확대를 〈심청전〉 이본 형성 과정에서도 확인할 수 있다. 〈심청전〉 이본 형성 과정에 대해서는 서유경(2002) 참고.

구가로아조절의지인이되여일인이만경창파에일엽편쥬에의지ᄒ야장ᄉ로향ᄒᄂᄂ바를싱각ᄒᄆᆡ오ᄂᆞᆨ분붕ᄒ고가슴이무여지ᄂᆫ듯ᄒ지라크게통곡ᄒ야왈하늘이엇지경옥을ᄂᆞᆨ시고명도에긔험ᄒᄆᆡ이쳐럼졈지ᄒ게ᄒ신고고슬피우니유모며ᄎ환니쏘ᄒᆫ슬푸믈춤지못ᄒ고셔로붓들고우다가유모우름을긋치고부인을위로왈하늘이놉흐시나살피시ᄆᆡ소소ᄒ시니엇지ᄆᆡ양이러ᄒ리오부인은방신을보즁ᄒ오ᄉ슬푸믈진정ᄒ쇼셔......쏘ᄒᆫ구가에츌부지인이구ᄎ히ᄉ라장사로가니신셰엇지슬푸지아니리오차라리이곳에셔몸을창파에던져굴슴녀의츙혼을좃고져ᄒ노라언파에울기를마지아니하니유모와ᄎ환등이유셩호어로위로ᄒ더니......   ᄉ씨에운익이졈졈닥쳐오ᄂᆫ지라홀연풍낭이디작ᄒ며파도흉용ᄒ야비ᄇᆞ롬에좃겨동졍위수로좃차악양누아ᄅᆡ일으니녯젹녈국ᄊᆡ초나라지경이라우순이순힝ᄒᄉ창호들에붕ᄒᄉ이비아황녀영이밋쳐가지못ᄒ야상수가에울으시니눈물이화ᄒ야피되여디수풀에ᄲᆞ리시니피졈졈이어룽졋스니일은바쇼상반쥭이라......고로ᄆᆡ양구의산에구름이ᄭᅵ이고쇼상강에밤이오고동졍호에달이붉고황능묘에두견이슬피울ᄊᆡᄂᆞᆫ비록슬푸지아닌사ᄅᆞᆷ이라도ᄌᆞ연쳑연타루ᄒ고위연장탄ᄒ니쳔고에의긔를좃ᄂᆫ곳이러라가련ᄒ다ᄉ씨소심익익ᄒ고졍셩을다ᄒ야장부를셤기다가교녀음부에참소를입은ᄇᆡ되여일조에몸이표령ᄒ야이ᄯᅡ에이르러고ᄌᆞ츙의지인을조문ᄒ고ᄌᆞ긔신셰싱각하니엇지슬푸고원통치아니리오(영창서관, 39-41면)

위에 제시된 부분은 사씨가 동청과 교녀를 피해 배를 타고 남쪽으로 가는 장면이다. 배에 올라 마침 만난 풍랑을 서술하면서 '수심'과 '슬픈 사람의 넋'을 언급하여 애잔한 분위기를 조성하고 있다. 그리고 그러한 분위기에서 사씨는 자신의 신세를 생각하며 '가슴이 무너지는 듯'한 슬픔을 느끼는 상황으로 만들었다. 그러한 중에 당도한 곳이 '악양루' 아래이고, 그곳은 초나라 때의 아황과 여영이 눈물을 흘려 피가 된 한이 서린 소상반죽이다.

흥미로운 것은 절통한 상태에 있는 사씨의 심정을 그려내면서 사씨의 심정과 가장 유사한 사연을 지닌 장소로 소상강, 동정호, 황능묘를 들고 있다는 것이다. 그리고 이곳에서 사씨의 슬픔은 주로 서술자가 이들 장소의 사연과 사씨의 신세를 빗대어 설명하는 방식으로 그려진다는 것이다. 물론 이 장소에서도 사씨는 가슴이 무너지는 슬픔에 크게 통곡하고, 유모와 차환도 슬픔을 참지 못하고 서로 붙들고 운다. 그런데 이러한 슬픔이 더욱 지극하게 느껴지는 것은 피로 얼룩진 슬픔을 그 자체의 의미로 지니고 있는 소상반죽, 황능묘, 두견 등의 요소 때문이다. 이들 장소와 사물들은 '비록 슬프지 아니한 사람이라도 눈물을 흘리며 탄식할 수밖에 없는' 곳으로 제시되어 인용 자체만으로도 슬픔을 환기한다.

작품 내적 소통의 측면에서 본다면, 소통의 주체는 사씨이고, 사씨의 정서가 강하게 촉발되는 요인은 이들 장소와 사물이다. 슬픔에 빠진 사씨를 더욱 원통하게 하는 정황적 요소로 이들 장소와 사물이 활용되고 있으며, 함께 있는 다른 인물들은 사씨와 같은 감정을 공유하고 소통한다. 이렇게 슬픔의 정서를 환기하고 있는 장치는 슬픔의 관습적 표현을 통해 특정한 상황에 따른 정서를 느끼도록 한다. 물 위에서 슬픔을 느낀 어떤 주체의 심정을 독자에게 가장 잘 전달할 수 있는 장치가 이러한 요소들이기에 쓰인 것이다. 〈심청전〉과 같은 작품에서는 소상강이나 황능묘가 지닌 역사를 서술자가 설명하지 않아도 당연히 알고 있는 사실로 공유하고 있는 것인 듯 자연스럽게 활용된다.

> 쇼샹강 드러가니 악양루 놉흔 집은 호샹에 쎠셔 잇고 동남으로 브라보니 오산은 쳔졉이오 초슈는 만즁이라 반죽에 져진 눈물 이별ᄒ을 쎄워 잇고 무산의 돗은 둘은 동뎡호에 비췌이니 샹ᄒ텬광 거울 속에 푸르럿다 챵오산이 졈은 연긔 참담ᄒ야 황릉묘에 잠기엿다 산협에 잔나뷔는 ᄌ식찻는 슯흔 소리 쳔긱쇼인 몃몃치냐 (심정순 창본, 〈심청가〉, 37면)

〈사씨남정기〉에서 정서를 읽을 수 있기 위해서는 이렇게 특정한 정서를 만들어 내는 장치들을 알고 있어야 한다. 현대와 시간적 거리가 있는 〈사씨남정기〉에서 지금과 다른 방식으로 어떤 정서를 환기하고 있다는 점을 알 수 있어야 그 정서에 공감할 수 있기 때문이다. 〈사씨남정기〉의 이러한 특성은 고전소설 교육에 필요한 지식의 영역이라고도 할 수 있을 것이다.

3) 대비적 정서 전개와 보상 구조

한편 〈사씨남정기〉에서 정서의 형성과 전개는 전체적으로 서사 구조와 맞물려 대비적으로 병렬되는 방식으로 표현되어 있다. 앞에서 정서에 대해 살펴보면서 정서의 종류의 유형을 이항 대립적 관계를 중심으로 볼 수 있음을 알 수 있었다. 이는 모든 종류의 정서는 서로 모순되고 불균형이 만들어지는 대립적 관계를 통해 대비해 볼 수 있음을 의미한다. 〈사씨남정기〉에서는 서사 구조 속에서 대립되는 인물 관계에서 정서의 전개가 대비적으로 이루어진다.

〈사씨남정기〉에서 주요하게 대립적 관계를 이루고 있는 사씨와 교씨를 중심으로 하여 보면, 처음에는 서로 좋은 관계를 이루고 있다가 거문고 사건 이후로 갈등, 대립하는 관계로 변화한다. 그렇지만 〈사씨남정기〉에서 사씨와 교씨의 갈등은 일방적으로 교씨에 의해 발생하고 심화되는 특성을 지니고 있다. 교씨가 사씨를 모함하고 쫓아내고 하는 과정에서 교씨는 점점 더 '쾌'하는 긍정적 정서를, 사씨는 슬픔이나 원통함과 같은 부정적 정서를 갖는 방향으로 서사가 진행된다. 이는 인물이 갖는 감정으로 〈사씨남정기〉의 서술자 입장에서 보면, 주로 교씨가 '쾌'를 느끼면 '불쾌'를 표현하는 반비례의 역학관계를 갖고 있다. 반면 사씨에 대해서는 사씨가 느끼는 '슬픔'에 동조하면서 얼마나 슬픈지를 역설하는 비례적 관계를 설정하고 있다.

(가) 교씨춍명교힐ᄒ여한님의쯧을잘맛치며부인셤기믈극진이ᄒ니가
　　　즁이못닉칭찬ᄒ더니(영창서관, 12면)
(나) 교씨교언영식으로말슘이겸손ᄒ니ᄉ부인이교녀에안과밧기닉
　　　도ᄒ믈엇지알니오...교녜문득한을품고공교ᄒ말을지어참언이
　　　여ᄎᄒ여닉화를비져닉니교녀의요악ᄒ미여ᄎᄒ더라(영창서
　　　관, 17면)
(다) 한님이츈츄로묘하에단이니사씨심신궁곡에무궁ᄒ고격그믈보
　　　면비록쳘셕갓장이라도젼일은이를싱각고마음이엇지동치아니
　　　랴교씨왈연즉ᄉ름을보닉여쥭이미쾌ᄒ리로다동쳥왈불가ᄒ다
　　　사씨불의에남의게쥭으면한님이의심홀지라닉게일계잇시니링진
　　　이본듸가속이업고겸ᄒ야ᄉ씨를흠모ᄒ는비라졀노ᄒ여금ᄉ씨
　　　를속여달닉다가쳡을슘으면그졀을훼방ᄒ미니한님이들으면념
　　　려를아조ᄼᆺ치리니차계엇지묘치아니리오(영창서관, 35)
(라) 한림이밋쳐 관복을 벗지아니ᄒ고 린ᄋ를 안고 무이ᄒ여왈 이ᄋ
　　　히 얼골이 우리 션인과 ᄀᆺ흐니 우리집의 큰보비라 ᄒ고 유모를
　　　명ᄒ여 각별보호ᄒ라 ᄒ고 닉당으로 드러가니(영풍서관, 24면)
(마) 요쳡이 간비로 외긱을 교통ᄒ니 이런고로 인가에 닉외분별을
　　　엄격히홈이 가ᄒ도다 교녀노쥬와동쳥 삼인이 샤부인모ᄌ를 모
　　　히하니 하회가 엇더ᄒ뇨(영풍서관, 29면)
(바) 교씨 대희ᄒ여왈 남의손을 비러 뎌를업시ᄒ면 엇지쾌ᄒ일이아
　　　니리오 동쳥이 한림의글을 ᄉ미에감초고......한림의 죡당이 아
　　　니슬허ᄒ리업더라 교씨는 거짓 슬허 ᄒ는쳬ᄒ더라(영풍서관,
　　　65-66면)

　위에서 보듯이, (가)에서는 교씨가 첩으로 들어왔을 때 다들 칭찬하며
좋아하였다고 한다. 그런데 (나)에서는 서술자의 언술로 교씨가 교언영색
한 사람이고, 거문고 일로 한을 품어 요악하다고 부정적으로 표현한다.
(다)에서는 교씨가 사씨를 죽이면 '쾌'할 것이라고 하는데, 사씨 입장에서
는 매우 원통한 일이다. (라) 장면은 영창서관본에는 없는 것으로 한림이
사씨의 아들 인아를 아끼는 모습을 보고 교씨가 나쁜 마음을 먹는 계기가

된다. (마)는 교씨가 동청과 어울리며 사씨 모자를 모해하려 하는 것에 대해 서술자가 경계하는 서술이다. (바)에서는 교씨가 한림을 모함하여 죽이려 하며 매우 '쾌'함을 표현하고 있다. 반면 가족들은 다같이 슬퍼하는 데 비해, 교씨는 기뻐하면서도 거짓으로 슬퍼하는 체한다.

이렇게 〈사씨남정기〉에서는 서사 전개에 따라 인물간의 관계가 대립적으로 설정되면서, 각 인물의 정서가 대비되어 나타나는 특성을 보인다. 이러한 특성을 서사 전개에 나타나는 주요 사건 단위를 중심으로 각 인물과 서술자가 표현하는 정서[17]를 도식화하여 보면 다음과 같다. '+'로 표시한 부분은 해당 정서 주체가 쾌, 기쁨과 같은 긍정적 정서를 느끼거나 표현하는 것을 나타내고, '-'로 표시한 부분은 슬픔이나 원통함과 같은 부정적 정서를 느끼거나 표현한 것을 나타낸다. '0'으로 표시한 부분은 특별한 정서의 표현이나 변화가 없는 경우를 나타낸다.

사건 단위	교씨	사씨	한림	서술자
교씨 첩으로 듦	+	+	0	-
교씨의 거문고에 대한 사씨의 경계	-	+	0	-
사씨 옥지환으로 사통 모함	+	-	-	-
장주 교살 혐의	+	-	-	-
사씨 퇴출과 남정길	+	-	-+	-
유연수를 모함하여 귀양가게 함	+	-	-	-
인아 살해 명령	+	-	-	-
유연수 방면과 부부 재합	-	+	+	+
교씨 처벌	-	0	+	+

이렇게 볼 때, 〈사씨남정기〉 내에서 서사 전개에 따라 각 정서 주체

---

17 김대행에 의하면 정서의 범주는 긍정적 정서와 부정적 정서로 나누어 볼 수 있다(김대행, 1995). 정서는 모순되는 충동의 갈등을 조화하는 것이라 볼 수 있고, 그 조화가 대상에 대해 +의 방향으로 이루어지는가, -의 방향으로 이루어지는가로 분류할 수 있다는 것이다. 긍정적 정서에는 사랑, 공경, 칭찬, 기쁨, 동경, 희망 등, 부정적 정서는 증오나 분노, 공포, 슬픔, 우수 등이 있다.

간에 대비되는 정서가 표현되고 있음을 알 수 있다. 한편 〈사씨남정기〉에서는 작품 내적으로 부정적 정서에 대한 보상이 이루어지고 있는 특성이 있다.

(가) ᄉ시혜오ᄃᆡ사ᄅᆞᆷ이셰샹에나ᄆᆡ부귀빈쳔이팔자에잇스나녀ᄌ로셔허다누명과고초를지ᄂᆞ되맛ᄎᆞᆷ ᄂᆡ이곳에일으러의지ᄒᆞᆯ곳이업시되니죽ᄂᆞ것이샹칙이로다ᄒᆞ더니홀연묘문으로셔두사ᄅᆞᆷ이드러와고왈부인이ᄯᅩᄒᆞ어려옴을맛나물에ᄲᅡ지려ᄒᆞᄂᆞ잇고부인이놀나눈을드러보니ᄒᆞ나흔리괴오하ᄂᆞ흔녀동이라슴인이ᄃᆡ경문왈엇지우리일을아ᄂᆞ뇨리과황망이례ᄒᆞ고합장왈소승은동정군산ᄉ의잇더니앗가비몽간에관음히현몽ᄒᆞᄉ(영창서관, 47면)

(나) 한님이더욱슬허강가흐로두루챳더니문득길ᄀᆞ에소남글싹고크게써스되모년모월일에ᄉ시정옥ᄂᆞ이곳에눈물을ᄲᅥ려익수ᄒᆞ노라ᄒᆞ얏거ᄂᆞᆯ한님이일견의통곡홀쳘ᄒᆞ니동지황망이구ᄒᆞ여씨ᄆᆡ슬푸물강잉ᄒᆞ야샹탄왈부인의현슉덕힝으로비원ᄎᆞᆷᄉᄒᆞ니엇지슬푸지아니리오맛당이치졔ᄒᆞ리라ᄒᆞ고졔문을쓰려ᄒᆞ니마음이아득ᄒᆞ야눈물이압흘ᄀᆞ리오더니홀연……일위부인이담쟝소복으로안젓다가한님을마져반기며쳬읍ᄒᆞ거ᄂᆞᆯ한님이보니이곳사부인이라슬푸고반가오믈이기지못ᄒᆞ야일쟝을붓들고통곡다가한님이갈오ᄃᆡ이의셔샹봉ᄒᆞ미의외라(영창서관, 60-62면)

(다) 교녜눈을들어보니좌우의가득ᄒᆞᆫ사ᄅᆞᆷ이다류씨종족이라한번보ᄆᆡ낙담상혼ᄒᆞ야쳥텬빅일에급ᄒᆞᆫ벽역이임ᄒᆞᆫ듯ᄒᆞ지라인ᄒᆞ야ᄶᅡ히업ᄃᆡ여슬피울며목숨을살녀지라빌거ᄂᆞᆯ샹셰ᄃᆡ질왈음뷔네죄를아ᄂᆞ냐교녜고두의걸왈엇지모로리잇가마ᄂᆞ죄를ᄉᄒᆞ소셔샹세졍셩슈왈네죄ᄂᆞ일류이니음부ᄂᆞ들으라쳐음에부인이너를경계ᄒᆞ야음란ᄒᆞᆫ풍류를말나ᄒᆞ니ᄯᅩᄒᆞ죠흔ᄯᅳᆺ이어ᄂᆞᆯ네도로혀참소ᄒᆞ야녀후의인졔를비ᄒᆞ니죄하나히오십낭으로더부러괴로운방법으로쟝부를혹게ᄒᆞ니죄둘이오음흉ᄒᆞᆫ종으로더부러동젹을통간ᄒᆞ야당이되니죄셰오스ᄉ로져쥬ᄒᆞ고부인ᄢᅴ밀위니죄너히오동젹과ᄉ통ᄒᆞ야문을더러이니죄다섯이오옥환을도젹ᄒᆞ야ᄀᆞ인을쥬어부인을모히ᄒᆞ니죄여섯이오소손으로자식을죽이고ᄃᆡ악을

부인씌밀위니죄일곱이오간부로동심ᄒ야가부를ᄉ디의너ᄒ니
죄여덜이오린아를물의너ᄒ니죄아홉이오겨우부지ᄒ야살아오
ᄂ나를죽이려ᄒ니그죄열이라음뷔턴디간의음악ᄒ죄를짓고오
히려살고즈ᄒ나냐......샹셰악노ᄒ야이의시동을호령ᄒ야교녀
의가슴을헛치고심통을ᄲᅡ히라ᄒ니사부인왈비록죄즁ᄒ나상공
을뫼신지오릭니죽여도시신을완젼히ᄒ소셔샹셰감동ᄒ야동역
월앙의니여다가ᄒ야타살시신은바려오작의밥이되게ᄒ라ᄒ니
좌즁졔인이모다샹쾌ᄒ야ᄒ더라샹셰교녀를죽이고샹쾌ᄒ야ᄒ
되(영창서관, 75-76면)

(라) 샹셔ㅣ 슈죄ᄒ여왈 녜열두가지큰죄잇스니 쳐음에 부인이 음난
ᄒ 가곡탄금에경계홈을 나의게 참쇼ᄒ니 그죄ᄒ가지오 심낭요
인을드려 요슐을지어 쟝부를 고혹게ᄒ니 그죄두가지오 음비와
동심ᄒ야 동쳥을 통간ᄒ니 그죄셰가지오 네 져쥬ᄒ여 부인을
암히ᄒ니 그죄네가지오 ᄯᅩ동쳥을 통간ᄒ여 지샹의규문을 더러
이니 그죄다ᄉᆺ가지오 옥환을 도젹ᄒ여 부인을 히ᄒ니 그죄여섯
가지오 제스스로 ᄌᆞ식을쥭여 부인 모함ᄒ니 그죄일곱가지오 가
마니 강도를 보니여 부인을 모살ᄒ니 그죄여달가지오 간부를
씌여 나를죽이려ᄒ니 그죄아홉가지오 류문의 직물을 수탐하여
간부를좃찾시니 그죄열가지오 린ᄋᆞ를 물에너어 죽이라 ᄒ엿시
니 그죄열한가지오 길에강도를 보내여 나를 죽이려ᄒ니 그죄열
두가지라......샹셔ㅣ 쳐차ᄒ고져ᄒ니 샤부인왈...문밧게가 목을
미여 죽이라ᄒ다 부인이 츈방의 애미이 원스홈을 차셕히녁여
다시 금슈로 영쟝ᄒ고 졔문지어 졔ᄒ며(영풍서관, 107면)

(가)-(라)에서 볼 수 있듯이, 〈사씨남정기〉내에서 촉발된 어떤 문제적
정서는 작품 내에서도 해결이 시도되고 반복적으로 해결되고 있다. (가)
는 사씨가 힘에 겨워 또다시 죽고자 할 때, 다른 인물을 통해 구조와 위로
를 받도록 하는 장면이다. 이 외의 장면에서도 외로운 고난을 겪으며 극
도의 절망에 빠진 사씨에게 꿈을 선인이 나타나 위로를 한다든지, 주변
인물이 사씨의 부정적 정서를 완화하는 도움을 주는 보상의 방식이 설정

되어 있다. (나)는 한림이 교씨와 동청의 모함으로 귀양을 가며 사씨가
죽은 곳에서 슬픔에 빠져 있다가 동청이 보낸 적당에게 쫓기게 되는 장면
이다. 이후에 결국 이곳에서 사씨를 만나 모든 의문과 어려움을 해소하게
된다. 이렇게 사씨나 한림이 겪는 고통과 슬픔은 주로 꿈을 통해 해소되
는 특성이 있다.

(다)와 (라)는 〈사씨남정기〉의 결말부로 교씨를 처벌하면서 서사 전개
과정에서 강화되어 온 사씨와 한림의 원통함과 슬픔을 해소하고 보상받
는 장면을 보여준다. 흥미로운 것은 교씨를 처벌하면서 한림은 교씨의
죄목을 들어 열거하는데, 영창서관본과 영풍서관본은 죄의 가지수가 다
르다. 이는 영창서관본의 경우 목판본과 같이 10가지를 들고, 영풍서관
본의 경우 한문분과 같이 12가지를 들고 있기 때문이다. 교씨의 죄를
말하면서 죄목의 수를 달리한 것은 이본 생성 과정에서 일어난 것으로
보인다.

이렇게 〈사씨남정기〉에서 표현되고 소통되는 대비적 정서와 보상의 구
조가 지니는 의미는 〈사씨남정기〉에서 정서는 다른 인물이나 사건 등이
상호작용적으로 관련하여 만들어지고 흐름을 지닌 것이며, 총체적인 서
사적 상황으로 표현된다는 것이다. 그리고 작품 내에서 표현되고 있는
부정적 정서에 대한 보상들은 〈사씨남정기〉의 정서가 긍정적인 방향으
로, 조화를 구현하는 방향으로 표현되고 있음을 말해준다.

6. 〈사씨남정기〉에서 정서 읽기를 어떻게 가르칠까

1) 정서 체험과 평가 과정으로서의 읽기

정서를 중심으로 하여 〈사씨남정기〉를 읽는다는 것은 정서에 '대해'

배우는 것이 아니라 〈사씨남정기〉 읽기 과정에서 정서적으로 '체험'하는 것을 의미한다. 그래서 독자로서의 학습자는 〈사씨남정기〉를 읽으며 정서적으로 반응함으로써 어떤 정서를 경험하게 되고, 자신의 정서를 형성하게 된다.

소설 속에서 정서를 느끼는 대상은 '서사적 상황'으로, 소설 속 인물이 처한 배경에서 겪게 되는 사건의 총체가 상황이라 할 수 있을 것이다. 소설을 통한 정서 체험은 소설 속 세계와 현실 세계가 동일하거나 유사하다고 보는 은유 관계가 성립하기 때문에 가능하다. 독자는 서사 텍스트에서 그려지는 세계에 대해 현실과 같은 상황이라고 생각할 때 특정 인물에 대해 공감하고, 감정 이입한다. 따라서 〈사씨남정기〉 읽기에서 학습자가 어떤 정서를 체험할 수 있도록 하기 위해서는 작품 속 인물의 상황에 대해 공감할 수 있도록 해야 한다.

그런데 독자로서의 학습자가 공감하여 갖게 되는 정서는 그 대상에 따라 달라질 수 있다. 〈사씨남정기〉에서 선이나 덕의 표상으로 그려지는 인물인 사씨에 대해 공감하고 동일시한다면 서술자와 같은 정서의 흐름을 따를 것이다. 그렇지만, 교씨의 상황에 공감한다면 〈사씨남정기〉의 결말부에서 이루어지는 교씨의 처벌에 대해 불만이나 안타까움을 갖게 될 것이다. 고전소설 교육의 문제는 이렇게 현대 독자의 입장에서 다른 정서를 갖게 되는 것에 대해 어떻게 다룰 것인가 하는 것이다. 최근까지 이루어진 〈사씨남정기〉의 주제, 인물이나 갈등에 대한 논의를 보더라도 이러한 차이가 확연히 드러난다. 논자에 따라서는 교씨에 대해 '악녀'로 지칭하는 것을 거부하고, 교씨의 행동이나 정서가 그럴 수밖에 없음을 논하기도 하였다. 이러한 교씨에 대한 해석이나 평가의 차이를 보더라도 〈사씨남정기〉를 읽고 가질 수 있는 독자의 공감이 다른 방향으로 이루어질 수 있음을 알 수 있다.

어떤 문학 작품에 대해서든지 독자가 갖는 정서적 반응은 무제한으로 열려 있다고 할 수 있다. 그렇지만 여기서 다시 정서의 개념과 본질을 상기해 본다면, 정서는 단순한 감정과는 달리 도덕적, 윤리적 판단을 거치는 사회 문화적 평가의 성격을 갖고 있다. 다시 말해 어떤 독자가 갖는 문학 작품에 대한 감정은 얼마든지 다양하고 제한되지 않는 것이지만, 이를 '정서'로 말할 때에는 사회 문화적으로 용인되는 바람직한 윤리적 기준의 범위 내로 제한된다. 그래서 체험의 주체로서 독자가 가져야 할 정서는 어느 정도의 범위 내로 결정될 수 있고, 바로 이러한 정서의 본질 때문에 〈사씨남정기〉에서 정서 읽기 교육은 학습자가 정서를 체험하는 것이면서 동시에 평가의 과정을 거치는 것이 된다. 만약 사씨가 아니라 교씨에게 공감하는 독자가 있다면, 이는 교씨가 처한 상황에 대한 동정과 이해라는 측면에서 용인될 수 있는 것이지 교씨의 악행 자체를 공감하는 것은 잘못된 것이라고 할 수밖에 없다.

이러한 점에서 〈사씨남정기〉를 정서 중심으로 읽는 것은 학습자가 정서 체험의 주체로 성장하는 계기로 삼을 수 있을 뿐만 아니라 윤리적 인식을 함양할 수 있는 한 방법이다. 〈사씨남정기〉 읽기를 통해 경험할 수 있는 정서와 윤리적 인식의 고양은 한편으로 〈사씨남정기〉 교육의 의미이자 방향[18]으로 삼을 수 있다. 〈사씨남정기〉에서 인물의 성격이나 서사 구조를 분석하기만 할 것이 아니라, 우선적으로 학습자가 독자로서 정서를 경험하며 평가할 수 있는 과정을 제공해야 한다.

학습자가 최종적인 정서 형성 과정에서 평가를 거치는 단계는 교사가 개입하여 학습자가 바람직한 방향으로 윤리적 판단을 거칠 수 있도록 하는 것이 필요하다. 예를 들어 교사는 앞서 보았던 부정적 정서에 대한 보상 구조를 바탕으로 당대 독자들의 반응을 참조하도록 할 수 있다.

---

18 이는 김종철(2000: 187-209)의 지적대로, 소설이 삶의 총체성을 그리고, 그 속에서 살아가는 주체의 운명을 다루는 것이라면 소설교육은 학습자가 삶의 주체이자 공동체의 주체로 정립할 수 있도록 해야 하는 것이다.

(가) 선한 행실과 맑은 덕에 어찌 남녀를 논하겠는가! 남자는 재량을 본받고, 여자는 정렬을 사모하면, 마을에서만 찬미를 받을 뿐 아니며, 비단 백년 천 년만 이름을 전하는 것도 아니다. 선을 보면 반드시 본받고, 악을 보면 반드시 징계하여 스스로 닦는 법도를 도탑게 하니 이런 까닭에 미친 사람의 말이라 할지라도 성인은 가려 취하는 것이다. 비록 황탄함에 가까운 소설이라도 뛰어난 행동과 절개가 있으면 선비된 자로서 어찌 본받지 않겠는가![19]

(나) 애매한 비방을 받고서 무고한 죄를 받아 지아비의 집안에서 쫓겨 나기까지 하였구나. 아! 한나라 반첩여는 예로써 임금을 섬겨 같이 수레에 타는 걸 굳이 사양하고 지혜롭게 처신하였으나 장신 국에 위폐되었고, 위나라 장강은 현숙한 덕과 아름다운 이름으로 청사에 빛날 만한데 소원하게 버려졌다. 세상논자들은 혹 이런 일들을 천명으로 돌리곤 하니, 원통함이 이로써 깊어지누나![20]

위의 인용 글은 〈사씨남정기〉에 대한 당대 독자의 반응을 보여 준다. (가)와 (나)에서 당대 독자가 감탄하거나 원통해 하는 이유를 생각해 봄으로써 자신의 정서 체험과 비교할 수 있다. 그리고 최종적으로 자신의 정서 체험을 이러한 글쓰기를 통해 표현하도록 한다면 정서적 경험과 평가 과정을 아우르는 교수·학습 방법이 될 수 있다.

또한 긍정적 정서의 강화라는 측면에서 〈속사씨남정기〉와 같은 작품이 생성되게 된 맥락을 이해하고, 학습자가 새로 쓰는 〈사씨남정기〉를 만들어 볼 수 있다. 〈사씨남정기〉는 서사 전개상 사씨가 슬픔을 겪는 부분이 길고 보상을 받는 부분이 짧다. 이러한 〈사씨남정기〉 서사 구조에 대한 반향으로 만들어진 것이 〈속사씨남정기〉라고 할 수 있다면, 독자들의 반응이 어떻게 새로운 소설 생성으로 연결될 수 있는지 자연스럽게 알 수 있을 것이다. 〈속사씨남정기〉를 쓴 당대 독자는 사씨가 긍정적 정서를 회복하고 행복한 삶을 영위하기를 바란 것으로 볼 수 있는데, 학습자

---

19 「〈남정기〉 서(序)」(무악고소설자료연구회 편, 2001: 151).
20 「〈사씨남정기〉 서(序)」(무악고소설자료연구회 편, 2001: 162-163).

역시 현대 독자로서의 긍정적 정서를 강화하는 방법을 모색할 수 있을 것이다.

2) 문화적 거리 좁히기를 통한 보편적 정서 인식

〈사씨남정기〉가 삶의 가장 기본적인 문제라고 할 수 있는 결혼과 다른 사람과의 관계를 다루고 있다는 점에서 〈사씨남정기〉에서 정서 읽기 교육은 보편적 삶의 정서를 인식할 수 있도록 이루어져야 한다. 그런데 〈사씨남정기〉가 만들어지고 수용된 역사는 문화적으로 상당한 차이가 존재하는 시간적 거리를 갖고 있다. 그래서 〈사씨남정기〉를 현대의 독자인 학습자가 읽을 때에는 이 시간적, 문화적 거리를 극복해야 하는 어려움이 생긴다. 특히 〈사씨남정기〉를 읽음으로써 정서를 체험해야 한다면 우선적으로 문화적 거리를 좁힐 수 있도록 교수·학습을 설계해야 할 것이다. 그래서 문화적 거리 좁히기는 〈사씨남정기〉가 다루는 당대의 문화와 독자가 살고 있는 현대 문화를 관련시킴으로써 차이와 함께 동질성을 알게 할 수 있다.

시간이 지나도 여전히 〈사씨남정기〉와 같은 고전 소설에 대해 공감할 수 있는 것은 인간 삶의 보편성 때문이다. 현대 문화의 많은 양식들인 소설, 영화, 드라마 등에서 지속적으로 등장하는 삶의 문제들이 이미 〈사씨남정기〉에 들어 있는 것이다. 그래서 〈사씨남정기〉에서 정서를 읽는 과정은 현대 삶에도 유효하게 적용할 수 있는 문화적 감수성을 기르는 것일 수 있다.

〈사씨남정기〉 향유의 역사가 보여 주듯이 그 자체로 감화, 감동을 주었고 이는 독자에게 긍정적 정서를 갖게 하였다는 것을 의미한다. 〈사씨남정기〉는 인식과 정서의 총체로서 도덕적 경계와 교훈을 주었기 때문에 많은 사람들이 읽고 감동을 받고, 교육적 가치를 인정받은 것이다.

『남정기』는 원래 우리 서포 선생께서 지으신 것이다. 그런데 그 사건은 인가 부부와 처첩 사이에서 벌어졌던 것이다. 하지만 그 책을 읽는 사람들은 탄식하며 눈물을 흘리지 않는 자가 없다. 아마도 사씨가 환난 가운데서 지킨 정절과 한림이 과오를 고친 미덕이 모두 하늘에 근본을 두고 천성에 구비한 바라 그러한 것이 아니겠는가? 또한 분통을 터뜨리고 눈을 흘기는 것은 교씨와 동청의 간악함 때문이 아니겠는가? 단지 그러할 뿐만이 아니다. 범위를 넓혀 의리를 따져본다면 장차 사람을 가르치지 않는 것이 없을 것이다. ......그런데 선생께서 언문으로 이 소설을 지으셨던 까닭은 여항의 부녀자들로 하여금 모두 쉽게 읽고 감화를 받게 하려는 것이었다. 본디 또한 우연히 그렇게 지은 것은 아니었다.21

〈사씨남정기〉가 지닌 가치는 다양하겠지만, 그 중의 중요한 하나는 소설 작품으로서 감동을 주는 문화 산물이라는 점이다. 이미 당대에서 문화적 범주에서 공감을 얻을 수 있는 정서를 표현하고 있기 때문이다. 그렇지만 여기서 한 가지 고려해야 할 것은 〈사씨남정기〉의 정서가 현대의 문화적 범주와는 맞지 않을 수 있다는 것이다. 예를 들어 당대에는 독자들에게 찬사를 얻었던 사씨의 행동이 현대의 문화적 범주로 볼 때 수긍하기 어려운 점이 있는 것이다. 혹은 반대로 비난만 받았던 교씨의 상황이 현대의 관점으로 볼 때에는 '그럴 수 있는' 것일 수 있다. 〈사씨남정기〉 읽기 교육 혹은 고전소설 교육에서 끊임없이 고려해야 할 것이 바로 이 문화적 거리이다.

정서든 윤리이든 사회 문화의 변화에 따라 변하기 마련이다. 시간이 흘러서 문화가 달라진다면, 어떤 상황이나 사건에 대한 정서 역시 달라질 수 있을 것이다. 그래서 〈사씨남정기〉에서 정서 읽기의 문제는 학습자가 그 시대의 문화 속에 있지 못하다는 점에서 두 방향으로 이루어져야 한다. 하나는 해당 문화 속으로 들어가서 작품을 이해하는 것과 지금 이

---

21 『사씨남정기』(이래종 옮김, 1999: 9).

시대에도 보편적으로 존재하는 정서로 끌고 나오는 것이다.

현대 드라마에 나타나는 악녀 행각이나 교씨 행위나 별반 다를 바가 없는 데에서는 공감과 문화적 거리 좁히기도 가능하다. 이는 시대, 문화가 다름에도 가정에서 아내나 남편의 역할이나 가족제도에 위배되는 남녀 관계의 문제가 보편성을 띠고 있음을 의미한다. 그렇지만 선과 악의 구분이 뚜렷하지 않은 현대의 특성을 고려하여 볼 때 받아들이는 정서에는 미묘한 차이가 있을 수 있다. 이러한 문제에 대해서는 문화적 거리를 두고 차이를 중심으로 판단할 수 있도록 해야 할 것이다. 〈사씨남정기〉와 함께 현대 문화 양식에서 발견되는 삶의 문제를 다룬다면 여전히 변함없는 삶의 보편성뿐만 아니라 차이를 다룰 수 있을 것이다.

3) 정서 조절 과정의 경험 제공

〈사씨남정기〉에서 정서 읽기를 통해 학습자의 삶을 변화시키고 올바른 정서를 형성하도록 한다는 정서 교육의 차원을 고려한다면 학습자가 정서 조절의 경험을 가질 수 있도록 해야 한다. 정서 중심 읽기는 소설 속 상황에 대해 공감하고 타자의 정서를 느끼는 단계에서 나아가 정서를 순화하고 고차적 정서를 고양시키는 단계로 나아가야 할 것이다.

정서는 주로 언어를 매개로 하여 밖으로 표출된다(신득렬, 1990)는 점에서, 〈사씨남정기〉는 이러한 정서 언어 사용의 좋은 전범이 된다. 우리의 일상적 삶에서도 다른 사람의 정서를 이해하거나 교육하기 위해서는 정서 언어의 사용법과 의미를 분명히 알아야 하기 때문이다. 그리고 학습자가 스스로가 희로애락의 감정을 잘 다스릴 수 있도록(김상호, 1989) 가르치는 데로 나아가야 할 것이다.

〈사씨남정기〉를 통해서 정서 조절의 과정을 살펴본다면, 사씨가 어떠한 정서를 어떤 상황에서 갖게 되고, 어떻게 조화로운 정서로 나아갔는지를 탐구해 볼 수 있다. 그리고 사씨의 정서를 자신의 정서로 치환하여 조절하는 과정을 경험할 수 있는 것이다. 혹은 반대로, 교씨가 어떤 상황에서 어떤 정서를 갖게 되었는지 그 추이를 파악하여 왜 조화로운 정서를 갖는 방향으로 나아가지 못하였는지를 생각해 보게 할 수 있다. 이러한 과정은 단순히 사씨가 잘 했다거나 교씨가 못했다는 차원이 아니라 왜 그러하였는지, 자신이라면 어떻게 하였을 것인지, 조화롭고 긍정적인 정서 유지를 위해 어떻게 해야 하는지를 간접적으로 경험하게 하는 것일 수 있다.

〈사씨남정기〉 읽기를 통한 정서 조절 과정의 경험은 다른 한편으로 사회 공동체의 일원으로서 지녀야 할 바람직한 정서를 갖추도록 하는 것이다. 어떤 정서가 형성되고 공감되는 과정 자체가 사회문화적으로 이루어지는 것이며, 소설 작품과 독자로서의 학습자 간의 정서 소통과정에서 바로 사회문화적으로 결정된 정서가 학습될 수 있기 때문이다. 그래서 정서를 중심으로 〈사씨남정기〉를 읽을 때, 어떻게 정서를 조절할 수 있을지를 경험할 수 있으며, 작품과의 소통 차원을 떠나 자신의 삶에서도 적용하는 단계로 나아갈 수 있는 것이다. 그리고 이 과정에서 당대의 사회 문화 패러다임 속에 존재하는 윤리와 가치, 규범을 학습하게 된다.

7. 〈사씨남정기〉에서 정서 읽기의 의의는 무엇인가

이 글에서는 〈사씨남정기〉 읽기를 통해 가능한 정서 교육의 내용과 방법을 찾아보고자 하였다. 정서 중심의 읽기는 학습자가 〈사씨남정기〉에서 정서를 읽어내고 경험하며 적절한 판단에 이르는 과정을 모두 포괄한다. 그래서 독자로서의 학습자가 〈사씨남정기〉의 서사에 정서적으로 반응하고, 평가 과정을 통해 바람직하고 긍정적인 정서를 가질 수 있도록 하며, 정서 조절의 경험까지를 다루는 것이 정서 읽기 교육의 내용과 방법이 된다.

이는 학습 독자들이 정서적 체험의 주체로 성장하는 과정을 상정한 것이기도 하다. 주체로서의 학습 독자 개념이 중요한 것은, 정서 체험의 문제는 다른 누구의 체험을 알거나 따라하는 것이 아니라 독자 스스로의 것이 되어야 하기 때문이다. 앞서 보았듯이, 고전소설 읽기에서 정서 체험은 소통 구조 속에서 다루어져야 한다. 그것은 〈사씨남정기〉 자체가 고유의 소통 구조를 갖고 있고, 당대 독자가 아닌 지금의 학습 독자는 〈사씨남정기〉와 소통할 수 있어야 하기 때문이다. 그리고 이때 학습자는 정서 체험의 주체가 되어야 한다.

이렇게 정서 중심의 읽기는 기존의 고전소설 교육이 작품에 대해 가르치거나 인물이나 구조를 분석하는 데 머물렀던 문제를 뛰어 넘을 수 있으리라 기대한다. 그것은 시대적, 문화적으로 거리가 있는 텍스트와의 총체적, 적극적, 본격적 소통이 될 수 있기 때문이며, 그래서 정서 읽기의 결과가 학습자 자신의 삶과 정서의 문제로까지 확장될 수 있을 것이기 때문이다.*

---

* 이 글은 "서유경(2010), 「〈사씨남정기〉의 정서 읽기 교육 연구」, 『고전문학과 교육』 20, 한국고전문학교육학회"를 바탕으로 작성된 것이다.

05

고전문학교육, 어디에서 왔으며
어디로 갈까: 고전문학교육의
궤적과 현황, 그리고 전망

설화 교육, 무엇을 가르쳐 왔고, 어떻게 가르칠 수 있을까?

황윤정

1. 들어가며

이 장에서는 2009 개정 및 2015 개정 교육과정에 따른 중·고등『국어』,『문학』교과서에 수록된 설화 작품을 검토하고 그에 대한 교육 내용의 현황을 살피는 것을 통해 설화 교육의 미래 지향을 논의하고자 한다.

그간 국어과 교과서에 설화 텍스트의 수록은 다른 갈래에 비해 제한적이었으나, 7차 교육과정 시기부터 설화 제재가 국어과 교과서에 적극 도입되었고(조희정, 2016), 이에 따라 교과서에 수록된 제재를 대상으로 한 연구가 활발하게 이루어졌다. 이와 같은 연구들을 살펴보면 대체로 설화 교육의 국어교육적 가치에 대해 의사소통 능력의 신장이나 상상력의 신장, 전통문화의 계승 등으로 짚어내고 있는 것을 확인할 수 있다(임재해, 2006; 신원기, 2006; 나경수, 1995; 최운식, 2002). 그러나 이는 다소 추상적인 가치로, 설화만이 가지고 있는 고유한 특성을 기반으로 한 교육 내용으로의 가공이 이루어지지 못했다는 아쉬움이 있다.[1]

---

[1] 황윤정은 그간의 설화 교육이 제한적인 제재를 통해 이루어짐을 우선 지적하고, 설화 교육 연구에서 설화 제재의 교육적 가치에 대해 추상적 가치를 도출하거나, 제재 해석 및 교수 학습 방법에 그치는 것에 문제가 있다고 짚은 바 있다. 또한 오세정은 설화가 곧 전통이라는 관점이 맹신된다는 점을 지적하며, 그동안 설화의 교육적 가치로 짚어진 것들이 설화 텍스트에만 특정된 가치로 보기 어려우며 구체적인 내용으로 구상되지 않고, 당위로 내세워진 경우가 많다고 지적한 바 있다(황윤정, 2017; 오세정, 2015).

7차 교육과정 시기부터 발생한 설화 제재의 활용은 직전 교육과정인 2009 개정 교육과정 국어과 교과서에서도 얼마간의 설화가 제재로 선택되는 등의 변화로 이어졌다(조희정, 2016). 이에 2015 교육과정 개정 교과서를 살펴, 이와 같은 설화 제재의 활용에 관한 움직임이 어떠한 방향으로 흘러가고 있는지 살펴보고자 한다.

　설화 제재를 둘러싸고 양적 증가와 질적 개선이 이루어지고 있는 현재, 설화 교육은 시작점에 서 있다고 할 수 있다. 그러나 교육 내용의 마련 측면에서의 설화에 대한 접근 및 연구는 아직 만족스럽지 못한 상황이다. 수많은 언중(言衆)이 성립한 바위와 같은 지혜가 유·아동기의 학습자를 대상으로 한 교훈적인 이야기나, 소설에 비하여 개연성이 부족한 환상적인 이야기 정도로 소비되고 있는 실정이다. 중등 교육에서 설화를 제재로 삼는 방식을 살펴보면, 의사 소통 능력의 신장을 목표로 삼아 설화 특유의 구어체를 교육 내용으로 하거나 신화, 전설, 민담의 갈래적 특성을 중심으로 한 지식 교육이 이루어지고 있다. 이러한 것이 그릇된 것은 아니지만, 그간 축적된 설화나 구비문학 자료의 풍성함 및 이를 대상으로 이루어진 수많은 연구 성과들을 떠올릴 때에, 이와 같은 교육적 현실은 우리가 가진 설화 자산에 비해 크게 위축된 것이라 평가할 수 있다. 설화를 포함한 구비문학(口碑文學)의 가장 주요한 특징은 말에서 말로 전하면서도, 오랜 세월 동안 변하지 않아 왔다는 점이다. 특히, 설화(說話)는 무수한 시간을 견디면서도 결코 변하지 않은 어떤 서사의 틀을 견고하게 유지하고 있었다는 점을 그 고유한 특질로 들어볼 수 있을 것이다. 또한 언중이 소중히 여기는 가치를 그 변하지 않는 이야기에 담지하여 전승하는 특성도 빼놓을 수 없다. 본고에서는 이러한 설화의 서사적 힘에 주목하여, 설화 교육의 내용을 제안하고자 한다.

　이에 2장에서는 2009 개정과 2015 개정 중학교『국어』, 고등학교『국어』, 고등학교『문학』에 수록된 설화 제재를 살피고자 한다. 나아가 설화 제재를 활용한 학습 활동을 살피는 것으로 설화를 제재로 한 교육 내용은 어떠한 것들이 있는지 살펴보고자 한다. 그리고 3장에서는 앞선 논의를 바탕으로 중·고등의 교육과정에서 공통으로 쓰인 설화 제재 및 유의미하게 활용되는 제재 및 교육 내용이 있는지 점검하고, 이를 바탕으로 설화 교육이 나아가야 할 방향을 짚어보고자 한다.

2. 무엇을 어떻게 가르쳐 왔나?

1) 2009 개정 및 2015 개정 중학 『국어』 교과서 수록 설화 제재

표 1. 2009 개정/ 2015 개정 교육과정에 따른
중학 『국어』 교과서 수록 설화 제재와 학습활동 요약

2009 개정		
구분	제재	학습활동 요약
1	대별왕소별왕	읽기 요약
2	지하국대적퇴치	읽기 요약
3	동명왕편(이규보)(4회)	읽기 요약
4	아기장수 우투리(6회)	읽기 요약, 창작 의도 소통 맥락

2015 개정		
구분	제재	학습활동 요약
1	가믄장 아기	품사의 종류와 특성
2	견우직녀	문학의 해석 및 인접 분야
3	낙랑공주와 호동왕자	인물 간 갈등 및 인물 행동 평가
4	닭 타고 가면 되지	품사 특성 탐구
5	떡 먹기 내기	이야기 예측하며 읽기
6	무식쟁이의 승리	음운과 우리말 소리의 즐거움
7	방귀로 빚 갚은 며느리	인물 특징 및 이야기의 비유와 상징 파악
8	오늘이	영웅의 일대기 요약
9	재주꾼 세 사람	읽기 목적을 고려하여 요약하기
10	주몽 신화	영웅의 일대기 요약

〈표 1〉을 살펴보면, 2009 개정 중학교『국어』교과서에서 설화는 총 네 종류의 작품이 12회 활용되었다고 할 수 있다. 성취기준과의 결합을 살펴보면 설화 제재 대다수가 읽기 영역의 요약하기 관련 성취기준과 결합했음을 확인할 수 있다. 요약하기 학습에 있어 설화의 간략하면서도 분명한 서사의 전개가 중학 수준의 학습자에게 적절한 제재라는 판단이 반영되었으리라 추측해볼 수 있다.

또한 2015 개정 중학 1-3학년『국어』교과서에 수록된 설화 제재 및 제재와 결합된 성취기준과 학습활동을 요약하여 제시한 바를 살펴보면(황윤정, 2020b), 중학교『국어』1-3학년 총 54종의 교과서(김진수 외, 2018-2020; 남미영 외, 2018-2020; 노미숙 외, 2018-2020; 류수열 외, 2018-2020; 박영목 외, 2018-2020; 신유식 외, 2018-2020; 이도영 외, 2018-2020; 이삼형 외, 2018-2020; 이은영 외, 2018-2020)를 검토하였을 때, 모두 10종의 설화 작품이 본제재로서 1회, 부제재로서 11회[2], 종합하여 12회 활용된 것으로 드러났다(황윤정, 2020a). 2009 개정 시기와 비교해 볼 때 수록 횟수는 동일하나 수록된 작품 종류는 두 배 이상 늘어 수록 제재의 다양성을 일정 정도 확보했다고 할 수 있다. 수록된 갈래의 경우도 2009 개정 시기 당시에는 서사무가 한 편, 신화 한 편, 전설 한 편, 민담 한 편씩이었으나, 그와 같은 제재 편중성에서 벗어날 수 있게 된 것이 주목할만한 지점이다. 2009 개정 시기와 동일하게 수록된 작품은 〈주몽 신화〉 한 편이며, 〈대별왕 소별왕〉, 〈아기장수 우투리〉, 〈지하국 대적 퇴치 설화〉는 2015 개정에서는 다시 수록되지 않았다. 다만, 이러한 작품들이 2015 개정 고등『문학』교과서에 모두 수록되어 있어 이와 같은 설화 텍스트가 어느 특정 수준의 학습자들에게만 적합한 것이 아니라, 성취기준과의 결합이나 학습 내용의 세련에 따라 여러 수준의 학습자에게 동시에 작용할 수 있음을 알 수 있다.

---

2 여기서 부제재는 본제재가 아닌 학습활동을 위한 활용이나, 심화, 선택, 창의 융합 활동 등을 위해 수록된 경우를 헤아린 것이다.

한편, 2009 개정 시기 설화 제재가 읽기 영역의 요약하기 관련 성취기준과 빈번히 결합했던 것과 비교하면, 2015 개정에서도 〈주몽 신화〉나 〈오늘이〉와 같은 설화 제재를 제시하고 목적에 따른 요약하기 활동을 제시하고 있어, 중학 수준에서 설화 제재와 요약하기 관련 성취기준 간 친연성은 여전히 유지되고 있는 것으로 보인다.

종합컨대, 2009 개정 시기에 비해 2015 개정 중학 『국어』 교과서에서는 수록된 설화 제재는 수록 횟수의 증가는 없었으나, 작품의 종류가 증가하였으며, 다양한 성취기준과의 결합을 이루어내는 변화를 보였다고 할 수 있다.

2) 2009 개정 및 2015 개정 국어과 교과서 수록 설화 제재

① 2009 개정 및 2015 개정 고등 『국어』 교과서 수록 설화 제재

표 2. 2009 개정/ 2015 개정 교육과정에 따른
고등 『국어』 교과서 수록 설화 제재와 학습활동 요약

2009 개정		
구분	제재	학습활동 요약
2015 개정		
구분	제재	학습활동 요약
1	구렁덩덩신선비	인물 평가 및 이야기 의미 해석
2	도미의 처	소설과의 비교, 한국 문학의 특성
3	도솔가 배경 설화	-
4	주몽 신화	영웅의 일대기 및 신화의 기능, 한국 문학의 특성
5	지귀설화	설화와 소설의 갈래 비교
6	차계기환	담화 관습
7	코춘대길	설화와 소설의 특성 비교

2009 개정 고등 『국어』에는 설화 제재가 수록된 바 없다(조희정, 2016).

2015 개정 교육과정에 따른 고등 『국어』 교과서 12종(고형진 외, 2019; 김동환 외, 2019; 류수열 외, 2019; 민현식 외, 2019; 박안수 외, 2019; 박영목 외, 2019; 박영민 외, 2019; 신유식 외, 2019; 이삼형 외, 2019; 이성영 외, 2019; 정민 외, 2019; 최원식 외, 2019)을 살핀 결과 설화 제재는 총 일곱 종류의 작품이 본제재로 서는 2회, 부제재로는 8회, 종합하여 10회 수록된 것으로 드러났다(황윤정, 2020a). 수록 제재가 전무하던 2009 개정에 비할 때에 괄목할만한 수록을 보인 것은 사실이나, 한편으로는, 2015 개정 시기 『국어』 교과서에 고전 소설 갈래의 제재 활용(황윤정, 2020a)에 비추어 보면 설화는 여전히 그 수 록이 충분하지 못하다고 할 수 있겠다. 고전 소설의 경우 총 11종의 작품 (〈사씨남정기〉, 〈양반전〉, 〈허생전〉, 〈최척전〉, 〈홍길동전〉, 〈박씨전〉, 〈심청전〉, 〈유충렬전〉, 〈춘향전〉, 〈홍계월전〉, 〈흥부전〉)이 본제재로는 12회, 부제재로는 14회 수 록되어 있어, 작품 종류나 수록 횟수 면에서 설화는 비교적 낮은 활용 양상을 보여주고 있다. 또한 본제재로 수록되는 비율에 주목할 때에도 설화는 부제재로 쓰이는 바가 현저한 것이 특징이다. 수록된 제재의 수록 빈도를 중심으로 정리하면 〈주몽 신화〉와 같은 신화에서부터 〈구렁덩덩 신선비〉와 같은 민담에 이르기까지 어느 한 제재로의 쏠림이 아닌 다양한 작품, 다양한 하위 갈래가 두루 수록된 것을 알 수 있다. 동일 시기 동일 과정에서 고전 소설의 제재별 수록 빈도를 살펴보면 〈춘향전〉이 12종의 교과서 가운데 7회나 수록된 것(황윤정, 2020a)에 비할 때, 설화는 정전의 위치를 갖는 제재가 아직 형성되지 않았다고 할 수 있겠다. 본제재로 2회 활용된 〈주몽 신화〉에 주목해볼 수 있겠으나, 횟수가 2회에 불과한 점과 이외의 제재들이 모두 부제재로 활용되고 있어 설화 수록 제재 가운데 마땅한 비교 대상이 없다는 점 등이 판단을 보류하게 한다. 2009 개정 시기와 비할 때, 『국어』 교과서에 수록되는 텍스트가 발생하였기에 결합 하는 성취기준도 증가하였다. 종합컨대, 문학사 단원에서 서사 갈래의 흐

름을 다루고자 신화를 배치할 때에 〈주몽 신화〉를 선택하는 양상이 드러났고, 이 외 문학의 형식, 구조, 갈래의 교육에서는 부제재로서 설화를 제시하며 소설과의 비교를 통해 소설과 설화가 무엇이 어떻게 다른지를 교육하는 내용을 다루고 있음이 드러났다. 이 외에 우회적 말하기의 제재로 소화담을 제시하는 등의 양상을 발견할 수 있었다. 한계로는 설화 제재가 주로 문학 관련 성취기준과 결합할 때에 주로 문학사와 갈래 관련 성취기준과의 결합이 빈번한 것을 특징으로 꼽아볼 수 있다. 그러나 2009 개정 시기와 비할 때 설화 제재의 활용은 양적, 질적인 확대를 보인 것은 분명한 바이다.

② 2009 개정 / 2015 개정 고등 『문학』 교과서 수록 설화 제재

표 3. 2009 개정 / 2015 개정 교육과정에 따른
고등 『문학』 교과서 수록 설화 제재와 학습활동 요약

2009 개정		
구분	제재	학습활동 요약
1	경문 대왕의 귀	한국문학의 범위와 역사
2	구복여행	문학의 수용과 생산
3	단군신화 (일연) 4회	한국문학의 범위와 역사
4	동명왕편 (이규보)	문학의 수용과 생산
5	바리데기(4회)	한국문학의 범위와 역사
6	조신몽	한국문학의 범위와 역사
7	주몽신화 (일연)(6회)	한국문학의 범위와 역사

2015 개정		
구분	제재	학습활동 요약
1	가실과 설씨녀	인간다운 삶 및 등장인물의 평가
2	공무도하가 배경설화	-
3	구렁덩덩 신선비	민담과 신화의 비교
4	김수로왕 신화(삼국유사)	건국 신화 주인공의 특징, 신화의 성격과 기능, 한국 문학의 보편성

설화 교육, 무엇을 가르쳐 왔고, 어떻게 가르칠 수 있을까? 357

5	나무꾼과 선녀	금기, 설화의 표현적 특성, 구비문학의 세계 인식, 인물의 행위와 가치관, 문학의 기능
6	단군신화	인물 비교, 설화 특성, 인물의 영웅적 일대기, 신화의 기능
7	아기장수 설화	광포 설화
8	어미말과 새끼말	설화의 갈래적 특징 파악, 한국 문학의 특징 파악
9	여랑리와 유천리	지역문학의 보편성과 특수성
10	연오랑 세오녀	전설과 신화의 비교
11	이야기 주머니	구비문학의 특성, 설화의 특성
12	임금님 귀는 당나귀 귀	소설과 비교
13	바리데기 신화	김수로왕 신화와 비교, 영웅적 자질, 신화의 기능
14	정읍사 배경 설화	-
15	장자못 이야기	한국 문학의 개념과 범위, 구비문학 특징, 전설의 갈래적 특성
16	접동새 설화	-
17	조신지몽	소설과 비교, 설화의 특성 파악
18	주몽신화	영웅의 일대기 및 신화의 기능과 특성, 한국 문학의 범위
19	지하국 대적 퇴치	설화의 해석, 설화의 보편성, 구비문학의 특성
20	천지왕 본풀이	다른 매체와 내용 및 표현의 비교
21	황조가 배경설화	-
22	헌화가 배경설화	-
23	호원	등장인물 성격 및 인물 행동의 까닭, 소설과 비교하여 갈래적 특성 파악

2009 개정 고등 『문학』 교과서에는 6종류의 작품이 총 18회 활용된 바를 알 수 있다. 동일한 개정 시기 국어 교과서에 수록된 설화 제재가 전무했음을 떠올릴 때, 『문학』 교과서는 『국어』 교과서에 비해 문학 텍스트 수록의 허용성이 크기에 설화 제재의 유입이 가능했다고 볼 수 있다.

활용된 제재를 구체적으로 살펴보면, 〈단군 신화〉나 〈주몽 신화〉와 같은 신화 작품에 수록 편중이 있음을 확인할 수 있다. 이는 성취 기준의 결합과 함께 살필 때 이해할 수 있는데, 설화가 대체로 '한국 문학의 범위와 역사' 관련 성취 기준과 쉽게 결합하는 까닭이다. 문학사의 교육 가운데 서사의 역사 첫 위치에 배치하기에 신화가 적절한 제재인 까닭이다. 그러나 이러한 현상은 설화를 고등 교육의 제재로서 활용하기는 하지만 문학의 본질이나, 갈래 교육의 제재로서 활용하지 못했다는 것이고 이는 설화의 교육적 가치를 적극적으로 탐색하지 못했다는 것을 의미한다. 문학사를 교육할 제재로 위치되는 것 또한 중요한 일이지만, 설화 작품들이 지닌 서사적 매력이나 서사적 자산으로서의 가치 등을 고려한다면 보다 다양한 성취기준들과 결합하는 방식으로 나아갈 필요가 있다. 기념비적 성격의 문학 작품이 아닌 서사 장르 그 자체로서나, 생동하는 문학 행위의 한 사례로 학습자들과 대면할 수 있도록 교육 경험의 마련이 필요하다는 것이다.

2015 개정 시기 고등 『문학』 교과서 10종(김동환 외, 2019; 김창원 외, 2019; 류수열 외, 2019; 방민호 외, 2019; 이숭원 외, 2019; 정재찬 외, 2019; 정호웅 외, 2019; 조정래 외, 2019; 최원식 외, 2019; 한철우 외, 2019)에서 활용된 설화 제재를 살핀 결과 총 23종류의 작품이 34회 활용된 것으로 드러났다. 2009 개정 시기 6종류의 작품이 18회 활용된 것에 비해 작품 종류는 크게 늘고 활용 횟수는 두 배 가량 증가했다고 볼 수 있다. 2009 개정 시기의 경우 〈단군 신화〉나 〈주몽 신화〉, 특히 〈주몽 신화〉와 같은 한정된 제재에 대한 집중적 활용을 보였다면, 2015 개정 고등학교 『문학』에서는 활용된 작품 종류가 크게 늘고, 더불어 활용 횟수 또한 늘어난 것으로 확인되었다. 아울러 신화와 같은 특정 갈래에 대한 편중이 아닌 전설, 민담 등에 해당하는 설화 제재에 대한 관심 커진 것이 주목할 만한 변화이다.

2015 개정 『문학』 교과서 내 소설 제재의 활용을 살펴보면 24종류의 작품(〈구운몽〉, 〈사씨남정기〉, 〈이생규장전〉, 〈옥루몽〉, 〈광문자전〉, 〈예덕선생전〉, 〈허생전〉, 〈호질〉, 〈최척전〉, 〈박씨전〉, 〈소대성전〉, 〈운영전〉, 〈유충렬전〉, 〈이춘풍전〉, 〈임경업전〉, 〈임진록〉, 〈장끼전〉, 〈조웅전〉, 〈채봉감별곡〉, 〈최고운전〉, 〈춘향전〉, 〈콩쥐팥쥐전〉, 〈홍계월전〉, 〈홍보전〉)이 본제재로 22회, 부제재로 16회 활용된 것에 비할 때(황윤정, 2020a), 수록 횟수로는 소설과 설화가 비등하게 활용된 것으로 보이나 소설이 본제재로 채택된 경우가 많고, 설화는 부제재로 활용된 경우가 많아, 서사 제재로서의 위상에 어떠한 차이가 있음을 확인할 수 있다.

2009 개정 시기 설화 제재와 '한국 문학의 범위와 역사' 관련 성취기준 간 결합 사례가 10건, '문학의 수용과 생산' 관련 성취기준 간의 결합이 2건이었던 것에 비할 때, 2015 개정에서는 설화 제재와 다양한 성취기준이 결합하였으며, 결합한 횟수 또한 총 54회로 4배 이상 증가하였음을 확인할 수 있다. 설화 제재의 채택이 증가하며 이어진 결과이다. 구체적인 면모를 살펴보면, [문학 03] 한국 문학의 성격과 역사 관련 성취기준과의 결합이 45회로 압도적인 빈도를 보였으며, 이외에는 [문학 02] 문학의 수용과 생산 관련 성취기준과의 결합이 6회, [문학 04] 문학에 대한 태도 관련 성취기준과의 결합이 2회, [문학 01] 문학의 본질 관련 성취기준과의 결합이 1회이다. 종합컨대, 2015 개정 『문학』 교과서 내 설화 제재의 활용 또한 양적인 확대와 질적인 확장을 이루어냈다고 할 수 있다. 이와 같은 활용을 통해 다음을 알 수 있다. 첫째로는 2009 개정 시기 당시 설화와의 결합이 없었던 '문학에 대한 태도'와 '문학의 본질' 관련 성취기준과도 2015 개정에 이르러서는 결합했다는 점에서 설화의 교육 제재로서의 가능성을 확인할 수 있다. 또한 '한국 문학의 성격과 역사'나 '문학의 수용과 생산'과 관련 성취기준과의 결합 또한 양적으로 크게 늘었기에 이전 시기에 비할 때 설화 제재의 활용 정도가 커졌다고 할 수 있다.

다만, '한국 문학의 성격과 역사' 관련 성취기준과의 빈도 높은 결합은 제재 활용의 편중성의 한계로 지적해볼 수 있다. 설화를 제재로 하여서는 문학의 본질이나 문학의 수용과 생산 관련 성취기준을 현대 문학을 제재로 할 때만큼 적극적으로 구현하기 어렵다는 인식을 엿볼 수 있다.

살펴본 바, 모든 문학 작품의 교과서 수록에 교육적 가공이 수반될 수밖에 없겠으나, 연구 성과에 비추어볼 때 모호한 바나 적절하지 않은 활용에 대해서는 경계할 필요가 있다. 설화의 경우, 조심스러운 지점은 신화, 전설, 민담의 갈래 구분의 문제로 교과서에서 다루기 모호하며 논쟁적인 측면이 있다. 또한 설화 자체의 서사적 위상에 대해서도 개별 작품의 문학적 성취와 무관하게 소설에 비추어 격하되어 평가되는 바가 종종 있어 이에 대한 활용에 유의를 더할 필요가 있다.

고등학교 『문학』 천재(김) '3. 한국 문학의 흐름 1) 고려시대까지의 문학'에서에서 〈연오랑 세오녀〉를 부제재로 제시하며, 이를 전설에 속한다고 안내한 바 있다. 〈단군 신화〉와 비교하여 읽으며 전설 갈래의 특징을 파악하는 것이 학습 활동의 요지이다. 그런데 〈연오랑 세오녀〉는 전설로 단언하기 어렵다. 신화적 세계관의 전설적 전환을 보여주는 설화로, 신화적 서사 원리와 전설적 역사성을 공유하기에, 한편으로는 신성하고 한편으로는 역사적 사실에 부합한다(강등학 외, 2000). 곧 완연히 신화라 하기도, 완연히 전설이라 하기도 어려운 텍스트라는 것이다(황윤정, 2019).

이와 같은 설화의 특정 텍스트의 갈래 제시에 대한 문제는 설화의 하위 갈래 분류법에 대한 논란으로 나아간다. '전승자의 대상을 대하는 태도', '주인공의 성격과 행위', '이야기의 요소들', '전승의 범위' 등을 기준으로 하여 '신화', '전설', '민담' 세 가지로 그 하위 갈래를 나누는 것이 보통이지만, 이를 두고 모두 '옛날 이야기'라는 차원에서 일분법이 적합하다는 의견에서부터 신화는 여타의 설화와 현격히 다르다는 차원에서 이분법을 주장하는 의견, '동물담, 신이담, 일반담, 소화, 형식담'의 5분법, 중심인물의 성격과 서사적 전개 구조를 기준으로 한 6분법, 내용에 따른 9분법 등등 논의가 갈린다(임재해, 1983). 학계의 모든 사정을 교육과정에 반영할 수 없기에 암묵적으로 삼분법을 택하여 학습자에게 제시할 수는 있겠으나, 여전히 〈연오랑 세오녀〉와 같이 갈래 귀속이 애매한 작품들을 삼분법 안에 여과 없이, 혹은 중첩 없이 제시할 수 있겠는가의 문제가 남게 된다. 그렇다면 학습자들에게 이와 같은 갈래 구분의 문제에 대해 어떠한 방식으로 제시하는 것이 가장 오류가 적고 현명한 방법인지에 대한 숙고로 나아가야 할 것이다. 작품마다의 하위 갈래를 교과서가 직접 지정하고 제시하는 것이 아닌 삼분법 기준으로 하위 갈래의 주요 특징을 제시하고 학습자 스스로 작품의 갈래 귀속을 설정하거나, 볼프강 카의저(Wolfgang Kayser)의 논의(Wolfgang Kayser, 김윤섭 역, 1990)와 같이 '신화적', '민담적', '전설적' 등으로 장르 스펙트럼 안에서 갈래적 지향을 고민하게 하는 방법이 있을 수 있다.

『문학』 금성(류) '2. 문학 활동, 어떻게 하는가. (1) 꼼꼼히 읽어 보기'에서는 〈조신지몽〉을 부제재로 제시하고 〈구운몽〉과 견주어 읽는 활동을 구현한 바 있다. '꿈'이라는 유사한 소재를 중심으로 두 작품의 내용의 차이를 정리하게 한 뒤, 두 작품 가운데 어느 이야기가 주제를 더 설득력 있게 전달하는지 토론해보는 활동을 제시하였다. 설화를 제재로 하여 풍요롭게 활용하는 것은 고무적인 일이지만, 여기서 소설과 설화를 견주는 방식에 대해서는 고민해볼 필요가 있다. 제시된 발문은 학습 활동의 의도된 답이 무엇이건 간에 소설과 설화가 주제를 전달하는 설득력을 중심으로 어떠한 우열 관계를 형성할 수 있다는 것을 학습자들에게 암시한다. 학습자가 어떠한 근거를 들어 소설이나 설화로 답하는 과정에서 소설과 설화 사이에 선택이 발생하게 되고 그 결과는 선택된 갈래가 주제 설득력이 더 좋다는 결론으로 이어지게 된다는 것이다. 주제를 설득력 있게 전달하는 것이 좋은 서사라는 우위적 가치관이 이미 설정되어 있고, 여기에 소설과 설화라는 선택지를 주어 우열을 매기도록 하는 것이 적절한 학습 활동이 될 수 있을지 돌이켜볼 필요가 있다..

같은 책의 '5. 한국 문학이 걸어온 길 (2) 서사 문학의 흐름과 특질'에서는 〈우리 임금님 귀는 당나귀 귀〉를 부제재로 제시한 뒤, 소설 〈이생규장전〉과 '사건과 인물 심리 묘사의 구체성', '사건 전개의 인과성'을 비교하는 활동을 구현하였다. 이를 바탕으로 소설이 설화에 비해 더 발전된 서사 갈래라고 하는 이유를 설명해보는 활동이 덧붙었다. 소설과 설화의 차이를 비교하는 기준으로 '사건의 인물 심리 묘사의 구체성'과 '사건 전개의 인과성'이라는 기준을 제시하여 주고 이를 바탕으로 소설과 설화의 서사적 세련도 측면의 우열 관계를 설명하라는 과정으로 학습활동이 구성된 것인데, 여기서 〈이생규장전〉의 경우 '사건 전개의 인과성'으로 설명하기에 다소 어려움이 있는 '전기 소설'이다. 뿐만 아니라 〈이생규장전〉은 〈우리 임금님 귀는 당나귀 귀〉와 서사적 소재의 공통적인 지점이 협소하다. 예컨대 '남녀간의 사랑' 등과 같이 두 서사 모두에 공통적으로 등장하는 소재가 있는 설화를 제재로 활용했을 때 보다 효율적인 교육 경험의 제공이 가능할 것이다.

무엇보다 발문에서 소설이 설화보다 더 발전된 서사 갈래라고 단정한 점은 돌이켜볼 필요가 있다. '사건이나 인물 형상의 상징성', '서사 구조의 견고함' 등이 두 서사를 설명할 수 있는 기준이 되었다면, 소설이 설화보다 더 발전된 서사 갈래라고 하는 이유를 설명하라는 발문은 달라질 수밖에 없었을 것이다. 곧 과연 이와 같은 기준이 학습자로 하여금 소설과 설화를 동등한 서사 갈래로 두고 관찰할 수 있게 하는 잣대가 되는가, 소설이 설화보다 더 발전된 갈래라고 단정할 수 있는가, 서로 다른 갈래를 두고 그 서사적 특성의 우열을 가르게 하는 것이 학습활동으로 제시될 필요가 있겠는가 등의 논쟁이 야기될 가능성이 있다. '서정'이 향가, 한시, 시조, 낭만시, 리얼리즘시 등 여러 성향의 갈래 각각이 고유의 빛깔을 가지고 모여 하나의 장르를 형성하고, 그리하여 어느 갈래가 더 발전된 갈래이냐고 묻지 않듯, 고전 소설과 현대 소설 가운데 어느 것이 더 발전된 서사 갈래이냐고 묻지 않듯, 설화에 대해서도 설화가 소설로 나아가는 과정적 성격의 서사가 아닌 고유의 특성을 지닌 하나의 서사 갈래임을 인정할 필요가 있다는 것이다.

3. 어떻게 가르칠 수 있나?

2장에 이르기까지 그간 『국어』과 교과서에서 제재로 활용된 설화의 면면과, 설화를 활용하는 방식을 살펴보았다. 이를 통해 최근으로 올수록 설화를 제재로 활용하는 정도가 확장되었고, 보다 다양한 성취기준과의 결합이 이루어지고 있음을 알 수 있었다. 그러나 보다 생동하는 제재로서의 활용을 위해 설화를 대상으로 한 교육 내용의 적극적인 개발이 수반되어야 함을 또한 확인할 수 있었다. 이에 설화의 장르적 특성을 발휘할 수 있는 교육 내용에 대한 논의를 이어가고자 한다.

1) 구술성과 기억

설화(說話)는 지칭 그대로 입으로 하는 이야기 문학이라는 특성을 갖는다. 이것은 소설 등의 다른 서사 문학과 구분되는 중요한 자질로, 표현과 내용에 구술에 의한 전승이 유발하는 특성이 노출되어 있다는 의미이고, 표현과 내용의 관련성에 따라 설화 문학의 내용 또한 기록 문학과는 구분되는 자질이 있다는 것이다. 이에 설화의 교육 또한 그 구술적 자질에 주목할 필요가 있다.

구술문학의 핵심은 그것이 '입말'로 구연된다는 것에 있다. 여기서 말은 입 밖으로 뱉어지는 순간, 자동적으로 고정되거나 기록되지 않고 쉽게 휘발되는 특성이 있다. 따라서 리듬에 기대는 노래나 짧은 감탄사가 아닌 긴 호흡을 가진 서사의 경우 그것을 어떻게 기억하여 전달할 것인가는 중요한 문제가 된다. 이에 설화의 구연자는 이야기의 세세한 부분까지 전부 기억하여 전하는 것이 아닌 일부 중요하다고 생각되는 부분만을 기억하고 나머지 부분은 상황에 알맞게 변이하기 마련이다. 이것에 의해 설화 문학은 수많은 각편이 발생하게 되고, 이러한 각편 가운데 선본 따위를 따지지 아니하고 모두 포괄하여 하나의 설화 작품으로 일컫게 된다. 이렇게 이야기의 부분마다 강약을 주어 기억하고 잊어버리는 방법 외에도, 보다 효율적인 기억을 위해 같은 말을 여러 번 반복하여 구연한다던가, 정형구를 활용하거나, 단단한 서사 구조에 기대는 등의 방법을 활용하기도 한다. 곧 설화 문학에서 전형적이라거나, 혹은 잉여적이라 느껴지는 것은 입말 전승이라는 특성에 따라 보다 더 잘 기억하기 위한 필수적이고 필연적인 방식이라고 할 수 있다(장덕순, 2004; 조동일, 1998; 천혜숙, 2002; Ong, Walter J., 이기우 외 역, 1995).

이에 월터 옹(Walter J. Ong)은 구술문화적 사고와 표현의 특징을 정리한 바 있다. 이에 따르면 구술문화적 사회에서의 표현은 첫째, 종속적이라기보다 첨가적이다. 문자 문화의 논리적, 통사적 담론의 구조와 달리 구술 언어는 반복이 흔히 일어남에 따라 장황하고 첨가적인 특징을 갖는다. 둘째, 분석적이라기보다 집합적이다. 사고와 표현의 구성 요소들이 흩어져 있는 것보다는 한데 모여서 덩어리를 이루는 것이 더 기억을 용이하게 하는 까닭이다. 셋째, 장황하거나 다변적이다. 말을 하는 중에 적어도 화제에서 벗어나지 않고 담론의 본 줄거리를 지켜나가기 위해서는 앞에서 했던 말을 계속 되풀이하여 언급할 수밖에 없는 까닭이다. 넷째, 보수적이거나 전통적이다. 추상화된 지식은 소리내어 되풀이하지 않으면 즉시 사라져버린다. 그러므로 여러 세대에 거쳐 습득된 지식을 계속해서 되풀이하여 말하는 것은 중요한 일이 되었고 이러한 전승 속에서 자연스럽게 전통적이고 보수적인 성격을 갖게 된 것이다. 다섯째, 인간의 생활 세계에 밀착되어 있다. 말하기 자체가 곧 생활인 까닭에 모든 지식을 인간 세계에 다소라도 밀접하게 관련시키는 방식으로 개념화하고 언어화한다. 여섯째, 논쟁적 어조가 강하다. 쓰기에서 이용되는 추상은 사람이 논쟁하는 곳으로부터 지식을 분리해내는 역할을 하지만, 구술성은 지식을 사람들의 투쟁 상황에 그대로 노출시켜 둔다. 속담, 수수께끼의 지적 대결 성격이나 설화 속 대결 상황, 다양한 설화의 존재 양상 등이 이를 말해준다. 일곱째, 객관적 거리 유지보다 감정이입적 혹은 참여적이다. 문자문화에서 안다는 것이 객관성의 조건을 내세우는 것에 비해 구술문화에서 안다는 것은 대상과 밀접하고도 감정이입적이며 공유적인 일체화를 이룩함을 의미한다. 여덟째, 항상성이 있다. 구술사회는 이미 현재와 관련 없어진 기억을 버림으로써 균형상태 유지한다. 구술문화는 현재 상황과 인간 세계에 밀착되어 있으므로, 현재와 관련이 적은 것은 자연스럽게 잊혀지게 된다는 것이다. 아홉째, 추상적이라기보다는 상황 의존적이다. 구술문화에서의 말은 사람의 생활 세계에 매우 밀착되어 있다는 의미에서 문자문화가 지니는 추상성이 거의 없다(Ong, Walter J., 이기우 외 역, 1995).

설화가 이와 같은 구술성에 기반하고 있는 바, 설화 교육에 있어서도 이와 같은 장르적 속성과 결부된 교육 내용을 갖출 필요가 있다.

2015 개정 고등학교 『문학』 교과서 가운데 방민호 외(미래엔)의 것을 살펴보면, '3단원 한국문학의 개념과 성격 (1) 한국 문학의 개념과 범위'에서 〈장자못〉 설화를 제시한 바 있다.

> "용소는 장연읍에서 한 이십 리 되는 거리에 있는데, 에 장연읍에서 그 서도 민요로 유명한 몽금포 타령이 있는 데거든. 그 몽금포 가는 길 옆에 그 인지 바로 길 옆에 그 용소라는 것이 있는데 그 전설이 어떻게 됐냐 할 거 같으면, 그렇게 옛날 옛적 얘기지.(하략)"

위와 같이 '에', '데거든', '그 인지' 등 구어적 표현을 살린 제시문을 통해 구비문학으로서의 특성을 강조한 바 있다. 또한 지시문에서는 "다음은 여러 지역에 널리 퍼져 있는 전설인 〈장자못 이야기〉이다. 이 작품의 내용을 듣고, 한국 문학의 범위를 탐구해 보자."라고 하여, 학습자로 하여금 이것이 눈 앞에 쓰인 문자를 읽어내려가는 방식으로 향유하는 작품이 아닌 말하고 그것을 듣는 방식의 문학이라는 사실에 접근시키고자 하였다. 나아가 세부 지시문에서 "이 작품에서 구비문학으로서의 특징이 나타난 부분을 찾아보자."고 하며, '에, 또 등의 군말이 많다.'를 답안의 예시로 제공하고 있어 입말로서의 표현 방식을 구비문학의 대표적 자질로 내세우고 있음을 확인할 수 있다.

이숭원 외의 고등학교 『문학』(좋은책 신사고) 교과서를 살펴보면, 4. 한국 문학의 갈래와 흐름, (2) 서사 갈래의 흐름에서 〈조신의 꿈〉을 지문으로 제시하고 있다. 그리고 다음과 같은 학습활동을 제시하고 있다.

---

4. 다음 활동을 통해, 구비 전승 과정의 특징을 이해해 보자.

(1) '보기'와 같이 두 단계로 활동해 보고, 구비 전승 과정에서 일어날 수 있는 일을 짝과 이야기 해 보자.

1단계: 교과서를 덮고 〈조신의 꿈〉 이야기를 짝에게 기억나는 대로 전달해 보자. 이때 짝은 친구가 말하는 내용을 휴대 전화나 녹음기를 활용하여 녹음한다.

2단계: 짝이 녹음한 내용을 들으면서 교과서에 제시된 원문과 자기가 말한 내용을 비교해 보자.

학습자는 교과서에 제시된 〈조신의 꿈〉을 읽은 뒤 책을 덮고 짝에게 기억나는 대로 전달한다. 이때 짝은 친구의 이야기를 녹음기를 활용하여 녹음한다. 학습자는 짝이 녹음한 내용을 들으며 원문과 내가 말로 꾸려낸 이야기를 비교하는 활동이다. 〈조신의 꿈〉을 읽고 구비 전승의 활동하기

라고 이해해 볼 수 있다. 교과서에 제시된 〈조신의 꿈〉은『삼국유사』소재 설화로, 설화이기는 하되 제시된 지문 자체는 기록문학으로서의 특성을 지니고 있다. 이를 제재로 하여 구비 전승 활동하기를 전개한 것이 적절한지는 다소 의문이다. 또한 구비전승의 본래적 형태는 이야기를 듣고, 그것을 다시 입으로 전달하는 행위인 것에 비해, 위의 활동은 문자화된 이야기를 눈으로 읽고, 그것을 말로 전달한다는 변형된 형태를 보이고 있다. 다만, 설화의 전승이 문자가 아닌 기억에 의해 이루어짐을 학습하기에는 적절하면서도 2015 개정 교육과정에 따른 교과서에서 설화의 구술성을 다루는 방식에 보다 활동성을 더하여 학습자의 경험을 증진시키는 데에 의의가 있는 학습활동이라고 평가할 수 있다.

　이렇듯 교과서에서 설화를 다룰 때에 그 표현이 기록 문학과 다른 점에 주목하고 있다. 구술성을 본질로 하는 설화 문학의 특성 상 이와 같은 교육 내용은 적절하다고 할 수 있다. 다만 그 교육 내용을 보다 풍부히 하고 체계화할 필요가 있어 보인다. 말을 통한 전승이 문자 문학과 다르다는 것 이상으로 나아가 구비 문학이 말을 통한 전승을 하다 보니 갖게 되는 특성을 교육 내용으로 다루는 것이 한 가지 방법이다. 그것이 문자 문학과 달리 어수선하거나 잉여적 표현이 많다는 차이점의 발견에서 나아가 반복이나, 과장, 구비공식구의 활용 등 나름대로의 전략을 활용하여 전승되었음으로 그 교육 내용이 초점화될 필요가 있다. 또한 이와 같은 설화의 표현적 특성이 문자에 기대지 않고 인간의 기억에 기대어 그 전승을 완성하는 과정에서 이루어진 필연성이 있음으로 학습자를 견인할 필요가 있어 보인다. 문자 텍스트처럼 이야기의 상황에 반성적으로 주의를 집중시키는 것이 불가능한 구술문화의 경우는 화자와 청자 양쪽을 이야기의 본 줄거리에서 벗어나지 않도록 단단히 묶어 두어야 한다(Ong, Walter J., 이기우 외 역, 1995). 곧 문자 문학과 구분되는 설화의 표현적 특성은 기억을 더 용이하게 하기 위한 인지적 장치이며, 그것이 구술문학의 본질이자 장르적 속성임을 교육 내용으로 삼을 때 설화에 관한 이해가 이루어질 수 있다는 것이다.

2) 구조성과 인식

'구비문학(口碑文學)'이라는 표현에서 구비(口碑)의 의미를 좀 더 살펴보면, '말로 새기는 비석(碑石)'이라는 것이다. 그런데 말 자체에는 물리적인 힘이 부재하여, 그것으로 나무, 돌, 쇠붙이 등과 같이 단단한 사물의 모양을 주조한다거나, 그것에 무언가 의미 있는 문자를 새기기는 불가능하다. 따라서 '구비'란 비유적인 표현으로, '비석에 새긴 것과 같이 오래도록 전해 내려오는 말'이라는 뜻을 갖는다. 그렇다면 기록의 힘에 기대지 않는 말이 무엇을 매개로 하여 오랫동안 전해질 수 있는 것인지 문제가 된다. 어떠한 표현이, 혹은 어떠한 문학이 오랫동안 전해진다는 것은 시간을 관통하여 자기동일성을 유지한다는 것을 의미한다. 이러한 자기동일성의 유지는 결국 인간의 '기억'에 의지할 수밖에 없다. 말을 표현과 소통의 매제로 삼는 구술 문화에 있어서 정보의 전달과 전승은 '기억'을 통해서 이루어진다. 그러나 모든 것을 빠짐없이 기억하기란 불가능한 일이다. '기억되는 것'만을, '기억할만한 것'이나 '기억하고 싶은 것'만을 선별해서 새겨둘 뿐이다(신동흔, 2016).

여기서 '기억되는 것', '기억할만한 것', '기억하고 싶은 것'으로 선별되는 그 과정에 강력하게 개입하는 것이 설화의 구조이다. 여러 문학적 구조 가운데 대표적인 것으로는 '대립 구조(對立構造)'를 들어볼 수 있다. 강력한 대조를 이루는 항들끼리 서로 연결되어 '대립'이라는 의미를 빚어내는 덩어리를 이룸으로써 '기억되는 것', '기억할만한 것', '기억하고 싶은 것의 대상으로 남게 된다. 인간은 개별적인 요소에 대한 기억보다, 그러한 개별체들이 다른 요소들과 임의의 관계를 맺을 때에 보다 더 대상을 잘 기억하게 된다. 서로 관련 없는 문자들을 나열하여 하나의 의미 덩어리로 만듦으로써 강력하게 연합된 기억의 단위로 만드는 것이다. 설화의 대립 구조 또한 이와 같아 두 가지의 대립적인 요소가 하나의 짝을 이루게 함으로써 기억의 단위로써 작용할 수 있도록 한다.

또한 이러한 대립 구조 및 그것의 의미를 통해 설화의 스토리는 하나의 허구에 불과한 것이 아니라 세계에 대한 논리적이고 체계적인 인식을 보여주기도 한다(Alan Dundes, 진경환 역, 1998; Leach, E. R., 신인철 역, 1996; 현용준, 1992; 서대석, 1987; 신동흔, 2016). 레비스트로스(Claude Levi Strauss, 1987; 2005)는 구조주의 언어학에서 영감을 받아 이항 대립적 구조는 인간 사유의 보편적인 구조, 그것이 신화에 드러난 것이라 설명하였다. 그의 논의에 따르면 신화의 이항 대립의 구조는 신화의 이야기로서의 선명성을 드러내는 '기능(機能)', '장치(裝置)'라고 할 수 있다. 두 가지의 대립적인 축이 세계를 좀 더 선명하고 분명하게 설명하는 계기가 될 수 있다는 것이다. 연속적으로 존재하는 세계를 분절하여 불연속 대상으로 형성함으로써 인식할 대상이 분명해지며, 대립적 구도를 갖게 됨으로써 인식할 대상이 지닌 가치에 대한 판단이 가능해진다.

더불어 설화의 대립 구조는 그 이야기가 지속적으로 전승될 수 있는 기능을 수행한다. 앞서 논의하였듯, 대립에 의한 기억에의 각인과 세계에 대한 선명한 인식은 실로 이야기의 전승을 강력하게 견인하는 바, 개인에 의해 재창조되거나 전승되는 과정에서 세부적인 사항은 변형될지라도 이항 대립이라는 구조는 처음과 동일하며, 그러한 구조적 동일성을 유지하는 것이 신화의 전승과 지속을 위한 조건으로서 작용한다(이철우, 2009). 곧 설화의 대립 구조는 세계의 개별적이고 독립적인 사건, 사물 따위를 대립의 구조로 구현하여 절대 잊혀지거나 변형되지 않을 선명한 질서로 저장하고, 그로써 인간의 기억에 이야기를 새기는 '구비'를 가능하게 한다.

이와 같다면, 신화의 기억과 지속의 조건에 이항 대립의 구조는 필수적인 요소라고 할 수 있다. 이렇듯, 설화의 대립 구조는 첫째, 세계에 대한 선명한 질서를 부여하고, 둘째, 그를 통해 인식할 대상에 대한 가치 판단을 가능하게 하며, 셋째, 더불어 강력한 전승성을 띄게 한다는 기능을 갖는다. 따라서 구비문학을 교육하고자 할 때에 이러한 설화의 대립 구조를 그 내용으로 한다면, 다른 갈래의 문학과는 차별성을 갖는 구비문학으로서의 본질 및 특질을 효과적으로 제시할 수 있으리라 기대한다.

한편 2015 개정에 따른 교과서에서 다루고 있는 설화의 구조와 관련된 내용을 살펴보면 대체로 영웅의 일대기 구조를 다루는 것에 기대어 있다. 미래엔(방) 출판사의 고등『문학』교과서를 살펴보면 4. 한국 문학의 갈래와 흐름, (1) 고대문학 단원에서 〈주몽 신화〉를 본제재로 제시한 뒤, '주몽'의 생애를 '고귀한 혈통-기이한 출생-기아-탁월한 능력-시련과 위기-조력자의 도움- 위대한 업적'이라는 영웅의 일대기 구조에 맞추어 정리하는 활동을 제시하고 있다.

류수열 외의 고등학교『국어』(금성) 교과서의 9. 문학사의 지평에서, (1) 고대-고려 시대의 한국 문학 단원에서도 〈주몽 신화〉를 본제재로 제시하며, 〈주몽 신화〉의 서사적 특징을 이해하고자 신화의 구조 파악에 관한 학습활동을 중첩적으로 배치하였다. 첫 번째 학습활동으로는 위의 교과서 활동과 유사하게 주몽의 일대기를 '고귀한 혈통을 지님-비정상적으로 출생함- 비범한 능력을 지님- 버림받고 죽을 위기에 처함- 구출자, 양육자를 만나 위기에서 벗어남, 성장한 후 다시 시련을 겪음-시련을 극복하고 위업을 달성함'이라는 영웅의 일대기 구조에 맞추어 이해하는 것이다. 두 번째 활동은 다음과 같다.

(2) 건국 영웅인 주몽의 이야기가 대체로 '문제 상황-문제 해결'이 반복되는 구조를 지니는 까닭을 다음 질문을 중심으로 추측해 봅시다.
- 이러한 구조는 주몽의 영웅성을 드러내는 데 어떻게 기여하는가?
- 이러한 구조는 독자가 이야기를 향유하는 데 어떤 역할을 하는가?

주몽 신화에 '문제 상황- 문제 해결'의 반복되는 구조가 있다고 보고 이것이 주몽의 영웅성을 보다 효과적으로 드러내고, 독자가 이야기를 향유하는 데에도 어떠한 도움을 줄 수 있다는 것으로 학습자를 이끄는 학습 활동이라 할 수 있다. 이와 같은 활동은 미국의 구비문학자 앨런 던데스가 1962년 창안한 서사 단위(Alan Dundes, 진경환 역, 1998) '모티핌(motifeme)'에 근거한 학습활동이라 할 수 있다. 앨런 던데스는 북미 인디언의 민담을 진행 순서에 따라 부분(단락)으로 나누고, 부분들의 근본적인 성격과 그 관계의 논리를 파악하고자 하였다. 여기서 나누어진 단락의 근본적인 성격이 '모티핌'이 된다. 그리하여 이야기 속에 의미의 정도가 같은 모티핌 간의 대립의 연쇄가 구조적으로 존재한다는 사실을 발견하게 되었다. 예를 들면, '결핍-해소'가 모티핌의 연쇄이면서, 최소 대립의 발생이 된다. '금지-위반-결과-결과로부터의 탈출 시도'의 경우 네 가지 모티핌을 보여주며, 모티핌의 결합을 통해 대립의 연쇄가 발생함을 보여준다. 이와 같이 모티핌의 배열에서 대립적 자질의 화소를 선택하고 결합하여 통합되는 서사의 방향에 대해 앨런 던데스는 순차적 구조라 일컬었다. 이러한 설화의 순차 구조는 처음 접하는 설화일지라도 그에 대한 파악을 쉽게 하며, 친숙하게 수용할 수 있게 한다는 데에 그 기능이 있다고 보았다. 따라서 위의 학습활동은 〈주몽 신화〉에 '문제 상황- 문제 해결'의 견고한 구조가 있고 이것이 이야기에 대한 파악과 그것의 수용을 효과적으로 이끈다는 설화의 구조와 그 기능에 학습자를 충분히 이끌고 있다고 할 수 있다.

이렇듯, 설화의 구조라고 한다면, 그간 영웅의 일대기 구조를 다루는 것이 일반적이었고, 쉬운 방식이었으나, 그와 같은 단단한 구조가 특히 왜 설화에서 주요하게 작용하는지에 관하여서는 주목이 많지 않았다. 이에 앞서 살펴본 류수열 외 고등학교 『국어』 교과서의 〈주몽 신화〉 활용 방식이 반갑다. 앞으로의 설화 교육에 있어서는 앞서 언급한 대립 구조나 문제 해결의 구조 외에도 더 다양한 구조가 있음에 주목하고 그를 교육 내용으로 다룰 수 있어야 할 것이다. 설화의 구조가 이야기의 전형성을 낳기도 하지만, 이것이 곧 이야기의 단단한 구조가 되어 세계에 관한 선명한 인식과 강력한 전승력의 기제가 될 수 있음을 이해 가능하도록 이끌어나갈 필요가 있다.

3) 가변성과 가치

설화는 화자와 청자, 그리고 이야기판을 필요로 한다. 반드시 한 명 이상의 화자와 청자가 있어야 하고, 이야기를 하고 들을만한 분위기가 형성되어야 한다. 화자는 이야기를 하고, 청자는 이야기를 들으며, 화자의 이야기에 동의하기도 하고 때로는 반대하여 다른 이야기를 펼쳐내기도 하는 이야기판의 원리가 적용된다. 이 이야기판 안에서 설화는 구전된다. 입에서 입으로 이야기를 전한다는 의미로, 이는 불가피하게 이야기의 개변을 야기한다. 이야기를 들은 경험이 있는 사람이면 누구나 다시 화자가 되어 이야기를 전할 수 있다. 이에 청자가 다시 화자가 되기도 하면서 이야기는 달라지기 마련이다. 시간과 장소, 화자에 따라 이야기는 필연적으로 변화를 겪으며, 존재해왔지만 새로운 이야기로 늘 다시 태어나게 된다. 유사한 내용의 설화가 조금씩 다른 모양새로 지역별로, 혹은 세계별로 존재하는 까닭은 이와 같은 설화의 구전하는 방식에 의한다. 이를 설화의 '가변성'이라고 지칭할 수 있다(강등학 외, 2000). 이와 같은 설화의 가변성은 설화의 본질이면서, 고유한 서사적 특성이기에 그에 의한 생산력에 관한 교육 내용을 꾸려 나갈 필요성이 있다.

문학 천재(김)에서는 〈지하국 대적 퇴치 설화〉를 본제재로 제시하고 몽고의 '뷰랴트족 설화'의 요약본을 부제재로 제시한 뒤, 두 이야기의 공통적인 이야기 요소 탐색, 두 이야기의 주인공이 시련을 극복하는 과정에서 나타나는 공통점의 탐색, 유사한 이야기가 서로 다른 나라에서 향유되는 까닭에 대한 탐색을 학습 활동으로 제시하고 있다. "[12 문학 03-05] 한국 문학과 외국 문학을 비교해서 읽고, 한국 문학의 보편성과 특수성을 파악한다."는 성취기준과 결합한 활동으로, 〈지하국 대적 퇴치 설화〉 중 여인이 무사에게 중첩된 시련을 차례로 극복하는 방법을 알려주는 대목에서 구술자의 '잊어버리기' 대목을 제시한 뒤,[3] 구술할 내용을 잊어버리는 상황이 벌어지는 이유에 대한 탐색, 서사 중 '개'와 '새' 다음 등장할 만한 동물과 던져줄 물건에 대한 상상, 그것의 배열과 만든 이야기의 구연 등을 학습 활동으로 제시하였다. 〈뷰랴트 족 설화〉와 견주는 활동의 경우 설화의 보편성과 특수성이라는 고유한 지점을 학습자들에게 잘 전달해줄 수 있는 활동으로 구현했다고 할 수 있다. 또한 〈지하국 대적 퇴치〉 설화와 관련된 일련의 활동들은 설화 갈래의 고유한 특성을 잘 설명해낸 활동이라 할 수 있다. 다른 서사 갈래들과 견줄 때 설화의 가장 고유한 지점이라 할 수 있는 구비적 전승의 특성 및 이 과정에서 발휘되는 각편의 생산력 등에 학습자들이 직접 참여할 수 있도록 흥미로운 활동을 짜임새 있게 구현했다고 할 수 있다.

작품 자체에 대한 해석도 진지하다. 위와 같은 '목표 학습'이나 '적용 학습' 이전의 '내용 학습' 부분에서 무사가 시련을 극복할 수 있었던 까닭에 대해 무사의 초월적 능력이나 서사의 환상성에 기대는 것이 아니라, 학습자들이 무사의 성격을 중심으로 찾을 수 있도록 이끄는 것 또한 주목할만하다. 설화에 접근할 때에 환상성이나 비논리성, 우연성으로 접근하지 않고, 언중이 중요하게 여기는 인간적 가치 중심으로 독해하도록 하고 그것을 표현할 수 있도록 이끄는 발문이 돋보인다.

설화의 가변성을 교육하고자 할 때 중요한 것은 변하는 것과 변하지

---

3 〈여인은 재차 "정 그렇다면 이렇게 해 주십시오, 최초의 대문을 들어갈 때 개에게 떡을 던져 주십시오, 개가 그것을 먹고 있는 동안 들어가면 됩니다. 다음 대문을 지키는 새에게는 콩을 던져 주십시오, 또 다음 대문을 지키는 (이하 잊어버렸음)"이라며 이렇게 던져줄 물건 열두 가지를 알려 줬다.〉

않는 것 각각이 갖는 의미일 것이다. 예를 들어, 〈대홍수와 목도령〉 설화의 경우, 각편들의 결말이 모두 동일하지 않으나 흥미롭게도 각편들이 전달하고자 하는 가치는 일관된다.

> 〈류씨의 시조〉 버들 유자(柳字) 유가는 어이 됐노 크면. 옛날부터 요. 옛날 시조가, (중략) 이 넘의 비가 얼마나 오노, 황류가 너러가고, 그래가 피란을, 세상 사람 다 떠너러 가고, 논밭도 다 떠너러 가도, 그 사람은 피란했어. 유가가요. 버들 유짜 유가가. 그래가 버들 유짜라고 유가라고 안 있십니꺼. 세대가 그렇답니다(한국정신문화연구원, 1979: 273-274).

> 〈구해준 개미·돼지·벌의 보은〉 이 아는 왼켄에 있년 체네레 넝감에 딸이란거 같다 하구 왼켄에 서 있는 체네를 골라 잡았다. 그 체네레 넝감에 딸이 돼서 이 아는 부재녕감에 사우가 돼서 잘살았다구 한다(임석재, 1994: 26-27).

> 〈구해 준 개미·돼지·파리·사람〉 그래서 밤손이는 그 소리를 듣고 동켄에 세있던 체네를 골라잡았다. 동켄에 세 있던 체네레 쥔 넝감에 딸이 돼서 밤손이는 쥔녕감에 사우가 되구 물에 빠졌던 아는 종을 골라잡아서 종이 됐다구 한다(임석재, 1994: 27-29)

〈대홍수와 목도령〉의 다른 각편에서는 인류의 재탄생을 동일하게 말하는 것으로는 〈사람의 조상인 밤나무 아들 율범이〉가 있으며, 인용한 〈류씨의 시조〉와 같이 한 성씨의 시조가 홍수를 극복하고 어떻게 살아남아 류씨(柳氏)의 명맥을 잇게 되었는지를 말하는 경우도 있다. 한 성씨의 탄생과 존속을 구현한 것은 인류의 재탄생을 말하는 것과 유사하게, 그 본래적 의미를 국한하는 형태로 구현한 것이라 할 수 있다. 이 밖의 〈대홍수와 목도령〉 유형에 속하는 여러 각편에서는 나무의 아들이 '부잣집 사위'가 되었다고 하여 인류의 재탄생이나 성씨의 탄생이 아닌, 신분의 재편에 관심을 보인다. 나무의 아들은 그간 아버지가 없다는 점 때문에 세상 사람들의 멸시를 받아 왔을 것이라 짐작 가능하다. 곧 사회적으로 소외 계층에 속해 왔다고 할 수 있는데, 이러한 존재가 '부잣집 사위'로 자리하게 되었다는 것은, 목도령의 사회적 자아가 새롭게 재편되었다는 것을 의미한다. 이에 목도령이 부잣집 사위가 되는 결말의 각편은 인류의 시조가 되는 결말을 가진 각편에 비하여 그 의미가 퇴색되거나, 속화되었다고 할 수는 있으나, 본래의 의미가 모두 소진된 것은 아니라고 할 수 있다(황윤정, 2017).

이와 같이 〈목도령〉의 각편들을 살펴보면 세부적인 구현에 있어서는 변이가 있기는 하지만 인류의 구원을 말한다는 대의(大義)를 같이 하고 있어, 각편마다 변화가 있음에도 인류의 재편이라는 주제 의식에서는 변하지 않았음을 알 수 있다. 곧 설화 교육에서 각편으로의 가변성, 그리하여 설화의 생산력을 교육하고자 할 때에, 언중(言衆)이 소중히 여기는 가치는 어떠한 방식으로든 설화 작품 안에 담지되어 있음을 중요하게 다룰 필요가 있다.

4. 나가며

본고에서는 설화 교육의 현재를 점검하고 미래를 구상하기 위해 2009 개정 교육과정 중·고등 국어과 교과서의 설화 수록 제재 현황에 비교하여 2015 개정 교육과정 중·고등 국어과 교과서의 설화 수록 제재 현황 및 활용을 살펴보았다. 그 결과 설화 제재는 양적 증가와 질적 개선을 이루어낸 것으로 드러났다. 이를 기반으로 하여, 앞으로의 설화 제재는 보다 입체적인 활용으로 나아갈 필요가 있다. 무엇보다 제재를 적절히 해석하여 제시할 필요가 있다. 학계의 연구 성과를 모두 교육 현장에 반영할 수는 없겠으나, 옳지 않거나 학습자의 사고의 발현을 막을 수 있는 정보의 제시에는 신중할 필요가 있다.

또한 설화에 적절한 교육 내용이 마련되고 이것이 탁월한 학습활동으로 구현될 필요가 있을 것이다. 구비문학의 구술적 특성이나, 언중이 소중히 여기는 가치의 구조적 형상화, 환상적 전개가 갖는 의미와 같은 고유한 특성이 온전히 발휘될 수 있는 교육 내용이 마련되어야 할 것이다. 이를 통해 설화 교육은 기념비적 성격의 제재에 머무르지 않고, 생동하는 문학, 학습자와 호흡하는 문학이 될 수 있도록 해야 할 것이다.

설화는 서사 장르를 구성하고 있는 하나의 하위 갈래이면서도, 소설 제재와 견줄 때 교육 제재로 비등하게 활용되지 못해왔고, 서사적으로 세련되지 못한 초창기의 서사로 인식되어 왔다. 설화를 교육 제재로 활용할 때에 위의 활동과 같이 설화의 구비 전승적 특성, 그것이 낳을 수 있는 독특한 창의성이나 언중이 소중하게 여기는 인간적 가치의 발견, 켜켜이 쌓임으로써 구현된 구조적 견고함 등을 고려할 필요가 있다. 설화를 독립적인 하나의 서사 갈래로 인정하고, 독자적 특성을 교육 내용으로 가공하여 제재로써 활용해나갈 필요가 있을 것이다.*

---

* 이 글은 "황윤정(2017), 「신화소 중심의 설화 이해 교육 연구」, 서울대학교 박사학위논문; 황윤정(2021), 「설화와 인터랙티브 드라마의 비교를 통한 서사 교육의 미래 지향에 관한 소고」, 『국어교육학연구』 56-2, 국어교육학회; 황윤정(2018), 「대립구조를 활용한 설화 교육의 내용 연구」, 『문학교육학』 59, 한국문학교육학회; 황윤정(2020), 「2015 개정 교육과정에 따른 중·고등 '국어', '문학' 교과서의 설화 제재 활용 양상의 연구」, 『국어교육학연구』 55-3, 국어교육학회; 황윤정(2020), 「2015 개정 교육과정에 따른 고등학교 '국어', '문학' 교과서의 고전문학 제재 수록 양상 연구」, 『문학교육학』 66, 한국문학교육학회; 황윤정(2021), 「2015 개정 교육과정에 따른 중·고등 '국어', '문학' 교과서 수록 설화의 여성 형상화 방식과 그 교육의 문제」, 『한국고전여성문학연구』 43, 한국고전여성문학회"를 참고하고 추가 서술한 것이다.

근대적 문종(文種) 관념은
어떻게 형성되었을까?

이정찬

1. 근대적 문종(文種) 관념이란 무엇일까?

꽤 오래 전이지만 대학수학능력시험이 도입되기 전 국어 시간에는 의례 문종, 주제, 문체 등의 항목을 판서하고, 설명문, 논설문 등과 같은 용어를 사용하여 글의 종류를 규정하곤 했다. 하지만 이때 사용했던 문종(文種)이 표준국어대사전에 부재한 용어라는 것은 한참이 지난 이후에나 알게 되었다. 이처럼 교육 현장에서 많이 사용하는 단어임에도 불구하고 문종은 학술적으로 명확히 규정되어 있지 않고 교수 용어로서 관행적으로 사용되고 있었던 것이다.

일반적으로 문종은 장르, 양식과 유사한 개념으로 사용된다. 하지만 장르는 주로 문학 작품에 사용되고, 양식은 특정 글의 '외적 형식'과 관련이 높기 때문에 문학 외의 다양한 글을 포함하면서도 특정한 방식으로 의미를 표상하고 그것이 사회적으로 재생산되는 문제를 고찰하는 데 있어 두 용어는 일정부분 한계를 지니고 있다. 이에 이 글은 문학은 물론 문학 외의 모든 글을 범주화하는 상위 용어로서 '문종'을 사용하고자 한다.

이 글은 다양한 문종들을 분류하고, 각각을 설명, 서사, 묘사, 논증과 같이 규정하는 등의 근대적인 문종 관념이 언제 출현하고, 어떻게 변화했는지 그 일련의 과정을 추적하는 것에 목적이 있다. 이에 근대적 문종 관념의 출현과 변천 양상을 잘 보여주고 있는 근대 전환기 독본 및 교수(敎授) 관련 서적들을 주로 고찰하고자 한다. 다만, 1910년대에 산문(散文)을 범주화하는 데 사용되었던 '文種'과 용어상의 혼란을 방지하기 위해 1910년대 등장한 용어를 지칭할 경우에는 '文種'(따옴표 사용)으로 표기하였음을 밝힌다.

2. 설명, 서사, 묘사, 논증의 분류 방식은 언제 도입되었을까?

쓰기를 '문자를 활용한 문필 행위'로 간주한다면 동서양에서 발견되는 수많은 초기의 쓰기 결과물들은 개인과 개인, 혹은 집단과 집단 간의 소통을 위한 행위는 물론 증발해 버리는 의미들을 고정하고, 보존하기 위한 행위 역시 많은 부분을 차지하고 있다(오토 루트비히 저, 이기숙 역, 2013:9-12). 특히 '보존'의 측면에서 쓰기를 살펴본다면 독자를 이해시키거나 설득하기 위한 목적보다는 제의(祭儀), 계약, 다짐 등 특정한 행위 및 사태를 유지·지속하고자 하는 계기가 쓰기의 주된 동력이 된다. 그런 계기들이 확장되어 인간 세상의 세세한 현상, 사태 등에 이르렀을 때, 즉 복잡다단한 인간 세상을 문자로 고정하고 보존하며 이로 인해 문자로서 그것들을 정리하고 규정하게 되었을 때 비로소 문(文)으로 세상을 지배하는 사회가 도래하게 된 것이다.

동아시아에는 선대(先代)부터 내려오는 수많은 전적(典籍)이 존재했으며 각각은 다양한 논리 체계 속에서 독자적인 문필 방식을 전유(專有)하고 있었다. 즉, 글쓰기를 통해 독창적인 세계관을 구축하고 서로 경쟁하면서 영향력을 확대하고 있었던 것이다. 이러한 양상을 잘 보여주는 것이 바로 『문심조룡(文心雕龍)』(499-501년 출간)이다. 이 책에서는 세상만물의 이치를 보존하고 있는 것이 유교의 경전이고, 그 경전을 중심으로 논구하고 증명하는 계기와 관련된 글(論, 說, 辭, 序), 사태 및 사안이 처한 계기와 관련된 글(詔, 策, 章, 奏) 등등이 파생되었다고 진술하고 있다. 즉, 사회의 다양한 현상을 기록하고, 복잡한 의도 속에서 생산 및 유통되었던 글을 특정한 범주로 일반화하여 묶고, 그것의 이상적 실체를 유교적 논리로 규정하고 있는 것이다.[1] 이처럼 글에 대한 체계화의 과정은 단순히 흩어져있는 대상을 분류하는 차원을 넘어 '글은 행동을 통해서 성립하고, 행동은 글을 통해서 전달된다(文以行立, 行以文傳)'라는 진술처럼 사회 전반에 공통된 감각과 사고를 확산시키는 일종의 사회화 과정과 밀접한 관련이 있는 것이다.

근대 전환기에도 이러한 현상은 이어지는데 이를 단적으로 보여주는 것이 바로 근대 교육 제도 속에서 등장한 독본(讀本)이다. 이 당시 발간된 독본은 서구의 어문 교재인 *Union Reader*, *National Reader*, *Willson Reader* 등을 참고하면서 기존에 없는 새로운 내용과 형식으로 근대적 감각과 사고를 표상하였다(강진호 외, 2015:49-79).

쓰기 교육을 중심으로 관련 내용을 살펴보면, 먼저 이각종의 『실용작문법』(1911)을 고찰할 필요가 있다.[2]

> 작문이라는 것은 사람의 사상과 감정을 표현하기 위하여 문장을 만드는 것을 이른다. … 문장이라는 것은 언어가 문자로써 집합되어 완전한 의미를 드러내는 것을 말한다. … 작문에는 의미가 분명히고

---

1 『문심조룡』의 영향을 받아 고문(古文)을 정리하고 선집한 책이 『문선(文選)』(6세기 중반)이다. 『문선』 이후 약간의 가감이 있긴 하나 대체로 큰 틀에서는 『문선』의 선집 방식이 유지되었고 그에 속하는 글은 '大說'로 그것에 속하지 않는 것 중 일부는 '小說(街談巷語)'로 명명되었다. 자세한 논의는 미조구치 유조 외 엮음, 김석근 외 옮김(2015: 814-817) 참조.

2 이 책은 '조선어급한문' 교과의 작문 교육을 위해 발간되었다. 특히 이 책에서는 조선어 작문 교재 중 처음으로 문장(sentence)과 단락(paragraph)의 개념이 등장하고, 전통적 방식인 기-승-전-결에서 기-서-결의 3단 구성을 제안하는 등의 변화를 보여주고 있다.

독자의 뇌리에 깊이 인상을 주게 하는 것이 중요하다(이각종, 1911: 1-7).

　문체는 문장의 작법 상 체재를 말하나 … 지금 다만 실용 상 필요한 것을 들면 다음의 종류가 있다. 1. 사생문(寫生文) 2. 의론문(議論文) 3. 유세문(遊說文) 4. 보고문(報告文) 5. 서문(送書及書序文) 6. 반박문(反駁文) 7. 축하문(祝賀文) 8. 제의문(弔祭文) 9. 금석문(金石文) 10. 전기문(傳記文) (이각종, 1911: 99-100)3

　이 책은 자신의 생각이나 감정을 표현하여 독자와 소통하는 수단으로 글을 규정하고, 소통을 위한 '도구로서의 효용성' 즉, 독자에게 효과적으로 의미를 전달하는 것을 강조하고 있다. 인용문과 같이 이 책에서 첫 번째로 제시한 글의 종류는 '사생문(寫生文)'이다. 사생문은 '사물의 현재 상태를 있는 그대로 묘사하여 회화에서 물체를 묘사하는 것과 같이 자연의 상태를 관찰하여 그 풍경의 주요한 부분을 실제, 그 모습에 부합하도록 하는 것(이각종, 1911:101).'이라고 하여 오늘날의 '묘사(description)'와 유사한 개념으로 사용하고 있다. 사생문에 대한 진술은 비슷한 시기에 출간된 『국정독본 교수용 수사법급취급(國定讀本敎授用修辭法及取扱)』(1912)에도 확인할 수 있는데, 이 책은 일본 문부성에서 발간한 『심상소학독본』4에서 교사들이 가르쳐야 하는 글에 대한 일반적인 지식을 정리한 일종의 교사용 도서로 이나가키 쿠니사부로우(稻垣國三郞)가 집필하였다. 이 책에서는 독본에 수록된 글 전체를 '文種'과 '文式'으로 체계화하고 있다.

3　인용문의 현대어 표기는 논의를 위해 연구자가 한 것임을 밝힌다. 이하 논의를 위해 가급적 인용은 현대어 표기를 중심으로 한다.

4　『심상소학독본』은 조선 총독부에서 발행한 『보통학교 국어독본』의 저본으로, 특히 『보통학교 국어독본』의 9~12권은 『심상소학독본』을 조선어로 번역하여 그대로 사용하였다. 자세한 사항은 김순전 외(2009:42-44) 참조.

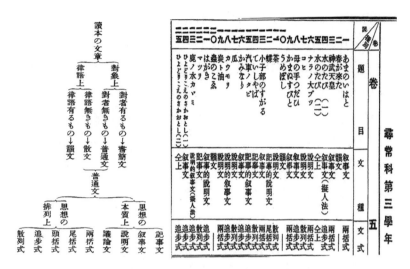

자료 1. '문종 분류 체계'와 이를 교과서 제재에 적용한 사례

먼저 좌측 그림을 보면 운율(律)의 유무에 따라 글을 운문과 산문으로 구분하고, 다시 독자의 존재에 따라 보통문과 서간문으로 분류하고 있다. 이때 보통문은 내용에 따라 의론문, 설명문, 서사문, 기사문으로 나뉘고, 형식에 따라 두괄식, 미괄식, 양괄식, 추보식, 산열식으로 나누어진다. 이 중 전자를 '文種'으로, 후자를 '文式'으로 명명하고 있다. 저자는 이것이 '당대 통용되는 구분법'임을 밝히며, 소학교의 글쓰기 교육은 '(보통문의) 네 가지 '문종'의 지식을 명확히 알고 목적에 따라 시의에 따라 적합한 문종을 선택(稲垣國三郎, 1912:216-217)'하도록 하는 것에 중점을 두어야 한다고 강조하고 있다. 여기서 기사문은 사생문과 혼용되고 있는데 중요한 것은 이 당시 어문 교육에서 이미 내용과 형식을 기준으로 글의 유형을 분류하는 시도가 나타나고 있다는 점이다.

이러한 사실은 우측 사진을 보면 보다 명확해진다. 이 책은 독본에 수록된 모든 글을 의론, 설명, 서사, 기사를 적용하여 구분하고 있으며, 그 경계가 명확하지 않은 글에 대해서는 기사적 설명문, 설명적 서사문 등과 같은 명칭을 사용하고 있다. 즉, 오늘날 국어 교육에서 통용되고 있는 설명, 서사, 묘사, 논증의 분류 체계가 이미 1910년대부터 등장하고 있다는 점은 쓰기 교육의 근대적 전환이 비교적 이른 시기부터 시도되고 있음을 보여주는 중요한 증거라고 할 수 있다.

그렇다면 이러한 개념과 용어는 과연 어떤 이론의 영향을 받았으며 왜 그것이 쓰기 교육의 주요 지식으로 등장하고 있는 것인가? 이 물음의 답은 쓰기 교육의 근대적 전환이 어떤 의도와 목적 하에서 기획되었는지를 확인하는 데 중요한 단서가 될 것이기에 좀 더 면밀히 살펴볼 필요가 있다.

19세기 말부터 일본의 문학 이론가, 비평가 중 일군은 학자들은 서구의 이론을 통해 근대 일본어의 체계를 새롭게 구축하고자 하였다. 그 대표적인 인물이 쓰보우치 쇼요(坪内逍遥), 시마무라 호게쓰(島村抱月) 등이다. 이들은 주로 캠벨(Campbell), 웨이틀리(Whately), 베인(Bain) 등 18~19세기 영미 수사학자들의 이론에 영향을 받아 일본어의 근대화를 도모하였다(Tomasi, 2004:163-164). 특히 쇼요는 베인의 *English Composition and Rhetoric: A manual*(1867)의 영향을 받아 근대 일본 문학의 이론을 정립한 것으로 알려져 있다(정병호, 2007:224-232). 또한 시마무라 역시 베인의 영향을 받아 『신미사학(新美辭學)』(1902) 집필하였다(배수찬, 2007:207-215). 비젤과 허즈버그(Bizzell & Herzberg)에 의하면 베인이 *English Composition and Rhetoric: A manual*(1867)를 집필한 배경에는 당시 영향력을 확대해가고 있던 과학과 전통적인 학문이었던 수사학이 각기 이질적인 방식으로 글쓰기를 전유(專有)하고 있는데 이를 종합하여 어문 교육에 활용할 수 있는 실용적인 이론을 정립하고자 하는 의도였다고 한다(Bizzell & Herzberg, 2001:799-812). 즉, 현상에 대한 관찰을 바탕으로 추상적인 원리를 논구하는 객관적이며 사실적인 언어와 타인의 사고 및 태도에 변화를 도모하는 데 사용되는 언어를 통합하여 실제적으로 활용할 수 있는 이론으로 정립

하는 데 그 목적이 있었던 것이다.[5]

그렇다면 베인은 이 작업을 어떻게 수행했을까? 이 책의 서문에서 그는 '수사학은 음성 언어나 문자 언어가 효율적으로 작동할 수 있는 수단을 연구한다(A. Bain, 1867:1).'라고 규정하면서 글쓰기를 추동하는 인간의 심리적 기제를 중심으로 수단(도구: 언어)이 작동하는 방식을 탐구하였다. 이때 인간의 심리적 기제란 이해(understanding), 의지(will), 감정(feeling)이며, 각각에 상응하는 언어 사용의 목적은 '전달(inform)', '설득(persuade)', '즐거움(please)'이었다. 베인은 (언어 사용의) 목적이 글쓰기에서는 주제(topic)로 구체화되고, 주제가 글에서 전개되는 양상에 따라 글의 종류(kinds of discourse)를 설명(exposition), 논증(argument), 묘사(description), 서사(narrative), 시(poetry)로 구분한다고 보았다(Bain, 1867, Bain, 1890).

심리적 작용 영역	이해 (understanding)	의지 (will)	감정 (feeling)
언어 사용의 목적	전달 (to inform)	설득 (to persuade)	즐거움 (to please)
글의 종류	설명 (exposition)	논증 (persuasion)	묘사(description) 서사(narrative) 시(poetry)

이러한 시도는 심리학을 통해 언어 사용의 주관적인 목적을 일반적이며 보편적인 현상으로 전환하고, 수사학과 연결하여 언어의 기능적 사용을 연구하는 것이 객관적인 학문으로 성립할 수 있음을 보여주는 것이라 할 수 있다. 즉, 글쓰기를 인지적·기능적 관점에서 탈맥락화하여 그것의 운용 방법을 규명함으로써 결과적으로는 그것의 활용 가능성을 극대화하

---

5 또 한 가지 이 지점에서 주목할 점은 베인이 책을 집필하는 데 있어 기존(중세)의 수사학에서 중요한 대상으로 삼았던 설교(說敎) 등의 제의적 언어는 그것이 실용과도 무관하다는 이유로 배제했다는 것이다. 이는 설교 등의 제의적 언어가 수사학이 아닌 신학의 영역으로 넘어가는 과정을 보여준다는 점에서 의의가 있다.

는 이론적 틀을 마련한 것이다. 결국 이러한 작업을 통해 '표현의 기법' 내지는 '꾸미는 기술' 등으로 치부되었던 이전의 수사학을 '실천적인 기능을 연구하는 학문'으로 전환시킬 수 있었고(필립 브르통, 질 고티에, 장혜영 역, 2006), 나아가 쓰기 교육이 근대 어문 교육의 한 부분을 차지하는 데 있어 중요한 근거를 제공할 수 있었던 것이다.

근대 어문 교육을 기획했던 일군의 독본 편찬자들은 이러한 논의에 영향을 받아 효과적으로 글을 생산하는 능력을 어문 교육(쓰기 교육)의 중요한 목적으로 규정하였고 이와 관련된 내용을 '신지식(新知識)'으로 규정했던 것이다. 즉, 단순히 글자를 조합하여 문장을 만드는 차원을 넘어 목적에 따라 최적화된 내용과 형식으로 글을 산출할 수 있는 것이 곧 쓰기 교육의 주요 목적이며, 이와 관련된 주요 내용들이 쓰기 지식으로 자리를 잡았던 것이다. 결국 설명, 서사, 묘사, 논증은 단순히 글을 범주화하는 것에 그치지 않고 목적에 따라 효율적인 작동하는 언어의 전형을 보여주는 것이 되었다. 이처럼 서구의 쓰기 이론이 동아시아에 유입되면서 1910년대의 '文種'은 실용적인 쓰기 교육을 위한 지식으로 글 일반에 체계와 질서를 부여하는 논리로서 기능했던 것이다.

3. 문학은 언제 문종에 포섭되었을까?

글은 의미를 전달하는 수단이고, 그것은 기능적으로 작동한다는 관념은 근대 쓰기 교육의 중요한 논리가 되었다. 하지만 근대화로의 이행이 본격화된 1920년대부터는 쓰기 교육 또한 이전과는 다른 양상으로 전개되기 시작하였다.

일제는 제2차 조선교육령(1922)을 시행하면서 일부 민간에서 출간한 교재를 조선어 교육에 사용할 수 있도록 허용하였는데 이때 출간되어 주로 사립학교에서 사용된 대표적인 쓰기 교재가 바로 당시 배재고보의 교원이었던 강매가 편찬한 『중등조선어작문(中等朝鮮語作文)』(1928)이다.[6]

> 글은 생각을 말로 발표하고 말을 글씨로 적으며 여러 가지 말을 어울려 짜는 것이다. … 서사문(叙事文)은 사물(事物)을 묘사함에 있어 항상 시간을 전제로 함 … 일기문(日記文)은 일상에서 생기는 사건에 대하여 이를 실제처럼 표현하는 방법이니 … 사생문(寫生文)은 자연의 풍경을 그대로 묘사하는 문장이니 … 해설문(解說文)이라 함은 사물(事物)의 이치를 분해 설명하여 남으로 하여금 이를 해득하게 함(강매, 1928)

앞서 살펴보았듯이 1910년대 쓰기 교재는 설명, 서사, 기사, 의론으로 글을 분류하였다. 그러나 『중등조선어작문』에는 의론 대신 일기가 등장하고 있다는 점에 유의할 필요가 있다. 이와 함께 박기혁이 편찬한 『조선어작문학습서』(1931)에는 감상문(感想文), 추억문(追憶文), 사생문(寫生文), 기행문(紀行文), 논문(論文), 설명문(說明文), 편지, 일기가 제시되었다는 것을 보면 기존의 4가지 분류 체계에 변화가 나타나고 있음을 확인할 수 있다.

이런 현상은 비슷한 시기의 잡지에 수록된 학생 대상의 글쓰기 공모에서도 확인할 수 있다. 아래 자료는 『동광』(1932)에 수록된 일종의 글짓기 대회 시상 결과로 기행문, 시, 비평, 기사문 등이 당시 대회에서 채택한 글 유형이었음을 확인할 수 있다.

---

6 이 책은 편찬 주체가 '조한문교원회(朝漢文教員會)'로 바뀌어 1931년에 재발행되었다.

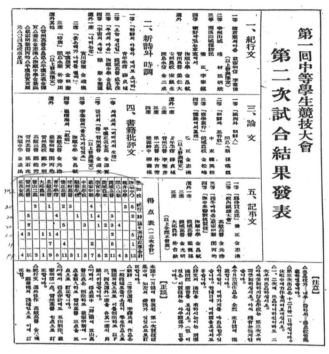

자료 2. 글짓기 대회 결과 『동광』 30호(1932)

　　이처럼 기존의 문종 체계와는 다른 글이 작문 교재와 글짓기 대회 등에서 생산 및 유통되고 있다는 점은 주목할 만한 사실이다. 천정환에 따르면 1920년대부터는 문맹률이 낮아지고 그와 함께 글에 대한 개인적 욕구가 증대하였다고 지적하고 있다(천정환, 2003:172). 이런 관점에서 보면 감상문, 추억문, 일기 등과 같은 글이 작문 교재에 등장한 것은 실용성으로 포괄할 수 없는 개인의 표현 욕구가 쓰기 교육에 반영된 결과로 해석할 수 있을 것이다.

　　1931년에 출간된 『문예독본』(1931)은 다양한 문학 작품들이 글쓰기로 포섭되면서 독본이 예술을 포섭하는 일련의 과정을 보여주고 있다. 이윤재가 출간한 『문예독본』은 '신문학 운동 이후의 문인들의 걸작', '신문학의 정수'(배성룡, 1933: 후면 광고) 등에서도 알 수 있듯 조선 문학의 예술적 성취를 독본의 대상으로 삼았다는 점에서 주목할 만하다. 나아가 이 책은 조선어 작문의 전범(典範)으로서 문학 작품을 소개하고 있다.

> 이 책은 중등과정 이상 모든 학교에서 조선어과의 보충 학습과 작문의 모범(文範)으로 쓰이기 위하여 편찬한 것입니다. … 제재는 작가가 이미 발표한 작품 – 소설·희곡·시가·평론·감상·기행·소품· 수필·전설·일화·동화 등에서 문장이 순수하고 진실되며·온건하고 교훈적 의미가 있는 것으로 선택하였습니다. … 제재를 선택함에 있어 서는 이태준, 변영로, 이은상, 주요한 등 여러 지우(知友)의 도움이 많았으므로 …(이윤재, 1931: 서문)

인용문에서 알 수 있듯 이 책은 조선어 작문의 전형을 예술에서 찾고 있다. 이는 1910년대 실용적 글쓰기가 산문을 중심으로 기능적으로 작동 하는 문종 체계를 제시한 것과는 달리 시, 희곡, 소설 등 당대 신문학의 성과를 쓰기 교육의 장으로 포섭하려 했던 있는 것이다. 즉, 문종 관념에 문학을 포함키시고 있는 것이다.[7]

이처럼 언어의 기능적 사용에 초점을 두어 등장하게 된 것이 1910년대 '文種' 관념이었다면, 1920~30년대 문종은 개인의 다양한 표현 욕구를 반영하여, 예술적 글쓰기도 포섭하면서 비문학과 문학을 포괄한 다양한 글을 통칭하는 추상적 개념으로서 사용되었던 것이다.

---

7   Genre의 사전적 의미 변화를 추적해 보면 이런 변화들을 확인할 수 있다. 『불화사전(佛和事典)』(1871)에서는 Genre를 '종류(種類), 계(系), 형(形)'으로 제시하였고, 찰스(Charles)의 『법한자전』(1901)에도 이와 유사하게 번역하고 있다. 즉, 이때 장르는 예술 보다는 범주와 유사한 의미로 인식되었다. 하지만 『신불화사전(新佛和事典)』(1924)에 서는 '작법(作法), 취미(趣味), 질(質), 문체(文體), 형(型)'으로 되어 있어 그 개념이 예술은 물론 글쓰기까지 확장되었음 알 수 있다.

4. 정 리

이 글은 근대 전환기 문종(文種)에 대한 새로운 관념이 어문 교육에 도입되고 그것이 변화하는 일련의 과정을 당시 출간되었던 독본과 교수 서적을 중심으로 살펴보았다. 1910년대에 등장한 '文種'은 언어 사용을 추동하는 인간의 심리적 기제를 토대로 목적 달성을 위해 효과적으로 작동하는 글을 의론, 설명, 서사, 기사의 네 가지 범주로 구분하여 제시하였다.

이후 문필 활동에 참여하는 인구가 증가하고, 글에 대한 개인적 욕구가 증대됨에 따라 일기, 편지, 감상문, 추억문 등 다양한 유형으로 문종은 분화하였고, 이러한 현상은 감정의 표출을 예술로 승화한 일군의 글, 곧 문학에 대한 관심으로도 발전하였다. 『문예독본』의 경우처럼 조선어로 된 다양한 예술적 성취들이 조선어 글쓰기의 전형이 된 것은 문종에 대한 관념이 예술의 영역으로 확장되어 가는 것을 보여준다 하겠다. 이로서 글쓰기 교육은 기능적으로 작동하는 쓰기 외에도 감정 표현도 중요한 의미를 갖게 되었고, 문종에 대한 관념 역시 실용적인 글과 문학을 모두 포괄하는 광의의 의미로 확장되었다.*

---

* 이 글은 "이정찬(2021), 「근대 전환기 문종(文種) 관념의 변천」, 『작문연구』 49, 한국작문학회"의 일부 내용을 수정·보완한 것이다.

고전소설교육에서 문화콘텐츠는
어떻게 활용될 수 있을까?

정보미

1. 들어가며

문학교육에서 매체에 대한 고려가 이루어진 시기와 문화콘텐츠가 산업으로서 각광받기 시작한 시기는 상당 부분 맞물려 있다. 7차 국어 교과서에서 만화, 영화, TV 드라마, 다큐멘터리 등의 다양한 매체를 문학과 결부시키기 시작한 후로 2007 개정 교육과정에서는 매체를 바꾸어 문학 작품을 재구하는 것, 다양한 매체를 통한 문학 작품의 수용과 생산에 참여하는 것이 주요한 문학교육 내용으로 언급되었다. 나아가 별도로 '매체 언어' 과목이 신설되기도 했다(김창원, 2008). 마침 1990년대 중반 이후 정전 비판이 가속화되면서 다양한 작가와 작품이 교과서 제재로 채택되는 현상이 나타난 데다가(정재림, 2016) 고전소설의 경우 2000년대 이후 영상 매체로의 전환이 활발하게 이루어졌기 때문에(김효정, 2011) 고전소설 교육에서도 새로운 제재가 소개되거나 익숙한 작품을 변용한 문화콘텐츠가 교과서의 본 제재 및 보조 자료로 수록되는 일이 생겼다.[1]

---

1   이를테면 7차 교과서에는 〈춘향전〉을 콘텐츠화한 영화, 마당놀이, 창극 등이 삽화로 사용되었고, 김영랑의 〈춘향〉, 서정주의 〈춘향유문〉과 〈추천사〉가 학습활동에 제시되었다. 2007 개정 교과서에는 판소리 창본이 제재로 선택되었고, 2009 개정 교과서에는 아동 및 청소년용으로 다시쓰기된 〈춘향전〉이 실리기도 했다(서보영, 2019).

문화콘텐츠의 경우도 1999년 문화산업진흥기본법이 제정되고 2001년
에 한국문화콘텐츠진흥원(현 한국콘텐츠진흥원)이 설립되면서 부가가치를
창출하는 산업으로 각광받으며 여러 정책적 지원에 힘입어 발전하였다.
이에 따라 2000년대 중반부터 문화콘텐츠 관련 학과들이 각 대학에 생겨
나기 시작하였고, 우리의 문화 자원을 발달된 디지털 기술로 콘텐츠화하
는 기획이 본격적으로 교육되기 시작하였다(정창권, 2009). 이렇게 산업으
로서의 문화콘텐츠가 사회 수요를 감당하는 차원의 대학 교육에서 다루
어지는 현상과, 그러한 사회 변화를 적극적으로 반영하며 초·중·고등학
교 교실에서 문화콘텐츠가 교육 내용으로 활용되는 현상은 유망 미래 산
업에 대한 고려가 교과로서도 중요한 비중을 차지해야 한다는 인식이 나
타난 결과로 보인다. 특히 고전소설 교육의 맥락에서는 고전소설의 존재
양태를 화석화된 것으로 여기지 않고 계속해서 생동하는 것으로 이야기
할 수 있는 장이 열렸다는 점에서 의의가 크다.

　사실 고전소설 자체도 넓은 의미의 문화콘텐츠에 속한다.[2] 전기를 중심
으로 한 한문 소설에서 촉발된 소설사가 17세기를 기점으로 하여 국문
소설 중심으로 전환되고, 대중적인 인기를 끈 소설이 상업적 유통의 과정
을 거치게 된 것은 '문화'와 '산업'을 중요한 두 축으로 삼는 문화콘텐츠의
개념에 고전소설도 충분히 포함될 수 있다는 근거를 제공한다.[3] 이 당시
고전소설은 집안에서, 거리에서, 궁궐에서 말과 글과 몸짓으로 향유된 문
화콘텐츠였다. 이것이 조선의 멸망과 일제강점, 급속한 근대화로 인해 오
늘날로서는 더 오래된 서사들과 별 차이가 없다는 느낌이 들 정도로 거리

2　광의의 문화콘텐츠가 '문화기호의 조합'이자 '상업화할 수 있는 재화'를 의미한다는 점(강
　　현구 외, 2005)에서 고전소설도 17세기 이후 인기를 끌며 상업화된 작품들에 대해서는
　　충분히 '문화콘텐츠'라는 이름을 붙일 수 있다.
3　이와 유사한 맥락에서 정소연도 서사 향유의 한 방식으로 온라인게임이 등장한 일을 고전
　　소설의 향유층 확대 과정과 견주어 보면서, 문학사 주체가 등장하는 현상으로서 과거와
　　현재가 연속됨을 강조하였다(정소연, 2015).

감이 느껴지는 '전통'이 된 것이다. 당대의 지지를 바탕으로 향유층을 확보하고 부가가치도 창출할 수 있는 문화콘텐츠의 특성을 생각하면, 고전소설 자체만으로는 오늘날에 문화콘텐츠라는 이름으로 불리는 것이 어색할 수 있다. 하지만 오늘날의 기술이나 오늘날의 시각에 힘입어 다양한 형태로 재탄생된 경우, 그 결과물과 함께 그 원전이 된 고전소설도 문화콘텐츠로서 불릴 수 있게 된다. 고전소설이 문화콘텐츠에 기본 내용을 제공하고, 문화콘텐츠가 고전소설의 반경을 넓혀주는 점을 고려하면 고전소설과 문화콘텐츠는 상생의 관계에 놓인다고 할 수 있겠다.

그런데 고전소설 교육에 있어 문화콘텐츠의 활용이 야기하는 우려도 적지 않다. 고전소설을 기반으로 한 문화콘텐츠는 자연스럽게 고전소설의 오리지널리티(originality)를 훼손시키게 마련이고, 복합 양식을 통해 더 감각적으로, 오늘날의 정서와 감각에 맞게 만들어진 문화콘텐츠 쪽이 학습자들에게는 더욱 선명하게 각인된다. 더욱이 텍스트에 대한 공포가 점차 심해지고 있는 젊은 세대들에게[4] 심지어 고어로 된 고전소설을 문화콘텐츠와 '중복해서' 향유하는 것은 비효율적으로 여겨진다. 초·중·고등학교 교실에서 거론되는 고전소설 텍스트들은 '정전'으로서 그 대략적인 줄거리가 널리 알려진 경우가 많으므로 새로 읽어야 할 필요성도 실감하기 어렵다. 따라서 문화콘텐츠가 고전소설에 대한 관심을 높여준다고 할 때 그 관심이 정확히 고전소설의 실체를 향한 것인가는 재고할 여지가 있다.

또한 교육적 의의를 인정받아 제재로 활용되는 고전소설만큼, 그 작품을 기반으로 한 문화콘텐츠도 교육적 의의를 지니는지 역시 관건이다. 〈춘향전〉과 〈심청전〉 등은 인물 형상이 생생하고 서사적 완결성이 높으며 그 당시의 사회문화적 상황을 잘 보여주고 개인과 사회 규범의 관계에

---

4 임홍택(2018)은 2000년대부터 인쇄된 출판물을 읽는 데 투자하는 시간이 줄어듦에 따라 젊은 세대들이 분량이 긴 텍스트를 거부하고 요약된 것이나 짧은 콘텐츠를 선호하게 되었음을 지적한다.

대한 비판적 사고를 촉진하기 때문에 문학사적으로도, 교육적으로도 높은 가치가 있는 것으로 평가받아 왔다. 그러나 그것을 기반으로 한 수많은 문화콘텐츠들 중에는 인기를 끌었다 하더라도 완성도가 낮거나 학습자의 생활 감정에 부합하지 않아 교육에 활용하기 어려운 콘텐츠들도 많다.[5] 이는 이 콘텐츠들이 애초부터 교육적 활용을 염두에 둔 것이 아니라 상업성이나 예술성을 위시하며 만들어졌기 때문이므로 활용 가능한 콘텐츠를 선택하는 작업이 불가피하다. 다만 그러한 선택에 어떤 논리를 끌어올 수 있을지가 문제이다.

이와 같은 사정으로 문화콘텐츠는 고전소설 교육의 맥락에서 적극적으로 활용되고 있지는 못한 실정이다. 고전소설이 오늘날 이렇게도 재탄생될 수 있다는 것을 보여주는 참고 자료의 역할을 주로 하며, 콘텐츠의 내용이나 고전소설과의 관계가 충실히 다루어지는 경우는 많지 않다. 하지만 문화콘텐츠의 역할을 이렇게 소극적인 것에 국한할 경우, 오히려 문화콘텐츠에 대해 느낄 수 있는 흥미까지도 축소되어 고전소설에 대한 관심이 더 옅어질 우려가 있다. 따라서 문화콘텐츠 자체의 미학에 대해서도 충실히 강조하면서 고전소설의 실상을 이해하는 데 도움을 줄 수 있는 요소를 중점적으로 다룰 필요가 있다. 또한 현실적으로 교육용 문화콘텐츠 마련이 어려운 실정이고 이를 학생들의 창작 활동으로 돌린다 하더라도 예시가 될 만한 콘텐츠는 반드시 필요하다. 따라서 양질의 문화콘텐츠를 선별할 수 있는 논리와 기준을 마련하여 활용 가능한 콘텐츠를 선정할 필요가 있다.

본고에서는 이러한 문제의식 하에 고전소설 교육에 문화콘텐츠가 어떠한 위상에서, 어떠한 역할을 할 수 있는지 검토해보고자 한다. 콘텐츠화에 즐겨 활용되는 고전소설 작품으로는 앞서 언급한 〈춘향전〉, 〈심청전〉

---

5 이러한 문제의식 하에 교육적 목적의 콘텐츠 창작 방법론을 마련해야 한다는 주장이 나오기도 했다(송팔성, 2007).

이 압도적인 비중을 차지하지만, 두 작품의 교육론은 문화콘텐츠의 도움과는 별개로 상당 부분 발전된 상태이다. 따라서 콘텐츠화를 많이 겪었으면서도 상대적으로 교육 내용이 소략한 〈홍길동전〉과 〈전우치전〉을 연구 대상으로 삼고자 한다. 두 작품은 조선시대의 영웅소설로 일컬어지고 도술로써 권력자들을 곤혹스럽게 하는 이야기를 중심에 둔다는 점에서 유사하지만, 문학사적으로 받는 평가는 사뭇 차이가 있다. 그러나 두 작품 모두 개성과 교육적 의의가 뚜렷이 존재하고 콘텐츠화에 있어서는 문학사에서와는 다른 평가가 이루어지기도 하므로 이 점에 대해서 살펴보고자 한다.

2. 〈홍길동전〉과 〈전우치전〉은 어떻게 교육되어 왔나?

2015 개정 교육과정을 기반으로 만들어진 교과서에서 〈홍길동전〉과 〈전우치전〉이 본 제재로나 보조 자료로 활용된 사례를 찾아보면, 전체적으로 〈홍길동전〉이 〈전우치전〉에 비해 훨씬 활발하게 활용되고 있음을 알 수 있다. 〈전우치전〉이 초등학교 4학년 교과서에 아동용으로 각색된 버전의 본 제재로 한 차례 수록된 데 비해,[6] 〈홍길동전〉은 초등학교부터 고등학교까지 본 제재로나 보조 자료로 꾸준히 다루어졌다. 소극적으로는 초등학교 2학년 교과서와 6학년 교과서의 대화 자료에 언급되었고[7],

---

6 초등학교 『국어활동』 4-1, 54~57쪽에 〈전우치전〉을 아동용으로 각색한 이영경의 〈신기한 그림족자〉가 수록되어 있다. 이 제재를 바탕으로 요구되는 학습 활동은 '이야기의 흐름을 생각하며 읽는 것', '뒷이야기를 상상하여 써 보는 것'이다.

7 초등학교 『국어』 2-2가, 35쪽에 문학 작품을 기반으로 한 '묻고 답하기 놀이'의 예시 대화 자료로 〈홍길동전〉이 언급된다.
초등학교 『국어』 6-1나, 185쪽에는 자신이 좋아하는 이야기와 극본을 관련지어 말해 보는 활동에서 '〈홍길동전〉을 극본으로 만들면 어떨까?'라는 말주머니와 함께 무대 위의 '홍길동'이 슬픈 표정으로 주저 앉아 "아버지를 아버지라 부르지 못하고..."라는 대사를 하는 삽화가 그려져 있다.

중학교 2학년 교과서 중 1권(미래엔)에서도 '읽고 대화하기' 단원의 대화 자료에 주요 화제로 다루어졌다.[8] 작품 일부가 수록되었지만 그 자체를 이해하는 것이 아니라 다른 성격의 학습활동을 수행하도록 보조 자료로 활용된 경우도 고등학교 국어 교과서에서 한 차례 발견된다.[9]

문학 영역에서의 본격적인 제재로 본문에서나 학습활동에 적극적으로 수록된 경우는 초등학교 6학년에서 중학교 3학년까지 두루 보인다. 대략적인 줄거리로는 초등학교 6학년 교과서의 독서 단원[10]과 중학교 2학년 교과서 1권(교학사)에 짤막하게 소개되었다. 작품 본문이 충실하게 수록된 경우는 중학교 1학년 교과서에서 가장 많이 나타났다. 중학교 1학년 교과서 3권(지학사, 비상, 천재(박))에서 각각 본문 제재 및 학습활동, 더 읽어보기의 제재로 수록되어 중요한 비중으로 다루어졌다. 이러한 사례를 중학교 2학년 교과서 1권(금성)과 중학교 3학년 교과서 1권(창비)에서도 찾아볼 수 있었으며, 모두 옛말을 아동 및 청소년용으로 현대어역한 버전임이 확인되었다.

〈홍길동전〉을 수록한 교과서들의 학습 목표로는 '작품이 창작된 사회 문화적 배경을 바탕으로 작품을 이해한다.', '갈등의 진행과 해결 과정에 유의하여 문학 작품을 감상한다.', '소설 속의 보는 이에 대하여 이해한다'가 내세워진다. 이로 인해 조선시대의 신분 제도에 대한 내용, 길동이 겪는 내적 갈등과 아버지나 사회와 겪는 외적 갈등에 대한 내용, 고전소

---

8 중학교 『국어』(미래엔) 1-1, 76~82쪽에는 한 권의 책을 읽고 모둠별로 이야기를 나누는 예시 대화에 〈홍길동전〉이 화제로 등장하고 있다. 나아가 〈홍길동전〉에 대해 쓴 독서감상문도 예시 자료로 수록되어 있다.

9 고등학교 『국어』(해냄에듀), 160쪽에 〈홍길동전〉에서 길동이 어머니의 침소에서 가출을 아뢰는 대목이 수록되어 있고, 이를 오늘날의 담화 관습에 맞게 고쳐 쓰고 과거와 오늘날의 담화 관습이 어떤 차이점을 갖는지 말해 보는 활동이 제시되었다.

10 초등학교 『국어』 6-2가, 17~18쪽의 '독서' 활동에서, 다른 책 또는 작품과 관련지어서 읽을 때의 참고 자료로 〈홍길동전〉의 줄거리가 제시되어 있고, 날개 부분에는 이와 주제가 비슷한 책을 찾아 읽는 방법이 제안되거나 〈홍길동전〉을 책으로 읽는 것과 만화나 영화로 볼 때의 차이가 무엇인지 생각해보도록 하는 도움말이 제시되어 있다.

설에 흔히 발견되는 '전지적 작가 시점'에 대한 내용이 교육 내용으로 다루어진다. 각 학습 목표와 관련하여 발췌 수록된 부분을 보면, 작품의 사회문화적 배경을 이해하는 것을 학습 목표로 삼은 교과서에서는 적절히 내용을 생략해 가며 작품 전체 내용을 제재로 수록하였지만[11] 갈등을 파악하는 것을 학습 목표로 한 교과서에서는 '호부호형'을 희망하다 꾸지람을 듣는 부분만 싣거나[12] 활빈당 활동을 시작하는 부분만 싣고 있는 모습[13]이 나타났다.

교과서 수록 및 활용 양상을 중심으로 〈홍길동전〉과 〈전우치전〉 교육 현황을 살펴보았을 때 전반적으로 성취기준에 충실한 형태의 교육이 이루어지고 있음을 알 수 있었다. 조선시대의 신분제도가 개인에게 부과하는 굴레를 설명하기에 〈홍길동전〉만큼 적절한 작품도 없거니와, 초등학생들에게 흥미를 불러일으키는 신기한 화소가 나오는 소설로 〈전우치전〉만한 작품도 없기 때문이다. 그렇지만 교육 제재는 단지 성취기준을 달성하는 수단으로서만 의미 있는 것이 아니라 그 자체가 지닌 교육적 가치를 구현해야 한다.[14] 그런 점에서 작품을 둘러싼 '사회문화적 배경'에만 〈홍길동전〉에 대한 교육 내용이 집중되는 것은 길동이 겪는 문제가 무엇이며 같은 시대를 배경으로 한 유사한 성격의 다른 작품들과는 어떤 점에서 차이가 나는지를 파악하기 어렵게 한다. 더욱이 '갈등'과 관련된 성취기준에 있어서는 국어과 교육과정과 교과서에서 다루는 '갈등' 개념이 '해결'을 목표로 하는 것임을 감안할 때 홍길동의 행동이 순응이든 일탈이든

---

11 중학교 『국어』(창비) 3-1의 경우이며, 이에 대한 학습 목표는 '작품이 창작된 사회문화적 배경을 바탕으로 작품을 이해한다.'이다.

12 중학교 『국어』(지학사) 1-1과 중학교 『국어』(비상) 1-1의 경우이며, 이에 대한 학습 목표는 '갈등의 진행과 해결과정에 유의하여 문학 작품을 감상할 수 있다.'이다.

13 중학교 『국어』(천재(박)) 1-2의 경우이며, 이에 대한 학습 목표는 '갈등의 진행과 해결 과정에 유의하여 문학 작품을 감상할 수 있다.'이다.

14 이와 관련하여 최홍원(2017)은 〈봉산탈춤〉과 〈서동요〉처럼 작품 고유의 가치를 강조하기보다는 성취기준을 위한 언어 자료로 활용됨에 따라 획일적인 접근 방식을 보이게 된 사례를 소개하였다.

개인과 사회의 원만한 화해는 어려운 상황이기에 성취기준과 제재가 적절히 연결된 것인지에 대해 의문을 품어볼 여지도 충분하다.15 '소설 속의 보는 이'에 대한 성취기준도 〈홍길동전〉에만 특화된 내용은 아니다.

〈홍길동전〉은 홍길동의 활약에 주목하면 영웅소설이지만, 그가 겪은 불우가 극복될 여지가 봉쇄되어 있었다는 점에서는 사회소설의 면모를 지닌다.16 전형적인 영웅소설의 주인공이 천상에서 적강한 인물로서 실패의 만회와 궁극적인 성공이 예비되어 있고, 그렇지 않더라도 조력자에 의해 구출받거나 교육을 받는 과정을 거치는 데 비해, 홍길동은 집안에서나 사회에서나 나라에서나 그를 구출하거나 교육시켜 줄 그 누구도 갖지 못했다. 또한 영웅들이 운명적인 힘에 이끌려 자신에게 주어진 과제를 헤쳐 나가는 모습을 보이는 것과 달리, 홍길동은 자신에게 주어지는 억압과 폭력으로부터 도망하는 과정에서 일정한 성취를 얻는 모습을 보인다. 아버지의 첩을 죽일 수는 없는데 생명의 위협은 계속될 것이 분명하니 호부호형을 허락받고도 집을 떠나는 것이고, 자신으로 인해 부형이 추궁받는 상황을 계속되게 할 수는 없는데 나라에서는 자신의 존재를 없애고자 하니 병조판서 벼슬을 제수받고도 나라를 떠나는 것이다. 율도국에서부터는 도망이 아닌 정면 승부를 통해 성취를 얻기는 하지만, 이 또한 운명적인 힘이 아니라 자신의 선택과 개척에 의한 것이라는 점에서 '상황을 통과하는 영웅소설의 주인공'17들과는 사뭇 다른 모습을 보인다.

---

15 이와 관련하여 정재림(2019)을 참고할 수 있다.

16 두 가지 성격이 공존한다고 보는 것을 넘어, 〈홍길동전〉을 영웅소설로 보면 모순이 발생하기에 '일사(逸士) 소설'로 보아야 한다고 주장한 논의도 있다(김동욱, 2016).

17 영웅소설의 주인공이 신화와는 다르게 새로운 질서를 수립하기보다는 기존의 질서를 회복하는 보수적인 성격이 강하고, '상황을 통과하는 인물'이라고 불릴 만큼 수동적인 면모를 보인다는 점이 전형적인 영웅소설의 특징으로 지적되어 왔다(한국고소설학회, 2019).
　　이런 특징에 대해 조동일은 초기 영웅소설인 〈홍길동전〉에는 신화적 인물의 속성이 남아 있어 처음부터 능력을 갖추고 있고 개인의 의지를 관철하며 새로운 질서를 수립하는 움직임을 보이지만, 이후의 〈소대성전〉, 〈조웅전〉, 〈유충렬전〉 등에는 주인공이 일상적인 존재로 바뀜에 따라 주인공이 승리할 수 있는 조건으로 초월적인 존재의 도움이 주어져야

〈홍길동전〉의 개성은 여기에 있다. 이 작품은 단순히 개인과 사회가 겪는 갈등을 나타낸 작품이기만 한 것이 아니라, '기이한 힘'을 가지고 있고 '반사회적 기질'을 가지고 있어서 경계가 되는 사람이 사회와 화합하고 싶을 때 사회는 그를 어떻게 바라보고 대우하는가를 문제 삼고 있는 작품이다. 그리고 이러한 면모는 〈홍길동전〉에서 최초로 드러난 것이 아니라, 아기장수 전설에서 모티프(motif)로서 이미 존재하고 있었던 바이기도 하다. 아기장수 전설은 평민의 집에서 태어난 아이가 겨드랑이에 날개를 달고 있었는데, 이것을 역적의 징후라고 본 부모가 이 아기를 돌로 눌러 죽였고, 아기가 죽은 자리에 용마가 나서 울다가 용소에 빠져 죽었다는 내용으로 되어 있다. 비범함을 영웅성으로 바라보던 신화의 세계관이 집단 중심의 보수적이고 패배주의적인 세계관으로 바뀌었음을 이 전설은 드러내고 있다. 나아가 다양한 변이형들이 민간 전승의 설화들로 존재하고 있고, 그 중에는 〈홍길동전〉과 상당 부분이 겹치는 이야기들도 존재한다. 길몽을 꾼 양반이 여종과 관계하여 낳았다는 정기룡 이야기[18]는 양반의 서얼로 태어난 홍길동의 인물 형상과 겹쳐지고, 국내에서는 신분적 한계와 일족의 반대로 천대를 받았으나 중국으로 가서 뛰어난 문장가가 되었다는 신청천 이야기[19]는 가족과 국가에 내몰려 떠날 수밖에

하기 때문에 그러한 모습이 나타나게 되었다고 보았다(조동일, 1977).

한편 박일용도 〈장풍운전〉, 〈소대성전〉 등의 영웅소설 유형에서 현실 특권으로부터 소외된 주인공에게 명확한 적대자가 등장하지 않음에 따라 그의 성공은 능동적인 노력을 통해 얻어지기보다는 운명적으로 만난 조력에 의해 수동적으로 이루어진다는 점을 지적하였다. 이와 달리 〈유충렬전〉, 〈이대봉전〉, 〈조웅전〉 등의 유형에서는 분명한 적대자가 상정되어 주인공에게 강력한 의지가 주어지기는 하지만, 그 대결의 구도가 실제 사회의 문제를 드러내 주는 방향이라기보다는 유교 이데올로기에 충실한가 아닌가로 단순하게 나뉘기 때문에 특별한 개성이나 문제의식을 드러내지 못한다고 보았다. 이와는 차별되는 개성과 문제의식을 지닌 영웅은 〈홍길동전〉이나 〈전우치전〉에 등장하는데, 그 이유는 두 작품이 실제 인물의 전설에 기원을 두고 있기 때문이라고 보았다(박일용, 1983).

18 〈죽은 아기장수와 용마 얻은 정기룡 장군〉 (한국정신문화연구원 편, 《구비문학대계》 7-8)

19 〈신청천의 문장〉 (한국정신문화연구원 편, 《구비문학대계》 7-6)

없었던 모습과 겹쳐진다. 이러한 유사성에 대한 비교 연구(임철호, 1996; 임철호, 1997; 유병환, 2015 등)가 활발한 것에 비해, 교육 내용으로서 이 지점이 충실히 다루어지지 않고 있는 점은 보완의 여지가 있다고 본다.

또 홍길동의 이러한 모습은 〈전우치전〉과 비교했을 때 더욱 두드러진다. 전우치도 홍길동과 비슷한 '기이한 힘'과 '반사회적 기질'을 가지고 있는 인물이다. 그러나 홍길동이 가지고 있는 신분적 굴레를 가지고 있지는 않기에 그의 행보는 홍길동이 보이는 '도피'가 아니라 '유희'의 양상으로 나타난다. 홍길동에 비해 결핍된 바가 부각되지 않고 그로 인해 욕망도 선명하지 않기 때문에 그는 그때그때 당면한 사안에 대해서 자신이 가진 신념과 판단 기준에 따라 행동할 뿐이다. 자신의 결핍이 계속해서 해소되지 않기 때문에 율도국으로 가서 욕망을 충족시킬 수밖에 없었던 홍길동과 달리 전우치는 타인의 결핍이나 욕망을 대신 해소하면서 만족을 얻는 인물이기에 〈전우치전〉은 〈홍길동전〉이 지니는 순차적이고 유기적인 구성이 아닌 에피소드적 구성 방식을 취하게 된다.[20] 각 작품의 구성 방식에 대해 서사로서의 완성도를 기준으로 평가하는 경우가 많지만, 이렇게 보면 〈전우치전〉의 에피소드적 구성은 전우치가 지닌 '기이한 힘'과 '반사회적 기질'이 유희적으로 소비되기 때문에 나타나는 것이므로 오히려 내용에 밀접하게 결부된 형식이라 할 수 있다.

이렇게 두 작품을 비교함으로써 작품의 개성을 더욱 풍부하게 파악할 수 있는데, 이는 각 작품의 결말을 이해하는 데에도 적용된다. 홍길동이 아무것도 뉘우치지 않고 율도국으로 가서야 가족이나 국가와 화해한 결말은 전우치가 화담 서경덕과의 싸움에서 패배하고 과오를 반성하며 그의 제자가 되는 결말과 견주어진다.[21] 이는 홍길동의 기이함과 반사회성

---

20 박일용은 전우치가 홍길동과 마찬가지로 현실 모순을 자각했음에도 홍길동과는 다르게 그 대결력을 환상적인 도술에서만 찾았기 때문에 총체적인 목표로 나아가지 못했다고 진단하였다. 그로 인해 각 사건들이 병렬적으로 나열되고 일대기로서 완결되지 못했다는 것이다(박일용, 1983).

이 그가 처한 '공간' 때문에 문제가 되는 데 비해 전우치의 기이함과 반사회성은 그것을 행하는 '자세' 때문에 문제가 되는 것으로 이해할 수 있다. 추방해야 하는 주인공과 교화해야 하는 주인공의 차이는 어디에서 발생하는지도 두 작품을 함께 다룸으로써 논의할 수 있는 내용이다.

현재의 교육 내용이 각 작품에 특화된 내용들로 꾸려지지 못하고 관련성이 높은 작품과 연계하여 다루는 것에도 제약이 있는 이유는 교육과정의 성취기준에 따라 교육 내용이 표준화되고 가시화되어야 하기 때문이다. 특정 제재에 걸맞게 교육 내용이 마련되는 것이 아니라 문학 일반의 특징이 교육 내용이 되고 그것을 확인하는 사례로 작품이 활용되는 구도이기 때문에 교육 제재가 되는 작품들에 대해서는 개성적인 내용보다는 일반적이고 보편적인 내용들이 조망되게 마련이다. 이는 교육과정과 교과서가 맺는 역학 관계에서 나오는 필연적인 현상이기 때문에 거시적인 개선은 쉽지 않다. 그러나 학습자의 수준이나 수업 여건에 따라 교과서 및 제재, 학습 활동을 재구성함으로써 성취기준을 만족시키면서 해당 작품의 개성을 밀도 있게 다루는 것은 가능하다. 그럼으로써 초등학교 4학년 제재로, 신비한 이야기로만 다루어진 〈전우치전〉에 대한 교육 내용도 정교화가 가능할 것이다. 초등학생의 흥미를 자극하는 이야기로서만 아니라, 〈홍길동전〉이 제기하고 답한 문제에 대해 또 다른 응답을 내놓는 이야기로서 중학교나 고등학교에서도 활용할 수 있다는 것이다. 그리고 이때의 교육 내용에 대해 인지적으로나 정서적으로나 진입장벽을 낮추어 주는 역할을 각 작품을 기반으로 한 문화콘텐츠가 담당할 수 있다.

---

21 각 작품의 결말은 이본에 따라 차이가 있으나, 여기서는 대표적인 이본의 결말에 초점을 두고 논의하고자 한다. 〈홍길동전〉의 경우 7종의 경판계열 방각본 중 가장 선행하여 다른 경판계열 이본에 영향을 미친 것으로 평가되는 경판 30장본을 중심으로 논의하고자 한다(이윤석, 2014: 141). 〈전우치전〉의 경우 국문 필사본 중 일사본과 활자본 중 신문관본으로 계승된 경판 37장본이 가장 대표성을 지니는 이본이라고 판단하여 이를 중심으로 논의하되, 세부 차이에 대해 언급하는 부분에서는 다른 이본도 활용하고자 한다.

3. 문화콘텐츠를 활용한 고전소설 교육은 어떠한 방향으로 진행될 수 있나?

현재의 고전소설 교육에서는 작품의 개성을 파악하기보다는 문학 일반의 특징을 작품을 통해 확인하는 것이 중심이 되고 있어 개별 작품에 대한 이해를 심화시키는 데에는 부족함이 있음을 2장에서 보았다. 개별 작품을 다각도로 파악하는 활동이 없이는 정전으로 계승되어 그에 대한 고정관념을 벗기가 힘든 고전소설에 대해 비판적이고 메타적으로 조망하는 것이 쉽지 않다. 이를 독려하기 위해서는 작품으로부터 문제의식을 추출할 수 있게 해 주고, 보다 현대적인 맥락에서 해당 문제의식에 대한 응답을 고민할 수 있게 해 주는 문화콘텐츠를 활용할 필요가 있다. 이에 각 작품의 교육에 활용할 만한 두 가지 문화콘텐츠를 제시하고, 이를 접목했을 때 어떠한 교육적 의의가 나타나는지 살펴보겠다.

1) 드라마 〈역적: 백성을 훔친 도적〉을 통한 〈홍길동전〉 교육의 방향

〈홍길동전〉의 현대적 변용 및 콘텐츠화 사례를 보면 소설, 영화 및 애니메이션, 드라마, 게임, 축제 등 다양한 형식으로 재탄생해 왔으며 그 수도 적지 않아 이 이야기가 오래도록 생명력을 유지해 왔음을 알 수 있다.[22] 많은 수의 〈홍길동전〉이 기본 포맷인 서자 홍길동, 의적 홍길동의 이미지를 유지하면서 홍길동이 지닌 서자로서의 불우와 의적으로서의 활약을 강조하고 있다. 그런데 이 중 2017년 방영된 〈역적: 백성을 훔친 도적〉에서 홍길동의 인물 설정이나 그가 겪어나가는 사건이 소설과는 다

---

22 근대소설로 4편, 영화 및 애니메이션으로 12편, TV 드라마로 4편이 콘텐츠화되었고 (권순긍, 2019) 게임, 만화, 마당놀이, 뮤지컬, 웹툰, 축제 및 테마파크로도 콘텐츠화 된 바 있다(정혜경, 2018: 61-62).

르게 구성되어 있어 주목을 요한다.[23]

〈역적: 백성을 훔친 도적〉은 2017년 1월 30일부터 5월 16일까지 MBC
에서 방영된 드라마로, 최고 시청률은 마지막회에서 거둔 14.4%였다. 연
말 시상식에서 '올해의 드라마상'과 '올해의 작가상'을 시상하였으며, 극
중 길동의 아버지 '아모개'로 출연한 배우 김상중이 '연기대상'을 수상하
기도 했다. 이 드라마는 〈홍길동전〉이 아닌 실존 인물 홍길동의 삶을 상
상적으로 재구하겠다는 기획 하에 우리가 알고 있는 고전소설 속 홍길동
의 이미지를 극중 홍길동에게 주어지는 오해로 처리한다.[24] 그러나 〈홍길
동전〉이 지니는 문제의식, 즉 '기이한 힘'과 '반사회적 기질'을 가진 인
물에 대해 사회는 어떠한 태도를 보이며 이에 인물은 어떻게 맞서는가
하는 점을 명료하고 충실하게 다루면서도 오늘날의 문제를 상기시키는
방향으로 확장하고 있어 〈홍길동전〉의 이해를 심화시키는 데 도움을
준다.

우선 이 드라마는 홍길동의 인물 형상에 '아기장수' 전설의 모티프를
부여하고 있다. 주지하듯이 아기장수 전설은 겨드랑이에 날개를 달고 태
어난 기이한 아기가 가문에 화를 입힐 것을 두려워한 부모에 의해 죽임을
당하는 비극적인 내용으로 되어 있다. 신화에서는 이러한 특별한 자질이
영웅적인 것으로 판단되고 공동체의 우두머리가 되는 운명의 징표로 활
용되지만, 전설에서 이러한 자질은 경계와 금기의 대상이 된다. 〈역적:
백성을 훔친 도적〉에서도 날개를 가지고 태어난 것은 아니지만 괴력을
가지고 태어난 길동의 모습이 '아기장수'로서 명명된다. 그리고 이는 숨겨
야 할 자질로 판단된다. 길동이 아버지인 노비 아모개에게서 남들에게

---

23 해당 드라마에 대한 연구로 정주연(2018)과 이아영(2019)이 있다.
24 1화에서 연산군이 홍길동에게 '멸족당한 고려 왕족의 후손' 혹은 '판서 가문의 서자로
   태어나 호부호형을 못 하는 울분 때문에 들고 일어난 사람'이라 들었다고 말하는 장면이
   있다. 여기서 고전소설 〈홍길동전〉의 내용은 홍길동에게 주어지는 추측 중 하나로 언급될
   뿐, 콘텐츠화를 충실히 거쳐야 하는 대상으로 여겨지지는 않는다.

힘을 보여주면 안 된다는 점을 단단히 당부받거나, 괴력을 들키면 죽임을 당할까 봐 길동이 쓴 힘을 자신이 썼다고 말하고 대신 잡혀 들어가는 아모개의 모습에서 이를 알 수 있다. 물론 아기장수 전설의 비정한 부모가 아닌, 자신에게도 존재하는 아기장수의 운명이 자식에게도 물려졌다는 죄책감을 가지고 자식을 보호하려 고군분투하는 부모의 형상으로 탈바꿈 되었지만, '기이한 힘'을 가진 자가 세상에 위협이 된다는 시각을 보여준 점은 전설의 세계관과 다르지 않다.

또한 길동이 키워나가는 '반사회적 기질'에 대한 설정과 이에 대한 사회의 반응도 〈홍길동전〉의 그것을 계승하면서도 확장하고 있어 주목된다. 〈홍길동전〉에 나타난 길동의 반사회적 기질은 자신의 신분적 굴레에 순응해서는 달성할 수 없는 입신양명의 욕망에서 기인한다. 여기에 길동이 지닌 '기이한 힘'이 보태지니 길동은 제어할 수 없는 존재, 가문과 사회에 근심이 되는 존재가 된 것이다. 〈역적: 백성을 훔친 도적〉에서는 이 모습이 '아모개'와 '길동' 캐릭터에 나누어져 나타난다. '기이한 힘'도 두 캐릭터가 공유하고 있는 것이지만, 신분적 굴레에 순응해서는 달성할 수 없는 욕망을 지닌 것도 두 캐릭터의 공통점이다.

아모개의 경우 조참봉의 집에 들어 사는 '씨종'이지만, 자신의 비참한 처지를 조금이나마 개선하려 애쓰는 인물이다. 주인집에 공물을 많이 내더라도 조금의 자유나마 확보할 수 있는 외거 노비가 되고 싶어 하고, 아들이 지닌 힘을 들키지 않기 위해서 그 욕망을 더 적극적으로 실현하고자 한다. 나아가 가족이 뿔뿔이 흩어질 수 있다는 불안감을 느끼며 면천(免賤)을 위한 자금을 마련하기도 한다. 주인에게 자식도 재산도 귀속되는 노비의 신분적 굴레를 감안할 때 아모개의 행동은 이에 대한 큰 위반이라 할 수 있다. 심지어 자신의 아내를 죽게 만든 복수를 위해 조참봉을 죽이고 '익화리'라는 곳으로 떠나 그곳의 세력가가 되는데, 신분적 굴레를 안 겨주던 '집'이라는 공간에서 떠나 더 큰 공동체 안에서 일정한 권력을 확보하게 되는 과정은 〈홍길동전〉에서 길동이 취한 여정과 흡사하다.

길동의 경우 자신이 지닌 아기장수의 모습이 가족에게 위협이 될 수 있음을 알고 힘을 쓰지 않다가, 아버지나 동생을 구하기 위한 상황에서만 힘을 발휘하는 것에서 〈홍길동전〉에서 길동이 보인 가족애와 닮은 모습이 나타난다. 물론 〈홍길동전〉에서 길동은 아버지에 대한 효와 형에 대한 우애를 일방적으로 표출하고 그들로부터 일정한 보답을 받지는 못하는데 비해, 〈역적: 백성을 훔친 도적〉은 길동이 부모 형제들과 끈끈한 관계를 맺고 있다는 차이점이 있다. 또한 〈홍길동전〉의 길동이 사대부가의 후손이면서도 노비라는 이중적 성격 때문에 괴로워하고 있고 사대부로서의 성공을 욕망하는 데 비해, 〈역적: 백성을 훔친 도적〉에서는 귀한 신분에 대한 개인적 욕망보다는 가족 회복의 욕망이 핵심이 되고, 극의 후반부에서는 백성이 고초를 겪지 않는 공동체에 대한 욕망이 핵심이 된다. 이러한 차이는 〈홍길동전〉의 개성을 지우는 것으로 보이나, 한편으로는 신분의 굴레가 인간의 아주 기본적인 행복조차 누릴 수 없게 만든다는 점을 구체적으로 폭로하기에 〈홍길동전〉의 길동이 행동할 수밖에 없었던 이유를 생생하게 이해하는 데 도움을 준다. 또한 길동이 의적 활동을 하는 명분에 대해서도 개인적인 욕망이 아니라 사회를 위한 욕망으로 규정함으로써, 〈홍길동전〉에서 길동이 펼치는 율도국에서의 정치가 조선 사회의 그것을 답습하는 형태가 아니었으리라는 점을 상상할 수 있게 해준다.

〈역적: 백성을 훔친 도적〉은 〈홍길동전〉의 '사회문화적 배경'에 대해서도 보다 첨예한 이해를 가능케 하는 이점이 있고, 고전소설 전반에 대한 관심을 불러 일으키는 의의도 있다. 사실 실존 인물 홍길동이 연산군 때 활약했다는 기록[25]이 있음에도 작중에는 이 당시의 정치적 상황에 대한

---

25 《조선왕조실록》에 보이는 홍길동 관련 기록은 『연산군일기』 39권, 연산 6년 10월 22일 계묘 두 번째 기사에서 처음 등장한다. 그 내용은 다음과 같다.

언급은 빠져 있다. 이 때문에 우리는 〈홍길동전〉을 읽을 때 특별히 어느 시대의 문제라는 것을 염두에 두기보다는 조선시대 전반에 나타난 신분 제도의 모순을 들추는 것으로 이해해 왔다. 하지만 소설에서는 굳이 들추지 않는 정치적 모순을 실존 인물 홍길동에 대한 기록을 재구한 드라마를 통해 포착하게 됨으로써 그와 같은 인물이 활약할 수밖에 없는 시대 상황은 어떠했는지를 한층 구체적으로 실감할 수 있다. 〈역적: 백성을 훔친 도적〉은 연산군 때의 정치적 상황을 염두에 두고 왕과 길동의 대립을 훨씬 첨예하게 그리고 있기 때문에 〈홍길동전〉에서는 '도피'로서 해결된 길동과 사회의 갈등을 정면에서 살필 수 있는 기회를 준다. 또한 〈역적: 백성을 훔친 도적〉에서는 길동이 역적으로서 연산군을 벌하는 결말이 나오는데, 이는 2017년 당시 우리나라의 정치 상황과 결부되어 주목을 받기도 했다. 이렇게 드라마에 구체적으로 부여된 사회문화적 배경이 왜 원전에는 두드러지지 않았을지를 생각하면서 작품 창작의 상황에 대해 추측할 수 있고, 소설과는 차이가 있는 결말이 나타난 이유에 대해 검토하면서 작품에 나타난 사회문화적 배경과 오늘날의 사회문화적 배경을 상호 교섭적으로 이해하는 계기가 마련된다.

또 〈역적: 백성을 훔친 도적〉은 여러 고전소설의 인물들을 직접 언급하거나 모티프로 삼고 있다는 점에서 고전소설 전반에 대한 관심을 환기하는 교육적 의의도 있다. 다른 고전소설은 물론 현대 문화콘텐츠에서도 활발하게 활용되는 '아기장수' 전설 모티프를 활용한 것도 그러하지만, 〈춘향전〉의 '춘향'과 '변학도', 〈장화홍련전〉의 '장화'와 '홍련', 〈심청전〉

"영의정 한치형(韓致亨)·좌의정 성준(成俊)·우의정 이극균(李克均)이 아뢰기를, "듣건대, 강도 홍길동(洪吉同)을 잡았다 하니 기쁨을 견딜 수 없습니다. 백성을 위하여 해독을 제거하는 일이 이보다 큰 것이 없으니, 청컨대 이 시기에 그 무리들을 다 잡도록 하소서."하니, 그대로 좋았다. (領議政韓致亨, 左議政成俊, 右議政李克均啓: "聞, 捕得强盜洪吉同, 不勝欣抃. 爲民除害, 莫大於此. 請於此時窮捕其黨." 從之。)"
국사편찬위원회, 《조선왕조실록》 (http://sillok.history.go.kr/id/kja_10610022_002) 참고.

의 '심청'을 짧게 등장하는 인물로 출연시킨 것도 주목할 만하다.[26] 이는 고전소설에 대한 시청자들의 문화적 리터러시(cultural literacy)를 자극하고 이 인물들이 오늘날까지 생명력 있는 캐릭터임을 환기하는 역할을 한다.

문화콘텐츠를 동원한 〈홍길동전〉 교육은 다소 생소해 보일 수 있으나, 현재 교과서에서 조금씩 시도되고 있는 일이기도 하다. 〈홍길동전〉의 대략적인 줄거리가 수록된 중학교 2학년 교학사 교과서에서 고전소설 〈홍길동전〉 대신 이를 현대적으로 재구성한 희곡인 홍석환의 〈신홍길동전〉을 본 제재로 제시하고 있어 주목된다. 이 교과서의 대단원명은 '새롭게 생각하기'이고, 소단원명은 '원작과 비교하며 감상하기'이며, 학습 목표는 '재구성된 작품을 원작과 비교하여 감상할 수 있다.'이기에, 고전소설의 현대적 변용 양상을 확인하는 기회를 제공한다. 전반적인 내용은 〈홍길동전〉의 내용을 크게 바꾸지 않았지만, '인형'과 대련을 하면서 자신의 신분적 굴레를 절감하는 부분과 '초란'이 자신의 계략을 '홍판서'에게 직접 이야기하는 부분이 추가되어 인물의 심리와 갈등이 가시적으로 드러나게끔 연출한 부분이 눈에 띈다. 희곡과 함께 전통 의상과 현대적 의상이 접목된 의상을 입고 있는 배우들의 사진도 수록되어 있고, 인물들의 감정이 노래로 표현되는 부분도 확인할 수 있어 '문화콘텐츠'로 재탄생한 〈홍길동전〉의 모습이 비교적 생생하게 확인된다.

또한 수록된 부분 중 '들어가는 마당'에는 "홍길동 하면 활빈당"이나 "우리 길동이"와 같은 대사가 나와 〈홍길동전〉이 사람들이 익히 알고 있는 작품이라는 점이나 주인공 홍길동이 우리에게 친숙한 인물이라는 점을 일깨우는 역할도 하고 있다. 이는 고전소설에 대한 지식이 일종의 문화적 리터러시임을 암시하는 부분이며, 〈홍길동전〉을 매개로 예와 지금

---

26 19화에서 변학도가 춘향에게 수청을 강요하는 상황에서 길동의 무리가 '암행어사 출두'를 외치며 나타난다거나, 길동이 장화, 홍련의 부모를 꿇어 앉히고 화를 낸다거나, 심청을 인당수 제물로 바치려 한 무리들에게 기합을 주며 '인당수 물에 산 제물 바치지 않는다'를 복창하게 하는 장면이 등장한다.

이, 또 지금의 사람들이 하나의 공동체로 묶이게 됨을 보여준다. 앞서 살폈듯 〈역적: 백성을 훔친 도적〉 또한 〈신홍길동전〉의 사례처럼 대본 일부를 교과서에 수록하거나 교사 차원의 교재 재구성 차원에서 제재로 활용된다면 〈홍길동전〉이 지니는 문화콘텐츠 원천 소스로서의 가능성을 십분 발휘하여 풍부한 교육 내용을 마련할 수 있을 것으로 기대한다.

2) 영화 〈전우치〉를 통한 〈전우치전〉 교육의 방향

2009년 12월에 개봉했지만 아직까지도 성공적인 고전소설의 콘텐츠화 사례로 거론되는 영화 〈전우치〉는 문학사에서나 교육 제재로서나 특별히 주목받지 못했던 〈전우치전〉에 대해서 많은 관심을 불러일으켰다. 각각 〈춘향전〉과 〈방자전〉을 콘텐츠화한 〈장화, 홍련〉(2003)이나 〈방자전〉(2010)도 상업적으로 큰 성공을 거두었지만, 〈전우치〉는 그보다 두 배나 많은 600만여 명의 관객을 모았다. 비교적 오래된 데다 흥행한 작품이기에 영화 〈전우치〉에 대한 연구사는 앞서 살핀 드라마 〈역적: 백성을 훔친 도적〉에 비해 충분히 축적된 편이다(조도현, 2010; 이종호, 2010; 신원선, 2010; 조해진, 2011; 김영학, 이용욱, 2012; 이민호, 이효인, 2013; 현승훈, 2013; 진수미, 2017; 정제호, 2018 등). 이들 연구를 통해서는 인물이나 서사 구조, 세계관을 원전과 비교하거나, 영화로서의 영상 미학에 대해 분석하거나, 감독의 작품 세계를 설명하는 작업이 이루어졌다.

연구사에서 시사하는 바는 영화 〈전우치〉가 지금까지 시도되지 않은 〈전우치전〉의 영화화라는 점에서 주목할 만하며, 외국의 슈퍼히어로물이 영웅 서사의 전형이 되어 가고 있는 상황에서 동양 사상을 기반으로 한 친근한 영웅을 내세워 신선함을 불러일으킨 의의가 있다는 점이다.[27] 일

---

27 김영학, 이용욱(2012)에서는 같은 시기에 개봉한 영화 〈아바타〉와 비교하면서 〈전우치〉에 드러난 동양적 세계관을 바탕으로 이 영화가 지니는 판타지 영화로서의 특성을 분석하였다.

반적인 슈퍼히어로물이 그러하듯 3막 구조를 계승하면서도, 동서양의 기호를 충돌하고 융합하는 즐거움을 선사한 점도 이 영화의 성취로 꼽을 수 있다. 물론 일정한 정도의 한계를 보여주기는 하나, 원전의 에피소드적 플롯을 일관된 방향으로 이끌기 위한 시도를 보여준 점도 눈여겨볼 만하다.[28] 이는 원전의 한계로 거론된 것을 콘텐츠가 보완하려 한 시도이기에, 콘텐츠화가 감당할 수 있는 범위가 어디까지이며 어떠한 방법일 때 유효한지를 고찰케 한다. 나아가 콘텐츠화의 기조와 방법론을 정립하는 데도 기여한다.

사실 〈전우치전〉은 교육 제재로서의 전범성과 보편성에 대해 문제 삼아지는 텍스트이다(서유경, 2008). 작중 인물에 대해 파편적인 인상만 남기는 미숙한 구성이기에, 〈홍길동전〉과 비교할 때 질적 완성도가 낮다는 평가도 받아 왔다.[29] 결핍과 욕망이 선명한 홍길동에 비해 전우치는 '왜' 이러한 행동을 하는지에 대한 설득이 작품 속에서 충분히 이루어지지 않았다는 것이 그 이유이다. 하지만 한편으로는 다양한 신분과 처지의 등장인물과 관계를 맺으며 사회의 부패상을 들추고 그에 대한 징치를 보여준다는 점에서 〈전우치전〉의 에피소드적 구성 방식은 그 나름의 미학을 가진다고 판단할 수 있다. 교육 제재로 활용될 때에는 이 점이 오히려 이점일 수 있는데, 앞뒤의 유기성을 특별히 고려하지 않고 일부만 발췌하더라도 작품 이해에 크게 방해가 되지 않기 때문이다. 이를테면 초등학교 4학

---

28 현승훈(2013)은 고전소설 〈전우치전〉과 영화 〈전우치〉의 시퀀스를 비교하면서, 영화 〈전우치〉가 원전의 에피소드적 플롯을 일관된 방향으로 이끌기 위해서 조연들의 서브플롯을 보강하는 양상을 보인다고 분석하였다. 다만 이러한 시도가 주인공 영웅에 대한 주목을 조연들에게 분산시키게 되는 문제가 있고, 영웅 스스로의 힘이 아닌 데우스 엑스 마키나와 같은 외부적 힘에 의해 문제를 해결하게 만든다는 점에서 한계가 존재한다고 보았다.
29 김일렬(1974)은 〈홍길동전〉이 한 인물의 일대기로 구성된 전기체의 작품이지만 〈전우치전〉은 여러 개의 독립된 에피소드로 구성된 작품임을 지적하였다. 이러한 면모는 작품의 비유기성으로 진단되었으며, 비유기적 삽화를 연결하는 것은 특별한 사회적 문제의식 없이 행해지는 전우치의 '도술'이기에 그를 영웅으로 보기 힘들다는 평가로도 이어지게 되었다. 문헌 설화에 나타난 전우치의 민중영웅적 모습이 오히려 소설에서는 제대로 다루어지지 않았다는 것이다(안창수, 2011).

년 제재로 활용된 〈전우치전〉에는 그림 족자를 통해 시공간을 넘나드는 기이한 모습만 다루고 있지만, 원전이 에피소드적 구성 방식을 취하고 있고 이 부분의 핵심도 전우치의 기이하고 신비한 도술 자체이기 때문에 그것을 즐기는 데에는 큰 문제가 없다.

그런데 여기서 더 나아가 〈전우치전〉의 교육적 의의를 〈홍길동전〉과 결부하여 확보하는 것도 가능하다. 일찍이 〈전우치전〉이 〈홍길동전〉보다 더 심화된 정치의식을 보여준다는 조동일(1980, 122쪽)의 진단도 있었고, 서유경(2008)이 보여주었듯 〈전우치전〉을 당대의 이야기 향유 방식과 향유층의 소망을 보여주는 결과물로 본다면 그 교육적 가치가 부족하다고 말할 수 없다. 그리고 〈전우치전〉 또한 〈홍길동전〉과 마찬가지로 '기이한 힘'과 '반사회적 기질'을 지닌 주인공을 내세우고 있기 때문에 〈홍길동전〉과 결부된 제재로 다룸으로써 그 교육적 의의를 확장시킬 수 있는 여지가 있다. 2장에서 전우치가 자신의 힘을 특별한 욕망 때문이 아니라 타인을 돕거나 골리는 목적에서 사용하면서 세상을 유희하는 특징이 있다고 하였다. 그리고 그러던 과정에서 전우치가 세상에 대해 지닌 오만한 태도가 문제가 되어 이를 꾸짖고 다스리는 결말이 나타났다고 했다. 이는 반사회적 기질이 사회에 받아들여지느냐 아니냐를 문제 삼기보다는 그러한 기질이 바르게 사용될 수 있도록 수행하는 태도가 중요하다는 메시지를 던진다. 전우치와 같은 '트릭스터(trickster)'에 대한 부정적인 시선을 바탕으로 그를 교화해야 한다는 입장이 나타나고 있는 것이다.

영화 〈전우치〉는 이에 대해서 색다른 접근을 보여주고 있어 주목된다. 크게 구성과 인물 면에서 살펴볼 수 있는 소설에서 영화로의 변화는, 앞서 언급한 '기이한 힘'과 '반사회적 기질'이라는 화두에 대한 심층적인 고찰을 가능케 한다는 점에서 교육적 의의가 있다. 우선 구성의 변화를 보면, 영화 〈전우치〉에는 고전소설 〈전우치전〉에는 등장하지 않는 인물과 소재를 다양하게 등장시킴으로써 인물에게 분명한 목적의식을 부여한 점이 눈에 띈다. 그 중 가장 중요한 인물 및 소재로 손꼽을 수 있는 것이 《삼국유사》에 등장하는 '표훈대덕'과 '만파식적'이다.

'표훈대덕'은 경덕왕 때의 도력 높은 승려로, 경덕왕이 자식의 성별을 바꿔 달라고 부탁하자 하늘에 왕래하여 그 부탁을 들어준 인물이다. 하지만 왕의 부탁 때문에 너무 자주 왕래하자 옥황상제가 더 이상 신라에 성인을 태어나지 않게 했다는 이야기가 전해진다.[30] '만파식적'은 신문왕 때 바다 용의 권유를 받아 만든 피리로, 이 피리를 불면 적병이 물러가고 질병이 낫고 가물 때 비가 오고 비 올 때는 비가 그치고 바람이 가라앉고 물결이 평온해진다는 이야기가 전해진다.[31] 둘은 서로 다른 시기의 인물과 사물이지만 영화 〈전우치〉에서는 이것을 결합하여 '표훈대덕이 만파식적을 이용해 요괴를 진압했으나 요괴들이 풀려나서 자취를 감춘 상황'을 문제로 설정하였다. 이렇게 요괴를 진압해야 한다는 커다란 과제가 설정됨으로써 고전소설의 에피소드적 구성은 유기적인 구성으로 탈바꿈하게 된다. 이러한 변화 양상을 토대로 〈전우치전〉의 에피소드적 구성과 영화 〈전우치〉의 유기적 구성 사이에는 어떠한 요건이 존재하는지 탐구할 수 있다. 인물에게 주어지는 과제가 충분히 크고 중요할 때, 그것을 달성할 만한 욕망이 인물에게 설득력 있게 부여될 때 구성에 유기성이 부여된다는 점을 파악할 수 있다는 것이다.

구성 방식의 변화에서 미루어 보면 인물에게 분명한 목적과 욕망이 생겼으므로 그의 행동에도 진지성이 더해질 것으로 예상할 수 있다. 그러나 영화 〈전우치〉에서 전우치가 보여주는 인물 형상은 소설에서 크게 달라지지 않았다. 선관으로 둔갑해 임금을 속여 황금 대들보를 바치게 하는 전우치의 모습은 소설과 큰 차이 없이 그대로 드러나며, 해당 시퀀스는

---

30 《삼국유사》 기이(紀異) 제2 경덕왕·충담사·표훈대덕 조(일연, 장백일 역해, 2002: 125-126).
31 《삼국유사》 기이(紀異) 제2 만파식적 조(일연, 장백일 역해, 2002: 112-114).

'궁중악사'라는 재기발랄한 배경음악과 함께 어우러져 전우치의 악동과 같은 모습을 한층 강조한다. 오히려 유희적인 성격이 더 극대화되는 모습도 있다. 족자를 통해 시공간을 넘나드는 모습은 소설에서는 딱한 사람을 구제하거나 욕심이 많은 이를 징치하는 수단으로 사용되었는데, 영화에서는 전우치가 봉인되었다가 현대로 소환되는 장면, 싸움에서 패배한 '화담'이 봉인되는 장면, 마지막에 전우치가 '인경'과 '초랭이'와 함께 바다로 이동하는 장면 등에 나타나 봉인과 소환의 수단으로, 또 시공간을 넘나드는 유희의 수단으로 사용된 것을 알 수 있다.

구성이 달라졌음에도 전우치의 인물 형상이 진지해지지 않은 이유는 무엇인가? 그 이유는 이 영화에 주어진 커다란 과제를 해결하는 데 있어 핵심적인 역할을 전우치가 아닌 표훈대덕이 수행한 데서 찾을 수 있다. 현승훈의 진단처럼 이는 주인공 스스로의 힘으로서 과제를 해결하지 못한 '데우스 엑스 마키나(deus ex machina)'적인 해결로 볼 여지가 다분하다 (현승훈, 2013, 138쪽). 또한 화담 서경덕에 의해 자신의 오만을 뉘우치는 소설의 결말과 비교해 볼 때, 반사회적 기질을 다스리는 의도도 소거된 것처럼 보이기도 한다.

그렇지만 영화 속에서 줄곧 존재가 숨겨져 있던 표훈대덕이 알고 보니 전우치가 보호할 대상이라고 생각했던 '인경'이었고 그녀가 전우치를 대신하여 악을 물리쳤다는 점을 생각하면 고전소설 〈전우치전〉에서 서경덕이 담당했던 '일깨우기'의 역할을 영화에서는 표훈대덕이자 인경이 수행했다는 분석이 가능하다. 영화에서 500년 전에는 전우치가 보쌈하려 했던 과부였고, 500년이 흐른 현재는 배우를 지망하는 스타일리스트인 인경은 전우치가 사랑을 느끼는 대상이며 적수인 화담 측에게 전우치의 약점으로 이용되기도 한 인물이다. 그런 인물이 모든 해결의 실마리였다는 반전은, 유기적 구성에서 부여된 과제를 수행하는 가운데에서도 전우치가 모든 상황을 통제할 만큼 대단해지지는 않게 만들며, 전우치 스스로에게 자기 능력 너머의 일이 존재한다는 깨달음을 얻게 한다. 자기보다 더 큰 존재가 있기에 오만에 빠지지 않아야 한다는 깨달음은 상술하였듯 소설에서 전달하는 중요한 메시지였고, 이러한 메시지가 영화에서도 유지됨으로써 유기적 구성과 유희적 속성의 인물 형상이 공존하게 된 것이다.

홍길동과 마찬가지로 전우치도 중종 때의 실존 인물로, 각종 문헌 설화에서 때로는 민중 영웅으로서의 자질을 갖춘 인물로, 때로는 패륜적인 범법자로 그려진다(이종필, 2015). 이러한 양가성이 〈전우치전〉의 여러 이본에 영향을 미쳤을 것으로 보인다. 일사본 계통에는 전우치의 도술이 선한 가치를 실현하는 것 같다가도 수절 과부를 훼절시키는 계략으로 이용되는 등 일관된 가치를 지향하고 있지 않아서 그의 도술이 개인의 만족을 위해 실행됨을 알 수 있게 한다(조혜란, 2003). 그러다가 신문관본에 와서는 전우치의 영웅적이고 사회 비판적인 모습이 조금 더 강조된다. 일사본 계통에 있는 여우를 통한 도술 습득 경위가 사라진 대신 도력 높은 스승에게서 도술을 배우는 것으로 나타나며, 백성들의 참혹한 형상과 벼슬아치의 탐욕을 보고서 세상에 나아간 것으로 되어 있다. 또 수절 과부를 납치하는 일에 대해 옳지 않다며 전우치를 꾸짖는 거지를 등장시키고, 서경덕도 전우치가 옳은 일을 해 온 것을 인정하면서도 사특한 일로 화를 입을 것을 경계하며 정대한 도리를 궁구하자고 제안한다.[32] 이렇게 신문관본에는 기이한 힘과 반사회적 기질을 가진 이에게 개인 수행의 도를 일깨우는 교화가 필요하다는 당대 사대부들의 의식이 함께 반영되어 있다.

영화 〈전우치〉도 때로는 현실에서 사람들과 공존하고, 때로는 족자를 통해 다른 시공간으로 이동하는 전우치의 모습을 통해 이 세계의 논리대

---

32 "네 여러 가지 슐법을 가지고 반드시 올흔 일을 위하여 힝하니 긔특하나 사특홈은 맛춤니 졍대홈이 아니오 반드시 웃길이 잇나니 오리 이로써 셰상에 돈니면 필경 파측흔 화를 닙을지라 일즉 광명흔 셰샹에 도라와 졍대흔 도리를 궁구홈이 올치 아니흐뇨" (신문관본, 60-61면)

로 살지 않는 이인(異人)의 모습을 충실히 드러내었다. 그리고 이 이인이 어떠한 태도를 지녀야 하는가를 드러냈다는 점에서 고전소설의 메시지가 계승되고 부각된 면모를 찾아볼 수 있다. 영화 속 전우치는 부적이 없으면 힘을 쓰지 못하던 서툴고 오만한 도인이었지만 요괴 소탕의 과제에 임하게 되면서 점차 성장하게 된다. 이는 표훈대덕에게 구조되는 장면과 결부되어, 완벽하진 않지만 상당히 발전된 전우치의 실력, 그리고 배우가 된 인경의 매니저를 자처할 만큼 겸손해진 그의 태도로 갈무리된다. 기이한 힘과 반사회적 기질을 가진 주인공이 그가 처한 사회에서 다른 이들과 공존할 수 있는 조건이 성장과 성숙에 있음을 영화 〈전우치〉에서는 이야기하고 있는 것이다.

4. 나가며

지금까지 드라마 〈역적: 백성을 훔친 도적〉과 영화 〈전우치〉가 기반이 된 고전소설의 특징을 계승 및 변형하면서도 그것이 지니는 핵심 메시지를 더욱 명료하게 드러내는 방식으로 콘텐츠화되었음을 살펴보았다. 이를 통해 작품에 대한 기존의 소략한 교육 내용을 문화콘텐츠를 통해 확장할 수 있는 가능성을 검토하였다. 〈홍길동전〉은 조선 사회에 존재하는 채로는 화해할 수 없는 반사회적 기질을 문제 삼은 작품인데, 〈역적: 백성을 훔친 도적〉에서는 이 점을 보다 첨예하게 드러내며 '역모'라는 반사회적 행동으로 사회 모순을 해결할 가능성에 대해 탐색하였다. 〈전우치전〉은 기이한 힘과 반사회적 기질이 유희되는 모습을 그리면서도 그것이 개인 수행의 차원에서 성숙되어야 한다는 메시지를 드러내므로 〈홍길동전〉과 함께 교육될 때 그 효과가 배가되는 작품이다. 영화 〈전우치〉는 원전을 상당히 복잡하고 다채롭게 변형하여 흥미로운 볼거리를 제공하면서도 원전이 지니는 메시지를 충실히 계승하고 부각하는 면모를 보여주었다.

〈역적: 백성을 훔친 도적〉과 〈전우치〉는 기반이 되는 작품 외에도 다른 설화나 소설을 환기시키는 장치를 추가하여 문화적 리터러시로서 고전문학의 가능성을 보여주는 역할도 하였다. 나아가 〈역적: 백성을 훔친 도적〉의 OST와 〈전우치〉의 OST는 현대 음악에 전통을 접목시킨 성공 사례로도 거론되고 있기에 이 또한 주목해 볼 만하다.[33] 이렇게 문화콘텐츠가 고전소설 교육에 어떠한 도움을 줄 수 있으며, 고전소설에 대한 앎이 문화콘텐츠의 생산과 창작에 어떤 도움을 줄 수 있는지를 가늠하는 것은 문화콘텐츠가 산업으로서뿐만이 아니라 교과 내용으로서도 충분한 가치가 있음을 입증하는 하나의 방식이 될 수 있다. 고전소설과 문화콘텐츠를 조화시킨 구체적인 교수·학습 방법에 대한 논의와 다른 작품에 대한 교육론을 문화콘텐츠와 결부시켜 내어놓는 작업은 추후의 과제로 남겨둔다.*

---

33 드라마 〈역적: 백성을 훔친 도적〉의 OST 중에는 안예은의 〈홍연〉과 〈상사화〉가 특히 호평을 받았다. 각각 월하노인과 상사화(相思花)로부터 모티프를 가져와 인연과 사랑에 대한 전통적인 정서를 표현하였다. 영화 〈전우치〉의 OST는 〈범 내려온다〉로도 유명한 '이날치'의 베이시스트 장영규가 담당하였는데, 이중 '황금 대들보' 장면에 나오는 〈궁중악사〉가 전통 악기를 활용하면서도 현대적인 흥을 일으켜 인기를 끌었고 수많은 프로그램에서 배경음악으로 사용되기도 했다.

* 이 글은 "정보미(2022), 「고전소설 교육에서 문화콘텐츠의 위상과 역할 – 드라마 〈역적: 백성을 훔친 도적〉과 영화 〈전우치〉를 중심으로」, 『한성어문학』 46, 한성어문학회"의 내용을 수정·보완한 것이다.

뇌과학은 문학교육을
변모시킬 수 있을까?

1. 뇌과학의 시대, 문학교육과 문학치료의 대응

뇌과학의 발견과 성취로 인해 일상을 바라보는 시각이 달라지고 삶의 방식조차 변할 수 있게 된 것은 문명의 커다란 변화이다. 그러나 이런 변화가 인간을 정말 새로운 존재로 형성할 수 있을지에 대해서는 회의감이 드는 것도 사실이다. 이를테면, 친사회적인 뇌 계발을 위해 제안된 '혁신적' 방법에는 '자신의 감정을 알아차리는 방법을 배우고 그에 대해 이야기하기', '감사의 마음 갖기' 등이 포함된다(한나 크리츨로우, 2020: 319-323). 초등학교 도덕 과목의 활동처럼 보이지만,[1] 무려 최첨단 뇌과학을 통해 측정·검증된 방법이란다. 문학교육이나 문학치료는 굳이 과학적으로 측정하지 않아도 인간에 대한 심도 있는 이해를 바탕으로 교육과 치료를 잘 수행해 오지 않았던가?

그러나 인류가 정복하지 못한 미지의 대륙인 뇌에 대한 관심도 뜨거워지는 가운데 뇌과학은 이미 대중교양으로 확산되고 있다. 또, 뇌과학적

---

[1] 도덕교육을 무시하는 것은 아니다. 도덕성이야말로 뇌에 깊은 영향을 끼친다고 한다. 도덕성은 투쟁-도피 반응(fight-or-flight response)를 담당하는 원시적인 감정에 대한 통제력을 높여주고, 옥시토신 수치를 높이고, 코르티솔 수치를 낮추고, 신경가소성을 높여 예상치 못했던 경험을 더욱 잘 이해하고 통합하게 해준다고 한다(한나 크리츨로우, 2020: 321).

측정 결과나 인공지능의 분석 결과는 어떤 현자의 말보다 신뢰를 얻고 있는 상황으로, 데이터와 통계를 따르는 풍조 속에서 "숫자가 말을 할 수 있을 때 절대 사람이 말을 하면 안 되거든요."[2]라는 얘기가 설득력을 얻고 있을 정도이다. 양화될 수 없던 인간적 요소들마저도 계량적으로 측정되어 육아, 교육, 마케팅, 인공지능 관련 산업 등 다양한 분야에서도 널리 활용되고 있으니 가히 '뇌과학의 시대'라 할 만하다.

이러한 시대적 조류에 따라 교육과 인문학 영역에서도 뇌과학과 융합하는 새로운 시도들이 이어지고 있다. 뇌과학이 확산되는 경계(境界)를 그리자면, ① 뇌와 신경 역시 몸의 일부라는 관점에서 행해지는 체육학, ② 신경심리학 영역에서 오래전부터 구축된 심리학, ③ 인공지능이나 커넥톰(connectome),[3] 뇌의 가소성(plasticity) 등 새로운 뇌과학적 담론과 개념에 대해 대응하는 신학과 철학, 법학, 언어학 등의 인문학,[4] ④ 학습의 어려움을 극복하거나 뇌가 배우는 방식을 활용한 학습법을 개발하기 위한 교육학,[5] ⑤ 과학교육·국어교육을 위시한 교과교육학과 문학치료 등으로 크게 나눠볼 수 있다.

⑤ 영역을 중심으로 대표적 연구물들을 살펴보도록 하겠다. 뇌과학(신경심리학)을 표방하는 이 영역의 연구들은 대체로 시선의 움직임을 측정하는 시선추적장치(eye tracker), 전자기를 활용해 뇌파를 시각적 이미지로 나타내는 fMRI(functional magnetic resonance imaging) 기술을 활용하는 뇌영상기기, 뇌파의 전위(傳位)[6]를 측정하는 뇌파측정기 등 측정 기기를 사용

---

2 2021년 7월 28일 '뉴스공장'(TBS)에서 인터뷰를 한 박태웅(한빛미디어 의장)이 기획재정부의 세수 추계의 오류가 30조 원에 달한다는 사실을 비판하며 한 말이다.

3 뇌 신경계를 이루는 구조적·기능적 기본 단위 세포를 뉴런이라고 하는데 커넥톰은 뉴런들이 연결된 정신의 회로판이다. 이 회로판은 외부 세계에서 온 정보를 처리하는 방식을 결정하고 반응을 빚어내는 역할을 한다.

4 최근에 이루어진 흥미로운 연구를 소개하면 다음과 같다. 송형석(2021), 전철, 이경민(2021), 이상희(2019), 김종성·김갑중·박주성(2017) 등.

5 대표적으로 '한국뇌기반교육연구소 교육을바꾸는사람들'이란 이름으로 지속적으로 번역서가 출판되고 있다.

해 이루어진다.7 김정우·정소연 등(2016)은 그간 주로 난독증, 읽기 전략 탐색 등 읽기교육에서 이루어지던 측정 연구를 처음으로 문학교육에 도 입하였다. 이들은 향후 인공지능이 일종의 보조교사 역할을 수행하는 시 대를 상상하며 국어 성적과 시 선호도라는 변수로 집단을 나누어 시를 읽을 때 이들이 어떤 시선의 움직임을 보이는지 탐구하였다.

연구 결과 가운데, 특정 단어에 시선을 집중한 학생과 시 전체에 고루 시선을 던진 학생의 비교가 흥미롭다. 둘 중 누가 공부를 잘 하고, 시를 잘 읽는 학생일까? 특정 단어에 집중한 학생은 그 단어가 시 전체 의미의 열쇠가 됨을 파악하고 이를 중심으로 의미를 구성하고 통합하려 했다고 말한 반면, 시 전체에 시선을 분산한 학생은 시를 반복해 읽었지만 시 전체 내용을 이해하기 힘들었다고 보고했다. 그런데 이는 측정 결과를 바탕으로 한 면담으로 확인된 것이다. 어지러운 시선의 움직임을 나타낸 결과를 두고서, 모든 단어를 음미하고자 골고루 시선을 주었다고 답했다 면 과연 그 진실성을 판별할 수 있을까?

뇌과학자들이 경고했듯이, "신경영상 측정 기술의 발전에도 불구하고 어떤 기술도 인지의 기저에 깔린 신경배선(neural substrates)에 대한 완전한 이해를 제공하지 못한다는 점을 인식해야 한다."(OECD, 2001) 그래도 특정 교육·치료 프로그램을 실행하고 참여자의 변화를 측정할 수 있다면 그 프로그램의 유효성을 입증할 수 있지 않을까? 연구자는 이런 의욕을 가지 고 뇌파 측정을 통해 문학치료 프로그램의 효과를 확인하기 위한 연구를 수행한 적이 있다. 그런데 머리에 씌우는 외국산 뇌파측정기기는 수천만

---

6 뇌는 뉴런들 간의 전기적 신호 전달을 통해 정보를 전달하고 전달받는다. 이런 과정에서 뉴런과 뉴런을 잇는 시냅스에서는 전기 신호가 연속적으로 발생하는데, 이와 관련된 전기 의 활동값(activity)은 뇌파전위측정술(腦波轉位測定術)로 측정될 수 있으며, 복잡한 패턴의 파형(波形)인 뇌전도(腦電圖, electroencephalogram, EEG)로 나타낼 수 있다.
7 측정 기기를 동원한 읽기 연구의 사례는 다음과 같다. 서혁·김지희·편지윤·신윤하 (2016), 최숙기(2016), 이강일·양일호(2019), 이경화·최숙기·이경남·강서희·김태호 (2019).

원이 넘었고, 결과 분석 프로그램만도 기백만 원을 호가하였다. 또, 실험 진행자들과 참여자들에게 만만치 않은 시간당 비용을 지불하였으며, 연구자 본인도 낯선 용어와 방법론에 익숙해지는 데 엄청난 시간과 공을 들였다.

비용의 문제를 차치하고, 무엇보다 실험의 설계가 가장 어려운 문제였다. 뇌과학으로 측정 가능하고 의미 있다고 할 만한 연구 주제 영역은 그리 넓지 않았다. 연구자는 뇌파 측정을 지속해온 신경언어학자인 교신 저자와 오랜 토론 끝에, 실수와 관련된 뇌파를 측정할 수 있다는 사실을 알게 되어, 요행히 실수 불안의 특징을 갖는 완벽주의 성향을 완화시키는 프로그램의 효과를 측정하는 연구를 기획할 수 있었다.[8] (황혜진·김정애·박주은·유제욱·인규진·남윤주, 2019) 그렇지만 솔직히 앞으로 문학치료와 연결될 수 있는 또 다른 연구 주제를 찾아낼 수 있을지 자신이 없다. 시간, 노력, 비용을 고려하자면 기기를 활용한 측정 연구는 '가성비'가 떨어진다.

물론 인간을 변화시키려는 문학치료 프로그램을 실행했을 때 계획했던 변화를 측정하여 제시할 수 있었던 연구 경험은 뿌듯한 것이었다. 문학치료 프로그램이 실제로 인간 내면에 작동하고 그것이 뇌파의 변화로 가시화될 수 있다니. 그러나 무엇이 어디서 어떻게 작용해서 결과가 나오는 것인지는 모르니, 마치 투입물에 대한 산출물은 있는데 도무지 그 과정을 알 수 없는 검은 상자를 마주 대한 듯했다. 이렇게 연구자는 뇌파를 측정하는 실험 연구를 통해 수치가 말해주는 연구 결과의 명쾌함과 동시에 뇌 속에서 무슨 일이 어떻게 벌어지고 있는지 속속들이 알 수 없다는 사

---

8 이 연구는 완벽주의에 대한 문학치료 프로그램의 효과를 뇌파 측정을 통해 확인하려 하였다. 특히 실수 관련 뇌파반응은, 완벽함을 위한 분투 및 실수 불안으로 구성되는 완벽주의 심리 문제와 밀접한 관계가 있다. 실수를 감지한 충격의 정도를 보여주는 ERN은 실수 불안 등 실수에 대한 부정적 감정을 반영하며, 실수를 조절하려는 의식의 강도를 제시하는 Pe는 실수에 주의하며 완벽을 기하려는 의식적 노력의 지표가 된다. 이에 대한 분석을 통해 완벽주의 성향에 대해 정량적인 이해를 할 수 있었으며, 문학치료 프로그램 실행 전후를 비교해 프로그램의 효과를 논할 수 있었다.

실에 답답함을 함께 느꼈다.

이후, 연구자의 관심은 변화를 측정하는 데에서 뇌 안에서 일어나는 변화의 원리를 이해해 보고자 하는 데로 옮겨갔다. 문학교육이나 문학치료는 문학을 매개로 한 인간의 변화를 목표로 하는 것이니, 변화의 원리를 알면 이를 활용해 발달과 성장을 촉진하고 개선의 방안을 좀더 효율적으로 모색할 수 있지 않을까 기대했다. 또한 둘 모두 교육의 제재나 치료의 매개로 서사문학을 활용하니, 뇌 안에서 만들어지고 향유되는 이야기의 소재와 구조, 목표와 기능을 잘 이해한다면, 교육적·치료적 개입이 요구되는 부분을 과학적으로 파악하고 설계할 수 있을 것이라는 생각이 들었다.

연구의 배경과 문제의식에 대한 장황한 논의를 정리하자면, 이 연구는, 시선의 움직임이나 뇌영상, 뇌파 등 뇌의 작동 방식을 간접적으로 보여주는 데이터를 분석하여 교육이나 치료 효과를 확인하려는 측정 연구와 달리, 이야기(story)가 어떤 방식으로 인간의 머릿속에서 작용하고 구성되는지에 대한 뇌과학적 이해를 통해 문학교육 및 문학치료 영역의 시사점을 얻는 데 그 목적이 있다. 이를 위해 서사문학을 매개로 교육과 치료를 수행하는 연구자의 입지점에서 뇌과학(신경심리학)의 발견과 성취를 이해하고자 한다.

뇌과학과 스토리텔링을 접목시킨 윌 스토(2020: 15)에 의하면, 우리의 뇌는 스토리텔러로서 본성을 갖고 있다고 한다. 뇌가 이야기를 만들어내는 기관이라는 것이다. 이어지는 장에서는 뇌가 무엇을 소재로 삼아 어떤 이야기를 만들어내는지, 뇌가 만드는 이야기는 어떤 구조를 가지고 있는지, 뇌가 이야기를 만들어내는 목적은 무엇인지, 그렇게 만들어진 이야기는 다시 뇌에 어떤 작용을 하는지 등을 살펴보도록 하겠다.

2. 스토리텔링을 뇌과학의 관점에서 보면?

1) 뇌가 만드는 이야기의 소재

이 절에서는 뇌가 만드는 이야기의 주된 소재인 기억과 관련하여, 그 속성과 뇌에서 처리되는 방식 등을 살펴보도록 하겠다. 더불어, 실제 기억과는 다른 허구적 서사물에 대한 기억도 과연 뇌가 만드는 이야기의 소재가 되는지, 실제 기억과 허구적 서사물에 대한 기억은 어떤 관계가 있는지 등에 대해서도 고찰하고자 한다. 그런데 이 논의는 대개 뇌가 감각 기관으로부터 받아들인 정보를 무의식적으로 자동 처리하는 과정에 초점을 맞춘 것으로, 이야기 소재에 대한 의식적 숙고나 성찰 기제에 대해서는 따로 언급하지 않는 제한점이 있음을 미리 밝힌다.

그림 1. 카니자 삼각형

〈그림 1〉에서 우리는 흰 삼각형을 '본다'. 그러나 자세히 보면 흰 삼각형은 없다. 우리는 이 '카니자 삼각형(Kanizsa Triangle)' 그림을 통해 시각이 세상을 향한 투명한 창이 아니라 세상에 대한 해석이며, 뇌가 바깥세상을 고도의 정교한 방식으로 가공처리해 표현한 결과임을 체감할 수 있다(엘리에저 스턴버그, 2019: 29-30). 여러 선과 모형이 배치된 형태에서 우리는 흰 삼각형을 발견했다. 흰 삼각형을 이루는 선이 없지만 우리가 흰 삼각형을 떠올려 '볼' 수 있게 된 까닭은 패턴화된 인식을 하는 뇌가 패턴의 완성을 위해서 가상의 선을 그어주었기 때문이다.

뇌가 만드는 이야기의 소재도 이 그림의 조각들처럼 각기 떨어져 있다. 살아온 이야기를 구성하는 기억도 마찬가지이다. 스턴버그에 따르면, 우리의 기억은 '스냅사진'에 가까운 형태임에도 불구하고 우리는 그것을 시간의 흐름에 따라 연속적으로 찍힌 동영상이라 착각한다고 한다(엘레에저 스턴버그, 2019: 172-173). 그런 착각은 스냅사진간의 연관성을 만들어내는 뇌의 작업에서 비롯되는 것으로, 이 작업은 주로 무의식계에서 이루어진다. 우리의 무의식은 흰 삼각형을 발견하듯이 낱낱의 사진들을 나름의 방식으로 배열해 통합된 이야기를 '쓰는' 것이다.

한편, 스냅사진과 같은 기억의 원자료도 그리 믿을 만한 것은 아니다. 섬광기억(flashbulb memory)이란 말이 있다. 이 말은 강렬한 감정을 불러일으키는 사건에 대한 생생한 기억을 의미한다. 대부분의 한국인은 2014년 4월 16일, 세월호 참사가 벌어진 그 순간에 자기가 어디서 누구와 무엇을 하고 있었는지를, 3주 전 점심 식사의 상황보다 정확히 기억한다. 이런 심리적 현상은 기억의 카메라 버튼을 누르는 작용을 하는 것이 감정임을 잘 설명해 준다.

이렇게 기억은 주관적 감정에 영향을 받아 생성되고 기억의 의미는 무의식계에서 자동적으로 처리된다. 무의식계는 우리의 인생을 담은 여러 스냅사진 사이에서 연관성을 만들어내고 각 순간마다 우리의 감정을 관찰해 무엇을 강조할지 결정한다. 그리고 그 스냅사진들을 배열하고 정리해 통일되고 간명한, 그리고 때론 사적이고 내밀한 이야기를 들려준다(엘리에저 스턴버그, 2019: 183). 그 이야기가 우리가 의식하는 인생이 되고, 인생의 주인공인 자아의 정체성을 형성한다.

이처럼 중요한 역할을 하는 기억은 종종 인공적으로 조작되고, 제멋대로 변형된다. 타인에 의해 조작된 경험도 자기 기억인 양 기존 기억에 통합되기도 하고,[9] 끔찍한 사건에 대한 기억은 억제되기도 한다. 또, 기억

---

9   엘리자베스 로프스터는 실험 참여자들에게 어린 시절에 겪었던 네 가지 사건을 들려주었다. 그 이야기를 해준 이들은 실험을 도와주는 친척들이었는데, 이들은 세 가지 사실과 쇼핑몰에서 길을 잃은 적이 있었다는 거짓을 들려주었다. 그런데 실험에 참여한 24명 중 30%에 달하는 일곱 명은 쇼핑몰에서 미아가 된 거짓기억을 실제로 만들어내었다 (Loftus, 1993: 518-537).

은 자기중심적으로 왜곡되기 쉬운데 시간이 갈수록 변형의 정도가 심해지는 경향을 보인다.[10] 심지어 말짓기증(confabulation, 작화증) 환자들은 거짓기억을 만들면서 자신의 말이 진실이라고 굳게 믿기까지 한다.

이렇게 기억이 쉽게 변형되는 이유에 대해 스턴버그는 뇌의 무의식계가 우리의 자아인식과 세계관에 들어맞는 경험을 기억에 합치는 것을 선호하기 때문이라 설명한다. 그럼으로써 뇌는 우리의 관점이 유지되게 도우며, 의식적 사고와 결정 능력을 보호한다는 것이다(엘리에저 스턴버그, 2019: 192). 말짓기증은 자기중심 사고를 담당하는 영역의 손상으로 생기는 경우가 대부분이라고 한다. 이 영역이 손상되면 자아의식이 위협받는데, 위기감을 느낀 뇌가 기억을 날조해서라도 기억과 인생사의 연속성을 구성해 자아의식을 보호하려 거짓 이야기를 만들어낸다(엘리에저 스턴버그, 2019: 193-199).

비록 말짓기증과 같은 사례가 극단적이기는 하지만 뇌가 어떤 소재를 가지고도 이야기를 만들어내는 자동기계적 속성이 있음을 말해준다.[11] 이렇게 뇌가 소재를 가리지 않는 이야기 생성 기계라면 허구 서사물에 대한 기억은 어떻게 처리할지 궁금해진다. 기억이 바뀔 수 있고 인공적으로 이식될 수 있으며, 말짓기증 환자들처럼 우리가 거짓을 진실이라 믿을 수 있다면 허구적 서사물에 대한 기억도 뇌가 인생 이야기를 만들어 나아가는 데 관여하지 않을까?

---

10 멘델슨이 이끄는 연구팀은 기억력에 문제가 없는 한 여성의 일상의 이틀을 촬영한 후, 몇 년에 걸쳐 그 이틀에 대해 묻는 질문지에 답하게 했다. 질문지를 채우는 동안 fMRI로 뇌 활동을 관찰한 결과, 시간이 지나 기억 오차가 많아질수록 기억을 되살리기 위해 해마에 의존하는 정도가 줄었으며 자기중심 사고와 관련 있는 뇌 영역이 활성화되었다. 시간이 지날수록 여성의 기억은 저장된 기록에서 멀어졌으며, 대신 자신에게 집중하는 것으로 나타났다(Mendelson et al., 2009: 142-146).

11 물론 무의식계가 이렇게 만든 이야기를 우리가 그대로 믿어버리거나 실행에 옮기는 것은 아니다. 의식계의 작용 덕분이다. 의식계가 있기에 감각과 감정을 느끼고, 신중하게 생각하고, 고민해서 결정을 내릴 수 있다. 또한 우리는 의식계 덕분에 행동할 의지를 갖게 되며 의지대로 정신과 신체를 제어할 수 있게 된다. 뇌가 만드는 이야기를 실행에 옮길 수도 있다.

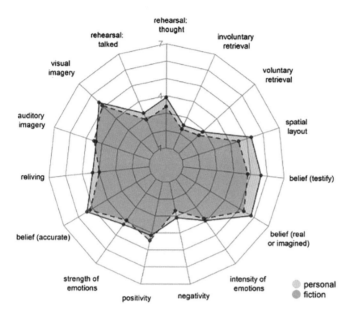

그림 2. 허구물에 대한 기억과 자전적 기억의 요소별 이미지의 사례
(Yang, Deffler, Marsh, 2021: 31)

양과 데플러, 마쉬는 책이나 영화, 드라마에서 재현되는 서사물에 대한 경험도 사건기억(event memory)에 저장되어 심리적 실재감을 줄 수 있다고 보았다(Yang, Deffler, Marsh, 2021). 나아가 허구적 서사물에 대한 경험은 실제 기억에 영향을 끼치기도 한다. 실제 경험에 대한 기억은 드라마에 대한 기억과 많은 부분 일치점을 보였다. 〈그림 2〉는 어린 시절에 대한 기억이나 최근 기억을 회상해 쓴 글과, 허구적 서사물에 대한 기억을 쓴 글을 비교해 산출된 것으로서 세부적인 내용은 다르지만 요소별 특징을 비교해 보면 둘의 유사성을 확인할 수 있다.

이러한 실험과 분석을 통해 연구자들은 허구 서사물에 대한 기억이 기억의 틀뿐만 아니라 기억의 재료인 사건을 선택하고 의미화하는 데 관여함을 논하였다. 즉, 서사물에 대한 경험은 무엇을 기억해야 할 중요한 것으로 삼느냐, 삶의 의미로 통합해야 할 중요한 사건을 어떻게 선별하느냐, 무엇이 인생에서 중요한 사건이라 할 수 있는가 등을 결정하는 데 중요한 참조 자료가 된다는 것이다. 일찍이 정운채(2004)가 "우리의 삶 역시 서사적으로 구조화되고 운영되고 있기에, 문학작품의 서사가 우리들 삶에 영향을 미칠 수 있다"고 한 것도, 실제 삶과 허구 서사가 구조적 상동성에 의해 서로 간섭하고 동조하는 현상을 설명한 것으로서 이 실험 결과와 맥을 같이 한다 하겠다.

이 절에서는 뇌가 만드는 이야기의 재료인 기억에 대해 살펴보았다. 기억은 경험을 동영상으로 담아낸 것은 아니다. 직접 경험한 일에 대한 기억의 재료들은 나도 모르는 사이에 내 감정이나 관심사, 자아상과 세계관의 '눈치를 보는' 무의식계에서 찍어버린 스냅사진일 뿐이다. 또한, 생계의 압박에 닥치는 대로 다량의 영화를 찍어대는 '감독' 같은 역할을 하는 무의식계는 기억의 조각에 자아중심적 중요도를 매기고 맥락과 의미를 부여해 이야기로 '편집'한 결과물을 우리에게 '납품'한다. 무의식계는 되도록 빠르고 효율적으로, 그리고 소비자가 맘에 들어 하는 영화를 만들기 위해 우리의 기억을 변용되거나 왜곡, 날조하며 허구 서사물에 대한 표절도 일삼는다.

기억은 개인사를 구성하고 자아의 연속성을 보존하며 정체성의 핵심을 형성한다. 그런데 기억에 대한 뇌과학 연구들은 이토록 중요한 역할을 하는 기억이 무의식계가 만들어낸 불완전하고 편향된 '창작의 산물'이라는 사실을 강조한다. 그러나 어쩌면 기억이 창작될 수 있기에 기억을 다시 쓸 수 있는 가능성이 열린다고 볼 수 있다. 즉, 시간이 지날수록 변해가는 기억처럼 관점과 경험이 바뀌면 기억 이야기도 재구성되며, 이를 바탕으로 새로운 자아를 형성할 수 있다. 새로운 경험이나 허구적 서사물에 대한 경험이라 할지라도 기억에 통합되어 인생사의 재형성과 그로 인한 정체성의 재구성에 영향을 줄 수 있다는 것이다. 이러한 사실은 다시 좋은삶을 살고자 새로 자아를 빚어내려 하는 이들과 교육·치료에 의한 인간의 변화를 믿는 우리들에게 희망적인 소식이 될 수 있다.

2) 뇌가 만들고 향유하는 이야기의 구조

이 절에서는 뇌가 만드는 이야기 구조를 플롯이란 개념을 통해 살펴볼 것이다. 이 글에서는 플롯을 뇌에서 만들어지는 이야기의 내재화된 구조로 파악하는 한편, 사건을 전개시키며 인물의 심리 변화를 펼치는 외현화된 구조로도 파악한다. 또한, 외현화된 플롯에 대한 기존 논의가 사건 중심적으로 편향되어 있음을 지적한 윌 스토의 의견에 동의하며 그가 제안한 인물 중심 플롯을 소개하도록 하겠다.

뇌가 이야기의 재료로 이야기를 구성할 때에는 서사도식(narrative scheme)이 사용된다. 스키마에 대한 최초의 연구자인 바틀레트(1932)도 기억(remembering)에 대한 연구를 수행하다가, 서사물의 줄거리를 기억할 때 생기는 여러 왜곡, 삭제, 그리고 기억의 변화는 사람이 무엇인가를 기억할 때 서사도식을 사용한다는 증거라고 했다. 이렇게 서사도식은 이야기를 구성, 재구성하는 스키마로 작용한다. 신동흔(2018: 32-33)도 일정한 질서나 구조를 갖춘 계열체 내지 통합체 같은 스키마의 속성을 가진 스토리가 밤하늘의 무수한 별처럼 제각각이고 무질서한 인간의 경험과 상념들을 선택적으로 재구성해 준다고 하였다.

여기서는 스토리를 좀더 구조화한 플롯(plot)이 서사도식의 형태에 가깝다고 파악하는 관점에서 논의를 이어나가고자 한다. 이 연구는 플롯을 머릿속에서 구성적 작용을 하는 정신적 형식으로 내재화되어 있을 뿐만 아니라 작품의 구조로 외현화하기도 한다는 입장을 취한다. 먼저 내재화된 플롯에 대해 말하자면, 인과관계로 엮고 범주화를 수행하는 내재화된 플롯은 사건들의 개연성 있는 관계를 만들고 사태를 일관된 틀로 구성하는 기능을 한다. 그럼으로써 내재화된 플롯은 우리에게 세상사, 인간사를 파악하고 통제할 수 있다는 믿음을 준다.

우리 머릿속에서 플롯을 짜는 과정에는 두 종류의 힘이 관여한다. 서사학자인 채트먼은 굳이 뇌과학을 언급하지 않았지만, 우리 마음은 집요하게 구조를 찾고, 마음은 필요할 경우 구조를 제공한다는 것을 통찰하였다. 독자는 "왕이 죽고 여왕이 죽었다"에 인과적 연결이 표현되어 있다고 여기며, 왕의 죽음과 여왕의 죽음의 인과적인 관계를 나름의 방식으로 찾아낸다는 것이다(시모어 채트먼, 2019: 54-55). 이런 심리적 현상은 '인과관계 만들기(causation)'로 설명된다(H. 포터 에벗, 2010: 90-95). 또 다른 힘은 '표준화하기(normalization)'이다. 표준화된 구조는 사건들의 집합에 통합성과 질서를 부여하며 이야기를 유형적으로 범주화하는 기능을 행한다(H. 포터 에벗, 2010: 95-99).

바깥 세상에 존재하는 서사물이든 내면에 존재하는 이야기든 대부분 인과관계에 따라 구성되며, '괴물 이기기', '거지에서 부자되기', '여행과 귀환' 등 표준화된 구조를 갖고 있다. 인과성을 구성함으로써 우리는 기원을 탐구하려는 본성에 만족감을 얻을 수 있으며, 이미 익숙한 표준화 틀로써 서사의 구성 요소들을 조화롭게 배열할 수 있다. 그러나 이런 원리를 따라 우리 머릿속에서 만들어진 세상은 신경 정보로 만들어낸 세상에 대한 신경 모형, 즉 '아바타 세상'(김대수, 2021: 55)일 뿐 날것 그대로의 혼란스러운 세상과는 거리가 있다.

이렇게 플롯이 현실의 질서를 그대로 차용하는 것이 아니라 뇌의 관점에서 익숙한 방법과 경로를 취한다는 사실은 이미 많은 문예학자들이 통찰한 바 있다. 바르트는 서사를 이끄는 주된 원동력은 상관성과 결과를 혼동하는 것, 즉 뒤에 오는 사건을 어떤 원인에 의해 유발된 결과로 간주하는 것이라 했고(롤랑 바르트, 1980), 컬러는 가렵고 나서야 모기가 원인임을 발견한다면서, 원인은 먼저 있는 것이 아니라 결과로 인해 추론되기에, 인식에 있어서는 결과가 원인에 선행한다고 보았다(Culler, 2002: 183).

이러한 관점을 받아들인다면 플롯은 현실이 운용되는 구조적 원리가 현현된 것이 아니라 우리의 뇌가 시간, 세상사와 인간을 이해하는 모형이자 대상에 대해 통제력을 발휘하기 위한 도구가 된다고 할 것이다. 반면 많은 모더니즘 서사물은 인과관계에 따라 사건을 진행시키고 결국에는 표준화된 구조를 완성하고자 하는 플롯짜기의 작용에 저항하기도 한다.[12] 그러나 세상과 인간에 대한 통제력을 원하는 뇌는, 영웅이 악의 세력을 물리치고 승리하는 플롯을 생성하며 이런 유의 플롯을 가진 서사물에 열광하며 나르시시즘을 느낀다.

지금까지 정신적 형식으로서 우리의 뇌에 내재된 플롯 및 플롯짜기에 작용하는 힘을 살펴보았다. 이하의 내용에서는 이런 플롯이 텍스트에 외현화된 것에 대해 논하고자 한다. 플롯은 인과관계를 형성하고 범주화하는 심리적 작용을 하는데 이러한 작용은 외현화된 플롯에 대해서도 마찬가지로 행해진다. 그래서 우리는 인과관계를 가진 개연성 있는 사건의 구조를 '발단-전개-위기-절정-결말'이라 분석적으로 이해하고, 다양한 형태로 반복되며 거대한 감정적 자산을 보유한 이야기를 마스터플롯(masterplot)이라고 부르며 '신데렐라'처럼 범주화를 위한 이름표로 사용한다(H. 포터 에벗, 2010: 99-103). 한편, 윌 스토는 기존의 외현화된 플롯 논의가 지나치게 사건 전개에 초점을 맞춘다고 비판하며 우리 뇌의 관심사에 따라 인간을 탐구하기 위한 플롯을 제안하기도 하였다.

뇌과학의 관점에서 스토리텔링을 연구한 윌 스토는 기존 서사물의 구조를 두 차원으로 나누어 파악한다(윌 스토, 2020: 156-157). 의식적 차원에서

---

12 모더니즘 서사의 특징에 대해 다음과 같은 이글턴의 설명을 참조할 수 있다. "어떤 사람은 자신의 삶을 일관성 있는 이야기로 간주하지만 그렇지 않은 사람들도 있다. 정말로 사람들은 자신이 어디로 가고 있다고 생각할까? 예술 작품이 그렇듯 인생은 목적이 없더라도 의미가 있을 수 있다. 많은 모더니즘 소설은 우리가 인간의 삶을 목적에 휘둘리고 논리적으로 전개되고 엄밀하게 일관성 있는 것으로 보지 않도록 해줄 수 있다. 그런 의미에서 우리가 삶을 더 즐기도록 도와줄 수 있다." (테리 이글턴, 2016: 214-215)

는 일상적 드라마가 펼쳐지며 영상, 소리, 촉감, 맛, 냄새 등 구체적인 형상들이 모인다. 또 가시적인 인과관계를 갖춘 플롯이 나타난다. 한편, 의식적 차원 아래 여러 충동이 경쟁하며 통제력을 차지하려는 하위 의식적 차원이 존재한다. 이 차원의 풍경은 "감정과 충동과 깨진 기억이 뭉근히 끓는 밤바다"(윌 스토, 2020: 157) 같고, 여기에는 인물의 생각과 감정과 비밀이 펼쳐지는 마음이 암시된다.

윌 스토는 기존의 사건 중심 플롯에 인물의 심리이자 텍스트의 잠재의식을 포함시켜 새로운 5막 플롯을 제시하였다(윌 스토, 2020: 244-245). 행복한 결말의 플롯은, 사건들의 작용(action)이 주인공의 심리에 영향을 미쳐 인물의 반격(reaction)을 불러오다가, 거세진 플롯의 공격에도 굴하지 않는

표 1. 윌 스토가 제안한 5막 플롯(윌 스토, 2020: 244)

1막	이게 나(그)다. 그런데 통하지 않는다.
	주인공의 통제이론이 정립되어 있다. 예기치 못한 변화가 일어난다. 발화점에 의해 주인공이 새로운 심리 세계로 들어간다.
2막	다른 방법이 있는가?
	플롯에서 주인공의 낡은 통제이론이 검증되고 깨지기 시작한다. 흥분이나 긴장, 전율의 정서가 고조되는 사이, 주인공이 새로운 방법을 알아채고 학습하고 적극적으로 실험한다.
3막	방법이 있다. 나는 변화했다.
	음울한 긴장이 지배하고 플롯이 저항한다. 주인공은 새로운 전략으로 반격한다. 그 사이 주인공은 깊은 차원에서 돌이킬 수 없는 방식으로 변화하지만 플롯이 다시 전례 없는 위력으로 공세를 펼친다.
4막	그런데 나는 변화의 고통을 감당할 수 있는가?
	혼돈이 일어난다. 주인공이 가장 낮고 가장 암울한 지점으로 떨어진다. 플롯의 공세가 수그러들지 않고 주인공은 변화하기로 한 자신의 결심에 의문을 품기 시작한다. 플롯이 주인공을 가만히 놔두지 않는다. 주인공은 곧 어떤 사람이 될지 결정해야 한다.
5막	나는 어떤 사람이 될까?
	최후의 결전이 다가오면서 긴장이 고조된다. 절정에 이르러 주인공이 마침내 플롯을 완벽히 통제한다. 혼돈 상태가 깨지고 극적 질문의 결정적 답이 나온다. 이제 주인공은 새로운 사람, 더 나은 사람이 될 것이다.

주인공은 결국 최후의 결전에서 승리하며 자신이 진짜 어떤 사람인지, 그리고 어떻게 사건이 일어나는 세상을 통제하는지 증명하는 전체적인 흐름을 갖는다.

월 스토가 제안한 플롯은 기존 사건 중심 플롯을 뇌의 주된 관심사인 주인공의 심리로 '번역'한 것이라 할 만하다. 우리의 뇌가 동조하고 동일시하는 대상이 주인공이기에 이러한 번역은 타당한 면이 있다. 주인공이 자기와 세상에 대한 통제력을 잃는 발화점에서 본격적인 이야기가 시작하고, 인물이 변화를 통해 극적 질문에 답하며 더 강력한 통제력을 획득하는 것으로 끝맺는다. 이처럼 인물 중심의 5막 플롯은 세상에 대한 통제력의 상실과 변화, 회복에 대한 뇌의 관심사를 구조적으로 요약하고 있다.

허구적 인물의 목표인 통제가 그들 뇌의 궁극적인 사명이듯, 우리의 스토리텔링 뇌도 우리를 영웅으로 만들며 실제보다 더 통제력을 더 많이 가진 것으로 느끼게 해주고자 한다(윌 스토, 2020: 252). 그래서 수용자들은 동일시하는 주인공과 함께 세상에 맞서 자기를 변화시켜 강화된 통제력을 얻는 심리적 경험을 즐기며, 자신 역시 주인공처럼 이전보다 더 나은 인물이 되어 세상에 대해 좀더 세련되고 강력한 통제력을 펼칠 수 있다는 믿음을 강화한다.

이 절에서는 뇌가 만드는 이야기의 구조를 살펴보았다. 이 구조는 인과 관계 만들기와 표준화하기 같은 심리적 본성에서 비롯된 것으로 서사학자들이 말하는 플롯의 형태를 취한다. 이 구조적 틀에 따라 우리는 세계에 대한 모형을 만들며 자신의 통제력에 대한 나르시시즘을 느낀다. 그래서 우리는 이런 플롯 구조를 가진 서사물을 반복적으로 향유하며 우리 자신의 세계와 인간에 대한 모형을 강화하고 정교하게 만든다.

우리는 내재화된 플롯을 틀거리 삼아 세상사와 인간을 이해하는 우리는 대상 세계가 자아의 뜻대로 조절되고 있다는 통제력을 느낀다. 허구

서사물의 등장인물도 마찬가지이다. 그러나 그에게 충격적인 사건이 일어나 대상 세계에 대한 신경 모형이 무너지면, 수용자는 그 변화에 주목하며 '그는 어떤 사람인가, 그는 이런 어려움에 어떻게 대처할까? 과연 그는 이 난국을 헤쳐나갈 수 있을까' 등등의 극적 질문을 품는다. 이 질문에 대한 궁극의 답을 찾아내기 위해, 발화점에서 통제력을 잃게 된 개인이 어떻게 세계와 자기에 대한 모형을 개선하고 더 강력한 통제력을 얻게 되는가를 끝까지 지켜본다.

월 스토가 제시한 인물 중심 5막 플롯은 사건 중심 플롯의 이면까지 보게 하는 새로운 관점을 시사한다. 이 플롯은 사건을 따라가기보다는 무자비한 사건의 공격을 당하던 인물이 여러 시도를 해보다가 자신의 통제이론에 대한 뼈아픈 성찰 끝에 바닥을 치고 사태의 변화를 이끌어 결국 승리하는 인물의 심리에 주목하게 하고, 인물의 응축된 에너지가 표면으로 치받아 사건을 진전시키는 역동적 과정을 음미하게 한다.

우리의 보상체계는 목표가 달성되었을 때보다 목표를 이루어나가는 과정에서 강력히 작동한다고 할 때(Burrel, 2017), 우리가 인물의 심리 변화를 따라 이야기의 굴곡을 경험하는 것 자체는 서사물을 향유하는 즐거움의 원천이다. 나아가 이 즐거움의 배경에는 세계에 대한 더 강력한 통제력을 갖기를 원하는 뇌가 자신의 결함을 극복하고 더 강력하고 세련된 통제이론을 확립하고자 하는 열망이 자리 잡고 있다고 할 것이다.

3) 뇌가 이야기를 만들고 즐기는 목적

이 절에서는 뇌가 이야기를 만드는 목적에 대해 고찰하고자 한다. 뇌가 수다스러운 이야기꾼처럼 쉼 없이 이야기를 만들어내는 이유는 무엇일까. 스토리텔링 능력이 선천적이라 하더라도 생래적 배선판 위에 특정 신경회로가 강화되어 온 진화론적 이유가 있지 않을까 한다. 뇌과학자들과 진화심리학자들 대부분이 공통적으로 말하는 뇌의 목표는 생존과 번식이다(서은국, 2014: 31-34). 이야기가 먹을 수 있는 것도 아니고 자손을 퍼뜨리는 데 직접적으로 활용되지 않음에도 왜 우리의 뇌는 스토리텔링의 능력을 발달시켜왔을까?

원시시대에는 이야기가 생존에 중요한 역할을 했을 수 있다. 김탁환은 울산 반구대 암각화 앞에서 아이들에게 고래 잡는 법을 가르치는 작살잡이의 이야기를 상상하여 다음과 같이 재현하였다.

> "자, 여기 오랫동안 고래를 잡아온 최고의 작살잡이가 있습니다. 그는 오늘 바닷가 마을 아이들에게 고래 잡는 법을 가르쳐야 합니다. (...) 작살잡이는 사냥에 나선 날들의 풍랑과 갑자기 등장한 고래의 크기, 그 고래가 지닌 수평 꼬리의 위력과 고래의 등에서 뿜어져 나온 물줄기의 높이, 그리고 고래에게 뿌린 작살의 날카로움과 작살에 찔린 고래의 몸부림과 그 몸에서 뿜어져 나온 피가 물들인 바다에 대해 묘사하고 설명합니다. 가끔씩 사냥에 나서며 부른 용기를 북돋는 노래에 목청을 높이기도 하고, 사냥에 성공한 뒤 맛본 고래 고기의 달콤함도 들려주지요. 아이들은 그 이야기를 들으며 고래를 잡기 위한 과정을 머릿속으로 상상하며 익히게 됩니다. 오직 인간만이 이렇게 이야기를 통해 귀한 경험을 들려주고 물려받을 수 있습니다." (김탁환, 2011: 42)

그러나 이제 인간은 생명을 위협하는 거친 파도를 뚫고 변변치 않은 도구로 위력적인 고래를 잡아 부족을 먹여 살려야 하는 운명에서 벗어났다. 이는 인간의 통제 대상이 되는 세계가 변화했음을 의미하는데, 이미 사회적 동물이라는 인간들의 세계는 '서로에게 늑대'인 곳으로 변해 버렸다. 그렇다고 우리가 원시 인류처럼 '늑대'를 상대하기 위해 공격성과 신체 능력을 동원하지는 않는다. 오히려 내 앞의 존재가 나를 공격할 '늑대'인지, 나에게 충성심을 보일 '개'인지 판단해 대처하기 위해서 타인의 마음을 읽고 이해하는 재능이 더욱 긴요해졌다.

실제로 인류가 공동체로 정착해 살기 시작하면서 남들과 잘 어울리는 사람이 더 잘 살고 더 많은 자손을 남길 수 있게 되었다고 한다. 브루스 후드(Hood, 2014)는 이러한 변화를 '자기가축화(self-domestication)'로 설명하기도 한다. 인간이 가축처럼 공동체 생활에 적합한 방식으로 길들여졌다는 의미이다. 스스로 가축화되는 길을 택한 인간의 뇌는 지난 2만 년 동안 개나 소, 닭처럼 가축화된 다른 동물처럼 공격성 감소, 치아 크기의 축소, 두개골 및 신체 크기의 감소 등 생리학적 변화를 겪었다고 한다 (Wrangham, 2019).

현대인들은 혹독한 자연 환경과 한정된 자원과 식량의 위협 속에서 살아가기 위한 신체적 능력보다는 사회적 신호를 더 잘 해독하고 남들에 의존하며 그들의 뇌와의 소통을 정교하게 조정할 수 있는 능력에 더 높은 가치를 부여한다(윌 스토, 2020: 57). 이미 공동체에 예속된 존재인 인간에게 통제해야 할 세계는 자연 재해나 야생 동물이 아니라 타인의 마음이다. 그만큼 공감 능력 혹은 공감 지능이 생존과 출세의 요건으로 꼽힌다.13 뇌 역시 궁극적 목적인 생존과 번식을 위해 타인의 마음을 읽는 공감 능력을 정교하게 발달시켜왔다.

한편, 타인의 마음을 읽는 능력이 중시되는 문명적 변화에도 불구하고, 우리의 뇌는 기억을 왜곡과 변형을 서슴지 않을 정도로 자아를 보호하기 위해 애쓴다. 뇌에 손상을 입은 환자들은 거짓말이라도 스스로 믿을 만한 자기중심적인 이야기를 만들어냈으며, 정상의 뇌를 가진 사람들의 기억도 시간이 흘러감에 따라 자기중심적인 것으로 변화했다. 자아의 통일성

---

13 공감 관련 실용서의 제목을 통해 공감이 출세와 성공을 위한 능력으로 여겨짐을 확인할 수 있다. 『세계를 움직이는 리더는 어떻게 공감을 얻는가』; 『공감은 어떻게 기업의 매출이 되는가』; 『공감으로 집권하라』; 『공감이 이끄는 조직-리더의 공감 능력은 어떻게 자신감 있는 조직을 만드는가』; 『최고의 나를 만드는 공감 능력』; 『잘 먹히는 공감 실전화술-인간심리를 기초로 한 이기는 말연습』; 『공감 프레젠테이션-프레젠테이션에 두려움을 가진 분들에게 용기를 주는 작은 시작』 등등.

과 연속성을 유지한다는 목표에 충실한 뇌는 부정적 기억을 억제하거나 심지어는 자아를 분열시키기도 한다.

뇌가 무의식적으로 만들어내는 개인적 이야기는 인간으로서 갖는 안정된 정체성과 자아의식을 보호하는 데 철저히 중점을 둔다. 자아를 유지해야 하는 궁극적인 이유 역시 생존에 유리하기 때문이다. 뇌가 개인적인 이야기를 온전히 유지해주기에 우리는 자신의 생각을 통찰할 수 있다. 뇌의 도움으로 자신의 의도를 이해하고, 곰곰이 추론하고, 결정을 심사숙고하고, 목표와 욕구에 딱 들어맞는 행동방식을 선택할 수 있다. 정체성을 파악할 때, 자신의 본성을 더 잘 이해하고 세상으로 한 걸음 더 나아갈 수 있다는 것이다(엘리에저 스턴버그, 2019).

이렇게 이 절에서는 이야기가 만들고 향유하는 두 가지 주요 목적을 살펴보았다. 하나는 다른 사람들의 마음을 읽고 세상에 대한 통제력을 높이기 위해서이며, 다른 하나는 자기의 정체성을 유지하고 자아를 보존함으로써 세상에 더 잘 대처하기 위해서이다. 곧 위협적인 세상에서 개체가 살아남아 생존하고 번영하고 자손을 남기는 전투에서 승리하기 위한 지피지기(知彼知己)의 전략이라 요약할 수 있다.

그렇지만 뇌가 설정한 목적은 무의식계에서 설정된 것으로서 의식적으로 숙고되고 성찰된 것은 아니다. 우리가 스스로의 정체성을 빚어낼 때에는 무의식계뿐만 아니라 의식계도 지대한 역할을 한다. 신비에 싸인 프로그래밍을 통해 독자적으로 운영되며 본능에 충실한 이야기를 만들어내는 무의식계와 달리 의식계는 이야기를 점검하고 숙고하여 실행한다. 여기에 우리의 의식적 선택의 여지가 있다.

한국 뇌과학의 권위자인 김대수 교수는 뇌의 본성을 알고 오히려 뇌에 이끌려가는 길보다는 스스로 길을 선택할 것을 권한다. 프로스트의 〈가지 않은 길〉을 패로디한 그의 시는 다음과 같다(김대수, 2021: 281).

뇌 속에 두 갈래 길이 있었고,
나는 본능의 뇌가 적게 간 길을 택했다.
그리고 그것이 내 모든 것을 바꾸어놓았다.

좋은 문학작품은 우리가 무의식적 경로에 자신을 맡기기보다는 좀더 나은 선택을 하도록 길을 열어준다. 마치 길 안내를 위한 내비게이션 같은 문학작품은 새로운 길의 경로를 미리 보여주고 가상의 주행도 해보게 한다. '내 모든 것을 바꾸어놓을' 만한 길을 선택하는 것은 당연히 쉽지 않다. 문학작품은 본능의 뇌가 적게 간 길, 그래서 남들도 잘 가지 않는 길을 탐색하게 함으로써 우리로 하여금 특별하고 가치 있는 인생 이야기의 주인공이 되게끔 권유하는 지혜로운 안내자가 아닐까 한다.

4) 뇌에 작용하는 이야기의 힘

이 절에서는 이야기가 뇌에 작용하는 대표적인 양태인 간접 경험과 공감이 이루어지는 원리와 효과에 대해 논하고자 한다. 상상하는 것만으로도 우리 몸이 변하며, 타인에 공감했을 뿐인데 내가 변한다. 이런 강력한 간접 경험과 공감의 힘을 통해 개인의 변화를 넘어 사회적 변화도 초래될 수 있는데, 그 대표적 사례도 소개하도록 하겠다.

흔히 우리가 독서를 통해 간접 경험을 한다고 하는데, 간접 경험이 반드시 독서를 통해서만 가능한 것은 아니다. 운동 경기를 관람하면서 우리는 운동선수와 같은 부위의 근육에 힘을 주고 그 성취와 실패의 표정을 무의식적으로 흉내 낸다. 그러니 "손에 땀을 쥔다."는 표현에는 '보는 것이 곧 하는 것'이라는 '마음이론'(장대익, 2014: 535)에 따라 우리의 몸과 마음 역시, 우리가 동일시의 대상으로 여기고 격렬한 감정을 실어 지켜보는 선수처럼 긴장하고 힘을 주고 있다는 진실이 담겨 있다 할 것이다.

한 실험에서는 연구참여자들에게 12주 동안 매일 15분씩 한쪽 팔꿈치와 새끼손가락을 구부리는 상상을 하게 하였다. 그랬더니 상상의 효과로 참여자들의 근육 수축 강도가 증가하였다고 한다. 뇌파를 측정하여 그 이유를 분석한 결과, 심적 시연이 근육의 신경세포에 도달하는 신호의 전압을 증폭시켜 근육의 수축 강도를 높인 것으로 밝혀졌다(엘리에저 스턴버그, 2019: 133). 이렇게 움직임에 대한 상상과 생각은 뇌에서만 이루어지는 것이 아니라 전기 정보의 흐름에 따라 신호를 받아 수행하는 신경세포를 훈련시키고 근육도 단련시킨다.

운동선수들도 실력 향상을 위해 심적 시연(mental rehearsal)이란 훈련법을 취한다고 한다. 부상으로 한동안 훈련을 못한 선수가 이런 심상 훈련으로 예전 같은 경기 실력을 유지할 수 있었다는 보고도 있다. 이 사례가 말해주듯 심상 훈련은 단순한 상상에 그치는 것이 아니다. 심상과 신체적 움직임은 뇌의 똑같은 영역을 활성화시키기 때문이다. 이런 원리를 바탕으로 스포츠과학자들은 운동선수용 심상 훈련 프로그램인 페틀렙(PETTLEP) 모델을 개발했다(Holmes and Collins, 2001). 야구선수의 경우, 아래 표와 같은 요소에 따라 타격 훈련을 할 수 있다고 한다.

표 2. 야구 경기 타자에 페틀렙 모델의 7요소(7-point checklist)를
적용한 사례(엘리에저 스턴버그, 2019: 134)

신체(Physical)	완벽한 스윙에 필요한 모든 상태와 동작을 머릿속으로 상상하고 가정한다.
환경(Environment)	구장의 조명과 관중의 함성을 상상한다.
과제(Task)	스윙 자세뿐 아니라 스윙을 할 곳도 상상한다. 자신을 향해 다가오는 공을 상상한다.
타이밍(Timing)	실제로 스윙을 모두 마치는 데 걸리는 시간을 상상한다.
학습(Learning)	실력이 향상되면 발전 정도에 맞게 심상 훈련의 내용도 조절한다.
감정(Emotion)	결정적 순간에 느낄 심한 긴장감이나 빨라지는 심박수 등을 감정적으로 상상한다.
관점(Perspective)	1인칭 시점에서 심상 훈련을 가정한다.

페틀렙은 단계가 아니라 주요 요소를 통합적으로 지칭하기 위해 만들어진 용어이다. 제반 요소들로 상상을 구성하고 자극하는 심상 훈련은 여러 종목에서 그 효과가 증명되고 있으며, 이 훈련을 통해 회복 속도를 높여준다는 사실도 입증되어(Driediger, Hall, Callow, 2006) 부상 선수의 재활 훈련법으로 자리 잡았다(Hamson-Utley et al., 2008). 머릿속으로 동작을 연습하는 심상 훈련은 수행 능력을 높여주는 것은 물론 그 행동을 수행하는 근육과 그것을 관장하는 뇌 영역에도 물리적 변화를 가져온다(엘리에저 스턴버그, 2019: 137).

문학예술은 페틀렙 모델에 제시된 것 같은 상황의 구체성, 즉 형상성을 갖추고 있다. 실감 나는 상상은 직접 몸을 움직이는 것과 유사한 방식으로 우리 몸에 새겨진다고 할 때 이런 문학작품을 읽는다는 것은 비록 간접 경험이긴 하지만 뇌를 포함한 신체적 변화까지 야기할 만한 실제적인 위력을 지닌다고 할 수 있다. 흔히 간접 경험을 통해 지혜를 얻을 수 있다고 하는데 이 지혜는 추상적인 관념에 그치는 것은 아니다. 치밀하게 형상화된 문학작품을 읽으면서 자연스럽게 이루어지는 심상 훈련은 해당 상황과 행위에서 '써먹을' 수 있는 실천적인 전략과 지식을 무의식적으로 익히게 한다.

이제 공감으로 논의의 초점을 옮겨가 보자. 공감은 남과 같은 감정을 느끼는 상태로 이해되지만 남의 감정이 나에게 그대로 전해지는 것은 아니다. 나와 남 사이에 어떤 일이 벌어지는지 남의 고통을 함께 느껴 반응하는 실험을 통해 살필 수 있다. 다른 사람의 고통을 볼 때 활성화되는 뇌 영역은 자신이 고통을 느낄 때 활성화되는 영역과 상당 부분 겹친다.

우리의 몸은 아주 미묘하게 다른 사람의 고통을 함께 느끼는 것처럼 반응한다. 토마토를 바늘로 찌르거나 손을 면봉으로 찌르거나 하는 영상을 보는 동안 손 근육을 움직이지 않았던 사람들은 손을 바늘로 찌르는 영상이 나오자 손을 움찔했다는 실험 결과를 통해 이를 확인할 수 있다 (Avenanti et al., 2005: 955-960).

위 실험을 바탕으로 공감이 이루어지는 경로를 순차적으로 따져보면 다음과 같다. '① 다른 사람이 고통스러워하는 상황과 행위, 표정 등을 본다, ② 우리의 뇌에서 고통스러워하는 행위와 표정을 흉내 낸다, ③ 고통으로 뇌가 활성화될 때 해당 신체 영역에도 고통이 감각된다, ④ 고통스러운 감정이 생겨난다' 이렇게 공감은 뇌가 행하는 흉내 내기의 상상이 온몸을 움직여 만들어내는 심리적인 현상이다.

이와 관련된 흥미로운 실험이 있다. 뇌 활동을 관찰한 fMRI 연구 결과에 따르면, 공감 점수가 높은 사람일수록 다른 사람의 감정 표현을 헤아리는 동안 운동 신경세포계가 활성화된다고 한다(Pfeiffer et al., 2009). 그런데 연필을 문 채 표정을 따라 하지 말라고 했을 때 상대방의 감정을 알아차리지 못할 가능성이 크며, 선천적으로 얼굴 근육이 마비된 뫼비우스 증후군 환자는 다른 사람의 감정을 인식하지 못한다고 한다(Avenanti et al., 2005: 955-960). 이러한 결과는 뇌의 신경세포가 근육계의 신경세포와 미세한 전기 파동을 통해 서로 신호를 주고받으며 서로 연결된다는 사실을 확인하게 한다. 몸이 움직이지 않으면 공감도 어려워진다는 것이다.

이러한 공감은 허구적 인물에 대해서도 마찬가지로 행해진다. 무의식적으로 상황을 시뮬레이션하는 것처럼 인물의 행동과 표정을 보는 것만으로 뇌는 복사하듯 따라 하며 인물의 신체적 상태와 감정을 함께 느낀다. 더욱이 허구적 인물에 대한 공감은 서사적 맥락이나 서술자의 견해에 따라 계속 조정되면서 자신이 가진 공감 모형을 성찰하고 개선할 기회를 마련해준다는 점에서 공감 훈련이기도 하다. 그래서 공감을 연구한 자밀 자키(2021)는 문학과 예술이 공감에 미치는 영향이 지대함을 강조하면서 특히 소설을 "공감 습관 형성을 유도하는 약물"이라고 언급하기도 하였다.

문학작품을 통해 공감 능력이 증진된다는 사실은 심리학적 실험과 뇌과학적 측정을 통해 증명되었다. 독서를 좋아하는 사람들은 타인의 감정을 더 쉽게 파악하며, 이야기책을 탐독하는 아이가 책을 별로 좋아하지 않는 또래에 비해 더 일찍 마음 읽기의 기술을 키우고, 비문학을 읽은 사람에 비해 문학 작품을 읽은 사람들이 다른 사람의 감정을 더 정확히 알아냈으며, 우울증에 걸린 주인공이 등장하는 소설을 읽은 사람들이 우울증의 폐해를 과학적으로 설명한 글을 읽은 사람들에 비해 우울증 연구를 후원할 확률이 더 높았다(자밀 자키: 2021, 178-179). 또, 소설의 한 구절을 읽은 경험도 공감을 미세하게 증가시킨다는 연구 결과(Panero et al., 2016)도 있으니 평생 독서를 하는 것은 공감과 인성에 큰 영향을 끼칠 것이라 추측할 수 있다.

이하 내용에서는 공감을 자아내는 이야기가 사회를 변화시킬 수 있는 힘을 가지고 있음을 두 사례를 통해 보이고자 한다. 첫 번째 사례는 범죄자의 재범률을 낮추는 변화이다(자밀 자키, 2021). 미국의 한 지방 법원의 판사는 석방된 수감자 3분의 2가 3년 이내에 다시 체포되는 현실에 분통을 터뜨리며 문학 교수와 함께 '문학을 통한 삶의 변화(Changing Lives Through Literature)'라는 독서모임을 기획하였다. 그들은 형량을 줄여준다는 보상을 내걸고 전과가 많고 재범 위험이 높은 가석방된 기결수 중 글을 읽을 수 있는 사람들을 선발하여, 2주에 한 번씩 판사, 보호감찰관14과 한자리에서 위험과 상실, 속죄를 주제로 한 장편소설에 대해 토론하게끔 했다.

---

14 판사는 참여자들의 형량을 직접 판결한 인물이며, 보호감찰관은 가석방 중에 있던 참여자들이 수업에 출석하지 않거나 책을 읽지 않으면 다시 감옥에 보낼 권한을 가지고 있었다.

그 성과는 확연했다. 대조군에 속한 보호감찰 대상자의 45%가 다시 범죄를 저질렀지만, 동일한 시기 독서모임에 참여한 이들의 재범률은 20% 미만이었고 그것도 이전 범죄보다 경미한 범죄를 저지른 경우가 대부분이었다. 사회적 비용을 고려해도 독서모임을 운영하는 데 1인당 5백 달러가 드는데 교도소에서 한 명의 수감자를 관리하는 비용은 3만 달러 이상이다. 게다가 범죄로 인한 새로운 피해자를 줄였다는 것은 계산되지 않지만 대단한 성과라 할 수 있다.[15]

두 번째 사례로 소개할 대상은 라디오 드라마가 사회통합에 기여한 경우이다(Paluck, 2009). 르완다에서는 라디오 드라마로 놀라운 실험이 행해졌다. 1994년, 다수인 후투족과 소수인 투치족 사이의 오랜 갈등이 대통령의 암살을 계기로 폭발했으며, 투치족의 70%가 인종청소 전쟁의 희생자가 되었다. 〈새로운 새벽〉이라는 라디오 드라마[16]는 후투족과 투치족의 전쟁과 화해를 직접 다루지 않고서도 두 부족간의 분노를 완화하고 공감을 증가시켰다. 르완다 인구의 90%가 청취한 이 드라마는 여러 해에 걸쳐 집단 치유의 순간을 선사했는데, 드라마 속 주인공들의 결혼식 장면은 후투족과 투치족이 함께 모인 스타디움에서 생방송으로 진행될 정도였다.

팔럭은 연구 참여자들이 자신들의 경험을 이 드라마를 매개로 이야기하고 있음에도 주목하였다. 이를테면, '그 사람은 바타무리자였어요.'라는

---

15 문학치료학 연구에서도 교도소 재소자를 대상으로 한 문학치료 활동 결과가 보고된 바 있다. 연구참여자들의 재범률과 같은 수치가 동원되지는 않았지만 다양한 문학활동이 서사적 상상력을 촉발시키고 공감능력을 증진시키는 효과가 있었다고 한다(김정애, 2018).

16 그 줄거리는 〈로미오와 줄리엣〉과 유사하다. 이웃 부족인 무후무로족과 부만지족은 서로 원수 같은 관계이다. 무후무로족 여인인 바타무리자는 부만지족 셰마와 사랑에 빠졌다. 바타무리자의 오빠 루타가리니는 부만지족에 대한 폭력을 주장한다. 두 부족의 충돌로 루타가리니는 감옥에 수감되고 바타무리자는 수녀원에 들어가며 셰마는 자살을 시도한다. 루타가리니는 수감 중 전쟁 도발자에서 평화주의자로 다시 태어난다. 결국 바타무리자와 셰마가 결혼하고 가족들과 두 부족의 사람들은 이들의 결혼을 축하한다.

말은 그가 평화를 원했다는 뜻이고, '그 사람은 루타카니라였어요.'라는 말은 그가 폭력을 선동했다는 뜻이다. 이렇게 드라마 속 인물을 끌어옴으로써 현실의 인간을 직접 비난하는 언어를 피할 수 있게 된 것도 폭발할 듯한 분노의 감정을 누그러뜨리고, 현실의 악인 역시 평화주의자가 된 루타카니라처럼 변할 수 있으며 어쩌면 용서도 가능할 수 있겠다는 관용의 마음을 불러일으키는 데 도움이 되었다고 한다.

이 절에서는 뇌에 작용하는 이야기의 힘에 대해 살펴보았다. 먼저 기억 이야기를 떠올리는 심상 훈련만으로 근육이 움직이고 변화할 수 있음을 확인할 수 있었다. 장면화가 구체적이고 상세할수록 그 효과는 높았다. 이런 점에서 문학작품을 통한 심상 시뮬레이션은 직접 경험 못지않게 구체적인 삶의 국면에서 우리가 어떻게 느끼고 판단하며 움직여야 할지에 대한 삶의 전략과 지혜를 제공한다고 할 수 있다. 허구적 인물의 삶이 담긴 서사예술을 볼 때에도 우리의 무의식은 조용히 그 상황을 시뮬레이션하고 인물에 공감한다. 드라마를 보면서 주인공과 함께 우는 것은 그의 상실감과 슬픔이 나 역시 고통스럽게 하기 때문이다. 이렇듯 우리는 서사예술을 통해 공감을 훈련한다.

이야기는 집단이나 사회를 변화시키는 힘을 발휘하기도 한다. 가석방된 기결수에게 소설을 읽히고 토론에 참여하게 함으로써 실제 그들의 행동을 변화키고 사회적 비용을 줄인 사례는 꼭 콘텐츠산업이 아니어도 문학교육과 문학치료가 '돈을 버는' 사회적 실천이 될 수 있음을 말해준다. 라디오 드라마로 인해 르완다에서 벌어진 일은 문학예술이 사회통합을 위한 거대한 움직임을 만들어낼 수 있음을 시사해 주기도 한다. 전세계적으로 유행하는 한류 드라마나 영화가 돈을 버는 목적 이외에도 국가간 편견을 줄이고 갈등을 완화시킬 수 있음을 확인하게 해주는 외국인의 감상평을 인용하며 마무리하고자 한다.

[1] 〈미스터 션샤인〉 일본 반응

① "왜 한국인들은 반일이 많은지, 이 드라마를 보면 이해에 도움이 되지 않을까 개인적으로 생각합니다. 이러한 사건이 있었던 것을 현대에 살아가는 우리는 알아야 하지 않을까라고 생각합니다. 드라마이고, 물론 과장된 부분이 있겠지만, 이런 일이 실제로 이루어졌을 것이고, 어쩌면 이보다 더 심할 수도 있습니다."

② "나라를 바꿔 놓고 상대편 입장에서 생각해 보니 마음이 괴로워서 견딜수가 없었습니다. 우리가 교과서에서 배운 것은 어떤 의미가 있는지, 진실은 어

그림 3. 드라마 〈미스터 션샤인〉

떤 것인지 다시 생각하는 계기가 되었고, 전쟁은 두 번 다시 해서는 안 된다고 생각했어요."

③ "숨을 쉴 수 없을 정도로 울었고 머리가 아팠을 만큼 울었다. 라스트 3화를 다 본 뒤 우선 곁에 있던 일본 역사교과서를 펼쳐 들었다. 대체로 교과서 3페이지 정도로 정리되어 있었다. 이 드라마가 모두 거짓말인 것도 없고, 모두 진짜인 것도 아닌 것으로 나타났다. 일본인으로서 눈을 돌리고 싶어지는 장면이 많이 있었다." - 한류일보, 〈[일본반응] 드라마를 본 후 일본역사 교과서를 펼쳐 들었다! 미스터 션샤인 해외반응!〉
(https://www.youtube.com/watch?v=rUL5Xo-jTfo)

[2] 〈1987〉 대만 반응

그림 4. 영화 〈1987〉

"일단 문제는 올바르게 직시하고, 적에게는 당당하게 대응해야 해. 그래야 잘못된 점을 바로잡고 승리할 수 있는 거야. 우리는 항상 '한국을 이기고 싶다'고 생각하지. 그러면서 한 번도 한국이란 나라, 한국 국민에 대해 이해해 보려고 하지는 않았어. 그래서야 어떻게 발전하겠어. 좋은 부분은 반드시 배워야만 해. 오늘 학생들을 데리고 이 영화 〈1987〉을 보고 왔어. 영화를 보고 나니 학생들이 정말 감동받았다고, 한 달 전에 이 영화를 보고 울었던 나처럼, 아이들 마음속에도 문제에 대한 명확한 답변이 생겼다고 해. 이게 바로 한국이 대만보다 더 진보할 수 있었던 이유이기도 하지. 이 영화를 본 다른 사람들도 어떻게 해야 할지에 대한 해답을 얻었기를 바라." - 해외안테나, 〈(대만반응) 영화 '1987', 불의에 저항할 수 있는 한국인의 정신에 존경심을 표한다!〉(https://www.youtube.com/watch?v=D5jVnW_ks7g)

3. 문학교육 및 문학치료 영역에 적용

1) 뇌과학을 문학교육에 적용하면?

문학교육은 집단적 자아로의 확장을 목표로 하는 교양교육적 성격을 갖는다. 특히 고전문학교육은 개별적 자아를 민족문화, 전통과 같은 집단적 문화로 포섭하며 보다 확장된 자아의식과 정체성을 가질 것을 요청한다. 자아라는 건축물을 더 크고 웅장하게 쌓으라는 의미에서 고전문학교육은 더욱 교양(Bildung)을 강조한다 할 것이다. 이는 개별적 자아를 사회화시키는 이데올로기적 기제라도 비판할 수 있으나, 집단적 자아의식이 강한 사회에서 개체가 집단의 가치 규범, 소통과 행동의 방식, 감정 관리 방식 등을 익혀 다른 이들과 더불어 살아가게 하는 지혜의 원천이 된다는 의의도 부정할 수 없다.

앞서 서사예술이 범죄를 예방하고 사회적 비용을 줄이며, 분노와 폭력으로 점철된 사회에서 어떻게 사회통합을 이루는지 살펴보았다. 과학교육이 사회적 부를 창출할 인재를 길러내는 만큼 문학교육은 교정·교화를 위한 사회적 비용을 치르지 않아도 될 뿐만 아니라 공감과 연민으로 사회통합에 기여할 만한 훌륭한 시민을 양성한다. 아직 확고한 자아의식이 형성되지 않은 채 신경의 배선판 위에 새로운 회로를 만들어내는 청소년의 스토리텔링 뇌에 가장 쉽게 동조되며 설득력을 가지는 서사예술을 교육의 매재로 사용할 수 있음은 대단히 특별한, 그러나 막중한 기회이다.

이야기에 빠져든 순간에 뇌를 스캔하면 자아의식과 관련된 영역이 억제된다고 한다(윌 스토, 2020: 259). 이런 몰입의 기제에 따라 허구적 서사물은 우리 자아의식의 경계를 넘어 기억의 저장고에 부지불식간에 갈무리된다. 어떤 이야기를 읽고 보고 간직했느냐가, 인생사를 어떻게 정돈하고 어떤 사건에 어떤 의미를 부여할 것인지, 궁극적으로는 그런 기억을 갖고 있는 나는 어떤 사람인지를 결정하는 데 관여한다고 할 때, 발달 중인 청소년의 뇌를 위한 교육 정전을 구성하는 일은 무엇보다 종요롭다고 할 것이다.

2) 뇌과학을 문학치료에 적용하면?

문학치료학에서 '자기서사(self epic)'는 '우리들 각자의 삶을 구조화하여 운영하는 서사'(정운채, 2004)로서 '인간관계의 형성과 위기와 회복에 관한 서술(또는, 이야기)'라고 규정되며, 문학작품의 서사인 '작품서사'를 매개로 보충·강화·통합될 수 있는 '치료'의 대상이 되는 등 문학치료 이론과 실천의 핵심 개념이다. 물론 이 개념은 유동적인 것으로서 이론의 발전과 대상 확장에 의해 정교화, 보편화되고 있다.[19] 이 글에서는 뇌과학적 스토리텔링의 이론에 비추어 자기서사를 조명해보고자 한다.

이야기를 만들어내는 뇌의 기능과 관련해 자기서사를 이해하자면, 첫째, 반복되는 유사한 삶의 문제를 겪을 때 뇌는 서사도식으로써 문제를 바라보고 해결의 효율성을 높이려 한다고 하는데, 이는 자기서사의 형식과 존재성에 대한 방증이 된다.

둘째, 무의식적으로 만들어내는 이야기는 개인에게 의미 있는 정보 위주로 선별되고 통합된 소재로 구성되며 개인의 정체성과 밀접한 관계가 있다고 하는데, 이는 자기서사의 개체적 고유성을 입증한다.

셋째, 뇌의 두 시스템인 무의식계와 의식계는 자기서사에 서로 다른 방식으로 관여한다. 무의식계가 자기서사를 자동적으로 생성해낸다면, 의식계는 이를 점검하고 현실에 맞는지 숙고하여 실제 삶의 서사로 운용한다. 이를 통해 무의식적으로 쓰여지기도 하는 자기서사를 의식하고 성찰하며 숙고하는 활동의 치료적 의의를 확인할 수 있으며, 의식적 노력을 통해 자기서사가 변화할 수 있는 가능성을 시사한다.

넷째, 사회적 동물로 길들여진 인간이 이해하려 애쓰는 세상은 타인들

---

19 최근에는 '인간의 심층에서 인생을 좌우하는 스토리 형태의 인지-표현 체계(story-in-depth)'(신동흔, 2016: 24)라는 자기서사의 정의가 널리 받아들여지고 있다. 이런 정의는 epic, narrative, story 등 용어 사용의 혼란을 줄이고, 문학치료학에서 사용하는 여러 종류의 서사들의 논리적 정합성을 높이며, 간학문적인 소통력을 확보하는 데 기여한다고 판단된다.

로 가득 차있으며, 그 타인이 나와의 관계에서 어떤 대상인지에 따라 관계 영역이 나뉘고 그에 따라 서로 다른 통제이론이 동원된다. 이러한 사실은 문학치료학에서 자기서사를 인간관계를 중심으로 '기초서사'를 구성할 때 자녀인 내가 부모와 맺는 관계[자녀서사], 사랑하는 사람과 맺는 관계[남녀서사], 신의를 바탕으로 지속을 약속한 관계[부부서사], 부모인 내가 자녀와 맺는 관계[부모서사]로 기초서사에 해당하는 자기서사를 유형화한 것은 뇌과학적 관점에서 적합하다 할 것이다.

이처럼 뇌과학은 문학치료학의 이론적 가설을 검증하고 평가하는 데 활용될 수 있을 뿐만 아니라, 문학치료학을 보완하거나 개선할 수 있는 여지도 보여준다. 뇌과학적 사례와 분석을 통해 고장난 뇌에서 만들어낸 이야기도 결국은 처절하게 자아의식을 보호하려는 고투의 산물임을 이해하였다. 이와 마찬가지로 아무리 현실과 괴리되고 왜곡된 자기서사라도 자아의 보호를 위해 만들어낸 결과라면 이를 존중하면서도 치료적 변화를 유도할 세심한 방법에 대해 좀더 다각적인 고민을 해야 할 것이다.

이와 관련해, 문학치료에서도 운동선수들이 행하는 심상 훈련 방식을 적극적으로 도입해 볼 수 있지 않을까 한다. 문제적 자기서사를 성찰하고 개선할 만한 작품서사를 제시함에 있어 그간 문학치료는 '서사의 갈림길'에 주목하여 제시된 사태의 핵심적 문제와 그에 대한 인물의 선택적 대응을 잘 보여주는 줄거리를 줄곧 취해왔다. 한눈에 볼 수 있는 줄거리는 이야기를 구조적으로 이해하고 비교를 통해 자신의 통제이론을 성찰하는 데 도움이 되었던 것도 사실이다.

그러나 심상 훈련이 보여주듯, 마음속에 떠올리는 상이 구체적이고 감정이 투여될수록 실감나는 간접 경험이 가능하다. 따라서 이야기 속 특정 장면이라도 자기가 투영되는 생생한 시뮬레이션이 가능하게끔 문학적 형상을 살려 자기서사의 자극과 변화를 위한 자료로 제시할 낼 필요가 있으며, 이를 음미할 수 있도록 하는 심상 시뮬레이션 활동을 문학치료 프로그램에 포함시킬 수 있다. 또한, 공감은 온몸으로 행해진다고 할 때 인물을 연기하는 배우처럼 인물의 동작과 표정을 따라해 보게 하는 간단한 역할극도 인물에 대한 공감도를 증진시키는 동시에 자기서사와 작품서사의 접속을 원활히 하는 문학치료 활동이 될 수 있을 것이다.

3) 적용을 위한 구체적인 방안들

문학교육과 문학치료에서 뇌과학자들이 제안한 운동선수들이 행하는 심상 훈련 방식을 적극적으로 도입해 볼 수 있지 않을까 한다. 심상 훈련이 보여주듯, 마음속에 떠올리는 상이 구체적이고 감정이 투여될수록 실감나는 간접 경험이 가능하다. 따라서 이야기 속 특정 장면이라도 자기가 투영되는 생생한 시뮬레이션이 가능하게끔 문학적 형상을 살려 자기서사의 자극과 변화를 위한 자료로 제시할 필요가 있으며, 이를 음미할 수 있도록 하는 심상 시뮬레이션 활동을 문학교육, 문학치료 과정에 포함시

신체(Physical)	자신이 심청이 되었다는 가정으로 뱃머리에서 물에 빠지는 모든 상태와 동작을 머릿속으로 상상한다.
환경(Environment)	바닷물을 앞에 두고 뒤에는 남경 선인들이 자신을 제수(祭需)로 여기며 심청을 희생하여 자신들의 기복을 기원하는 선인들이 있는 배 위의 환경을 그려본다.
과제(Task)	시퍼런 바닷물에 자신의 몸을 던지는 모습을 상상한다. 물에 빠질 때의 차가운 물의 느낌과 부딪칠 때의 충격을 상상한다.
타이밍(Timing)	갑판 위에서 물에 뛰어들 때 고심과 괴로움의 시간은 얼마나 되었을지, 물속에 들어가 의식을 잃기까지 시간은 얼마나 지났을지 상상한다.
학습(Learning)	처음에는 물에 뛰어드는 것만 상상했으나 되풀이하면서 심청의 갈등과 고뇌, 결단의 용기도 공감할 정도가 된다.
감정(Emotion)	결정적 순간에 느낄 심한 긴장감이나 빨라지는 심박수 등을 포함해 어떤 감정이 밀려들었을지 상상한다.
관점(Perspective)	심청의 1인칭 시점에서 심상 훈련을 가정한다.

킬 수 있다.

예를 들어, 심청이 인당수에 빠지는 장면에 대한 심상 시뮬레이션을 한다고 해보자.

이러한 시뮬레이션은 피상적인 이해와 공감에 비해 인물과의 동일시 혹은 인물의 자기화로 인한 자기서사의 변화를 촉진할 것이리라. 덧붙여, 뇌과학이 밝힌 대로, 공감이 단지 상상뿐만 아니라 온몸으로 행해진다고 할 때 인물을 연기하는 배우처럼 인물의 동작과 표정을 따라해 보게 하는

표 3. 〈춘향전〉에 적용한 5막 플롯

	사건 중심 플롯	인물 중심 플롯
1막	기생의 딸인 춘향은 단오날 그네를 뛰다 가 몽룡의 눈에 들어 첫 만남을 갖는다. 발화점: 신분이 다른 몽룡과의 만남	이게 나다. 그런데 통하지 않는다. 통제이론: 나는 기생 신분이나 기생이 아니다. 세상은 나를 기생 취급한다. 그러나 나는 기생처럼 살지 않을 것이다. 발화점에서 변화: 사또의 자제라는 몽룡이 불러 어쩔 수 없이 만남을 갖게 되었다.
2막	몽룡과 첫날밤을 치 르고 사랑에 빠진다.	다른 방법이 있는가? 도련님은 나를 버리지 않겠다고 약속했고, 나는 그 약속을 믿는다. 신분의 차이가 있어도 이렇게 사랑하는 우리를 누가 떼어놓을 수 있으랴.
3막	몽룡은 춘향을 두고 서울로 가고, 춘향은 변학도의 수청 요구 를 거절한다.	방법이 있다. 나는 변화했다. 도련님이 나를 잊었을지언정 나의 일편단심은 결코 변하지 않을 것이다. 이런 변함없는 마음이 진정한 사랑 이고 나는 열녀(烈女)이다.
4막	옥에 갇혀 죽을 위기 에 처해 거지꼴로 찾 아온 몽룡을 만난다.	그런데 나는 변화의 고통을 감당할 수 있는가? 비록 거지꼴로 찾아온 도련님의 모습에 실망했지만, 꿈속에서도 열녀로 인정받고, 죽어서도 이씨 선산에 묻힐 것이다.
5막	변사또의 생일, 어사 로 나타난 몽룡과 재 회하고 결합한다.	나는 어떤 사람이 될까? 변화한 통제이론: 나는 열녀가 됨으로써 기생이란 신 분을 극복하고 도련님과 정식으로 혼인했다. 비록 천 한 신분으로 태어났어도 도덕성을 갖추면 고귀한 존재 가 될 수 있다.

간단한 역할극도 인물에 대한 공감도를 증진시키며 작품을 내면화, 자기화하는 활동이 될 수 있을 것이다.

한편, 바람직한 인간의 변화를 목표로 삼는 교육과 치료에서 참조할 만한 모델로 월 스토가 제안한 '5막 플롯'을 작품을 분석하는 모델이자 자기 변화를 이끄는 구조적 틀로 삼을 수 있다. 그간 서사구조를 분석할 때에는 기승전결(起承轉結), 혹은 '발단-전개-위기-절정-결말'이란 암묵적 틀을 활용하였다. 이 틀은 객체적 대상으로서 수많은 서사물에서 추출한 플롯이기에 큰 오류가 있는 것은 아니다. 그렇지만 여기에 인간의 심리를 덧붙인다면 감상자가 인물의 심리 흐름을 따라 자기의 변화를 이끌어내는 데도 유용하지 않을까 한다.

〈춘향전〉의 플롯을 5막으로 나누고, 이원적 구조로 구성해 위와 같은 표를 채울 수 있다. 기존의 플롯이 사건을 구조화는 단순한 틀로 기능했던 데 비해 인물의 심리 변화를 함께 구성해보니 춘향의 열정적 사랑이 도덕성으로 변해하는 추이가 그려지며 인물이 가진 통제이론의 변화도 선명해진다. 〈춘향전〉이 행복한 결말의 희극적 구조를 가진 전형적이고 고전적인 작품이기에 유독 잘 들어맞는 것은 아니다. 이 플롯은 현대의 장편 드라마에도 적용해 볼 수 있다.

현대의 드라마도 5막으로 나누고, 인물의 주요 심리를 분석하다 보니 인물의 심리 변화가 명확해지며 주 플롯의 진행을 통한 드라마의 주제가 간명하게 드러난다. 특히 16부작 드라마에서 사건의 변화와 인물의 심리적 에너지를 어떻게 운용하고 있는지 파악할 수 있다. 1막에 인물을 소개하고 발화점이 되는 사건은 갑작스럽게 제시되기에 2회, 나머지는 4회씩 각 막에 배치하고, 5막에 통제이론의 변화와 이를 통해 드러나는 작품의 주제의식을 보여준다.

표 4. 〈사랑의 불시착〉에 적용한 5막 구조

	플롯의 진행	인물(윤세리)의 심리
1막 (1,2회)	퀸즈그룹 막내딸 윤세리가 패러글라이딩을 하던 중 돌풍이 불어 북한에 불시착하여 5중대 중대장인 리정혁 대위를 만난다. 발화점: 북한에 불시착	이게 나다. 그런데 통하지 않는다. 통제이론: 세상은 살벌하고 무정한 곳. 아무도 믿지 않고 사랑하지 않고 나는 오로지 내 능력과 금력으로 더욱 강한 존재가 될 것이다. 발화점에서 변화: 아무도 나를 모르고 어느 것도 내 뜻대로 할 수 없어. 나는 무력해졌다. 누군가의 도움을 받아야 한다.
2막 (3~6회)	군 사택마을에서 세리는 정혁의 약혼녀 행세를 하며 5중대 대원들과 남한으로 돌아갈 시도(빠다치기, 패러글라이딩, 선수로 위장하기, 구승준과 위장결혼 등)를 하지만 잇단 실패를 겪는다.	다른 방법이 있는가? 나의 친화력과 외모, 언변 등 모든 능력을 활용해 사람들을 이용하며 남한으로 가려는 목적을 달성해야지. 나를 진심으로 걱정해주고 도와주려는 리정혁을 이용하기만 하려는 나는 좀 이기적이지 않은가?
3막 (7~10회)	정혁이 세리를 구하려다 치명적 총상을 입자 세리는 남한행을 포기할 정도로 정혁을 사랑하고 있음을 깨닫는다. 세리는 리정혁 대위의 아버지에게 납치되고 우여곡절 끝에 남한에 도착한다. 리정혁은 세리를 죽이려 남한에 간 조철강을 따라 남한에 와 세리를 만난다. 5중대 대원들과, 리정혁을 염탐하던 정만복도 리정혁을 데리러 오라는 명을 받고 남한에 보내진다.	방법이 있다. 나는 변화했다. 나 때문에 총을 맞은 리정혁이 걱정되어 남한으로 갈 기회를 놓아버릴 정도로 나는 그를 사랑한다. 리정혁은 나를 남한에 보내주었다. 그러나 리정혁이 없는 남한의 삶은 너무 삭막하고 쓸쓸하다.
4막 (11~14회)	서울에서 재회한 정혁 일행은 남한에서 행복한 시간을 보낸다. 정혁 대신 세리가, 정혁을 죽이려 북에서 온 조철강의 총을 맞는다.	그런데 나는 변화의 고통을 감당할 수 있는가? 사랑하는 리정혁을 위해서라면 난 무엇이든 할 수 있어. 심지어는 그를 대신해 기꺼이 죽을 수도 있어.
5막 (15~16회)	정혁 일행은 국정원 요원에 의해 잡혀 있다가 남북 인사 교환을 계기로 북으로 떠난다. 시간이 흘러 정혁과 세리는 스위스에서 재회한다.	나는 어떤 사람이 될까? 변화된 통제이론: 나는 북한에 불시착해 결국 죽을 위기를 맞이한다고 해도 같은 선택을 할 것이다. 세상에는 좋은 사람들이 많고 예상치 못한 인연이 기다리고 있다. 국경을 뛰어넘는 사랑도 가능하다.

그림 5. 드라마 〈사랑의 불시착〉

〈춘향전〉과 〈사랑의 불시착〉은 애정이란 본능적 에너지를 바탕으로 '위대한 거절'을 하며, 사랑의 장애를 극복하는 동시에 장애를 야기하는 당대의 모순을 드러내고 문제시하는 공통의 주제를 지니고 있다. 춘향이 살았던 시대에 타고난 신분에 의한 차별이 삶의 질곡을 초래하는 핵심적인 사회 모순이었던 반면, 현대 한국사회에서는 물자와 인적 교류, 민족 번영의 기회를 막고, 반도를 넘어 대륙으로 향하는 인문지리적 상상력마저 위축시키는 남북 분단이 우리 사회 주요 모순 중 하나이다. 춘향이 기생도 같은 인간으로 고귀한 인간성을 가지고 있음을 보여주며 신분의 철폐를 현실 역사보다 먼저 이뤄낸 것처럼, 〈사랑의 불시착〉은 제도나 이데올로기의 차이, 남북한의 편견과 같은 난관을 넘어 '사람의 통일'을 미리 보여준 수작으로 우리 마음에 스며들었다.

이렇게 겉으로 드러난 사건 진행의 플롯과 더불어 인물의 심리를 분석하는 까닭은 수용자들이 공감하고 동조하는 인물의 심리 변화를 잘 따르게 하기 위함이다. 분석 과제의 요구에 따라 학습자들은 인물의 심리에 초점을 맞추고 자기 역시 더 이상 이전에 가졌던 통제이론이 통용되지 않는 상황에서 어떤 전략으로 다른 사람의 마음을 헤아리며, 어떻게 상황에 대처해야 할지 대책을 마련하려 하면서 허구적 등장인물들의 고뇌와 선택을 참조한다. 이런 과정을 거쳐 조금씩 확장·건설되는 '존재의 집'이 바로 교양이며, 더 너른 서사적 가능성을 품는 자기서사의 변모 과정이 바로 치유이다.

4. 결 론

　뇌는 익숙한 패턴을 동원해 사태를 인지·예측함으로써 사고의 효율성을 극대화하려 하는데 이때 동원되는 형식이 이야기이다. 뇌에서 만든 이야기를 믿음으로써 우리는 익숙하고 예측가능한 안전한 세계에 살고 있다는 위안을 얻는다. 뇌에서 구성되는 이야기는 자기중심적인 감정에 영향을 받기 쉬우며 그 내용 중에는 왜곡되고 변형된 기억이나 허구도 섞여 있다. 그럼에도 이야기는 인과관계로 엮이고 표준화된 구조를 가짐으로써 우리에게 그럴듯하다는 믿음을 준다. 또, 우리는 세계와 인간에 대한 자신의 통제이론이 더 이상 들어맞지 않게 된 '결함 있는 뇌'를 지닌 주인공이 세계의 작용에 맞서다가 결국 새로운 통제이론을 확립하는 이야기에 매력을 느낀다.

　뇌에서 끊임없이 이야기를 만들고 들려주는 목적은 결국 우리가 이 세계를 잘 알고 잘 살(아남)기를 바라서이다. 그런데 문명화된 우리가 사는 세상은 곧 다른 인간들로 구성된 세상이 되어 버려 타인을 이해하고 그 마음을 읽는 기술이 곧 생존의 기술이 되었다. 또한, 기억을 통해 통합적인 자아정체감을 가지고 세상에 나아갈 수 있게 하고 세상사에 대처하게 하는 온전한 자아의식도 중요하다. 우리의 뇌가 정보를 취사선택하고 변형하기도 하며 때론 기억을 억압하거나 트라우마가 되는 기억을 또다른 자아의 것으로 돌리는 작용을 하는 것도 모두 자아의식을 보호하기 위한 뇌의 고투(苦鬪)라 할 것이다.

뇌가 이야기 패턴을 중시하고 자아의식을 보호하려 한다는 사실은 뇌의 게으르고 보수적인 속성을 드러내주기도 한다.[20] 뇌는 날것으로서 생생한 현실에서 벌어지는 일들을 각각 파악하려 하기보다 한번 만들어둔 도식을 반복적으로 사용하고, 새로운 경험과 정보를 기억과 정체성으로 통합해 자아를 새롭게 빚어내려 하기보다 기존의 자아의식과 통제이론을 고집스레 재생산하고 강화하려 한다. 이런 뇌의 본래적 속성을 그대로 따르느냐, 아니면 이런 속성을 성찰하고 숙고하는 길을 가느냐 하는 것은 〈가지 않은 길〉이란 프로스트의 시에서처럼 우리의 선택에 달려있다.

실제 인생에서 익숙하지 않은 길을 선택할 때는 심각한 내·외적 갈등이 뒤따르며 대단한 용단이 필요하다. 그러나 서사물은 심각한 내적 고뇌나 현실적 비용을 발생시키지 않고서도 새로운 길을 걷는 인간의, 그리고 '나'의 시뮬레이션을 가능하게 한다. 운동선수를 위한 심상 훈련이 이상적 상태를 몸에 각인시키듯이, 허구적 서사물에 대한 시뮬레이션은 인물의 경험을 자신의 것으로 전이시킨다. 그렇게 완고한 자아가 선택하지 않으려 하는 길에 대한 은밀한 탐색과 여행이 시도되는 것이다.

이러한 방식은 '넛지(nudge)'[21]에 가깝다. 무언가 좋은 일이나 올바른

---

20 이와 관련해 뇌의 입장에서 다음과 같이 변명할 수 있다. "(뇌는) 바빠도 너무 바쁘다. 게다가 지각은 뇌가 동시에 처리하고 있는, 사실상 무한히 많은 과제 중 하나에 불과하다. 잠정적인 버전의 현실을 만들어 내기 위해 뇌는 귀, 눈, 코, 그리고 다른 감각 기관에서 유입되는 신호들을 전하를 띤 나트륨 이온과 칼슘 이온으로 변환해서 그 이온들을 신경세포 안팎으로 펌프질해야 한다. 또 뇌는 그 결과로 생기는 전기를 우리가 상상할 수 있는 가장 정교하고 복잡한 회로판인 커넥톰 여기저기로 시속 400킬로미터의 속도로 내보내야 한다. 이런 과정은 엄청난 에너지를 필요로 한다. 뇌가 얼마나 고되게 일해야 하는지 생각해 보면, 뇌가 일을 더 편하게 할 수 있는 잔재주를 진화시켰다는 것이 그리 놀랍지 않다."(한나 크리츨로우, 2020: 168-169).

21 넛지 이론은 집단으로 하여금 특정 행동을 수행하도록 유도하는 경제학과 행동심리학의 한 분야이다. 넛지 이론의 핵심 목표는 사람들이 '인지적 저항(cognitive friction)'을 줄임으로써 사람들이 '올바른 일'을 하기 쉽게 만들어 주는 정책을 마련하는 것이다(리처드 탈러·캐스 선스타인, 2009).

일을 하려 해도 어떻게 시작해야 할지 잘 알지 못하고, 성공할 수 있을 것 같은 확신이 들지 않아 망설이는 우리에게 '괜찮아, 너도 해봐.'라고 옆구리를 슬쩍 찌르는 문학은 우리가 가지 않은 길을 선택해 볼 수 있도록 유도한다.

그래서 문학을 읽는 것, 서사예술을 감상하는 것 자체가 자기교육이자 자가치유이다. 문학교육이나 문학치료는 문학이 가진 이러한 교육적, 치유적 힘과 가치에 대한 믿음을 바탕으로 교육과 치료의 과정에 개입하며, 이와 관련된 이론을 생성한다는 점에서 공통적이다. 둘의 결정적 차이는 문학치료가 개별자아와 자기중심적인 문학의 수용과 변용에 관심을 기울이는 데 비해, 문학교육은 집단자아를 대상으로 문학에 대한 교양과 문화적 문해력을 갖추게 하는 데 초점을 맞춘다는 것이다. 즉, 문학치료는 뇌의 구심적 작용을 돌보고, 문학교육은 뇌의 원심적 작용을 권한다. 이런 차이를 바탕으로 둘의 상호보완적이며 협력적인 관계 맺기를 좀더 적극적으로 시도해 볼 수 있을 것이라 기대한다.*

---

* 이 글은 "황혜진(2021), 「뇌과학의 관점에서 본 스토리텔링에 대한 이해」, 『고전문학과 교육』 48, 한국고전문학교육학회"의 일부 내용을 수정·보완한 것이다.

참고문헌

소설교육의 전통이란 무엇이고, 그것은 어떤 의미를 가지는가?

김기동 편(1979), 『필사본고소설전집 I』, 아세아문화사.
무악고소설자료연구회편(2001), 『한국고소설관련자료집I』, 이회.
무악고소설자료연구회편(2005), 『한국고소설관련자료집II』, 이회.
김득신, 『柏谷集』, 신범식 역(2006), 『국역 백곡집』, 파미르.
안정복, 『順菴集』, 이상하 역주(2016), 『(교감역주) 순암집』, 성균관대학교 출판부.
유만주, 서울대 규장각 편(1997), 『흠영 (1-6)』, 서울대 규장각.
유탁일(1994), 『고소설비평자료집성』, 아세아문화사.
이덕무, 『青莊館全書』, 민족문화추진회 편(1978), 『(국역)청장관전서』, 민족문화추진회.
이덕형, 「송도기이 서」, 민족문화추진회 편(1971), 『국역대동야승 17』, 민족문화추진회.
채제공, 「여사서 서」, 『번암집』권33, 경문사 영인(1975), 『번암선생문집 하』, 경문사.
홍서봉, 「속어면순 발」, 동국대 한국문학연구소 편(1981), 『한국문헌설화전집 7』, 태학사.
조선왕조실록 http://sillok.history.go.kr/main/main.do.
한국고전번역원 http://www.itkc.or.kr/.

김윤식 편저(1976), 『문학비평용어사전』, 일지사.
이상섭(1976), 『문학비평용어사전』, 민음사.
진경환(2010), 「전통과 담론」, 『전통, 근대가 만들어낸 또 하나의 권력』, 전통문화연구소.
조동일(2004), 『한국소설의 이론』, 지식산업사.
최인자(2006), 「청소년 문학 경험의 질적 이해를 위한 독서 맥락의 탐구」, 『독서연구』 16, 한국독서학회.

대화하는 고전문학교육을 하면 어떤 성장이 일어날까?

《성종실록》, 한국고전번역원, 한국고전종합DB, https://lrl.kr/Udb.
『풍월정집』, 한국고전번역원, 한국고전종합DB, https://lrl.kr/Udc.

김승우(2011), 「고전시가 속 '漁父' 모티프의 수용사적 고찰: 船子和尙 偈頌
　　　　의 수용과 변전 양상」, 『고전과해석』 11, 고전문학한문학연구학회.
나정순(2012), 「조선 전기 무심 시조의 연원과 불교적 동향」, 『선문화연구』
　　　　13, 한국불교선리연구원.
남지현(2016), 「대화주의에 기반한 문학 토의 수업의 구조화 연구」, 고려대학
　　　　교 박사학위논문.
박규홍(2000), 「어부가의 전승 양상 연구」, 『모산학보』 12, 동아인문학회.
선주원(2009), 「서사적 대화와 서사 교수학습 모형 연구」, 『새국어교육』 82,
　　　　한국국어교육학회.
안장리(2013), 「정몽주의 '단심(丹心)'과 이정의 '무심(無心)' 비교」, 『포은학
　　　　연구』 11, 포은학회.
이재기(2011), 「바흐친의 대화주의와 읽기교육」, 『동남어문논집』 41, 동남어
　　　　문학회.
이정숙·김국태·박창균(2011), 「국어 수업대화의 재개념화: '대화적 관계' 형성
　　　　을 중심으로」, 『우리말교육현장연구』 5(2), 우리말교육현장학회.
이종묵(1998), 「풍월정 월산대군의 삶과 시세계」, 『한국한시작가연구』 3, 한
　　　　국한시학회.
전재강(2001), 「불교 관련 시조의 사적 전개와 유형적 특성」, 『한국시가연구』
　　　　9, 한국시가학회.
최미숙(2006), 「대화 중심의 현대시 교수·학습 방법」, 『국어교육학연구』 26,
　　　　국어교육학회.

게리 솔 모슨·캐릴 에머슨, 오문석·차승기·이진형 역(2006), 『바흐친의 산문
　　　　학』, 책세상.
미하일 바흐친, 박종소·김희숙 역(2006), 『말의 미학』, 길.
장상호(2005), 『학문과 교육』(중), 서울대학교출판부.

고정희(2013),『고전시가 교육의 탐구: 시공간적 거리감, 전유, 정서를 중심으로』, 소명출판.

김명숙(2015),「교실수업에서 '질문하는 일'의 의미」,『초등교육연구』 28(3), 한국초등교육학회.

김종철(2005),「정전(正典)으로서의 〈춘향전(春香傳)〉의 성격」,『선청어문』 33, 서울대학교 국어교육과.

박수자(2014),「초등 읽기 수업을 위한 교사 질문 지침의 개발」,『어문학교육』 48, 한국어문교육학회.

박정진(2006),「국어 수업의 질문활동 양상 연구」, 고려대학교 박사학위논문.

박정진·윤준채(2004),「읽기 수업에서의 질문 들여다보기: 비판적·창의적 질문을 중심으로」,『독서연구』 12, 한국독서학회.

선주원(2004),「질문하기 전략을 통한 문학 교수·학습 과정 연구,『국어교육학연구』 18, 국어교육학회.

송지언(2014),「학습자 질문 중심의 문학 감상 수업 연구: 춘향전 감상 수업을 중심으로」,『문학교육학』 43, 한국문학교육학회.

신헌재·이재승(1997),『학습자 중심의 국어교육: 그 원리와 방법』, 박이정.

엄태동(2001),『존 듀이의 경험과 교육』, 원미사.

장경학(1995),『법률 춘향전』, 을유문화사.

장상호(2000),『학문과 교육』, 서울대학교 출판부.

장지혜(2013),「성찰적 사고를 위한 비평적 에세이 쓰기 교육 연구」, 서울대학교 석사학위논문.

전숙경(2010),「수업언어로서의 '질문'에 대한 이해」,『교육철학』 50, 한국교육철학학회.

차윤경 외(2014),『융복합교육의 이론과 실제』, 학지사.

Arlin, P. K.「지혜, 문제 발견의 기술」, In R. J. Sternberg et al.(1990/2010),『지혜의 탄생: 심리학으로 풀어낸 지혜에 대한 거의 모든 것』(최호영 역), 21세기북스.

Bishop, J. L. and Verleger, M. A.(2013), The Flipped Classroom: A Survey of The Research. *ASEE National Conference Preceeding, Atlanta, GA.* 30(9), 1-18.

Gadamer, H.(1960/2012),『진리와 방법: 철학적 해석학의 기본 특징들 II』(임홍배 역), 문학동네.

Gere, A. R.(1987), *Writing Groups: History, Theory, and Implications.* Carbondale: Southern Illinois UP.

Jonassen, D., and Land, S(ed.)(2000/2012), 『학습자 중심 학습의 연구·실천을 위한 이론적 토대』(김현진·정종원·홍선주 역), 교육과학사.

Ricœur, P.(1990/2006), 『타자로서 자기 자신』(김웅권 역), 동문선.

Vygotsky, L. S.(1978/2009), 『마인드 인 소사이어티: 비고츠키의 인간 고등 심리 과정의 형성과 교육』(정희욱 역), 학이시습.

Wiggins, G., and McTighe, J.(2005/2008), 『거꾸로 생각하는 교육과정 개발: 교과에 대한 진정한 이해를 목적으로』(강현석 외 역), 학지사.

고전소설 다시쓰기(rewriting)는 어떤 기능을 해 왔으며 교육적 효용은 무엇일까?

권순긍(2006), 「근대 초기 고소설의 전변 양상과 담론화」, 『한국 고소설의 문화적 전변화 위상』, 보고사.

권순긍(2019), 『고전소설의 근대적 변개와 콘텐츠』, 소명출판.

권순긍·옥종석(2018), 「고전소설과 콘텐츠, 그 제작 양상과 개발의 전망-영화 콘텐츠를 중심으로」, 『한국고전연구』 43, 한국고전연구학회.

권혁래(2003), 「고전동화로 보는 〈춘향전〉-1990년대 이후 출간된 작품을 대상으로」, 『동화와 번역』 6, 건국대학교 동화와번역연구소.

권혁래(2010), 「고전소설의 다시쓰기 출판물 연구 시론」, 『고소설연구』 30, 한국고소설학회.

김경미(1987), 「구활자본 춘향전의 개작양상과 그 의미」, 『이화어문논총』 9, 이화여자대학교 한국어문학연구회.

김영욱(2009), 「전래동화로 다시 쓰인 춘향전 비교」, 『한국학연구』 20, 인하대학교 한국학연구소.

김재웅(2011), 「충북지역에 유통된 필사본 고소설의 종류와 향유층」, 『고소설연구』 32, 한국고소설학회.

김종철(1996), 「완서신간본 〈별춘향전〉에 대하여」, 『판소리연구』 7, 판소리학회.

김종철(1999), 「춘향전 교육의 시각」, 『고전문학과교육』 1, 한국고전문학교육학회.

김종철(2005), 「정전으로서의 춘향전의 성격」, 『선청어문』 33, 서울대학교 사범대학 국어교육과.

서보영(2013), 「활자본 고전소설 〈미인도〉의 성립과 변모 양상 연구」, 『고소
　　설연구』 36, 고소설학회.
서보영(2017), 「고전소설 삽화 재구성 교육 연구」, 서울대학교 박사학위논문.
서보영(2021), 「웹툰 〈그녀의 심청〉의 고전소설 〈심청전〉 변용 양상과 고전
　　콘텐츠의 방향」, 『어문론총』 88, 한국문학언어학회.
서유경(2002), 「공감적 자기화를 통한 문학교육 연구」, 서울대학교 박사학위
　　논문.
오세정(2014), 「한국 전래동화에 나타난 설화 다시쓰기의 문제」, 『한국문학
　　이론과 비평』 65, 한국문학이론과 비평학회.
이명현(2018), 「웹툰의 고전서사 수용과 변주」, 『동아시아고대학』 52, 동아
　　시아고대학회.
이윤석(2009), 「문학연구자들의 〈춘향전〉 간행 –1950년대까지-」, 『열상고전
　　연구』 30, 열상고전연구회.
이지영(2016), 「춘향전의 정전화 과정과 교과서 수록」, 『국문학연구』 34, 국
　　문학회.
임성래(2003), 「방각본의 등장과 전통 이야기 방식의 변화」, 『동방학지』 122,
　　연세대학교 국학연구원.
정병헌(2003), 「춘향전 서사의 성격과 역사적 전개」, 『고전희곡연구』 6, 한국
　　공연문화학회.
조동일(2001), 『소설의 생산·유통·소비, 소설의 사회사 비교론』 2, 지식산업사.
조현설(2004), 「고소설의 영화화 작품을 통해 본 고소설 연구의 과제」, 『고소
　　설연구』 17, 한국고소설학회.
차충환(2011), 「판소리 독서물 탄생의 기반 사유 -〈춘향전〉 필사본을 통한
　　고찰」, 『공연문화연구』 23, 한국공연문화학회.
최운식(2006), 『한국 고소설 연구』, 보고사.
황혜진(2004), 「전승사의 관점에서 본 채만식의 〈심봉사〉 연구」, 『고전문학
　　과교육』 7, 한국고전문학교육학회.

고전산문으로 학생들의 의사소통 능력을 길러 주려면 어떻게 해야 할까?

〈성현공숙렬기〉 (규장각본)
〈소현성록〉 (이화여자대학교본)
〈엄씨효문청행록〉 (장서각본)

〈열녀춘향수절가〉(완판 84장본)
〈유씨삼대록〉(국립중앙도서관본)
〈조씨삼대록〉(서강대학교본)
〈춘향가〉(신재효 창본)
〈춘향가〉(조상현 창본)
〈춘향가〉(김소희 창본)
〈흥부전〉(경판 25장본)

김대행(1992),「고전표현론을 위하여」,『선청어문』20, 서울대학교 국어교육과.
김대행(1995),『국어교과학의 지평』, 서울대학교 출판부.
김문희(2016),「고전소설 속에 나타난 미인의 표상과 미의식」,『인문학연구』
　　　51, 조선대학교 인문학연구소.
김서윤(2019),「〈유씨삼대록〉의 질책 화행과 일상 대화 교육」,『고전문학과
　　　교육』41, 한국고전문학교육학회.
김성룡(2010),「중세 글쓰기에 나타난 자아정체성의 교육적 가치」,『작문연
　　　구』11, 한국작문학회.
김종철(1999),「소설의 이본 파생과 창작 교육의 한 방향」,『고소설연구』7,
　　　한국고소설학회.
김종철(2000),「글쓰기 교육의 문화적 척도」, 이상익 외,『고전산문교육의 이
　　　론』, 집문당
김지혜(2016),「〈옥루몽〉을 통해 본 한국 전통 대화의 원리 및 교육적 함
　　　의」,『고전문학과 교육』31, 한국고전문학교육학회.
김현주(2015),「조선 후기 서사체에 나타나는 설득화법의 두 양상: 〈한중록〉
　　　과 〈조씨삼대록〉의 경우」,『한국고전연구』32, 한국고전연구회.
류수열(2001),『판소리와 매체 언어의 국어교과학』, 역락.
박갑수(1998),「고소설의 안면 묘사」,『국어교육학연구』8, 국어교육학회.
박삼서(2000),「춘향전의 PUN 양상과 교육」, 이상익 외,『고전산문교육의
　　　이론』, 집문당.
배수찬(2001),「고전 국문소설의 서술 원리 연구: 낭독이 서술에 미친 영향을
　　　중심으로」, 서울대학교 석사학위논문.
서유경(2002),『고전소설교육 탐구』, 박이정.
서유경(2004),「문학을 활용한 말하기 교육 내용 연구:〈토끼전〉의 어족회의
　　　대목을 중심으로」,『국어교육』114, 한국어교육학회.

손동국(2011), 「고전소설의 인물묘사와 유가적 사유와의 상관관계」, 서강대
　　　　학교 석사학위논문.

이성영(1999), 「국어 표현 방식 연구 - 결정 이양 원리를 중심으로」, 『선청어
　　　　문』 27, 서울대학교 국어교육과.

이영호(2014), 「고전산문 글쓰기를 활용한 작문 교육의 방향 연구」, 『작문연
　　　　구』 22, 작문학회.

이인화·주세형(2014), 「'묘사' 관련 교육 내용에 대한 비판적 고찰」, 『문학교
　　　　육학』 45, 한국문학교육학회.

이지호(2000), 「춘향전 교육의 한 방법 - 작중 인물의 '말'을 중심으로」, 이상
　　　　익 외, 『고전산문교육의 이론』, 집문당.

장시광(2006), 『조선시대 대하소설의 여성반동인물』, 한국학술정보.

주재우(2011), 「설을 활용한 설득적 글쓰기 교육 연구」, 서울대학교 박사학위
　　　　논문.

주재우(2020), 「산수유기(山水遊記)의 전통에서 본 기행문 쓰기교육」, 『작
　　　　문연구』 46, 한국작문학회.

황혜진(2008), 「고전서사를 활용한 창작교육의 가능성 탐색 -〈수삽석남(首
　　　　插石枏)〉의 소설화 자료를 대상으로」, 『문학교육학』 27, 한국문학교
　　　　육학회.

고전소설의 갈등 해결 방식을 어떻게 읽어낼 수 있을까?

김만중 작·류준경 역(2014), 『사씨남정기』, 문학동네.

김시습 작·이재호 역(1994), 『금오신화』, 을유문화사.

김종철(2000), 「소설의 사회문화적 위상과 소설교육」, 『국어교육』 101, 한국
　　　　어교육학회.

김진영(1999), 「서포소설의 갈등과 화합의 의미」, 『어문연구』 31, 어문연구학회.

박일용(2003), 「〈홍길동전〉의 문학적 의미 재론」, 『영웅소설의 소설사적 변
　　　　주』, 월인.

이상일(2011), 「춘향의 신분정체성을 통해 본 이몽룡의 인물 형상」, 『고전문
　　　　학과교육』 22, 한국고전문학교육학회.

이상일(2021), 「고전소설의 갈등 해결 방식과 국어교육적 의의」, 『국어교육연
　　　　구』 75, 국어교육학회(since1969).

정하영(2013), 「沈淸傳」, 황패강교수정년퇴임기념논총간행위원회 편, 『고전

소설연구』, 일지사.

조남현(1990), 『한국소설과 갈등』, 문학과비평사.

조동일(1977), 「自我와 世界의 小說的 對決에 관한 試論」, 『韓國小說의 理
論』, 지식산업사.

최시한(2010), 『소설 어떻게 읽을 것인가: 이야기의 이론과 해석』, 문학과지성사.

고전산문 글쓰기는 작문교육에 어떤 역할을 할 수 있을까?

박지원 지음/이가원 옮김(1968), 『국역 열하일기I』, 민문고.

박지원 지음/신호열·김명호 옮김(2005), 『국역 연암집 1』, 민족문화추진위원회.

박지원 지음/신호열·김명호 옮김(2004), 『국역 연암집 2』, 민족문화추진위원회.

박종채 지음/박희병 옮김(2002), 『나의 아버지 박지원』, 돌베개.

김대행(1995), 『국어교과학의 지평』, 서울대출판부.

김종철(2000), 「글쓰기 교육의 문화적 척도」(이상익 외(2000), 『고전문학교
육의 이론』, 집문당).

박수밀(2013), 『연암 박지원의 글짓는 법』, 돌베개.

박인기(2014), 「글쓰기의 미래적 가치」, 『작문연구』 20, 한국작문학회.

이영호(2006), 「관습적 글쓰기와 창의적 글쓰기」, 『작문연구』 2, 한국작문학회.

황혜진(2015), 「박지원 평문의 작문론 연구」, 『작문연구』25, 한국작문학회.

Applebee, A. N.(2000), Alternative models of writing development,
Roselmina Indrisano and James R. Squire, editors, *Perspectives
on writing : research, theory, and practice*, Newark, Dela. :
International Reading Association.

Baaijen, V.M., Galbraith, D., & de Glopper, K.(2014), Effects of writing
beliefs and planning on writing performance, *Learning and
Instruction, 33.*

Bereiter, C. & Scardamalia, M.(1987), *The psychology of written com-
position*, Hillsdale, N.J.: L. Erlbaum Associates.

Eklundh, K. & Kollberg, P.(2003), Emerging discourse structure: com-
puter-assisted episode analysis as a window to global revision
in university students' writing. *Journal of Pragmatics, 35(6).*

Emig, J.(1971), *The composing processes of twelfth graders*, Urbana, Ill.:

National Council of Teachers of English.

Galbraith, D.(1999), Writing as a knowledge-constituting process, Torrance & Galbraith(Eds.), *Knowing what to write: conceptual processes in text production*, Amsterdam University Press.

Hayes, J. & Flower, L.(1980a), Identifying the organization of writing processes, Lee W. Gregg & Erwin R. Steinberg, editors, *Cognitive processes in writing*, Hillsdale : Erlbaum.

Hayes, J. & Flower, L.(1980b), The dynamics of composing: Making plans and juggling constraints, Lee W. Gregg & Erwin R. Steinberg, editors, *Cognitive processes in writing*, Hillsdale : Erlbaum.

Hayes, J.(1996), A New Framework for Understanding Cognition and Affect in Writing. Levy, C.M. & Ransdell, S.(Eds.), *The science of writing*, Mahwah, NJ: Lawrence Erlbaum Associates.

Rijlaarsdam, G. & Bergh, H.(2006), Writing Process Theory: A Functional Dynamic Approcah, in MacArthur, Graham, & Fitzgerald(Eds.) *Handbook of writing research,* New York: The Guilford Press.

Tillema, M., Van Den Bergh, H., Rijlaarsdam, G., & Sanders, T.(2011), Relating self reports of writing behaviour and online task execution using a temporal model, *Metacognition and Learning, 6(3)*.

Torrance, M & Galbraith, D.(2006), The Processing Demands of Writing, in MacArthur, Graham, & Fitzgerald(Eds.) *Handbook of writing research,* New York: The Guilford Press.

상소문을 쓰기 수업에서 어떻게 활용할 수 있을까?

『택당집』 별집 제4권 (한국고전종합DB https://db.itkc.or.kr에서 검색)
『인조실록』 (조선왕조실록 http://sillok.history.go.kr에서 검색)
http://www1.president.go.kr/petitions
https://www.pa.go.kr

김대행(1992), 「고전표현론을 위하여」, 『선청어문』 20. 서울대학교 국어교육과.

김성배(2017), 「청원권의 기원과 청원법의 개선방향」, 『세계법학연구』 23(3), 세계헌법학회.

김종철(2004), 「국어교육과 언어 민주주의」, 『국어교육』 115, 한국어교육학회.

김태경(2019), 「장르 인식을 활용한 공적 장르 쓰기 교육의 방법 - 청와대 청원 게시판 청원과 답변을 중심으로 -」, 『작문연구』 41, 한국작문학회.

심재권(2008), 「국왕문서 '批答'의 연구」, 『고문서연구』 32, 한국고문서학회.

이영호(2016), 「최명길의 상소문에 나타난 글쓰기 방법 연구-병자봉사(丙子封事)를 대상으로-」, 『작문연구』 29, 한국작문학회.

이윤빈(2015), 「장르 인식 기반 대학 글쓰기 교육 프로그램의 개발 및 적용」, 『작문연구』 26, 한국작문학회.

이재철(2017), 「2016년~2017년 촛불집회의 정치적 항의」, 『사회과학연구』 24(4), 동국대학교 사회과학연구원.

陳必祥, 심경호 옮김(1995), 『한문문체론』, 이회문화사.

Bawarshi, A. & Reiff, M. J., 정희모·김성숙·김미란 옮김(2015), 『장르: 역사·이론·연구·교육』, 경진출판사.

Bastian, H.(2010), The Genre Effect: Exploring the Unfamiliar, *Composition Studies,* 38, 27-51.

Beaufort, Anne.(2007), *College Writing and Beyond,* Logan, UT: Utah State UP.

Clark, I. L., & Hernandez, A.(2011), Genre awareness, academic argument, and transferability, *The WAC Journal* 22, 65-78.

Devitt, A., Reiff, M. J., Bawarshi A. S.(2004), *Scenes of Writing: Strategies for Composing with Genres,* New York, NY: Pearson/Longman.

Devitt, A.(2004), *Writing Genres,* Columbia, SC: U of South Carolina P.

Freedman, A.(1993), Show and tell? The role of explicit teaching in the learning of new genres, *Research in the Teaching of English,* 27, 222-251.

Feadman, A.(2012), The Traps and Trapping of Genre Theory, *Applied Linguistics* 33(5), 544-563.

Heater, Derek.(1990), *Citizenship: The Civic Ideal in Word history, Poitics and Education.* Singapore: Longman.

Miller, C. R.(1994), Genre as social action, In A. Freedman & P.

Medway(Eds.), *Genre and the new rhetoric* (pp. 23-42), London: Taylor and Francis.

Lingard, L. & Haber R.(2002), Learning Medical Talk: How the Apprenticeship Complicates Current Explicit/Tacit Debates in Genre Instruction, In Coe L. etal.(Eds.), *The Rhetoric and Ideology of Genre: Strategies for Stability and Change* (pp. 155-170), New Jersey: Hampton.

설화를 한국어 교육에서 어떻게 활용할 수 있을까?

경희대학교 국제교육원(2015), 『경희한국어 듣기 5』, ㈜도서출판 하우.

경희대학교 국제교육원(2015), 『경희한국어 듣기 5』, ㈜도서출판 하우.

서강대학교 한국어교육원(2014), 『서강한국어 2B』, 서강대학교 국제문화교육원.

서강대학교 한국어교육원(2016), 『서강한국어 3B』, 서강대학교 국제문화교육원.

서강대학교 한국어교육원(2017), 『서강한국어 4A』, 서강대학교 국제문화교육원.

서강대학교 한국어교육원(2016), 『서강한국어 5B』, 서강대학교 국제문화교육원.

서울대학교 언어교육원(2017), 『서울대 한국어 3B』, ㈜투판즈.

서울대학교 언어교육원(2015), 『서울대 한국어 4B』, ㈜투판즈.

서울대학교 언어교육원(2015), 『서울대 한국어 5A』, ㈜투판즈.

성균어학원 한국어학당(2019), 『성균 한국어: 어휘·문법·기능 1』, ㈜도서출판 하우.

이화여자대학교 언어교육원(2017), 『이화 한국어 1-2』, 이화여자대학교 출판문화원.

이화여자대학교 언어교육원(2017), 『이화 한국어 2-1』, 이화여자대학교 출판문화원.

Eckardt, P. A.(1923), *Schlüssel zur Koreanischen Konversations-Grammatik,* Julius Groos, Heidelberg, 김민수·하동호·고영근 편 (1977), 『歷代韓國文法大系』 第2部 第6冊(2-24), 塔出版社.

Ridel, F. C.(1881), *Grammaire Coréenne,* Yokohama, Écho du Japon, 김민수·하동호·고영근편(1977), 『歷代韓國文法大系』第2部 第6冊(2-19), 塔出版社.

Roth, P. L.(1936), *Grammatik der Koreanischen Sprache,* Tokwon, Korea, Abtei St. Benedikt, 김민수·하동호·고영근 편(1979), 『歷代韓國文法大系』第2部 第9冊(2-25), 塔出版社.

권애자(2018), 「〈나무꾼과 선녀〉 설화에 나타난 결혼관의 유형과 그 사회적 의미」, 『국학연구론총』 22, 택민국학연구원.

김대숙(2004), 「'나무꾼과 선녀' 설화의 민담적 성격과 주제에 관한 연구」, 『국어국문학』 137, 국어국문학회.

김대행(2002), 「한국어교육과 언어문화」, 『국어교육연구』 12, 서울대 국어교육연구소.

김정애(2012), 「나무꾼과 선녀의 결말 양상에 대한 문학치료적 해석의 의의」, 『문학치료연구』 23, 한국문학치료학회.

김혜진(2009), 「한국어 학습자의 문화 능력 향상을 위한 설화 교육 연구」, 서울대학교 석사학위논문.

김혜진·김종철(2015), 「상호 문화적 능력 향상을 위한 한국의 '흥' 이해 교육 연구」, 『한국언어문화학』 12-1, 국제한국언어문화학회.

김혜진(2017), 「한국어 학습자의 문화적 문식력 신장을 위한 고전 소설 교육 연구」, 서울대학교 박사학위논문.

김혜진(2018), 「문화적 문식력 향상을 위한 한국어 중·고급 학습자의 설화 교육 연구-국내 대학 교양 학부의 중국인 유학생을 중심으로」, 『한국언어문화학』 15-2, 국제한국언어문화학회.

김혜진(2021), 「한국어 학습자의 문화적 문식력 향상을 위한 설화 교육 실행 연구」, 『문화와 융합』 49-9, 한국문화융합학회.

배원룡(1991), 「나무꾼과 선녀 설화의 유형」, 성균관대학교 박사 학위 논문.

서은아(2004), 「〈나무꾼과 선녀〉의 부부 갈등 중 '선녀의 개인적 결점'으로 인한 갈등과 그 문학치료적 가능성 탐색」, 『문학치료연구』 2, 한국문학치료학회.

오정미(2008), 「이주여성의 문화적응과 설화의 활용: 설화 〈선녀와 나무꾼〉과 설화 〈우렁각시〉를 중심으로」, 『구비문학연구』 27, 한국구비문학회.

전주희(2019), 「한국의 혼인과 가족 문화의 관점에서 본 〈선녀와 나무꾼〉-결

혼 생활에 관한 집단 기억과 공유된 정서를 중심으로」, 『한국고전여성
문학연구』 39, 한국고전여성문학회.

Byram, M.(1997), *Teaching and Assessing Intercultural Communicative Competence,* Multilingual Matters Ltd.

고전시가 제재는 반드시 원전이어야 할까?

교육부(2015), 「2015 개정 교육과정에 따른 교과용도서 개발을 위한 집필기
준(국어, 도덕, 경제, 역사)」.
교육부(1990), 『고등학교 국어(하)』, 대한교과서.
교육인적자원부(2002), 『고등학교 국어 (상)』, (주)두산.
권순희 외 주해(2017), 『청구영언 주해편』, 국립한글박물관.
김형규(1965), 「고전교육의 문제점」, 『새국어교육』 7, 한국국어교육학회.
김흥규(1992), 「고전문학 교육과 역사적 이해의 원근법」, 『현대비평과 이론』
3, 한신문화사.
박노춘(1974), 「고전 주역 문제-고교 교과서의 고전 주역 문제-」, 『국어국문
학』 64, 국어국문학회.
박성종(1998), 「古典 교육에 대한 국어학적 접근」, 『국어교육』 96, 한국국어
교육연구회.
박인희(2003), 「고전문학교육과 표기법 – 고등학교 국어 교과서 수록 고전시
가를 중심으로」, 새국어교육 65, 한국국어교육학회.
염은열(2020), 「고전시가 향유 및 학습 방법으로서의 번역-시조를 예로-」,
『고전문학과 교육』 43, 한국고전문학교육학회.
이나향(2013), 「고전시가의 번역텍스트 쓰기 교육 연구」, 『고전문학과 교육』
25, 한국고전문학교육학회.
이나향(2016), 「시조의 생산적 수용 교육 연구」, 서울대 박사논문.
최미숙 외(2014), 『국어 교육의 이해』, 사회평론.

〈홍길동전〉은 인간의 정신적 성장을 어떻게 보여주나?

김일렬 편(1993), 「홍길동뎐(경판24장본)」, 『한국고전문학전집』 25, 고대민
족문화연구소.

강철중(2007), 「남성의 모성 콤플렉스」, 『심성연구』 22, 한국분석심리학회.

박일용(2003a), 「영웅소설 하위 유형의 이념 지향과 미학적 특징」, 『영웅소설의 소설사적 변주』, 월인.

박일용(2003b), 「홍길동전의 문학적 의미 재론」, 『영웅소설의 소설사적 변주』, 월인.

송성욱(1988), 「홍길동전 이본신고」, 『관악어문연구』 13, 서울대학교 국어국문학과.

이부영(2002), 『자기와 자기실현』, 한길사.

이유경(2004), 『원형과 신화』, 이끌리오.

이윤석(1997), 『홍길동전 연구』, 계명대학교출판부.

정규복(1970), 「홍길동전 이본고」 (1), 『국어국문학』 48, 국어국문학회.

정규복(1971), 「홍길동전 이본고」 (2), 『국어국문학』 51, 국어국문학회.

정운채(2006a), 「서사의 다기성을 활용한 자기서사 진단 방법」, 『문학치료의 이론적 기초』, 문학과치료.

정운채(2006b), 「서사의 힘과 문학치료방법론의 밑그림」, 『문학치료의 이론적 기초』, 문학과치료.

정운채(2006c), 「인간관계의 발달 과정에 따른 기초서사의 네 영역과 〈구운몽〉 분석 시론」, 『문학치료의 이론적 기초』, 문학과치료.

조동일(2004a), 「소설의 성립과 초기소설의 유형적 특징」, 『한국 소설의 이론』, 지식산업사.

조동일(2004b), 「영웅소설 작품구조의 시대적 성격」, 『한국 소설의 이론』, 지식산업사.

차봉희 편저(1991), 『수용미학』, 문학과지성사.

한국문화상징사전 편찬위원회(1992), 『한국문화상징사전 1』, 동아출판사.

도둑연구회(2003), 송현아 역, 『도둑의 문화사』, 이마고.

마르트 로베르(2001), 김치수·이윤옥 역, 『기원의 소설, 소설의 기원』, 문학과지성사.

마리오 마론(2005), 이민희 역, 『애착이론과 심리치료』, 시그마프레스.

융, C.G.(2002), 한국융연구원 C.G. 융 저작 번역위원회 역, 「집단적 무의식의 원형에 관하여」, 『원형과 무의식』, 솔.

융, C.G.(2006a) 한국융연구원 C.G. 융 저작 번역위원회 역, 「어머니와 재탄생의 상징들」, 『영웅과 어머니 원형』, 솔.

융, C.G.(2006b) 한국융연구원 C.G. 융 저작 번역위원회 역, 「이중의 어머니」, 『영웅과 어머니 원형』, 솔.

프로이트(2004), 임홍빈·홍혜경 역, 『정신분석강의』, 열린책들, 2004.
프로이트(2004), 정장진 역, 『예술, 문학, 정신분석』, 열린책들, 2004.

〈사씨남정기〉에서 어떻게 정서를 읽을까?

김진영 외(1997), 『심청전 전집』 2, 박이정.
인천대학민족문화연구소(1984), 『구활자본 고소설전집』 4.
인천대학민족문화연구소(1984), 『구활자본 고소설전집』 21.
무악고소설자료연구회 편(2001), 『한국고소설관련자료집I』, 태학사.
김만중 지음, 이래종 옮김(1999), 『사씨남정기』, 태학사.

김경희(1995), 『정서란 무엇인가』, 민음사.
김대행(1995), 『고려시가의 정서』, 개문사.
김상호(1989), 「정서교육의 탐색적 연구(I): 정서의 개념정의」, 『한국교육문제
　　　　연구』 5, 중앙대학교 한국교육문제연구소.
김석회(1989), 「서포소설의 주제 시론」, 『선청어문』 18, 서울대 국어교육과.
김일렬(2007), 「〈속사씨남정기〉연구」, 『어문학』 96, 한국어문학회.
김종철(1996), 『판소리의 정서와 미학』, 역사비평사.
김종철(2000), 「소설의 사회 문화적 위상과 소설교육-〈사씨남정기〉의 경우-」,
　　　　『국어교육』 101, 한국어교육학회.
김진영(1996), 「사씨남정기의 표현양식 고찰-극적 상황을 중심으로-」, 『한국
　　　　문학논총』 19, 한국문학회.
김현양(1997), 「〈사씨남정기〉와 욕망의 문제-소설사적 평가와 관련하여」, 『고
　　　　전문학연구』 12, 한국고전문학회.
박일용(1998), 「〈사씨남정기〉의 이념과 미학」, 『고소설연구』 6, 한국고소설학회.
서유경(2002), 「공감적 자기화를 통한 문학교육 연구」, 서울대 박사학위논문.
송성욱(2002), 「17세기 소설사의 한 국면-〈사씨남정기〉, 〈구운몽〉, 〈창선감의
　　　　록〉, 〈소현성록〉을 중심으로」, 『한국고전연구』 8, 한국고전연구학회.
신득렬(1990), 「정서교육」, 『교육철학』 8, 한국교육철학회.
신재홍(2001), 「〈사씨남정기〉의 선악구도」, 『한국문학연구』 2, 고려대 한국
　　　　문학연구소.
양승민(2008), 『고전소설 문헌학의 실제와 전망』, 아세아문화사.
이금희(1999), 「〈사씨남정기〉의 이본 문제」, 『고소설연구』 7, 한국고소설학회.

이상일(2008), 「〈사씨남정기〉에 나타난 선악 대립 구조와 비평적 가치화 방법」, 『국어교육연구』 42, 국어교육학회.

이성권(1997), 「'창선감의록'과 '사씨남정기'를 통해서 본 초기 가정소설의 세계- 핵심적 갈등상과 인물의 층위에 따른 현실적 성격을 중심으로-」, 『우리어문연구』 11, 우리어문학회.

이승복(1995), 「처첩갈등을 통해서 본 가정소설과 가문소설의 관련 양상」, 서울대학교 대학원 박사학위 논문.

이원수(1982), 「〈사씨남정기〉의 반성적 고찰」, 『문학과 언어』 3, 문학과언어학회.

이원수(2009), 「〈사씨남정기〉의 창작 동기 및 시기 논란」, 『배달말』 44, 배달말학회.

이지영(2007), 「지문의 종결형태를 통해 본 고전소설의 서술방식-〈사씨남정기〉를 중심으로」, 『정신문화연구』 30(2), 한국학중앙연구원.

정병헌(2009), 「〈사씨남정기〉의 인물 형상과 지향」, 『한국언어문학』 70, 한국언어문학회.

정출헌(2000), 「가부장적 가족제도의 질곡과 〈사씨남정기〉」, 『배달말』 27, 배달말학회.

조현우(2006), 「〈사씨남정기〉의 악녀 형상과 그 소설사적 의미」, 『한국고전여성문학연구』 13, 한국고전여성문학회.

조혜란(2003), 「17세기 조선의 규방 현실에 대한 보고」, 『한국고전연구』 9, 한국고전연구학회.

최지현(1997), 「한국근대시 정서체험의 텍스트조건 연구」, 서울대 박사학위논문.

설화 교육, 무엇을 가르쳐 왔고, 어떻게 가르칠 수 있을까?

김진수 외(2018-2020), 중학교 『국어』 1-1, 1-2, 2-1, 2-2, 3-1, 3-2, 비상교육.

남미영 외(2018-2020), 중학교 『국어』 1-1, 1-2, 2-1, 2-2, 3-1, 3-2, 교학사.

노미숙 외(2018-2020), 중학교 『국어』 1-1, 1-2, 2-1, 2-2, 3-1, 3-2, 천재교육.

류수열 외(2018-2020), 중학교 『국어』 1-1, 1-2, 2-1, 2-2, 3-1, 3-2, 금성출판사.

박영목 외(2018-2020), 중학교 『국어』 1-1, 1-2, 2-1, 2-2, 3-1, 3-2, 천재교육.

신유식 외(2018-2020), 중학교 『국어』 1-1, 1-2, 2-1, 2-2, 3-1, 3-2, 미래엔.

이도영 외(2018-2020), 중학교 『국어』 1-1, 1-2, 2-1, 2-2, 3-1, 3-2, 창비.

이삼형 외(2018-2020), 중학교『국어』1-1, 1-2, 2-1, 2-2, 3-1, 3-2, 지학사.
이은영 외(2018-2020), 중학교『국어』1-1, 1-2, 2-1, 2-2, 3-1, 3-2, 동아출판.

고형진 외(2019), 『고등학교 국어』, 동아출판.
김동환 외(2019), 『고등학교 국어』, 교학사.
류수열 외(2019), 『고등학교 국어』, 금성출판사.
민현식 외(2019), 『고등학교 국어』, 좋은책 신사고.
박안수 외(2019), 『고등학교 국어』, 비상.
박영목 외(2019), 『고등학교 국어』, 천재교육.
박영민 외(2019), 『고등학교 국어』, 비상.
신유식 외(2019), 『고등학교 국어』, 미래엔.
이삼형 외(2019), 『고등학교 국어』, 지학사.
이성영 외(2019), 『고등학교 국어』, 천재교육.
정 민 외(2019), 『고등학교 국어』, 해냄에듀.
최원식 외(2019), 『고등학교 국어』, 창비.
김동환 외(2019), 『고등학교 문학』, 천재교과서.
김창원 외(2019), 『고등학교 문학』, 동아출판.
류수열 외(2019), 『고등학교 문학』, 금성출판사.
방민호 외(2019), 『고등학교 문학』, 미래엔.
이숭원 외(2019), 『고등학교 문학』, 좋은책신사고.
정재찬 외(2019), 『고등학교 문학』, 지학사.
정호웅 외(2019), 『고등학교 문학』, 천재교육.
조정래 외(2019), 『고등학교 문학』, 해냄에듀.
최원식 외(2019), 『고등학교 문학』, 창비.
한철우 외(2019), 『고등학교 문학』, 비상.

강등학 외(2000), 『한국 구비문학의 이해』, 월인.
나경수(1995), 「구비 문학 교육의 필요성과 효용」, 『남도민속연구』 3, 남도민
    속학회.
서대석(1987), 「설화 〈종소리〉의 구조와 의미」, 『한국문화』 8, 서울대 한국문
    화연구소.
신동흔(2016), 「인지기제로서의 스토리와 인간 연구로서의 설화 연구」, 『구비
    문학연구』 42, 한국구비문학회.

신원기(2006), 「설화의 문학교육적 가치에 관한 고찰」, 『국어교육』 120, 한국
　　어교육학회.

오세정(2015), 「설화교육 연구의 경향 검토와 방향 모색」, 『청람어문교육』
　　55, 청람어문교육학회.

이철우(2009), 「단군신화에서의 구조 및 특성 연구」, 『한민족문화연구』 28,
　　한민족문화학회.

임재해(1983), 「설화의 존재양식과 갈래」, 『한국민속학』 16, 한국민속학회.

임재해(2006), 「디지털시대의 고전문학과 구비문학 재인식」, 『국어국문학』
　　143, 국어국문학회.

조희정(2016), 「2009 개정 교육과정 시기 국어 문학 교과서 고전문학 제재
　　수록 양상 연구」, 『고전문학과 교육』 32, 한국고전문학교육학회.

최운식(2002), 「설화의 이해와 교육」, 『설화·고소설 교육론』, 민속원.

현용준(1992), 『무속신화와 문헌신화』, 집문당.

황윤정(2017), 「신화소 중심의 설화 이해 교육 연구」, 서울대학교 박사학위논문.

황윤정(2018), 「대립구조를 활용한 설화 교육의 내용 연구」, 『문학교육학』
　　59, 한국문학교육학회.

황윤정(2019), 「서사 간 관계 중심의 설화 이해 교육 연구 - 〈창세가〉, 〈해와
　　달이 된 오누이〉, 〈연오랑세오녀〉를 중심으로」, 『문학교육학』 63, 한
　　국문학교육학회.

황윤정(2020a), 「2015 개정 교육과정에 따른 고등학교 『국어』, 『문학』 교과
　　서의 고전문학 제재 수록 양상 연구」, 『문학교육학』 66, 한국문학교
　　육학회.

황윤정(2020b), 「2015 개정 교육과정에 따른 중·고등 『국어』, 『문학』 교과
　　서의 설화 제재 활용 양상의 연구」, 『국어교육학연구』 55-3, 국어교
　　육학회.

황윤정(2021), 「설화와 인터랙티브 드라마의 비교를 통한 서사 교육의 미래
　　지향에 관한 소고」, 『국어교육학연구』 56-2, 국어교육학회.

황윤정(2021), 「2015 개정 교육과정에 따른 중·고등 『국어』, 『문학』 교과서
　　수록 설화의 여성 형상화 방식과 그 교육의 문제」, 『한국고전여성문
　　학연구』 43, 한국고전여성문학회.

Alan Dundes, *Structural Typology in North American Indian Folktales*,
　　진경환 역(1998), 「북미 인디언 민담의 구조적 유형학」, 『한성어문학』

17, 한성대학교 한성어문학회.

C. Levi-Strauss, *Anthropologie structurale*, 김진욱 역(1987), 「신화의 구조」, 『구조인류학』, 종로서적.

C. Levi-Strauss, *Mythologiques*. 1, 임봉길 역(2005), 『신화학』1, 한길사.

Leach, E. R., *Structuralist interpretations of biblical myth*, 신인철 역(1996), 『성서의 구조인류학』, 한길사.

Ong, Walter J, *Orality and literacy*, 이기우·임명진 역(1995), 『구술문화와 문자문화』, 문예출판사.

Wolfgang Kayser, 김윤섭 역(1990), 『언어예술작품론』, 예림기획.

근대적 문종(文種) 관념은 어떻게 형성되었을까?

강매(1928), 『중등조선어작문』, 창문사.

강진호 외(2015), 『근대 국어 교과서를 읽는다』, 경진.

김순전 외(2009), 『초등학교 일본어 독본』 1, 제이앤씨.

마르셀 그라네 저, 유병태 역(2015), 『중국사유』, 한길사.

미조구치 유조 외 엮음, 김석근 외 옮김(2015), 『중국 사상 문화 사전』, 책과함께.

배성룡(1933), 『조선 경제의 현재와 장래』, 한성도서출판주식회사.

배수찬(2007), 「근대 초기 서양 수사학의 도입 과정 연구」, 『한국학』 30(4), 한국학중앙연구원.

오토 루트비히 저, 이기숙 역(2013), 『쓰기의 역사』, 연세대학교대학출판원.

유협 저, 최신호 역주(1975), 『문심조룡』, 현암사.

이각종(1912), 『실용작문법』, 박문서관.

이윤재(1931), 『문예독본』, 진광당.

이정찬(2011), 「작문사(作文史)적인 관점에서 본 근대 초기 작문 교재 연구」, 『한국언어문학』 79, 한국언어문학회.

이태준, 임형택 해제(2004), 『문장강화』, 창작과비평사.

쓰보우치 쇼요 저, 정병호 역(2007), 『소설신수』, 고려대학교출판부.

천정환(2003), 『근대의 책 읽기』, 푸른역사.

최재학(1909), 『실지응용작문법』, 휘문관.

필립 브르통, 질 고티에, 장혜영 역(2006), 『논증의 역사』, 커뮤니케이션북스.

稲垣國三郎(1912),『國定讀本教授用修辭法及取扱』, 同文館.

野村泰亨(1924), 『新佛和事典』, 大倉書店.

好樹堂 역(1871), 『佛和事典』, 美國長老派傳道教會.

Charles, A.(1901), 『법한ᄌ뎐』, Seoul Press.

Bain, A.(1867), *English composition and rhetoric. a manual, Charleston*, SC: BiblioLife.

Bain, A.(1890), *English composition and rhetoric. intellectual elements of style*, New York: D. Appleton and Company.

P. Bizzell & B. Herzberg(2001), *The rhetoric tradition: Reading from classical times to the present*, New York: ST. Martin's Boston.

Tomasi, M.(2004), Studies of western rhetoric in modern japan: The years between shimamura Hōgetsu's "shin bijigaku" (1902) and the end of the taishō era, *Japan review 16*. pp.116-190.

고전소설 교육에서 문화콘텐츠는 어떻게 활용될 수 있을까?

경판 30장본 홍길동전.
경판 37장본 전운치전.
신문관본 전우치전.

국사편찬위원회, 《조선왕조실록》 (http://sillok.history.go.kr/id/kja_10610022_002).
일연, 장백일 역해(2002), 《삼국유사》, 하서.
한국정신문화연구원 편, 《구비문학대계》 7-6.
한국정신문화연구원 편, 《구비문학대계》 7-8.

초등학교 『국어』 2-2가.
초등학교 『국어활동』 4-1.
초등학교 『국어』 6-1나.
초등학교 『국어』 6-2가.
중학교 『국어』(미래엔) 1-1.
중학교 『국어』(지학사) 1-1.
중학교 『국어』(비상) 1-1.
중학교 『국어』(천재(박)) 1-2.
중학교 『국어』(금성) 2-1.

중학교 『국어』(교학사) 2-2.
중학교 『국어』(창비) 3-1.
고등학교 『국어』(해냄에듀).

강현구 외(2002), 『문화콘텐츠와 인문학적 상상력』, 글누림.
권순긍(2019), 『헌 집 줄게 새 집 다오』, 소명출판.
김동욱(2016), 「〈홍길동전〉의 유형에 대하여」, 『국문학연구』 34, 국문학회.
김영학·이용욱(2012), 「동양 사상과 한국형 판타지 - 영화 〈전우치〉론」, 『국
　　　어문학』 53, 국어문학회.
김일렬(1974), 「홍길동전과 전우치전의 비교 고찰」, 『어문학』 30, 한국어문
　　　학회.
김창원(2008), 「문학 능력과 교육과정, 그리고 매체 - 교육과정 목표를 통
　　　해 본 문학 능력관과 매체의 수용」, 『문학교육학』 26, 한국문학교
　　　육학회.
김효정(2011), 「고전소설의 영상 매체로의 전환 유형과 사례」, 『고전문학과
　　　교육』 21, 한국고전문학교육학회.
박일용(1983), 「영웅소설 유형 변이의 사회적 의미」, 『근대문학의 형성과정』,
　　　한국고전문학회.
서보영(2019), 「고전소설 다시쓰기의 전통과 국어교육적 의미 - 〈춘향전〉을
　　　중심으로」, 『국어교육연구』 44, 서울대학교 국어교육연구소.
서유경(2008), 「〈전우치전〉 읽기의 문화적 확장 탐색 - 〈전우치전〉과 〈브루스
　　　올마이티〉의 관련성을 중심으로」, 『독서연구』 20, 한국독서학회.
송팔성(2007), 「한국고전문학교육 영상콘텐츠의 담론 유형별 활용 및 글쓰기
　　　방안」, 『고전문학과 교육』 14, 한국고전문학교육학회.
신원선(2010), 「한국고전소설의 영상콘텐츠화 성공방안 연구 - 영화 〈전우
　　　치〉와 〈방자전〉을 중심으로」, 『민족문화논총』 46, 영남대학교 민족
　　　문화연구소.
안창수(2011), 「〈전우치전〉으로 살펴본 영웅소설의 변화」, 『한국문학논총』
　　　59, 한국문학회.
유병환(2015), 「아기장수설화와 〈홍길동전〉의 진화론적 관점 - 화소분열 양
　　　상과 의미 구체화」, 『한어문교육』 33, 한국언어문학교육학회.
이민호·이효인(2013), 「최동훈 영화의 사회반영성 - 바흐친의 카니발 이론을
　　　중심으로」, 『한국콘텐츠학회논문지』 13-6, 한국콘텐츠학회.

이아영(2019), 「사극 드라마 〈역적: 백성을 훔친 도적〉 OST에 나타난 국악가 요 분석 연구」, 경희대학교 석사학위논문.

이윤석(2014), 「경판 〈홍길동전〉 축약의 양상과 그 의미」, 『열상고전연구』 40, 열상고전연구회.

이종필(2015), 「전우치 전승의 양가적 표상과 그 역사적 맥락」, 『어문논집』 75, 민족어문학회.

이종호(2010), 「고전소설 〈뎐우치전〉과 영화 〈전우치〉의 서사구조 비교 연 구」, 『온지논총』 26, 온지학회.

임철호(1996), 「아기장수설화의 전승과 변이: 아기장수설화와 홍길동전(1)」, 『구비문학연구』 3, 한국구비문학회.

임철호(1997), 「아기장수설화의 전승과 변이: 아기장수설화와 홍길동전(2)」, 『구비문학연구』 4, 한국구비문학회.

임홍택(2018), 『90년대생이 온다』, 웨일북.

정소연(2015), 「서사 향유 현상으로서의 고전소설과 온라인게임의 문학사적 의미」, 『문학교육학』 46, 한국문학교육학회.

정재림(2016), 「국어교과서에서 문학 제재의 위상과 중요성」, 『한국어문교 육』 19, 고려대학교 한국어문교육연구소.

정재림(2019), 「국어교육에서 '갈등'을 다루는 방식에 대한 비판적 고찰 - 2015 개정 교육과정에 따른 중학교 국어 교과서를 중심으로」, 『한국 문예비평연구』 64, 한국현대문예비평학회.

정제호(2018), 「미디어서사로서의 전이 과정에 나타난 전우치 전승의 굴절과 의미」, 『한국고전연구』 43, 한국고전연구학회.

정주연(2018), 「드라마 〈역적: 백성을 훔친 도적〉 연구」, 한국교원대학교 석 사학위논문.

정창권(2009), 『문화콘텐츠 교육학』, 북코리아.

정혜경(2018), 「고전서사 콘텐츠 현황과 흐름」, 『한국 고전서사와 콘텐츠』, 한국문화사.

조도현(2010), 「〈전우치〉 서사의 현대적 변이와 유통방식 - 영화 〈전우치〉를 중심으로」, 『한국언어문학』 74, 한국언어문학회.

조동일(1977), 「영웅소설 작품구조의 시대적 성격」, 『한국소설의 이론』, 지식 산업사.

조동일(1980), 「고전소설과 정치」, 유종호 편, 『문학과 정치』, 민음사.

조해진(2011), 「한국판타지영화의 발전환경 및 가능성 연구」, 『인문콘텐츠』 21, 인문콘텐츠학회.

조혜란(2003), 「민중적 환상성의 한 유형 : 일사본 〈전우치전〉을 중심으로」, 『고소설 연구』 15, 한국고소설학회.

진수미(2017), 「자기반영성의 영화로서 〈전우치〉 - 매체 재현을 중심으로」, 『씨네포럼』 26, 동국대학교 영상미디어센터.

최홍원(2017), 「고전문학 제재 수록의 이면과 그 배경의 탐색 - 고등학교 국어 교과서를 대상으로」, 『문학교육학』 54, 한국문학교육학회.

한국고소설학회(2019), 『한국고소설강의』, 돌베개.

현승훈(2013), 「한국형 슈퍼히어로 영화의 영상미학적 특성 연구 – 영화 〈전우치〉의 플롯구조와 인물구성을 중심으로」, 『한국콘텐츠학회논문지』 13-10, 한국콘텐츠학회.

뇌과학은 문학교육을 변모시킬 수 있을까?

김대수(2021), 『뇌 과학이 인생에 필요한 순간』, 브라이트.

김정애(2018), 「문학치료 활동을 통해 본 서사능력과 공감능력의 상관관계」, 『문학치료연구』 48, 한국문학치료학회.

김정우·정소연·박유진·편지윤(2016), 「과학 기술 문명의 발전과 문학교육의 대응: 시선추적장치를 통해 본 지능정보사회 시 교육의 한 가능성」, 『문학교육학』 53, 한국문학교육학회.

김종성·김갑중·박주성(2017), 「행동조절에 대한 성리학과 뇌 과학 이론의 현상학적 상통성과 의학적 함의-퇴계 심학(心學)을 중심으로」, 『유학연구』 39, 충남대학교 유학연구소.

김탁환(2011), 『김탁환의 쉐이크-영혼을 흔드는 스토리텔링』, 다산책방.

서은국(2014), 『행복의 기원』, 21세기북스.

서혁·김지희·편지윤·신윤하(2016), 「문제 해결 상황에서 독자의 눈동자 움직임 및 뇌파 특성 분석-독해력 수준에 따른 독자의 과제집착력(task commitment) 양상을 중심으로」, 『독서연구』 38, 한국독서학회.

송형석(2021), 「인간은 몸 없이도 존재할 수 있는가?-인간 커넥톰 프로젝트의 기본 가정에 대한 비판적 고찰」, 『한국체육학회지』 60, 한국체육학회.

신동훈(2018), 『스토리텔링 원론』, 아카넷.

신동훈(2016), 「문학치료학 서사이론의 보완 확장 방안 연구」, 『문학치료연구』 38, 한국문학치료학회.

이강일·양일호(2019), 「과학기술관련 사회적 쟁점에 대한 다문서 읽기에서 시선 이동」, 『Brain, Digital, & Learning』 9, 한국교원대학교 뇌기반교육연구소.

이경화·최숙기·이경남·강서희·김태호(2019), 「아이트래커를 활용한 읽기 능력 진단 지표 개발」, 『Brain, Digital, & Learning』 9, 한국교원대학교 뇌기반교육연구소.

이상희(2019), 「교육신경과학에 관한 교육철학적 비판」, 『Brain, Digital, & Learning』 9, 한국교원대학교 뇌기반교육연구소.

장대익, 「호모 리플리쿠스: 모방, 거울 뉴런, 그리고 밈」, 『인지과학』 23, 한국인지과학회, 2014.

전철·이경민(2021), 「인공지능과 인간지능—지능에 관한 인지과학과 신학의 대화」, 『신학사상』 192, 한신대학교 신학사상연구소.

정운채(2004), 「서사의 힘과 문학치료방법론의 밑그림」, 『고전문학과교육』 8, 한국고전문학교육학회.

최숙기(2016), 「아이트래커를 활용한 중학생의 다문서 읽기 양상 분석」, 『독서연구』 39, 한국독서학회.

황혜진·김정애·박주은·유제욱·인규진·남윤주(2019), 「뇌파측정을 통한 완벽주의 개선 문학치료 프로그램의 효과성 연구」, 『문학치료연구』 50, 한국문학치료학회.

H. 포터 에벗(2010), 우찬제 외 역, 『서사학 강의-이야기에 대한 모든 것』, 문학과지성사.

롤랑 바르트(1980), 김치수 역, 「이야기의 구조적 분석 입문」, 『구조주의와 문학비평』, 홍성사.

리처드 탈러·캐스 선스타인(2009), 안진환 역, 『넛지: 똑똑한 선택을 이끄는 힘』, 리더스북.

시모어 채트먼(2019), 홍재범 역, 『이야기와 담화-영화와 소설의 서사 구조』, 호모 루덴스.

엘리에저 스턴버그(2019), 조성숙 역, 『뇌가 지어낸 모든 세계』, 다산사이언스.

윌 스토(2020), 문희경 역, 『이야기의 탄생』, 흐름출판.

자밀 자키(2021), 정지인 역, 『공감은 지능이다』, 심심.

테리 이글턴(2016), 이미애 역, 『문학을 읽는다는 것은』, 책읽는수요일.

한나 크리츨로우(2020), 김성훈 역, 『운명의 과학』, 브론스테인.

Avenanti et al.(2005), "Transcranial magnetic stimulation highlights the sensorimotor side of empathy for pain", *Nature Neuroscience* 8.

Bartlett, F.C.(1932), "Remembering: A Study in Experimental and Social Psychology", Cambridge University Press.

Yang, Brenda W. et al.(2021), "A Comparison of Memories of Fiction and Autobiographical Memories", osf.io/m2aew.

Burrel, Teal(2017) "A Meaning to Life: How a Sense of Purpose Can Keep You Healthy", *New Scientist.*

Cole, J.(2001), "Empathy Needs a Face", *Journal of Consciousness Studies* 8.

Culler, Jonathan(2002), *The Pursuit of Signs,* Cornell University Press.

Driediger, M., Hall, C. and Callow, N.(2006), "Imagery use by injured athletes: A qualitative analysis", *Journal of Sports Sciences* 24,

Hamson-Utley et al.(2008), "Athletic trainers' and physical therapists' perceptions of the effectiveness of psychological skills within sport injury rehabilitation programs", *Journal of Athletic Training* 43.

Helt, Molly S. et al.(2010), "Contagious Yawning in Autistic and Typical Development", *Child Development* 81.

Hilldebrandt, Lea K. et al.(2017), "Differential Effects of Attention-, Compassion-, and Socio-Cognitively Based Mental Practices on Self-Reports of Mindfulness and Compassion", *Mindfulness* 8.

Holmes and Collins(2001), "The PETTLEP Approach to Motor Imagery: A Functional Equivalence Model for Sport Psychologists", *Journal of Applied Sport Psychology* 13.

Hood, Bruce(2014), *The Domesticated Brain,* Pelican Books.

Loftus, Elizabeth(1993), "The reality of repressed memories", *American Psychologist* 48.

Mendelson, A. et al.(2009) "Subjective vs. documented reality: A case study of long-term real-life autobiographical memory", *Learn. Mem* 16.

OECD(2001), *Brain Mechanisms and Youth Learning* (https://www.oecd.org/education/ceri/15302628.pdf)

Paluck, Elizabeth Levy(2009), "Reducing intergroup prejudice and conflict using the media: a field experiment in Rwanda", *Journal of Personality and Social Psychology* 96.

Panero, Maria E. et al.(2016), "Does Reading a Single Passage of Literary Fiction Really Improve Theory of Mind? An attempt at Replication", *Journal of Personality and Social Psychology* 111.

Pfeiffer, Dirk U. et al.(2008), *Spatial Analysis in Epidemiology,* Oxford University Press.

Valk, Sofie L. et al.(2017) "Structural plasticity of the social brain: Differential change after socio-affective and cognitive mental training", *Science Advances* 3.

Wrangham, R.W.(2019), "Hypotheses for the Evolution of Reduced Reactive Aggression in the Context of Human Self-Domestication", *Frontiers in Psychology* 10.

한류일보, 〈[일본반응] 드라마를 본 후 일본역사 교과서를 펼쳐 들었다! 미스터 션샤인 해외반응!〉(https://www.youtube.com/watch?v=rUL5Xo-jTfo)

해외안테나, 〈(대만반응) 영화 '1987', 불의에 저항할 수 있는 한국인의 정신에 존경심을 표한다!〉(https://www.youtube.com/watch?v=D5jVnW_ks7g)